작별
별
의
리
듬

작별의 리듬
── 문학·예술에 관한 횡단 비평

펴낸날 2024년 7월 25일
지은이 이광호
펴낸이 이광호
주간 이근혜
편집 허단 윤소진 김필균 이주이 유하은
마케팅 이가은 최지애 허황 남미리 맹정현
제작 강병석
펴낸곳 ㈜문학과지성사
등록번호 제1993-000098호
주소 04034 서울 마포구 잔다리로7길 18(서교동 377-20)
전화 02)338-7224
팩스 02)323-4180(편집) 02)338-7221(영업)
대표메일 moonji@moonji.com
저작권 문의 copyright@moonji.com
홈페이지 www.moonji.com

ISBN 978-89-320-4249-7 03800

작별의 리듬

문학·예술에 관한 횡단 비평

이광호 비평 에세이

문학과지성사

책을 엮으며 — 횡단 비평을 위하여

너로 인해 시간이 있었다
작별이 있었다
— 김혜순, 「작별의 공동체 — 작별의 신체」에서

2010년대 이후 다층적인 단절의 계기들이 있었다. '문학은 아직도 가능한가'라는 질문은 차라리 사치스러웠다. 이를테면 세월호와 페미니즘 리부트 이후의 시간은 '사건 이후의 문학'을 둘러싼 근본적인 질문을 던지게 만들었다. 이 책의 글들이 '애도'와 '젠더'라는 주제를 피해 갈 수 없었던 것은 어쩔 수 없었다. 더 근본적인 문명사적 변화도 있다. 팬데믹과 기후 위기는 지구적 환경과 연결되어 있는 신체의 존재 양식을 실감시켰으며, 생성형 AI는 정보의 검색과 편집을 넘어서 창작의 영역을 넘보기 시작했다. 그래도 여전히 문학이 무엇을 생성할 수 있는가를 물어야 한다면, 문학의 정체성과 자율성 같은 것에 대해서는 함부로 말하기 힘들 것이다. 문학을 둘러싼 규정에 대해 '문학이 ~은 아니다'라는 부정의 방법으로만 인식할 수 있다는 문학의 '부정신학'이 있는 것이다. '문학을 사랑한다'는 말에 어떤 무력하고 기만적인 뉘앙스가 포함될 수밖에 없는 것처럼 말이다. 횡단 비평은 이 다중적인 파국적 상황 속에서 비평은 어떻게 존재할 수 있는가 하는 질문에 관련되어 있다. 파국을 둘러싼 사유는 종말론적 예언의 영역이 아니라, 동시대의 다층적인 위기에 대한 징후적 감각과 비판적 사유의 한 방식이다.

'횡단'이란 지배적 시간의 흐름을 가로지르는 움직임이다. '횡단 비평'은 경계와 통합의 방식으로 작동하는 문학·예술을 둘러싼 통치성을 교란하는 운동 양식이다. 제도화된 권력은 수직적 혹은 수평적인 경계 지움의 방식으로 작동한다. 횡단은 우선 문학과 문학 아닌 것의 경계를 가로지른다. 근대 이후 문학은 제도로서 존재했고, 시장에서 살아남았다. 문학은 시장-제도 안에서 존재했고, 그럼에도 불구하고 상품이 아닌 척하거나 진리의 영역에 속한 척하는 것 역시, 문학의 특이한 존재 방식이었다. 문학과 문학 아닌 것의 구별 짓기의 전략이 문학의 정체성을 유지시켜주는 것은 아닐 것이다. 인간 개인의 고유한 창작에 의해 만들어지고 종이책을 통해 유통되는 문학의 역사가 언제까지 존속할 수 있을지조차 알 수 없다. 횡단 비평은 문학이 문학 아닌 것을 구별 짓는 방식과, 문학 아닌 것이 어떻게 문학을 변화시켰는지를 함께 물어볼 수 있다. 이 책에서 장르문학과 개념미술까지를 다루고 있는 것 역시 그 작은 횡단의 일부이다.

횡단 비평의 운동 방식은 자기 시대의 동일성을 가로지른다. '우리 시대'의 동일성과 총체성이 존재한다는 믿음은 지배적 지식의 효과로서의 주체화 과정일 뿐이다. 이 시대의 내부에 부글거리는 것과 침전된 것과 아직 도래하지 않는 것들 사이의 시간을 비평은 횡단할 수 있다. 비평은 동시대성의 가변적 여백들의 끊임없는 운동성 안에 있을 필요가 있다. '우리 시대'를 특권화하는 유혹으로부터 벗어나, 반시대적 징후들을 제거하지 않은 것은 동시대성에 대한 횡단적 사유이다. 횡단의 운동에너지는 횡단하려는 시간-공간을 둘러싼 경계들의 완강함에 비례해서 격렬해진다. 비평은 역사라는 거대한 이름에 대해 반유기적인 몽타주를 통해 불연속적인 시간들을 드러낼 수 있다. 올바른 총체성으로서의 역사는 시간에 대한 폭력적인 과정을 거치는 것이고, 횡단과 교차의 정치적 상상력은 '진보하는 단 하나의 역사'에 대한 비판적 질문이다. 좋은 미래에 대한 기만적인 약속을 거절하면서도 파국의 예감에만 머물지 않기 위해서는, 정지와 지연의 공간을 만들어내어야 하고 그 역시 횡단이라는 가동성의 방식이다.

횡단 비평은 평론가의 위치에 대한 질문을 포함한다. 비판적 사유를 실행하는 주체는 그 비판 대상으로서의 '구조'로부터 떨어져 있는 초월적인 위치에 있다고 믿고 싶어 한다. 하지만 '시장-제도' 혹은 '자본-국가'의 시스템으로부터 자유로운 비판의 주체는 존재하지 않는다. '문학 장치들'의 바깥은 없기 때문에 비판의 주체는 근본적으로 위선적이고 이중적일 수밖에 없다. 비평가의 불확실한 지위를 인정하지 않는 비평은 일종의 기만이다. 평론가는 '자신에 대한 비판적 존재론' 위에서 읽고 써야 할 것이다. 자신을 주체로 세워주겠다고 약속하는 그 장소-권력에 대해 횡단의 공간을 마련할 수 있어야 한다. 비평은 진실이라고 말하는 문학의 권력 효과와 권력이 생산하는 문학 담론을 모두 문제

삼을 수 있다. 허물어져가는 벽의 틈 사이에 들어오는 우연한 빛이 우리를 순간적으로 습격하는 것처럼, 진실은 횡단의 과정 속에서 간신히 대면할 수 있는 얇고 잠재적인 것이다. 횡단은 어떤 문학 이념과 문학 집단의 동일화에도 매몰되지 않는 탈장소화의 탈예속화의 운동이다. 평론가는 '나'와 나 아닌 것의 경계, '우리'와 우리 아닌 것의 경계를 가로지른다. 특정한 근원과 정체성에 뿌리를 둔 '○○평론가'가 아닌 것처럼 움직일 수 있다면.

15년 만의 비평 에세이라 책 안의 글들도 상당한 시차가 존재한다. 그 시차 역시 이 책의 횡단적 성격의 하나이다. 1부는 한국 문학과 사회의 이슈에 대해 대응하는 메타비평을, 2부는 문학의 범주를 넘어서거나 경계에 있는 문화 예술에 대한 글들을, 3부는 특정한 문학적 테마와 역사적 주제를 다룬 글들을 4부와 5부는 각각 작품론과 작가론을 묶었다.

책의 제목인 "작별의 리듬"은 김혜순의 시 「작별의 공동체—작별의 신체」와 「리듬의 얼굴」에서 빌린 것이다. 모든 신체는 작별의 신체이며, 작별은 삶의 다른 잠재성의 출현이다. 작별의 사건은 일회적인 것이 아니라 일종의 리듬이다. 여기서 리듬은 패턴화된 양식이 아니라 잠재적인 미지의 율동이다. 문학·예술의 운동 양식은 자신의 정체성을 쌓아가는 것이 아니라 그것과 작별하는 리듬의 문제이며, 예술은 자기 자신과 이별하는 파동의 사건이다. 배수아의 다른 문장을 빌리면 "글쓰기는 작별이 저절로 발화되는 현장이다".[1] 비평 주체가 자신의 정체성을 먼저 설정하게 되면 그 정치적 가동성을 스스로 제한하게 된다. 모든 정체성이 역사적 불안정성 속에 있다는 것을 사유하는 것은 허무주의와 상대주의에 머무는 것이 아니라, 오히려 새로운 비평 주체의 정치적 발명을 이끈다. 비평-정치의 과정들을 통해 비평-행위자가 구성된다면, "너로 인해 시간이 있었다/작별이 있었다"(작별의 공동체— 작별의 신체)[2]라고 말할 수 있다. 작별이란 '당신과 나' 사이의 고유하고 필연적인 사건이다. 텍스트(너)로 인해 (평론가의) 시간이 있었다. 비평은 텍스트로서의 '너'에 머무는 일이 아니라, 그 안을 횡단하고 작별하는 시간의 기록이다. 횡단-작별의 과정 속에서 텍스트의 시간과 평론가의 시간은 서로 교차한다. 유리의 표면에 스며들지 못하고 한없이 미끄러지는 물방울의 시간이 비평의 시간이다. 텍스트(너)의 비밀스러운 '고독'은 끝내 해명되지 않는다. 작별을 넘어서는 발걸음 같은 것은 없으며, 글쓰기의 모든 순간은 작별의 얼굴 안에 있다.

지난 15년 동안 개인적으로도 많은 변화가 있었다. 20년 동안 머문 예술대학을 떠나 출판산업의 한복판으로 생활을 이동시켰다. 어떤 선택에도 우연과 단념의 예기치 않은 순간들이 있다. 현재의 '나'를 구성하는 시간에는 언제나 우발적이고 임의적인 차원이 있다. '내'가 몸을 깊숙이 담그고 있는 공간, '오너 자본가가 존재하지 않는 출판 자본-이름할 수 없는 문학 공동체'의 사회문화적 미래에 대해서도 아직 가늠할 수 없다. 다만 그곳에 있으

---

1   배수아, 『작별들 순간들』, 문학동네, 2023, p. 83.
2   김혜순, 『날개 환상통』, 문학과지성사, 2019.

면서 그곳에 있지 않은 것처럼 읽고 쓸 수 있다면. 어떤 기원에도
의지하지 않으면서, 매 순간의 작별을 시작하면서.

2024년 7월
이광호

차례

1. 문학 장치

비평의 시대착오

1. 반딧불의 시간과 시대착오로서의 비평

무슨 질문을 해야 할까? 한편으로는 모든 것이 달라진 것 같은 확신에 찬 시간이 있다. 과거와는 완전히 다른 시대를 살고 있다는 감각 말이다. 다른 한편으로는 연대기적인 질서를 거슬러 불쑥 출현하는 시대착오적인 시간이 있다. '우리의 시대'라고 믿는 시간들의 눈부심 사이로 잿빛 잔해들이 떠오른다. 투명해 보이는 시간의 수면 위로 침전물이 떠오르는 순간, 어느 시간에 속하는지 모를 유령적인 존재가 출현한다. 시대의 이름과 이념을 확신에 차서 말하기 위해서는 시대의 서사를 받아들여야만 한다. 지금 이 시대는 어디에서 왔으며 어디로 가고 있다는 그 거대한 이야기. 하나의 동질적 시간의 준거를 세워놓고 그것으로부터 시대의 서사를 만들어낸다. 거대한 이야기에는 언제나 신화적인 기원이 있어야만 한다. '그때' 이후 세상이 달라졌다는 확신이 있어야만, '그때 이후'의 세상에 내가 살고 있다는 믿음이 지탱된다. 현재를 규정하는 역사의 이름이라고 믿는 것 안에는 신화적인 계기들이 있다. 그런데 사실은 별로 달라진 것이 없다거나, 시간의 잔해들이 불편한 징후들을 드러낸다면 어떻게 될까? 오래전의 이미지들 안에서 이미 미래가 발견된다면 그 '미래의 기억'[1]은 어떻게 말해져야 할까?

'반딧불의 잔존'이라는 이름으로 역사와 시간에 다른 상상력을 도입한 것은 디디-위베르만이었다. '잔존'은 연대기적 질서를 횡단하며 산발적으로 출현하는 유령적인 것이다. 유령적인 존재는 나이와 시대구분을 무의미하게 만든다. 잔존의 관점에서 현재와 과거와 미래는 모두 시대착오적인 시간성이며, 과거와 완전히 단절된 시대정신이나 순수한 기원은 불가능하다. 잔존의 시간은 잠재적인 것이 현실화하는 '징후'의 시간성이다. 반딧불의 미광은 강한 빛의 권력과 대비되며 어둠 속에서 여전히 약한 빛을 발산하고 춤을 춘다. 그 춤은 서로를 부르며 공동체를 만들려는 춤이기도 하다. 잔존과 징후로서의 반딧불은 완전히 소멸하지 않은 채 산발적으로 출현과 소멸, 재출현과 재소멸을 반복한다. 반딧불이 출현하는 뜻밖의 시간은 완전한 종말 이후 도래하는 부활의 시간이 아니라, 약한 빛의 잔존이 재출현하는 시간이다.[2]

잔존의 시간을 긍정한다는 것은 동시대가 동일한 시간 위에 구

1 크리스 마커의 에세이 영화 「미래의 기억Le Souvenir d'un Avenir」(2021)에서 가져옴. 크리스 마커는 사진작가인 드니스 벨룅이 촬영한 사진의 이미지들을 재료로 하여 시공간을 뒤섞는 이미지들을 몽타주한다. 이미지를 다른 맥락으로 전환하는 보이스오버 내레이션을 통해, 과거의 이미지 안에 잠재된 미래를 '기억'한다. 여기서 현재는 과거의 이미지 안에서 숨겨진 것으로 나타나면서, 망각의 시간을 둘러싼 영화적 사유 과정을 보여준다.

2 조르주 디디-위베르만, 『반딧불의 잔존』, 김홍기 옮김, 길, 2020. '이미지의 정치학'이라는 차원에서 그가 주목한 것은 미술사학자 바르부르크의 '잔존' 개념이었다. 르네상스 미술 속에 고대적인 것이 있다면 그것은 완전한 소멸 이후의 '부활'이 아니라 '잔존'이다.

축되지 않는다는 것이며, 동시대라는 이름 아래의 비동시성을 사유한다는 것이다. 비평에 있어서 이런 동시대성의 문제에 천착한 이는 강동호이다. 강동호는 '우리'를 주체화하는 구조적 힘들을 역사적으로 탐구하는 푸코의 '비판' 개념을 빌려, 비평적 실천을 '현재'라 부르는 시간 속의 동시대성을 성찰하는 자리로 만든다. 동시대성은 "동일한 평면에서 병렬 공존하는 시간들, 나아가 적대적 응축이란 형식 속에서 펼쳐지는 혼전의 상태이다".[3] 평론가가 역사적 사유로서의 비판을 수행한다는 것은, "현재에 가해지는 적대적 힘들의 (과거와 미래에서 발원하는) 양가적 기원을 이해하되, 그것에 온전히 포섭되지 않을 잠재적 가능성을 찾"[4]는 것이기도 하다. 그에게 비판적 실천을 수행하는 평론가는 '비평의 독립적인 시제'[5]를 사유하는 동시대인인 것이다.[6] 강동호의 동시

3　강동호, 『지나간 시간들의 광장』, 문학과지성사, 2022, p. 18.

4　같은 책, 2022, p. 19. 더불어 다음 내용 참조. "동시대성은 현재와의 일치를 가리키지 않으며, 새로움이나 진화 또는 발전과 같은 미래의 형성으로 표상될 수 있는 성격의 것도 아니다. 그것은 과거와 미래를 설명하고 예측하는 기점으로서 현재가 발휘하고 있는 위력에 대한 불만, 더 나아가서는 현시대와의 불일치를 호소하는 목소리들 틈에서 발견될 수 있다. 그런 의미에서 동시대성은 현재를 위기로 인식하는 시각을 포괄하되, 현재라는 개념 자체의 근본적인 불확실성 속에서 해명되어야 한다"(같은 책, p. 17).

5　"과거, 현재, 미래라는 특정한 시간대에 온전히 통치받지 않으려는 이론적 실천, 즉 비판의 세속적 비평에서 비평의 시간을 찾아야 한다. 비평의 독립적인 시제는, 비판적 사유와 글쓰기가 다양한 방식으로 실천되는 복수의 시간성 속에서 수행적으로 증명될 것이다"(같은 책, pp. 257~58).

6　"동시대인은 망명자와 유사해 보이지만 자신이 돌아가야 할, 혹은 도달해야 할 진정한 시공간이 따로 있다고 주장하지 않는다. 그것은 자신이 속한 현재와의 불화 속에서, 그리고 그 싸움이 창출하는 어긋난 시간성 안에 아직 머물러 있다. 결과적으로 동시대인의 비전은 다소 시대착오적인 측면이

대성을 둘러싼 비평적 실천은, 1990년대 이후 문학의 '통치성'이라는 문제 설정을 바탕으로, 새로운 '문학주의'의 득세 이후 페미니즘 리부트라는 문학장의 변화를 목도한 평론가의 자기 성찰이라고 할 수 있다. 그의 비평이 '문학주의-페미니즘/퀴어' 담론의 역사적 진행 과정을 응시하면서 역설적으로 '문학주의의 통치성'을 드러내게 된다면, 그 응시 너머에서 또 다른 동시대성의 지형도를 발견할 수는 없을까?

아감벤이 동시대성이란 "위상차와 시대착오를 통해 시대에 들러붙어 있음으로써 시대와 맺는 관계"[7]라고 말하고 디디-위베르만이 "시대착오가 모든 동시대성을 관통하고 있다"[8]라고 통찰했을 때, 시대착오는 다만 제거해야 할 것이 아니라 동시대성을 사유하기 위한 정치적 상상력이다. 비평이 자기 시대를 의미화하고 규정하는 것은 비평 주체가 자신이 속한 시간을 주체화하려는 것이다. 시간에 대한 사유를 적극적으로 드러내지 않는다고 하더라도 비평은 자신이 속한 시간대를 무의식적으로 규정하고 있다. 그 규정의 핵심적인 사안은 지금 이 시대가 어디에서 시작되었는가 하는 '기원'과 '준거'를 설정하는 일이다. 하나의 기원을 특정하고 특권화하는 것은 과거-현재-미래의 서사를 만들어내는 역

있는데, 그것은 그가 시대로부터 뒤떨어져 있기 때문이 아니라 패배를 예감하면서도 현재와의 불화를 멈추지 않기 때문이다"(같은 책, p. 23).

7 아감벤은 '유아기'는 지나갔음에도 현재에 남아 있는 시간성의 잔존으로서 내부의 비인간적인 경험의 영역이며, 언어 이전 목소리의 잔존이라고 개념화한다(조르조 아감벤, 『유아기와 역사』, 조효원 옮김, 새물결, 2010, p. 98).

8 조르주 디디-위베르만, 같은 책, pp. 184~85.

사의 주체화 과정이다.

하지만 역사적 필연성으로서의 문학의 역사는 문학적 사건들의 개별적인 역동성을 이해할 수 없게 만든다. 문학의 시간은 탈균질화된 공간이고 환원 불가능한 개별성들이 만드는 사건들의 세계이다.[9] 비평은 '우리 시대'에 대한 전면적인 규정의 실패와 불가능성을 사유하고 다른 잠재적인 시간을 상상할 수 있어야 한다. 비평의 시대착오를 사유한다는 것은 두 가지 맥락을 동시에 갖는 것이다. 하나는 동일한 시간으로서의 '우리 시대'를 둘러싼 시대착오에 대해 비판적인 성찰을 개입시키는 것을 의미한다. 또 다른 측면에서 역사의 '몽타주'를 가능하게 하는 비판적 시대착오는 다른 정치적 상상력을 작동시키는 것이다. '시대착오의 역설'이라는 사유로부터 비평의 다른 리듬이 시작될 수 있을까?

2. '페미니즘 리부트' 이후의 시간

한국문학장의 지배적인 비평 담론으로서 '페미니즘/퀴어' 담론을 말하는 것은 자연스러워 보인다. 이런 담론이 문학권력 비판과 문학의 정치성을 둘러싼 논의의 연장선에서 이루어졌다는 점은 다시 상기될 필요가 있다. 한국문학의 주체가 '남성-이성애

---

9   사건이란 역사 자체를 철폐시키면서 출현하는 예측 불가능한 잉여-부가물이다. "사건이란 상황, 의견, 제도화된 지식과는 '다른 것'을 도래시키는 것이다"(알랭 바디우, 『윤리학』, 이종영 옮김, 동문선, 2001, p. 84).

자-비장애인'으로 설정되고 과잉 대변되었다는 것은 자명하며, 이에 대한 비판이 '문학성' 자체에 대한 근본적인 심문으로 전환되는 것은 필연적이다. 지난 몇 년간 수많은 페미니즘/퀴어 비평 담론이 쏟아져 나왔고, 새로운 작가-독자들이 만드는 페미니즘/퀴어 텍스트를 의미화하려는 강렬한 의지와 다른 문학성을 둘러싼 세밀한 논의가 넘쳐났다. 문학 시장에서의 '여성 서사'가 지배적인 문학 상품이 되었고 남성 서사는 상대적으로 퇴조했으며, 페미니즘을 전경화하는 평론가 집단의 약진은 제도권 비평 지형을 변화시켰다. 이런 움직임은 남성 중심의 문학 시스템을 보편적인 것으로 받아들이는 문학 장치들에 균열을 가했다.

물론 이런 비평 담론들을 둘러싼 외재적·내재적 비판 역시 이어졌다. '정상성'의 구조를 비판하는 비평이 어떻게 '정체성 정치'로 환원됨으로써 탈정치화하는가 하는 내재적 비판 역시 제기된 바 있다.[10] 페미니즘/퀴어 비평 담론을 '정치적 올바름'이나 '정체성 정치'의 한계를 지렛대 삼아 외재적인 위치에서 비판하

---

10 "최근 퀴어문학론은 문학 주체의 성별 정체성이나 성적 선호를 '퀴어문학'의 정의에 포함하려 하지만, 작가가 말하지 않는 한 타인이 그의 성별 정체성이나 성적 선호를 식별할 수 있을 리 없다. 누군가의 젠더와 섹슈얼리티를 본질주의적으로 상상하는 모든 시도는 필패다. 퀴어문학에 대해 우리가 확언할 수 있는 것은 그것이 성별 이분법과 이성애적 지배 질서로 환원되지 않는 현상 및 상상력으로 포착하고 실험함으로써 '정상성normality'이라는 기율이 허구임을 드러내는 정치적·미학적 효과를 산출하는 문학이라는 점뿐이다. 물론 그마저도 '퀴어문학'을 고정적이고 규범화된 점주로 사고하지 않는 한에서만 유효하다"(오혜진, 「지금 한국 퀴어문학장에서 '퀴어한 것'은 무엇인가(1)」, 『문학과사회 하이픈』 2018년 겨울호, pp. 80~81)와 같은 페미니즘/퀴어 비평 담론 내부의 비판은 충분히 경청할 만하다.

는 것은 손쉬운 비판의 방식일 것이다. 페미니즘/퀴어 비평 담론 비판에 그런 개념을 등치시키는 것 자체의 정치적 의도를 재비판할 수도 있다.[11] 문제는 페미니즘/퀴어 비평 담론의 전제들이 정치적 올바름이나 정체성 정치라는 개념과 무관한 자리에서 출발할 수 없었다는 점이며, 따라서 이런 개념들의 정치적 함의를 성찰하는 페미니즘/퀴어 비평 담론의 비평적 실천이 요구된다.[12] [13] 그것은 비평 담론의 공론장을 축소시키는 '정체성 비평'과 규범

---

11 정치적 올바름의 개념을 이용한 페미니즘 담론 비판에 대해서는 다음을 참조. "최근 그 용어가 '문학의 자율성' 혹은 '문학적인 것'을 지켜내기 위한 목적으로 비판적으로 호출되는 맥락은 재고가 필요하다"(조연정, 「같은 질문을 반복하며」, 『문학은 위험하다』, 민음사, 2019, p. 403).

12 로베르트 팔러는 개인 또는 집단이 그들이 속한 정체성에 따라 받게 되는 현실적인 차별과 불평등을 인식하고 이를 해소하는 데 집중하는 '정체성 정치'를 '사이비(유사) 정치'라고 규정하고, 실질적인 불평등의 해소에 필요한 공론의 장을 허무는 '신자유주의-포스트모더니즘 기획'이라고 비판한다. 정체성 정치가 결국 평등의 정치를 사장시키고, 다양성을 위한다는 투쟁이 다양성 그 자체를 확보할 수 없는 구조적인 모순을 드러낸다는 것이다. "우리가 우리의 무언가를 위해 싸워야만 한다면, 그것은 우리의 멍청한 정체성의 특수성이 아니라, 이 정체성을 비판적으로 대하고 경우에 따라서는 정체성과 결별하는 자리에 우리를 데려다놓는 보편성이어야 한다. 이 보편성은 같은 투쟁을 하는 다른 이들과 우리가 연대하도록 해준다"(로베르트 팔러, 『성인언어 — 정치적 올바름과 정체성 정치 비판』, 이은지 옮김, 도서출판 b, 2021, p. 198). 서구 사회와 한국에서의 정체성 정치의 상황이 다르고, 정체성 정치에 대한 비판이 지나치게 냉소적이기는 하지만, 이런 논의는 정체성 정치를 비판적으로 재성찰하는 데 도움을 준다.

13 "페미니즘을 비롯한 소수자 정치학은 그 자신이 대표, 대변, 재현하고자 하는 소수자 집단 혹은 정체성 집단과 언제나 긴장 관계에 놓여 있으며, 나아가 언제나 그 대표, 대변, 재현에서의 실패의 가능성을 마주하고 있다"(김보명, 「보수적 페미니즘은 '여성'을 구할까?」, 『문학과사회 하이픈』 2021년 겨울호, p. 60).

화된 '정치적 올바름'을 비판적으로 사유하고 페미니즘/퀴어 담론을 재정치화하는 것을 의미한다.[14] [15]

여기서 재정치화하려는 것은 페미니즘 비평이 준거로 삼고 있는 '시간'에 관한 것이다. 페미니즘/퀴어 비평 담론들이 공유하는 역사적 자의식의 하나는 '페미니즘 리부트' 이후의 시간이다. 2016년의 5월의 강남역 살인 사건과 같은 해 10월의 문단 내 성폭력 해시태그 운동의 분출은, 새로운 페미니즘 비평을 둘러싼 역사적 전환의 기점이 된 것으로 보인다.[16]

2016년 이후는 젠더 이슈를 둘러싼 일종의 집단적 각성이 시

---

14 페미니즘/퀴어 담론의 내부에서 적발과 단절의 정치에 대한 경계가 이미 제기되어 있다. "적발과 폐기를 통해 다른 문학이 열릴 것이라는 믿음은, 새로운 독법이 날카로운 '단절'과 새로운 세계로의 '진입'을 통해 선명하게 마련될 것이라는 이전 시대의 전망과 짝을 이룬다. 이런 인식이야말로 함께 넘어설 때가 되었다. 우선 필요한 것은 '보편적, 중립적, 객관적' 관점을 상정하는 나르시시즘적 권력을 탈중심화하는 일이다"(소영현, 「페미니즘이라는 문학」, 『문학은 위험하다』, p. 231).

15 "민주주의가 민주주의 정의를 둘러싼 분투를 포기할 때 '정치적으로 올바른' 언어와 태도에 집착하는 것처럼, 문학 역시 스스로의 정치성에 대한 탐구와 질문을 접어둔 채 협소하게 규정된 '정치적으로 올바른' 문학에 속박당할 위험에서 자유롭지 못하다"(황정아, 「'문학의 정치'를 다시 생각한다」, 『창작과비평』 2021년 겨울호, p. 20).

16 "사회의 중요한 사건들은 잠재된 '적대'의 분할선을 표면화시키고 조정하는 기능을 한다. 그런 점에서 2010년대 한국 문단에서 빼놓을 수 없는 핵심적인 사건은 2015년 신경숙 표절 사태이자 2016년 문단 내 성폭력 말하기 운동일 것이다"(강지희, 「동시대성을 재감각하기」, 『자음과모음』 2020년 겨울호, p. 275); "불과 몇 년 사이에 이른바 표절 사태와 '문단_내_성폭력' 해시태그 운동을 거치며, 우리는 자연스럽게 문학을 이전과는 다른 방식으로 읽게 되었다"(조연정, 「문학의 미래보다 현실의 우리를」, 〈문장웹진〉 2017년 8월).

작된 시기이고, 이것이 페미니즘 문학과 비평의 역사적 재가동의 기점이 되는 것은 자연스러워 보인다. '리부트reboot'라는 말 자체가 시간의 '새로운 시작'에 관련된 개념이고 동사형이다. '페미니즘 리부트 이후'라는 시간은 비평 문학장에서 암묵적으로 승인된 문학사적 '단절-재출발'의 감각으로 자리 잡았다. 2016년 페미니즘 리부트 이후의 시간을 '현재' 혹은 '동시대'로 설정하는 것은 어떤 정치적 효과를 낳는 것인가 하는 질문이 지금 시작될 필요가 있다.

2016년 페미니즘 리부트 논의에서 발견되는 논리 중 하나는 그때 이후 '현실' 혹은 '현실'을 보는 관점이 달라졌다는 것이다.[17] 현실이라는 개념이 '객관적인' 사회적 현실을 말하는 것이라면, '여성의 일상이 재난'이라는 현실은 언제부터 시작되었고 언제부터 드러난 것인가? 물론 2016년 이전에는 한국 사회에서 억압이 존재하지 않았다거나, 혹은 그에 대한 저항의 움직임이 없었다는 주장은 아닐 것이다. 2016년 이전에도 한국 사회에서 여성 차별과 억압의 상황은 심각했으며, 거기에 대한 저항은 더욱 처절하

---

17 "2016년의 강남역 살인'사건 이후, 여성의 일상이 '현실'의 범주로 포착되기 시작하면서부터 문학을 읽고 쓰는 이들의 '현실'이라는 단어의 공통 감각은 분화되기 시작한다. 여성에게는 일상이야말로 재난 그 자체였음을 깨달은 여성들의 목소리가 거리에서 울려 퍼지기 시작하자, 여성의 목소리를 자신이 알고 있던 '현실'이라는 단어에 새로이 포섭하면서 그동안의 자신의 문학이 무엇이었는가를 비판적으로 재구성하며 앞으로의 문학을 모색하려는 이들이 있는 한편, 이러한 모색을 문학을 옥죄는 검열의 시도로 받아들이며 오히려 이로부터 문학적 자유를 지켜야 한다는 사명감으로 자신의 문학을 만들어 가려는 이들로 나뉘기 시작한 것이다"(장은정, 「죽지 않고도」, 『문학은 위험하다』, pp. 97~98).

고 지난했다. 그럼에도 불구하고 동시대의 '현실'이 다르게 감각되고 인식된다면 그때의 현실은 어떤 개념인가? 여기에 대해서는 '가시성'의 문제라는 측면에서 이해해야 할 것이다.[18] 사회적인 맥락에서 드러나지 않았던 현실이 드러났다는 것은, 2016년 페미니즘 리부트 담론을 이해하는 데 도움을 준다. 현실-이미지는 어떤 특정한 시기에 이르러서야 비로소 '가시성'과 '가독성'의 시점에 도달하게 되며, 그 현실을 결정적인 '지금의 현실'로 만드는 것이 비평의 수행성이기도 하다. 그 가시성의 문제를 '리부트의 주체' 혹은 '가시화하는 주체'의 문제로 구체화하면 또 다른 질문의 공간이 생긴다. 문학장의 영역에 한정해서 생각한다면 '가시화'의 문제를 재맥락화할 수 있다. 문학장에서는 그 가시화가 2016년 이전에는 일어나지 않았던 것인가, 혹은 사회적 가시화는 문학적 가시화의 영역과 어떻게 같고 또한 다른가를 질문할 수 있다.

젠더 이슈에 대한 가시화는 한국문학의 장에서는 2016년 이전에도 존재했다. 한국문학에서의 여성-페미니즘을 둘러싼 역사는 '이성애자 남성 지식인 문학'이 지배적이었던 시간 속에서 이미

---

18 2016년 강남역 살인 사건이 페미니즘 이슈의 기폭제가 된 것에 대해 소영현은 다음과 같이 쓴다. "여성혐오에 대한 범죄인가의 여부보다 주목할 점은 그 사건을 계기로 살인 사건이 갖는 젠더적 성격에 대한 시야가 열렸으며, 젠더 프리즘을 통해 복원된 현실 사회의 전방위적 여성혐오 실태가 가시권으로 들어오게 되었다는 사실이다. 가시화되지 않았던 폭력이 범주화되고 언어화되었으며 발화되지 못했던 불안과 공포, 분노가 들리고 공유되는 목소리로 분출되기 시작했다"(소영현, 「페미니즘이라는 문학」, 『문학은 위험하다』, p. 212).

시작되었으며, 수많은 문제적 텍스트를 굳이 호명할 필요도 없을 것이다. 2016년이라는 역사적 출발의 시점은 젠더 이슈의 사회적 부상이라는 측면에서는 사회사적인 정당성을 갖추고 있다고 하더라도, 페미니즘 문학의 역사적 시간들을 단절의 감각으로 바라볼 가능성을 내포한다. 2016년 이전의 시기를 '과거화'할 때 의식적으로 청산되는 것은 그 이전의 남성 중심적 문학의 전통이지만, 1980년대 이후 한국문학에서 치열하게 전개된 여성-페미니즘 문학의 중요한 성취들 역시 '과거화'될 수 있다. 물론 2016년 페미니즘 리부트 이후 단절의 감각에 대해 한국 여성 문학사의 연속성을 탐구하고 문학사를 젠더링하는 노력들이 없는 것은 아니며,[19] 현재의 페미니즘/퀴어 비평 담론이 2016년 이전의 여성 문학 텍스트들을 삭제하고 있다고 말하는 것도 아니다. 2016년의 사회적 사건들을 둘러싼 문학적 주체들의 '충실성'은 의미 있는 것이지만, 담론의 정치적 효과는 담론 주체의 의도와는 다른

---

19 "무엇보다도 현재 문학장 안팎을 막론하고 활기차게 번져 가는 이런 시도들과 분위기가 유례없이 나타난 일시적 사태도, 우연히 형성된 돌발적 현상도 아닌 만큼이나, '페미니즘 문학'의 흐름/진행/전진이 갑작스러운 열기인 것도, 오직 현재적 사건인 것도 아니다. 최소한 지난 일이십 년간 한국문학에서 '여성성' '여성 문제' 등을 키워드로 했던 (혹은 하지 않았던) 논의들은 현재적 상황과 더불어 재고되어야 할 것이다. 과연 한국문학은 내내 여성 문제에 무관심하다가 이런저런 사회적 맥락 속에서 부각된 페미니즘 이슈에 이제 막 부응하기 시작한 것인가? 1990년대, 2000년대를 지나며 질적으로 양적으로 급속 성장했던 여성 작가들, 비평가들의 행보는 최근의 페미니즘 논의와 어떻게 연결될 것인가?"(백지은, 「전진(하지 못)했던 페미니즘」, 『문학은 위험하다』, pp. 124~25). 그 밖에 조연정의 『여성 시학, 1980~1990』(문학과지성사, 2021) 이 있다.

시대적 단절의 감각을 만들어낼 수 있다.[20]

2016년 이후 한국문학장이 어떻게 달라졌는가 하는 질문 역시 덧붙일 수 있다. 적어도 문학 시장에서 지배적인 문학 상품은 여성 서사로 교체되었다고 할 수 있고, 문예지 비평 담론의 테마와 비평 주체의 측면에서 새로운 페미니즘의 약진은 두드러졌다. 상대적으로 보수적인 문학상이라는 제도적 장치에서조차 여성 서사와 여성 작가들의 수상이 지배적인 것이 되었다. 새로운 '독자 시대'라는 적극적인 호명이 있지만, 페미니즘/퀴어 문학과 비평의 확대를 만든 물질적 계기는 새로운 독자층의 수요와 소비가 만든 페미니즘/퀴어 문학 시장의 활성화였다. 새로운 독자 집단의 능동성에는 사회 변화에 대한 열망이 반영되어 있다는 측면은 주목할 만한 것이다. 그럼에도 불구하고 정말 다른 '우리 시대'가 도래한 것일까?

---

20 특정한 시대적 사건을 기원으로 하는 비평 담론은 한국 근대문학과 비평의 출발 이후 남성 중심적 문학 시스템에서도 반복되어온 것이다. 이를테면 1970년대의 '문학과지성'이라는 새로운 비평 그룹이 전면적으로 등장했을 때 '4·19 세대'와 '한글세대' 같은 세대적 정체성의 설정은 4·19라는 역사적 사건과 한글로 교육받은 최초의 세대라는 역사적 준거와 동세대 작가들의 등장이라는 문학사적 근거가 있었음에도 불구하고, 1950~1960년대의 '전후문학'의 성취들을 과거화하고, 한국 현대문학의 세대적 기원을 특권화하는 정치적 효과를 갖게 된다. 한국문학사에서 반복되는 세대적 기원의 문제는 한 문학 세대의 문학적 성향를 설명하는 데 기여해온 것이 사실이다. 하지만 역사적 사건과 문학적 집단의 등장이 반드시 일치하지 않으며, 한 세대의 문학적 정체성이라는 것 역시 동일한 것으로 규정하기 어렵다. 더욱이 이 기원이 하나의 문학 세대의 특권화된 기원으로 독점될 경우 일종의 세대론적 나르시시즘으로 귀결될 수 있다. 문학사의 세대론적 전회와 관련하여 필자의 비평 작업 역시 이런 비판으로부터 자유롭지 못할 것이다.

문학사를 재배치하려는 의욕적인 논의와 독립-출판-비평을 둘러싼 의미 있는 시도에도 불구하고, 적어도 문학과 비평을 둘러싼 문학 시스템의 물질적·제도적 측면에서 2016년 이후의 세계가 완전히 달라졌다고 볼 수 있는 사회·문화적 근거는 충분하지 않아 보인다. 이를테면 '문학 교육'과 '문학 아카데미즘'을 둘러싼 제도적 층위에서 여전히 지배적인 질서는 변하지 않았다. 시장은 상대적으로 빨리 변하고 제도는 늦게 변하는 것처럼 보이기도 하지만, 사실 그 '시장-제도'의 시스템은 쉽게 무너지지 않는다. 페미니즘/퀴어 문학이 시장-제도에서 주류가 된 듯한 착시 효과와는 달리, 기존의 문학 제도와 장치들 바깥의 '장소'를 찾아내려는 소규모의 문학적 실천은 여전히 어렵다. 한국의 제도권 문학 시장 자체가 비좁기 때문에, 주류의 질서에 편입되지 않은 작고 이질적인 목소리가 발휘될 다양성의 여지는 너무나 적다. 출판 시스템과 등단 체제, 장르와 편집 시스템의 문제 등 장치로서의 문학을 넘어서려는 시도는 쉽지 않지만, 비평은 이런 시도들을 의미화할 수 있다. 문학 재생산 시스템이 완강하게 유지되는 것이 비평 혹은 페미니즘/퀴어 비평의 책임일 수는 없으며, 근대 이후 축적되었고 신자유주의 문화 산업이 강화시킨 문제이다. 그것은 한국 사회에서의 젠더 이슈의 폭발력에도 불구하고 여전히 젠더와 계급과 세대가 교차하는 사회적인 불평등의 관계가 해소되지 않고 있는 사태와 대응한다. 중요한 것은 지금의 문학 시장과 제도가 규정하는 문학 시스템을 보편적·선험적 구조로 받아들이면, 비평 담론의 파괴력은 '관성의 정치'에 포섭된다는 점이다. 지금 사유할 수 있는 것은 페미니즘/퀴어 담론의 급진성이 기존의 문학 장치들 안에서 순치되지 않도록 재정치화하는 것이다. 페미니즘 문학의 제도적·문화적·대중적 성공이 오히려 "페미니즘의 탈사회적 재구성과 신자유주의의 배치"에 포섭되는 상황은 한국 사회에서도 진행될 수 있다.[21] 담론의 파괴력은 시간을 향하고 있지만 현실적으로는 시장-제도의 시스템 안에서 발휘된다. 문학 장치들을 둘러싼 거대하고 동시에 촘촘한 시스템의 측면에서 본다면 한국문학에 '다른 시대'가 찾아왔다는 기대는 아직 풍문일지도 모른다. 다른 시대를 살고 있다는 감각보다 중요한 것은 우리가 정말 다른 시대를 살고 있는가라는 성찰적인 질문이다. 2016년 페미니즘 리부트라는 기원의 설정은 젠더 이슈를 적극적으로 정치화하려는 '가시화'의 시도라고 할 수 있다. 그럼에도 불구하고 페미니즘 리부트 이후의 시간을 둘러싼 정치적 함의와 효과에 대한 성찰은 페미니즘 '리부트'를 '재리부트'하고 재정치화하기 위해서 시작될 수 있다. "여성문학은 매번 '문학'의 최전선에서 '문학' 그 자체를 심문해 왔다"[22]는 명제는 여전

---

21 김보명, 「보수적 페미니즘은 '여성'을 구할까?」, 『문학과사회 하이픈』 2021년 겨울호, p. 55. "페미니즘 대중화 시대에 등장하는 보수적, 상업적, 신자유주의적, 주류적 페미니즘은 '페미니즘'을 거부하기보다는 오히려 이를 적극적으로 주장하고 전유하면서 여성들의 '진정한' 대변자가 되기를 자처한다. 일련의 '새로운' 대중적 페미니즘의 사례들은 전 시대와 세대에 형성된 페미니즘 이론과 여성운동의 유산을 신자유주의적 통치성에 맞게 취사선택하고 재조합하면서 페미니즘을 사회적, 집합적, 연대적 실천의 프로젝트가 아닌 개인적 정체성과 실천, 그리고 문화적 토큰으로 재구성했다"(같은 글, p. 54).
22 심진경, 「여성문학의 탄생, 그 원초적 장면: 여성·스캔들·소설의 삼각관계」, 『문학을 부수는 문학들』, 민음사, 2018, p. 66.

히 강력하고 유효하며, 역사적 기원과 중심을 해체 및 재구성하는 것은 페미니즘/퀴어 담론의 비평적 수행성이다.

3. '개벽'과 '촛불'의 시간

동시대의 비평 담론에서 국민국가라는 영토적 시간 내부에서 민족 이야기를 설정하는 담론이 여전히 힘을 갖고 있다는 것은 놀라운 일이 아니다. 이른바 '창비 담론'에서 '분단 체제'와 '근대 이중 과제'와 '한반도식 나라 만들기' 같은 개념으로 한국사와 한국문학장을 포괄하는 거대 서사를 재생산해온 것은 널리 알려진 사실이다. 2016년 이후 이 거대 서사에는 2016~2017년의 '촛불 혁명'이라는 '거대한 전환의 요구'로서의 역사적 계기가 만들어졌다. "촛불 혁명이라는 민중 주도 민주적 변화의 거대한 사건"[23]은 백낙청이 주도하는 '창비 담론'의 민족 서사에서 새로운 장을 열어준 것으로 보인다.

여기서 문제화하려는 것은 '촛불 혁명'이라는 '우리 시대'의 서사를 '개벽'이라는 기원의 연속선에서 사유하는 역사적 테제이다.[24] '갑오농민전쟁' 혹은 '동학농민운동'이라는 농민 계급투쟁

---

23 백낙청, 『근대의 이중과제와 한반도식 나라만들기』, 창비, 2021, p. 6.
24 "그런데 촛불정부 논의에 군이 '개벽'을 끌어들이는 이유가 무엇인가? 첫째, 촛불혁명의 위력이 갑자기 생긴 것이 아니라 이 땅에 깊은 뿌리를 지녔다는 자긍심과 자신감을 갖기 위해서이다. 촛불대항쟁 이전에 2002년, 2004년, 2008년 등의 예행연습이 있었음은 물론 4·19, 5·18, 6월 항쟁 등의 오랜 민중

의 주체성을 드러내는 역사적 개념 대신 '후천개벽운동'이라는
종교 사상을 앞세우는 역사 인식은 나름의 의미가 있을 것이다.
민족 서사의 '정치신학적' 전회는 주목할 만한 기획이다. 혁명을
둘러싼 진보적인 사상의 뿌리를 서구가 아닌 한국 내부에서 찾는
것도 분명 중요한 지적 실천이다. 문제적인 것은 그러한 역사적
기원을 둘러싼 종교사상적 개념으로부터 한국 민족사 전체를 연
역적으로 설명하는 시도이다. 후천개벽운동이라는 역사적 기원
은 현재에도 작동하는 과거의 영원한 표상이며, 그로부터 연속적
인 역사적 서사가 만들어진다. '개벽'이라는 개념 자체가 역사의
결정적인 구획을 상정하는 시간 의식을 품고 있다. 개벽이란 개
념은, 천지가 처음으로 새로 열리고 어지러운 세상이 뒤집혀 다
시 평화로워진다는 의미이고, 최초의 개벽이 '선천개벽'이고 5만
년 뒤의 혼란스러워진 세상을 다시 개벽하게 되는 것이 '후천개
벽'이라고 명명한다. 우선, 동학 이후 시대에 나타난 '선천·후천'
의 종교적 개념을 갑오농민전쟁이라는 민중 투쟁 역사에 기입하
는 것은 어떤 정치적 효과가 있었는가? 또한 수운의 '다시개벽'을
'후천개벽'이라는 개념으로 동일화할 수 있는가? 하는 문제가 있
을 수 있다. 이 점에 대해서는 김용옥의 비판을 참조할 수 있다.[25]

운동이 전개되었음은 알려진 사실이다. 더하여 6·25의 폐허에서 나라 경제를
다시 일으킨 국민적 노력, 4·19의 평화통일운동을 끈질기게 이어받아 드디어
6·15 시대를 연 민족의 저력도 생략할 수 없다. 더 긴 시간대에서는 3·1 운동이
'백년의 변혁'에 시동을 걸었고, 더욱 길게 보면 1860년의 수운 최제우의 동학
에서 비롯된 한반도 후천개벽운동의 물줄기가 3·1까지 그리고 이후로도 이어진
것이다"(같은 책, pp. 19~20).

20세기 종교의 '선천·후천'의 개념으로 역사를 단계적으로 도식화하는 것은 갑오농민전쟁 당시의 민중 사상이라고 볼 수 없다. '동학의 언어'라고 볼 수 없는 '선천·후천'의 개념을 사후적으로 갑오농민전쟁의 이념과 등치시키고, 이를 다시 한국사의 모든 도래할 혁명의 이름으로 만드는 것은 탈역사화된 이념이다. '후천개벽'이라는 하나의 시점을 통해 역사적 시간들을 단계화하고 나열하는 역사 인식은 일종의 관점주의Persfectivism이다. 역사 과정을 종교화하는 기획은 다양한 주체들과 물질적 과정이 교차하는 역사 공간을 신화화한다. 민족 서사의 특권화된 역사적 기원을 상정하고 그 기원으로부터 민중 항쟁의 모든 역사를 포괄하는 역사철학적 기획은, 역사 없는 역사로서의 추상화된 시간 의식이다.

25 백낙청과의 대담에서 김용옥은 '다시개벽'을 '후천개벽'과 등치시키고 이를 수운의 사상으로 연결시키는 백낙청의 논리에 대해 다음과 같이 비판한다. "도식적·단계적 획일주의에 기초하여 역사 변화의 결정론을 주장하지 않는 한 언어적 방편은 다 용납될 수 있습니다. 그러나 후대의 선천·후천 논의에 의하여 그러한 개념 장치가 없었던 수운과 해월의 사상마저 그러한 도식 속으로 끌어들이는 것은 잘못된 것입니다" "수운의 역사관에는 선·후천의 대비가 들어설 자리가 없습니다. 혁명은 '다시개벽'인데, 다시 개벽은 오로지 오늘 여기의 명료한 시대 인식에서 우러나온다고 주장합니다. [……] 따라서 수운의 '다시개벽'은 종교적 표어가 아니라 역사적 현실의 분석을 바탕으로한 보국안민(輔國安民)의 테제입니다" "원불교에서 선천·후천이라는 말을 쓴다면 그것은 김일부의 사상이 강증산을 통하여 원불교에 영향을 준 것입니다. 그것은 수운과는 무관한 것입니다. 원불교는 깨달음의 종교이며, 신비적 이적을 교리에 담지 않습니다. 나중에 음세계·양세계라는 말을 만들었는데, 그렇게 되면 선천개벽세는 전체가 음세계가 되어 컴컴한 밤이 되고 후천개벽세는 전체가 양세계가 되어 환한 낮처럼 광명한 세상이 될 것이니 그것은 너무 유치하고 독단적인 세계인식 아니겠습니까? 동방사상도 이렇게 결정론적으로 도식화되면 요한계시록을 외치는 휴거파 기독교와 다를 바가 없어집니다"(김용옥·박맹수·백낙청, 「다시 동학을 찾아 오늘의 길을 묻다」, 『창작과비평』 2021년 가을호, pp. 118~20).

'촛불'을 '개벽'의 연장선상에서 설명하려는 시도 역시 이 연장선상에 있다. 억압적이고 불합리한 권력에 대한 저항의 성격을 갖는다는 측면에서 동학농민전쟁과 촛불 시위 사이의 역사적 연속성을 사유할 수 있다. 문제는 그것을 후천개벽이라는 종교 사상으로 환원할 때 생기는 신화화의 지점이다. 촛불 시위가 과연 혁명에 준하는 사회적 상황인지, 촛불 시위를 혁명이라고 규정할 때 어떤 정치적 효과가 발생하는지를 물어볼 수 있다. 촛불 집회가 '진정한 예외 상태'로서의 혁명이라고 할 수 있을까? 광장에 집결한 시민들은 의회민주주의의 한계에 타격을 가할 직접민주주의의 잠재성을 보여주었지만, 그것이 혁명이라고 불리려면 권력 질서의 물질적 차원에서의 단절이 있었어야 할 것이다. 혁명은 대의 민주주의와 의회 권력을 합법적으로 '정상화'하는 것이 아니라 그것을 정지시키는 힘일 것이다. 촛불 시위는 체제 자체의 혁명적인 해체라기보다는 "자유민주주의 대의제를 복원하고 현실 정치를 정상화하는 과정"[26]에 가까웠다. 촛불 시위의 '혁명적인 의미'는 오히려 온라인 네트워크를 기반으로 한 다중적

---

26 "촛불 집회는 자유민주주의적 대의제를 복원하고 '현실 정치를 정상화'하는 과정, 그러니까 광우병 이후 반복된 민주주의 투쟁의 타성적인 규칙을 되풀이하였다. 저항은 변화라기보다는 안정과 회복을 위한 평계처럼 보였다. 흔히들 '87년 체제'라고 부르는 정치체제 아래에서 저항의 끈질긴 한계는 이제 돌이킬 수 없는 모습이 되는 듯싶었다. [……] 어찌 보면 촛불 집회는 정치적 격변이 어떻게 시간과 관계 맺을 수 있는지를 잘 보여주는 정치 퍼포먼스의 사례라고 할 수 있다. 수많은 시민들이 결집한 집회 현장은 이것이 어떻게 내일을 구성하는 행위가 될 것인가보다 오늘 여기에 모인 우리들을 자기 반영적으로 점검하고 즐기는 이들의 몸짓, 신체적 연행(演行)으로 충만하였기 때문이다"(서동진, 『동시대 이후: 시간-경험-이미지』, 현실문화연구, 2018, p. 11).

주체들과 시위의 퍼포먼스를 둘러싼 새로운 차원의 사회·문화적 수행성이라고 말해볼 수 있다.[27]

'후천개벽-촛불'이라는 신성한 민족 서사에 사회적 모순과 대결하는 모든 투쟁들을 포섭하려는 거대한 기획과, '촛불 혁명의 주인 노릇' 같은 개념으로 역사의 주체화를 손쉽게 사고하는 것은 역사에 대한 종교화이며 '전-비판적인' 관점이다. 이런 이념 체계에는 후천개벽을 둘러싼 신성성과 '나라 만들기' '주인 노릇'과 같이 세속화의 기획이 기묘하게 결합되어 있다. 단일한 정체성을 가진 민중이 실체적으로 존재하는가 역시 근본적으로 질문되어야 하며, 그것이 존재한다면 각각의 역사적 국면에서 수행적인 정치 행위를 통해 구성되는 비균질적인 집단일 것이다.[28] '개

27 일찍이 개벽 사상을 선도적으로 주창한 김지하는 촛불에 대해 다음과 같이 말한다. "촛불은 무엇인가? 그것은 한마디로 경건하고 고즈넉한 '모심'입니다. 마음으로부터 솟아오르는 중력의 표현입니다. [……] 혁명이 아니라 우주를 여는 것, 마음을 여는 개벽입니다. 이러한 전제 속에 그 요체를 살펴보면 크게 세 가지로 정리해볼 수 있습니다./첫 번째는 토론, 합의, 문화정치적 표현 등이 꼭 고대 직접민주주의인 화백과 같다는 것. 그래서 아시아적인 네오르네상스의 조짐 같다는 것./두 번째는 『화엄경』의 '인드라망' 같다는 것. 세계 그물의 네트워크 속에서 수많은 그물코마다 수많은 보살들이 일어나 저마다 서로 다른 독특한 의견을 시끄럽게 떠들어대는 월인천강(月印千江) 같다는 것. 마지막으로 세 번째는 후천개벽과 연관된다는 것입니다. 온난화의 더위와 간빙기의 추위가 엇섞여들고 북극의 해빙과 적도의 결빙 등의 우주적 대변동의 때에 일어나는 새로운 문화질서라는 것이지요"(『김지하 마지막 대담』, 김지하·홍용희, 도서출판 작가, 2023, p. 153).

28 "단순한 인민이란, 즉 단일성, 정체성, 총체성 또는 일반성으로의 '인민'이란 간단히 말해 존재하지 않는다고 말할 수 있다"(조르주 디디-위베르만, 「감각할 수 있게 만들기」, 알랭 바디우 외, 『인민이란 무엇인가』, 서용순 외 옮김, 현실문화연구, 2014, p. 98). 조르주 디디-위베르만은 순간적이고 감각적인 이미지들을 통해 재현되는 '인민들'을 사유한다. 문제는 인민을 '감각하게 만들기'이며, 이것은

벽-촛불'의 서사는 실체로서의 '촛불 세력'을 상정하면서, 임의적인 잠재성으로서의 민중 혹은 민족-국가와 제도 '바깥'의 인민을 사유하지 않는다. 실체화된 민중 개념은 한편으로는 세속화된 '촛불 정부' '국가 만들기' 등의 개념과 만나고 한편으로는 민족서사의 정체성과 단일성으로 연결된다. '개벽-촛불'의 서사는 과도한 종교적 총체성의 시간성으로 이루어진 것이다.

더욱이 문제적인 것은 한국 사회에서 분출된 페미니즘 리부트 이후의 폭발적인 움직임조차 '개벽-촛불'이라는 거대 서사의 한 부분으로 환원되고 있다는 점이다.[29] 페미니즘 리부트의 움직임을 '개벽-촛불'의 민족 서사에 포섭하려는 시도가, '음양의 조화'라는 전통적 개념으로 남녀평등을 설명하려는 논리에 이르면, '개벽-촛불'의 전일적인 역사의식은 동양적인 관념론과 기이하게 그러나 필연적으로 결합된다.[30] 페미니즘 리부트 이후 치열하

미적·정치적 사유의 출발점이다.

29   "촛불 이후 새로운 차원에 달한 것이 성평등 문제, 특히 여성에 대한 차별과 혐오, 여성의 신변 안전 문제 들이다. [⋯⋯] '미투운동'만 해도 2016년에 이미 문단의 성폭력 사례들이 주목을 끌었고 '미투'라는 용어가 외국에서 만들어진 것이지만, 대항쟁 현장에서 부각되던 성차별 반대 움직임이 그후 촛불혁명의 일환으로 사회적 대세를 이루게 되었다. 지금은 성평등운동이 '미투'라는 고발운동에 한정되는 것을 오히려 경계하며 운동 방식의 한계를 성찰하고 성평등운동의 보편적 지평을 확대하려는 문제의식이 일어나는 수준으로까지 진화한 것으로 보인다"(백낙청, 같은 책, p. 17); "촛불혁명이 동학하고 또 가까워지는 면이, 저는 의제도 그렇다고 봐요. 첫째, 이제까지 민중항쟁에서는 남녀평등 문제가 그렇게 중요하지 않았어요. 그런데 이번에는 성평등 문제가 중요한 이슈로 부각되었고, 2016~17년 항쟁의 여파로 미투운동도 벌어지면서 큰 변화가 일어나고 있는데 그 시원이 사실은 동학이거든요"(김용옥·박맹수·백낙청, 같은 글, p. 129).

30   "여기서 '남녀'보다 '음양'이라는 동아시아 전통적 개념을 동원하면 어떨까

고 세밀하게 전개된 젠더와 페미니즘/퀴어 이슈를 둘러싼 비판적 담론들을 상기하면 '음양의 조화'를 여성해방과 연결 짓는 논리는, 정치적 상상력이 고갈되었다는 의미에서 '시대착오'적이다.[31] 그럼에도 불구하고 이 '개벽-촛불'의 민족 서사가 여전히 강력한 '인용-담론 공동체'를 형성하고 있는 것에 대해 질문하려면, 문학적 상징 권력의 통치성에 대해 물어야 할지도 모른다.

4. '포스트휴먼'의 시간

이 시대를 비판적으로 사유하는 담론 중에 가장 급진적인 것은 '포스트휴먼' 담론일 것이다. 그것이 급진적이라는 것은 인간의 시간에 대한 근본적인 비판적 사유를 담고 있고, '근대 이후'의

한다. 현실적으로 존재해온 전통사회가 가부장적 질서였던 것과는 별도로, 태극의 음과 양은 지배·피지배가 없는 상보관계이며, 대체로 양이 승한 것이 남자요 음이 승한 것이 여자이긴 하지만 양자 각기 음양 두 면을 다 지녔고 음양의 조화를 통해서만 생명이 지속되는 것이라고 이해된다. 따라서 성평등 자체보다 음양의 조화가 구현되는 사회를 궁극적 지향점으로 삼을 때 음양의 조화를 저해하는 성차별에 대한 싸움은 그것대로 당연히 펼치면서 평등에 해당되지 않는 대목에조차 평등을 고집할 우려가 줄어듦에 따라 조화를 증진할 방안을 남녀가 함께 추진할 여지도 넓어질 것이다"(백낙청, 같은 책, pp. 251~52).

31 이미 2000년의 한 좌담에서 신수정은 다음과 같이 말한 바 있다. "지금 페미니즘을 새로운 거대 담론의 하나로 활용하는 부분이 없지 않다는 것도 사실이지요. 소위 민족 문학의 한 분과로 페미니즘 논의가 진행되고 있는 것도 그런 맥락일 텐데요. 원칙을 이야기하자면 여성 문학의 한 분과로 민족 문학이 이야기되어야 하는 것 아닌가요"(신수정·황종연·김미현·이성욱·이광호 좌담, 「다시 문학이란 무엇인가」, 『문학동네』 2000년 봄호).

모든 역사적 프로젝트에 대한 발본적인 재검토를 요구하고 있다
는 의미이다. 포스트휴먼 담론은 특정한 역사적 시기를 특권화하
지 않고 과학과 인문학의 경계를 가로지르는 비판적 사유의 프로
젝트이다. 포스트휴먼 담론의 물질적 배경이기도 한 기후 위기를
둘러싼 절박한 전 지구적인 상황은 민족의 서사나 국가주의적 문
제의식으로 해결될 수 없다. 이를테면 기후 위기의 핵심적 책임
이 있는 강대국들이 해결의 주체로서의 패권을 갖고 있는 이상,
이 문제는 국가와 민족 차원의 정치적 기획으로는 돌파될 수 없
다. 전 지구적인 재앙이 된 팬데믹 상황은 인류에게 불어닥친 눈
앞의 재난이 더 이상 국가·민족 중심의 사고방식으로 해결될 수
없다는 것을 보여주었다. '못된 보편성'은 역설적으로 이 지구적
재난으로부터 안전한 영토가 없음을 보여준다.[32] 더욱이 포스트
휴먼 담론은 '정체성 정치'가 갖고 있는 한계를 넘어서 인간 종의
범주를 뛰어넘는 정치적 문제의식으로 넘어서고 있다는 측면에
서 급진적이다.

포스트휴먼 담론의 또 다른 급진성은 그것이 인간의 정신과 신
체, 식물과 동물 그리고 물질세계를 둘러싼 다른 정치적 상상력
을 촉발시킨다는 것이다. 생태 환경주의의 계몽적 한계를 다른

---

32 "이것이 우리가 보편적인 인간의 조건을 경험할 수 있는 새로운 방법이다.
이때의 보편성은 분명히 '못된 보편성wicked universality'이지만, 글로벌화가 약
속한 이전의 보편성은 지평에서 사라지고 있기 때문에, 지금 우리에겐 유일하게
이용 가능한 것이다. 이 새로운 보편성은 지반이 무너지고 있다는 느낌의 공유
로(즉, 정치적 정동을 공유하며) 구성되어 있다"(브뤼노 라투르, 『지구와 충돌하지
않고 착륙하는 방법—신기후체제의 정치』, 박범순 옮김, 이음, 2021, p. 28).

존재론적 태도로 넘어서려는 '신유물론'과 '생기적 유물론'의 파괴력은 인간과 물질, 생명과 물질의 이원론과 위계 관계 자체를 근원적으로 재고한다. 물질에 대한 인간의 우위가 지속되는 한, 환경을 '보호'해야 인간이 살아남을 수 있다는 환경주의 태도는 자기 한계를 가질 수밖에 없다. 생기적 유물론의 맥락에서 "유기적 신체와 비유기적 신체, 자연의 대상과 문화적 대상 모두가 정동적이다"[33] '비인격적 정동'과 '물질의 생동'은 물질성과 정동을 동일한 차원에 놓는다. 이로써 생동하는 물질들의 사건들은 인간과 비인간 사이의 위계 없는 장을 만든다.[34]

포스트휴먼 담론이 페미니즘 담론과 다른 층위에서 연결되고 있음은 주목할 필요가 있다. 도나 해러웨이의 저 유명한 선언 "나는 여신보다는 사이보그가 되겠다"에서 암시되는 것처럼 "사이보그의 이미지는 우리 자신에게 우리의 몸과 도구를 설명해왔던 이원론의 미로에서 탈출하는 길"을 보여준다.[35] 여성을 인간과 동물과 기계의 융합으로 이루어진 사이보그로 은유할 때, 인간과

33   제인 베넷, 『생동하는 물질』, 문성재 옮김, 현실문화연구, 2020, p. 17.
34   물질세계의 평등함은 객체들의 평평한 존재론으로 설명될 수 있다. "평평한 존재론은 모든 객체가 동등하게 이바지한다는 논제가 아니라, 존재한다는 점에서 모든 객체가 동등하다는 논제다. 그러므로 존재론적 평등주의로서의 평평한 존재론이 거부하는 것은 어떤 객체든지 그것이 한낱 또 다른 객체의 구성물에 불과한 것으로 여기면서 삭제하는 행위다"(레비 R. 브라이언트, 『객체들의 민주주의』, 김효진 옮김, 갈무리, 2021, p. 410); "모든 존재자가 다능성이라는 것, 즉 별개의 형태와 기능이 생겨날 수 있게 하는 다수의 가능한 생성 역능을 보유하고 있다는 것은 사실이다"(레비 R. 브라이언트, 『존재의 지도』, 김효진 옮김, 갈무리, 2021, p. 49).
35   도나 해러웨이, 『해러웨이 선언문』, 황희선 옮김, 책세상, 2019, p. 86.

여성의 신체를 둘러싼 이분법적 경계들이 무너지는 도발적인 사고실험이 진행될 수 있다. 김혜순은 "짐승하기는 퇴행이나 미성숙이 아니다" "이것은 나 아닌 존재와의 모든 '하기'이다. 벌거벗은 생명하기이다"라는 문장으로 페미니즘의 사유와 '동물하기'의 상상력이 만나는 예각적인 정치적 지점을 드러낸다.[36]

포스트휴먼의 담론 역시 인간이 만든 지식이라는 아이러니를 제기하지 않더라도, 포스트휴먼 담론이 물질과 동물과 인간이 평등하게 존재하는 세계를 추동할지는 미지수이다. 인간 중심적 기획의 폐기와 문학과 예술 영역에서의 '동물-되기' '기계-되기'는 급진적인 상상력에 해당하지만, 그것이 인간 중심의 자본주의적 물신화 과정에 얼마나 타격을 줄 수 있는지는 분명하지 않다. 포스트휴먼 담론은 인간-자본이 구축한 근대 이후의 거대한 시스템에 균열을 가하는 것이 아니라, '인간의 시대'에 대한 은유적인 복수로 작동하는 데 머물 수 있다. 탈인간적인 과학기술의 발전이 유전공학의 상품화와 정교한 무인 살상 기술 개발이라는 끔찍한 결과를 낳기도 한다는 점을 생각한다면,[37] 포스트휴먼 기술-담론의 탈정치화는 두려운 세계를 만들어낼지도 모른다. 문학비평의 영역에 포스트휴먼 담론을 개입시킬 때, 포스트휴먼의 상상력은 시와 SF 영역에서 '재현'의 낯선 차원을 열게 될 것이고, 비평은 그 잠재성을 정치화할 수 있다. 하지만 포스트휴먼 비평 담

36 김혜순, 『여자짐승아시아하기』, 문학과지성사, 2019, p. 19.
37 로지 브라이도티, 『포스트휴먼』, 이경란 옮김, 아카넷, 2015, pp. 158~67.

론이 생태 문제를 둘러싼 소재주의와 기후 위기에 대한 계몽적 차원에 머문다면 그 급진성은 스스로를 제한할 것이다. 그런 의미에서 포스트휴먼 담론을 좀더 예각적으로 정치화하는 것은 이 시대의 비판적 사유의 과제이기도 하다.[38]

근대 이후 축적된 인간 중심의 자본−권력의 시스템이 여전히 지배적인 상황에서 포스트휴먼 담론은 시대착오적이라고 할 수 있다. 포스트휴먼 담론에서의 '포스트'가 시간에 관련된 것임을 다시 문제화할 필요가 있다. 포스트휴먼 담론은 한편으로는 인간 중심주의를 넘어서 인간이 다른 방식으로 생존할 것이라는 희망이며, 다른 한편으로는 인간 종의 역사를 둘러싼 파국의 이미지에 관한 것이다. 인간 다음에 오는 인간은 어떤 인간인가? 인간의 시간 너머에는 인간이 존재하는가? 과학기술의 발전에 힘입어 새로운 '인간 이후의 인간의 역사'가 지속될 것이라는 미래의 약속은 포스트휴먼 담론을 탈정치화하는 것이다. 포스트휴먼 담론에서 '포스트'를 정치적으로 다시 사유할 필요가 있다. 인간의 시간을 둘러싼 파국의 시간성은 도래하는 것이 아니라 이미 주어져 있는 것이다. '묵시록'이 절대적인 파괴와 절대적인 구원을 하나의 지

---

38 "지구의 거주 가능성 조건을 유지하려는 방향으로 돌아설 수 있는, 달리 말해서 생산에 대한 이 배타적 관심에 등을 돌려 거주 가능 조건의 탐색이라는 더 큰 틀로 나아갈 수 있는 경제학은 존재하는가? 이것이 새로운 녹색 계급의 관건 전체이다"(브뤼노 라투르·니콜라이 슐츠, 『녹색 계급의 출현』, 이규현 옮김, 이음, 2022, p. 26). 이 책에서는 생태학을 정치조직력으로 개념화한다. 이를 통해 구체적인 사회 변화를 실행할 수 있는 '지구 사회 계급'을 수립하려 하며, 이 계급은 지구 차원의 거주 가능성 문제를 떠맡은 계급이다.

평 위에 놓는 사유의 방식이라면, 포스트휴먼의 정치적 상상력은 한편으로는 '묵시록'적이다. 이산화탄소를 무차별적으로 배출하는 자본주의적 생산과 소비 양식에 근거한 신자유주의적 삶의 방식을 지금 중지시키는 시도를 국가도 개인도 하지 않기 때문에, 지구가 소멸의 길에 진입한 것은 오래되었다. 이 자명한 사실은 이 시대의 묵시록적 비전이다. 이미 진행되는 파국은 그러나 종교적 후광을 드리운 것처럼 웅장하지 않을 것이다. 그럼 포스트휴먼 담론에서 휴먼의 시간과 휴먼 이후의 시간을 지금 사유하는 것은 무엇인가? 포스트휴먼 담론은 극복의 약속과 진보의 시간이 아니라, '정지'의 시간을 사유해야 하는 것은 아닐까?

5. 비평의 가소성과 비평의 몽타주

포스트휴먼 담론을 '묵시록적'으로 사유한다는 것은, 세계에 대한 근원적인 비판으로서 '지금'에 대해 다른 시간성을 개입시킨다는 것이다. 그것은 역사라는 이름의 '가짜 영원성'의 체계에 타격을 가하는 것을 의미한다. 묵시록을 정치화하는 것은 역사라는 체계를 폭파하고 구원 없는 파국을 둘러싼 정치적 상상력을 재배치하는 것이다. 벤야민은 '역사의 천사'가 마주한 '진보'라는 이름의 폭풍은, "등을 돌리고 있는 미래 쪽으로 향하여 간단없이 그를 떠밀고 있으며, 반면 그의 앞에 쌓이는 잔해의 더미는 하늘까지 치솟고 있"[39]다고 묘사한다. 동시대인은 "마치 자신이 응시하고 있는 어떤 것으로부터 금방이라도 멀어지려는 것처럼" 진보라는 폭풍 때문에 솟아오르는 잔해들 속에서, 파국과 구원의 잠재성을 동시에 사유하는 자일 것이다. 벤야민에게서 구원의 잠재성을 제거한다는 것은 어렵겠지만, 구원 없는 파국의 상상력이야말로 이 시대의 묵시록이다.

동시대는 여러 비동시적인 시간대가 단순히 병렬적으로 존재하는 것이 아니라, 시대의 공간 안에서 투쟁과 대화가 벌어지는 장소이다. '우리 시대'를 특권화하는 이념 속에서 과거는 과잉과 결여의 판본이다. '나쁜 과거'가 완전히 사라졌다는 것은 현재를 신화화하는 기만적인 믿음이다. 가시적인 시대상 안에 포섭되지 않는 시간들은 비균질적인 잔해들과 불협화음으로 출현한다. 동일한 총체성으로서의 '우리 시대'는 그런 징후적인 시간들을 제거한다. '우리 시대'라는 시간성을 구성하고 그 '우리 시대'로부터 주체화를 보장받는 순환적인 주체화 과정은, 일종의 도착적인 시간성이다. 단계적 필연성으로서의 역사의식 위에서 '우리 시대'라는 비대화된 '유사-현재'는 '유사-혁명'의 시간을 불러들인다. 혁명이 도래했다는 풍문은 진정한 의미에서의 혁명을 지연시킨다. 진정한 혁명적 시간은 거대한 진보의 약속을 정지시키는 순간일 것이다.

비평적 실천으로서의 시대착오는 의도적인 아나크로니즘ana-

---

39 발터 벤야민, 『역사의 개념에 대하여 외』(발터 벤야민 선집 5), 최성만 옮김, 길, 2008, p. 339.

chronism을 둘러싼 수행성의 문제이다. 비평의 시간 착종은 역사의 일관성과 동시대의 동일성을 와해시키는 작업이다. 이 시도는 '우리 시대'의 총체성이 임의적인 내재적 완결성에 의해서만 위태롭게 유지된다는 것을 드러내며, 동일한 시대성과 역사의 연속체를 폭파하는 다른 시간의 개입을 열어준다. 단일한 시대성에 저항하면서 평론가는 잔존의 시간들을 증상화할 수 있다. 자신이 위치한 시간의 선형성과 단절하여 다른 시간의 선들을 접속할 때, 시대착오로서의 역사를 재정치화한다. 이 시대의 비평의 정치화가 불충분하다면, 비평이 '진보적이라고 보여지는' 의제들을 재빨리 반복적으로 드러내고 그것에 맞는 최신의 텍스트를 인용하고 해석하는 것만으로 충분하지 않다는 것이다. 문학 텍스트가 새로운 시대의 증거로서 회집되거나, 기념비로 추앙되는 것은 텍스트를 시대적 동일성의 맥락에 욱여넣는 것이다. 단절의 서사로 세계를 재규정하고 '우리 시대'라는 이름의 지배적인 문학장을 관리하는 것만으로 평론가의 위치를 고정시킬 필요는 없다. 동시대인이 된다는 것은 "우리의 현재적 역사의 과도하게 조명되고, 사납고, 너무 빛나는 공간 속에서 출현하는 반딧불을 보는 수단을 갖춘 사람"[40]이 된다는 것이다. 그는 현재와 과거를 모두 변화시키는 징후적인 시간들의 출현을 응시하고 그 시대착오의 역설을 긍정하는 자이다.

자기 시대가 과거와는 완전히 다른 시대라는 시대착오는 시간

---

40   조르주 디디-위베르만, 같은 책, p. 69.

의 잔존과 반복이라는 테제 앞에서 자신을 변호해야 할 것이다. 시대 전환과 대체의 요구는 과거에 대한 일종의 복수이며 이 복수가 반복되는 패러다임이라는 것을 인정하기는 쉽지 않다. '가소성plasticity'이 한번 변형된 형태를 유지하려는 힘이라면, 비평의 가소성은 과거에 대한 단절과 복수로서의 비평적 힘과 욕망이다. 그러나 자기 시대에 대한 새로운 호명 작업이 기껏 역사의 반복이며, 잔존의 시간은 사라지지 않는다면 어떻게 해야 할까? 역사가 반복을 초월해 있지 않다면, 저 끔찍한 반복들을 완전히 끝낼 진정한 '파국-구원'을 상상해야 할까? 모든 변형된 가소성의 시간을 '가짜 가소성'으로서의 유연성의 시간으로 되돌려야 할까? 무엇이 반복되는지를 비판적으로 사유하는 것은 '반복' 그 자체를 변화시키는 다른 차원의 가소성을 생각할 수 있게 한다. 그렇다면 문제는 "반복을 변화시키고 반복하는 것을 변형시킬 수 있는 방법" "다르게 반복할 수 있는 인간을 주조할 가능성"[41]이다. 비평은 다른 가소성을 실현할 수 있을까? 비평은 반복 자체를 변형시킬 수 있을까?

'이전'과 '이후'의 이분법을 통해 '우리 시대'의 역사적 단절선을 만드는 이념 체계로부터 그 단절선에 포함되지 않는 시간을 도입하고 재분할하는 것은, 역사를 둘러싼 일종의 몽타주 작업이다. 동시대에 대한 비판적 성찰을 위해 시간과 역사를 둘러싼

---

41 카트린 말라부, 「반복, 복수, 가소성」, 『슈퍼휴머니티』, 김지혜 외 옮김, 국립현대미술관·이플럭스 건축 공동 기획, 문학과지성사, 2017, pp. 114~15.

'반-유기적 실천'으로의 '몽타주'를 사유할 수 있다.[42] 몽타주는 현실을 재구성하기 위해 잠재된 미시적·미분적 힘들을 해방하고 새로운 시간성을 도입하는 작업이다. 비판적 사유는 자기 확신에 찬 역사의 자기동일성을 분해·재조립하고 '재몽타주'하는 방식을 통해 불연속적인 시간들을 재생성한다. 그것은 종합을 위한 사유가 아니라 역사가 어딘가로 나아가고 있다는 확신들을 '멈추어 세우는' 것이다. 지금 현재는 어떤 기원부터 시작된 발전의 연속이 아니라 매 순간 파국의 연속이며, 그 연속을 중지시키는 운동을 사유하는 것이 평론가-동시대인의 작업이다. 일상화된 예외 상태를 끝내고 진정한 예외 상태를 만드는 단 한 번의 거대한 폭파 기계를 생각할 수도 있을 것이다. 그러나 그런 거대한 정지 기계는 극적으로 도래하지 않는다. 파국은 예언의 시간이 아니라 시대의 관성을 비판하기 위해 사유하는 시간이다. 그 정지의 순간들은 매 순간의 사회적노동과 비평적 실천 속에서 잠재적으로 존재한다. 비평의 시간은 앞으로 나아가고 있다고 믿는 역사의 등에 올라타는 것이 아니라, 그것을 중지시키는 것이다. 평론가란 지금 반시대적 이미지들의 출현 앞에 문득 멈추어 선 자이다. 다시, 무슨 질문을 해야 할까?

(2022)

---

42 이정하, 『몽타주: 영화적 사유의 현재적 운동』, 문학과지성사, 2022, pp. 351~75 참조.

문학 장치의 경계에서
── '문학권력론'의 재인식

1. 추문은 어떻게 질문이 될 수 있나

'표절 사태'를 둘러싼 논란이 한국문학에 대한 사회적 관심을 높였다는 것은 뼈아프게 역설적이다. 한국문학은 이제 '추문의 방식'으로만 사회적으로 부각될 수 있다. 이것은 다만 한국문학의 빈곤을 말해주는 것이 아니라, '한국문학장'[1]의 어떤 징후적인

---

1   '예술장'의 하나로서의 '문학장'이라는 용어는 피에르 부르디외의 개념이다. '장champ'은 입장들의 구조화된 공간으로서 자율적인 '상징 경제'의 특정한 원리와 게임의 법칙을 갖고 있다. 예술의 장에서의 상징적 재화는 문화적 정당성이라는 기준에 의해 평가된다는 측면에서 상대적 자율성을 갖는다. '대량 생산의 속장'에서는 상업적 성공과 대중적 평판이 인정의 기준이 되는 상품 경제의 원리가 관철되지만, '제한 생산의 속장'에서는 전문적인 집단 내부의 특수한 상징적 정당화 원리를 통한 '상징 자본'이 추구된다. "정당한 표현 양식을 강요할 수 있는 독점적 권력을 획득하기 위해 전문된 생산의 장 내에서 다양한 권위들 간의 끊임없는 투쟁을 통한 지속적인 창조 과정만이 정당한 언어와 그 가치의 영속성, 즉 정당한 언어에 대한 승인의 영속성을 보장할 수 있다. 구체적 이해관계를 둘러싼 투쟁이 그 게임의 기초를 이루는 원칙에 대한 객관적인 공모를 은폐한다는 것은 장들의 총칭적 속성들 중 하나이다"(피에르 부르디외, 『예술의 규칙』, 하태환 옮김, 동문선, 1999, p. 128); 그 밖에 피에르 부르디외, 『상징폭력과 문화재생산』, 정일준 옮김, 새물결, 1995; 현택수 외, 『문화와 권력』, 나남, 1998 참조. 부르디외의 사회학적 분석은 문학장의 '객관적인 구조'를 이론화하는 데는 유용한 측면이 있지만, 한국문학장의 특이성과 그 장 안의 문학적 실천의 문

사태다. 추문은 뜻밖의 방법으로 한국문학장의 구조적 문제들을 노출시켰고, 그것에 대해 질문하게 만들었다. 추문은 추문의 주체와 대상을 구분하는 담론 체계를 갖고 있으며, 담론 주체는 추문의 대상을 '타자화'하는 방식으로 순결성과 도덕적 정당성의 위치를 확보한다. 한국문학장 전체를 불공정과 추문의 공간으로 규정하려면, 그 규정의 주체가 한국문학장의 어느 위치에 있는가 하는 질문이 동반되어야 한다. 추문이 스캔들이 아니라, 질문으로서의 '사건'이 되기 위해서는, '문학 주체'의 존재 방식에 대한 근원적인 물음이 제기되어야 한다.[2]

'표절 문제'를 둘러싼 논란이 '문학권력'의 문제로 번져간 것은 필연적이었다. 한국문학장의 구조적인 문제를 부각시키기 위해 '문학권력'이라는 용어가 사용되는 것이 적절한가 하는 것은 여전히 의심스럽다. '문학권력론'은 어떤 공간(대상)은 권력이 있고 어떤 공간(주체)은 권력이 없다는 인식 구조에서 벗어나, 문학장의 실제적인 구조와 문학 주체의 존재 방식에 대한 더 세밀한 분석을 진행할 필요가 있다.[3] 이와 반대로 문학의 생산·소비에 관련

제를 사유하는 데는 한계가 있는 것으로 보인다.

2 필자는 1993~1998년까지『세계의 문학』편집위원이었으며, 2001~2010년까지는『문학과사회』편집동인으로 활동했다. 따라서 이 시기의 매체들이 수행한 문예지 편집의 내용과 방향에 대해 책임을 면할 길은 없다. 그 책임은 현재진행형이며, 이 글에서 행하는 비판의 대부분은 필자 자신에게도 해당될 것이다.

3 "2000년대 초반의 '문학권력 논쟁'이 권력의 주체를 상정하고 그를 비판하는 형태를 취함으로써 문학장의 작동 구조를 단순화시켰고 결과적으로 문학장 내의 권력 투쟁 형태를 띰으로써 새로운 문학장의 구성과 주체의 문제를 충실히 제기하지 못했다는 한계 정도는 간략히 지적해두고 싶다"(서영인,「한국문학의 독점 구조와 대중적 소통 감각의 상실」,『실천문학』2015년 가을호, p. 155)는

된 문학 행위의 과정들이 '권력관계'와 무관하다고 말하는 태도
가 있을 수 있다. 문학에는 내재적 힘만이 존재하고 세속적인 권
력 투쟁의 공간과는 분리되어 있다는 주장은 자율성의 신화를 둘
러싼 오래된 믿음이며, 그 믿음 역시 문학이라는 상품 미학의 일
부가 될 수 있다.[4] 자본주의 체제에서 시장과 권력의 세속적 영
역과 완전히 절연된 자율적이고 성스러운 공간은 존재하지 않으

분석은 '문학권력론'에 대한 의미 있는 진단이다. 이에 대해서는 이런 지적도 적
절하다. "2000년대 초반에 쓰인 문학권력 논쟁과 관련된 수많은 담론들은 문학
권력의 생성 원리와 게임의 규칙의 이행에 대한 구조적 분석에 집중하기보다는
대체로 문학권력으로 변질된 문학 주체들의 변절에 대한 윤리 의식의 사변적 비
판이 주를 이루었다. 문학권력의 인과론적 해석과 비판은 문학장의 생성 원리,
즉 문학장의 구조적 변동에 대한 내적 원리를 설명하지 못한다. 문학권력 논쟁
은 문학장의 형성 원리의 지배적 구조에 대한 분석이라기보다는 논쟁에 참여한
비평가들의 감정적 태도와 비난에 대한 반비판이 주를 이룬다."(이동연, 「문학장
의 위기와 대안 문학 생산 주체」, 『실천문학』 2015년 가을호, pp. 173~74).
4   문학권력론에 대응하는 『문학동네』 2015년 가을호 서문의 다음과 같은 논
리에서 '문학 그 자체의 힘'이라는 명제는 문제적이다. "만약 문학권력이라는 말
이 성립할 수 있다면, 그것은 문학 자체의 힘이라는 뜻일 것이다. 작가의 글쓰기
에는 이런저런 계산 끝에 세공품을 만들듯 한 작품을 완성시키는 차원만이 있
는 것이 아니다. 글쓰기에는 그것을 쓰기 시작할 수밖에 없는 차원이 있고, 일단
시작해버렸지만 도무지 완결시킬 수 없는 차원이 있다. 완결시킬 수 없으리라는
절망감 속에서도 일단 쓰지 않을 수 없는 차원이 있으며, 그 미완의 지점으로부
터 누군가가 응답하지 않을 수 없게 만드는 차원이 있다. 비평가를 포함한 독자
의 입장에서 그것을 읽고 나면 짧은 감탄사든 긴 비평문이든 뭐라도 응답을 하
지 않을 수 없는 것이 좋은 글쓰기에는 들어 있다. 문학에는 그런 것들을 강제하
는 힘이 있다. 그것이 문학권력이다. 그런 차원을 제외한 뒤 성립할 수 있는 문학
권력이 무엇인지 나는 알지 못한다"(『문학동네』 2015년 가을호, pp. 12~13). '문
학권력론'의 논리적 모순을 비판하기 위해 서술된 이 주장은, 문학의 자율성과
'좋은 글쓰기'에 대한 옹호라는 층위에서는 '감동적'이지만, 문학권력론에 대한
응답이라는 층위에서는 '주효'하지 못한 것 같다. 글쓰기와 글 읽기를 통해 자신
을 '(탈)주체화'하는 과정은, 그 자신이 의식하든 의식하지 못하든 간에 문학장
의 시장과 제도를 둘러싼 무형·유형의 권력관계와 무관할 수 없다.

며, 문학의 순결성과 신성함에 대한 신앙은 극단적인 세속성과 맞닿아 있다. 문학장의 권력 문제를 '주체와 대상'의 이분법 안에서 설정하거나, 혹은 문학 자체가 권력과 무관하다는 논리는, 권력과 무관한 담화 주체의 공간 좌표를 상정하고 있다는 측면에서 구조적으로 유사하다.

2. 문학권력·문학 제도·문학 장치

'대량 생산의 속장'에서 권력은 시장 합리성에 의해 좌우되기 때문에, 윤리와 공공성에 대한 논쟁의 여지가 많지 않다. 상징 경제로서의 문학장은 '정당성'을 둘러싼 투쟁의 공간이므로 문학 행위들이 비판과 논쟁의 대상이 될 수 있다. 경제 자본과 상징 자본을 모두 보유한 대형 문학 출판 자본은, 문학 제도권 안에서 유력한 상징적 지위를 획득하고 있을 뿐만 아니라, 문학 시장에서도 지배적인 위치를 갖고 있기 때문에 '문학권력론'의 표적이 되었다.

사태의 심층에는 한국문학 시장의 기본적인 문제, 시장의 '협소함'이 있을 것이다. 규모의 경제학이라는 측면에서 한국문학 시장의 규모는 몇 개의 대형 문학 출판사가 점유할 수 있을 만큼 작으며, 그것은 독점의 가능성과 다원화의 어려움을 야기한다. 한국문학의 가장 근본적인 문제점은 '한국어 문학 시장으로서의 한국문학장'이라는 태생적인 사이즈의 한계, 그 자체일 것이다. 이 비좁은 한국문학장 안에서 '문학권력'이라는 명명이 불가능하지는 않지만, 한국문학장 전체의 규모와 그 안에서 경쟁하는 힘들에 대한 '과장법'이 될 수 있다. 기본적인 수준에서 말한다면 권력은 어디에나 편재하고, 아주 작은 집단에도 권력은 존재한다. 권력은 다만 억압하는 것이 아니라 '주체'를 생산하고 호명한다. 문학장에서의 권력이 실제로 작동하는 것은 문학 시장과 문학 제도라는 시스템 안에서이다. 문학 시장 안에서 권력은 경제원리로서의 시장 영향력에 의해 생산되며, 문학 제도 안에서 권력은 상징 자본과 매체 권력에 의해 구체화된다. '문학권력론'이 그 본의와는 달리 추상적인 논의가 될 수 있고, '문학 시장'과 '문학 제도'라는 개념이 문학장의 언어적인 층위에 대한 문제의식을 놓칠 수 있다면, '문학 장치'라는 용어가 더 유연하고 실제적일 수 있다. '장치'는 "권력관계와 지식관계의 교차"로부터 생겨나며, 구체적·전략적 기능을 갖고 권력관계 속에 개입한다.[5] 장치는 '주체화를 생산하는 하나의 기계'이다. '문학-장치'는 문학 제도와 문학 시장의 구조적인 층위와 문학장 안에서의 담론의 실천적 영역 모두에 연관되어 있기 때문에, 문학과 권력의 관계를 분석할 수 있는 매개적인 개념이 될 수 있다. 장치가 주체의 의미를 바꾸고 주체화한다면, 문학 장치는 문학 주체를 생산하는 기제이다. 문학 장치에 의해서 문학 주체는 '~로서의 주체'로서 문학적

5   조르조 아감벤·양창렬, 『장치란 무엇인가? 장치학을 위한 서론』, 난장, 2010, pp. 17~18. 여기서 '장치'는 푸코의 개념을 아감벤이 재맥락화한 것이다. 장치와 주체의 관계에 대해서는 이 책의 양창렬, 「장치학을 위한 서론」 참조.

자격과 정체성을 갖게 된다. 가령 신춘문예라는 문학 장치를 통과한 문학 주체는 '신춘문예 등단자'로서의 문학 주체의 자격과 정체성을 가지며, 계간지 편집위원은 그 계간지의 편집권과 이념을 떠맡는 문학 주체가 된다. 문학 장치들은 개인들을 문학 주체로 호명하고 주체화하며, 개인들은 이 소속감 속에서 문학적 정체성을 확인한다. 특정한 문예지와 문학 집단의 바깥에 속해 있다고 생각하는 주체도, 한국문학장 안에서 문학 행위를 이어가는 한에서는 문학 장치와 무관하지 않다.

그런데 장치에 의한 주체화는 '탈주체화'의 계기를 동반한다. 문학 장치는 문학 주체에게 문학적 정체성을 부여하는 방식으로 주체화하지만, 한편으로는 주체의 문학적 자율성을 박탈하며 장치의 규칙과 담론 체계 안에서 주체를 '재코드화'한다. 유력한 문학 매체에 의해 호명되면, 그 문학 매체의 작가 리스트 안에 자신의 이름을 새겨 넣는다는 측면에서 매체의 상징 자본의 우산 아래 들어가게 된다. 하지만, 그 리스트에 소속된다는 것이 자신의 문학적 자율성과 고유성을 보존해주는 것은 아니다. 문학 장치의 정체성과 문학 주체의 문학적 정체성을 동일시하는 것은 문학 주체들의 개별성과 차이를 봉합하는 '오인'의 구조이다. 특정한 문학 장치를 통해 확보한 문학적 주체성과 정체성은 착종된 것이다. 그 착종의 극단적 사례는 자기가 속한 제도와 집단과의 '인격적' 동일시와 '적자(嫡子)의식'일 것이다. 문학적 권위와 정당성을 장착한 문학 장치에 의해 호명되었다고 해도, 그것이 문학 주체의 자율성을 보장해준다는 것은 착각이다. 유력한 문학 집단에 속해 있다는 것이 문학 주체의 고유성을 담보해주지는 않는다. 어떤 문학 장치도 채워줄 수 없는 자기 존재의 텅 빈 개별성, 그 익명성의 심연과 대면함으로써 문학 주체는 그 주체화의 자기기만과 싸울 수 있다.

3. 계간지 편집 주체의 역사적 지형

문예지 시스템은 문학 제도의 구조적 측면과 담론의 실천적 층위 모두에 관계되는 문학 장치이다. 유력한 문학 장치로서의 문학 계간지가 '문학권력' 비판의 핵심적인 대상이 된 것은 당연할 것이다. 지금의 문학 장치들의 작동 방식을 분석하기 위해서는 문예지의 매체 권력·편집 주체가 어떠한 존재 방식과 지향성을 가지고 있었는가를 분석할 필요가 있다. 그것은 1990년대에서 2000년대로 이어지는 문학장의 구조 변동에 대한 이해와 연결된다. 한국문학장에서 계간지의 시대가 열린 것은, 전후 문학의 폐허와 혼란을 극복하려는 4·19 이후의 문학 세대에 의해서였다. 『창작과비평』(1966), 『문학과지성』(1970)은 1950~1960년대 월간 문예지의 보수적 성격을 뛰어넘어 지식 사회의 비판적 담론의 역할을 담당했으며, 1970년대 이후 두 계간지는 출판 자본을 설립하면서 담론의 안정적인 생산을 도모하게 된다. 이 비판적 담론의 역할이 중지된 것은 1980년 신군부에 의해서였다. 1987년 6월 항쟁 이후 1988년 계간지의 복간이 허락되었을 때, 두 계간지의 선택은 조금 달랐다. 『창작과비평』이 기존의 제호를 유지한 방면, 『문학과지성』은 『문학과사회』로 제호를 변경하며 편집의 주체를 세대적으로 교체했다. 이 계간지들이 1970년대의 사회·문화적 역할을 다른 방식으로 복원할 수 있는 담론의 생산을 이어가고자 했을 때, 새로운 문화 산업의 시대가 도착해 있었다.

1990년대 이후 본격화된 한국 자본주의의 산업구조의 개편 과정, 서비스 산업과 정보·문화 사회로의 변화는 문화 산업을 새로운 차원으로 진입시켰다. 한국의 문화 산업은 자본의 논리를 관철시키기 위해 스스로 시장을 확대해나가는 자율적인 생산 기구로 자리 잡았다. 현실사회주의 붕괴 이후의 신자유주의의 이념은 문화는 산업이고 상품이라는 경제 이데올로기를 관철시켰다. 대중 소비사회에서 새로운 문학 소비자군이 형성되었으며, 출판 자본은 수요를 창출하고 이에 부응해야만 했다. 의욕적인 신생 문학 출판사들이 출현함으로써 문학 시장은 또 다른 경쟁 체제에 진입했다. 이 상황에서 계간지의 비판적 공공성의 자리는 유지되기 어려웠다. 공공성의 담론을 재생산하기 위해서는 시장의 흐름과 타협하고 출판 자본의 물적 토대를 구축해야 한다는 현실적인 문제들과 마주해야만 했다. 체제에 가장 비판적 문화조차 상품이 될 수 있고, 될 수밖에 없는 시대가 시작된 것이다. 문학 시장에서 출판 자본이 만든 문학 작품을 알릴 수 있게 되는 것은 그 작품의 문학성이 아니라, 작가의 대중적 인지도와 스타성, 마케팅 전략과 투자의 문제였다. 출판 자본의 마케팅 비용은 늘어났으며, 보다 전문적인 마케팅 전략이 요구되었다.

1990년대 한국문학장에서 『작가세계』(1989)와 『문학동네』(1994)의 창간이 갖는 상징적인 의미는 작지 않았다. 후발 출판 자본과 문예지들은 문학의 상품 미학적 성격에 대해 좀더 적극적인 태도를 취해야만 했고, 그것의 구체화는 '작가' 중심의 편집 방향이었다. 『창작과비평』과 『문학과사회』가 이론가·평론가 중심의 담론 생산에 여전히 주력하는 방향을 취한 것에 비해, 이 두 문예지는 '작가'의 초상과 문학적 이미지를 전면적으로 내세웠다. 작가의 어린 시절 사진과 인간적인 매력이 문예지에 전시되는 시대가 시작된 것이다. 작가의 프로필과 '휴먼 스토리'는 그 자체로 문학 상품의 일부였다. 비판적인 사회·문학 담론을 생산하는 자리로부터, 작가를 발굴·관리하고 문학 상품의 매력을 호명하는 매체로서의 기능을 강화하게 된 것은, 문학 시장과 소비자의 요구에 부응한다는 측면에서는 어느 정도는 필연적이었다. 『작가세계』는 한국문학사의 중요한 작가들을 집중 조명하는 기획에서 출발했지만, 창간호에서 이문열이라는 동시대의 가장 유력한 작가의 특집을 꾸몄다는 사실을 주목할 필요가 있다.

　　『문학동네』 창간호에서 특집 기획은 '문학, 질망 혹은 전망'이라는 특정한 문학 이념을 예각적으로 드러내지 않는 제목이었다. 두드러진 것은 '젊은 작가 특집' '시인을 찾아서' '문학동네 소설상 공모' '외국문학 소개' '장편 연재'와 같은 다양한 작가 소개와 발굴의 코너들이다. 특히 창간호에서 세 편의 장편소설 연재가 동시에 시작된 것은 파격적인 것이었으며, 그것은 이 문예지가 소설의 발굴에 쏟는 의욕과 에너지를 말해주었다. '특정한 이념에 구애됨이 없이 문학의 다양성이 충분히 존중되는 공간이 되고자 한다'는 『문학동네』 창간사의 취지는 이런 방식으로 관철되었다. 이것은 '창비'의 비판 담론과 대중적 소통 감각, '문학과지성사'의 문학의 자율성이라는 테제를 재전유하고, 2000년대 이후에는 '민음사'의 '출판 그룹' 체제를 변형 발전시키는 것으로 진행된다. 2000년대 이후 문화 산업의 일부로서 한국문학장의 흐름은 완전히 지배적인 것이 되었고, IMF 위기를 극복한 출판 자본 '문학동네'의 약진은 눈부신 것이었다.

문학동네는 '문학동네 소설상'(1995), '문학동네 작가상'(1996)을 시작으로 여러 개의 공모 문학상을 의욕적으로 운영하면서 신진 소설가들을 가장 적극적으로 발굴하는 시스템과 효율적인 작가 관리 시스템을 운영했다.[6] 잡지 편집에서도 작가론과 작품론의 비중이 상대적으로 많고, '작가'를 조명하는 코너는 '젊은 작가 특집' '시인을 찾아서' '해외 작가를 찾아서' 'FOCUS' 등 네 가지에 이른다는 것은 작가 중심 지향성의 강화를 보여준다. '공모 문학상' '장편 연재' '작가 조명' 시스템은 소설가의 발굴과 관

---

6   공모 문학상이라는 문학 장치에 대한 가장 신랄한 비판은 다음과 같은 것이다. "저는 출판사인 문학동네가 문학의 순수성을 지키고자 적자를 감수하면서까지 문학상을 운영한다고는 결코 생각하지 않습니다. 후발주자인 문학출판사들이 무리해서라도 이 공모전의 형식을 따라가는 것도 다 이유가 있지요. 큰 규모의 문학상을 운영함으로써 출판자원인 작가들을 독점적으로 묶어둘 수 있고, 그럼으로써 출판사의 덩치가 커지고, 경쟁 출판사들을 시장에서 밀어내고 우월한 지위를 점할 수 있는 기능에 대한 계산이 있기 때문에 그 정도 적자를 보는 투자는 장기적으로 이득이라는 판단을 내린 거죠"(손아람, 좌담 「한국문단의 구조를 다시 생각한다」, 『문학동네』 2015년 가을호, pp. 106~107).

리에 주효한 세부 장치였다. 출판 자본 문학동네의 물리적 생산성은 2000년대 이후 폭발적으로 증가했으며, 특히 소설 분야에 관한 한 지배적인 위치를 점유하게 된다.[7] 문예지 『문학동네』의 물질적 두께는, 인문에서 만화에 이르는 출판 장르 전체를 아우르는 수십 개의 자회사와 임프린트를 거느린 거대한 '출판 그룹 문학동네'의 확장된 규모와 유비적 관계를 이룬다.

새로운 출판 시장의 지형에서 『창작과비평』과 『문학과사회』의 대응은 달랐으며, 그것은 출판 자본 '창비'와 '문학과지성사'의 경영 전략과 밀접한 관계를 갖는 것이었다. '창비'의 판단은 '창비 담론' 생산과 '운동성'을 유지하기 위해서는 출판 자본의 물적 토대를 확보하는 문제가 중요하다는 것이었다. 창비의 유력한 상품이었던 아동물과 함께 교과서 시장으로의 진출은 가능한 선택이었다. 이런 선택은 현실적인 것이었고 '성공적'이었다. '창비 담론'은 끊임없이 재생산되었으며, 다양한 문학상 운영을 통해 '창비'의 문학적 권위는 보존되었다. 개성 있는 신인 발굴이 상대적으로 활발하지 못했던 『창작과비평』은, 『문학동네』와 『문학과사회』를 통해 배출되고 호명된 시장 경쟁력이 있는 작가들을 수용·

7 "문학 시장이 충분히 넓다면, 『문학동네』 이외의 문학 생산 주체들이 『문학동네』와 뚜렷이 구분되는 개성을 생산해내고 있다면, 『문학동네』의 생산력은 긍정적인 방향으로 작동할 수 있을 것이다. 그러나 그렇지 못하다는 것이 문제다. 경제적 불황이나 매체 환경의 변화로 문학 시장은 점점 좁아지고 있고, 한국문학은 다양한 개성으로 경쟁하기보다는 한정된 작가들을 공유하면서 다양성의 폭을 스스로 좁히고 있다. 주요 문학 출판사들의 협업 구조가 이런 현상을 이끌었다는 것은 여러 논자들이 지적한 바 있다"(서영인, 같은 글, pp. 159~60).

공유하고 이들에게 '창비식'의 의미화를 덧붙였다.

문제는 창비의 실질적 지배 구조에서 리더십의 구심력과 상징 권력은 쉽게 해소될 수 없다는 점이었다. 이런 특성은 창비의 이론적 정체성과 창비 집단 운영의 효율성이라는 측면에서 긍정적으로 작용했을 것이다.[8] "공공성을 지속적으로 실현하기 위해서는 물적 기반을 갖추는 것이 필요하다고 여겼기에 공공성과 사업성의 결합을 위해 끊임없이 고민해왔"[9]다는 것은 창비의 정직한 입장일 것이다. 출판 자본 창비가 어떤 지배 구조를 갖고 있고 어떤 작가를 옹호하는가 하는 것은 출판 자본의 선택의 문제일 뿐인데, 그럼에도 불구하고 '창비'가 내세운 '운동성'은 '창비 자본'의 지배 구조를 다시 문제 삼게 만들었다.

1990년대 이후의 달라진 문화 산업과 문학 시장 상황에서 출판 자본 '문학과지성'과 『문학과사회』가 취할 수 있는 선택의 가능성은 많지 않았다. 평론가 집단에 의해 만들어진 '문학과지성

---

8   '표절 사태' 이후 이 구조는 "지면을 통해 틈만 나면 주주자본주의를 비판하고 자본주의를 뛰어넘는 대안 경제체제를 모색하자던 창비가 실은 백낙청과 그의 가족인 대주주의 사적 소유물이나 다름없는 '주식회사 창비'였다는 사실은 우리가 눈 뜨고 기만당했던 현실이다"(정문순, 「환멸에서 몰락까지, 나는 시대의 증언자가 돼야 하나」, 『실천문학』 2015년 가을호, p. 149)와 같은 지나치게 가혹한 비판의 대상이 되었다.

9   "공공성을 지속적으로 실현하기 위해서는 물적 기반을 갖추는 것이 필요하다고 여겼기에 공공성과 사업성의 결합을 위해 끊임없이 고민해왔습니다. 창비가 그간 거둔 사업적 성과 또한 저희의 공공적 기여와 무관하지 않다는 것이 저의 생각입니다. 물론 창비가 그 과정에서 양자 사이의 균형을 언제나 잘 유지했다고 주장하는 것은 아닙니다"(백영서, 「표절과 문학권력 논란을 겪으며」, 『창작과비평』 2015년 가을호, pp. 3~4).

사'를 지탱하는 내부 규칙은, '오너' 없는 문학 집단으로서의 경영 주체와 잡지 편집 주체의 분리, 지속적인 세대교체라는 문학적 정당성의 룰이었다. 출판 자본에 의해 임명되는 '편집위원'이 아니라, 동세대적인 의미를 갖는 자율적인 문학 집단으로서의 '편집동인'이라는 명명과 체제 역시 그 전통의 일부였다. 개인이나 특정한 세대가 경영과 잡지를 지속적으로 장악하지 못하게 만드는 이 내부적인 규율은, 의사 결정 구조를 복잡하게 만들어 문학 시장에 기민하게 대응하지 못하게 만들었고, 출판 자본의 팽창력을 제한하게 했다. 문예지『문학과사회』의 지향성을 정립하는 것도 어려운 문제였다. '문학'과 '사회'의 매개적인 지점을 '문학'의 입장에서 담론화하려는 노력은 '창비 담론'과 구분되는 것이었으나, 새로운 문화 상황에서 두드러진 노선과 담론으로 인식되기는 쉽지 않았다.

2000년대의『문학과사회』는 문화 상황과 문학 시장의 재편, 『문학동네』라는 강력한 경쟁 매체의 약진에 대응해야 했다. 한편으로는 '문지-문사 담론'을 재생산하면서, 작가의 호명과 관리라는 문예지에 부과된 출판 시장과 자본의 암묵직 요구를 감당해야만 했다. 2000년대의『문학과사회』는 '문학과사회 신인문학상'과 젊은 작가들을 대상으로 한 '문지문학상'을 만들고 작가를 조명하는 코너를 만드는 등, 계간지가 작가의 발굴 호명의 역할을 담당하는 흐름에 부응해야 했다. 하지만 이런 위치 설정이 성과를 거두었다고 하기는 어렵다. 문학과 사회 사이의 문화적인 매개를 둘러싼 비판적인 담론들은 문예지의 비판적 공공성을 회복하는 데 역부족이었으며, 전위적인 문학에 대한 옹호는 대중과의 통로에서 한계를 가졌다. 『창작과비평』의 낯익은 거대 담론들과 『문학동네』의 '작가'를 호명하는 풍부한 읽을거리들 앞에서 상대적으로 문예지의 대중적 영향력은 제한되었다. 경제·상징 자본의 층위에서 상대적인 '왜소화'는 예정된 것이면서, 어쩌면 구조적인 측면에서 '자발적'인 측면이 있었다.[10]

4. 새로운 '시장-문학주의'의 탄생

지배 구조와 경영의 지향성이 다르다 하더라도,[11] 이 세 문학

10 2010년 이후 『문학과사회』는 '문지 4세대'로의 세대교체가 시작되었고, 2014년에는 '작가특집'과 '서평' 코너를 없애는 등, 비평 담론의 공공성이라는 측면에서 다른 모색을 시작한 것으로 보인다. 이에 연관해서 서영인의 다음과 같은 비판적인 지적이 있다. "2012년 3세대 편집동인 체제로 전환되면서 『문학과사회』는 상업주의와 적극적으로 거리를 두고 소수 문학의 가치를 표방한 바 있다. [……] 그러나 그 이전 문학과지성사 역시 신경숙 문학의 신화화에 일조한 것도 사실이며, 출판 자본과 담론 생산의 공유 구조라는 문학 제도 속에 있다는 점에서 현재의 사건과 전혀 무관한 태도를 보일 처지는 아니다. 2000년대 내내 한국문학의 주요 작가들을 공유하면서 문학적 권위에 기댄 상업주의와 동거했던 시기를 완전히 부정해서도 안 된다. 소수 문학의 가치와 반(反)상업주의의 태도가 이전의 『문학과지성』으로 회귀하는 것이 아니라 변화하는 시대에 유효한 현실적 긴장력을 확보할 수 있을지도 의문이다"(서영인, 같은 글, p. 162).
11 '창비' '문학동네' '민음사'의 지배 구조와 이와 다른 '문학과지성사'의 지배 구조의 문제가 저널을 통해 알려진 것은, 소유 구조가 출판 자본과 문예지의 문학적 실천 행위들과 무관하지 않다는 것을 드러내게 만들었다. "문학에 거의 관심이 없던 사람들조차 창비와 문학동네의 지배 구조를 다 알았다. 그리고 지배 구조가 소유의 구조라는 것도 알았고 소유의 구조가 비평 담론의 갱신에 장애 요소가 된다는 생각도 이미 하고 있는 것 같다. 그러면 문제를 어떻게 진지하게

집단에 대해 출판 자본과 문예지의 공모를 비판한 것은 근거가 없지 않다. 경제적으로 독립된 문예지의 존립이 어려운 상황에서 출판 자본과 문예지는 '협업'을 통한 공동의 문학적 지향성을 나누게 된다. 편집위원들이 문학도서 출간의 기획과 선정에도 동시에 참여하면서 출판 자본과 문예지의 협력 관계는 피할 수 없는 것이 되었다. 출판 자본으로부터 거리를 두는 비평적 글쓰기가 불가능한 것은 아니지만, 출판 자본으로부터 완전히 자유로운 편집 주체는 존재하기 어렵다. 자기 문학 집단의 문학적 감식안에 의해 발굴하고 출간한 작가를 자신들의 문예지에 호명하고 의미 부여하는 것이 과연, '문학적 정당성'에 위배되는가 하는 것은 세밀하게 검토되어야 할 문제이다. 이를테면 대중과 문단에 알려지지 않은 신인 작가를 발굴하고 그 작가의 문학적 장점을 호명하는 것이 출판 자본과 문예지의 '부도덕한 공모'에 해당하는가 하는 문제가 있을 수 있다.

진짜 문제는 조금 다른 층위에 있을 것이다. 각각의 문예지와 출판 자본들이 자신의 고유한 문학적 시선에 의해 작품과 작가의 목록을 선택하는 것이 아니라, 유력한 작가군을 '공유'하고 있다는 점, 문학 시장에서 경쟁력을 갖춘 스타 작가들의 신간에 대해서는 문학적 권위의 추인과 '마케팅'의 일환으로 문예지를 활용하게 된다는 점이다. 이런 상황에서 문예지의 고유한 문학적 지

받아들일 것이냐. 그런 비판들에 응답할 수 있는 게 책임이 아닌가"(황호덕, 좌담 「표절 사태 이후의 한국문학」, 『문학과사회』 2015년 가을호, p. 458).

향성과 문학적 공공성은 확보되기 어렵게 된다. 상이한 문학 집단 사이의 작가의 호명과 '정의 내리기'를 통한 상징적 투쟁은, '구조화된 무의식적 공모'와 '적대적 공생 관계'에 의해 하나의 지배적 문학장의 시스템을 유지하는 한에서의 '사소한' 경쟁이 되어버렸다. 이 소비의 제국에서는 한편으로 문학의 신성함을 상품화하면서 소비자의 취향을 '저격'하는 새로운 형태의 '문학주의'가 자리 잡았다.[12]

문학의 자율성을 향한 언어의 모험이 강렬한 정치적 효과를 생산했던 시대는 '문학의 이름'으로 사회에 '복수'하는 것이 가능했다. 하지만 이 대중 소비 사회에서 문학의 자율성은 철저한 고립을 통해 자율성의 환상을 보존하거나, 그 자율성 자체를 상품화하는 선택을 강요받게 된다. 새로운 '시장 문학주의'는 후자의 길을 의미한다. 상징 자본과 경제 자본을 모두 확보한 지배적인 출판 자본은 '문학의 이름으로' '문학적인 것'의 정통성과 '몫'을 독점하게 된다. 그 출판 자본을 유지 재생산하는 것이 곧 '문학적인 것'을 지키는 것이라는 오인의 구조를 관철시킨다. 이 구조에서 재래적인 미학 이념은 상징적 권위를 보존하며, '공급의 획일성'

---

12 "윤리적/재현적 체제에서 벗어나고 나서 보자니, 세상에는 리얼리즘과 모더니즘만 존재하는 것이 아니었으니까. 미학적 체제에는, 심지어 스스로마저도 유일한 체계가 아니라 여러 체제 중 하나로 상대화하면서, 문학으로서 식별할 수 있는 것들의 범위를 무한대로 넓혀 놓는 속성이 있다. 그리하여 새로운 문학주의가 탄생했는데, 이때의 문학주의는 말하자면 특정한 이념이라기보다는 '훌륭한 취향의 기준'에 가깝다"(김형중, 「이념에서 취향으로 전선에서 진지로」, 『쓺』 2015년 창간호, p. 109).

은 심화된다. 시장주의와 변형된 '문학주의'의 결합은 제도와 시장에서 승인된 문학성과 문학적 관습을 반복함으로써 '클리셰'와 평균적인 미학을 재생산하게 된다.[13]

이런 상황이 관철되는 것은 '소설' 장르 영역이며, 소설이 문학 상품으로서 우세하다는 시장 논리는 소설을 완전한 문학 상품으로 취급하게 만들었다. 출판 자본과 문학 매체 그리고 비평 사이의 '공모'에는, 장편소설 장르에 대한 문학 시장과 제도의 '과장된' 기대와 평가가 자리 잡고 있었다. 이 부풀려진 기대에 부응하는 수준으로 장편소설 장르가 문학적·대중적으로 '성공적인' 성취를 이루었다고 보기는 어렵다. 시장과 제도에서 상대적으로 '과소평가'됨으로써 오히려 문학적 자율성이 덜 훼손된 시 장르의 영역에서, 다양한 시적 시도들이 이루어지고 문학 집단 간의 문학적 차별성도 상대적으로 유지되었다는 것은 흥미로운 사실이다. 엄청난 상금을 내건 장편 공모 문학상이 2000년대 와서 폭발적으로 증가했다가 급격하게 정리되는 수순을 밟게 된 것은, 장편소설이라는 문학 상품에 대한 출판 자본의 과장되고 공허한 기대의 일단을 보여준다.

---

13 '문학주의'가 반드시 '폐쇄적'인 방식으로 작동하면서 상업주의와 공모하는가는 의문이지만, 다음과 같은 지적은 현실의 한 측면을 드러내고 있다. "폐쇄적인 순문학주의가 곧 스타 작가 위주의 상업주의일 수밖에 없어요. 한국문학 전체의 시장 규모로 봐도 그렇고, 그 안에서 폐쇄적인 순문학 시장은 자연스러운 방식으로 생존 가능한 덩치를 확보할 수 없어요. 그래서 대형 출판사들이 스타 작가에 자원을 몰아주고 돌려가면서 순번제로 이윤을 뽑아가는 형태가 된 거죠"(손아람, 같은 좌담, p. 149).

5. 마치 ~이 아닌 것처럼

최근 벌어진 전환기적 상황에도 불구하고 갑자기 전혀 다른 문학장이 열린다거나, 문학 제도와 문학 시장의 급격한 내파가 벌어질 거라고 기대하기는 어렵다. '문학권력론'에도 불구하고 대형 출판 자본이 시장에서 급격하게 약화될 가능성은 많지 않아 보이며, 그 약화가 반드시 바람직하다고 단정하기도 힘들다. 문화 환경의 변화와 연관된 전체 출판 시장의 층위에서 본다면, 지금의 문학 단행본 시장은 줄어들 가능성이 높을 것이다. 근본적으로 상업적인 출판 자본에게 '문학적 정당성'을 문제 삼아 지배 구조와 경영전략의 자율적인 혁신을 주문하는 것도 어려운 일이다. '편집위원제'나 '공모제' 같은 문학 장치들이 소멸되는 것은, 문학 시장에서 이런 장치들이 더 이상 효용성이 없다고 판단되어질 때이다.[14] 시장과 제도와 장치들의 견고한 구조에도 불구하고 한 가지 분명한 것은, 이 사태가 문학 계간지 시스템에 대해 어떤 근본적인 변화를 요구하고 있다는 점이다. 그 요구에 응답하는 것은 문학 주체(들)의 실천의 몫이다.

문제는 이 문학장에 균열을 내고, '예외적인' 문학 장치가 생성될 수 있도록 하는 문학적 주체의 잠재성이다. 문학이 시장과 제

---

14 최근 오랜 전통을 가진 『세계의 문학』이 폐간되었다. 문학 계간지가 문학 시장의 상황에 부응하지 못하고 상징 자본의 유지에 더 이상 유효하지 않다면, 출판 자본의 판단에 의해 없어질 수 있다는 사례라고 할 수 있으며, 평론가 위주의 기존 계간지 시대의 한계 지점이 왔음을 알려주는 상징적인 사건이다.

도의 내부에 존재하는 한, 문학 장치의 바깥으로 탈주하는 것은 불가능할 것이다. 그럼에도 불구하고 '문학적인 것'은 예외를 생성하는 것, 문학 장치에 속하지 않았던 것을 생성하는 활동이다. 문학 주체를 '~로서' 세워주겠다는 권력의 호출을 거절하는 것이, 문학 장치의 상징 질서 안에 편입되지 않는 방법일 수 있다. 하지만 현실적으로 문학 제도와 문학 시장을 통과하지 않고 사회로부터 문학 주체로 인정받는 것은 어렵다. 두 가지 가능성이 있을 수 있다. 먼저 기존의 문학 제도 안에 포섭되지 않는 자족적인 문학 주체의 잠재성이다. 문학 제도와 시장 바깥의 문학적인 고립. 모든 '소속'으로부터 분리된 문학 주체는 철저히 고독한 글쓰기를 통해 '전문가 집단'에 포섭되지 않는 아마추어리즘이라는 공간, 혹은 이름을 갖지 않은 소규모의 문학적 연대 속에 존재할 수 있다.

그렇다면 이미 문학 제도와 문학 시장에 편입된 문학 주체는 '장치들의 주체화' 과정에서 빠져나올 수 없을까? 어떻게 문학장 '내부'에서 문학 장치에 의한 (탈)주체화에 포획되지 않을 수 있을까? 장치를 통해서 문학 주체가 구성된다면, 문학 주체는 장치에 의해 구성된 정체성으로 멀어지는 과정에서 다른 문학적 (탈)주체화를 시도할 수 있다. 자신을 문학적 주체로 만든 것은 특정한 문학 장치이지만, '마치 ~이 아닌것처럼'[15] 문학적으로 실천

---

15   "바울은 사람들더러 각자의 사회적, 법적, 정체성적 조건에 머물러 있으라고 설파한다. 하느님이 각자를 부른 자리 그대로 머물되, 그 지위를 이용하고 활용하라는 것이다. 예컨대 노예는 노예로 있으되 그 지위를 이용해 '마치 노예가

할 수 있다. 자신을 문학 주체로 만든 문학 장치에 대해 배반하는 방식으로 문학 주체는 자율성의 공간을 탐색한다. 특정한 문예지 출신자는 마치 그 문예지 출신이 '아닌 것처럼' 쓰고 행동할 수 있다. 이 장치로부터의 '탈주체화'는 문학 주체의 행위뿐만 아니라, 글쓰기를 포함한 문학적 실천 과정 모두에 해당된다. 장치의 '코드화'로부터 그것을 내파하는 다른 문학적 실천의 스타일과 모델을 발명할 수 있어야 한다.

장치로부터의 '~이 아닌 것처럼' 실천하는 문학적 주체를 '탈장소화'의 주체라고 말할 수 있다. 권력은 자기중심적 '장소화'를 지향한다. 권력의 발생은 장소화를 통해 이루어지며 권력은 자기중심적이며 중앙집권적이다. '장소화란 모든 것을 자신에게 모으고 결집시키는 자기중심적으로 조직된 공간을 만들어내는 것이다.'[16] '권력의 윤리화는 장소가 자신의 자기중심적 추구를 넘어서 나아가기를, 장소가 일자뿐 아닌 다수와 그 주위에 있는 자들에게도 체류 공간을 보장할 것을 요구한다.'[17] 하지만 문학 집단과 출판 자본에게 모든 문학적 타자들을 무조건적으로 '환대'하는 친절함을 기대할 수는 없다. 그것은 현실적으로 불가능하며, '장소'가 없다면 '환대' 자체도 불가능하다. 문학 집단과 출판 자

아닌 것처럼' 행동해야 한다. 이렇게 자신의 삶을 이끈 노예는 노예이지만 더 이상 노예가 아니게 된다는 것이다. '마치 ……이 아닌 것처럼'은 푸코가 '자기로부터의 벗어남'을 구체적으로 실천하기 위한 정식이다"(조르조 아감벤·양창렬, 같은 책, p. 164).

16 한병철, 『권력이란 무엇인가』, 김남시 옮김, 문학과지성사, 2011, p. 155.
17 같은 책, p. 159.

본에게 '친절함의 장소'를 요구할 수 있을까? 선택과 배제가 없는 '장소'가 어떻게 가능할 수 있을까? 기존의 유력한 '장소들'에게 환대의 친절함을 요구하는 것보다 중요한 것은, '(탈)장소화'의 다른 주체를 만드는 것이다.

6. '탈장소화'의 잠재성을 위하여

'탈장소화'의 가능성은 장치들의 '경계'에서 그 테두리와 구조를 드러내는 것, 그 경계의 마법선을 흐트러뜨리는 것이다. 제도적인 권력은 제도 안에 수용된 자와 그렇지 못한 자의 경험적 차이를 본래적인 차이로 만든다. 경계를 설정하고 그에 따른 승인과 배제가 이루어는 것은 문학 제도와 문학 장치의 '사회적인 마술 행위'에 속한다. 장치의 완전한 바깥이 존재하지 않는다면, 장치의 안과 밖의 경계에서 예외적인 문학 장치들이 발명되어야 한다. 장치의 안에서 장치의 바깥을 만들어내는 작업, 장치의 바깥에서 새로운 장치의 내부를 만들어내는 작업, 장치와 장소들의 권력관계를 다른 문학적 잠재성으로 전환하는 작업. 어떻게 그것이 가능할까? 몇 가지 징후적인 움직임이 드러나고 있다. 우선은 출판 자본으로부터 매체의 독립이라는 가능성이다. 지금과 같은 형태의 타협과 공모, 출판 자본에 의한 편집 주체의 동원과 교체가 아니라, 다른 유형의 자율적인 편집 주체가 등장할 수 있어야 한다. 그것은 출판 자본과 편집 주체 간의 정치·경제적 관계의 재설정을 포함한다. 이 부분에 대해서 기존의 유력한 매체들의 편집 주체가 어떻게 자신의 편집 권력을 '탈장소화'하는가를 주목할 필요가 있다.

최근 출발한 문예지들이 다른 가능성을 구체적으로 시험하고 있는 것은 흥미로운 상황이다. 문예지 『악스트 Axt』는 격월간 소설 전문 문예지라는 콘셉트와 혁신적인 편집 디자인으로 주목받았다. "지리멸렬을 권위로 삼은 상상력에 대한 저항"과 "작가들을 위한 잡지" "오브제로서 매력"[18]이라는 콘셉트는 문예지의 상품 미학으로서의 '물성'과 '스타일'을 돋보이게 하는 것이다. 리뷰를 통해 대중적으로 알려지지 않은 개성적인 작가들도 재호명하고, 작가·소설의 매력을 호명하는 상품으로서의 문예지라는 성격을 극대화된 편집 미학으로 보여준다. '문학실험실'의 『쓺』의 경우는 출판 자본으로부터 독립된, 회원들의 참여로 구성된 '사단법인'이 만들어내는 잡지라는 측면에서 주목할 수 있다. 출판 자본과 문예지의 공모 가능성을 근본적으로 차단하고 문예지의 문학적 공공성을 제고할 수 있는 조건을 갖추고 있다. "패배적 순응주의와 이를 합리화하려 드는 허위의식을 걷어내고, 그것을 다시 작동시키게 할 윤활유로서의 저항적 실험정신과 이를 밑받침하는 부정의 의식을 채우고자 하는 것"[19]이라는 창간사의 문제의식은, 스타 시스템을 배제하고 실험 문학을 옹호하는 자율적인

---

18 「outro」, 『악스트 Axt』 2015년 7/8월호(창간호), 은행나무, p. 256.
19 「더듬거리며 다시 시작하기」, 『쓺』 2015년 창간호, 문학실험실, 2015, p. 8.

문예지의 가능성을 모색한다.

'탈장소화'의 조금 더 급진적인 사례는 새로운 형태의 독립잡지와 문학 동인지의 등장이다. 젊은 시인들이 주축이 된 독립잡지『더 멀리』는 '문학·비문학' '등단·비등단'을 구분하지 않는 글쓰기의 장이라는 측면에서 문제적이다. 출판 자본에서 독립되어 있고 장르와 제도의 경계를 넘는 새로운 편집 스타일의 독립잡지라는 맥락에서 의미 있는 시도이다. '클라우드 펀딩'이라는 방식으로 자금을 만드는 것도 중요한 의미를 갖는다. 자본 없는 창작가들과 편집 주체들에게 소셜 네트워크를 기반으로 한 '소셜 펀딩' 등은, 독립 문예지의 미래에서 의미 있는 시험이 될 수 있다. 젊은 소설가와 평론가 들이 만든 동인지『analrealism』는 제호에서부터 기성의 문학적 권위와 상징 질서에 대한 '배치의 변환'을 보여준다. 하드 커버와 금박 장식으로 구성된 '후장사실주의analrealism'라는 제호는, 뚜렷한 창간사도 문학 이념의 표방도 없이 주류의 문화적 약호들을 교란하는 탈중심화된 스타일을 압축한다. "후장사실주의는 문학의 인용이다. 그러므로 후장사실주의는 세계의 인용의 인용이다."[20] "후장사실주의는 존재하지 않는다. 그러나, 후장사실주의를 인용하는 것은 여전히 가능하다. 후장사실주의는 후장사실주의를 인용하는 사람들, 혹은 후장사실주의에 의해 인용되는 사람들을 가리키는 잠정적인 이름이다"[21]와 같은 문장들.

---

20 정지돈, 「뉴질랜드 여행」, 『analrealism』 vol.1, 서울생활, 2015, p. 286.
21 강동호, 「인용-텍스트」, 같은 책, p. 283.

이 동인지의 여백과 침묵이 많은 불친절하고 전위적인 언어들 사이에서, '후장사실주의'는 실체성을 갖지 않는 전혀 다른 형태의 '주의'를 암시한다. 정체성도 의미도 목적도 없이 '우연'과 '농담'과 '인용'으로 연결된 '실존적 태도'로서의 '문학 공동체'.

많이 조명되지 않았지만, 2000년대의 한국문학장에서 여전히 문학 소집단의 활동은 있어왔다. 출판 자본과 문학 장치들로부터 독립된 소통을 시도하는 소규모 집단의 존재는, '작가-출판 자본-시장'이라는 시스템의 구조 바깥의 문학적 생산과 연대를 상상하게 한다. 주류 문학 시장의 규모에서 보면 이 움직임은 사소하지만, 이 운동은 문학 장치의 '탈장소화'의 의미 있는 잠재성이다. 각각의 창작자들이 문학 장치에 의해 '등기'되었다고 해도, 그 장치들의 이념과 장소로부터 다른 문학적 '장소'를 만들어내는 문학적 실천은 가능하다. 이 장소는 하나의 자본과 이념으로 조직된 곳이 아니라, '문학적 우정'으로서의 '불가능성의 공동체' '공동체 없는 공동체'이다.[22] 지금 다시, '주체화'도 '장소화'도 없는 문학 소집단 운동을 사유하는 것은, 새로운 문학 주체의 잠재성이 이 예외적인 (탈)장소들에서 시작될 수 있기 때문이다.

문학 장치로부터의 '탈장소화'의 논의는, 결국 '문학적 우정'과 '문학적 공동체'의 문제에 다다랐다. "우정이 자기의 가장 내밀한 지각 한가운데 있는 탈주체화"이며, "대상 없는 나눔, 이 근원적

---

22   졸고, 「(소수) 문학 공동체는 가능한가?」, 『익명의 사랑』, 문학과지성사, 2009 참조; '공동체 없는 공동체'에 대해서는 모리스 블랑쇼·장-뤽 낭시, 『밝힐 수 없는 공동체 | 마주한 공동체』, 박준상 옮김, 문학과지성사, 2005 참조.

인 함께-지각함이 정치를 구성하는 것"[23]이라고 할 때, 이 문학적 우정의 '정치성'이 '너'와 '나'를 다른 장소로 안내할지도 모른다. 그곳은 문학장의 상징 자본이 만들어낸 장소가 아니라, 어떤 소속과 기원으로도 환원되지 않는 장소, "우정으로서의 예술이 실행되는 이 희박하고 희미한 장소"[24] "정체가 모호한 공간, 문학적이라고 한 번도 규정되지 않은 공간에 흘러들어 문학적 공간으로 바꿔 버리는"[25] 그런 장소. 이를테면, 홍대로부터 밀려난 어떤 창작자들의 후미진 장소, 국경을 넘어가는 그림자의 첫 발자국, 광화문 광장이거나 혹은 안산,[26] 장소를 배반하고 뜻밖에 마주한 텅 빈 얼굴, 이름 없는 기억의 다른 장소.

(2015)

23 조르조 아감벤, 「친구」, 『장치란 무엇인가? 장치학을 위한 서론』, pp. 65~67.
24 심보선, 『그을린 예술』, 민음사, 2013, p. 34.
25 진은영, 「문학의 아토포스: 문학·정치·장소」, 『문학의 아토포스』, 그린비, p. 180.
26 세월호 희생자 304명을 애도하기 위해 '304번의 한 달'이라는 슬로건으로 장소를 바꾸어가며 낭독회를 이어가는 문학 공동체인 '304 낭독회'는 문학 주체의 '탈장소화'의 상징적인 사례이다.

저 책들을 불태워야 할까?
─ 정치적 올바름과 비정체성의 '문학 - 정치'

1. 한국문학장의 어떤 단절

지난 2015년 이후 '한국문학장'은 유례없는 단절의 시간을 통과했다. 단절의 계기는 2015년 '표절 사건'과 '문학권력론', 2016년의 '문단 내 성폭력 해시태그 운동' 같은 것들이다. 이 사태는 근본적으로는 산업화·민주화 과정을 거치면서 구축된 문학 제도와 문학 장치, 문학 이데올로기의 균열을 의미한다. 문학장의 시스템과 문학 담론의 생산과 소비구조에 대한 문제 제기가 있었고, 민족과 계급이라는 진보의 의제는 '젠더'라는 의제로 급격하게 대체되었다. 상황은 한국문학장의 지배 구조과 정전의 목록들을 의문에 붙이는 데까지 나아갔고, 문학과 정치를 둘러싼 발본적 사유를 요구하는 지점에 육박해 들어갔다.

한국문학장에서 젠더 이슈가 등장하기 전 '문학의 정치성'에 대한 활발한 논의가 있었다는 것은 우연이 아니다. 이 논의는 '정치적 배분의 층위'로서의 감각과 미학을 의제화했다는 데 의미가 있다. '문학은 그 자체로 정치적인 행위를 수행한다'는 명제가 받아들여졌으나, 그 '정치적 효과'의 불일치에 대한 의구심은 쉽게 해결되지 않았다. 정치적 "효과가 보장될 수 없으며, 그 효과에 항상 비결정성의 몫이 포함되어 있음"[1]을 인정해야만 했다. 정치가 삶의 방식 안에서 주체들의 공간과 경험의 분할이라고 한다면, 실천적인 의미에서의 정치는 그 분할의 질서를 변형하는 문제에 해당한다. "정치란 공통 대상이 그 안에서 정의되는 감각적 틀을 재편하는 활동"이며, 문학과 정치는 "불일치의 형태로, 감각적인 것의 공통 경험을 재편성하는 조작으로 서로 맞붙어 있다.[2]

2015년 '페미니즘 리부트' 이후 문학과 정치 사이의 문제에는 '젠더'와 '정치적 올바름'이라는 강력한 이슈가 자리 잡았다. 이 이슈들은 문학과 정치 사이의 익숙한 간격을 예기치 않는 방식으로 메꾸어주었다. 한편으로는 이 이슈들이 문학과 정치를 무매개적인 것으로 만들고, 정치적 올바름의 도덕을 문학에 강제한다는 우려 역시 제기되었다. '속도의 페미니즘'이 "'단 하나의 정치적 올바름'이라는 답을 손에 쥐고, 그 밖의 '빠는 소리'를 조롱하고 배제시키는 행위 그 자체가 되고 있다"는 김주희의 지적이 페미니즘 담론 내부에서도 터져 나온 것[3]이라면, 문학장에서의 우려는 문학과 정치를 둘러싼 오래된 질문들을 다시 소환한다.[4] 이

1   자크 랑시에르, 『해방된 관객』, 양창렬 옮김, 현실문화, 2016, p. 117.
2   같은 책, pp. 85~91.
3   "페미니즘이 도덕의 잣대가 되고 있다. 페미니즘의 정치는 실종되고 그것은 극화된 도덕률의 명암 속에 좋은 사람과 나쁜 사람, 갑과 을, 가해자와 피해자만 감별하고 있을 뿐이다"(김주희, 「속도의 페미니즘과 관성의 정치」, 『문학과사회 하이픈』 2016년 겨울호, p. 34).
4   이런 맥락에서 정치적 올바름에 대한 평론가 조강석의 '실효성'에 대한 세밀한 문제 제기, 복도훈의 '예술과 도덕'의 관계에 관한 균형 잡힌 문제 제기에는

이슈가 예술을 둘러싼 보편적인 아포리아의 문제가 아니라, 현재
적인 '정치적인' 문제라는 점 때문이다. 이 문제는, 어떤 신념이
든 전언이 과도하게 앞서면 작품의 실효성이 훼손될 수 있다거
나, 정치적 올바름의 도덕이 위선으로 변질될 수 있다는, 원론적
인 문제로 환원할 수 있는 사태는 아닐 것이다.

　최근의 상황은 지금까지와는 다른 정치적 상상력과 젠더 감수
성을 요구하는 문제이다. 젠더 이슈는 현대문학의 부분적 요소로
서 전공자들이 관심을 가지면 되는 그런 문제가 아니다. 이를테
면 환경문제나 세대 문제 등을 포함하여 여러 현실적인 현안들
이 있는데도, 하필이면 '젠더'와 '성정치'의 문제가 그토록 절실
한 것인가 하는 의문이 제기될 수 있다. 현대문학이 피할 수 없이
마주한 욕망과 타자의 문제들은, "공적 세계와 사적 세계의 구분
자체를 가로지르는"[5] 젠더와 성정치에 관한 문제일 수밖에 없다.

부분적으로 아쉬움이 남는다. 조강석, 「메시지의 전경화와 소설의 '실효성': 정
치적·윤리적 올바름과 문학의 관계에 대한 단상」, 〈문장웹진〉 2017년 4월호; 복
도훈, 「'정치적으로 올바른' 소송의 시대, 책 읽기의 어려움」, 『쓺』 2017년 하권
참조.
5　"젠더는 공적인 세계와 사적인 세계의 구분 자체를 가로지르는 것이다. 어
떤 측면에서 보면 남자가 된다거나 혹은 여자가 된다는 것이 의미하는 바는 우
리의 사고, 지각, 정서에 깊이 뿌리내리고 있는 것이며, 우리가 타자들과 맺는 관
계를 안내하는 것이며 우리의 가장 내밀하면서도 혼란스럽고 무정형적인 자아
의식을 형성하는 것이다. 따라서 현대문학이 젠더의 경계선을 따라 열정적인 강
도를 집중해왔다는 사실은 전혀 놀랍지 않다. 현대예술이 제기한 절박한 질문
들, 즉 자아의 원천, 욕망의 본성, 타자와의 연결 가능성 등에 대한 질문은 남성/
여성의 구분에 대한 권력과 상호 침투성에 관한 질문이기도 하다"(리타 펠스키,
『페미니즘 이후의 문학』, 이은경 옮김, 도서출판 여성문화이론연구소(여이연), 1998,
p. 25).

'남성-이성애자'를 보편적인 문학 주체로 상정하면서 민족과 계급의 문제를 우위에 두었던 주류 한국문학이, 지금 젠더 이슈의 소용돌이 안에 진입했다는 것은 필연적인 것이기도 하다. 젠더 문제는 근대 이후 구축된 한국문학장의 이념과 형식을 근본적으로 사유하려는 급진적인 심문의 방식이다.

젠더 이슈를 둘러싼 최근의 과도한 소용돌이가 정치적 올바름을 "정치를 가장한 치안"[6]으로 만들었다면, 중요한 것은 정치적 올바름이 도덕의 잣대로서의 '비정치적 명령'이 되지 않도록 이것을 재정치화하는 것이다. 지금의 페미니즘과 정치적 올바름의 요구가 과도하여 한국문학의 문학성을 훼손할 수 있다는 낯익은 근심보다는, 이 개념이 '문학-정치' 혹은 '정치적 수행성'으로서의 '문학하기'를 추동하고 있는가를 질문해야 한다. 더구나 현재의 정치적 올바름 논의는 최근 문학 시장에서 승리한 몇몇 서사를 대상으로 한 '재현'의 문제에만 한정되어 있는 듯하다.[7] 근본적이고 다층적인 논의가 되려면 정치적 올바름과 관련된 문학사와 장르, 문학 제도와 문학 장치라는 문제에 대해 다르게 질문할 필요가 있다. 정치적 올바름이라는 주제가 문학의 정치적 창조력

6   복도훈, 「신을 보는 자들은 늘 목마르다」, 〈문장웹진〉 2017년 5월호.
7   예를 들어 『82년생 김지영』에 관련된 논의는 의미 있는 것이지만, 이 작품의 문학 시장에서의 대단한 성공을 고려하더라도, 여성 시인들의 문제적인 시집을 포함하여 이보다 정치적으로 급진적이고 여성적인 발화를 보여주는 텍스트들에 대해서는 활발히 논의되지 않는 것은 아쉬운 점이다. 여성 언어의 잠재성을 보여준 텍스트들이 가지는 독자와의 새로운 소통 방식에 대한 문제도 중요하기 때문이다.

을 설명하고 새로운 '삶— 문학의 형식'을 제안할 수 있는 개념
인가? 진보적인 문학은 정치적으로 올바른가? 혹은 정치적으로
올바르지 못한 문학은 진보적이지 못한가? 하는 불편한 질문들
은, 정치적 올바름의 문제를 보다 입체적으로 바라보게 해준다.
이제 한국문학사의 진보적인 정전이라고 평가되었던 두 시인의
섹슈얼리티와 관련된 텍스트를 중심으로, 이 문제를 다시 사유하
고 재문맥화해보려 한다.

2. 민족을 욕망하는 주체는 정치적으로 올바른가?
── 고은의 경우

북한 여인아 내가 콜레라로

그대의 살 속에 들어가

그대와 함께 죽어서

무덤 하나로 우리나라의 흙을 이루리라.

── 「休戰線 언저리에서」 전문

우리 성욕은

팔일오 과부들을 밤나무 밑에서 쓰러뜨렸어.

그래서 그 해 밤송이들이

하지 중장 앞에서 쩍쩍 벌어졌지.

할로오케 까펩 시시비비

몽양이 죽더니 백범도 쓰러졌어.

惡이란 놈은 첫째 발끈! 하고 마는 법이 없지.

우리 성욕은

육이오 갈보들을 마구잡이 쓰러뜨렸어.

그것 없이는 소위 自由世界가 아니었어.

친구들 다 몰려가서 총알받이로 죽어버렸어.

에레나! 네 이름은 순자였어.

팔군 털보

또는 내가 낳은 검둥이

우리 성욕은

사일구 처녀들과 밤새도록 뒹굴었어.

역사가 살아났다고 뒹굴었어

해 뜨면 거리마다

성욕이 넘쳐 흘렀어.

세종로 핏자국 위에 아카시아꽃냄새 넘쳐 흘렀어.

처음으로 조국의 진실이 알몸으로 보였어.

[……]

우리 성욕은

아주 아주 먹물빠진 오징어가 되지 않았어.

팔일오보다 육이오보다

그리고 사일구보다

더 세찬 성욕이 자라나고 있어.

산과 들 금남로에 광복동에 넘치는 날

그날의 성욕이 우리 성욕이지.

역사를 찾는 성욕 우리 성욕이지.

— 「성욕」 부분

　진보적인 '민족문학'의 상징이었던 시인의 시에 대해 논의하는 것은, 그의 개인적 스캔들 때문이 아니라, 진보적인 문학 주체, 정치적으로 올바른 문학 주체는 무엇인가를 질문해보기 위해서이다.[8] 위의 시가 정치적 선의와 진보적인 역사 인식에 의해 발화되었다 하더라도, 이 시에 나타난 젠더 감수성과 성정치의 수준은 문제적이다. 민족 모순을 극복하려는 시적인 전망을 노래한 시에서 여성에 대한 참담한 성적 대상화가 드러났다면, 이 시는 진보적인가? 혹은 이 시의 주체는 진보적인 주체인가? 역사를 욕망하는 주체는 자신을 남성 주체로 설정함으로써 역사 혹은 민족이라는 대상을 여성 젠더화한다.

　앞의 시에서 시선 혹은 행위의 주체로서의 '남한 남자'는 대상화된 '북한 여인'의 살 속으로 들어간다는 비유를 통해, 통일이라

8　고은 시에서 섹슈얼리티의 문제에 대해서는 필자가 비판적으로 논의한 바 있다. 졸고, 「시선과 관음증의 정치학」, 『이토록 사소한 정치성』, 문학과지성사, 2006 참조.

는 정치 이념을 미학화한다. 콜레라라는 질병의 전염성은 의식적인 지향성과 운동성을 가진 것으로 상징화된다. 이 시의 최종적인 이미지인 '흙'은, '대지-민족'의 순결성과 정체성을 여성의 신체를 통해 구현하는 상관물이다. 민족의 순결성 혹은 그 수난을 여성 신체에 대입하고 기입하는 것은 민족을 앞세우는 문학의 관습적 에토스이기도 하다.

고은의 「성욕」이라는 시에서 역사를 향한 '리비도'를 "우리 성욕"이라고 표현할 때, '우리'는 도대체 누구인가? '우리'는 억압적이고 기만적인 환영적 구성물이다. 그 '우리' 속에는 여성은 포함되지 않는가? 역사를 욕망하는 주체는 오로지 '남근적'인 주체여야만 하는가? "팔일오 과부들"과 "육이오 갈보"와 "사일구 처녀"들은 그 '우리'에 포함되지 않는가? 사일구 혁명에서 "역사가 살아나는" 사건은 "사일구 처녀들과 밤새도록 뒹굴었어"라고 표현되어야만 하는가? 역사의 오욕은 언제나 남성적인 성욕에 짓밟히는 여성의 이미지로만 설정되어야 하고, 역사를 되찾는 주인은 남성적인 성욕으로만 주체화될 수 있는가?

문제는 이런 시적 주체가 예외적이고 특별한 것이 아니라는 점이다. 젠더 정치학의 참혹함은 고은 시인 개인의 참혹이 아니라, 민족·민중의 주체를 남성-이성애자로 설정해온 '진보적인' 문학의 오랜 관행의 결과물이기도 하다. 앞의 시에서 남한 남성의 북한 여성에 대한 성적 대상화는 '남남북녀'라는 낡은 속설의 무책임한 반영이다. 민족 모순을 얘기하는 문학 텍스트 가운데 여성을 성적으로 대상화한 사례는 헤아릴 수 없이 많다. "민족의 외연을 구축하는 자리에서 여성(성)이 호출되는 메커니즘"과 '여성의 이 중식민화'[9]가 거의 '자연화'되어 있다. '민족문학'의 수사적 관행 안에서 구현된 여성적인 상징과 젠더 이데올로기는 남성 중심적 인 민족주의의 사회적 구성물이기도 하다. 모성 판타지와 여성에 대한 대상화를 통해 민족 정체성을 수립하려는 미학적 관습은 오랜 역사를 축적하고 있다.[10] 이와 같은 관성적인 미학이 힘을 갖는 것은, 특정한 창작자 혹은 발화자의 문제라기보다는, 이 상징화가 반복을 통해 권위적 관습의 힘을 가지게 되었기 때문이다.

그렇다면 다음 질문이 가능하다. 민족과 역사를 전경화하고 있지만, 전혀 '정치적으로 올바르지 못한' 시들은 이제 문학사의 목록에서 도려내어야 할까? 급진적인 이론가인 주디스 버틀러가 '혐오 발언'들을 규제할 필요가 없다고 말하는 이유는, 혐오 발언

9 "민족 모순을 날카롭게 짚은 작품 가운데에도 여성을 성적으로 대상화한 사례는 흔했고, 특정 작가·특정 작품에 한정하지 않고 젠더적으로 불평등한 면모를 무심결에 드러내는 텍스트가 허다했다"(소영현, 「문학사의 젠더」, 『올빼미의 숲: 사회비평 선언 』, 문학과지성사, 2017, pp. 141~58).

10 거슬러 올라가면 한용운의 시에서 이미 이와 같은 수사적 관행이 시작되고 있다. 가령 한용운의 시 「논개의 애인이 되어서 그의 묘에」에서 화려하고 유려한 수사를 통해 재구성되는 '논개'의 이미지는 "조선의 무덤 가운데 피었던 좋은 꽃의 하나"라는 것이다. 여성의 이미지를 통해 상처받은 민족의 자립성과 순결성을 봉합하는 것은 여성을 둘러싼 섹슈얼리티의 통제를 의미한다. 한용운 시에서 에로스의 욕망은 젠더화된 은유의 틀 안에 갇히며, 여성의 섹슈얼리티는 '모성-민족주의'의 이념 아래 종속된다. 계몽 담론의 일부로서의 민족 담론에서 남성 주체는 민족에 대한 자기 동일시의 욕망을 여성에게 투사하면서 여성성을 규정한다. 이는 '여성 신체-민족의 수난'이라는 동일시 방식으로 여성에 대한 재현을 강제함으로써, 여성을 이중적으로 식민화하는 과정이라고 할 수 있다. 졸고, 「한용운 시에 나타난 젠더화된 애도」, 『한국문학이론과 비평』 제74집, 한국문학이론과비평학회, 2017 참조.

의 주체가 타인을 통제할 수 있는 '주권 권력'을 갖지 못하고 있으며, 그것에 대한 저항적인 전유와 재수행이 가능하기 때문이다.[11] 위의 시가 주권 권력을 행사할 만큼 독자를 통제할 수 있는가? 이 시의 화자는 무소불위의 막강한 주권적인 권력을 휘두르면서 '청자'를 종속시키는 위치에 있지 않다. 시적 주체의 권력은 절내적이지도 독립적이지도 않으며, 주체는 자신이 말하는 것에 주권 권력을 행사하지 못한다. 이 시가 한 시인의 이름으로 제출되었다고 하더라도, 시적 주체는 민족 혹은 역사의 성적 대상화라는 남성 중심적 이데올로기의 '창시자'가 아니다. 여성을 대상화하는 발상은 시적 주체 혹은 시인 개인의 문제가 아니라, 이데올로기적이고 역사적인 관습에 의해 작동한다. 만약 이 시들을 문학사에서 삭제한다면, 이런 발상의 주체가 그 발상의 고유한 기원이라고 간주함으로써, 그 발상을 생산하게 된 역사적 방식에 대한 비판적 분석은 힘들게 된다. 다시 버틀러의 논리를 빌리면, 정치적 심문을 위해 '유책 주체'를 만드는 것은, 정치적으로 올바르지 못한 담론에 대한 분석과 저항을 오히려 어렵게 한다.

이와 같은 시들을 모두 삭제하면 한국문학사는 완전히 깨끗해

---

11 "우리가 불리는 이름은 우리를 종속시키기도 하지만 행위 능력의 장면을 양가적으로 생산함으로써 그 부름이 발생한 의도를 넘어서는 일련의 효과를 가능하게 한다. 우리가 불리는 이름을 떠맡는 것은 과거의 권위에 대한 단순한 종속이 아니다. 그 이름은 이미 과거의 맥락에서 이탈해 자기 정의의 노력으로 진입했기 때문이다. 상처를 주는 말은 그것이 작동했던 과거의 영토를 파괴하는 재배치 속에서 저항의 도구가 된다"(주디스 버틀러, 『혐오 발언』, 유민석 옮김, 알렙, 2016, p. 302).

질 수 있을까? 여성 혐오의 흔적을 삭제한 한국문학의 목록은 오히려 '혐오 없는 세상'이라는 허구적 믿음을 가져다주고 "남성중심적, 성차별적인 문학에 오히려 면죄부를 주는 결과로 귀결될 수 있을" 것이다. 특정한 작가나 작품을 괴물로 지목하고 삭제한 다음 남는 것은 "괴물이 사라졌다는 사라질 수 있다는 기만적 믿음"[12]이다. 이와 같은 시들에 대한 다시 읽기와 재배치를 통해 한국문학 전반에 구축되어 있는 왜곡된 젠더 시스템을 폭로할 수 있다. 민족을 둘러싼 가부장적인 계몽 주체의 비장하고 과장된 어조는 우스꽝스러운 '태도의 희극'으로 만들 수 있으며, 저항의 도구가 될 수 있다.

3. 신경증적 주체는 정치적으로 올바르지 못한가?
—— 김수영의 경우

그것하고 하고 와서 첫 번째로 여편네와

하던 날은 바로 그 이튿날 밤은

아니 바로 그 첫날 밤은 반 시간도 넘게 했는데도

여편네가 만족하지 않는다

그년하고 하듯이 혓바닥이 떨어져 나가게

물어제끼지는 않았지만 그래도

---

12   김주희, 같은 글, pp. 31~32.

어지간히 다부지게 해 줬는데도
여편네가 만족하지 않는다

이게 아무래도 내가 저의 섹스를 개관하고
있다는 것을 아는 모양이다
똑똑이는 몰라도 어렴풋이 느껴지는
모양이다

나는 섬찍해서 그전의 둔감한 내 자신으로
다시 돌아간다
연민의 순간이다 황홀의 순간이 아니라
속아 사는 연민의 순간이다

나는 이것이 쏟고 난 뒤에도 보통 때 보다
완연히 한참 더 오래 끌다가 쏟았다
한번 더 고비를 넘을 수도 있었는데 그만큼
지독하게 속이면 내가 곧 속고 만다

—「성(性)」 전문

　김수영의 이 시는 고은의 경우보다 오히려 더 원색적인 성적
묘사와 재현이 있고, "여편네" "그년" 등의 여성에 대한 억압적인
호명과 대상화가 등장한다. 그렇다면 이 시는 정치적으로 올바르
지 못한 시이거나, 여성 혐오적인 시인가? 먼저 고은의 시와 비교

해서 화자 혹은 시적 주체의 위치가 다르다는 것을 지적할 필요가 있다. 민족을 말하는 고은의 시적 주체가 가부장적인 계몽 주체의 위치에 있다면, 김수영의 시적 주체는 그 계몽 주체와의 차이를 드러내는 반영웅적이고 신경증적인 주체이다.[13] 그런 이유로 고은과는 다른 방향의 성정치적 양상을 드러낸다.

화자는 '여편네'를 성적으로 통제하려는 욕망을 갖고 있지만, 그 욕망은 쉽게 실현되지 않는다. 이 시는 그 욕망이 에로스적인 충동이 아니라, 일종의 권력 게임임을 드러내며, 여기에는 사도마조히즘적인 관계가 포함된다.[14] 이 시의 주체가 자신과 타자의 욕망에 대한 메타적인 관점에 서게 됨으로써, 남성 주체는 '여편네'라는 대상을 지배하는 것이 불가능함을 고백하고 폭로하는 자기혐오적인 자리에 서게 된다. 타자의 욕망을 존중하지 않고 지배하려는 상황에서 에로스는 불가능하다. 이 시의 보다 문제적인 지점은 '자기기만'에 관한 것이다. 주체와 타자 사이의 '속임'의 문제, 자신과 자신의 욕망 사이의 '속임'의 문제가, 이 시를 중층적인 욕망의 무대극이 되게 한다. '섹스를 개관하려는' 지배의 욕망이 좌절했을 때 맞닥뜨리는 감각은 '섬뜩함'이며, 이 섬뜩함은

---

13 김수영 시의 남성성이 당대의 '헤게모니적 남성성'에 균열을 내는 것으로 분석될 수 있다. 이 점에 대해서는 이경수, 「김수영 시에 나타난 남성성과 '아버지'」, 『돈암어문학』 제32집, 돈암어문학회, 2017 참조. 물론 당대 사회에서 '헤게모니적 남성성'이 지배적이었는지는 이론의 여지가 있으나, 한국문학사 안에서 김수영 시의 남성 주체가 지배적인 남성성과 다른 위치에 있는 것은 주목할 필요가 있다.

14 이 점에 관해서는 조혜진, 「김수영 시의 性에 나타난 '발설'의 시학: 주체의 마조히즘과 차이의 수사학」, 『한국시학연구』 제27호, 한국시학회, 2010 참조.

억압된 것이 기이하고 두려운 방식으로 되돌아오는 순간이다.

김수영의 시 전반에서 벌어지는 시적 주체의 내적 투쟁이 자기 기만과의 싸움이라는 점을 염두에 둔다면, 이 시의 성적 대상화는 자신의 성적 욕망까지도 대상화한다는 측면에서 메타적이고 복합적이다. 그럼 다시 그 문제를 던지지 않을 수 없다. 이 시는 정치직으로 올바른가? 정치적 올바름이 여성의 성적 대상화라는 문제에 한정된다면, 이 시는 정치적으로 올바르지 못하다. '여편네'라는 호명 자체가 갖는 여성 혐오적인 요소와 위계화된 젠더 의식 또한 지적될 수 있다.[15] 그런데 이 시의 언어와 화법의 변이, 가부장적 계몽 주체와 구별되는 시적 주체의 자리는, 타자와 자신과의 욕망이 길항하는 '욕망-권력'의 무대극을 상연한다. 고은의 시에서 타자-여성은 욕망조차 갖지 못한 사물화된 존재로 대상화되어 있다면, 타자와의 욕망의 게임을 재현하고 폭로하는 정치적 상상력과 감각은 주목할 필요가 있다.

고은의 시가 공적인 정치 이념을 위해 여성 신체를 관습적으로 식민화한다면, 김수영의 시는 가장 사적인 세계를 오히려 정

15 김수영 시에서 '창녀'를 산 다음에 생활 속에서 마주한 실재하는 '여편네'라는 인물을 등장시킨다는 점은, 그의 시가 여성 혐오적인 요소를 경유하여 무능한 남성 예술가상을 구축하고 있다는 점을 보여주는 것이기도 하다. 이 점에 대해서는 조연정, 「'무능한 남성'과 '불온한 예술가', 그리고 '여성혐오': 여성주의 시각으로 김수영 문학을 '다시' 읽는 일」, 『한국시학연구』 제57호, 한국시학회, 2019 참조. "이처럼 철저히 물화된 '창녀'의 존재가, 예술가로서의 해방의 감각을 해명하기 위해 동원되는 한, 그가 이상화된 여성을 그리기보다는 실상의 '여편네'를 그리고 있다는 점이 그의 문학적 성취로 온전히 인정되기는 힘들 것이다."

치적인 것으로 만든다. 이로써 예외적인 미시정치학의 시적 장면이 도입된다. 이 시는 기묘하고 이질적인 방식으로 가부장제 이데올로기화 화법에 균열을 만든다. "욕망이여 입을 열어라 그 속에서/사랑을 발견하겠다"(「사랑의 변주곡」)는 김수영의 수행문은 「성」에도 숨어 있다. 하지만 이 에로스의 도래가 성적으로 타자화된 여성을 경유해서 이루어졌다는 것은 주류 한국문학사의 왜곡된 성정치학을 다시 확인하게 해준다. "이제 가시밭, 넝쿨 장미의 기나긴 가시 가지/까지도 사랑이다"라고 선언하려면, 얼마나 많은 '자기기만'을 통과해야 하는 것일까?

4. 비정체성의 '문학 하기'를 위하여

고은과 김수영의 시에 대한 다시 읽기는 '정치적' 독서에 해당한다. 주디스 버틀러의 논의를 다시 빌리면, 혐오 발언의 발화자가 의도와 그 행위 그리고 그것이 낳은 상처 사이에는 간격이 있을 수밖에 없다. 청자는 언어와 효과 사이의 간격을 활용할 수 있으며, 발화자가 예상하지도 못하는 방식으로 이를 뒤집고 되받아칠 수 있다. 정치적으로 올바르지 못한 호명에 대해, 그 호명의 사회·역사적 근거를 비판하고 호명된 대상들의 종속적인 위치를 강화한 역사적 관습들을 지워나갈 수 있다.

남성 중심적이고 여성 혐오적인 언어가 직접적인 정치적 효과를 발생하는 것은 아니다. '발언효과행위perlocutionary act'는 어떤 효과들을 자신의 결과로 생산하는 언어 행위이지만, 하나의 말은 의도치 않은 '발언효과행위적인' 효과를 낳을 수 있다. 혐오적인 말들의 발언효과행위는 필연적으로 정해져 있지 않고, 거기에 대한 '되받아치기'의 가능성은 열려 있다. '문학 하기'는 정치적으로 올바르지 못한 텍스트와 담론들이 출현한 사회·역사적 힘들을 교란하고 무너뜨리는 잠재성을 갖는다. 그러니 저 책들을 지금 불태워야 할 것인가?

정치적 올바름이 가진 정치적 곤경이 있다면 '정치적으로 올바른 주체'는 존재하는가? 혹은 정치적인 올바름을 판단할 수 있는 주권 권력은 존재하는가?라는 지점일 것이다. 정체성 정치의 맥락 속에서 여성 혹은 성소수자는 언제나 정치적으로 올바른 주체인가? 어떤 텍스트가 정치적으로 올바르다는 것을 판정할 수 있는 것은 정치적으로 올바른 주체만이 가능한가? 하는 질문들이 이어질 수 있다. 이 질문들이 의심하는 것은 정치적 올바름과 정치적으로 올바름의 주체 사이 간격의 존재이다. 정치적 올바름의 주체가 먼저 존재하고, 그 주체만이 정치적으로 올바른 행위를 할 수 있는 것은 아니다. 여성이나 성소수자가 정치적으로 올바르지 않은 문학을 생산할 가능성 역시 당연히 존재한다. 정치적 주체의 동일성을 먼저 상정하는 정치적 올바름은, 또 다른 억압적인 배제의 자리에 자신을 놓게 된다. 정치적으로 완전하게 의미화될 수 있는 '나'와 '우리'라는 선험적인 정체성은 없다. 정치적 올바름은 주체의 정체성에 관련된 문제가 아니라, 그 '수행성'의 문제이다. '문학 하기'에서 문학 주체의 동일성이 먼저 주어진

것이 아니라, 읽기-쓰기의 행위를 통해 가변적으로 문학 행위자
가 구성된다. 그 과정에서 정치적 올바름은 '정치 없는 정치'로서
의 사법적인 도덕이 아니라, 끊임없이 타자들을 맞이할 수 있는
급진적인 운동이 될 수 있다.

정치적인political 것과 올바름correctness 사이에는 모종의 불일
치가 존재한다. 정치가 배분과 분할의 질서를 변형하는 문제라면,
문학-정치는 다른 '삶-언어'로의 이행과 잠재성의 문제이다. '올
바름'은 이미 존재하는 지상의 척도가 있음을 암묵적으로 전제한
다. 그런데 정말 '정확한 올바름'이 '이미' 존재하는가? 정말 '정확
한' 정치와 사랑이 '당신'과 '나'에게 찾아올 수 있을까? 규범이 사
실이 되어버리면, 이미 그 규범은 윤리적인 것도 정치적인 것도
되지 못한다. 올바름은 끊임없이 재구성되고, 문학-정치의 잠재
성에 대해, 타자에 대해 열려 있어야 한다. 올바름은 척도가 아니
라, 운동의 존재 양식이 될 수 있다. 문학-정치는 시민적 모럴을
정착시켜 공동체에 정체성을 부여하는 것이 아니라, 공동체를 끊
임없이 혼란에 빠뜨리는 행위이다. "나는 타자다, 그러니까, 세계
는 바뀌어져야 한다"[16]라는 김현의 해묵은 아포리즘은 '문학-정
치 하기'의 어떤 지점과 예기치 않게 만난다. 함부로, 이런 전유
가 가능하다. 문학은 정치다. 그러니까 세계는 바뀌어야 한다.

(2019)

---

16   김현, 「젊은 시인을 찾아서」, 『젊은 시인들의 상상세계/말들의 풍경』, 문학
과지성사, 1992, p. 15.

남은 자의 침묵
━ 세월호 이후에도 문학은 가능한가?

1. 침묵을 기록하는 자

나는 그 말에 대해 자주 생각해보았다. 그리고 빈 페이지에 썼다.
다음 날 지웠다. 그다음 날에는 그 밑에 다시 같은 말을 썼다. 다시
지웠다. 다시 써넣었다. 그 페이지가 다 채워지자 찢어버렸다. 그것
이 추억이다.

할머니의 문장 너는 돌아올 거야와 흰색 아마포 손수건과 몸에 좋
은 우유에 대해 쓰는 대신, 한 페이지 가까이 내 빵과 볼빵에 대해
쾌재를 부르듯 썼다. 지평선과 먼짓길의 구조바꿈과 나의 끈기에
대해서도 썼다. 배고픈 천사에 대해 쓰면서는 그가 나를 괴롭힌 것
이 아니라 나를 구한 장본인이었던 양 열광했다. 그래서 머리말을
지우고 후기라고 고쳐 썼다. 나는 풀려난 몸으로 누구에게도 이해
받지 못하는 외톨이가 되었고 자기를 기만하는 증인이 되었다. 그
것이 내 안에서 일어난 커다란 불행이었다.[1]

---

1   헤르타 뮐러, 『숨그네』, 문학동네, 2010, p. 316.

살아남은 자가 '그 말'에 대해 생각한다는 것은 무엇인가? 그 말, 그 사람의 밑바닥에 웅크리고 있다가 입술을 떨리게 하지만, 끝내 입 밖으로 새어 나오지 못하는 그 말. 몇 개의 희미한 문장이 떠올랐지만 그 문장들을 기록하려는 순간, 문장들의 무력감이 통증처럼 느껴져서 지워버린다. 고유명사는 발음할 수 없으며, 술어들은 어긋난다. 문장은 끝내 완성될 수 없다. 이를테면 환한 나무 그늘 아래 빗나간 웃음소리, 어둠보다 짙은 점액질의 밤바다, 고요한 발목의 무참함에 대해 적는다는 것은 얼마나 기만적인 것인가. 어떤 상냥한 기억도 어떤 무서운 시간도 정확하게 기록될 수 없다는 것을 깨닫는다. "자기를 기만하는 증인"이 될 수밖에 없는 남은 자의 그 말. 살아남은 자가 살아남지 못한 자들에 대해 쓴다는 것, 자신이 살아남은 이유에 대해 쓴다는 것, 저 죽음들 앞에서 아직 살아 있다는 것, 끝내 살아남아야 한다는 명령에 대해 쓴다는 것은 무엇인가? 말하고 쓴다는 것의 무능함 앞에서, 그는 말을 목구멍 너머로 삼키는 자, 끊임없이 고쳐 쓰고 끊임없이 지우며 "머리말을 지우고 후기라고 고쳐" 쓰는 자이다. 그가 할 수 있는 언어의 가능성은 두 가지밖에 없다. 하나는 완전한 침묵 속에서 사는 것, 말과 말 사이의 침묵이 아니라 절대적인 침묵 속에 사는 것이다. 그는 생활과 생존을 위한 최소한의 언어밖에는 발음하지 못한다. 그것조차 말하지 않아도 되는 마지막 순간을 조용히, 간절하게 기다려야 한다. 또 다른 가능성은 침묵 안에서 다시 태어나는 말들을 발굴하는 것이다. 삼켜진 말들은 다른 말의 잠재성으로 전환될 수 있을까? 삼켜진 말들이 침묵에서 새어 나오기 위해서는, 혹은 절대적인 침묵에 다가가기 위해서는, 다른 언어가 발명되어야 한다. 이를테면 '배고픈 천사'나 '숨그네' 같은 지상에 없는 기이한 언어들. 살아남은 자는 언어의 문제에 있어 무기력하며 무능력하다. 그는 사건과 증언 사이의 분열, 기억과 언어 사이의 배반을 감당해야 한다. 기억하는 자는 말의 불가능이라는 막막한 경험과 마주하며, 말하는 자에게 문제는 기억의 불가능이라는 사태다. 기억은 돌이킬 수 없는 고통을 둘러싼 완료된 시간이며, 언어는 항상 어긋나고 뒤늦게 찾아온다.

살아남은 자의 말하기와 글쓰기는 발화의 고통과 침묵의 무게 사이에서 진행된다. 잊지 말아야 한다는 윤리와 정확하게 기록할 수 없다는 절망 사이에서 말들을 찾아 나서야 한다. 발화가 고통스러운 것은 지상의 언어로 '그 말'을 한다는 것이 얼마나 기만적인 것인가를 잘 알고 있기 때문이다. 언어는 고통의 실재적 과정을 차단함으로써 시작되고, 그 언어가 실재를 붙잡는다는 것은 원천적으로 어렵다. 이 세계의 언어들은 이미 충분히 상투적이고 부정확하며 말할 수 없는 자의 침묵을 끝내지 못한다. 그럼에도 불구하고 침묵을 기록하는 것, 역설적으로 완전한 침묵에 다가가는 것은 침묵 속에서 다시 발명된 언어다. '아우슈비츠 이후에 서정시를 쓸 수 없다'라는 오랫동안 오해된 명제는, 아우슈비츠를 증언할 수 있는 침묵의 언어를 '어떻게' 발명할 수 있는가의 문제다.

2. 사건 이후의 말들 앞에서, 문학은?

세월호 이후에 많은 말이 쏟아져 나왔다. 그 말들의 무차별성 앞에서 문학이 무엇을 할 수 있는가를 묻는 것은 무력하다. 뒤집어진 배의 스펙터클이 뉴스를 통해 생중계되던 며칠의 낮과 밤 동안, 그 안에서 결국 무엇이 일어나고 있었는지를 생각하는 것은 '타인의 고통'에 대한 감각을 시험하는 일이었다. (뒤집어져 침몰하는 배의 생중계가 결과적으로 일종의 '스너프 필름'이었다는 것이 확인된 뒤에도 이 장면은 끊임없이 방영된다. 그 이미지 속에서 세월호 내부의 고통은 '실재'하지 않는다.) 사건 이후의 말들은 이 타인의 고통에 대한 감수성과 상상력의 편차를 보여준다. 타인에 대한 연민이란 이 사태를 가져온 세계에 대한 근본적인 사유를 가능하게 할 수 있을까?[2] 문학이 그 연민의 수사학과 달라야 한다면, 그 말들과 문학이 달라야 한다면, 세월호 이후의 문학이 그 이전의 문학과 달라야 한다면, 혹은 다를 수밖에 없다면, 문학은 이제 무엇인가?

2   "고통받고 있는 사람들에게 연민을 느끼는 한, 우리는 우리 자신이 그런 고통을 가져온 원인에 연루되어 있지 않다고 느끼는 것이다. 우리가 보여주는 연민은 우리의 무능력함뿐만 아니라 우리의 무고함도 증명해 주는 셈이다. 따라서 (우리의 선한 의도에도 불구하고) 연민은 어느 정도 뻔뻔한 (그렇지 않다면 부적절한) 반응일지도 모른다. 특권을 누리는 우리와 고통을 받는 그들이 똑같은 지도상에 존재하고 있으며 우리의 특권이 (우리가 상상하고 싶어하지 않는 식으로, 가령 우리의 부가 타인의 궁핍을 수반하는 식으로) 그들의 고통과 연결되어 있을지도 모른다는 사실을 숙고해 보는 것, 그래서 전쟁과 악랄한 정치에 둘러싸인 채 타인에게 연민만을 베풀기를 그만둔다는 것, 바로 이것이야말로 우리의 과제이다"(수전 손택, 『타인의 고통』, 이재원 옮김, 이후, 2004, p. 154).

세월호가 이런 질문들을 도입하게 만드는 것은 그 '사건'의 미
증유의 참혹함 때문일 것이며, 그 참혹함은 현재의 모든 삶에 대
한 전면적이고 근원적인 비판적 사유를 요구한다. 비판적 사유
는 어디에서 시작될 수 있을까? 이를테면 세월호는 하나의 '사고'
이며, 이 사고의 원인은 종교를 등에 업은 한 자본가의 탐욕 때문
이라거나, 직업의식과 판단력은 털끝만큼도 없는 선장의 무책임
함 때문이라거나, 혹은 무능하고 기만적인 권력자의 문제라고 말
하는 방식이 있다. 이 경우 이 사건은 예외적인 한 개인의 문제가
되며, 이 개인을 제거하기만 하면 세상은 완전한 것이 된다. 이
사건을 개인의 '스캔들'로 만들려는 저급한 저널리즘의 집요한
노력과 나쁜 정치권력에 대한 비판과 탄핵이 이 문제의 핵심적인
해결책인 양 말하는 방식이 있을 수 있는 것이다.

또 다른 비판적 분석은 조금 다른 자리에 있다. 사회체제와 시
스템 그리고 역사적 시간대를 문제의 중심에 두는 시선이다. 세
월호 참사가 1997년 이후 확산된 신자유주의의 특정한 '정세',
"규제 완화, 민영화, 노동 유연화로 특징지어지는 동시대 한국 자
본주의 구조의 특정한 정세"[3] 속에 있다는 것이다. '대한민국이
침몰했다'는 세월호에 대한 저널리즘의 수사는 마치 세월호 이전
에는 이 국가가 침몰 이전에 있었다는 논리를 가져올 수 있다. 근

---

3   "세월호 참사를 97년 체제로 명명되는 신자유주의적 역사의 시간 계열 안
에서 주기적으로 순환하면서 정세를 구성하고 있는 사건으로 이해하게 될 때,
우리는 비로소 세월호 참사에 이론적 실천적으로 개입하는 행위가 정치적으로
얼마나 중요한 의미를 갖고 있는지를 깨달을 수 있게 된다"(정용택, 「정세적 조건
에 의해 강제된 개입의 시간」, 『자음과모음』 2014년 가을호, p. 205).

대 생명관리권력이 생명을 '살게 하거나 혹은 죽게 내버려두는' 통치술을 구사한다면, 신자유주의 체제는 그것의 변종이다. 신자유주의 통치술은 자기통치의 기술에 적응할 수 있는 자만을 '살게 하고', 이 기술의 바깥에 있는 자를 '죽게 내버려둔다.' 신자유주의 통치에서 정치적 심급의 자율성은 파괴되고 경제적인 것에 예속된다. 사회의 토대가 되는 기초 구성원들은 '기업'으로 환원되어 경쟁의 원리만이 남게 된다. 이 체제하에서 현대의 주체는 시장 원리를 내면화하는 자기 관리의 주체로서의 '자기 자신의 기업가', "하나의 통치술이 경제의 원리에 따라 스스로를 규칙화하는 것"[4]으로서의 '호모 에코노미쿠스'로 환원된다. 이 참사의 기반에 신자유주의적 통치성, 생명관리권력의 통치술이 작동하고 있다고 말하는 것은, 사태의 전면적인 진실은 아니더라도 적어도 사태의 중요한 국면을 관통한다.[5]

그러나 이런 비판적 성찰이 곧 바로 '사건' 이후의 문학의 자리가 되는 것은 아니다. 기만적인 권력을 비판하고 '우리'의 '각성'을 촉구할 때, 그 말을 하는 주체는, 개인을 '자기 자신의 사업가'로 만드는 권력 테크놀로지에서 벗어나 있는가를 묻는 주체인가 하는 것이다. 담화 주체의 위치와 윤리에 대한 질문이 포함

---

4   미셸 푸코, 『생명관리정치의 탄생』, 오트르망·심세광 외 옮김, 난장, 2012, p. 373.
5   '신자유주의'와 '97년 체제'라는 프레임이 한국 사회의 현실을 전면적으로 설명해주는 것은 아니다. 하지만 적어도 그것은 '분단 체제'나 '87년 체제'와 같은 낯익은 의제들이 평면화시켜왔던 문제들을 두드러져 보이게 하는 효과는 있다.

되지 않으면 사건 이후의 말들은 문학과 담론 시장의 '경쟁'의 일부일 수밖에 없다. 진정한 의미에서 윤리적인 주체는, 비판의 주체인 자신을 그 비판의 가장 가혹한 대상에 위치시킨다. 정말 '나자신'은 그 고통에 연루되지 않았는가 하는 것이 윤리적 주체의 최초의 질문이다. 도덕적 분노와 확정적 전언이 새로운 정치화의 계기들과 문학성이 만나는 장소를 보장하지는 않는다. '정의로운' 시민 주체와 미적 주체 혹은 문학적 주체를 구분하는 것은 문학의 특권 때문이 아니라——문학의 특권은 사실상 사라졌으며 무의미하다——사회적으로 승인된 (소)시민적 윤리의식과 문학과 윤리와 정치가 만나는 생성의 공간을 구별 짓기 위함이다. 문학은 나쁜 권력과 싸울 뿐만 아니라 '도덕적 독재'와도 싸워야 한다. 문학의 문제는 '사건' 이후의 문학적 주체들의 재정립의 문제다.

'사건'은 자기 자신에 대한 뼈아픈 윤리적 질문으로 되돌아와야 한다. 이 끔찍한 사태는 그것을 만들어낸 이 체제 안에서의 자신의 존재 방식을 거부하고 자기 자신을 다시 창조하는 사유를 요구한다. "사건은 우리로 하여금 새로운 존재 방식을 결정하도록 강요하는 것이다."[6] '사건 이후의 주체'가 맞닥뜨리는 것은, 그 사회와 시스템의 일부였던 구성원 모두가 떠안는 윤리적인 문제

---

6   알랭 바디우, 『윤리학』, 이종영 옮김, 동문선, 2001, p. 54. 바디우적인 의미의 사건이 상황의 모든 정규적 법칙들 밖에 위치하는 것이라면, 세월호가 그런 의미의 '사건'과 정확히 일치하는 것은 아니다. 오히려 그것은 신자유주의 생명 관리정치의 한 필연적 '사건'이며, 따라서 이 사건은 일상적 기입으로는 환원될 수 없는 '무엇인가가 일어나기'를 요구하는 사건이라고 할 수 있다.

다. 이 사건에 작동한 신자유주의의 생명관리정치에 대해 비판적 인식은 필연적이지만, 그 체제 속에서 숨 쉬고 살았던 개인 주체들은 어떻게 할 것인가 하는 문제가 더 깊게 남아 있다. 문학적인 질문이 비로소 시작되는 것은 바로 이 지점이다.

3. 부끄러움의 주체와 응답의 주체

사건은 그 사건을 살아서 경험한 모든 사람을 '살아남은 자들'로 만든다. 현장에 있었던 소수의 생존자와 미디어의 이미지를 통해 '타인의 고통'을 목도했던 대부분의 사람은 모두 남은 자들이다. 그 사건에서 자유로운 주체는 있을 수 없으며, 사건 이후의 모든 주체는 '죄'를 나누어 가진 자로서의 무력감과 부끄러움의 주체가 될 수밖에 없다. 칼 야스퍼스의 개념을 빌리면 살아남았다는 이유에서의 '형이상학적 죄'이다. '나는 살아 있다. 고로 죄가 있다'[7]라는 아포리아는 이것이다. 생존을 찬양하는 것은 존엄에 대한 준거를 바탕으로 하지만, 생존이 다만 인간의 삶이 아닌 본능에만 연결되어 있을 때 그것은 무의미하다. 사건 이후의 부끄러움과 죄의식의 주체는 자신들의 '죄 없음'이 바로 죄라는 아포리아 한가운데 있는 존재다. '감당할 수 없는 사건'은 죄 없는

---

7   조르조 아감벤, 『아우슈비츠의 남은 자들: 문서고와 증인』, 정문영 옮김, 새물결, 2012, p. 134.

자의 부끄러움, 혹은 죄 없다는 것의 부끄러움에서 빠져나오지 못하게 된다.

이 부끄러움은 존재의 이중성을 드러낸다.[8] 부끄러움은 감당이 안 되는 상황에 처해 있는 것으로서의 수동성의 경험이지만, 이 '감당 안 됨'이야말로 다른 것으로 환원 불가능한 자신의 모습을 스스로에게 보여주는 것이다. 부끄러움은 자신의 주체성을 박탈하는 경험이면서 동시에 주체는 부끄러움을 통해 자신을 드러낸다. 주체성이 궁극적으로 부끄러움이며, 주체화와 탈주체화의 공존을 의미하는 것이라면, 이 부끄러움의 주체는 문학적인 경험의 잠재성이다. 문학적 글쓰기 혹은 시 쓰기의 주체는 자아의 확실성 위에서 정립된 것이 아니다. 문학적 글쓰기가 부끄러움의 경험이라고 말하는 것은, '나'라는 확실하고 일관된 주체의 진정성의 발화를 넘어선다는 맥락에서다.

세월호 뉴스에 대한 대중의 피로와 권태, 망각이 급속도로 진행되는 와중에도 집요하게 세월호를 상기시킨 손석희라는 이름으로 상징되는 종편 채널의 뉴스가 있다. 뉴스는 희생자 학생들의 휴대전화에 남아 있는 사고 당시의 동영상을 복원하여 방영하면서 '세월호에서 온 편지'라는 제목을 달았다. 이 동영상 또한 타인의 고통을 시각적 스펙터클로서 소비하는 미디어의 메커니

8 "주체는 부끄러움 속에 자신의 탈주체화밖에는 다른 내용을 갖지 않으며, 자기 자신의 부조리, 주체로서의 자신의 완벽한 소멸에 대한 증인이 된다. 주체화이기도 하고 탈주체화이기도 한 이 이중운동이 부끄러움이다" "부끄러움이란 주체화와 탈주체화, 자기 잃음과 자기를 갖춤, 노예됨과 주인됨의 절대적 공존 속에서 산출되는 것이다"(같은 책, pp. 159~61).

즘에서 얼마나 자유로울 수 있는가는 단언하기 힘들다. 그럼에도 불구하고 '세월호에서 온 편지'라는 저널리즘의 명명은 문제적이다. 그것은 희생자들의 의도와 관계없이 하나의 편지로 작동하게 되고 궁극적으로 편지의 효과를 가지게 된 것이다. 편지는 살아 있는 자의 목소리로 녹음된 것이나, 결국 수장된 것이며, 수장으로 다시 태어난 것이다. 죽음 너머로 그 목소리를 복원해낸 과학기술의 테크놀로지는 윤리적 판단을 어렵게 만든다. 진실의 범주와 윤리의 범주가 일치하는 것은 아니다. 편지의 발신자는 희생자이고 그 편지의 수신자는 그들의 가족이라는 전제를 넘어서, 그 편지의 발신자는 '익사한 자'이며 그 편지의 수신자는 모든 '익사하지 않은 자'가 될 수 있다.

'익사하지 않은 자'의 글쓰기는 어떤 방식으로든 그 편지에 대한 응답이 될 수밖에 없다. 편지의 발신자가 진정한 의미의 문학적인 주체가 아니라 하더라도, 그 편지는 '문학' 이전에 있는 것이라 하더라도, 편지는 미학과 윤리의 문제를 분리할 수 없는 지점을 가리킨다. '분리할 수 없음'이 의미하는 것은 미학은 더 이상 자족적일 수 없으며, 윤리는 체제를 결코 보호하지 않는다는 것이다. 편지를 보내는 '희생자-타자'는 '내'가 응답하기를 촉구하며, 응답은 어떻게 가능한가를 묻는다. 타자의 이 환원 불가능한 목소리와 현전에 응답하는 것은 윤리적인 동시에 문학적인 존재다. 문학이 가능하거나 혹은 불가능해지는 지점은, 이 '죽은 자-타자'의 환원 불가능한 목소리에 응답해야 하는 살아남은 자로서의 무력감과 부끄러움의 주체가 '어떻게' '다른' 문학적인 주

체가 될 수 있는가 하는 문제다. 응답이란 '나'라는 자아의 권위
를 무너뜨리고 주체의 자리를 뒤흔드는 경험이다.

4. '무젤만' '안티고네' '오르페우스'라는 주체들에 관하여

죽음의 가장자리에서 출몰했던 상징적인 주체들. 가장 준열하
게 죽음과 마주했던 존재들의 몇 가지 유형을 통해 그들이 어떻
게 문학적 주체의 잠재성으로 전환될 수 있는가를 물을 수 있다.
익사하지 않은 자, 살아남은 주체에게 '죽지 않았다'라는 명제와
'살아 있다'라는 명제는 반드시 일치하지 않는다. 죽지 않은 것이
반드시 살아 있음 혹은 계속 살아 있음을 의미하지 않는다는 것
은, '아직' 죽지 않은 존재가 '계속' 죽지 않는 존재는 아니라는 의
미다. 이 사이의 경계의 존재에 대한 가장 상징적인 사례는 아우
슈비츠의 '무젤만'이라는 존재일 것이다.[9] 무젤만은 아직 죽지 않
았지만, 동시에 비인간이다. 그런데 무젤만은 말하지 못하고 쓰
지 못한다는 조건에서 현실적으로 증언의 주체가 되지 못한다.
비인간을 증언할 수 있는 것은 생존자이고, 이때 생존자는 비인
간의 대리인, 비인간에게 목소리를 빌려주는 자다. 증인은 말할

9　'무젤만(독일어로 이슬람교도를 뜻함)'이란 아우슈비츠 수용소의 은어로서
살아 있는 인간의 특성을 갖고 있지 못한 존재들, '살아 있는 시체들', 식물인간
처럼 신체의 극단적인 한계상황으로 인해 무관심밖에는 보여주지 못하는 존재
들이다.

수 없는 자를 위해 말하는 자다. 증언은 말을 못 하는 자가 말을 하는 자에게 말하게 만드는 곳이며, 침묵하는 자와 말하는 자, 인간과 비인간의 구별이 불가능한 지대다.[10] 무젤만은 인간과 비인간, 말할 수 없음과 증언의 문제를 둘러싼 첨예한 윤리적인 문제를 제기한다.

죽은 자를 위한 산 자의 애도가 갖는 정치성의 문제를 상징적으로 보여주는 것은 안티고네다. 안티고네는 공식적인 애도의 금지와 싸운 인물이다. 오이디푸스와 그의 어머니의 근친상간으로 태어난 안티고네는 오이디푸스의 죽은 아들인 오빠 폴리네이케스의 애도와 장례를 위해 싸우다 죽는다. 오빠는 국가의 반역자로 낙인찍혀서 애도가 금지되었고 그의 시신 위에 흙과 술을 뿌리는 안티고네의 행위는 죽음을 무릅쓰는 것이었다. 안티고네가 따른 것은 국가의 법이 아니라, 다른 차원의 윤리적 요청이다. "크레온의 명령에도 불구하고 오빠를 묻음으로써 자신의 목숨을 위태롭게 한 안티고네는 주권적 권리와 헤게모니적 국가 통일이 증대되고 있는 시기에 공적 애도를 금하는 명령에 도전함으로써

10 "증언은 말을 못하는 자가 말을 하는 자에게 말하게 만드는 곳에서, 말을 하는 자가 자신의 말로 말함의 불가능성을 품는[견디는] 곳에서 발생하며, 그렇게 침묵하는 자와 말하는 자, 인간과 비인간은 주체의 위치를 세우는 것이 불가능한 무구별의 지대, '나'라는 '상상의 실체'와 (그와 더불어) 참된 증인을 식별하는 것이 불가능한 비식별 영역에 들어가게 된다. 달리 표현하자면 증언의 주체는 탈주체화를 증언하는 자라고 할 수 있을 것이다. 그러나 이 표현은 '탈주체화를 증언한다는 것'이 다만 증언의 주체란 없다는 것("다시 말하지만 우리는 [……] 진정한 증인이 아니다")을 의미할 뿐이며, 모든 증언은 주체화와 탈주체화의 흐름이 부단히 가로지르는 힘들의 장이라는 사실이 기억될 때만 유효하다"(조르조 아감벤, 같은 책, p. 181).

정치적 위험을 구현했다.”[11] 안티고네에게 애도의 불가능성은 애도를 금지하는 세계와의 목숨을 건 전면전을 의미한다. 안티고네의 죽음은 금지된 애도의 위험성뿐만 아니라, 애도와 희생을 독점하는 체제와 권력에 심각한 도전이 될 수 있는 애도의 파괴력을 역설적으로 암시한다. 그것이야말로 권력이 애도를 금지하는 이유일 것이다.

　무젤만과 안티고네라는 상징적인 존재가 죽음을 둘러싼 윤리적이고 정치적인 문제들을 근원적으로 사유하게 만드는 주체라고 해서, 그 주체가 문학적 주체라는 것을 의미하지는 않는다. 문제는 그들의 비인간적인 특징, 정치적인 애도가 어떻게 ‘언어’의 문제와 만나는가 하는 것이다. 무젤만이 인간과 비인간에 대한 근원적 사유의 지점으로 안내하고, 안티고네가 애도의 불가능성을 돌파하는 존재를 보여준다면, 시인으로서의 오르페우스는 죽음의 경험이 ‘노래’를 만든다는 명제를 암시한다. 살아 있는 인간이 아직 죽지 않은 자 혹은 영원히 죽어가는 자라면, 쓰는 자는 ‘내 죽음’의 주인도 되지 못하며, 죽음을 극복할 수 없다. 죽음의 경험은 ‘나 자신’과 ‘작가’의 의도 같은 것을 앗아가고 죽음으로 하여금 ‘나를 가로지르며’ 말하게 한다. 오르페우스는 이미 에우리디케가 부재하다고 노래했으며, 시인은 그 말들이 만들어내는 ‘부재’에 매혹된 자다. “오직 노래 속에서만, 오르페우스는 에우

11　주디스 버틀러, 『불확실한 삶: 애도와 폭력의 권력들』, 양효실 옮김, 경성대학교출판부, 2008, p. 80.

리디케에 능력을 행사할 수 있다. 하지만 노래 속에서도 에우리디케는 이미 상실된 존재이고 그리고 오르페우스 자신이 흩어진 오르페우스, 노래의 힘이 이제부터 그렇게 만드는 '무한히 죽는 자'다."[12] '오직 노래 속에서만', 그러니까 이 경우, 죽은 자를 증언하고 죽은 자를 애도하고 죽은 자에 대해 능력을 행사하는 궁극의 자리는 무한히 죽는 자의 '노래의 힘'을 통해서다.

5. '소진된 인간'의 잠재성
—황정은의 경우

'사건 이후'의 문학이 새로운 문학적 주체를 요청하고 있다면, 이후 발표된 한국문학은 구체적으로 어떤 잠재성을 드러내고 있는가? 몇 가지 문제적인 사례를 읽을 수 있을 것이다. 먼저 황정은의 최근 소설을 통해 질문을 이어갈 수 있다. 희박한 존재들의 공간에 과감한 환상적 요소를 도입했던 황정은이 최근에는 소설 미학이 윤리성, 정치성과 만나는 첨예한 장면들을 만들어내고 있

---

12 "그는 그림자의 부재 속에서, 그녀의 부재를 숨기지 않았고, 그녀의 무한한 부재의 현전이었던 가려진 현전 속에서, 보이지 않는 그녀를 보았고, 온전한 그대로의 그녀를 만졌다. 그가 그녀를 바라보지 않았다면, 그가 그녀를 끌어당기지도 않았을 것이고, 그리고 분명 그녀는 거기에 없으며, 이 시선에서 그 자신도 부재하고, 그녀와 마찬가지로 그도 죽었다. 휴식, 침묵 그리고 종말이라는 세계의 고요한 죽음으로서의 죽음이 아니라, 끝없는 죽음, 종말의 부재에 대한 시련으로서의 또 다른 죽음을"(모리스 블랑쇼, 『문학의 공간』, 이달승 옮김, 그린비, 2010, p. 252).

다. 황정은의 「웃는 남자」[13]에서 남자는 오랫동안 '그 일'을 생각해온 자이며, '단순해지기로' 결심한 자다. 그 단순함을 위해 그는 "가구도 식기도 벽에 걸린 것도 없고 조명도 없"(p. 106)는 공간에 산다. 그는 생곡을 씹어 먹고 영양부족으로 털이 빠지는 것을 감수한다. 현실에 대해 저항하거나 높은 윤리적 가치를 추구하지도 않는 남자의 행위는 자기처벌의 형식을 포함하는 '도덕적 마조히즘'으로 볼 수 있다.[14] 도덕적 마조히즘은 무의식적 죄의식을 자기처벌에 대한 욕구로 전환하는 사태이며, 그런 의미에서 성감 발생적 마조히즘과는 조금 다른 자리에 위치한다. 그는 적절하지 못한 일을 하며, 자신의 이익에 반하여 행동하고, 자기 자신의 현실적 존재 자체를 파괴한다. 정신분석의 맥락에서 이것은 외부 세계에서 되돌아온 파괴의 본능이고 죽음의 본능과 연루되어 있다고 말할 수 있다.

"건축된 지 36년 된 아파트 5층에서 우울증을 앓고 있는 내 어머니"(p. 107)와 아버지의 삶도 이와 크게 다르지는 않다. "그 일을 생각할 때마다 무슨 이유에선지 열에 서너 번의 빈도로 나는 아버지를 생각한다."(p. 106) 도덕적 마조히즘은 부모의 대변자에게 형벌을 자초하는 형식이기도 하다. "아버지는 이제 늙었고 당신이 잘못했다는 말을 들으면 화를 내는 사람이 되었다"(p. 108) 마조히스트의 자기처벌의 행위는 속죄를 위한 재생의 '의식'이

13　『문학과사회』 2014년 가을호. 이하 인용은 본문에 쪽수만 밝힌다.
14　지크문트 프로이트, 『정신분석학의 근본 개념』, 윤희기 옮김, 열린책들, 1997, pp. 430~32 참조.

며, 속죄의 대상은 자기 자신이 아니라, 자기 내부에 남아 있는 아버지와의 유사성이다. 마조히스트의 죄의식의 기원은 아버지에게 잘못을 저질렀다는 감정이 아니라, 자신의 내부에 숨어 있는 아버지와 닮은 모습이며, 마조히스트는 그것을 속죄받아야 할 죄로 경험한다.[15] 마조히스트는 일종의 계약을 통해 자신의 내부에 숨어 있는 아버지가 표출되는 것을 차단해야 하며, 상대방이 아버지의 모습으로 출현하는 것 또한 차단해야 한다. '단순해지자'는 모토는 이런 문맥에서 아버지와 닮지 않으려는 자기처벌의 형식이다. "나는 아버지와 별로 닮지 않았다"라고 담담하게 진술할 수 있고, 할아버지와 아버지가 "누가 봐도 닮지 않은 부자간"처럼 보인다. 하지만 "우연하게 그 둘의 잠든 모습을 번갈아 보게 되었고 두 사람의 얼굴이 놀랍도록 닮았다는 것을 알았다"(p. 110). 아버지가 말버릇처럼 타인에 대해 억압적으로 '알아?'라고 말할 때, '나'는 "그걸 당신은 알아?"(p. 114)라는 말을 되돌려주고 싶다. 아버지가 죽어가는 사람에게 '닥치라고' 말했던 것이 아무 생각 없는 관성이었다면, 이 관성은 '나'에게도 똑같이 대물림된다.

그 남자를 단순하게 살게 만든 '그 일'이란 도대체 무엇일까? 이를테면 한여름 버스 정류장에서 곁에 서 있던 노인이 내 쪽으로 쓰러졌을 때 그를 피해 비켜선 일, 혹은 함께 살던 '디디'와 함께 탄 버스에서 교통사고가 났을 때 짧은 순간 디디가 아니라 가

15   질 들뢰즈, 『매저키즘』, 이강훈 옮김, 인간사랑, 1996, p. 122.

방을 붙들었던 일. 디디는 죽었고 모든 것은 "돌이킬 수 없다. 고통스럽게 그것을 곱씹는다. 달라지는 것은 없다"(p. 118). 그의 죄란 아무 생각 없이 "그냥 하던 대로 했던"(p. 124) 것일 뿐이다. 우울증의 시간으로서의 '돌이킬 수 없음'은, '나'라는 것을 항상 이미 완료되어 되돌릴 수 없는 '과거의 나'라는 형태로만 경험하게 하고 이에 대한 부채 의식에 시달리게 만든다. '나'는 언제나 돌이킬 수 없는 시간 속에 내던져져 있다. "내 잘못이 무엇인가"와 "나 자체가 잘못인가"(p. 117)와 같은 질문들이 그를 사로잡는다.

"여기 있고 싶지 않다. 내가 있는 곳은 디디, 디디가 있는 곳. 하지만 디디는 죽었고 나는 살아 있다. 보잘것없는 것을 무릎에 올린 채 버티고 있지만 그러나 살아 있"다. 이 소설은 아직 살아남은 자, 죄의식의 주체에게 '살아 있다'는 것은 무엇인가라는 질문에 가까울 것이다. "거의 죽음처럼 여겨지는 그 공간" "의미도 희망도 없어. 죽음이나 다름없다. 그러나 여기는 다른가"라는 질문은, 이곳이 삶도 아니고 죽음도 아닌 세계라는 것, 죽음으로서의 삶에 가깝다는 것이다. 그는 산 자도 아니며, 죽은 자도 아니다. 그는 이미 죽은 자이며, 그럼에도 불구하고 죽을 수 없는 자, "죽기 싫다고 생각하며 매일 착실하게 생곡을 씹는"(p. 125) 자, 살아 있는 것이 자기처벌의 형식이 되는 자, 그는 일종의 '비인간'이며 그의 공간은 '비장소'이다. 그는 "생각이 나를 하고 있어. 생각이 나를 먹고 있어. 생각이 나를 짓누르고 있어. 생각이 나를 씹고 있어"(p. 116)라는 완전한 수동성에 사로잡혀 있다. 그는 수동성에 압도되어 '주체'라는 조건을 포기한 자다. '단순해지자'는 것은 생활의 많은 것을 포기하는 태도이지만, 그럼에도 불구하고, 단순해질 수 있는 주체의 능동성이 전제되어 있다. 이 소설의 인물은 '단순해지자'라는 명제와 '단순해지지 않는다'라는 불가능성 사이에 있는 존재다. 그에게는 '단순해진다'라는 가장 단순한 형태의 능동태도 허용되지 않는다. 소설의 마지막에 등장하는 "아무도 나를 구하러 오지 않을 것이므로 나는 내 발로 걸어 나가야 할 것이다"(pp. 125~26)라는 문장은 최소한의 주체성을 보존해야 한다는 당위를 표현하지만, 그것은 또한 실현이 어려운 당위다. 그에게 더 이상 가능한 것은 아무것도 없지만, 역설적으로 바로 그 지점에서 그는 다른 시간의 문턱에 서게 된다. 이 장면은 모든 것을 소진한 인간의 마지막 '잠재성'의 순간이다.

이 소설 속의 살아남은 자는, 더 이상 살아 있다고 말할 수 없는 존재, 주체라고 말할 수 없는 주체, 더 이상 무엇도 가능하지 않은 신체, 모든 가능성 자체가 '소진된 인간'이다. 그는 "모든 피로 너머에서, '결국 다시 한 번' 가능한 것과 끝장을 본다".[16] 이 소진된 인간은 역설적으로 아직 살아 있음을 통해 생명 자체의 잠재적 역량을 증언하는 시간적인 형상이다. 모든 가능한 것들을 소진함으로써만 가능하게 되는 마지막 생성의 리듬이 있을

---

16 질 들뢰즈, 『소진된 인간』, 이정하 옮김, 문학과지성사, 2013, p. 24. 물론 이 소설 속의 인물이 베케트의 텔레비전 단편극에 나오는 '소진된 인간'의 특성과 정확하게 일치하는 것은 아니다. 소설의 인물은 죄의식과 무력감으로 삶의 능동성과 가능성을 소진한 자이지만, "가능한 것의 가능성 자체를 소진시키는" "집요한 유희에 몰두하"(같은 책, p. 12)는 자라고 보기는 어렵다.

수 있다. 그에게 남은 것은 소진된 신체만이 아니라, 살아남은 자의 '말할 수 없는' 언어다. 이 인간의 마조히즘적 자기처벌과 삶에 대한 수동성은 '가능한 것들'과 '가짜 주체'들로 구축된 세계에 대한 증언이며 역설적인 탄핵이 된다. 중요한 것은 이 소설의 익명적인 인물과 소진된 언어들이 생성해내는 다른 인간의 이미지, 새로운 문학적 주체의 잠재성이다. "아무도 나를 구하러 오지 않을 것이"라는 뼈아픈 문장이 아니더라도, 이 소설은 '입에 담을 수 없는 이름'으로서의 '그 일', 그러니까 세월호를 연상시키겠지만, 굳이 그것을 연결 지을 필요는 없다. 문학은 말해질 수 없는 것, 말해지지 않는 것을 말하는 방식이고, 그것을 읽는 것은 차마 말하지 못한 것을 듣는 일에 속한다.

6. 생성하는 '사실'과 '에코'
― 진은영과 김행숙의 경우

별들이 움직이지 않는 물 위를 고요가 흘러간다는 사실
물에 빠진 아이가 있었다는 사실
오늘 밤에도 그 애가 친지들의 심장을 징검다리처럼 밟고
물을 무사히 건넌다는 사실
한양대학교 옆 작은 돌다리에서 빠져 죽은 내 짝은 참 잘해줬다,
사실은
전날 내게 하늘색 색연필을 빌려줬다

늘 죽은 사람에게는 돌려주지 못한 것이 많다, 사실일까

사실 나는 건망증이 심하다

죽은 사람에게는 들려주지 못한 것도 많을 텐데

노래가 여기저기 떠도는 이유 같은 거

그 사람이 꼭 죽어야 했던 이유 같은 거

그 이유가 여기저기 떠도는 이유 같은 거

사실을 말할 수도 있겠지만

내 짝은 입을 꼭 다물고 건져졌다는데

말할 수 없다

그 애가 들려주려던 사실

어둠의 긴 팔에 각자 입 맞추며 속삭였다

산 사람대로 죽은 사람대로 사실대로

—— 진은영, 「사실」 전문[17]

"물에 빠진 아이들이 있다는 사실"에서 시가 시작된다. 그리고 시는 그 '사실들'을 연쇄적으로 병치한다. '사실'이란 무엇인가? 사실이란 실재적인 것으로 환상, 허구, 가능성과 대립하고, 한편으로는 경험적, 개체적인 것으로 논리적 필연성을 지니지 않는다. 사실은 단순한 지각의 대상으로서 계기하는 변화들에 불과하며, 하나의 사건은 인간의 시간과 언어에 의해서만 사실이 된다.

---

17   『문학과사회』 2014년 가을호.

따라서 사실은 사실이 아니기도 한 것이다. 이 시에서 사실은 개인적 경험의 차원과 상상의 차원 기억의 차원을 넘나든다. 그럼 '사실' 다음으로 등장하는 '이유'라는 것은 또 무엇인가? 사실의 원인으로서의 이유가 밝혀진다면 사실은 우연이 아니라 필연으로서의 진실이나 본질의 영역에 진입할 수 있다. 하지만 이유를 알 수 있는 사실은 얼마나 될까? "그 사람이 꼭 죽어야 했던 이유 같은 거"를 알 수 있다면, 사실은 진실의 영역이 될 것이고, 그 이유가 밝혀지지 못하면 이유는 "여기저기 떠도는 노래 같은 거"가 될 것이다. 문제적인 것은 이 시의 문장들의 통사 구조일 것이다. 대부분의 문장들은 '주어-술어'의 관계가 아니라, '~한다는 사실'로 끝난다. 이 시의 진정한 주인은 '~한다는 사실'이라는 명사형으로 마감되는 이미지의 흐름일 뿐이다. 이 문장들 속에서 시의 표면적인 일인칭 화자가 주어로 등장하는 문장은 많지 않으며, 명시적인 사례는 "나는 건망증이 심하다"라는 문장뿐이다. "돌려주지 못한 것이 많다" "사실을 말할 수도 있겠지만" "말할 수 없다"와 같은 문장의 (숨은) 주어가 '나'일 가능성이 있다. 술어가 등장하는 다른 문장들의 주어는 '내 짝'이다. 이 시에서 '나'라는 일인칭 주체의 권위에 의해 술어가 완성되는 문장은 약화되어 있으며, '내'가 할 수 있는 확실하고 유일한 말은 "건망증이 심하다"와 "말할 수 없다"와 같은 것들이다. 일인칭 주체가 기억과 말의 영역에서 무기력할 때. '내'가 말할 수 없을 때, 말하는 주체는 오히려 '사실들'이며, 사실을 들려주려 했던 "죽은 내 짝" "그 애"다. 이 시의 이미지를 만드는 것은 사실이라는 이름의 비인칭적인 주체이며, 이미지들은 사실의 잠재성이 실현되는 생성의 공간이다. '사실들'은 타자의 목소리와 이미지들이 끊임없이 모습을 바꾸는 장소다. "산 사람대로 죽은 사람대로 사실대로", 다른 시간의 이미지를 발명하는 자리다. 산 자로서의 일인칭 주체와 죽은 자로서의 삼인칭 대상은 생성하는 사실의 언어 속에서 자리를 바꾼다. 산 자와 죽은 자가 다시 태어나는 사실들의 세계에서 각자의 방식으로 '입 맞추고 속삭이는' 장면.

> 입술들의 물결, 어떤 입술은 높고 어떤 입술은 낮아서 안개 속의 도시 같고, 어떤 가슴은 크고 어떤 가슴은 작아서 멍하니 바라보는 창밖의 풍경 같고, 끝 모를 장례 행렬, 어떤 눈동자는 진흙처럼 어둡고 어떤 눈동자는 촛불처럼 붉어서 노을에 젖은 회색 구름의 띠 같고, 어떤 손짓은 멀리 떠나보내느라 흔들리고 어떤 손짓은 어서 돌아오라고 흔들려서 검은 새 떼들이 저물녘 허공에 펼치는 어지러운 군무 같고, 어떤 얼굴은 처음 보는 것 같고 어떤 얼굴은 꿈에서 보는 것 같고 어떤 얼굴은 영원히 보게 될 것 같아서 너의 마지막 얼굴 같고, 아, 하고 입을 벌리면 아, 하고 입을 벌리는 것 같아서 살아 있는 얼굴 같고,
>
> — 김행숙, 「에코의 초상」 전문[18]

타자의 목소리와 이미지를 환대하는 시의 공간은, 일인칭 내면

---

18 『에코의 초상』, 문학과지성사, 2014.

성의 언어로 세계를 끌어당겨 주체화하는 서정적 발화와는 구별
된다. 자기동일성으로 환원되는 언어들에 비해, 타자들의 목소리
를 개방하는 시들은 이질적이고 모호하며 '당혹스럽다.' 그럴 때
시의 언어는 일종의 '에코'가 된다. 에코는 발화의 주체가 될 수
없으면서 다른 사람의 소리를 환대하고 되돌려주는 존재다. 에코
의 목소리는 탈주체화의 음성이라고 할 수 있다. 그것을 '초상'이
라고 하는 것은 무엇인가? 초상의 이미지가 성립되기 위해서는
하나의 동일한 대상이 가시성의 영역에 있어야 한다. 초상은 완
전하고 특정한 가시적인 존재를 대상화할 때 확립되는 미적 형식
이다. 에코는 초상의 대상이 될 수 있을까? 에코는 몸을 갖지 않
으며 공간을 점유하지 않고, 단일한 목소리의 이미지를 갖지 않
는다. 에코는 가시성의 영역 바깥에 있고, 육체와 목소리를 갖지
못한 비인칭이며 비주체성이다. 에코의 소리는 수많은 타인들의
목소리로 들끓는다. 에코는 단 하나의 입술이 아니라, "입술들의
물결"이다. 그럴 때 '에코의 초상'이라는 아이러니는, 시적 자아
의 권력이 무너진 자리에서 나타난 새로운 문학적 주체에 대한
명명이라고 해도 된다. 이 시에서 병치적인 이미지들은 '~같고'
라는 형용사와 직유의 영역 속에서 나타난다. 그 직유들의 흐름
은 동일한 시적 주체의 내면성으로 모여들지 않고, 물결처럼 퍼
져 나간다. 직유들은 원관념을 하나의 이미지와 의미로 고정하지
않으며, 더 풍부한 이미지의 지대로 대상들을 풀어놓는다. "어떤
입술" "어떤 가슴" "어떤 눈동자" "어떤 손짓" "어떤 얼굴" 같은
원관념들은 메아리의 공간으로 나아가면서 끊임없이 변화하고,

더 풍부한 시간의 이미지들로 전환된다. 원관념들 앞에 '어떤'이라는 관형사가 붙을 때, 원관념들을 고정되지 않고 개별화되며 복수화된다. 원관념들은 이미 '원관념'이 아닌 것이다. 마지막 원관념 "어떤 얼굴"이 "너의 마지막 얼굴"이라는 결정적인 이인칭의 직유와 만나는 지점에서, '너'는 실재와 가상의 경계, 가시성과 비가시성의 경계, 삶과 죽음의 경계에서 출몰한다. '너'는 "아, 하고 입을 벌리면 아, 하고 입을 벌리는" 존재, 에코의 초상이다. '너'는 말하는 주체가 아니라, '나'의 말을 되돌려주는 에코로서의 주체다. 에코는 가시성의 차원에서는 죽었지만 목소리의 차원에서는 응답하는 (비)주체다. 이를테면, 죽음의 너머에서 '나'에게 공명하는 '너'의 목소리.

7. 가능한 문학을 넘어서, 남은 자들의 문학

세월호 이후 모든 문학이 그것에 대해, 혹은 그것을 의식하고 써야 한다는 것은 단순하고 억압적인 주장에 불과하겠지만, 그 사건이 동시대 문학의 깊은 콘텍스트가 된 것은 피할 수 없다. 극단적으로 말한다면 세월호에 대해 쓰지 않고, 그 이름을 발설하지 않는다고 하더라도, 동시대의 문학은 이미, '그것에 대해서' 쓰고 있다. 그런 의미에서라면 모든 한국문학은 '세월호 이후'에 씌어지는 것이며, 그럼에도 불구하고 그것에 관해 쓰는 것의 불가능에 직면할 때, 한국문학은 '세월호 이전'에 있다. 모든 문학은 '사건 이후의 문학'이며, 또 다른 맥락에서 아직 아무도 '사건 이후의 문학'을 쓰지 못한다. 한국문학은 각자의 방식으로 '그것에 대해' 쓰거나 쓰지 못한다. 피할 수 없이 '그것에 대해서' 쓸 수밖에 없다면, 어떻게 쓰지 않는 방식으로 쓸 수 있는가? 혹은 쓰는 방식으로 쓰지 않을 수 있는가? 문학은 모든 '가능한 것들'의 현실적이고 제도적인 기준과 규범들을 변화시키는 작업이다. 사건 이후의 문학은 연민의 수사학과 도덕의 독재와 권력의 감성정치를 균열시키는 표상과 언어 들을 발명해야 한다. 문학은 문학적인 것과 비문학적인 것, 현실적인 것과 환상적인 것, 시적인 것과 산문적인 것, 가능한 것과 불가능한 것을 구획하는 합의와 제도들을 위반하는 시도다. '가능한' 문학이란 미지의 문학이 아니라, 이미 실재하고 있다고 생각되는 것들로부터 파생된 문학, 기존의 재현 방식과 영역을 답습하는 문학이다. 가능한 문학은 승인된 윤리적 기준과 문학적 관습의 결합을 반복함으로써, 새로운 '미학화-정치화'의 계기들을 무산시키고, 결과적으로 '클리셰'와 주류의 이미지를 재생산한다. '불가능한' 문학은 가능한 문학들이 말하지 못하는 것들, 말하지 못하고 있다는 것조차 모르는 지점에서 다시 시작하는 문학, 예측 불가능으로서의 잠재성의 문학이다.

다시 말하지만, 문학적 주체는 자기 자신의 확실성 위에서 '양심'의 목소리를 드러내는 존재가 아니다. 자기가 보고 경험한 것을 자명한 언어로 말할 수 있는 증인도 아니다. 진정한 증인은 이미 말할 수 없는 자다.[19] 윤리적 무력감과 글쓰기의 불가능성 속에서 주체는 침묵하지만 거기서 다른 언어는 시작된다. 문학적 주체는 언어의 불가능성 안에서만 언어를 전유하며, 침묵이라는 형식 안에서만 말하는 존재다. 이 침묵의 언어 안에서 '나'라는 존재의 실존적 지위는 보잘것없다. 남은 자가 말하는 자로, 혹은 문학적 주체로 전환되는 것은, 남은 자가 타자의 언어를 받아들이는 윤리적이며 정치적인 과정이다. 남아 있는 '나'는 사라진 '너'와 구별되지 않으며, 남아 있는 '나'는 사라진 '너'를 통해서만 말할 수 있다. 살아남는다는 것은 항상 "'무엇을' 견뎌내는 것, '누구보다' 오래 사는 것이므로 그 무엇 또는 누구와의 관련을 내포하고 있다".[20] 남은 자는 언제나 '무엇'과 '누구'에 대해서 남은 자다. 남은 자는 남지 않은 자의 자리에서 남은 자이며, 남는다는 것은 죽음보다 혹은 인간(성)보다 오래 남는다는 것이다. 남은 자는 죽은 자도 아니며 진정한 의미에서 살아 있는 자도 아니다. 남은 자는 '그들 사이에' 남은 자들이다. 남은 자가 말하는 자 혹은 글 쓰는 자가 된다는 것은, 사라진 '누구'의 목소리 안에서다. 이것이 '세월호 안에서 쓴다'의 의미가 될 수 있다. 문학의 언어는 언어의 불가능성과 침묵의 잠재성에서부터 다시 시작된다.

19 "언어를 가지지 못한 존재의 발화 불가능성에 자리를 내주는 고도로 자기 성찰적인 언어, 무의미가 됨으로서 오히려 충만한 증언을 가능하게 하는 공백의 언어, 증언의 불가능성을 지시함으로써 역으로 증언에 성공하는 역설적인 언어, 그런 언어만이 작가에게 증인으로서의 자격을 부여한다"(김형중, 「우리가 감당할 수 있을까?: 트라우마와 문학」, 『문학과사회』 2014년 가을호, p. 275).

20 조르조 아감벤, 같은 책, p. 198.

'사건 이후의 문학'은 말할 수 없는 자의 언어의 자리에서 그 모순과 분열을 '견디는' 남은 자의 글쓰기다. 문학은 사라진 자들의 침묵의 능력에 의지한다. 문학은 말할 수 없는 자의 익명으로만 간신히 말할 수 있다. 주어를 알 수 없는 저 목소리들을 통해 이름은 지워지고 다시 태어난다. 저 헤아릴 수조차 없는 이름들. 과거이자 이미 미래인 이름들. 무서운 밤처럼 들이닥친 아침의 이름들. 명랑한 다정한 창백한 조각난 흐려진 이름들의 이름으로.

(2014)

나를 읽지 마세요
─문학은 우리를 치유할 수 있는가?

1. '치유하는 책'의 논리

　문학이 치유의 방법이 된다는 믿음은 오래된 연원을 가지고 있다. 고전적인 형태는 아리스토텔레스가 비극의 본질을 '카타르시스'라고 규정한 데서 시작된다. 비극을 봄으로써 마음에 쌓였던 우울과 불안 등이 해소되고 정화되는 작용을 카타르시스의 효과라고 설명했다. 이 논리는 20세기 이후에는 '문학 치료' 이론과 수많은 '힐링' 상품들을 양산하는 데에 이른다. 문학이 정신을 치유하는데 사용될 수 있다는 믿음은 이제 '과학'과 '시장'의 이름으로 제도화되었다.

　가령 '독서 치료'라는 개념이 말해주는 것처럼, 책은 인간의 정신적·심리적 고통을 완화시켜줄 수 있다는 것이다. 그리스어 책을 의미하는 '비블리온biblion'과 '병을 고치다'를 의미하는 '테라페이아therapeia'의 합성어가 '독서 치료'의 어원이 되었다. 미국식 독서 치료에서 독서 치료사는 환자에게 상황에 따라 책을 '처방'해주며, 환자는 '동일시, 카타르시스, 통찰'의 과정을 통해 자신의 문제를 해결해나갈 수 있다. 이때 처방되는 책은 자기계발

서나 대중적인 심리학 관련 책이다. 좀더 섬세한 독서 치료 이론도 존재한다. '창조적인 독서 치료'는 문학작품의 서사와 고유성을 통해, 독서 행위의 감각적·언어적 과정에서 억압된 감정으로부터 해방될 수 있다고 말한다.[1] 독서 치료의 영역이 전문가들의 심리 치료의 전문성 안에서 구축된 것이라면, '힐링'은 대중적 캐릭터의 매력을 가진 '멘토'들이 미디어를 통해 팬덤과 마켓을 구축해나가는 또 다른 상황을 가리킨다.

문학과 독서를 둘러싼 치유의 효용성은 문학 시장에서 강력한 상품성으로 자리 잡기에 이르렀다. '치유 에세이' 같은 용어는 하나의 '장르'가 되었다. 이것은 '행복해져야 한다'는 자본의 지상명령 혹은 개인을 병들게 만들고 동시에 '치유를 권하는' 사회 시스템에 출판 시장이 응답한 상황이기도 하다. 힐링은 출판뿐만 아니라, 미디어, 종교, 예술, 인문학의 전체 영역을 지배한다. 자본주의 시스템 안에서 식민화된 개인의 고통과 불안에 대한 '대중적 치유법'으로 힐링이라는 장치가 등장한 것이다. 힐링이 사회·정치적 구성물이라면 힐링은 비판적으로 분석될 필요가 있다. 힐링이라는 '사목 권력'과 '힐링을 통한 통치의 경제'는 '힐링의 배치, 관계, 전술'을 통해 "개인들의 지치고 무기력한 신체를 '유순한' 그러나 건강과 균형과 행복이 깃든 신체로 길들인다".[2] 힐링이라는 사회적 장치와 상품들이 일상적 삶의 실제 안에서 개

---

1   레진 드탕벨, 『우리의 고통을 이해하는 책들』, 문혜영 옮김, 펄북스, 2017, p. 220.
2   심보선, 「힐링이라는 이름의 권력」, 『문학과사회』 2013년 여름호, p. 260.

인을 구원할 수 있다는 것은, 힐링 시장의 복음이자 대중적인 마법에 속할 것이다. 이 완강하게 닫힌 사회 시스템 안에서 개인이 힐링을 통해 삶을 전환하는 것은 가능한가?

2. 치유의 책들은 정말 삶을 바꾸는가?

독서 시장을 지배한 치유의 상품이 된 책들의 사례를 보자. 지난 몇 년 동안 대중의 열광적인 지지를 받은 치유의 책 중 하나는 혜민의 『멈추면, 비로소 보이는 것들』이다. 이 책은 '하버드와 프린스턴 대학교 출신이며 SNS 스타인 스님'이라는 저자 캐릭터의 압도적인 매혹과 뛰어난 가독성을 자랑한다. 재판의 서문에는 남편의 교통사고로 황망한 시간을 보내던 독자가 "책장을 넘기며 남편 생각이 나 많이 울기도 했지만 스스로 용기를 낼 수 있는 힘을 얻었다"[3]라고 말한 것을 소개한다. 이 책은 어떻게 독자들의 삶을 구원한 것일까? 저자는 "하루 4시간씩 자면서 투잡을 뛰는 분, 자살하고 싶을 정도로 괴롭다는 학생, 취업에 자꾸 미끄러져 슬프다는 청년실업의 아픔"[4]을 독자와의 소통을 통해 '알게' 되었다고 말했지만, 그들에게 이 책은 어떻게 삶의 전환점이 되는 것일까?

---

3   혜민, 『멈추면, 비로소 보이는 것들』, 수오서재, 2017, p. 7.
4   같은 책, p. 13.

이를테면 "돈보다 더 귀중한 것은/내가 가진 '자유'입니다./좀
힘들어도/자유롭게 내가 원하는 방식의 삶을 사는 것이/남의 눈
치 보며 조금 더 버는 것보다/훨씬 나은 삶입니다./내 자유를 돈
받고 팔지 마세요"[5]와 같은 화법이 가지는 부드러움과 친절함은
강력한 대중적 무기임에 분명하지만, 기본적으로 이 논리는 '추
상적'이다. '좀 힘들어도 자유롭게 내가 원하는 방식의 삶'과 '남
의 눈치 보며 조금 더 버는 삶' 사이의 이분법적 가치의 설정은
'청년 실업의 아픔'이라는 현실적인 삶의 문제를 어떻게 해결할
수 있을까? 이 말들은 돈보다 자유가 중요하다는 일종의 '정신
승리법'으로서의 지혜를 설파하고 있다. 이 친절한 지혜는 그런
측면에서 정신적 문제에 대한 '실용성'을 가질 수 있다. 그 지혜
의 힘은 그 가치를 설파하는 사람이 믿고 존경할 만한 권위를 가
진 멘토이며, 그 권위에도 불구하고 친밀한 화법을 구사하고 있
다는 그 지점에서 구성된다. 이 문장의 위로와 치유의 권능은 이
렇게 저자가 가진 '사목 권력'의 뛰어난 소통 능력에서 나온다.
이런 멘토의 권능은 심리 치유의 영역에 한정되지 않으며, 인생
의 모든 문제와 모든 국면들에 대해 조언해줄 수 있는 전지적인
힘을 갖는다. 이 책이 '휴식, 관계, 미래, 사랑, 수행, 종교' 등 거
의 모든 삶과 정신의 영역에 대해 다루고 있고, 종교인이면서 특
정 종교를 넘어서는 '종교적인' 담론을 펼치고 있다는 것은, 전지
적인 멘토의 지위를 전형적으로 보여준다.

5 같은 책, p. 132.

문학의 영역에서 치유의 문제는 보다 복잡한 과정을 포함한다. 2017년 최고의 문학 상품 중 하나였던 조남주의 『82년생 김지영』의 경우를 보자. 이 책이 엄청난 인지도를 갖게 된 계기는 두 가지라고 할 수 있다. 우선 "82년생 김지영"이라는 제목이 가진 폭발력이다. 제목은 이 책이 '82년생 김지영'이라는 전형적인 한국 여성의 삶을 보고서적인 문체로 증언하고 있음을 암시한다. 82년생 김지영이라는 이름은 개성적인 내면을 가진 고유한 존재로 부각되는 것이 아니라, 평균적인 삶을 살았던 한 시대의 여성의 표상이다. 김지영이란 이름은 한국 사회의 거의 모든 여성들에 대한 일반명사와 복수 명사에 속한다. 더불어 야당의 원내 대표가 대통령에게 이 책을 선물했다는 것이 알려졌을 때, 이 책은 성차별로 인한 사회적 모순을 이해하기 위해 읽어야만 하는 '필독서'의 지위를 갖게 되었다. 이 책이 '필독서'가 되는 과정에서 미디어는 결정적인 역할을 담당한다.

　이 소설에서 주인공은 특별하게 가혹한 불행을 경험하지 않는다. 그녀는 일생의 통해 어떤 극적인 재난을 경험하지 않으며, 그녀의 삶의 진로도 충분히 예측 가능한 것이다. 그녀의 아버지는 가부장적인 폭력을 일삼는 사람이 아니었으며, 그녀의 남사 친구들과 남편도 지극히 평범하며 여성에 대한 '유별난' 혐오를 가진 사람이 아니다. 김지영이 겪는 일상적인 재난의 이유는 단지 한국 사회에서 여성으로 태어나고 성장했다는 것밖에 없다. 어떤 예외적인 재앙도 경험하지 않았던 김지영의 삶은, 어떻게 평균적인 여성의 삶이 차별과 불우의 조건이 되는가를 역설적으로 보여준다.

그것이 김지영이라는 이름의 평범성이 가지는 '성정치학'이다.

이 소설은 보고서적인 문체와 사회적인 자료들이 동원되는 주석들을 통해 이 평범한 삶을 증언한다. "김지영 씨는 우리 나이로 서른네 살이다. 3년 전 결혼해 지난해에 딸을 낳았다. 세 살 많은 남편 정대현 씨, 딸 정지원 양과 서울 변두리의 한 대단지 아파트 24평형에 전세로 거주한다"[6]로 시작되는 도입부는 이 소설의 언어적인 특징을 잘 보여준다. 김지영의 삶이 너무나 평범해서 오히려 낯선 것처럼, 이 소설의 보고서적인 문체 역시 문학적 표현과 장치들이 제거되어 있는 것처럼 보이기 때문에 오히려 낯설다. 이 소설의 보고서적인 문체와 르포적인 형식이야말로 이 소설이 밀고 나가는 다른 차원의 '문학성'이다. 김지영의 삶에 예기치 않은 균열이 발생하는 것은 우울증으로 인한 이상행동들이 나타나기 시작하면서이다. 갑자기 친정어머니와 죽은 여자 선배에 빙의되어 말하는 증상은, 그녀 삶의 모든 차별의 순간들이 폭발적으로 드러나는 장면이다. 이 소설이 보고하는 것은 그 증상을 유발한 요인이 '대한민국에서 여자로, 특히 아이가 있는 여자로 산다는 것' 자체라는 점이다. 이 보고서는 의학적인 보고서가 아니라 사회적인 보고서일 수밖에 없다.

다시 이 글의 주제로 돌아가보자. 『82년생 김지영』은 여성을 둘러싼 혐오와 차별과 억압을 어떻게 '증언'하고 '치유'하는가? 페미니즘의 영역에서 말한다면 증언과 치유는 여성의 시선과 언

---

6   조남주, 『82년생 김지영』, 민음사, 2016, p. 9.

어를 어떻게 생성하는가의 문제이다. 페미니즘의 미학과 정치성을 둘러싼 핵심적인 사안 중의 하나는 텍스트가 '여성 주체'를 재구성하는가 하는 지점이다. 여성이 사회·문화적으로 구성된다는 전제를 승인하고 '정체성의 폭력'에 대항하면서도, 정치적 주체로서의 '여성'을 재규정할 수 있는가 하는 것은 젠더정치학의 핵심 의제이다.[7]

『82년생 김지영』의 서술 주체는 이 소설의 후반부에 밝혀진다. "김지영 씨와 정대현 씨의 얘기를 바탕으로 김지영 씨의 인생을 거칠게 정리하자면 이 정도다. 김지영 씨는 일주일에 두 번, 45분씩 상담을 받고 있는데, 증상이 나타나는 빈도는 줄었지만 완전히 없어지지는 않았다. 나는 당장 우울감과 불면증에 도움을 주기 위해 김지영 씨에게 항우울제와 수면제를 처방했다"[8]라는 문장이 보여주는 것처럼, 보고의 주체는 40대의 남성 정신과 의사이다. 이런 설정은 이 소설에서의 보고와 증언의 주체를 둘러싼 문제적인 국면이다. 이 소설은 남성 정신과 의사의 시선으로 포착한 여성 환자의 삶에 대한 기록인 셈이다. 남성 의사와 여성 정신과 환자 사이의 관계는 시선과 우울증의 문제를 둘러싼 현대적 의료 권력의 위계를 갖는다.[9] 남성 의사는 김지영 환자가 사례

---

7   주디스 버틀러에 의하면, 선험적이고 본질적인 젠더는 없으며, 그럼에도 불구하고 어떤 특수성의 국면에서 구성되고 수행하는 여성 주체는 가능하다. 주디스 버틀러, 『젠더 트러블』, 조현준 옮김, 문학동네, 2008, pp. 360~63 참조.

8   조남주, 같은 책, p. 169.

9   푸코에 의하면 근대적인 의료 권력의 시선에서 광인의 언어는 이성의 언어와의 공통적인 부분을 제거당하게 된다. 광인의 언어는 '언어의 부재'라고 할

가 "산후 우울증에서 육아 우울증으로 이어진 매우 전형적인 사례"[10]라고 진단한다. 물론 그 진단 이외에도 남성 의사는 "내가 미처 생각하지 못한 세상"[11]이 있다는 것을 발견하게 되지만, 남성 의사와 여성 환자 사이의 위계적 관계가 달라지는 것은 아니다. '남성-이성'으로 상징되는 의료 권력의 시선은 '여성-분열자'를 구조적으로 대상화할 수밖에 없다.

이 소설의 기록이 여성을 대상화하는 수준의 남성적인 보고서라고 볼 수는 없다. 하지만 이 소설에서 증언의 주체로서의 여성은 '수행의 주체'가 되지 못하며, 병적 징후와 우울증적 증상을 둘러싼 보고와 관찰의 '대상'이다. 친정어머니와 출산 중 사망한 여자 선배로 빙의되는 착란의 언어는, 그녀들의 억압적인 삶을 똑같이 반복해야만 하는 여성적 존재의 비명이다. 어머니로 빙의되는 착란의 언어는 여성적 우울증과 모성과 연관해서 문제적인 지점을 드러낸다.[12] 한국의 여성 문학은 그 착란과 비명의 언어들

수 있다. 언어가 이성적인 것이라면, 광기는 언어의 부재라고 할 수 있는 것이다. 정신분석에서의 광인과의 '대화'는 평등한 것이 아니라, 시선의 권력에 의해 매개된 대화라고 볼 수 있다. 정신분석의 시대에도 여전히 광기에 대한 비상호적인 시선의 구조는 그대로 보존된다. 비대칭적 상호성 속에서 대답 없는 언어라는 새로운 구조가 만들어진 것이다. 현대적인 의료 권력으로서의 정신분석은 환자에 대해 전지전능한 권한을 행사하는 새로운 의료 권력의 지위를 보여준다. 미셸 푸코, 『임상의학의 탄생』, 홍성민 옮김, 이매진, 1991, pp. 310~16 참조.
10   조남주, 같은 책, 같은 쪽.
11   같은 책, p. 170.
12   크리스테바는 여성이 남성보다 우울증에 많이 걸리는 것은 어머니와의 관계를 완전히 극복할 수 없기 때문이라고 했다. 여성은 나중에 어머니를 대신할 다른 사람이 오리라는 보장 없이 자신을 어머니와 분리해야 하기 때문에 분리가 잘되지 않고, 그 과정에서 남성과 적대적 관계를 맺는다. 여성문화이론연구

을 생성해왔지만, 이 소설에서 그 우울증의 언어는 제한된 범주에서만 '보고'되고 '관찰'된다. 그 관찰의 보고서가 한국 사회의 여성에 대한 차별과 혐오를 드러내는 데 기여한 것은 일종 '계몽'의 효과에 해당한다. 그럼에도 불구하고 이 소설의 증언이 여성에 대한 억압에 대한 '치유'와 '해방'의 가능성을 실현하고 있다고 단언하기는 어렵다. 이 소설에서 '아직 말해지지 않은' 여성의 언어는 출현하지 않고 유예된다. 그렇다면 이 소설을 통해 던질 수 있는 또 다른 질문은 '여성적 우울증'[13]에 대한 보고인 이 소설을 통해 '우울증'은 극복될 수 있는가 하는 것. 혹은 더 근본적으로 문학은 저 지독한 (여성적인) 우울증을 치유할 수 있는가,라는 질문이 남는다.

<hr>

소 엮음,『페미니즘의 개념들』, 동녘, 2015, p. 297; 줄리아 크리스테바,『검은 태양』, 김인환 옮김, 동문선, 2004 참조.

13 주디스 버틀러는 젠더 주체가 형성되는 하나의 메커니즘으로 우울증을 설명했다. 이는 프로이트의 우울증 이론에 퀴어정치학을 접목하는 것이다. 금지되거나 배제된 사랑의 대상이나 성적 경향이 완전히 금지되지도 배제되지도 못한 사랑 때문에 주체를 구성하는 방식이 우울증적인 것이 된다. 동성애의 금기는 근친상간의 금기에 선행하며, 배제된 동성애는 완전히 사라진 것이 아니라, 그 부정이 부정되어 '이중 부정'의 방식으로 주체 내부에 들어오게 된다. 우울증을 앓는 젠더 주체의 몸은 이성애중심주의가 배제했던 동성애를 불완전하게 합체한 사람들이다. 여기서 우울증은 극복해야 할 질병이 아니라, 이성애 중심과 남성 중심 사회에서 떠도는 불확실하고 비결정적인 젠더 주체의 상황이다. 따라서 완전히 이성애적이거나 완전히 동성애적인 것, 완전히 남성적인 남성과 여성적인 여성은 불가능해진다. 주디스 버틀러, 같은 책, pp. 196~210; 사라 실리,『주디스 버틀러의 철학과 우울』, 김정경 옮김, 앨피, 2007; 조현준,『젠더는 패러디다』, 현암사, 2014 참조.

3. 우정의 독서와 '나를 읽지 마세요'

프루스트는 러스킨John Ruskin의 독서교육론인『참깨와 백합 Sesame and Lilies』에 대한 역자 서문에서 독서에 대한 흥미로운 에세이를 남겼다. 프루스트는 러스킨처럼 독서의 효용에 대해 전면적인 의미를 부여하지 않는다. "독서가 인생에 절대적인 역할을 한다고 믿지 않는"프루스트는 특유의 문체로 독서의 시간과 장소를 둘러싼 어린 시절의 기억의 세목들을 정밀하게 묘사한다. "어린 시절의 독서가 특히 우리에게 남긴 것은 우리가 책을 읽었던 시간과 장소에 관한 기억들이다." 독서가 삶의 의미를 갖는다면 그것은 저자가 제시한 내용 때문이 아니라, 어디서 어떻게 느꼈는가하는 개인적인 의미의 문제이다. "독서가 내게 불러일으킨 추억들이 독자로 하여금 꽃이 피고 굽은 길에 멈춰 서게 만들며 독서라 불리는 독보적인 심리적인 행위를 그의 영혼에 재탄생시"[14]킨다는 것이다. 프루스트에게 독서의 한계는 오히려 독서의 미덕이며, "책의 지혜의 끝이 우리 지혜의 시작으로 보이게 하여, 책이 할 수 있는 말을 모두 다 마쳤을 때 우리에게 책이 한 말은 아무것도 없다고 느끼게 만들 수 있다" "독서는 정신적인 삶의 도입부에 있"으며, "독서는 그러한 삶에 안내할 수는 있지만 그것을 구성하지는 않는다".[15] 그 연장선에서 프루스트는 독서를

---

14 마르셀 프루스트,『독서에 관하여』, 유예진 옮김, 은행나무, 2014, p. 26.
15 같은 책, p. 35.

일종의 우정이라고 주장하기에 이른다.

확실히 우정, 개인적인 우정은 가벼운 것이라 말할 수 있고, 독서는 일종의 우정이다. 하지만 독서는 적어도 마음에서 우러나오는 우정이고 그 대상이 죽은 자, 사라진 자라는 점은 사심 없음을 증명하며 거의 감동적이기까지 하다. [······] 독서에 있어서 우정은 갑자기 원래의 순수성으로 되돌아간다. 책들에 대해서 가식은 필요 없다. 만약 우리가 그 친구들과 함께 저녁 시간을 보낸다면, 그것은 정말로 그러기를 원하기 때문이다.[16]

이 에세이는 '저자의 죽음과 독자의 탄생', 독서의 수행성에 대한 선도적인 논의처럼 보이는 것이다. 책의 존재론과 독서 행위를 둘러싼 이런 논의는 독서의 효용에 대한 확신에 찬 믿음으로부터 얼마간의 거리를 두게 만든다.

김현은 「소설은 왜 읽는가」라는 글에서 소설의 사용법에 대해 말하는 것 대신에 '소설은 왜 읽는가'라는 근본적인 문제를 던진다. 정신분석의 틀을 빌려, 소설은 욕망의 세계를 구체적으로 드러내는 것이며, 소설의 세계는 작가가 욕망에 따라 변형된 세계라고 규정한다. 소설은 소설가의 욕망과 주인공들의 욕망과 독자의 욕망이 들끓고 있는 곳이다.

16 같은 책, pp. 46~47.

소설 속의 인물들은 무엇 때문에 괴로워하는가, 그 괴로움은 나
도 느낄 수 있는 것인가, 아니면 소설 속의 인물들은 왜 즐거워하는
가? 그 즐거움에 나도 참여할 수 있는가. 그것들을 따지는 것이 독
자가 자기의 욕망을 드러내는 양식이다. 그 질문은 이 세계는 살 만
한 세계인가, 이 세계의 현실 원칙은 쾌락 원칙을 어떻게 억누르고
있는가라는 질문과도 같다. 그 질문을 통해, 여기 내 욕망이 만든
세계가 있다라는 소설가의 존재론이, 이 세계는 살 만한 세계인가
라는 읽는 사람의 윤리학과 겹쳐진다. 소설은 소설가의 욕망의 존
재론이 읽는 사람의 욕망의 윤리학과 만나는 자리이다.[17]

김현은 소설론은 '욕망의 윤리학'에 닿는다. 문학을 정신분석
의 틀로 바라볼 때, 아리스토텔레스의 '카타르시스'가 그랬던 것
처럼, 욕망의 통로와 해결책으로서 문학을 이해할 수 있다. 김현
은 정신분석에서 출발했으나 그 효용의 문제로 나아가지 않고,
사회적이고 윤리적인 '질문'의 지점까지 밀고 나간다. 김현에게
중요한 문제는 소설을 통해 삶의 문제가 해결된다는 차원이 아니
라, 소설은 왜 읽고 싶고, 그 읽는다는 행위의 의미는 무엇인가라
는 것이다. 김현은 소설 읽기를 정신분석의 프레임에 가두지 않
고, '독서의 존재론'을 '욕망의 윤리학'과 사회에 대한 비판적 질
문으로 맥락화한다.

<hr>

17 김현, 「소설은 왜 읽는가」, 『분석과 해석/보이는 심연과 안 보이는 역사 전
망』, 문학과지성사, 1992, pp. 221~22.

문학작품의 독서에 대한 급진적인 논리는 모리스 블랑쇼에게서 발견된다. 그는 텍스트를 이해할 때 중요한 것은 작가의 의도와 신념도 독자의 주관적인 반응도 아니며, 텍스트의 '끈질긴 독립성'이라고 했다. 문학 언어는 의사소통에 필요한 언어가 아니라, 텍스트의 자율성을 가진 언어이며 그것이 예술 작품의 '고독'을 의미한다. 텍스트는 어떤 해석과 정의에 대해서도 '저항'하는 끈질긴 개별성을 갖는다. 독서 경험이란 텍스트를 이해하는 것이 아니라, 텍스트의 개별적인 독특함과 해석에 대한 저항을 만나는 일이다. "작품은 고독하"며, "작품을 읽는 자는 작품의 고독을 긍정하게 된다."[18]

이러한 독서의 불가능성은 순전히 부정적인 움직임만은 아니다. 그것은 오히려 우리가 작품이라 부르는 것에 대해 저자가 취할 수 있는 유일한 현실적 접근 방식이다. 아직은 하나의 책밖에 없는 곳에서 느닷없는 '나를 읽지 마세요'는 이미 또 다른 힘의 지평이 펼쳐지게 한다. [……] 책을 쓴 그 누구도 작품 곁에 살거나 머무를 수 없다. 작품은 작품을 쓴 자를 내쫓고 지워 버려 그를 예술과 관계하지 않는 할일 없는 무력한 무위의 생존자로 만든다.[19]

이런 주장은 문학이 마음을 위무하거나 정신적인 문제를 치료

18   모리스 블랑쇼, 『문학의 공간』, 이달승 옮김, 그린비, 2010, p. 16.
19   같은 책, p. 18.

하는 수단이라는 논리에 대한 강력한 안티테제에 해당한다. 문학이 독자에게 영향을 미치거나 독자의 문제를 해결할 수 있다는 논리는 문학의 '고독'과 '무위'를 이해할 수 없게 만든다. "누구에 의해 읽히기 전에 비문학적인 책은 언제나 이미 모두에 의해 읽혀졌고, 그리고 이러한 사전(事前)의 독서가 책에 확고한 존재를 보장한다."[20] 하지만 문학 텍스트는 "그것이 읽혀졌을 때, 책은 아직은 결코 읽혀지지 않았으며, 매번 처음이고 매번 단 한 번뿐인 이 유일의 독서를 통해 열린 공간 속에서만 그 작품으로서의 현전에 이른다."[21] 문학적 독서의 '열림'에 대해서 말한다면 "보다 잘 닫힌 것만이 열린다."[22]

4. '유령'은 '멘토'가 될 수 없다

문학이 정신적인 문제를 치유할 수 있다는 논리와 문학은 '읽혀지는' 것이 아니라는 논리는 이렇게 대립하고 공존한다. 어떤 책은 삶의 문제를 해결할 수 있다고 주장하고, 어떤 문학 텍스트는 계속 '읽혀지기'를 거부한다. 블랑쇼의 표현을 다시 빌리면, 이미 읽혀진 '사전의 독서'로 구축된 책이 있고, 끝내 읽혀질 수 없는 문학 텍스트가 있다. 이런 구분의 경계는 뜻밖에 희미할 수

20 같은 책, pp. 283~84.
21 같은 책, p. 284.
22 같은 책, p. 285.

있지만, 적어도 '독서란 무엇인가'에 대한 논의의 근저에 무엇이 있는가를 사유하게 만든다. 삶의 문제를 치유하고 해결할 수 있다는 텍스트는 피할 수 없이 발화 주체의 '권력'에 의존하게 된다. 이제 시 한 편을 통해 '사전의 독서'가 불가능한 '읽히지 않는' 문학 텍스트는 어떻게 존재하는가를 물어보려 한다.

그 여자는 머리칼을 그리는 화가다. 바람에 흩날리는 머리칼, 얼굴을 덮는 머리칼, 머리칼이 지붕에서 내려와 창문을 덮는다. 머리칼이 앞길을 막는다. 머리칼이 왼발을 묶어놓는다. 너는 정처가 없어서 뿌리를 머리에 이고 다니는 사람. 그 뿌리가 모두 신경인 사람. 네 신경을 누가 흐느끼듯 켠다. 핏줄이 터진 듯 아득하면 너는 돌아앉아 검은 실로 목을 칭칭 감아본다. 젖은 머리칼로 마루에 글씨를 써본다. 이 고통은 어디가 시작이고 어디가 끝인가, 머리칼이 바람을 울린다. 네 속을 도는 금들엔 매듭이 없다. 시작도 끝도 없다. 그렇지만 너를 바닥에서 일으켜 세우는 머리카락으로 짠 그물이여. 무덤 속에서 썩어가는 제 몸을 내려다보는 가슴 아픈 머리칼이여. 심장에서부터 뻗어 나와 바람에 맞서는 갈가리 마음이여. 깊은 숲으로 들어가면 달에서 온 환한 그물이 숲 전체를 들어 올린다. 그림 속에서 여자의 얼굴을 타고 숲이 내려온다.

─「금」 전문[23]

23   김혜순, 『피어라 돼지』, 문학과지성사, 2016.

이 시에 나타난 이미지의 움직임에 대해 '해석'을 시도할 수는 있다. '금'이라는 제목의 이미지와 여성의 '머리칼'의 관계, '머리칼'의 신화적이고 상징적인 맥락, 머리칼과 '뿌리'와 '핏줄'과 '검은 실'과 '그물'과 '숲'의 상상적 조응과 확장, '뻗어 나가는 머리칼'의 마력과 죽은 자와 머리카락을 둘러싼 '무덤'과 '애도'의 시간, 혹은 여성적인 힘의 파괴적이고 불확정적인 생명력과 '삶과 죽음의 시간'을 넘어서는 '또 다른 시간' 등에 대해 말해볼 수 있다. 하지만 이런 논의들을 통해 이 시를 '읽었다'고 말할 수 있을까?

이 시에 대해 독자가 당황하게 되는 이유는 '화자' 혹은 '주인공'의 정체를 알 수 없다는 점이다. 삼인칭 '그 여자'에 대한 시점으로 시작되지만, '너'라는 이인칭이 갑자기 등장하고, "이 고통은 어디가 시작이고 어디가 끝인가,"와 같은 문장은 일인칭의 고백적인 신음처럼 들린다. "머리칼을 그리는 화가"는 "그 여자"이면서, '너'이고, '나'이고, '누구'이며, 이미 죽은 자이거나, "제 몸을 내려다보는 가슴 아픈 머리칼" 자신이며, 다시 '그림 속의 여자'이다. '화가'와 그 화가가 그리는 '머리칼의 여자'는 재현의 주체와 대상으로 구분되지 않는다. 시적 언술 속에서 주체와 대상, '나'와 '너'와 '그녀'의 구분은 무의미해진다. 화자와 주인공은 동일한 인격도 이름도 없는 '유령'과도 같은 존재이다.[24] 유령은 존

---

24   김혜순, 「여성시와 유령 화자」, 『여성, 시하다』, 문학과지성사, 2017 참조.

재자는 아니지만, 주어가 부재하는 채로 존재하는 어떤 것이다.[25] 유령은 존재와 무의 한계를 문제화하고, 비인격적이고 익명적인 새로운 존재론의 가능성을 암시한다.

이 시의 '다중적'인 화자는 영원한 우울증에서 헤어날 수도 없는 익명의 존재이다. 화자는 일인칭의 진정성도 '삶에 대한 지식'을 가진 자의 권위도 갖지 못한다. 이 시의 진정한 주체는 삶과 죽음의 시간을 가로질러 뻗어 가는 머리칼의 언어적 파동과 리듬 그 자체이다. 그러니까 이 시는 아무것도 '말하지' 않으며, 누구에게도 '읽히지' 않으며, 아무것도 위로하고 치유하지 못한다. 믿을 만한 단일한 인격이 익숙한 언어를 구사하지 않기 때문이다. '유령'은 결코 '멘토'가 될 수 없기 때문에, 삶에 대해 조언할 수 없다. 그럼에도 불구하고 이 시를, 이 기이하고 두렵고 아름다운 시를, 누군가 그러니까 '당신'이나 '내'가 읽었을 때 무슨 일이 일어나는가? 문학적인 독서는 그 결과를 예상할 수 없는 개별화된 사건이다. 같은 독서는 일어나지 않는다. 가령 알 수 없는 여자의 머리칼이 몸의 감각 내부로 뻗어 온다. 그녀의 얼굴은 보이지 않는다. '나'는 '그녀'를 끝내 알 수 없으나, 그 머리칼의 예기치 않은 침입에 찔린 듯하다. '독서의 불가능성'은 미지의 머리칼에 찔리는 사건이다.

(2018)

---

25 엠마누엘 레비나스, 『시간과 타자』, 강영안 옮김, 문예출판사, 1998, p. 44 참조. 레비나스는 『햄릿』을 분석하면서 여기에 등장하는 유령의 존재와 관련하여 '존재자 없는 존재'라는 개념을 도입한다.

2. 문학이 아닌 모든 것

장르문학이라는 오래된 미래

'장르문학'이라는 기이한 이름이 한국문학을 배회하고 있다. 장르문학이라는 이름 자체가 수상한 조합으로 만들어졌다. 문학 안에는 이미 여러 장르가 존재하는데, 장르와 문학의 조합이란 또 무엇인가? 장르문학에서의 장르는 이른바 순문학 혹은 '본격 문학' 내부의 시와 소설과 같은 미학적 장르가 아니라, SF, 판타지, 추리소설, 무협 소설, 로맨스, 호러 등의 대중 서사 장르를 가리키는 말이다. 장르문학이란 장르적인 특성을 강하게 띠고 있는 대중적인 서사물을 가리킨다. 장르적인 특성의 핵심은 장르 내부의 고유한 관습과 규칙을 따른다는 것이다. 대중 독자들이 장르물을 대할 때는 이미 그 장르의 규칙과 관습을 인지하고 기대하고 있다. 이를테면 SF를 읽는 독자는 SF의 우주적인 상상력이 허황되다고 생각하지 않고 그것을 장르적인 관습과 쾌감으로 받아들인다. 장르문학이라는 문화 상품의 서사 유형들은 문학 시장의 요구와 대중 독자의 기대의 지평에 의해 구성된 것이다.

이를테면 장르물의 익숙한 서사적 장치들과 각 장르들의 고유한 서사적인 상황 설정들은 장르의 공식 안에 이미 자리 잡고 있다. 장르문학이 장르의 관습에 충실한 것은 그 장르에 대한 독자의 기대와 욕망을 충족시키기 위함이다. 장르문학이 비슷한 서사의 패턴을 반복할 수밖에 없는 것은 이러한 이유이다. 장르의 관습 자체가 서사를 둘러싼 대중의 욕망과 환상을 반영하여 구축된 것이기 때문에, 장르문학은 우세한 문화 상품이 될 수밖에 없다. 장르문학 작가들은 장르의 관습을 충실히 따름으로써 독자에게 만족감을 주는 작업과, 장르의 관습에 일정한 변형을 가함으로써 독자들에게 신선한 충격을 주는 파격 사이에서 문학적 창의성을 조율해야만 한다. '장르적인 쾌감'이란 그 둘 사이에서의 작가의 창조성의 결과물이라고 할 수 있다. 장르의 관습을 따라가면서도 비틀 수 있는 능력은 장르 작가에게 가장 중요하게 요구된다.

이런 이유로 장르문학/순문학의 경계를 문학적 욕망의 차이라고 이해할 수도 있다. 장르문학은 문학 시장 안에서의 문학 상품으로서의 장르에 대한 기대를 충족시키려는 욕망의 소산이라면, 순문학은 문단이라는 문학 제도 안에서 전문가 집단으로부터 자신의 문학성을 인정받으려는 욕망과 관련되어 있다. 장르문학이 문학 시장에서 통용되는 장르들의 관습과 규칙을 수용한 상태에서의 창작의 능력을 보여주는 반면, 순문학은 자신의 독창성을 증명하기 위해 '문학이란 무엇인가'라는 근본적인 질문 자체를 글쓰기의 동력으로 삼게 되는 것은 그러한 연유에서이다. 제도와 문학 장치라는 층위에서 보면 장르문학은 이른바 문단문학으로서의 '본격문학'이 배제의 방식으로 타자화한 이름이기도 하다. 하지만 문화 산업의 팽창과 웹을 기반으로 한 소비사회에서 두 개의 문학장이 교차하는 문학적 욕망들을 과연 이렇게 선명하게, 분명하게 구분할 수 있을까?

현실적으로 장르문학/순문학의 경계는 분명하지 않다. 이광수의 『무정』(1918) 이전의 애국계몽기의 서사물들과 신소설은 우화적인 요소가 강하고 장르적인 성격을 띠었다. 근대문학의 형성기에 장르적인 요소는 중요한 역할을 담당했다. SF가 처음 소개된 것은 쥘 베른의 『해저 2만리』를 번안한 「해저여행기담」(1907)이고, 신소설 작가 이해조가 쥘 베른 소설의 중역본인 『철세계』(1908)를 발표한 만큼 장르문학의 역사는 이광수 이전부터 시작되었다고 볼 수 있다. 이해조는 '정탐소설'이라는 명칭을 부기한 최초의 한국 추리소설 『쌍옥적』(1908)을 쓰기도 했다. 『무정』을 향한 대중의 폭발적인 반응 역시 이 소설을 로맨스 서사로 받아들였을 가능성을 내포한다. 그러니까 장르문학/본격문학의 경계는 그 기원에서 선명히 구분되지 않는다. '북극성'이라는 필명으로 발표한 방정환의 『칠칠단의 비밀』(1925)은 선구적인 탐정추리소설이고, 김동인의 단편소설 「K박사의 연구」(1929)는 최초의 창작 SF로 알려져 있다.

등단 등의 장치를 통해 문학이 제도화되면서 '문단문학'이 자리 잡게 되면서 '장르/본격'의 분리가 진행되었다고 볼 수 있다. 여기에는 문학적인 것과 그렇지 않은 것을 둘러싼 문학 제도의 '구별 짓기'의 메커니즘이 작동하고 있다. 장르문학은 대중 소비사회의 시대에 갑자기 등장한 우세종이 아니라, 근대의 출발기에 시작되어 이미 끈질긴 역사를 통과했다. 장르문학/순문학을 가르는 기준 자체가 하나의 문학적 제도와 장치라고 할 수 있다. 그것은 보편적이고 선험적인 것이 아니라 역사적 과정 속에서 사회·문화적으로 구성된다. 그 경계는 순수와 비순수의 문제도 아니며, 본질과 비본질의 문제도 아니다. 본격문학 역시 장르문학과 같은 종류의 것은 아니더라도 문학 제도 내부의 미학적 관습을 따르는 것이라면, 이 역시 장르적인 것이라고 볼 수도 있다. 이를테면 1990년대 득세했던 이른바 '내면 소설'은 제도권 문단과 독자들의 어떤 요구를 내면화하는 미학적 장치들을 구축했다는 측면에서 '장르적인 것'이라고 볼 수도 있다.

장르문학/순문학의 경계가 가진 아이러니에 대해서는 여러 가지 흥미로운 사례들이 있다. 2000년대 중반 순문학 소설을 대표했던 신경숙은 『리진』(문학동네, 2007)이라는 '팩션'을 출간한다. 흥미로운 것은 비슷한 시기에 동일한 소재를 가지고 장르소설 작가인 김탁환의 『(파리의 조선 궁녀) 리심』(민음사, 2006)도 출간되었다는 사실이다. '고종 때 궁녀였던 여자가 프랑스 공사의 눈에 띄어 프랑스로 건너갔다가 되돌아와 끝내 자살한다는 서사적 모티브' 역시 동일하다. 이 상황에서 흥미로운 것은 두 소설에 대해 신경숙의 소설은 순문학의 일부로 김탁환의 소설은 장르문학의 일부로 취급되었다는 점이다. 두 작품은 문체 등을 비롯한 미학적 차이가 분명히 있지만, 무엇보다도 이 두 작가가 놓여 있는 문학 제도적인 장소에 의해 구별된 것이다.

편혜영의 소설 『홀』(문학과지성사, 2016)이 수상한 미국의 셜리 잭슨상은 고딕호러 소설의 선구자였던 작가를 기리기 위해 만들어진 것이다. '심리 서스펜스, 호러, 다크 판타지' 작품이 이 상의 심사 대상이다. 편혜영은 한국의 제도권 문학을 대표하는 작가 중 하나이다. 이 소설은 교통사고로 아내를 잃고 불구가 된 몸으로 살아가는 한 남자의 공포스러운 내면을 칼날 같은 긴장감을 가진 문체와 압도적인 '홀'의 이미지로 보여준다. 그런데 이 상의 심사위원들은 이 번역 소설을 탁월한 장르문학으로 받아들인 것이다. 적어도 미국 문학 시장에서『홀』의 번역 소설은 장르문학으로 소비되었다. 이런 사례들은 순문학/장르문학의 구분이 사회·문화적으로 유동적이며, 임의적이라는 것을 말해준다.

　이른바 K-콘텐츠의 해외 진출과 관련하여 장르문학과 장르적인 요소가 있는 문학이 두각을 나타내는 것은 어떤 측면에서는 필연적이다. 전통적으로 해외에 소개된 한국문학이 한국의 역사적 특수성, 이를테면 분단이나 민주화 과정 등을 반영한 고은과 황석영과 같은 제도권 안의 남성 작가의 거대 서사였다면, 최근 K-콘텐츠의 일부로서 한국문학은 이와 다른 방향으로 동시대의 해외 독자들과 만나고 있다. 세대적으로 젊은 작가로 내려온 것은 물론이고 장르적으로 다양해졌다. 여성 작가의 약진이 두드러진 것은 한국문학 내부의 변화를 그대로 보여주는 것이지만, 장르적인 측면에서의 이른바 'K-문학'의 해외 진출은 탈중심화되고 있다. 'K-문학의 새로운 얼굴들은 더 이상 '남성 작가-리얼리즘-순문학-거대 서사'라는 재래적인 문학의 형태가 아니다. 해외 독자의 관심을 모은 장르소설가로서『7년의 밤』(은행나무, 2011)을 쓴 정유정과『저주토끼』(아작, 2017)를 쓴 정보라는 장르 영역에서 활동한 작가이며,『82년생 김지영』(민음사, 2016)을 쓴 조남주 역시 전통적인 순문학의 계보 안에 있지 않다. 해외의 관심을 받은 황선미와 이수지와 같은 동화와 그림책 작가의 경우도 이런 흐름 속에 있다. 'K-문학'의 해외 진출은 역설적으로 한국의 내수 문학 시장이 비좁다는 것을 상대적으로 반영하며, 한국문학의 세계적 확장의 전위에는 전통적인 순문학의 문법을 넘어서는 장르적인 시도가 있다.

장르문학의 문학 시장에서의 약진은 그것이 다른 영상 서사로 호환될 가능성, '원소스 멀티유스'가 될 잠재성과 연관되어 있다. 시장에서 성공한 장르소설은 영화, 드라마, 애니메이션, 게임, 캐릭터 상품으로 부가가치를 확장할 가능성을 내재한다. 최근의 장르문학의 문화적 약진을 보여주는 사례는 SF와 웹소설의 경우이다. SF는 한국문학 시장에서 상대적으로 비주류에 속하는 장르였다. 김초엽, 천선란과 같은 젊은 여성 작가의 진출에 젊은 독자들이 호응하면서 SF 장르의 문법을 혁신하여 SF를 매력적인 동시대의 서사물로 만들었다. 더구나 기후 위기 등을 둘러싼 지구적 환경의 변화는 SF를 급진적이고 현재적인 장르로 만들었다. 이는 SF가 글로벌 시장에서의 유력한 영상 콘텐츠로 대두된 것과 무관하지 않다.

웹소설 시장의 폭발적인 확장은 장르문학을 더 이상 종이책으로 소비하지 않는 상황을 만들었다. 압도적인 가독성과 엄청난 분량을 자랑하는 웹소설들은 굳이 방대한 분량의 종이책으로 출간될 필요가 없으며, 이는 문학의 생산과 유통에 대한 새로운 모형을 만들었다. 또한 등단이라는 절차와 상관없이 누구나 웹에 자기 소설을 연재할 수 있고 구독자가 늘어나면 웹 콘텐츠를 소비하는 전자책 플랫폼에 탑재되는 시스템을 가지고 있다. 판타지 같은 전통적인 장르물뿐만 아니라, 웹소설의 새로운 강자로 떠오른 BL Boy's Love은 일본 동성애물과 '팬픽'의 영향하에서 젊은 여성 독자의 적극적인 소비로 급성장했다. 장르문학의 새로운 유통 방식으로서의 웹소설은 문학의 생산과 소비의 시스템에 완전히 새로운 차원을 만들어내고 있다.

한국문학장은 이제 장르문학의 역설을 받아들여야 할지도 모른다. 장르문학이 장르의 관습에만 갇혀 있지 않고 새로운 장르의 변형을 만들어내려는 시도는, 순문학이 추구해온 문학적인 것을 갱신하려는 실험에 접근하게 된다. 장르의 관습은 독자의 요구와 무관한 것이 아니지만, 그것은 고정된 것이 아니라 유동하는 것이다. 다른 한편으로 순문학 내부에서 문학적인 것의 새로운 지평을 확장하려는 실험은 장르적인 요소를 도입하게 된다. 『총독의 소리』(1967)를 통해 가상 역사를 도입한 최인훈과 추리소설적 장치를 차용한 이청준의 선구적인 시도를 비롯하여 복거일, 백민석, 김영하로부터 박민규, 조하형, 최제훈, 이상우, 윤고은, 손보미에 이르기까지 장르적인 것은 본격문학의 문법과 영역을 보다 유연하게 만들어주었다. 1990년대 이후 제도권 작가들이 장르적인 것을 차용하는 슬립스트림slipstream을 시도한 것은 이미 하나의 흐름을 형성했다. SF적인 요소를 적극적으로 활용한 윤이형의 소설들과 정지돈의 『…스크롤!』(민음사, 2022)은 실험적이고 뛰어난 '장르-순문학'이다. 장르문학/순문학의 경계를 넘어서 문학적인 글쓰기의 심층적인 욕망 안에는 작가의 새로운 글쓰기 자체가 하나의 고유한 장르가 되려는 충동이 있다. 그런 의미에서 모든 문학적 글쓰기는 장르적인 것이며, 동시에 장르를 넘어서려는 것이다. 장르문학이라는 미래는 이미 오래전에 시작되었다.

(2022)

K-콘텐츠를 둘러싼 사유들

K-콘텐츠에 대한 열광에도 불구하고, K-콘텐츠라는 명명은 형용모순의 측면을 포함하고 있다. 콘텐츠 앞에 'K'라는 국적을 부여하는 것은 디지털 시대의 콘텐츠의 무국적적인 유동성을 제한하는 것이기도 하다. 문화적 텍스트에 국가의 이름을 덧붙이는 것은 그다지 '문화적'인 것은 아니다. 이를테면 문학과 예술이 국가를 대표한다고 주장하는 만큼 예술적인 것과 거리가 먼 이념도 흔치 않다. 이를테면 노벨문학상을 둘러싼 과도한 민족주의적 열망은 '문학적인 것'과 아무 상관이 없다. 예술은 한 국가의 명예와 권위에 봉사하기 위해 만들어지지 않는다. 그럼에도 불구하고 K-콘텐츠라는 명명이 발생했다면, 그것은 이 시대의 문화 상황을 반영하는 '징후적'인 것으로 보아야 한다. 그것에 대한 근본적인 성찰이 K-콘텐츠라는 이름을 덜 빈곤하게 만들 것이다.

K-콘텐츠에서 대문자 'K'가 실제로 의미하는 것이 무엇인지 질문할 필요가 있다. 콘텐츠의 국적을 말할 때 우선 언어의 문제를 말할 수 있다. 이런 관점에서 K-콘텐츠는 한국어로 된 콘텐츠이다. 하지만 BTS의 「버터Butter」(2021)와 같은 노래는 영어로 되어 있고, 박찬욱 감독의 「스토커Stoker」(2013)처럼 어떤 한국인 감독의 영화는 영어로 되어 있다. 그렇다면 다시 한국인이 만

든 콘텐츠라고 생각해볼 수 있다. 이 경우에도 예외는 있다. 고레에다 히로카즈 감독의「브로커Broker」(2022)는 한국 영화로 명명되며, 칸에서 송강호가 남우주연상을 수상했을 때 한국인들은 열광했다. 그럼 결국 자본의 문제를 생각해볼 수 있다. 어느 나라의 자본으로 만들어진 콘텐츠인가 하는 것은 가장 현실적인 문제이다. 봉준호 감독의「설국열차」(2013)가 스태프와 배우, 그리고 기술력에서 할리우드의 자원에 힘입었다 하더라도, 이 영화의 제작사는 한국 회사이고 배급에는 CJ라는 거대 자본이 참여한 한국 영화라고 할 수 있다. 그런데 만약 〈오징어 게임〉(2021)이 넷플릭스의 시리즈라고 한다면, 이것은 한국 콘텐츠라고 할 수 있을까? 이런 관점에서라면 K-콘텐츠의 'K'는 그 실체를 분명하게 한정할 수 없다는 딜레마에 빠진다. 대자본이 투여되는 콘텐츠의 창작과 제작과 유통에서는 이미 세계가 긴밀하게 연결되어 있기 때문에, 그 콘텐츠에 정확한 국적을 부여한다는 것은 시대착오적이다. 그럼에도 불구하고 K-콘텐츠라는 명명이 발생했다면 그것은 세계 문화의 무대를 향해 움직이는 어떤 열망의 반영이라고 볼 수 있다. K-콘텐츠를 규정하기 어렵다는 사실은 K-콘텐츠의 한계를 규정하는 것이 아니라, 역설적으로 K-콘텐츠가 지닌 미지의 잠재성에 연관되는 것이 아닐까?

K-콘텐츠를 둘러싼 열망에는 이제 역사가 만들어졌다. 세계시장으로의 진출이라는 열망을 만들어낸 것은 한국 콘텐츠 시장의 빈약한 규모 때문이다. 한국의 콘텐츠 시장의 규모는 '너무나' 작다. 대략적으로 미국 시장은 한국의 13배이고 중국은 5배이며 일

본은 2배 정도라고 알려져 있다. 할리우드 스타 크리스 에번스가 「설국열차」를 찍을 무렵 한 토크쇼에 나와서 '컬트 영화'를 찍고 있다고 했을 때, 미국 시장과 한국 시장의 영화에 대한 태도는 이 상한 방식으로 노출되었다. 2010년대의 한국 영화의 평균 제작 비가 30억 원 정도였다는 것을 감안하면, 570억 원이 들어간 「설 국열차」는 한국 영화 역사상 최대 규모의 제작비가 들어간 '블록 버스터'에 해당하지만, 미국 시장에서 이 영화는 소수집단의 열 광적 숭배를 받는 '컬트 영화'로 보였던 것이다. 이 이상한 착시 는 '블록버스터'라는 용어가 제2차세계대전 당시 독일의 유서 깊 은 도시인 '드레스덴'에 대한 연합군의 무차별적인 폭격에서 유 래되었다는 사실만큼 아이러니하다.

한국의 문화 산업 자본들의 대규모 투자는 해외시장을 염두 에 둔 것이어야만 했고, 콘텐츠의 해외 진출을 적극적으로 모색 하지 않을 수 없었다. 이른바 1차 '한류'는 1990년대 중반에서 2000년대까지 아시아에서 시작되었다. 중화권에 드라마와 가요 를 수출하고 〈겨울 연가〉(2002)와 〈대장금〉(2003) 등의 성공이 이 시기의 한류 콘텐츠를 대표한다. 2차 한류는 2010년대 이후 이른바 K-팝의 세계적인 진출에 힘입어 확산되었다. 「강남 스타 일」(2012)의 대성공과 K-팝 아이돌 그룹의 진출이 이루어져서 미주와 유럽에서 K-팝 열풍이 일어나기 시작했고, 서구 지역에 서 한류의 본격적인 확산이 일어났다. 3차 한류는 BTS가 빌보드 차드에서 처음으로 1위를 기록한 2018년 이후, 「기생충」(2019) 의 아카데미상 수상과 〈오징어 게임〉이 세계적인 성공을 거둔 시기이다. 김혜순 시인의 그리핀 시문학상과 시카다상 수상, 『채식주의자』의 맨부커상 수상과 같은 순수예술로서의 K-콘텐츠에 대한 세계적인 인정이 있었다. 이 시기에는 대중문화뿐만 아니라 제도권 순수예술 역시 그 세계적인 수준이 입증된 시기이며, K-콘텐츠의 세계적인 안착이 일어난 시기이다. 이는 이른바 K-컬처라고 불릴 수 있는 영역, 출판, 방송, 게임, 캐릭터, 만화, 뷰티, 음식, 관광, 의료 등의 분야에서도 한국 콘텐츠와 스타일의 매력이 증가된 시기라고 볼 수 있다.

이러한 성공의 역사에는 이유가 있었다. 문화 산업자본의 과감한 투자와 스토리텔링 능력과 정보기술력의 결합이 성공의 요인이기도 했다. 장르적으로 본다면 K-팝은 잘 기획되고 훈련된 아이들 그룹의 양성, BTS의 노래에서 볼 수 있는 '나 자신을 사랑하라'와 같은 긍정적이고 보편적인 메시지의 전달과 철저한 자기관리 등을 들 수 있다. 한국 영화의 경우는 「기생충」과 〈오징어게임〉에서 볼 수 있는 것처럼, 지극히 한국적인 현실의 세부를 보여주면서도 보편적인 계급 갈등과 양극화의 문제를 다루는 것이 공감을 이끄는 요인이었다고 할 수 있다. 이런 성공들을 통해 한국의 소프트 파워와 문화적 매력 시수는 상승했으며, 2020년의 영국 잡지 『모노클』은 한국을 세계 2위의 매력 국가로 선정하기도 했다. 이런 상황은 한국적인 문화의 요소들을 세계에 알린다는 단순한 시도의 결과는 아니다.

한국 영화의 경우 2010년대 이전의 한국 영화는 임권택 감독의 「씨받이」(1987), 「취화선」(2002)처럼 전통적인 소재를 다룬 것이 많았고 이는 어떤 측면에서 '오리엔탈리즘'이라는 서구적 관점에서의 흥미를 유발하는 것이었다. 하지만 최근의 세계시장에서 주목한 K-콘텐츠들은 한국적인 미적 요소 안에만 머물지 않는다. 이를테면 넷플릭스 시리즈 〈킹덤〉(2019)은 조선 시대라는 설정을 갖고 있지만, 좀비물이라는 장르적인 요소의 보편적인 쾌감을 극대화하고 있다. 거기에서 역사는 휘발되고 한국적인 것은 일종의 새로운 스타일로 드러난다. 이런 흐름은 한국적인 것의 문화적 개별성을 보편적인 맥락 속에 재위치시키는 시도이다. 봉준호 감독이 아카데미 시상식에서 "아카데미도 로컬 영화상"에 불과하다고 했을 때 이것은 할리우드를 세계의 유일한 중심으로 인정하지 않겠다는 도발적인 선언에 가깝다.

일찍이 괴테는 범세계적 보편적 인간상을 추구하는 '세계문학'의 이념을 제시한 바 있다. 이런 이념은 이상적인 것이지만, 현실적으로는 '세계문학 공간은 불평등하며 계급 차이가 있는 영토'라고 분석한 파스칼 카자노바의 분석이 더 실감에 가깝다. 세계의 콘텐츠 시장은 유력한 콘텐츠를 생산하려는 경쟁으로 인해 한편으로는 분열되어 있고, 궁극적으로는 그 경쟁이 촉진하는 국가와 언어의 횡단 운동으로 일체화되어 있기도 하다. K-콘텐츠의 가장 큰 약점은 아마도 한국어 콘텐츠 시장의 협소함 그 자체일 것이다. K-콘텐츠는 언어를 포함하여 자신의 문화적 번역 능력을 키워야만 할 것이다.

K-콘텐츠의 약진은 세계시장을 움직이는 것 못지않게 자신의 문화의 내부를 세계적인 맥락에서 변화시킨다는 것을 의미한다.

K-콘텐츠는 한국 문화의 개별성을 세계적인 것들과 관계 맺게 하는 것이며, 자신의 특이성을 세계 문화의 재구성을 위한 또 다른 창조성으로 만들어낼 수 있어야 한다. K-콘텐츠의 세계화란 한국 문화의 특수성을 세계적인 공간 안에서 '재지역화'하고 '재맥락화'하는 것이다. 창작에 있어서의 내용과 형식의 순혈주의를 넘어서야 하고 콘텐츠에 담아내는 '현실'의 폭을 넓혀야 하고 장르의 개념과 형태도 열려 있어야 한다. 제도권 문학을 대표하는 편혜영의 『홀』이 미국에서는 셜리 잭슨상이라는 유력한 장르 문학상을 수상한 것에서부터, 호러 장르로 볼 수 있는 정보라의 『저주토끼』의 국제적 인정까지, 장르 영역에서의 한국문학 콘텐츠의 약진은, 세계문학의 장에서는 '장르/본격' 예술, '대중/순수' 예술의 경계가 무너지고 있음을 보여준다.

하지만 가장 근본적인 질문은 거대 문화 산업자본에 의해서 주도되는 K-콘텐츠가 과연 한국 문화의 창조적 다양성에 얼마나 기여하고 있는가 하는 점이다. 문화 산업의 기획에 의해 만들어지는 K-콘텐츠가 성공의 사례들을 모방 재생산하고 비슷한 콘텐츠들을 쏟아낸다면 K-콘텐츠는 획일화되고 그 매력은 약화될 것이다. 이를테면 〈오징어 게임〉의 세계적인 성공의 경제적인 과실은 제작자나 창작자가 아니라, 넷플릭스라는 거대한 플랫폼 자본이 가져가게 되며, 저작권에 대한 권리 역시 그러하다. 또한 웹툰 등의 K-콘텐츠를 탑재하는 한국 내부의 플랫폼 기업의 성장에도 불구하고 콘텐츠 생산자로서의 '예술 노동자'들은 여전히 제대로 된 노동의 대가를 받지 못하고 저작자 권리의 사각지대에 놓이게 된다는 불편한 진실은 온존한다.

거대 자본에 의해 기획된 K-콘텐츠가 아니라, 아래로부터 분출되는 독립적인 예술들의 창의적인 에너지가 한국 문화를 변화시키고 세계 문화의 위계에 균열을 가할 잠재성은 남아 있다. 거대 자본이 투여되지 않는 K-콘텐츠가 세계시장을 움직일 현실적 가능성은 크지 않지만, 한국 문화의 장 안에서 그런 도발적인 작은 움직임들이 없다면 K-콘텐츠의 창조성은 결국 고갈될 것이다. 거대 자본에 의해 만들어진 하나의 콘텐츠가 세계를 제패하는 것보다 중요한 것은, 다양하고 자유로운 복수의 예술적 실험이 허용되는 문화의 역동성을 만드는 일이다. 한국 내부의 문화 시장의 협소함은 문화 예술의 다양한 창조성을 만드는 가장 근본적인 제약이었다. K-콘텐츠라는 이상한 이름의 문화적 에너지가 그 협소함을 넘어서는 가능성이 될 수도 있다. 이를테면 한국 문학 시장의 획일성 때문에 주목받지 못한 문학 텍스트들이 해외에 번역되면서 다시 주목받게 되는 상황은 아이러니하지만, 그것 역시 한국문학의 다른 시간-공간을 상상하게 만든다. 그러기 위해서는 새롭고 작은 예술 활동을 존중하는 국가와 사회의 인식의 전환이 필요하다. 작은 예술운동들의 잠재성이 K-콘텐츠를 규정할 수도 제한할 수도 없는 운동에너지로 만들 수 있을까? K-콘텐츠는 다시 국적이라는 중력을 넘어서는 미지의 영역일 수 있을까?

(2022)

도래하(지 않)는 5·18
―5·18의 구술 언어와 정치적 잠재성

1. 미래의 기억으로부터

어떤 기억은 과거가 아니라 미래에 속한다. 그 기억은 아직 오지 않은 잠재적인 것이기 때문이다. 기억은 아무것도 약속하지 않으면서 다른 시간이 올지도 모른다고 말한다. 1979년과 1980년, 재래식 고등학교 교복을 입는 마지막 세대로서의 숨 막히는 시절이 지나가고 있었으며, 어떤 진실도 알려주는 곳이 없었다. 1980년 5월의 KBS 〈9시 뉴스〉에서는 무표정한 한 남성 앵커가 광주에서의 '소요 사태'에 대해 전하고 있었다. 십대의 모호한 불안과 이름을 알 수 없는 갈증은 어떤 출구도 찾지 못했고, 불투명한 예감에 사로잡혀 있었다. 1979년 10월의 광화문 거리에서, 대통령의 죽음을 슬퍼하는 군중과 초저녁 무렵 라이트를 켜고 움직이는 군용 트럭의 대열 속에서 한 시대의 이미지가 만들어졌다. 그때 광화문 사거리의 기이하고 날카로운 공기의 감각을 완전하게 떠올리는 것은 불가능하다.

1982년 봄, 대학에 입학하고 제도권 교육의 모든 지식이 허위인 것처럼 여겨질 때, '광주'에 대한 공부는 다시 시작되어야 했다. 제도권 교육의 언어와 매스컴의 정보 들 바깥의 엄청난 세계가 있었고, 그 세계는 무서운 폭력과 뜨거운 분노, 낯설고 날카로운 개념들로 가득했다. 치욕과 부끄러움은 십대 시절의 무지에 대한 혹독한 대가였다. 초등학생 때 떠나온 출생지에 성인이 되어서도 방문하지 못한 것처럼, 한동안 광주에도 가지 못했다. 광주는 '뜨거운 상징'이었지만, 너무 뜨거워서 두려운 상징이기도 했다. 그 상징들을 만드는 것은 5·18을 둘러싼 이미지와 언어 들이었다.

이를테면 이런 언어, 처음 듣는 사회과학의 용어, '파쇼' 같은 이질적인 뉘앙스의 개념 들. 함께 노래를 부를 때 학생운동권 공동체의 동질감을 감각적으로 경험했으며, 그 시절의 가장 강렬한 언어들은 그 노래 속에 있었다. 「임을 위한 행진곡」의 "앞서서 나가니 산 자여 따르라"와 같은 가사의 과장된 비장함에 피부가 떨리기도 했지만, 「5월의 노래 2」의 정서적 충격보다 더한 것은 없었다.

> 꽃잎처럼 금남로에 뿌려진 너의 붉은 피
> 두부처럼 잘리워진 어여쁜 너의 젖가슴
> 5월 그날이 다시 오면
> 우리 가슴에 붉은 피 솟네[1]

---

1 이 구전 가요의 멜로디는 1971년 프랑스 가수 미셸 폴나레프가 작곡한 「누가 할머니를 죽였는가Qui a tué Grand-Maman?」에서 빌려왔다고 알려져 있다.

5·18 당시 계엄군이 자행한 무차별적인 폭력, 특히 여성들에게 가해진 잔혹한 폭력에 대해서는 적지 않은 증언이 있다. 이 노래의 표현이 '실제로' 벌어진 사건을 다루고 있다고 하더라도, 이 재현의 언어는 다른 5·18의 담론들을 압도할 만큼 강렬하다. 훗날 전옥주는 이와 유사한 경험, 자신이 목격한 여성의 시신에 대해 "봄이라 옷을 이렇게 입었는데, 이 가슴에 피가 한강이 돼 있었어요"[2]라고 구술한다. 타자의 '죽음-몸'에 대한 일인칭 '이 가슴'과 이인칭 '어여쁜 너의 젖가슴'의 호명의 간격, 두 호명의 차이야말로 언어의 첨예한 정치성이다.[3] 저 이미지의 무거움에 짓눌려서 노래의 '성정치학'에 대해 생각하지 못했다. 이를테면 5·18의 희생자를 이인칭 '너'로 호명하고, '너'를 훼손된 여성 신

2   "방송하면서 광고(광주고등학교) 있는 데로 갔습니다. 여학생의 유방을 도려냈다는 방송을 저는 하지 않았습니다. 딱 가니까, 봄이라 옷을 이렇게 입었는데, 이 가슴에 피가 한강이 돼 있었어요. 그래서 제가 다른 남자한테 "웃옷을 벗어서 그분한테 덮어주십시오. 그리고 빨리 시신을 병원으로 옮기십시오"라고 했죠. 그리고 저는 방송으로 "사랑하는 제 동생을 잃었습니다. 가슴을 난자해 죽였습니다"라고 했습니다. 피투성이가 돼서 볼 수가 없으니까 저는 난자당했다고 표현할 수밖에 없었어요"(전옥주 구술, 「모든 시민들은 도청 앞으로 나와 주십시오」, 광주전남여성단체연합 기획, 『광주, 여성』, 이정우 엮음, 2012, p. 153).
3   5·18의 기록 가운데는 어린 여성 신체의 훼손에 대해 '순결성'의 이미지를 부각하는 것이 적지 않다. "그는 여고생 한 명이 위에는 교복을, 아래는 흰 체육복을 입고 지나가다 총탄을 맞고 쓰러지는 것을 목격하였다. 총성이 멈추고 한참 지난 뒤에야 쓰러진 여학생을 홍안과로 데려가 살펴보니 이미 숨진 후였다. 마음속 깊은 곳에서 분노가 치솟으면서 자신도 모르게 울음이 터져 나왔다. 천진한 소녀가 그의 눈앞에서 바람에 지는 꽃잎처럼 붉은 피로 물든 채 쓰러져 있었다"(황석영 외 기록, 『죽음을 넘어 시대의 어둠을 넘어』, 광주민주화운동기념사업회 엮음, 창비, 2019, p. 209).

체로 대상화하는 것은 '정치적으로 올바른가?' 여기에는 민중을
대표하는 '남성 주체'가 바라보는 훼손된 여성 신체라는 시선의
위계가 작동하고 있는 것은 아닌가?[4] 하는 질문 말이다. 잔악한
폭력을 폭로하기 위해 동원된 언어들의 잠재적인 폭력성은, 폭력
과 재현과 언어에 대한 또 다른 사유를 요구한다.[5]

　그리고 죽음의 이미지들이 있었다. 1980년대 초 몰래 보던 5·18
사진들은 캠퍼스에서 사복형사들이 철수한 1980년대 후반에는
도서관 앞에 '전시'되기에 이르렀다. 짓이겨진 얼굴과 훼손된 신
체의 흑백사진들은 지각의 충격을 가져왔다. 캠퍼스의 그 지나치
게 환한 햇살과 여린 연둣빛 속에서 처참한 흑백사진을 본다는
것은 무엇인가? 인간의 참혹은 '전시'될 수 있는가? 캠퍼스에 흐
르는 일상적 시간과 두려운 사진 들의 시간이 교차하면서, 그 장

4　"'5·18'의 기억 서사에서 오래도록 '여성'의 신체는 국가폭력을 고발하고
전시하는 장소이자 저항의 계기를 만드는 매개로 재현되었다. '여성'의 신체를
매개로 한 메시지의 발신자도 수신자도 사실상 '시민군'과 '시민군'의 계승자로
서 사회운동에 참여한 '남성' 주체였다는 사실은 주목할 필요가 있다. '여성'의
신체를 매개로 한 메시지의 발신과 수신은 '여성'이 아닌 '남성'을 저항의 주체로
설정하고 '여성'은 저항의 주체가 아니라 저항의 계기를 만드는 매개적 존재로
상정한다"(김영희, 「'5·18'의 기억 서사와 '여성'의 목소리」, 『페미니즘 연구』, 제18권
제2호, 한국여성연구소, 2018, p. 163).
5　최윤의 「저기 소리 없이 한 점 꽃잎이 지고」에서 '남자'는 소녀의 훼손된
육체를 다음과 같이 묘사한다. 여기에서 소녀의 신체를 '순결성'으로 규정하는
것은 불가능하다. "예쁘거나 추하다거나 하는 느낌조차를 무화시키는 다른 어
떤 것이 무어라고 말로는 되어 나오지 않지만, 이 작은 몸뚱어리가 머물러 있는
세상은 남자가 알고 있는 그것과는 전혀 다른 곳이리라는 결정적인 느낌이 그의
본능적인 방어적 근육들을 수축시켰다"(최윤, 『저기 소리 없이 한 점 꽃잎이 지고』,
문학과지성사, 2018, p. 245).

소는 다른 곳으로 변형되었다. 그 사진들은 국가 폭력의 잔혹함을 직접적으로 증명하는 것이었지만, '전시'와 '본다'는 행위의 억압적인 측면을 또한 드러내주었다. 잔혹한 폭력의 희생자를 재현하는 사진은 그 자체로 '시각의 폭력'에 해당한다. 본다는 것은 무력한 수동성을 띠는 것처럼 느껴진다. 놀라운 것은 저 사진 앞에서의 시작되는 자기혐오와 윤리적 무능함이었다.

1990년대 이후 5·18 사진들을 미디어를 통해 쉽게 접할 수 있게 되었을 때, '타인의 고통'은 '일종의 스펙터클'로 소비될 수 있었다. 연민과 분노는 타인의 고통에 대한 무력함과 무고함을 증명해주는 알리바이가 될 수 있다.[6] 타인의 고통에 '내'가 연루되어 있다는 감각은 사진을 보는 '최초의 자극'만으로는 오지 않는다. 거기에는 두 개 이상의 죽음이 내재되어 있다. 피사체로서의 저 죽음의 신체가 먼저 있다면, 최초의 충격과 분노는 시간이 지나면 납작해진다. 이미지들의 덧없는 범람 속에서 사진의 증언은 점점 경험과 격리되고 증언 자체의 소멸을 향한다.

저 사진들이 진짜 말하지 못하는 것이 있을 것이다. 재현되는 이미지들은 재현되지 못하는 시간들 위에서 돋아난다. 그 훼손된 신체와 얼굴이 한 가지를 의미한다고 할 수 있을까? 그 이미지들은 나를 무력하게 만들고 나는 그 이미지들의 완전한 의미를 규정할 수 없다. 저 사진을 통해 무언가를 기억하기 위해서는 '상상'해야 한다. '모든 것을 무릅쓰고 상상'해야 한다.[7] 그 이미지

---

6   수전 손택, 『타인의 고통』, 이재원 옮김, 이후, 2004, p. 154 참조.

들은 나에게 어떤 윤리적 순간을 경험하게 하지만, 동시에 어떤 것으로 환원될 수 없는 타자의 '익명성'과 '무한'을 대면하게 한다. 나는 타자의 고통을 보았다고 '안다고' 할 수 있는가? 그때 타자는 내가 알 수도 호명할 수도 없는 무한한 미지의 존재이다. 5·18을 둘러싼 불투명한 기억의 심부에는 '죽음-몸'에 대한 응시, 어떤 언어로도 재현되지도 요약되지도 않는 저 '죽음-몸'의 무한에 대한 대면이 있다. 완전히 고독한 '죽음-몸'에 대한 기억은 과거에 속하지 않고 '미래'에 속한다.

2. 5·18의 '언어'는 어디에 있는가?

5·18을 어떻게 부를 수 있을까? 모든 호명은 호명되지 못하는 영역, 호명될 수 없는 것들에 대한 배제에 기초한다. 완전하고 정확한 호명이 없다는 것은, 사건의 '잠재성'을 정확하게 명명하는 언어는 없다는 의미이다.[8] 5·18을 간첩에 의한 폭동이라고 왜곡하는 세력이 이 국가에 존재하고 있다는 것은 절망적인 일이지만, 국가와 정치 세력이 만든 그 반대편의 호명이 완전한 것은 아니다. 가령 5·18을 '광주민주화운동'이나 '5·18민중항쟁'이라고

---

7 조르주 디디-위베르만, 『모든 것을 무릅쓴 이미지들: 아우슈비츠에서 온 네 장의 사진』, 오윤성 옮김, 레베카, 2017, p. 64.
8 여기서 사건이란 "환원 불가능한 개별성"(알랭 바디우, 『윤리학』, 이종영 옮김, 동문선, 2001, p. 57)이다.

부를 때, 이 용어들은 5·18의 정치적 잠재성을 국가와 민중[9]의 이름으로 환원한다. 5·18은 다만 국가의 사건이거나 민중의 사건인가?

공식화된 호명들은 5·18의 몸과 죽음들, 어떤 이름으로도 환원불가능한 개별자들의 고독을 집단의 역사 속에 수렴한다. 그 죽음을 '열사'로 규정하고 민주주의의 밑거름이라고 추앙하는 것으로 개별자들의 삶과 죽음은 정리되고 구원되는 것인가? 5·18은 민중 혹은 기층 민중이라는 개념으로 호명되지 않고는 주체화될 수 없는 것인가? 5·18이 국가의 역사로 편입되면서 '역사를 갖지 못한 것들'은 '국가의 적' 혹은 잔여물로 남게 된다.[10]

2017년 '5·18문학상'을 둘러싼 논란은 5·18의 언어와 정신을

9　"5·18의 수행 주체를 '민중'이라는 잠정적인 이름으로 설정할 수 있겠지만, 그 민중은 원래부터 존재했던 역사 발전의 실체적인 '주체'로 설정하는 것은 관념적이다. 민중은 투쟁 과정에서 나타난 현상이지만 이를 투쟁이라는 행위 이전부터 존재했던 투쟁의 주체로 이해하는 것은 곤란할 것이다"[최정운, 『오월의 사회과학』, 오월의봄, 2012(개정판), p. 317].

10　김항은 국립현충원에 5·18 당시 '전사'한 군인들이 묻혀 있는 것과 국립 5·18민주묘지에 희생자가 안치되어 있는 모순을 통해 다음과 같이 사유한다. "죽은 이도 죽인 이도 모두 현창되어야 할 희생자라면, 즉 동지라면, 국가의 적은 누구란 말인가? 그것은 '광주의 에티카'이다. 역사화나 이야기화나 기억화가 불가능한 것이다. 그것은 말을 가지지 않고 외치는 것이다. 희생의 논리란 애초에 불가능한 죽음의 증여를 가능하게 하는 장치라고 할 수 있는데, 광주의 에티카는 그런 논리가 불가능함을 여실히 보여주었다고 할 수 있다. 광주에서 학살당한 이들의 죽음에 대해 무언가를 갚을 수는 없다. 누구도 그 죽음과 악몽과 생채기를 떠맡을 수 없다. 따라서 그것은 역사나 기억이 완성시키고자 하는 이야기에서 남을 수밖에 없는 무언가이다. 이 잔여물이야말로 국가의 추도와 희생의 논리 근저에 가로놓여 있는 '적'인 셈이다"(김항, 「국가의 적이란 무엇인가?」, 『말하는 입과 먹는 입』, 새물결, 2009, p. 314).

154

어떻게 구성할 것인가에 대한 날카로운 질문을 던져주었다.[11] 문제의 핵심은 심사의 공정성 같은 것이 아니라, '5·18정신'이 무엇인가 하는 것이다. "5·18정신이 세계의 고통을 함께 앓는 연대의 정신에 다름이 아니고, 또 좋은 문학작품을 쓴다는 일이 항상 '언어'를 통해 세계의 고통을 전하고 확산하는 일과 다르지 않다면, 김혜순 시인의 『피어라 돼지』는 그들이 온전히 결합하는 광경을 목도하고 있는 셈이다"가 심사위원(황현산·김진경·임철우·나희덕·김형중)들의 선정의 이유라면, 이에 대한 논란은 그 수상이 5·18정신과 거리가 멀다는 것이다.[12] 여기서 수상을 둘러싼 찬반 논쟁을 다시 반복할 필요는 없다. 문제는 5·18정신을 무엇이라고 규정할 수 있는가? 혹은 5·18정신을 규정하는 주체는 누구인가? 하는 근본적인 질문들이다. 5·18의 정신과 가치는 '역사의 재단' '민족' 같은 거대한 프레임과 등식을 이루는 것인가? 『피어라 돼지』의 언어는 5·18의 언어와 무관한 것인가? 돼지의 상상력은 5·18의 언어가 될 수 없는가?

훔치지도 않았는데 죽어야 한다
죽이지도 않았는데 죽어야 한다

11 5·18문학상의 심사위원들이 김혜순 시집 『피어라 돼지』를 수상작으로 정했을 때 심사에 대한 일부의 문제 제기가 있었다. 논란이 일자 시인이 수상을 정중히 사양하는 사태가 벌어졌다.
12 시인이 "민주화 투쟁을 위한 역사의 재단에 피를 한 방울이라도 흘렸는지"와 '친일문학상'인 '미당문학상 수상자'라는 것이 반대의 논리였다(https://m.cafe.daum.net/poemory/H3jb/1835).

재판도 없이

매질도 없이

구덩이로 파묻혀 들어가야 한다

검은 포클레인이 들이닥치고

죽여! 죽여! 할 새도 없이

알전구에 똥칠한 벽에 피 튀길 새도 없이

배 속에서 나오자마자 가죽이 벗겨져 알록달록 싸구려 구두가
될 새

도 없이

새파란 얼굴에 검은 안경을 쓴 취조관이 불어! 불어! 할 새도
없이

이 고문에 버틸 수 없을 거라는 절박한 공포의 줄넘기를 할 새도
없이

옆방에서 들려오는 친구의 뺨에 내리치는 손바닥을 깨무는 듯

내 입 안의 살을 물어뜯을 새도 없이

손발을 묶고 고개를 젖혀 물을 먹일 새도 없이

엄마 용서하세요 잘못했어요 다시는 안 그럴게요 할 새도 없이

얼굴에 수건을 놓고 주전자 물을 부을 새도 없이

포승줄도 수갑도 없이

[……]

시퍼런 장정처럼 튼튼한 돼지 떼가 구덩이 속으로 던져진다

——「피어라 돼지」 부분[13]

이 시의 상상력은, 구제역으로 생매장당하는 돼지에 가해지는 폭력은 인간이 인간에 가하는 고문과 같은 잔혹한 폭력과 등치된 다는 것이다. 돼지에게 가해지는 폭력은 여성, 사회적 소수자, 육체에 갇힌 사람 들이 처해 있는 폭력적인 현실과 다르지 않다. 인간이 인간에게 행하는 폭력은 '포승줄, 수갑, 고문'이라는 제도화된 폭력이지만, 돼지에게는 그 과정조차 생략된 생매장의 방식을 쓴다. 왜 시인은 인간의 폭력적 현실을 재현하는 것 대신에 돼지의 상상력을 도입하는가? "고통받는 인간은 동물이고, 고통받는 동물은 인간이다."[14] 인간의 '동물-되기'는 폭력적인 현실에 대한 시적 증언과 애도이다. 인간이 동물이 된다는 것은 인간 내부의 격렬한 두려움의 영역이다. 인간이 동물과 같이 고깃덩어리에 불과하다는 것은 공포스러운 진실이다. 동시에 그것은 '존재론적 닮기'를 통해 인간존재가 자신의 잠재성을 개방하는 예술의 존재 방식이기도 하다. 완결되지도 분리되지도 않은 비결정성의 영역으로서 인간과 동물 사이를 상상하는 것은 예술적 창의력이다. 그것은 퇴행이 아니라 '벌거벗은 생명하기'이다.[15] '돼지-되기'는

13 　김혜순, 『피어라 돼지』, 문학과지성사, 2016.
14 　질 들뢰즈, 『감각의 논리』, 하태환 옮김, 민음사, 1995, p. 47. 신체의 동물적 변형을 그린 프랜시스 베이컨의 그림에 대해 들뢰즈가 분석한 것은 인간과 동물이 구분되지 않는 영역이다.
15 　"짐승하기는 퇴행이나 미성숙이 아니다. 일탈이나 (역)진화가 아니다. 내가 쥐를 썼다고 해서 내가 쥐로 퇴행하거나 쥐의 미성숙을 다루는 것이 아니다. 이 것은 나 아닌 존재와의 모든 '하기'이다. 벌거벗은 생명하기이다. 스스로 그러하기, 우리가 알아보지 못하는 우리라는 두 겹(인간짐승)의 이미지하기. 짐승하기는 정서적인 유대다. 짐승하기는 짐승으로 취급하기, 인간 이하로 보기와의 자리

폭력적 현실에 처해 있는 '벌거벗은 생명-되기'이며, 시 쓰기로서의 '동물-하기' '생명-하기'에 속한다.

문학의 정치성은 단순히 사태를 재현하는 데 있지 않고 사태로부터 다른 '삶-언어'의 잠재성을 여는 데 있다. 「피어라 돼지」는 그런 관점에서 첨예하게 정치적이며 또한 급진적이다. 그것은 생매장당하는 돼지처럼 말하지 못하는 증언자의 공백과 침묵으로부터 출발한 언어이다. 시인은 '나'로서 말하는 것이 아니라 말하지 못하는 존재를 대리한다. 그럼 다시 묻자. 동물의 참혹에 대해 쓴 시는 5·18의 언어와 상관이 없는가? 여기서 돼지의 언어와 5·18을 둘러싼 여성들의 구술 언어를 비교해보자.

전대병원에 들어간께 가마니때기에다 학생을 싸서 여그다 저그다 모두 밀어 넣어 놨어. 열어 보니까 여름이라 쥐가 막 버글버글해. 가마니때기를 열어놓고, 둘이 수건에 물을 묻혀다가, 땅에 빠진 창자에 버글버글한 피를 털어서 닦아 지자리에다 넣고, 가잿배(하얀색 면 손수건)를 꼭꼭 꿰매서 넣고, 옷 입혀갖고 입관을 해놓고는…… 기가 막혀 죽었어. 어쩌케 울면서 했는지.

눈이 빠져서 땅에 떨어져 죽은 놈, 어깨가 빠져서 죽은 놈, 하나 해서 내놓으면 누가 가져갔는지도 모르게 가져가불고, 우리가 염을 해놓으면 다가져가부러. 다 하고 나와서 어디가 있는가 볼라고 사

바꾸기이다. 나는 짐승하기를 통해 사람과 짐승 혹은 유령 사이의 어딘가에 있게 된다. 나와 짐승이 서로 흐릿해져서, 어떤 비인칭 지대를 만들고 다시 그곳을 우리가 통과해 간다"(김혜순, 『여자짐승아시아하기』, 문학과지성사, 2019, p. 19).

방을 뚤레뚤레 봐도 어따 갖다 둔 데가 없어. 그래서 들어가서 본께 마당에다가 모다(모아)놨어, 입관한 놈을. _방귀례 구술, 「저놈들 다 죽겄다 싶은께 그걸 했제」[16]

구술 언어는 문자 문법 이전의 구어적인 생동감을 보여준다. 몸에서 터져 나오는 소리는, 문법 이전의 '비명'과 '소리'로서의 시의 언어와 가깝다. 여성들의 구술 언어를 '아카이빙'하는 것은 "여성이 보이지 않았던 곳, 역사가 여성을 보려고 하지 않았던 곳"에서 여성을 가시화하는 작업이다.[17] 그곳에서 '역사화'되지 않는 5·18의 언어가 나타날 것이다. 구술 언어는 주변화된 목소리들이 5·18의 담론장에 진입할 수 있는 더 많은 가능성을 열어준다.[18] 여성들의 구술 언어는 역사와 민족 같은 거대 서사 이전 혹은 그 너머에서 삶의 시간과 몸의 경험에 대해 말한다.

5·18을 경험한 여성들의 구술 언어의 두드러진 것 중의 하나는 신체적 감각에 대한 증언이다. 신체에 대한 묘사들은 몸이 경험한 형언할 수 없는 고통의 감각을 이질적이고 돌발적인 언어로 드러낸다. 5·18의 시기 잔혹한 국가 폭력 앞에서 인간은 동물이거나 고깃덩어리에 불과한 존재로 취급되었다.[19] 여성들은 그 훼

---

16 『광주, 여성』, p. 198.
17 아를레트 파르주, 『아카이브 취향』, 김정아 옮김, 문학과지성사, 2020, p. 44.
18 "구술은 특정 소수에게 독점되지 않은 영역으로 인식되며, 기록의 영역에서 배제된 기억들이 틈입해 들어올 여지가 많은 공간으로 간주된다. 주변화된 목소리가 담론장 내로 진입하고자 할 때 구술의 영역은 기록의 영역에 비해 상대적으로 더 큰 가능성을 열어두는 공간으로 인식된다"(김영희, 같은 글, p. 153).

손된 몸에 대한 감각을 증언한다. 참혹하게 훼손된 시신은 인간 존재를 고깃덩어리와 "땅에 빠진 창자"와 "파리약 위의 파리"[20]와 같은 사물의 차원으로 추락시킨다. 시신을 수습하는 활동을 한 여성들에게 그 작업은 인간의 존엄을 빼앗긴 신체를 애도하고 그 존엄을 보전하려는 싸움이다. 그 싸움은 '인간의 동물됨'을 대면하는 공포스러운 싸움이면서, 다른 한편으로 '인간됨'을 다시 구제하려는 투쟁이다. 인간이 동물로 취급되는 상황에서 다시 인간을 회복하는 일은, 역설적으로 인간이 동물임을 인정하거나 인간이 스스로 동물의 지위로 내려가는 일이었다.[21] 이런 경험은 '모성 신화' 이데올로기로 포섭될 수 없다.[22] 5·18 담론의 여성 이미

19 5·18시민수습위원회 김성룡 신부는 다음과 같이 말했다고 증언했다. "앞으로 우리는, 아니 도민은 네 발로 기어 다녀야 한다. 우리는 짐승이다. 공수부대는 우리 모두를 짐승처럼 끌고 다니면서 때리고 찌르고 쏘았다"(『광주오월민중항쟁사료전집』, 한국현대사사료연구소 엮음, 풀빛, 1990, p. 106).

20 "앰뷸런스를 타고 들어가는데 도청 식당 쪽으로 구름다리 같은 것이 있고, 그쪽에 시체들을 줄줄이 눕혀놨더군요. 정말 잊을 수 없는 것이 교련, 검은 운동화, 하얀 러닝샤쓰 같은 옷을 입은 시체에요. 신문지로 얼굴을 가리고 조그만 돌을 올려놨죠. [……] 어떻게 존엄성을 가진 인간을 저렇게 무참히 죽일 수 있을까. 파리약 위의 파리처럼 죽어 있었어요"(오경자 구술, 「간호사 나와라 우리는 국군이다」, 『광주, 여성』, pp. 235~36).

21 "'짐승의 수치'를 벗어나기 위해서는, 다시 '인간임'을 주장하기 위해서는 '이성을 잃어야' 했다고 말한다. 그런데 여기서 주목할 점은 '인간'에 대한 권리 주장을 위해서는 '이성'을 갖추는 것이 아니라, '이성'으로 복귀하는 것이 아니라 역설적으로 '이성'을 잃어야만 한다는 것이다"(정문영, 「'부끄러움'과 '남은 자들': 최후항전을 이해하는 두 개의 키워드」, 『민주주의와 인권』 제12권 2호, 전남대학교 5·18연구소, 2012, pp. 13~14).

22 5·18 공동체에서 여성의 역할에 대한 기록들은 여성의 모성적 역할을 두드러지게 묘사한다. "그녀는 2~3일을 그렇게 두문불출하다 곰곰이 생각해보니 자식 키우고 사는 사람이 이래서는 안 되겠다 싶었다. 같은 동네 사는 아주머니들

지는 순결한 희생자로서의 '여학생', 순박한 모성을 지닌 '어머니'로 전경화되어 있다.[23] 시신을 수습하는 활동은 민족이나 민중이라는 이념적 형식 이전의 원초적인 투쟁에 해당한다. 이런 투쟁들은 민중의 이름으로 남성 주체화된 5·18의 거대 서사에서는 주변화된다.[24]

민중적 영웅들의 '장렬한'[25] 투쟁과 희생을 '숭고한' 역사로 의미화하는 과정에서, 역사가 되지 못하는 이름 없는 경험과 언어들은 등기되지 못한다.[26] 『피어라 돼지』의 언어들과 5·18을 둘러

에게 이야기해서 쌀을 모아 밥을 짓기 시작했다. 라면상자에 비닐을 깔고 주먹밥을 만들었다. 전남대 의대 앞으로 가서 시위 차량이 지나가면 차에다 주먹밥을 올려주면서 몸조심하라고 격려했다. 목숨 걸고 공수부대와 싸우는 젊은이들이 모두 자식 같았다. 이런 과정을 통해 광주 시민 모두는 한 가족처럼 공동체로 동화되어가고 있었다"(황석영 외 기록, 같은 책, p. 194).

23 "그리고 또한 이들의 존재, 특히 순진무구한 여고생과 순박한 어머니들의 이미지는 항쟁의 주체였던 시민들의 '순수성'과 '순결함'을 그 자체로 상징하는 표상이었다. '5·18' 공동체의 정신을 표상하는 장면에서 가장 많이 반복된 것 중 하나는 교복을 입고 항쟁의 대열에 들어선 여고생들과 시민군들을 자식처럼 보듬었던 어머니들의 이미지였다"(김영희, 같은 글, p. 170).

24 "5·18 담론이 총을 든 남성 주체 중심으로 진행되면서 여성의 역할은 주변화될 수밖에 없었죠. 총을 든 주체만이 기념화, 영웅화, 초점화된다면 5·18은 폐쇄 담론으로 들어갈 수밖에 없다는 것이 제 생각입니다"(이화경 구술, 『광주, 여성』, p. 342).

25 "아까 총을 든 남자들이 '장렬하게 전사했다'는 표현을 하셨는데, 저는 장렬하게 전사한 사람은 하나도 없다고 생각해요. 한 인간으로 돌아가서 생각하면 얼마나 무서웠을까, 얼마나 공포스러웠을까, 얼마나 불안했을까 하는 생각이 먼저 들죠. 그런 공포와 불안 속에서 죽은 건데, '장렬하게 전사했다'로 정리되는 거죠. 문제는 그런 표현이 역으로 살아남은 사람들에게 죄의식을 심어준다는 거예요"(정혜신 구술, 『광주, 여성』, 2012, pp. 349~50).

26 총을 든 시민군들의 경우도 거대한 명분보다는 많은 경우 '인간'이고자 하는 싸움에 가까웠다. "민주주의니, 자유니, 정의니 하는 거창한 주제 따위를 생

싼 여성들의 증언은, 인간과 동물이 구별되지 않는 시간 속에서 말할 수 없는 것들을 말하려는 격렬한 신체의 언어이다. 5·18의 공적 담론들을 지배하는 역사·국가·민족·민중 등의 개념들은 저 이질적이고 뜨거운 몸의 언어들에 비하면 공허할 수 있다. 이제는 더 근본적인 질문으로 들어갈 수 있다. 5·18을 '5·18문학상'이라는 '국가'의 제도 속에서 현창하는 방식의 문제, 그리고 진짜 증언의 주체는 누구인가 하는 것들 말이다.

3. 5·18 증언의 주체는 누구인가?

5월 27일 우리가 마지막 밤까지 밥을 해주다가, 끝내는 그 애리디애린 것들이 여자를 보호해야 한다고 우리한테 "누군가는 살아남아서 이 소중한 역사에 대해 증언을 해야 되지 않겠냐"고 무슨 선지자 같은 얘기를 하는 거야. 설득을 하면서 우리더러 가라는 거야. [······] 우리가 입을 함부로 열 수 없었던 것이 다 그것 때문이제. 그 어린 것들이 우리한테 그렇게 하고 즈그들은 죽었으니까. 근디 많이 아는 자들, 기득권자들은 끝까지 책임을 안 지드라고. 광주가 너무 가슴 아팠던 것이······ 소위 지식인이라는 사람들은 즈그 새

각해본 적은 별로 없어. 난 다만 이 추한 현실을 용서할 수 없을 뿐이야. 인간이 인간에게 이렇게까지 할 수는 없다는 것. 사람이 이렇게 개나 돼지처럼 처참하고 비루하게 죽임을 당할 수는 없다는 것. 그래서 나도 모르게. 정말 어쩌다 보니까 총을 들게 되었을 뿐이지"(임철우, 『봄날 5』, 문학과지성사, 1998, p. 404).

끼들은 전부 끄집어내 가고, 넝마주이가 다 죽었네 어쨌네 하는데, 사회에서 한 번도 알아준 적 없던 이름 없는 자들의 희생 위에 우리 광주의 역사가 꽃을 피운 거제. 나는 감히 자기반성들을 해야 한다고 생각하거든. 과연 그렇게 말할 자격들이 있는가 싶어. 정말 우리는 말할 자격이 없다고 생각하지, 우리는 살아 있는 자로서 말을 안 하려고 한 거야. 그 중심에 있었던 사람들은 말을 안 해. 할 수가 없어.

우리는 후유증을 다 겪을 수밖에 없었어. 지금도 그것이 악몽인 거야. 살아 있는 사람이 산 것이 아니고, 정신적인 상처가 찌꺼기처럼 항상 남아 있제. _윤청자 구술, 「이 애래디애린 것들이 우리 여자를 보호한다고」[27]

5·18을 몸으로 통과한 사람들은 과연 말할 수 있는가? 5·18의 희생자들은 이미 말할 수 없는 사람들이며, 살아남은 사람들조차 말하기 어렵다. 증언은 역설적으로 '말할 수 없는 자'의 '말할 수 없음'에 대한 증언이 된다. 이것은 5·18 증언의 '진정한' 주체는 누구인가?라는 근본적인 질문을 제기하게 만든다. 이 증언에서 도청에 남은 젊은 남성들이 "이 소중한 역사에 대한 증언"을 부탁했지만, 살아남은 여성들은 오히려 '말할 수 없음'에 대해 말한다. 5·18의 희생자들은 이미 말할 수 없는 존재들이고 살아남은 사람들은 그 희생자를 대리해서 말하는 존재이다. 하지만 살

---

27 『광주, 여성』, p. 117.

아남은 사람들은 부끄러움과 죄의식 때문에 차마 말할 수 없는 존재이다. '살아남아 있음'이 죄가 되는 상황에서 5·18은 도저히 감당할 수 없는 사건이며, 시간조차도 부끄러움일 것이다. '말할 수 없음'은 부끄러움과 죄의식과 단절할 수 없는 존재와 언어의 무능력에 기인한다. 부끄러움은 자신의 무능함을 감출 수 없다는 측면에서 자신을 드러내는 일이면서, 동시에 자기를 잃어버리는 일이기도 하다. 부끄러움의 드러냄은 말하지 못하는 방식으로 말하는 '잔여들'의 증언이다.[28]

"살아 있는 사람이 산 것이 아"닌 존재는 인간과 비인간의 경계에 있는 생존자라고 할 수 있다. '비인간'은 말하지 못하고 쓰지 못하기 때문에 증언의 주체가 될 수 없다. 죽은 자와 비인간은 사건의 한가운데 있었지만, 증언의 불가능성에 머물러 있다. 증인은 말할 수 없는 자를 위해 말하는 자이다. 증언은 말을 못 하는 자가 말을 하는 자에게 말하게 만드는 곳이며, 침묵하는 자와 말하는 자, 인간과 비인간의 구별이 불가능한 지대이다.[29] 완전하고 통합된 의미에서의 '증언의 주체'는 없다. 구술의 언어들

28 "주체는 부끄러움 속에서 자신의 탈주체화밖에는 다른 내용을 갖지 않으며, 자기 자신의 부조리, 주체로서의 자신의 완벽한 소멸에 대한 증인이 된다. 주체화이기도 하고 탈주체화이기도 한 이 이중 운동이 부끄러움이다"(조르조 아감벤, 『아우슈비츠의 남은 자들: 문서고와 증인』, 정문영 옮김, 새물결, 2012, p. 159).
29 "증언은 말을 못 하는 자가 말을 하는 자에게 말하게 만드는 곳에서, 말을 하는 자가 자신의 말로 말함의 불가능성을 품는(견디는) 곳에서 발생하며, 그렇게 침묵하는 자와 말하는 자, 인간과 비인간은 주체의 위치를 세우는 것이 불가능한 무구별의 지대, '나'라는 '상상의 실체'와 (그와 더불어) 참된 증인을 식별하는 것이 불가능한 비식별 영역에 들어가게 된다"(같은 책, p. 181).

은 말할 수 없는 자, 쓸 수 없는 자의 언어를 대신 기록하는 것이다. 시의 언어는 어떤 개념으로도 환원될 수 없는 신체의 감각에서 출발하는 비명의 소리이자 그 리듬이다. 구술의 증언과 시의 언어들은 '내가 말할 수 있다'라는 확신이 무력해지는 바로 그 장소에서 시작된다. 그 언어는 살아 있는 자가 죽은 자를 대리하거나, 죽은 자가 살아 있는 자를 대신하는 언어이다. 5·18의 정치적 잠재성은, 등기되고 의미화된 언어들이 아니라 아직 말하지 못한 미지의 언어들 속에 있다. 그 언어들은 '말할 수 없음'을 증언하는 언어이며, 증언 주체의 '부재' 속에서 겨우 시작되는 증언이다. 그 언어들은 국가의 역사와 공적 담론 속에 편입되지 않는 잔여로 남아 있기 때문에 급진적이다.

4. 5·18은 '국가의 역사'에 속하는가?

법은 만인에게 평등하다고 하잖아요. 근데 제가 거기에도 정말 많이 실망했어요. 법이 정말 있을까. 그전에는 완전히 나쁜 사람이 교도소를 가는 줄 알았어요, 근데 제가 5·18을 겪고 교도소 면회를 가서 '아, 이것은 아니다'라는 것을 거기서 느꼈어요. 그때 정신적인 혼란으로 엄청 힘들었죠. _정숙경 구술, 「5·18이 내 청춘을 다 가져갔어」[30]

30 『광주, 여성』, p. 249.

5·18 당시 국가권력의 폭력은 '법치'의 이름으로 자행되었다. 대낮에 계엄군이 민간인들을 향해 무차별적인 공격을 자행했을 때, 그것은 '법이 정말 있을까'라는 근본적인 질문을 던지게 만들었다. 1980년의 신군부 권력은 시위하는 시민들을 폭도라고 규정하고 잔혹한 진압 작전을 합법적인 공권력의 행사라고 선전했다. 15년이 흐른 뒤 1995년 '문민정부'는 '5·18특별법'을 만들었고, 국가 폭력은 다시 법의 심판을 받았다. 5·18은 '폭동'과 '사태'의 이름을 뒤로하고 국가가 인정하는 '민주화운동'의 역사로 편입되었다. 국가 체제는 '예외적인' 폭력을 자행하고, 한편으로는 스스로 저지른 폭력에 대해 법의 심판을 내렸다. 2002년 제정된 '광주민주유공자 예우에 관한 법률'은 "5·18민주화운동과 관련하여 공헌하거나 희생한 자와 그 유족 또는 가족에 대하여 국가가 응분을 예우를 함으로써 민주주의 숭고한 가치를 널리 알려민주 사회의 발전에 기여함"을 목적으로 한다. 국가는 국가권력이 국가의 적으로 규정했던 폭도들을 국가 발전의 '유공자'로 예우하게 되었다. 항쟁의 참여자들은 '폭도'로 몰리는 그 당시 상황에서도 '애국의 주체'로 스스로를 정체화하려고 했다.[31] 5·18에 대한

---

31 "시민들에게 '국가'는 부정할 수 있는 대상도 아니고 윤리적으로 배제할 수 있는 대상도 아니었다. 그들에게 국가는 결코 '나쁘지 않고 나쁠 수도 없는 존재'였던 것이다. 이 때문에 이들은 자신들을 향해 총을 쏘는 군인을 '반란군'으로 규정함으로써 '국가가 나쁜 것이 아니라 일부 군인이 나쁜 것이며 오히려 우리 시민들이 저 반란군들로부터 국가를 지켜야 한다'는 생각을 공유한 것으로 보인다. 그리고 이와 같은 애국의 주체는 '남성'으로 표상되었다"(김영희, 같은 글, p.

국가의 이러한 모순된 태도는 국가권력을 담당한 정치집단의 변화에 기인하는 것이지만, 기본적으로 국가와 법 그리고 '예외 상태' 자체의 아포리아와 연관되어 있다.

1980년 신군부가 국가의 공권력을 시민들에게 무차별적으로 행사할 수 있는 법적인 근거는 '계엄령'이었다. 계엄령은 국가의 비상한 예외적인 상태에서 시민들의 기본권을 제한할 수 있는 것이다. 문제는 국가가 법치의 이름으로 설정하는 예외 상태의 근본적인 모순이다. 예외 상태란 법률의 힘을 정지시키는 것인데, 그것은 법치의 이름으로 행해진다. "법률 없는 법률의 힘"[32]이라는 예외 상태의 모순은 현대의 민주주의 국가도 내재한 항구적인 '통치술'이다. 예외 상태는 법질서의 바깥에 있는 것도 아니고 안에 있는 것도 아닌 구분 불가능한 영역 속에 있다.[33] 국가는 조건만 갖추어진다면 민주주의를 지키기 위해서 민주주의를 정지시키고, 법 체제를 수호하기 위해 법을 정지시키는 모순을 실행할 수 있다.[34] 5·18의 국가 폭력은 근대국가에서 유례를 찾기 힘

174).

32　조르조 아감벤, 『예외상태』, 김항 옮김, 새물결, 2009, p. 79.

33　"현대의 전체주의는 예외상태를 통해 정치적 반대자뿐 아니라 어떠한 이유에서건 정치 체제에 통합시킬 수 없는 모든 범주의 시민들을 육체적으로 말살시킬 수 있는 (합)법적 내전을 수립한 체제로 정의될 수 있다. 이때부터 항구적인 비상상태의 자발적 창출이 (반드시 그렇게 한다고 선언하고 있는 것은 아니지만) 현대국가의 본질적 실천이 되었다. 물론 소위 민주주의 국가까지도 포함해서 말이다"(같은 책, pp. 15~16).

34　"독재와 예외 상태는 예외적 상황으로 느닷없이 현현하는 것이 아니라, 정상적이고 안정적이라 생각되는 국가의 법치상태에서 항시적으로 내재되어 있는 근원적 아노미인 것이다"(김항, 「예외 상태와 현대의 통치」, 『예외』, 문학과지성사,

든 것이기는 하지만, 그것의 정당성을 만든 예외 상태라는 장치는 통치술의 역사 속에 이미 내재해 있다.[35]

내가 대학생이었을 때, 언더서클 하시는 분들을 좀 알고 지냈어요. 그 선배들하고 망월동 묘역에 몰래 들어갔죠. 그때는 망월동 묘역에 못 가게 항상 지키고 있었어요. 버스도 없어서 걸어 걸어서 망월동까지 간 기억이 나네요. 해마다 갔죠. 무슨 행사 있으면 빠지지 않고. 길을 아는 사람이 나밖에 없으니까. 근데 신묘역 생기고 국가 저기(국립묘지)가 되면서부터는 안 가요. 그전에는 거기를 알려 주고 안내할 사람이 없었는데, 지금은 다 전문가들이고 5·18정신은 국가권력에 대항하는 거라고 생각하거든요. 희생자나 유족들을 위해 하는 건 좋은데…… _정미례 구술, 「아줌마들이 움직여야 변화가 생겨요」[36]

망월동 묘역이 '국립5·18민주묘지'가 된다는 것은 5·18이 '기념비화monumentalization'되는 것을 의미한다.[37] 그것은 5·18이 국

2015, pp. 254~55).

35 2017년 2월 박근혜 대통령의 탄핵 정국 당시 기무사가 계엄 문건을 만들었다는 논란은 '87년 체제' 이후에도 '예외 상태'가 통치에 내재되어 있음을 보여준다.

36 『광주, 여성』, p. 325.

37 "5·18이 국가에 의해 민주화운동으로 인정되고, 정부 주도의 공식 기념식이 치러지기 시작한, 그리고 구묘역과 신묘역의 분리가 이루어진 1997년 이후는 오월 광주가 이제는 더 이상 한국 사회를 위협하지 않는 하나의 '길들여진' 상징으로 정착하는 분기점이었다. 이 시기는 묘역이 점차 '메모리얼memorial'에서 '모뉴먼트monument'로 화하기 시작한 시기, 즉 '기념비화monumentalization'

가의 통치 체제 안에 편입된다는 것이다. 통치술은 저항을 폭동으로 규정할 수도 있지만, 그것을 정의나 규범으로 환원하여 고상하고 숭고한 국가 이념으로 순치시킨다.[38] 이 통치의 바깥에는 무엇이 있는가? 통치의 바깥에 있는 다른 정치적 삶을 상상하는 일은 가능한가?

5. 도래하지 않는 '절대공동체'

최정운의 '절대공동체'[39]는 5·18 공동체를 둘러싼 강력한 개념 중의 하나가 되었다. '해방광주'의 짧은 시간에 찾아온 절대공동

가 진행되던 시기이기도 하다. 죽은 자들의 개개의 이름을 새김으로써 그들의 희생을 기리고, 또 희생의 의미를 담아내는 '메모리얼'에서, 기념 가능한 것을 현창하고 기원의 신화를 체현하는 익명적인, 순수한 상징적 성격을 갖는 장대한 '모뉴먼트'로의 변화. 그것은 1980년 오월의 기억을 지우고 변형시키는 과정과 다르지 않다"(이영진, 「부끄러움과 전향: 오월 광주와 한국 사회」, 『민주주의와 인권』 제16권 2호, 전남대학교 5·18연구소, 2016, p. 112).

38 "비극적으로 스스로 봄을 불사른 자들을 민주주의를 위해 희생한 열사로 추앙하는 한, 그들이 꿈꿨던 정치는 언제나 통치로 귀속된다. 국가의 역사나 민주주의의 숭고한 승리가 그들의 정치와 꿈과 죽음을 착취하는 것이다"(김항, 『종말론 사무소』, 문학과지성사, 2016, p. 33).

39 "5·18이 우리 근대사뿐만 아니라 인류 역사에서 갖는 의미의 핵심은 이 절대공동체의 체험일 것이다. 그곳에는 사유재산도 없었고, 목숨도 내 것 네 것이 따로 없었고, 시간 또한 흐르지 않았다. 그곳에는 중생의 모든 분별심이 사라지고 개인들은 융합되어 하나로 존재했고 공포와 환희가 하나로 얼크러졌다. 그곳은 말세의 환란이었고 동시에 인간의 감정과 이성이 새로 태어나는 태초의 혼미였다. 그런 곳은 실제로 이 땅에 있었고 많은 사람이 거기에 있었다"(최정운, 같은 책, p. 123).

체는 사유재산과 목숨의 분별이 없고 계급도 없는 완전히 평등한 공동체이다. 여기에는 광주 지역 특유의 공동체적인 성격[40]이 작용했으며, 공수부대의 무자비한 진압 방식이 인간 존엄의 파괴에 대한 집단적 분노와 저항의 결속력을 강화했다고 볼 수 있다. 이 절대공동체에서 개인의 삶과 공동체의 삶은 전혀 분리되지 않았으며, 개인은 인간 존엄의 가치에 몸과 생명을 바칠 수 있었다.

절대공동체를 이루자마자 시민들은 그 공동체에 '국가의 권위'를 부여하기 시작했고, 물품을 '징발'하고 '적'과도 정치적 협상을 벌일 수 있었다.[41] 하지만 절대공동체는 그 안에서 이미 균열을 예비하고 있었다. "절대공동체가 국가로 변환되어 그의 무력을 갖추어 완성되었을 때 공동체는 금이 가기 시작"[42]했다. 절대공동체 안에도 미묘한 계급은 존재했고, 무기를 든 자와 그렇지 않은 자는 서로 다른 존재였다. 절대공동체는 "짧은 시간에서만 존재할 수 있는 국가"[43]였다. '원초적이고 예외적인 순수성'으로

40 "광주 지역은 상공업의 발달이 뒤져 외지 인구의 유입이 거의 없는 가운데 오히려 많은 사람들이 타 지역으로 이주했기 때문에 주민들의 동질성이 유지되고 있었다. 따라서 광주 시민들은 흔한 말로 '한 다리 건너면 다 아는 처지'였고, 그들은 '광주 바닥'의 공동체적 성격을 의식하고 있었다"(같은 책, p. 148).

41 "'절대공동체'를 이룬 시민들은 애국가를 부르며 태극기를 흔들고 국가의 권위를 주장하기 시작했다. 그 마귀 같은 공수부대를 보낸 신군부는 타도의 대상이며, 따라서 진정한 대한민국은 광주 시민들이 대표해야 한다는 것이었다. 이는 시민 스스로의 싸움을 '거룩하다'고 느낌으로써 자연스럽게 이루어진 것이었다. 이제 공수부대와의 싸움은 애국이었고 시민들은 국가의 권위를 행사했다. 시민들은 전투에 필요한 모든 물품들은 강제로 '징발'하기 시작했다"(같은 책, p. 176).

42 같은 책, p. 188.

43 "5·18의 절대공동체와 그곳에서 도출된 국가는 대한민국의 상징을 이어받았지만 현세의 대한민국과는 너무나 공통점이 없는, 짧은 시간에서만 존재할 수

서 절대공동체는 해방광주가 국가의 권위를 가지려는 순간, 필연
적으로 균열되기 시작한다. 다른 방식으로 말한다면, 절대공동체
가 국가의 '통치'를 시작하자 공동체는 더 이상 억압 없고 절대적
인 것이 될 수 없었다.

절대공동체는 해방이 실현되고 자발적인 시민들에 의한 (유
사) 국가의 통치가 시작되기 전의 '멈추어진 시간'에 아로새겨
져 있었다. 이런 질문이 이어질 수 있다. 절대공동체의 공간이 지
역적인 구체성을 갖고 있다고 하더라도, 그 '혁명적 순간'은 '영
원한 정지' 속에서만 존재한 것이 아닐까? 그것은 역사의 시간
이 아니라 일상적 현실과 기존의 국가권력의 작동이 잠시 멈추
는 '혁명적인 정지'의 시간이 아닐까?[44] 그것은 실현된 역사라기
보다는 역사 바깥의 시간이 아닐까? 절대공동체는 역사 속에서
하나의 대안적인 국가 체제로 실현될 수 없는 것이 아니었을까?
그것은 다른 정치적 시간에 대한 상상력과 감수성을 촉발시키는
'무한한' 사건이다.

순수하고 자발적인 공동체라고 하더라도 이름과 이념과 조직
이 주어지면 억압적인 것이 될 수밖에 없다. 동일성과 전체성으

있는 국가였다"(같은 책, p. 201).
44 "절대공동체는 잠시밖에 존재할 수 없는 '일상생활'이 정지되어 순수한 인
간공동체로 존재했던, 한순간의 절대해방이었고 곧 다시 억압된 현실로 내려올
수밖에 없는 비일상적 현실이었다. 무엇보다 절대공동체에는 평화가 없었고 생
산 활동이 이루어질 수 없었다. 5·18과 같은 절대적 투쟁의 경험과 계속되는 투
쟁의 현실은 우리가 스스로 그날의 적의 모습으로 우리의 모습을 바꾸게 되고
한때의 '진실'이 '진리'인 것처럼 착각하게 되는 대가를 치를 수밖에 없었다"(같
은 책, p. 325).

로 환원되지 않는 공동체의 형상은 가능한가? 모리스 블랑쇼는 공동체의 부재와 불가능성으로부터 어떤 목적도 없는 '부정(否定)의 공동체' '어떤 공동체도 이루지 못한 자들의 공동체'의 가능성을 죽음·문학·사랑의 공동체로부터 찾았다.[45] 조르조 아감벤은 블랑쇼의 문제의식을 가져오면서 "옹호해야 할 아무런 정체성도, 인정받아야 할 아무런 사회적 귀속도 갖지 않는" '임의적 특이성'에 대해 말한다. 공동체를 둘러싼 '도래할 정치'에 대해서 "더 이상 국가의 정복이나 통제를 쟁취하는 투쟁이 아니라 국가와 비국가(인류) 사이의 투쟁" 그리고 "임의적 특이성과 국가조직 사이의 극복할 수 없는 괴리"에 대해 말한다. 국가는 어떤 정체성도 확언하지 않으며, '대표/재현'될 수 없는 공동체를 용인할수 없다.[46]

전체성의 억압이 없는 공동체가 다시 도래할 수 있다면, 그것은 국가가 그 정체성을 파악할 수도, 수용할 수 없는 '말할 수 없는 공동체'여야 한다. 이 공동체는 이상적인 국가의 모형이 아니라, 국가의 이념 자체를 거부하는 것[47]이어야 했겠지만, 해방광

---

45   모리스 블랑쇼·장-뤽 낭시,『밝힐 수 없는 공동체, 마주한 공동체』, 박준상 옮김, 문학과지성사, 2005, p. 48.

46   조르조 아감벤,『도래하는 공동체』, 이경진 옮김, 꾸리에, 2014, p. 120.

47   "광주민중항쟁에서 분명해졌던 것은, 상부의 어떤 이상적인 총체적 국가 이념이 필요하다는 것이 아니라, 모든 국가 이념은 상대적이라는 것이고, 가르치고 주입시킬 수 있는 국가 이념 배면에, 그 이하에 보이지 않고 규정될 수 없는 하부의 공동체('광주 코뮌')가 언제나 있다는 것이며, 그 사실이 바로 하나의 국가 이념과 국가주의 자체를 거부하는 민주주의의 조건이라는 것이다"[박준상,「무상(無想) 무상(無償): 5·18이라는 사건」,『빈 중심』, 그린비, 2008, p. 203].

주는 짧은 시간 국가로서의 권위와 정체성을 갖고자 했다. 그것은 오류가 아니라, 인간의 존엄과 공동체의 안위를 보존하려는 '목표'를 포기할 수 없는 5·18 절대공동체의 피할 수 없는 조건이었다.

5·18을 국가의 역사로부터 건져 올려 재정치화하는 것은, 지배가 아닌 정치의 영역 속에서 삶을 상상하는 일이다. 그 상상은 국가의 담론에 포섭될 수 없는 임의적인 '삶-언어'의 발화이기도 하다. 5·18의 정치적 잠재성은 국가 제도 안에서 납작해진 개념들 사이에서 아직 말하지 못한 미지의 '삶-언어'들 속에 있다. 시인들의 언어와 이름 없는 사람들의 구술 언어가 만나는 장소가 그곳에 있다. 절대공동체는 다시 찾아오기 어렵겠지만, 5·18은 끊임없이 도래하는 다른 '정치-시간'의 잠재성이다. 지금 도래하지 않는 것은 도래하는 것의 잔존이며, 도래하는 것은 아직 도래하지 않는 것의 미래이다. 5·18은 도래하(지 않)는 미래의 이름이다. 5·18이라는 '미래의 기억'은 어떻게 오는가? 문제는 5·18을 어떻게 재현하는가도, 대안적인 주체의 정체성을 확보하는 것도 아니다. 권력과 통치의 장치들이 중단되는 우연하고 임의적인 시간을 삶 속에서 발명하는 일. '당신'과 함께, 바로 지금 이 시간을 멈추는 것이다.

(2020)

붕괴 이후의 사랑
― 박찬욱의 「헤어질 결심」

　박찬욱의 영화를 '스타일리시'하다고 말할 때, 그것은 미장센이 매력적이라는 형식적인 의미에 한정되지 않는다. 가령 「올드보이」(2003)에서 선보였고 「헤어질 결심」(2022)에도 등장하는 기묘하고 아름다운 벽지가 만드는 공간감 같은 것만을 의미하는 것이 아니다. 영화의 스타일은 이미지와 이미지가 충돌하는 리듬으로서의 영화적 창의성의 결과물이다. 로베르 브레송이 촬영한 연극으로서의 '시네마'와 창조의 목적으로 카메라를 사용하는 '시네마톨로지'를 구분했을 때의 바로 그것이다. 박찬욱의 영화가 브레송처럼 '연기' 자체를 제거하는 극단적인 영화적인 자율성을 추구하는 것은 아니지만, 미지의 카메라가 낯선 시공간의 몽타주를 창조한다는 측면에서 시네마톨로지에 가깝다. 스타일리시의 극한에는 이야기와 연기를 넘어서는 영화적인 것의 끝 간데가 있다.

　박찬욱의 영화에도 '이야기'가 존재하지만, 그 이야기를 강렬하게 만드는 것은 서사 자체의 개연성조차 넘어서는 이미지의 논리이다. 그의 많은 영화는 최후의 신화적이며, (희생)제의적인 이미지를 향해 질주하는 것처럼 보인다. 「복수는 나의 것」(2002)

에 등장하는 물 안에서 유괴범의 발목을 자르는 사적인 처형, 「올드보이」에서의 자신의 혀를 가위로 자르는 자기 처벌, 「박쥐」(2009)에서의 아침 햇빛 아래서 불타 죽는 뱀파이어 연인들의 발목처럼, 시적인 도약의 순간을 경험하게 하는 마지막 순간을 향해 영화는 이미지의 강렬한 드라마를 밀고 나간다. 최후의 신화적인 순간은 박찬욱 영화의 이미지들의 종착점이자 '다른' 영화를 향한 시작점이다.

박찬욱 영화들의 서사적 변이는 여성 캐릭터의 재창조를 통해 진행되어왔다. 「복수는 나의 것」에서 유괴된 딸을 지키지 못한 아버지의 복수는, 「올드보이」에서 딸을 지키기 위해 스스로 아버지의 기억을 포기하는 남자의 이야기를 만들어내고, 이것은 봉준호 등의 감독들에게서 심층적으로 반복되는 '소녀(딸) 구하기'의 불가능성과 죄의식과 연관된 테마이다. 박찬욱 영화들은 이런 지점들로부터 다른 세계로 진입하는 여성 캐릭터들을 만들어왔다. 「친절한 금자씨」(2005)의 여주인공은 유괴범 때문에 자식을 잃어버리고 수감된 희생자가 아니라 집단적인 복수의 제의를 기획하는 주체이며, 「스토커」(2013)의 어린 여주인공은 살인이라는 매개로 세상으로 나아가는 격렬한 '이니시에이션' 혹은 입사제의(入社祭儀)의 시기를 통과하고 있다. 「아가씨」(2016)의 아가씨와 하녀는 계급과 국적을 넘어서 남성적 쾌락을 둘러싼 욕망과 음모의 세계를 파괴하는 반란과 사랑을 실현한다.

그의 영화에서도 남성적 윤리 감각의 잔여물은 존재할 수 있다. 이를테면 「박쥐」의 여주인공은 남성 뱀파이어를 통해 완벽하게 자유로운 뱀파이어의 존재가 되지만, '신부-남성'의 죄의식으로 인해 함께 불타 죽어야만 했으며,「스토커」의 여주인공의 살인 충동이라는 잠재된 정체성은 아버지와 삼촌의 부계로부터 상속받은 것이다. 그렇다면 최근작「헤어질 결심」의 여성 캐릭터는 어디에 위치하는가?「헤어질 결심」에서 박찬욱의 여성 캐릭터의 창의적인 변이는 마지막 장면에서의 영화적 퍼포먼스에서 다시 확인될 수 있을 것이다.

「헤어질 결심」은 필름누아르 혹은 그 기원으로서의 탐정 추리 서사라는 장르적 외피를 두르고 있다. 근대 이후의 추리 서사에서 세계를 불가해한 상황으로 만드는 살인 사건은 탐정이 재구성하는 인과적 서사에 의해 전모가 드러나야 한다. 이성과 과학의 권능으로 세상은 설명 가능한 상태로 복원되어야 한다. 그런데 사건 이후 반복되는 또 하나의 사건이 사건의 의미 자체를 완전히 다른 차원으로 이동시킨다면 어떻게 될까?「헤어질 결심」은 한 영화 안에서 장르를 내파하는 영화적 모험을 밀고 나간다.「헤어질 결심」에서 누아르와 멜로드라마는 형식적으로 연결되어 있는 것이 아니라, 외피로서의 누아르를 멜로드라마의 잠재된 서사가 뚫고 나오는 사태에 가깝다. 멜로드라마의 서사는 가령 '그 때(그곳에) 사랑이 있었다!'를 보여주는 것이다. 문제는 그 사랑이 존재했음을 입증할 증표라면, 그 증표에 의해 작별 이후의 사랑의 존재론은 성립된다. 증표에 의해 부재로서의 사랑은 잔존의 힘을 갖게 된다.「헤어질 결심」에서 그 증표는 여주인공의 범죄가 입증되고 형사가 범죄를 덮어주었다는 사실이 드러나는 휴대전화다. 범죄를 입증하는 결정적인 물증이 사랑을 입증하는 기호가 되는 매력적인 전환은 이 영화의 극적인 서사적 반전을 작동시킨다.

범죄 형사물은 형사의 '눈'에 의해 살인의 전체적인 진실이 드러나야 한다. 형사는 '보는 자' 혹은 '찾는 자'이며, 용의자인 서래는 '보여지는 여자'여야 한다. 계속해서 인공 눈물을 넣어야 하는 해준은 '똑바로 보려고 노력하는 사람'이며, 이는 해준의 정체성과 자부심의 핵심이다. 서래가 스스로 허벅지의 상처를 보여주고 해준이 자세를 낮추어 찍는 장면은 이 시선의 위계를 압축한다. 그런데 영화적인 전개는 이 '보는 남자-형사/보여지는 여자-용의자'의 위계를 따라가지 않는다. 서래의 집 앞에서 잠복하며 서래를 정탐하는 해준의 행위는, 감시라기보다는 마치 연인의 공간-시간을 탐색하는 것 같다. 집 밖에서 감시하는 해준이 서래의 방 안에 있는 것처럼 연출된 장면은, 그것이 정탐의 행위가 아니라 '함께 있음'의 행위라는 것을 암시한다. 서래의 집 앞에서 잠복하던 중에 차에서 잠이 든 해준을 서래가 들여다보고 사진을 찍는 장면은 이 시선의 위계가 역전될 가능성을 강력하게 암시한다.

취조실 장면들에서 서래와 해준의 미장센은 흥미로운 화면 분할을 연출한다. 카메라는 해준의 시선에서 서래를 바라보는 단순한 구도가 아니라, 서래와 해준을 각각 비추는 모니터 화면을 동시에 보여주고 또 다른 비인칭의 시선을 드러낸다. 전통적인 시점 숏의 프레이밍의 규범을 벗어나는 앵글은 서래를 대상화하는 시선이 아니라, 제3의 사물들의 '응시'의 차원이 있음을 입체적으로 드러낸다. 해준과 서래가 상대방의 어떤 측면만을 볼 수밖에 없을 때, 또 다른 영화적 응시는 그들의 미묘한 교감과 어긋남을 포착해낸다. 카메라만이 이 기이한 사랑의 전모를 알고 있다는 듯이 말이다. 박찬욱의 영화들이 보는 자와 보여지는 자의 구도가 균열을 일으키는 상황을 연출한다면, 시선의 위계를 무너뜨리는 것은 카메라의 예기치 않은 응시이다.

사건의 전모를 알게 된 해준이 서래의 집을 찾아가 사건을 재구성하는 장면은 전반부의 피날레를 장식한다. 해준이 "나는 완전히 붕괴되었어요"라고 말할 때, 카메라는 해준의 얼굴을 클로즈업한다. 카메라에 의해 그 무너짐이 대상화되는 것은 오히려 해준이다. 해준이 "저 폰은 바다에 버려요. 깊은 데 빠뜨려서 아무도 못 찾게 해요"라고 말할 때, 휴대전화라는 '범죄의 물증/(이후의) 사랑의 증표'는 수장되어야만 하는 운명에 놓인다. 그 문장은 서래에게는 해준의 사랑의 고백으로 해석될 수 있지만, 동시에 사랑의 명령이기도 해서, 서래 자신 역시 바다에 던져져야만 하는 상황을 암시한다. 이 연극적인 무대에서 해준이 퇴장할 때 카메라는 불현듯 뒤로 물러나면서 천장을 비춘다. 기이한 카메라 워크는 체스판의 기하학적 무늬로 이루어진 천장 아래에 남겨진 서래의 침몰을 보여준다. 앵글은 서래를 아래로 누르면서 침몰시키고 다시 떠오르게 한다. 그리고 서래는 어머니의 유골함을 본다. 영화의 전반부와 후반부의 반복과 변이 혹은 마주 보는 대칭적 구조를 완성하는 것은 카메라의 움직임과 시선의 몽타주이다.

카메라앵글만이 그 모든 사랑의 기묘한 시공간과 어긋남의 비밀을 알고 있다.

이 영화는 박찬욱 영화의 형식미를 대변하는 현란한 매치 컷과 시점 숏 이외에도 높이와 깊이, 수직과 수평의 프레임을 둘러싼 정교한 양식적 아름다움을 보여준다. 영화 초반의 압도적인 수직적 이미지는 서래의 남편이 죽은 구소산이다. 영화는 기이한 높이에서 죽은 남자의 시체로 시작하여 해안 모래 아래 스스로를 묻는 여자의 이미지로 끝난다. 남편은 자신의 산행을 중계하는 유튜버이고, 서래는 완벽한 알리바이를 만들어 산의 뒤쪽으로 남편을 따라 오른다. 해준은 그 살인을 설명하기 위해 산을 다시 올라야만 한다. 산꼭대기는 돌출된 그러나 숨겨진 무대이고 그 바닥은 딱딱하다. 그 산꼭대기라는 무대에서 영화는 두 개의 제의적인 장면을 상연한다. 구소산에서 벌어지는 것이 살인의 제의라면, 서래 어머니의 유골을 해준이 뿌려주는 애도-제의가 벌어지는 곳은 호미산이다. 산은 살인과 애도라는 두 개의 퍼포먼스가 상연되는 솟아오른, 그러나 은밀하고 딱딱한 무대이다.

밀물이 시작되는 해변이라는 최후의 제의석인 무대는 부드러운 모래를 파 내려갈 수 있는 곳이다. 완벽한 사라짐의 무대이고 들이치는 파도는 그 공간을 지워줄 것이다. 관객들은 그 무대에서 벌어진 일을 알고 있지만, 해준은 그 숨겨진 최후의 공간을 알지 못한다. 해안 도로의 부감 숏의 오른쪽 파도의 윤곽은 서래의 얼굴 윤곽을 연상시키지만, 해준은 그런 부감의 시점을 알지 못한다. 바다와 모래의 수직적 경계에서 과장된 그림자를 드리운 해준을 내려다보는 부감 숏은 해준의 진짜 붕괴를 예고한다. 사건의 전모를 드러내주어야 할 '형사-남성' 주체가 파도 위에서 하염없이 헤매게 만드는 마지막 장면은 그래서 압도적이다. 형사-남성 주체의 시선의 권력은 여기서 완벽하게 붕괴된다. 어둠이 내리는 바다에서 해준은 손전등을 켜지만 서래를 찾지 못한다. 호미산에서 서래의 헤드 랜턴이 정확하게 해준의 얼굴을 비추는 상황과 대비된다. 해준의 손전등 불빛은 영화의 마지막 순간 관객을 응시한다.

첫번째 살인 사건을 덮어주면서 해준은 스스로 붕괴되었다고 말했다. 그때의 붕괴는 형사로서의 책임감과 자부심의 상처에 해당한다. 그런데 해준은 정말 그때 붕괴되었던 것인가? 형사로서의 해준의 붕괴는 연인으로서의 해준의 붕괴를 예비하는 동시에 유예하고 있었다. 첫번째 살인 사건이 형사의 붕괴로 귀결되었다면, 두번째 사건은 연인으로서의 붕괴로 귀결된다. 어느 순간 사랑이 시작되었는지를 알지 못하는 연인은 끝내 붕괴된다. 붕괴로서의 사랑은 관성적인 삶의 명분을 뿌리째 흔들고 다른 삶의 두려운 잠재성을 대면하게 한다. 첫번째 사건에서 붕괴된 것이 형사로서의 품위와 명분의 세계라면, 이제 진정한 붕괴가 시작될 것이다.

바다 모래에 스스로를 파묻는 여성의 존재는 무엇인가? 서래는 해준의 형사로서의 품위를 지켜주고 영원한 사랑을 봉인하기 위해 희생하는 존재가 아니다. 이런 온건한 해석은 서래의 자리를 숭고한 희생자의 위치로 고정시킨다. 그녀는 끝내 정체와 장

소를 알 수 없는 '아토포스'적인 존재로 남는 것을 실행한다. 이 것은 서래의 속죄와 희생이 아니라, 일종의 '복수'이기도 하다. 그 복수는 해준이 마주한 형사와 연인으로서의 두 겹의 실패를 돌이킬 수 없게 만든다. 해준이 연인을 찾아다니는 오르페우스 라면, 서래는 그의 손길을 기다리는 에우리디케이기를 거부하고, 침묵의 세이렌으로 해안에 남는다. 서래는 해준이 헤매는 그 해 변 밑에 누워서 그를 끊임없이 붕괴시킬 것이고, 어쩌면 오랜 시 간 후에 다시 그 차가운 얼굴을 드러낼지도 모른다. 서래는 완벽 한 수수께끼가 됨으로써, 사랑을 닫힐 수 없는 미결의 상태로 옮 겨놓는다. 영원히 해안을 헤매야 할 남자의 발밑에서 사랑의 유령은 날카로운 침묵으로 노래할 것이다. 노을이 들이닥치는 해변의 점점 거칠어지는 파도 소리는 그 두려운 사랑의 침묵을 대신할 것이다. 사랑은 이 무서운 붕괴의 연안으로 나아가는 일이다. 그 바다는 사랑의 붕괴가 그리고 붕괴 이후의 사랑이 재등장하는 서래의 바다이다. 서래의 바다는 새로운 붕괴와 죽음이 '마침내' 시작되는 바다이다.

(2023)

여성의 증언은 어떻게 전시될 수 있는가?
—제니 홀저의 개념미술과 여성 언어의 재정치화

1. 제니 홀저의 '부유하는' 언어들은 읽힐 수 있는가?

보는 것과 읽는 것 사이에는 어떤 심연이 있는가? 문학과 미술이 분리되는 사건은 예술사의 문제적인 장면이다. 알파벳 문명권하의 서양미술사에서 쓰기와 그리기의 분리는 필연적인 것처럼 여겨졌다.[1] 근대 이후 예술은 조형적 재현과 언어적 지시의 분리를 당연한 것으로 받아들였다. 미셸 푸코에 의하면, 조형적 재현과 언어적 지시 사이의 분리, 그리고 유사와 재현의 동등성은 15세기 이후의 서양 회화를 지배하는 원리였다.[2] 두 개의 체계는 교차하거나 용해되지 않았고, 어떤 방식으로든 종속적이고 위계적인 관계가 형성되었다. 텍스트가 이미지에 의해 규제되거나 이미지가 텍스트에 의해 규제되어야 했다.[3]

---

1   한자 문화권에 속하는 동양 예술의 경우, 서예는 보기와 읽기를 분리하지 않는 전통으로 남아 있다. 글과 그림은 그 근원이 같다는 '서화동원(書畵同源)'이라는 원리는 동양 예술의 한 기초였다.
2   미셸 푸코, 『이것은 파이프가 아니다』, 김현 옮김, 민음사, 1995, p. 51.
3   이 위계를 깨뜨리는 작업은 알파벳을 조형적으로 다룬 파울 클레의 경우나, '이것은 파이프가 아니다Ceci n'est pas une pipe'로 흔히 알려진 「이미지의 반

미술 개념의 변화와 테크놀로지의 발전으로 인해 언어와 조형 사이의 분리를 극복하는 작업은 다른 국면에 접어들었다. '개념미술'은 다른 방식으로 언어와 조형의 관계를 재구성한다. 제니 홀저는 보여주기와 읽기 사이의 분리를 앞선 예술가들과는 다른 방식으로 돌파한다. 제니 홀저의 「경구들Truisms」에서 나열된 짧은 문장들은 조형적 재현이 아니라, 언어적 지시와 연관되어 있는 것처럼 보인다. 하지만 제니 홀저에 이르러 언어적 지시가 조형적 요소를 완전히 대체했다고 말한다면 이것은 착각일 것이다. 개념미술은 '미술이란 무엇인가'라는 근본적인 물음을 제기해왔다. 그 물음의 연장선에서 형태나 색채보다는 언어를 가지고 작업할 수 있지만, 이것은 텍스트가 시각적 조형물을 흡수하는 것이 아니다. 문자언어가 조형적으로 전시될 때 활자체, 글자의 크기, 색채와 움직임, 전시되는 면의 질감과 규모 등의 시각적인 요소가 중요할 수밖에 없게 되며, 그 규모에 따라서는 시각적 스펙터클로 받아들여진다.[4]

제니 홀저의 작업이 가지는 급진성은 "언어 기호와 시각적 재현이 대번에 주어지지 않는다"[5]라는 제약에 대한 가장 현재적인

역La Trahison des Images」과 같은 작품에서 언어와 재현을 기묘하게 충돌시킨 르네 마그리트의 사례가 있다. 이런 작업들은 문자로 형상을 그리는 전통적인 '칼리그람'의 재도입인 동시에 해체이다. 같은 책, p. 39 참조.

4   개념미술을 설명하는 요소 중의 하나로 '비물질화'을 말하기도 하지만, 문자는 언제나 종이와 천, 돌과 스크린 등 '물질' 위에서만 존재한다. 문자는 물질적·사회적 공간 위에서만 실제적으로 구현된다. 토니 고드프리, 『개념 미술』, 전혜숙 옮김, 한길아트, 2002, p. 14 참조.

5   미셸 푸코, 같은 책, p. 52.

도전이라는 것이다. 제니 홀저의 작업 속에서 언어는 단지 읽히는 것이 아니며, 조형은 재현의 범주를 벗어나 있다. 언어의 배치는 '읽히는 동시에 읽히지 않는 방식'으로 공간에 개입한다. 언어들은 단지 의미 작용을 하는 것이 아니라, 조형적으로 배치되는 방식에 의해 공간을 변형한다. 언어는 확언하지 않고, 조형은 재현하지 않는다. 언어기호와 조형 사이의 전통적인 분리는 현대적이고 정치적인 방식으로 돌파된다.

국립현대미술관 로비 벽을 채운 「경구들」과 「선동적 에세이 Inflammatory Essays」 포스터는 두 가지 측면에서 언어적 지시에만 한정되는 것을 거부한다. 우선 그 언어들은 책처럼 읽히는 것이 아니라, 특이한 형태의 전시를 통해 공간에 개입하고 공간을 변형한다. 공간에 예기치 않은 문맥을 부여함으로써 그 의미를 변형한다. 이때 공간에 대한 '개입'은 관객들에게 다른 시각적 경험과 참여를 유도할 수 있다. 제니 홀저가 뉴욕 구겐하임미술관의 전체 홀을 문장으로 가득 채웠던 것이 그랬던 것처럼, 한국어와 영어로 표기된 「경구들」과 「선동적 에세이」가 한국의 '국립현대미술관'에 전시된다는 것 자체가 공간적·사회적 개입이며 하나의 '사건'이다. 예술이 공간과 시간에 개입하는 것은 그것이 어디에도 환원되지 않는 개별적인 '사건'이 된다는 것을 의미한다.[6]

두번째는 경구의 내용이다. 「경구들」과 「선동적 에세이」는 240개의 문장으로 되어 있다. 경구는 그 사전적 의미 그대로 삶

6   알랭 바디우, 『윤리학』, 이종영 옮김, 동문선, 2001, p. 57 참조.

에 대한 진리와 지혜를 간결한 말로 표현한 것이다. 경구 혹은 '아포리즘Aphorism'은 삶의 지혜가 하나의 간결한 문장으로 요약될 수 있다는 믿음에 근거한다. 제니 홀저의 경구들은 아포리즘의 어조를 '전유'하면서도 그 경구들의 교차와 충돌을 통해 그 지혜의 무게를 지워버린다. 제니 홀저의 경구들은 아포리즘의 형식을 전유한 '반아포리즘'이다.

고독은 사람을 풍요롭게 한다
고문은 야만이다
고통은 매우 긍정적일 수 있다
공포를 분류하면 마음이 진정된다
과식은 죄악이다
광기에 빠지는 것은 비교를 위해 좋다
구원은 살 수도 팔 수도 있다
권력 남용은 놀라운 일이 아니다
권위자에 맞서야 한다

제니 홀저가 직접 만든 문장들은 겉으로는 경구의 일반적인 어조를 따른다. 간명하고 단정적인 어조는 말하는 주체의 권위에 인해 '확언'의 지위를 갖게 된다. 하지만 제니 홀저의 문장들은 경구의 재배치를 통해 그 확언의 지위를 스스로 무너뜨린다. 위의 인용문에서 "고문은 야만이다"라는 문장과 "고통은 매우 긍정적일 수 있다"는 문장이 나란히 배열됨으로써 그 사이의 미묘한 의미의 충돌이 발생한다. 뒤의 문장은 앞의 문장의 뉘앙스를 교묘하게 바꾸어버린다. 문장들은 하나의 의미와 뉘앙스로 집중되지 않고 산포된다. 관객들은 이 문장들을 순서대로 읽지 않아도 되며, 눈에 띄는 문장을 띄엄띄엄 선택해서 읽을 수도 있다. 관객이 특정한 문장들을 선택하는 우연성은, 이 문장들 전체를 감싸는 논리적 구조가 존재하지 않음을 의미한다. 경구들의 배열은 하나의 서사와 거대한 세계관을 구축하지 않는다. 이런 방식으로 제니 홀저의 언어들은 '이념'과 '확언'의 권위를 벗어나서 전시면 위에서 자유롭게 부유하기 시작한다.

　다른 방식으로 말해보자. 제니 홀저의 작업에는 때로 정치성을 강하게 담은 문장과 자료들이 활용되며, 그것들은 관람객들의 정치적 무의식을 충격한다. 하지만 그것이 단일한 정치적 메시지로 전달되지는 않는다. 제니 홀저의 문장들은 하나의 '정치적 올바름'을 향해 있는 것이 아니다. 유동성과 혼종성을 갖는 문장들은 타자를 향해 열려 있다. 정치가 배분과 분할의 질서를 변형하는 문제라면, 예술이 정치적인 것은 시간을 분할하고 공간을 채우는 방식의 문제이다.[7] 예술-정치는 다른 '삶-언어'로의 이행과 잠재성의 문제이다. 제니 홀저의 미술에서 정치적 올바름은 척도의 문제가 아니라, 예술의 움직이는 존재 양식이다.「선동적 에세이」의 '선동성'은 '프로파간다'의 선동성과는 다른 '예술-정치'의

7　이와 같은 '정치'의 개념은 자크 랑시에르의 것이다. 자크 랑시에르, 『미학 안의 불편함』, 주형일 옮김, 인간사랑, 2008; 자크 랑시에르, 『해방된 관객』, 양창렬 옮김, 현실문화, 2016 참조.

잠재성이다.[8] 예술이 장소와 관객과 맺는 관계를 바꿈으로써 예술을 '재정치화'하는 사례이다.

제니 홀저의 「경구들」은 단일한 화자의 권위에 의존하지 않는다. 이 경구들의 발화 주체는 고정되어 있지도 않고 동일성을 갖지도 않는다. 「경구들」은 하나의 발화 주체로 환원되지 않으며, '확언'의 기원 자체가 제거되어 있다. 제니 홀저의 문장들은 누구의 소유도 아니며, '익명성'을 띤다. 화자도 없고 전체성도 없는 문장들은 그렇게 조형적으로 떠돈다. 제니 홀저의 문장이 딱딱한 '돌' 위에 새겨진 경우에도, 그 언어는 주체의 권위를 갖지 않고 돌 위에서 자유롭게 '미끄러진다'. 발화 주체가 제거된 문장들 앞에서, 관객들은 문장들을 선택하면서 그것을 자신의 것으로 만드는 기이한 미적·정치적 경험을 한다.

제니 홀저의 LED 작업은 언어들이 부유하는 공간에 시간성을 도입한다. 「당신을 위하여For You」에서 언어들은 디지털 시각 장치에 의해 반짝거리며 '흐른다'. LED의 반짝임은 자본주의 문화의 휘황찬란함을 '전유'하는 것이지만, 동시에 그것의 덧없음을 보여준다. 자본주의적 일상 속의 LED 전광판은 뉴스와 광고를 실어 나르며 그것의 덧없음을 순간적으로 드러낸다. 이를테면 하

---

8 제니 홀저의 정치성은 정부 문서, 보고서, 이메일 등 자료들을 포함하는 텍스트의 다양성 그리고 그 언어를 담은 매체의 과감한 선택에서 나온다. 제니 홀저의 문장들은 맨해튼의 도처에 볼 수 있거나, 티셔츠, 모자, MTV 채널, 전광판과 같은 대중이 쉽게 접하는 장소와 매체를 가리지 않는다. 공공장소와 익숙한 매체에 이질적인 언어를 배치함으로써, 공간과 사물의 맥락을 바꾸고 관람자의 미적·정치적 감각을 충격한다.

나의 텍스트의 사이클이 네 시간이라면, 네 시간 동안 이 조형물 앞에서 텍스트 전체를 처음부터 끝까지 읽어낼 관객은 없다. 관객은 이 텍스트의 규모 전체를 관람하고 가늠하지 못하며 '더 이상 참을 수 없어서' 그 자리를 떠나게 된다. 관객의 '포기와 단념'은 필연적인 것이다. 텍스트의 전체성을 파악하려는 시도는 좌절될 수밖에 없다. 관객들이 조형물 앞에 선 그 순간 어떤 문장을 만나게 될지는 '우연'의 소산이다. 한 권의 책은 독자의 독서 방향을 미리 규정해놓은 것이고, 예외적인 독서를 제외한다면 독자들은 페이지 순서에 따라 책을 읽어야 한다. 순서는 책의 의미와 논리의 구조를 구축하는 것이기도 하다. 하지만 LED 화면 속에서 출몰하는 문장들은 광고판의 언어가 그런 것처럼 즉각적으로 나타나고 사라진다. 문장들이 나타나면서 사라지기 때문에 그 전체 구조를 알 수 없고, 맥락을 이해하는 것조차 쉽지 않다. 그런데 바로 그 이유로 이 '흐르는' 언어들은 관념의 무게와 억압에서 벗어날 수 있다.

이제 제니 홀저의 언어는 공간적으로 부유하는 것만이 아니라 '시간적'으로 부유한다. 관객이 하필 그 순간에 그 문장을 맞닥뜨린다는 것은 우연적인 사건이 된다. 「당신을 위하여」라는 조형물이 한국의 국립현대미술관이라는 공간에 설치된다는 것, 이 부유하는 언어가 이 공간에 개입한다는 것은 무엇인가? 여기에 중요한 또 하나의 정치적 맥락이 도입된다. 그 언어들이 여성에 의해 발화된 언어라는 점은 이 작업에 다른 층위를 부여한다. LED 화면 속의 여성 언어는 나타나는 동시에 사라지며, 이 '나타남-사라짐'의 연속적인 과정 속에서 나타남과 사라짐은 동등한 사건이 된다. 여성 언어의 '나타남-사라짐'의 사건이란 지금 여기서 무엇인가? 이제 여기에 실려 있는 텍스트의 내부를 들여다보자.

2. 또 다른 여성 언어로서의 한국어
—— 김혜순과 한강의 경우

「당신을 위하여」에 실리는 한국어 텍스트는 김혜순과 한강의 시들이다. 제니 홀저의 작업에 한국의 여성 작가들의 텍스트가 실린다는 것은 중요한 정치적 맥락을 포함한다. 한국어는 세계문학장에서 소수 언어이고, 한국의 여성 작가들이 세계문학 시장에 활발하게 소개된 것도 오래되지 않았다. 한국문학장에서 여성 작가들은 '한국어' 문학이라는 '소수성'과 한국 사회에서의 젠더 시스템의 이중적인 제약 안에서 글쓰기를 밀고 나갔다. 김혜순과 한강의 시는 한국 여성 언어의 한 첨예한 사례라고 할 수 있는데, 「당신을 위하여」는 그 여성 언어가 다른 전시 매체를 통해 어떻게 재발견되는가를 보여주는 문제적인 사례이다.

김혜순의 시는 한국 여성시를 상징할 뿐만 아니라, 한국 현대시의 가장 첨예한 미학을 상징한다. 한국문학사에서 지난 40년간 김혜순은 남성 중심의 제도화된 문학들과 '작별'하는 싸움의 최전선에 있었다. 그의 초기 시들은 억압적인 남성 질서와 구별되는 여성적 시선의 특이성과 여성적 감각의 세계를 발견하는 성취를 거두었다. 그의 시는 여기에 머물지 않고 세계의 몸과 교류하는 개방된 겹의 몸으로서의 언술 형식을 만들어간다. 시가 다다른 지점은 다른 '여성-목소리'의 발명이라고 부를 수 있는 차원이다. 시인은 단지 노래하는 자가 아니라, 자기 몸의 깊은 곳에서 터져 나오는 신체의 리듬을 듣는 자이다. 김혜순의 방식으로 말하면 '시한다'는 것은 "내가 내 안에서 내 몸인 여자를 찾아헤매고, 꺼내놓으려는 지난한 출산 행위와 다름이 없다". 그러나 '시하기'의 주체는 단지 일인칭 '내'가 아니다. "시적 화자인 내가 아니라 내 속의 여자가 나로 하여금 여자를 낳도록 독려하는 것

이다."⁹

그의 시집 『죽음의 자서전』은 죽음이 몸속을 가로지르는 순간을 불러내고 이를 증언하는 '여성-목소리'의 장소이다. 이 시집에서 죽음은 사유의 대상으로서의 개념이 아니라 신체의 '사건'이며, '나 자신'의 죽음이다. 김혜순은 '여성-유령 화자'를 불러들여 49일의 제의를 치른다. 49일은 사람이 죽은 뒤 다음 생을 받기 전까지의 존재와 비존재의 중간상태로서, 불교에서 말하는 중음(中陰)의 기간이다. 이 시집에서 죽음이라는 절대적인 타자를 대면한 여성-유령 화자는 몸 없는 비존재로서 노래한다.

저 여자는 죽었다. 저녁의 태양처럼 꺼졌다.
이제 저 여자의 숟가락을 버려도 된다.
이제 저 여자의 그림자를 접어도 된다.
이제 저 여자의 신발을 벗겨도 된다.

너는 너로부터 달아난다. 그림자와 멀어진 새처럼.
너는 이제 저 여자와 살아가는 불행을 견디지 않기로 한다.

너는 이제 저 여자를 향한 노스탤지어 따위는 없어라고 외쳐본다.
그래도 너는 저 여자의 생시의 눈빛을 희번득 한 번 해보다가
네 직장으로 향하던 길을 간다. 몸 없이 간다.

9   김혜순, 『여성, 시하다』, 문학과지성사, 2017, pp. 11~12.

지각하기 전에 도착할 수 있을까? 살지 않을 생을 향해 간다.

—「출근—하루」 부분[10]

—

저는 저 세상에서 왔건만

지금 너는 저 세상을 임신 중이다

분만대에서 태어나는 중인 신생아처럼

제 무덤 속에 목을 집어넣은 여자가

휴대폰의 제 사진을 들여다보는 시간

묘지의 초록색 모자마다 웃는 얼굴들이 들어 있다

—「묘혈—열이레」 부분[11]

출근길에 갑자기 죽음을 마주한 여자는 자기 신체의 죽음을 목
격하고 몸 없는 삶, "살지 않을 생"을 향해 하루를 시작한다. 하루
의 시작은 몸 없는 생의 시작이며, 이미 죽은 생의 시작이다. 두
번째 시에서 죽은 여자에게 신체의 죽음은 죽음을 '잉태하고' '낳

10 김혜순, 『죽음의 자서전』, 문학실험실, 2016.
11 같은 책.

는' 행위와 다르지 않다. 임신한 여자의 죽음이라는 이미지는 '죽음'을 임신한 여자의 이미지로 변환된다. 여자의 죽음은 "저 세상을 임신"하는 사건이다. 죽음은 "제 무덤 속에 목을 집어넣은 여자"가 신생아처럼 자신의 죽음을 낳는 것이다. 김혜순의 시는 저자신의 죽음을 낳는 여자의 이미지를 통해, 다른 여성-유령 화자를 발명한다. 한국에서 일어난 모든 사회·역사적 죽음들을 가로지르면서, 다른 죽음을 '수행'하는 목소리가 여기에 있다.

비 내리는 동물원
철창을 따라 걷고 있었다

어린 고라니들이 나무 아래 비를 피해 노는 동안
조금 떨어져서 지켜보는 어미 고라니가 있었다
사람 엄마와 아이들이 꼭 그렇게 하듯이

아직 광장에 비가 뿌릴 때

살해된 아이들의 이름을 수놓은
흰 머릿수건을 쓴 여자들이
느린 걸음으로 행진하고 있었다

—「가을 저편의 겨울 11」 전문[12]

한강의 텍스트는 어떤 겨울 풍경을 보여준다. 한강은 소설가로 등단하기 전부터 시인으로 출발했다. 그의 소설에서 시적인 이미지와 표현을 발견하는 것은 그리 어려운 일이 아니다. 그의 문학을 널리 알려준 『채식주의자』(창비, 2007)에서 주인공 여성이 발설하는 독백들은 사회로부터 이해받지 못하는 분열증적인 언어이며, 질서를 거부하려는 여성적 육체의 언어이다. 자발적으로 사회의 타자가 되려는 여성의 식물적인 저항은, 신체가 나무로 화하는 시적인 순간을 향해 있다.

외국에서 쓴 것으로 알려진 위의 시에서, 이국적인 이미지를 마주한 언어들은 다만 풍경을 그리는 것이 아니다. 시인의 눈은 그 이국적인 풍경을 '관람'하는 데 멈추지 않는다. 비 내리는 동물원에서 어린 고라니와 어미 고라니를 마주한 것은 사소한 경험이다. 그 풍경에 개입하는 것은 "살해된 아이들을 이름을 수놓은/흰 머릿수건을 쓴 여자"들의 행진이다. 풍경에는 불현듯 시간성이 부여되고, 그 장면 안에 다른 정치적 시간이 틈입한다. 여자들의 느린 행진은 풍경을 완성하는 것이 아니라, 풍경을 깨뜨린다. 풍경에 대한 충격은 주체와 대상 사이의 시선 체계에 균열을 만드는 것이다. 행진하는 여자들의 틈입은 타인의 깊은 고통에 대한 윤리적 순간을 대면하게 한다. 타인의 고통은 시각적 스펙터클로 소비되는 것이 아니라. 그 고통에 자신이 연루되어 있다는[13] 감각을 충격한다. 이 연작시의 제목이 "거울 저편의 겨울"이

---

12 한강, 『서랍에 저녁을 넣어 두었다』, 문학과지성사, 2013.

라는 점을 상기해보자. 풍경은 대상으로서의 이국적인 이미지가
아니라, '거울-거울'의 풍경, '거울로서의 겨울 풍경'이다. 타인의
고통은 대상화된 이미지가 아니라, '내'가 함께 겪을 수밖에 없는
'거울 속 여성들'의 고통이다.

3. 남아 있는 목소리로서의 여성 언어
—— 에밀리 정민 윤, 스베틀라나 알렉시예비치, 호진 아지즈의 경우

「당신을 위하여」에 탑재된 영어 텍스트는 에밀리 정민 윤, 스
베틀라나 알렉시예비치, 호진 아지즈의 문장들이다. 이 문장들은
모두 '여성의 증언'이라는 성격을 공유한다. 이 증언의 언어들은
인터뷰 혹은 목격담을 통해서 여성이 겪은 시간을 전한다. 그 언
어들이 표현하는 여성의 시간들은 매우 참혹하다. 여성들은 형언
할 수 없이 가혹한 폭력의 세계에 노출되어 있다. 증언의 주체는
'당사자'가 아니라, 그 폭력의 경험을 전달하는 대리인이다. 여기
에는 '여성은 어떻게 증언할 수 있는가'라는 중요한 문제가 걸려
있다. 여성은 증언의 주체가 될 수 있는가? 혹은 '증언의 주체'란
무엇인가에 대한 피할 수 없는 질문을 마주해야만 한다.
　아우슈비츠의 생존자였던 프리모 레비를 통해 철학자 조르조
아감벤이 성찰했던 것 중의 하나는, 진정한 증인은 이미 '증언할

13　수전 손택, 『타인의 고통』, 이재원 옮김, 이후, 2004, p. 154 참조.

수 없는 자'라는 역설이다.[14] 비인간을 증언할 수 있는 것은 생존자이고, 이때 생존자는 비인간의 대리인, 비인간에게 목소리를 빌려주는 자이다. 증인은 말할 수 없는 자를 위해 말하는 자이다. 증언은 말을 못하는 자가 말을 하는 자에게 말하게 만드는 곳이며, 침묵하는 자와 말하는 자, 인간과 비인간의 구별이 불가능한 지대이다.[15] 전쟁의 시간은 여성들에게 말할 수 있는 위치와 기회를 박탈하며, 전쟁 이후의 시간 역시 다른 방식으로 증언을 불가능하게 만든다.

에밀리 정민 윤의 시들은 복합적인 정치적인 문맥을 포함한다. 일본 제국주의에 의해 저질러진 일본군 성노예 문제를 시로 쓴 에밀리 정민 윤은 미국의 한국인 이민자 1.5세대이다. 그의 시는 일본군 성노예와 관련된 자료들을 바탕으로 창작되었고 영어로 씌어져 있다. 이 시의 언어들은 성노예 경험의 '대리 증언'에 해당한다. 디아스포라의 삶과 감각은 성노예 피해자들과 이민자 1.5세대인 시인이 공유하는 지점이다.

에밀리 정민 윤의 시집 *A Cruelty Special to Our Species*(우리 종족의 특별한 잔인함에 대하여)의 1부 제목은 "An Ordinary Misfortune(평범한 불행)"이다. 이 시집에는 이와 같은 제목의 시가 다수 등장한다. 여기서 '평범함'은 두 가지 문맥을 동시에 가질 것이다. 일본군 성노예들이 겪은 불행은 처음에는 어떤 '평범

---

14   조르조 아감벤, 『아우슈비츠의 남은 자들』, 정문영 옮김, 새물결, 2012 참조.

15   같은 책, p. 181.

함'을 가장해서 피해자들에게 접근했다. 혹은 비인간적인 상황은 이 끔찍한 불행들을 평범하고 일상적인 것으로 만들어버린다. 이를테면 소녀들을 '배달'하는 것은 농민들이 수확한 쌀을 의무적으로 정부에 바치는 것과 마찬가지의 일상적인 일이었다.[16] 시는 비인간의 영역에서 벌어질 수 있는 일들이 일상이 되어버린 차마 말할 수 없는 장면을 증언한다.

어떤 시들은 성노예 당사자들의 실명을 시의 제목으로 하고 있으며, 그들의 목소리를 그대로 옮겨놓는다. 가령 위안소로 끌려가는 상황에 대한 장면의 묘사들은 생생하고 사실적이다. 증언의 목소리를 그대로 전달하기 때문에 경험에 대한 묘사는 직접적인 느낌을 준다. 여기서 시적 주체는 '듣는 자'이면서 '대신 증언하는 자'이다. 이 무서운 사실성은 일반적으로 리얼리즘 문학에서 말하는 사실성의 범주를 넘어선다. 사실성은 '내용'의 사실성을 넘어서 '목소리'의 사실성이다. 목소리는 단순히 재현되고 모방되는 것이 아니라, '듣다–말하다'가 동시에 일어나는 여성적 발화의 영역이다.

우크라이나 출신의 노벨문학상 수상 작가인 스베틀라나 알렉시예비치는 르포 작가였고 그의 소설 역시 르포적인 형식을 취하고 있다. 『전쟁은 여자의 얼굴을 하지 않았다』는 전쟁에 참전했던 2백여 명의 여성의 이야기를 인터뷰해서 기록한 책이다. 그의

---

16 Emily Jungmin Yoon, *A Cruelty Special to Our Species*, HarperCollins Publishers, 2018, p. 26 참조.

소설에서 문학적인 것과 여성들의 증언은 다른 차원에 있지 않다. '순수한' 문학이 상상력의 영역에 속한다는 서구 근대문학에서 수입된 장르 개념은 한국에서도 권위를 가지고 있었다. 한국에서 1980년대 노동 문학이 주창되었을 때, 노동자들의 수기는 왜 '문학'이 될 수 없는지의 문제가 근본적으로 제기되었다. 한 시대의 참혹함을 기억하고 기록하려는 증언의 주체들이 자신들의 언어로 말할 수 있다면, 그것은 왜 문학 제도의 영역에서 배제되어야만 하는가? 이런 도전적인 주장은 문학사의 전환의 시기에 등장한다.

전쟁의 시기는 인간으로서 여성의 존재를 지워버린다. 전쟁의 폭력이 남자들이 주도한 것이라면, 그 폭력의 그늘에 있는 것은 여성과 약자 들이다. 여성의 목소리로 전쟁을 말하는 것은, 전쟁의 폭력성과 참혹함을 다른 관점과 감각으로 드러낸다. 여성들은 '전혀 다른 전쟁'을 살았다. 여성들은 전쟁을 둘러싼 이념과 명분에 대해 말하지 않으며, 신체가 경험한 감각에 대해 말한다. 이를테면 첫 생리가 있던 날, 총탄에 맞아 다리가 불구가 되어버린 소녀의 목소리를 들을 수 있다. 이 텍스트 역시 인터뷰에 응했던 당사자들의 실명이 등장한다. '클라브디아 그리고리예브나 크로히나, 상사, 저격수'는 생전 처음 사람을 죽이고는 "그 사람에 대해 아무것도 모르면서 죽였어"라는 충격에 빠지지만, "잿더미 속에 사람들의 뼈가 있고, 그 뼈들 사이로 까맣게 탄 별모양이 보이는" 경험을 하고는, "아무리 적병을 죽여도 더 이상 괴롭지 않았어"라고 고백한다. 이 여성은 "전쟁이 끝나고 나는 백발이 되어 집으로 돌아왔어. 겨우 스물한 살에 노파처럼 머리가 하얗게 세버린 거야"[17]라고 기억한다. 고통스러운 신체의 기억들은 명분과 이념의 세계와는 아무 상관도 없는 것이다. 여성이 신체를 통해 감각한 세계는 그 목소리 자체로 충격을 안겨준다.

호진 아지즈 박사의 텍스트는 '일기'의 형식으로 되어 있다. 호진 아지즈는 남부 쿠르드족(북 이라크) 출신의 학자, 운동가, 시인이다. 가장 최근까지도 지속된 살육의 현장 가운데 있었던 여성의 일기는 증언의 글쓰기이기도 하다. 이 텍스트에서의 일기는 시리아 북부 로자바Rojava에 머물면서 코바니Kobanê의 재건에 참여했던 경험을 담고 있다. IS의 거듭되는 공격 속에서도 민주적인 공동체의 재건을 위해 힘쓰는 지난한 과정을 담고 있다.

호진 아지즈의 일기는 '국가 없는 여성'이라는 위치에서 씌어졌다는 측면에서 문제적이다. 호진 아지즈가 처한 상황에서 여성은 중층적인 억압과 폭력의 굴레에 갇혀 있다. 일상적인 폭력의 상황에서 생존을 지켜야 하는 문제와 중동 사회에서 여성의 사회적 존재 위치를 재구성해야 하는 두 가지 무거운 문제들이 가로놓여 있다. 여기에서 '여성의 해방'은 군사적 해방뿐만이 아니라, 사회와 정치, 공공 및 민간 영역, 경제 및 인종 문제, 젠더와 종교 문제 같은 여성이 처한 삶의 모든 측면을 포괄해야 하는 문제가 된다. 이 일기 속에서 '어린아이들의 몸이 계속 떨어져 내리고'

---

17 스베틀라나 알렉시예비치, 『전쟁은 여자의 얼굴을 하지 않았다』, 박은정 옮김, 문학동네, 2015, p. 74.

'폭탄은 굶주림만큼이나 평범한 것'이 되어버린 참혹한 전쟁 상황에 대한 공포의 증언이 있다. 또한 학살과 억압을 거부하고 저항하는 분노와 용기가 담겨 있다. '평화롭고 안전하게 살 수 있는 권리는 협상할 수 없는 인간의 권리이다' 선언이 있고, 억압에 저항하며 다시 태어난 여성들이 '바람처럼 불멸하며' '시간처럼 끊임없는 존재가 된다'는 여성적 연대의 시적 표현이 있다. 호진 아지즈의 일기는 활동가의 나날의 삶에 대한 기록이면서 예외적인 상황에 대한 목격담이고, 여성들에 대한 연대의 요청이다. 호진 아지즈의 '계몽적인' 목소리는 그러나 영웅주의적인 남성의 목소리가 그런 것처럼 억압적인 권위를 갖지 않는다. 그녀의 목소리는 '국가'와 '권력'이라는 배경을 전혀 갖지 않기 때문이다.

에밀리 정민 윤, 스베틀라나 알렉시예비치, 호진 아지즈의 텍스트를 '살아남아 있는' 여성의 증언을 담고 있다. 남아 있다는 것은 언제나 '무엇'과 '누구'에 대해서 남는 것이다. 살아남는다는 것은 항상 "'무엇을' 견뎌내는 것, '누구보다' 오래 사는 것이므로 그 무엇 또는 누구와의 관련을 내포하고 있다."[18] 남은 자는 남지 않은 자의 자리에서 남은 자이며, 남는다는 것은 죽음보다 오래 남는다는 것이다. 남아 있는 여성이 말하는 자 혹은 글 쓰는 존재가 된다는 것은, 사라진 '누구-여성'의 목소리 안에서이다. 남아 있는 '나'는 사라진 '너'와 구별되지 않으며, 남아 있는 자는 사라진 자를 통해서 말할 수 있다.[19] 여성의 목소리는 사라진 자

18   조르조 아감벤, 같은 책, p. 198.

들의 침묵을 대리한다.

4. '당신'은 이 공간

— 시간에 어떻게 개입하는가?

다시 텍스트 내부에서 빠져나와 제니 홀저의 작업으로 돌아가
보자. 제니 홀저의 작업에서 여성의 증언은 '전시되지 않는 방식'
으로 전시된다. 제니 홀저의 작업은 '전시란 무엇인가' '미술관이
란 무엇인가' 하는 근본적인 질문들을 떠올리게 만든다. 전시가
전시의 주체와 전시의 대상, 관람의 주체와 관람의 대상이라는
위계를 만든다면, 제니 홀저의 전시는 이 위계를 다른 방식으로
변형한다. 국립현대미술관이라는 특정한 공간에 여성의 언어들
이 전시된다는 것은 무엇인가 하는 질문이 떠오른다. 작품이 위
치한 서울관은 한국 현대사가 농축된 장소이다.[20] 예술가와 관객
들은 자신들의 방식으로 그 역사적인 장소의 재의미화 과정에 참

---

19   졸고, 「남은 자의 침묵: 세월호 이후에도 문학은 가능한가」, 『문학과사회』
2014년 겨울호 참조.

20   국립현대미술관 서울관의 역사는 한국 현대사의 역사이기도 하다. 이 장소
는 1928년 경성의학전문학교 부속의원의 외래진찰소였으며, 광복 후 서울대학
교 의과대학 제2부속병원과 육군통합병원으로 쓰였고, 1971년부터 군 정보기
관인 국군기무사령부에 의해 사용되었다. 기무사가 군사정권하에서 어떤 역할
을 수행했는가를 상기해보면 이 공간이 '국립현대미술관'이 되었다는 것은 여러
가지로 상징적이다. 이런 질문은 피할 수 없다. 국가가 미술관을 짓는다는 것은
무엇인가? 미술관은 국가의 정체성을 위해 어떤 기능을 하는가?

여할 수 있다.

현대의 미술관은 전시 가치뿐만이 아니라, 투기 가치와 제의적 가치까지를 생산하는 문화 산업의 공간이다. "미술 공간은 공장이자 슈퍼마켓이고, 도박장이며",[21] 숭배의 공간이기도 하다. 설치미술은 전통적인 전시 공간과는 다른 공간의 연출을 가능하게 한다.[22] 설치미술의 공간은 창시자로서의 예술가의 역할에 의해 만들어졌지만, 그 공간의 의미화 과정은 "다중의 경쟁하는 주권자들인 큐레이터, 관객, 작가, 평론가로 구성된다".[23] 입법자로서의 예술가인 제니 홀저가 만들어낸 공간의 의미화는 그곳에서 '경쟁하는 주권자들'에 의해 이루어진다. 제니 홀저의 공간에서 관객들은 고정된 의미를 가진 언어들을 수동적으로 만나는 것이 아니며, 그 공간의 궁극적인 의미는 결정되어 있지 않다.

여성들의 증언이 '읽히지만 읽히지 않는 방식'으로 전시된 이 공간의 의미는 확정되지 않았다. 여성들의 언어는 다만 오브제가 될 수 없으며, 어떤 만남과 상황을 만든다. 관객은 '지금-여기'의 미학적·정치적 감각을 다시 만들어갈 수 있다. 예술의 미학적·정치적 의도와 그것이 효과 사이에는 어긋남이 있을 수밖에 없다. 이 연출

21 히토 슈타이얼, 『스크린의 추방자들』, 김실비 옮김, 워크룸프레스, 2018, p. 86.
22 전통적인 전시 공간은 작품이 축적되고 관람자의 동선에 따른 순차적인 배열이 구현되는 중립적인 공간이지만, 설치미술의 공간은 '입법자'로서의 예술가의 '주권적 의지'가 전시 공간 전체로 확장된다. 방문객 집단으로 이 공간에 들어가게 되면 관람자는 '다중'으로 구성된다. 설치미술 공간은 "방문객이 이 공간을 예술 작품의 전체론적 총체적 공간으로 경험하게끔 유도한다"(Boris Groys, "Politics of Installation", *e-flux Journal no.2*, 2009).
23 히토 슈타이얼, 같은 책, p. 100.

된 공간에서 관객과 미술, 관객과 관객이 만났을 때 무슨 일이 일어날지는 예상할 수 없다. 관람자가 '해방된 관객'이 되는 것은 작품 그 자체의 필연적인 효과가 아니라, 수용자의 행위를 통해서이다. 관객은 언어들의 스펙터클에 대한 능동적인 해석가이다.[24]

제니 홀저의 작업은 이 공간의 의미를 불확정적인 것으로 만들고, 여성 언어들이 부유하는 '시간'을 체험하게 한다. 관객은 여기에서 무엇을 보거나 읽는 것이 아니라, 다른 시간-공간을 '우연히' 만난다. 이 공간에서 여성 언어들은 하나의 이념과 전체성으로 환원되지 않으며, 시각적인 스펙터클로만 소비되지도 않는다. 여성 언어들은 친절하게 관객에게 말을 건네지 않으며, 어떤 분노와 고통을 직접적으로 전달하지도 않는다. 여성 언어들은 부유하거나 흘러가고, 그 앞에서 관객들은 어떤 언어의 순간적인 정지를 경험한다, 그 '현현'의 순간은 관객의 예기치 않은 발걸음과 우연한 시선이 만들어낸다. 여성 언어는 그 언어의 맥락과 위치를 변형하는 수용자에 의해 재정치화된다. 만약 더 깊은 고통의 언어를 체험하고 싶다면, 한 걸음 더 안으로 들어가서, 깊은 숨을 쉬어야 한다. 머뭇거리는 어떤 순간, 형언할 수 없는 여성들의 증언들을 발견한다. 단 하나의 문장이 섬광처럼 들이닥친다. 그 문장이 무엇인가는 중요하지 않다. 그 문장은 익명의 문장이며, 이미 '당신'의 문장이다. 그 순간을 만드는 것은 제니 홀저가 아니라 '당신'이다.

(2020)

24   자크 랑시에르, 『해방된 관객』, 양창렬 옮김, 현실문화, 2016, p. 25 참조.

3. 얼굴 없이

무한한 애도
― 진은영과 김애란은 어떻게 정치적인가?

1. '2013 체제'의 유예와 문학의 정치성

정권 교체로서의 '2013 체제'는 도래하지 않았다. 아이러니하게도 '2013 체제'의 사산(死産) 혹은 유예는 다른 방식으로 문학과 정치의 문제를 재성찰하게 만드는 조건이 되었다. '2013 체제'의 좌절은 마르크스가 '결정적인 세계사적 사건은 반복된다. 그리고 그것은 한 번은 비극으로, 또 한 번은 소극(笑劇)으로 끝난다'라고 쓴 이래, 4·19 이후 김수영의 "혁명은 안 되고 나는 방만 바꾸어 버렸다"[1]라는 시적 진술이 제출된 이래, 낯익은 역사의 반복처럼 보이기도 한다. 이 사태는 보통선거에 기초한 의회에서 '대표성' 혹은 정당정치와 그 정치 언어가 실제 계급 관계와 어긋날 수밖에 없다는 것, 대의민주제라는 근대국가 형태가 지니는 구조적 빈틈과 오류는 반복될 수밖에 없다는 것을 보여주는 것일 수도 있다. 그런 의미에서 이것은 '현실의 자본-국가의 반복 강박'(가라타니 고진)이라고 할 수도 있다. 그렇다면 '2013 체

---

1 「그 방을 생각하며」,『김수영 전집 1: 시』, 민음사, 2008, p. 205.

제론'은 자본-국가의 반복적인 구조에 대한 발본적 사유를 처음부터 결여하고 있는 것은 아닌가? 시인 진은영이 랑시에르를 인용하면서 '감각적인 것의 분배'로서의 문학과 정치의 조우를 언급한 이래, 이 의제는 젊은 평론가들 사이에서 치열하고 매혹적인 테마 가운데 하나가 되었다. 문학의 정치성이 그 내용적인 측면이 아니라, 감각과 미학이라는 매개의 문제로서 의제화되었다는 측면에서 이 논의는 의미 있는 것이다. 하지만 문학에서의 정치성이, 정치적 내용을 다루는 문학이나 정치에 봉사하는 문학이 아니라, 감각의 차원에서의 문학의 정치적 실천과 효과에 관련된다는 것은 새삼스러운 일이 아니다. '모든' 문학은 '이미' 정치적이라는 명제는 낯익은 것이기도 하다.[2] 그리하여 이 논의가 정교화되어갈수록, 문학과 정치의 불연속성을 메우려는 사변적 노력은 점점 피곤해지고, 그 '정치적 효과'라는 것이 비약과 과장을 무릅쓰는 것이 아닌가 하는 의구심이 끈질기게 따라다니게 된다. 이런 논의의 연장선상에서 '시의 정치성'의 대상이 시인이 아닌 시 자체이며, "시로 있음으로서의 사후적 확인을 요구하는 또 하나의 가능한 해석"[3]의 영역이라는 분석과, "정치적 윤리적 미적인 것은 기존 장에서 특정한 입장을 채택하면서 개입하고, 정치학적 윤리학적 미학적인 것은 최상의 경우에 앞의 것들이 근거하고 있

---

2   문학의 '사소한' 정치성에 관해서는 졸고,「굿바이! 휴먼: 탈내향적 일인칭 화자의 정치성」「이토록 사소한 정치성의 발견」,『탈내향적 일인칭 화자의 정치성』, 문학과지성사, 2006 참조.
3   강계숙,「시의 정치성을 말할 때 물어야 할 것들」,『문학과사회』2009년 가을호, p. 388.

는 장 자체를 성찰하게 만드는 의제를 제기한다"[4]는 구분, "동일성 사유에 의한 대상의 포획에서 벗어나, 나의 세계 밖에, 내 인식 너머의 다른 존재자들의 '있음'을 경험"[5]하게 해주는 것으로서의 예술과 정치의 접합 가능성을 얘기할 수 있게 되었다.

이런 논의를 재맥락화하여, 삶의 영역과 언어의 영역에서의 문학과 정치의 분열을 넘어서기 위해서 문학의 정치성이라는 문제를 '글쓰기의 (비)주체'의 문제와 연관해서 이해할 수는 없을까?[6] 정치가 삶의 방식 안에서 주체들의 공간과 경험의 분할이라고 한다면, 실천적인 의미에서의 정치는 그 분할의 질서를 변형하는 문제에 해당한다고 할 수 있다. 그것은 결국 다른 '삶-언어'의 가능성, 혹은 다른 삶-언어의 방식으로의 변환의 문제이다. 다른 삶의 가능성과 만나는 문학은 주체의 동일성이라는 사유에 갇혀 있는 문학이 아닐 것이다. 그것은 주체의 소멸과 '익명성'으로의 이행을 통해 타자의 삶-언어와 만나는 문학이다. 타자의 삶과 만나는 주체는, '흔적' 혹은 '유령'으로만 남아 있거나 이미 제거된 타자를 다시 말하게 하는 '나'이고, 타자를 '나의 타자'로 환원하거나 전유하지 않고서 타자의 자리에서 말하는 (비)주체이다. 타자를 '나'로 환원하지 않고서 타자에게 응답하고자 하는 '나'의

4   신형철, 「가능한 불가능」, 『창작과비평』 2010년 봄호, p. 374.
5   김형중, 「문학과 정치 2009」, 『문학과사회』 2009년 가을호, p. 357.
6   이장욱과 진은영이 김수영의 '온몸의 시학'을 중심으로 시와 정치의 문제를 사유하고 있는 것도 이런 맥락과 무관하지 않을 것이다. 이장욱, 「시, 정치 그리고 성애학」, 『창작과비평』 2009년 봄호; 진은영, 「한 진지한 시인의 고뇌에 대하여」, 『창작과비평』 2010년 여름호 참조.

(불)가능한 실천은 윤리적이며 동시에 정치적인 것이다. 그런 맥락에서 문학의 정치성은 타자의 윤리학과 맞닿은 글쓰기의 실천적 지점에 자리한다.

문학이 다른 삶-언어의 가능성에 대한 정치성의 영역이라면, 혁명은 다른 삶의 결정적인 도래를 의미할 것이며, 동일화의 거대한 힘에 대한 전면적인 저항을 의미할 것이다. 그러나 혁명의 유예와 망실이라는 현대적 조건 속에서, 문학은 필연적으로 다른 삶-언어를 둘러싼 '애도의 형식'을 띨 수밖에 없다. 애도의 대상이 사랑하는 사람을 포함한 자유와 이상(理想)일 수 있다는 프로이트의 명제[7]를 따라, 이상의 상실은 그것에 대한 애도의 형식을 가져올 수 있다. 그렇다면 문학과 정치 사이의 매개적 형식의 하나로 다시 '애도'를 사유할 수는 없을까? 애도의 미학적 정치적 차원을 재맥락화함으로써 문학과 정치의 관계를 둘러싼 또 다른 문맥을 만들어낼 수는 없을까?

2. '대기 상태'로서의 애도, 미학적인 애도

프로이트가 말한 바의, 상실한 대상에 대한 리비도를 철회해가는 정상적인 애도 작업의 실패가 우울증을 가져온다고 한 논

---

7   지크문트 프로이트, 『정신분석학의 근본 개념』, 윤희기·박찬부 옮김, 열린책들, 2003, p. 244 참조.

리. 다시 말하면 대상의 상실과 애증의 병존, 자아로의 리비도 퇴행 과정을 병리적인 우울증으로 설명한 것을, 해체적으로 재구성하며, 그것에 윤리성의 의미를 부여한 것은 데리다였다. 애도 작업에 관한 정상적인 결과는 불가능하며, 애도 작업은 항상 불충분하여 애도의 필연성 및 불가능성이라는 역설 또는 이중 구속을 낳을 수밖에 없다.[8] 애도의 윤리가 시작되는 지점은 애도의 불가능성을 받아들이는 것이며, 애도의 실패가 진정한 애도의 과정이라면, 애도는 끝없이 계속될 수밖에 없다. 이 지점에서 조금 더 나아가 애도의 윤리성은 애도의 정치성과 맞닿아 있고, 애도는 언어 행위의 과정이라는 점을 이해할 필요가 있다. 입사의 과정으로서의 정상적인 애도 과정의 실패는 단순히 병리적인 결과를 낳는 것이 아니라, 애도의 불가능성을 둘러싼 다른 미학적·정치적 실천을 생성한다. '애도의 성공을 위한 타자성의 축소'에 대한 거부는 타자의 윤리학과 연결되어 있고, 그것은 정치적 공동체의 감각과 이어져 있다.[9]

8   자크 데리다, 『마르크스의 유령들』, 진태원 옮김, 이제이북스, 2014, p. 390 참조.
9   애도의 정치적 차원에 대한 가장 적극적인 논리는 주디스 버틀러에 의해 제기되었다. "슬픔을 사유화 한다고, 슬픔은 우리를 고독한 상황으로 회귀시킨다고, 그런 의미에서 슬픔은 탈정치화한다고 생각하는 사람들이 많다. 그러나 나는 슬픔이 복잡한 수준의 정치공동체의 느낌을 제공하고, 슬픔은 무엇보다도 우리의 근본적인 의존성과 윤리적 책임감을 이론화하는 데 중요한 관계적 끈을 강조함으로써 그렇게 한다고 생각한다. [……] 애도로부터, 애도와 함께 머무르기로부터, 폭력을 통해 애도를 위한 해결책을 찾으려 하기보다는 피할 수도 견딜 수도 없는 애도의 노출되는 것으로부터 뭔가 얻을 수 있는 것이 있지 않을까? 우리의 국제적인 인연을 생각해볼 수 있는 틀의 일환으로 애도를 유지함으로써 정치적 영역에서 뭔가 얻을 수 있지 않을까?"(주디스 버틀러, 『불확실한 삶: 애도

미학의 차원에서 애도는, 현실원칙이라는 자기보존의 메커니즘을 따라가는 정상적이고 건강한 리비도의 경제학을 추구하는 것이 아니다. 그것은 리비도가 자기 안에 고여 있는 병적인 나르시시즘으로서의 우울증도 아니다. 미학적 주체는 오히려 그 애도의 불가능성에 오래 머무는 자이다. 프로이트적인 의미의 애도와 우울증이 상실된 대상을 무엇으로 '대체'하는가에 문제에 초점이 맞추어져 있다면, 미학적 차원에서 애도의 주체는 '대체의 경제학'을 따라가지 않는다. 오히려 대상의 '부재'로 하여금 말하게 하는 바로 그 장소를 드러낸다. 그리고 그 장소는 그 '부재하는 것'을 둘러싼 다른 기다림의 장소이다. 이때 그 슬픔은 얼마나 새롭고 고유한가? 이 애도의 주체는 얼마나 래디컬한가? 이것은 '부재의 미학'을 둘러싼 윤리이며, 정치성의 가능성이다.

> 애도: 그건 (어떤 빛 같은 것이) 꺼져 있는 상태, 그 어떤 '충만'
> 이 막혀 있는 그런 상태가 아니다. 애도는 고통스러운 마음의 대기
> 상태다: 지금 나는 극도로 긴장한 채, 잔뜩 웅크린 채, 그 어떤 '살아
> 가는 의미'가 도착하기만을 기다리고 있다.[10]

롤랑 바르트가 자신의 『애도 일기』에서 "애도"를 일종의 "대기 상태"라고 했을 때, 그것은 일종의 기다림, 기다림의 지속되는

와 폭력의 권력들』, 양효실 옮김, 경성대학교출판부, 2008, pp. 49~59).
10   롤랑 바르트, 『애도 일기』, 김진영 옮김, 이순, 2012, p. 90.

상태이다. 미학적인 애도는 그 대기 상태의 언어라고 할 수 있다. 그 언어는 결코 완결될 수 없는 슬픔을 새로운 미학적 사건으로 만들며, 그것을 무한의 영역으로 옮겨놓는다. 애도의 언어는 부재에 매혹된, 부재를 노래하는, 부재로 하여금 말하게 하는 언어이다. 그런 의미에서 애도의 미학적 주체는 '무한히 죽는 자'[11]로서의 오르페우스일 것이다.

미학의 차원에서 애도의 (비)주체는 상실된 대상에 대한 애도를 하나의 이야기로 실현하는 작가를 의미하는 것은 아니다. 오히려 감성의 분할이라는 매개의 문제에서 애도는 글쓰기와 발화의 방식 안에서 경험되는 것이라고 할 수 있다. 그것은 작가의 창작 행위 자체에 국한된 것이 아니라, 그 미적 경험의 형태의 문제이다.[12] 따라서 애도라는 테마를 둘러싼 문학의 정치성은 애도의 내용을 다루고 있는 문학에 국한되는 것이 아니라, 타자성을 축

---

11 "하지만 노래 속에서도 에우리디케는 이미 상실된 존재이고 그리고 오르페우스 자신이 흩어진 오르페우스, 노래의 힘이 이제부터 그렇게 만드는 '무한히 죽는 자'이다. 그는 에우디리케를 잃어버린다. 그는 그녀를 노래의 적정 한계를 넘어서까지 욕망하고, 그리고 자기 자신을 상실하기 때문이다. 하지만 이런 욕망, 잃어버린 에우리디케, 흩어진 오르페우스는 작품에 영원한 무위의 시련이 필요하듯이 노래에 필요한 것들이다"(모리스 블랑쇼, 『문학의 공간』, 이달승 옮김, 그린비, 2010, p. 253).

12 "자율적 경험 형태로서 예술은 감성의 정치적 분할을 건드린다. 예술의 미적 체계는 자율적 예술과 타율적 예술 사이의, 예술을 위한 예술과 정치에 봉사하는 예술 사이의, 박물관의 예술과 거리의 예술 사이의 모든 대립을 사전에 거부하는 양식에 입각해 예술의 식별 형태와 정치적 공동체 사이의 관계를 만든다. 왜냐하면 미적 자율성은 모더니즘이 찬양한 예술적 '행위'의 자율성이 아니기 때문이다. 그것은 감각적 경험 형태의 자율성이다"(자크 랑시에르, 『미학 안의 불편함』, 주형일 옮김, 인간사랑, 2008, p. 65).

소하는 방식으로서의 정상적인 애도 과정을 거부하고, '불가능'으로서의 애도를 미적으로 추구하는 모든 문학의 영역에 포함된다. 애도의 '글쓰기-글 읽기'는 예술의 존재론적 의미를 사유하게 하는 동시에 상실한 대상에 대한 윤리적·정치적 응대의 순간을 드러낸다.

그러나 문학과 정치의 사이에 '애도의 형식'이라는 하나의 매개항을 위치시킨다고 해도 그 개념 사이의 거리가 완전히 해소되지 않는다. 중요한 것은 개별적인 텍스트, 개별적인 글쓰기-글 읽기의 고유성 안에서 정치적인 것을 말할 수 있는 것이다. 그런 관점에서라면 모든 문학은 '각기 다른 방식'으로 정치적이며, 문제는 그 개별적인 방식의 심층이다. 어떤 사변적인 명제도 개별적인 '텍스트의 고독' 앞에서 무기력하다. 여기 우리 시대의 두 애도의 글쓰기-글 읽기가 있다. 진은영과 김애란의 텍스트는 그 애도로서의 문학이 각기 고유한 방식으로 정치성에 도달하는 사례, 우리 시대의 애도의 글쓰기-글 읽기가 가닿은 하나의 매력적인 문학적 장소를 대면하게 해준다. 여기서 진은영과 김애란은 정치적인가?라는 질문은, 진은영과 김애란은 어떻게 정치적인가?라는 질문으로 전환된다.

3. 진은영——'있음'의 윤리와 시적 환대

진은영의 세번째 시집 『훔쳐가는 노래』(창비, 2012)는 시와 정치를 둘러싼 논의에서 문제적인 텍스트이다. 그것은 시인의 에세이와 정치적 활동의 연장선상에서 그렇다는 의미가 아니라, 시 쓰기의 다른 가능성이라는 측면에서 문제적이라는 의미이다. 「있다」라는 시를 통해 그 가능성에 대해 사유해보자.

창백한 달빛에 네가 너의 여윈 팔과 다리를 만져보고 있다
밤이 목초 향기의 커튼을 살짝 들치고 엿보고 있다
달빛 아래 추수하는 사람들이 있다

빨간 손전등 두 개의 빛이
가위처럼 회청색 하늘을 자르고 있다

창 전면에 롤스크린이 쳐진 정오의 방처럼
책의 몇 줄이 환해질 때가 있다
창밖을 지나가는 알 수 없는 사람들이 있다

있다고, 말할 수 있을 뿐인 때가 있다
여기에 네가 있다 어린 시절의 작은 알코올램프가 있다
늪 위로 쏟아지는 버드나무 노란 꽃가루가 있다
죽은 가지 위에 밤새 우는 것들이 있다
그 울음이 비에 젖은 속옷처럼 온몸에 달라붙을 때가 있다

확인할 수 없는 존재가 있다

깨진 나팔의 비명처럼

물결 위를 떠도는 낙하산처럼

투신한 여자의 얼굴 위로 펼쳐진 넓은 치마처럼

집 둘레에 노래가 있다

—「있다」전문

  이 시가 시집의 처음에 실려 있다는 것은 '서시'로서의 위치를
짐작하게 해주며, 일종의 '시론'의 뉘앙스가 포함되어 있다고 할
수 있다. 하지만 그런 추측들을 잠시 유보하고, 이 시의 언어들의
존재론에 집중해보자. 이 시는 "있다"라는 제목이 붙어 있고, '있
다'라는 종결어미를 가진 13개의 문장으로 이루어져 있다. '있다'
는 동사와 보조동사 혹은 형용사로서의 역할을 수행하고, 이 시
에서도 움직임, 상태, 존재를 포함하는 다양한 문법적 의미론적
역할을 떠맡고 있다. 우선 (보조)동사적인 의미에 가까운 '있다'
는 "다리를 만져보고 있다" "엿보고 있다" "하늘을 자르고 있다"
등의 문장으로 시의 전반부에 주로 배치되어 있다. 시의 후반부
로 갈수록 '있다'는 동사적인 의미보다는 '존재' 그 자체의 의미
를 가지게 된다. 이 시에서 '있다'라는 술어의 주어들은 "네가"가
두 번 등장하는 것 이외에는 반복되지 않는다. 이 시는 14번의 술
어 "있다"와 13개의 각기 다른 주어들로 구축되어 있다. 여기서
우선 먼저, 하나의 시적 자아와 다양한 술어들로 구성되는 '서정
시'의 기본 문법과 비교할 때, 이 시에서의 '시적 자아'의 축소와
주어들의 다원성에 대해 얘기할 수 있을 것이다.

이 시에의 의미론적 맥락을 구성하기 위해서는 그 13개의 각기 다른 주어들 사이의 연관성을 가정해야 하지만, 그 논리적 연관성을 추론한다는 것은 거의 불가능하다. 그 각기 다른 주어들은 다만 독립적으로 '있으며', 그들 사이의 연관성은 독자의 읽기의 영역에서 '상상적'으로 구축될 수 있는 가능성으로 남아 있다. '있다'라는 술어의 주어들의 이러한 비동일성 혹은 산포는 이 시에서 시적 자아의 구축을 거의 불가능한 것으로 만든다. 시적 주체가 술어들의 작용을 받는 객체들에 의해 구성되는 것이라면, 이 시에서 시적 대상의 산포는 하나의 시적 주체의 동일성을 저지시킨다. 그럼 이 시에는 어떤 주체가 남는가? 특정한 발화들을 수행하는 개별 문장의 주체, 하나의 인격적 동일성으로 환원되지 않고, 주체성을 갖지 않는 복수의 익명적인 발화 주체만이 남는다. 그 주체(들)은 개별적인 사물들에 대해 다만 '있다'라고 말하는 '최소 발화 주체(들)'이다. 물론 이 시에서 발화의 중심점을 생각해볼 수는 있다. "있다고 말할 수 있을 뿐인 때가 있다"라는 문장에서 그 발화의 시간적 기준점을 상상할 수 있고, "확인할 수 없는 존재가 있다"라는 문장에서 그 주어들의 개별성을 관통하는 특이성으로서의 "확인할 수 없음"을 확인하는 주체를 생각할 수 있다.

이 시에서의 미적 특이성은 단 하나의 시적 자아의 동일성이 아니라, 익명적인 주체(들)이 만드는 이미지의 병치적인 존립 방식이다. '~처럼'이라는 조사가 등장하는 문장들에서 반복적으로 직유가 나타나는데, 이 직유들은 이질적인 것들의 접속을 통해 원관념의 상투적인 동일성을 뒤흔든다. "울음이 비에 젖은 속옷처럼 온몸에 달라붙을 때"라는 문장에서 '울음'의 청각성은 육체성을 가진 가시적인 것으로 변환된다. 그런데 이 시의 전체적인 구조는 이질적인 이미지들의 병치가 만들어내는 환유적인 세계이다. 환유는 이질적인 이미지들을 연계하며, 이 이미지들의 연계는 타자들의 세계를 받아들이는 시적 존재론에 속한다. 이런 문맥에서 이 시의 환유는 타자의 윤리학에 위치한다. 이 시의 이미지들은 인식 가능한 것으로서의 대상이 아니다. 이미지들은 실재와 동일성의 세계를 중지시키고 대상에 대한 인식을 "확인할 수 없는" 것들의 (비)존재를 둘러싼 상상적 차원으로 전환시킨다. 이미지들은 하나의 주체에 속하지 않고 떨어져 나와서 다른 삶-언어의 가능성과 조우한다. 이미지들은 "투신한 여자의 얼굴 위로 펼쳐진 넓은 치마"라는 강렬한 직유가 환기시키는, "집 둘레에 노래"로서의 타자들의 시간을 불러들인다.

이것을 "확인할 수 없는 존재"들에 대한 애도로서의 시 쓰기라고 부를 수 있다면, 그 '확인할 수 없음'은 인식 불가능한 대상이라는 층위에만 국한되는 것은 아니다. 또한 "확인할 수 없는 존재"들을 사회적으로 배제된 사회적 약자의 은유로만 이해하는 것 역시 충분히 미학적이지도 정치적이지도 못하다. '확인할 수 없는 존재들'은 비실재적이고 흔적으로 남아 있는 타자들이며, 일종의 '비가시적인 가시성'으로서의 '유령'이다. 중요한 것은 이 시에서의 동일성의 체제에 귀속되지 않고 타자들의 이미지를 불러들이는 다른 미적 (비)주체의 탄생이다. "투신한 여자의 얼굴

위로 펼쳐진 넓은 치마"의 이미지를 의식하지 않더라도, 이 시는 시간-공간적으로 사라진 것들에 대한 애도이며, 호출이라고 할 수 있다. 이런 타자에 대한 애도를 '시적 환대'라고 불러도 될까?

이런 '시적인 것'의 변환은 문학과 문학 제도와 그것이 속한 표상 체계와 상징 질서의 균열을 시험한다. 이런 글쓰기가 당대의 지배 이데올로기와 권력의 질서를 무너뜨리는 폭발적인 무기가 되지 않는다 하더라도, 적어도 이 세계를 지탱하는 거대한 동일성의 언어들과 결별하는 다른 글쓰기의 장소가 된다는 것은 미학적으로 매력적이며 정치(학)적으로 불온한 사태이다. 그리고 그 사태의 문학적·정치적 효과가 무엇인가는 끝내 미지의 영역으로 남아 있으며, 이 '미지의 효과'야말로 문학의 정치적 가능성의 심층이다. 시적인 것의 정치적 효과는 '어떤 미래'처럼 주어져 있다.

4. 김애란
── '애도의 박탈'에 대한 두 겹의 애도

김애란의 「물속 골리앗」[13]은 최근 한국 단편 가운데 정리 해고와 재개발로 상징되는 사회 현실을 부각시키고 있다는 측면에서 화제가 될 수 있다. 그것은 또한 가족로맨스와 청춘의 입사식의

13　『비행운』, 문학과지성사, 2012. 이하 인용은 본문에 쪽수만 밝힌다.

좌절을 주로 서사화하던 김애란 문학의 사회적 확장으로 평가할 수도 있다. 하지만 이 소설에서 애도의 서사를 문제화하여, 소설의 정치성에 대해 질문하는 다른 방법을 생각해볼 수 있다.

이 일인칭 소설에서 표면적인 서술자는 생존의 위협을 느낄 수밖에 없는 완벽한 고립 속에서 부모의 죽음을 감당해야 하는 소년이다. 하위 주체subaltern로서의 소년이 말하게 하는 것, 그리고 소년으로 하여금 부모의 죽음과 도시의 죽음 가운데서 항해하게 하는 것은 이 소설의 기본 설정이다. 소설은 폭우와 수해라고 하는 재난의 시간을 묘사하고 있고, "오래전 수도(首都)에서 밀려난 이들이 허허벌판에 둥지를 튼 곳"(p. 87)으로서의 '대안도시'의 재개발구역이라는 사회적 공간을 설정한다. 이 소설의 상황은 "강산아파트는 지금 스스로를 서서히 허물어뜨리며 자살하고 있다는 걸. 그래도 어떻게든 버티어보는 수밖에 없었다. 우리는 갈 곳이 없었다. 우리는 상중(喪中)이었다"(p. 90)로 요약되는 것이다. 허물어지는 공간, 갈 곳 없는 사람들, '상중'이라는 상황은 이 소설의 핵심적인 요소이다. 소설의 전반부가 아버지의 죽음을 중심으로 구성된다면, 소설이 후반부는 어머니의 죽음과 '나'의 생존을 위한 탈출이라는 국면으로 구성된다. 그러니까 이 소설은 처음부터 끝까지 '상중'이다. "번번이 상기되면서 빈번히 잊게 되는 것 중 하나, 우리가 상중이란 사실이 이런저런 욕구를 짓눌렀다. 그래도 나는 먹었다. 그것도 아주 열심히 소리 없이 먹었다"(pp. 98~99)와 같은 장면에서 '상중'이라는 의식과 생존에 대한 끈질긴 욕구는 이 소설 전체를 뒤덮은 실존적 상황이다.

소설의 전반부에는 아버지에 대한 기억과 애도의 시간들이 묘사된다. "고인의 방에는 앉은뱅이책상과 고물 비디오 세트, 잡다한 운동기구가 놓여 있었다. 어느 집에 가도 볼 수 있는 잡스럽고 어수선한 방이었다. 그곳을 특별하게 만들어주는 건 책상 위의 은색 트로피가 전부였다. [……] 수상을 축하하는 상투적인 문구 위엔 두 팔 벌린 니케가 서 있었다. 흠집이 난 얼굴은 어딘가 초췌해보였고, 도금된 젖가슴엔 먼지가 쌓여 있었다"(p. 93)와 같은 문장들은 사라진 사람의 공간에 대한 세밀한 묘사를 통해 흔적으로서의 망자의 자리를 호출한다. 그리고 남은 사람들은 자신의 방식으로 그 애도의 과정을 견딘다. "어머니는 하루 종일 먼 산을 바라봤다. 그게 망자에게 무슨 도움이라도 되는 양, 물안개에 싸인 산자락을 줄기차게 응시했다. 그리고 어느 순간부터 아버지 얘길 전혀 하지 않으셨다"(p. 97)와 같은 어머니의 장면이 있다면, "나는 자다 말고 벌떡 일어나 아버지의 방에 들어갔다. 그러고는 병든 짐승을 찌르듯 손가락을 길게 내밀어 봉지를 눌러봤다. 봉지는 힘을 준 만큼 쑤욱— 하고 들어갔다 이내 불룩 튀어나왔다. 그리고 이상한 기분에 흠칫 돌아보면 어머니가 나를 보고 있었다"(p. 101)는 아버지의 방에 대한 '나'의 무의식적인 애도의 장면에 속한다.

'아버지의 방'은 아버지에 대한 애도가 이루어지는 상징적인 장소이다. 아버지에 대한 어머니의 애도가 광기와 자기 파괴로 전환되는 장면 이후 어머니는 죽는다. "어머니는 씩씩거리며 나를 노려봤다. 그러고는 휙— 아버지의 방으로 뛰어갔다. 이쪽에

서 새어 나간 불빛이 흐릿하게 어머니를 비췄다. 문지방에 우두
커니 선 뒷모습이 위태로워 보였다. 어머니는 양손을 번쩍 치켜
올렸다. 그러고는 아랫배 근처를 향해 힘껏 내리꽂았다"(p. 103).
어머니가 아버지에 대한 애도를 성공적으로 수행하기 전에 죽음
을 맞았을 때, '내'게 남겨진 것은 아버지에 대한 남겨진 애도 위
에 어머니를 위한 애도를 수행하고, 동시에 '나'의 생존을 도모하
는 것이다. 탈출을 위해 아버지 방의 문을 뜯어내다가 어머니의
시신을 보게 되는 장면은 그런 상황을 압축한다. "그리고 마지막
으로 아버지의 방 문을 떼어내기 위해 걸음을 옮겼을 때, 손잡이
를 붙들고 한참을 망설였다. [……] 순간 보지 않으려 했는데, 마
음과 달리 시선이 어머니를 향해 흘러갔다. 마 소재의 얇은 여름
이불을 덮어놓은 상태 그대로였다. 나는 분홍색 이불에 수놓인
꽃무늬를 한참 동안 바라보았다. 이상하게 하나도 슬프지 않았
다. 대신 좀 무서웠다. 그리고 내가 어머니를 무서워하고 있단 사
실에 죄책감을 느꼈다"(p. 109). 아버지를 애도하는 기간 중에 맞
이한 어머니의 죽음은 아버지의 애도를 완성하기도 전에 닥쳐온
것이고, '나'의 생존을 위한 극한적인 투쟁의 상황 속에 벌어진
사태이다. 하나의 애도 위에 또 하나의 애도가 겹쳐지고, '나'는
삶 자체를 위협당하는 시간으로 내몰린다. 여기서 중요한 것은
'나'에게 애도의 시간이 전혀 주어지지 않는다는 것이고, 이 사태
는 애도의 과정 자체를 근원적으로 박탈하는 조건이 된다.
　　탈출을 결심한 '나'에게 직면한 문제는 어머니의 시신을 그냥
남겨둘 수 없다는 것이다. 그래서 어머니에 대한 애도는 생존을

위한 탈출의 과정과 겹치게 된다. "그리고 머리에 테이프를 감으려는 순간, 마지막으로 어머니의 얼굴을 한 번 봐야 하는 게 아닐까 생각이 들었다. 하지만 이내 그러지 않는 것이 좋다고 생각했다. 그립지 않은 건 아니지만 그보다 무서웠고, 무엇보다 어제처럼 울고 싶지 않았다. 나는 엄마 얼굴을 감싸고 있는 이불 위를 다른 곳보다 더 꼼꼼히 테이프로 둘렀다"(pp. 110~11). 어머니의 시신을 테이프로 봉하는 이 행위는 어머니의 시신과 함께 탈출하기 위한 어쩔 수 없는 선택이지만, 다른 한편으로는 어머니의 죽음에 대한 애도의 상징 의례에 가깝다.

그러나 상황은 어머니의 죽음에 대한 상징 의례조차 허락하지 않는다. "어머니는 물살을 따라 애드벌룬처럼 둥실둥실 먼 곳으로 흘러갔다. 녹색 테이프로 둘둘 감긴 얼굴이 이쪽을 오래도록 바라보고 있는 게 느껴졌다. 정자나무는 걱정 말라는 듯, 마치 여러 개의 팔을 가진 신처럼 단단한 뿌리로 어머니를 감싸 안은 채 저 끝으로 사라졌다"(p. 116). 어머니의 시신을 놓친 '나'는 이제 완벽한 혼자로서 "우주의 고아처럼"(p. 117) 생존의 문제와 싸워야 한다. '나'는 이 세상 끝의 상황에서 스티로폼 판때기 위에서 '항해'를 지속한다. 물속에 잠긴 타워크레인 위에서 '아버지'를 닮은 사람의 모습을 발견하지만, 그곳에 접근하자 사람은 거기 없다. 절대적 고독과 죽음은 바로 눈앞에 있다. '나'는 우연히 발견한 사이다를 마신 뒤 아버지와 함께한 불꽃의 기억을 되살린다. 소설의 마지막 장면에서 녹색 테이프에 감긴 어머니의 얼굴을 다시 떠올린 뒤에 '내'가 할 수 있는 마지막 몸짓은 '기다림'이다. "나는 다시 기다려야 했다"와 "'누군가 올 거야'"(p. 126)라는 문장 사이에서 이 소설은 완성된다. '나'의 마지막 애도의 몸짓은 '기다림'으로서의 애도의 윤리성에 가닿아 있다. 그 기다림은 다만 '희망'의 이름이 아닐 것이다. 그것은 끝내 그 애도의 시간에 머무르면서 부재하는 것들을 기다리며 '대기'하는 지점이다.

부모의 죽음을 둘러싼 '나'의 슬픔은 심리적인 차원을 넘어서 절대적인 생존의 위협 앞에서 애도 작업 자체를 박탈당하는 상황 속에 있다. 그런 측면에서 이 소설은 애도의 불가능성이라는 심리적·철학적 명제를 극단적인 생존 상황의 알레고리로 서사화하고 있다고 할 수 있다. 하지만 중요한 것은, 그 애도의 불가능이라는 상황에서 '내'가 폐쇄적인 자기 파괴로 나아가지 않고, 다른 층위의 애도가 '동시에' 진행되는 서사적 국면이다. 부모에 대한 애도는 타워크레인에서 사라진 사람들, 폭우 속에 수장된 사람들에 대한 애도의 공동체적 감각과 연결되어 있다. "물 밑에선, 자기에게 무슨 일이 생긴 건지 뒤늦게 이해한 영혼들이 바다 괴물처럼 긴 꼬리를 흔들며 유영하는 듯했다."

다른 한편으로 이 소설에서 폭우는 자본의 폭력성과 현대 문명 전체에 결정적인 타격을 가하는 자연의 또 다른 폭력성을 시종일관 환기시킨다. 자연은 "회의를 모르고, 반성을 모르는 거대한 금치산자"(p. 117)이며, "자연은 자연스럽지 않게 자연이고자"(p. 100) 한다. 이 자연의 무의미한 '자연성' 앞에 자본이 이룩한 세계는 "현대의 아름답고 치명적인 쓰레기들이 둥둥 떠"(p. 107)니고, "인간이 지상에 이룩한 것과 지하에 배설한 것이 함께 엉키는 곳"(p. 96)으로서의 원초적인 풍경으로 뒤바뀐다. 부모에 대한 애도는 "아파트가 가진 상승의 이미지과 기능, 시세"(p. 88)로 요약되는 사회와 문명 전체에 대한 또 다른 층위의 애도와 만난다. "세계는 거대한 수중 무덤 같았다. 세상에 이렇게 많은 타워크레인이 있었나 싶을 정도로 잦은 출현이었다. 그리고 그때 나는 비로소 전 국토가 공사 중이었음을 깨달았다. 아버지도 수십 년간 용접일로 생활을 꾸려오셨으니까. 죽음 또한 건설 현장에서 맞으실 수밖에 없었으니까⋯⋯"(p. 112). 소년의 부모에 대한 애도가 개인적인 것이라면, 희생된 타자들과 자본주의 문명에 대한 애도는 집단-(무)의식적이며 공적인 것이다. 이 소설의 서사 구조 속에는 부모에 대한 애도와 공동체와 사회에 대한 애도가 두 겹으로 배치되고 한 소년의 고투 어린 항해라는 행위는 그 사이를 가로지른다.

"짐승의 사체와 사람 송장은 물론 잠들어 있던 망자들의 넋마저도 흔들어 뒤섞어버리는 곳"(p. 96)은 자본주의의 거대한 동일성의 무대가 배제한 타자들과 죽음들을 한꺼번에 불러들이는 공간이다. 이곳에서 유일하게 서 있는 타워크레인 '물속 골리앗'은 "지구상에서 살아남은 유일한 생물"이면서 "한쪽 편만 드는 십자가"(p. 112)이며, 타자 혹은 하위 주체 들의 노동과 저항과 삶과 죽음의 마지막 표지이다. 이 타자들의 죽음의 공간에 대한 '나'의 항해는 애도의 경제학 자체를 폐기하고, 애도를 둘러싼 이 시대의 예민한 윤리학과 정치학을 서사화한다. 이제 이 시대의 참혹하고 아름다운 애도에 대해 무엇을 더 말할 수 있을까? 애도의 불가능성 앞에서, '무한히 죽어가는' '나'와 '당신'은 영원히 기다리게 될 것이라고. 지금 여기의, '애도의 미래'는 지속될 것이라고.

(2013)

비성년 커넥션

1. 2013 체제의 불가능성, 시의 (불)가능성

2013년을 하나의 문장이라고 한다면, 내용으로는 비극적이며 형식적으로 희극적인 문장일 것이다. 2013년을 둘러싼 소망적 사고의 표상이었던 '2013 체제'[1]의 좌절은 2013년의 '희비극'을 규정하고 있다. 이 희비극은 자본-권력의 구조적 완강함에 대한 문제의식을 되살리게 한다. 2013년의 희비극적 뉘앙스를 정확하게 표현할 수 있는 언어를 만나는 것은 쉽지 않다. 이 시대에 문학의 자리가 남아 있다면, 2013 체제의 의미를 재확인하는 자리가 아니라, 그것의 희비극을 번역하는 언어이거나, 그 체제의 불가능성과 공백을 사유하는 언어이다.

이때의 '불가능성'이란, 논리의 층위에서는, 역사적 실천의 범주로서의 '새로운 체제'라는 불특정성에 '2013'이라는 특정한 연대를 기입하는 문제를 둘러싼 징후적 모순의 문제, 대의제 선거

---

1 "그 취지는 2013년에 어차피 정부가 바뀌고 새로운 대통령이 취임하는데 이것을 단순히 대통령의 교체라든가 정권 교체로 끝낼 것이 아니라 정말 제대로 된 새 시대를 출범시키자는 거였지요. 그게 제 구상대로는 안 됐습니다만, 2013년에 새 시대를 열어보자는 데는 대선 국면에서 여야 후보가 다 동의를 한 셈이에요"(백낙청 외, 「2012년과 2013년」, 『창작과비평』 2013년 봄호, p. 20).

를 통해 시민과 계급을 정확히 대의하는 체제가 탄생할 수 있는 가 하는 문제와 관련된다. 믿음과 과학 사이의 간격, '2013 체제 는 온다'라는 진술문과 '2013 체제를 오게 해야 한다'는 수행문 사이의 간격. 이와는 다른 차원의 불가능성을 사유할 수도 있다. '2013 체제의 불가능성'이란 문학적인 것의 층위에서 말한다면, 제도화된 특정한 정치 질서가 삶의 실재성을 포괄할 수 있는가의 문제, 대의제가 결코 '대의'할 수 없는 존재들의 문제이다. 여기 서, 그 불가능성으로부터 미학적-정치적 상상력의 다른 가능성 을 생각해볼 수 있다.[2]

2 이 지점에서 대의할 수 없는 것과 시적인 것의 관계에 대한 새로운 논리 에 다다른 것은 신형철의 글(「2000년대 시의 유산과 그 상속자들」, 『창작과비평』 2013년 봄호)이다. 그는 빅토리아시대에 극적 독백이 성행했다는 문학사적 사실 을 참고하면서, "대의 불충분성과 대의 불가능성, 이것이 2000년대 한국의 정치 적 조건이고 바로 그 무렵에 2000년대의 시들이 쓰이고 읽히기 시작했다"는 흥 미로운 주장을 제기한다. 이 대담하고 매력적인 주장을 받아들이기 위해서는 몇 가지 질문이 해결되어야 한다. 우선 하나는 '대의 불분충성'과 '대의 불가능성'이 2000년대에만 해당되는 특수한 정치적 조건인가 하는 문제. 민주화 이후의 대 의제의 한계는 이미 1987년 체제 이후에 시작된 것이며, 더 근본적으로는 대의 민주제라는 근대국가의 형태로부터 그 구조적 빈틈과 오류는 반복되는 것이라 고 볼 수 있다. 현행 대의제에서 배제된 존재들, 이를테면 미성년자나 이주 노동 자들이 2000년대 와서 갑자기 나타난 것은 아니다. 만약 1990년대에 시작된 사 회적 조건이 2000년대 와서야 문학적 현상으로 나타났다면 그 시차도 설명되 어야 한다. 두번째는 이러한 정치적 조건으로부터 '미학적 혁신'이 연역되고 설 명될 수 있으며, 그 미학적 혁신이 한 시대의 지배적인 것으로 규정될 수 있는가 하는 문제이다. "왜 그들은 (그리고 우리는) 2000년대 접어들면서 1인칭 고백의 시들이 갑자기 지겨워졌던 것일까"라는 문장에서 '갑자기'가 해명되어야 하는 것이며, "2000년대는 '김행숙적인 것'과 '황병승적인 것'을 요청했고 바로 그것 이 김행숙과 황병승을 통해 현실화되었다"는 주장에서, 왜 '2000년대'가 문학적 주기의 기원으로 특화되어야 하는지도 설명되어야 한다.

새로운 체제를 둘러싼 미학적-정치적 상상력은, 제도화된 질서가 아닌 비결정의 가능성의 영역이다. '2013 체제의 불가능성'을 문학(혹은 시적인 것)은 '이미' 재전유하고 있다고 할 수 있다. '체제의 불가능성'은 문학의 (불)가능성의 조건은 아니지만, 문학의 (불)가능성에 의미를 부여할 수 있는 하나의 이유가 된다. 대의제를 통해 구성되는 체제가 배제하는 삶과 언어를 보존하는 자리, '대의' 없이 상상하고 즐기고 혼돈을 생성하는 정치적 가능성의 자리가 있다면? 그 가능성 때문에, 문학은 이미 실현된 공동체에 끊임없이 의문을 제기하며, 어떤 제도화로부터도 그 바깥을 사유하며, 정치와는 다른 자리에서 급진적인 정치적 언어가 될 수 있다.

2. '비성년 주체-시간'은 어떻게 정치적인가?

2000년대 시를 범주화하는 저널리즘의 용어가 있었다. '미래파'라는 용어가 '텅 빈 기표'라는 것은 그 용어의 발의자에 의해 정리된 바 있다.[3] '미래파'라는 텅 빈 기표를 '스캔들'로 만든 것은 평론가 권혁웅이 아니라, '이해할 수 없는 시' 혹은 일종의 '외국어'에 대한 집단적 오인과 히스테리였다고 할 수 있다. 이 스캔

---

3 권혁웅, 「미래파 2: 2007년, 젊은 시인들을 위한 변론」, 『입술에 묻은 이름』, 문학동네, 2013, p. 104.

들의 근본적인 모순은 어떤 '유(類)'로도 정의되지 않으려는 시적 개별성의 투쟁이 '유(類)'의 이름으로 구획한다는 점이다. '미래파'라는 명명이 텅 비어 있었던 것과 마찬가지로 '포스트 미래파'라는 명명 또한 무의미할 것이다. '미래파-포스트 미래파'의 내러티브는 '2000년대 문학'을 하나의 문학사적 주기의 기원으로 특권화하는 발상과 연관되어 있지만, 문학사의 진보를 가늠할 전지적이고 초월적인 시점은 가능할 수 있는가를 먼저 물어야 한다.

한국 현대시의 역사적 진행 과정에서 탐구할 수 있는 것은, 시적인 것의 특이성과 잠재력의 '반복-변이'라고 할 수 있다. 문학사의 반복과 변이를 만들어내는 것은 문학적인 것들의 특이성과 잠재력의 발생이다. 문학사의 변이는 문학적인 것들의 반복의 변이이고, 문학사적 반복은 문학적인 것들의 변이의 반복이다. 이 변이의 지점들은 '작은 현대성들'의 문제를 둘러싼 국지적인 것들의 역사적 지형이며, 그것을 '작고 사소한 문학사'라고 불러도 된다. 2000년대 시인들이 보여주었던 작업은 문학 언어로 번역되지 않았던 감각 덩어리를 보존하려는 작업의 이상도 이하도 아닐 것이다. 시적인 것은 범주적인 진리에 포함되지 않는 예기치 않은 개별성을 생성하는 작업이다. 문화의 거대한 환원의 힘으로부터 이탈하며 '잠재적인 실재'의 가능성을 추구하는 글쓰기는, 현대문학의 전위들의 반복-변이의 움직임이다.

반복-변이의 움직임에 대해 비평이 탐구를 수행해야 한다면, 지금 생산되는 시적 텍스트들로부터 그 반복-변이의 요소들을 번역할 수 있어야 한다. 이 비평적 번역 작업은 특정한 유파를 규정하는 일이 아니며, 시적 개별성의 영역에서 반복-변이의 요소를 탐색하는 것이다. 이 글에서 문제화하려는 것은 최근의 젊은 시인들의 텍스트에 나타나는 '비성년'이라는 '주체-시간'의 문제이다. 이를테면 '2013 체제론'이 역사의 진보를 사유하고 전지적 관점을 상정하는 진지한 성년의 문법이라면, 젊은 시인들은 성년의 문법이 감당할 수 없는 불온하고 불투명한 감각의 세부를 둘러싼 글쓰기를 수행한다.

'미성년'의 담론은 근대 이후의 문학에서 끊임없이 재생산된 것 중 하나이다. 근대 초기 미성년이 호명의 대상일 때, 그것은 먼저 계몽과 훈육의 대상이어야 했다. 미성년은 도달해야 할 지성의 성숙에 이르지 못한 상태의 이름이었으며, 그 상태를 벗어나기 위해서는 교육과 계몽이 필요했다. 한국 근대문학 초기 미성년이 계몽의 장으로 '갑자기' 초대된 것은, 그것의 가능성이 계몽의 시대에서 사회진화의 은유가 될 수 있었기 때문이었다.[4] 이미 실패하고 오염된 어른보다는 미성년은 더 많은 가능성의 순수 영역이었다. 「해에게서 소년에게」가 근대문학 초기의 계몽적 담론의 상징적인 텍스트였다는 것은 우연이 아니다.

한국문학에서 계몽의 시대가 마감되었을 때, 미성년은 더 이

---

4   "어린이와 '사회진화론'이 결합하게 되면, 어린이는 어른보다 좀더 진화한 존재로 태어난다는 논리에 다다르게 된다. 어른은 과거를 의미하고, 어린이는 미래를 의미한다. 어리석은 어른이 '이미 잘못 씌어진 책'에 비유하고, 어린이는 '채 씌어지지 않은 책'에 비유할 수도 있다"(김행숙, 『창조와 폐허를 가로지르다: 근대의 구성과 해체』, 소명출판, 2005, p. 119).

상 훈육의 대상이 아니라, 세계의 불모성과 악몽 같은 시간의 반복을 암시하는 문학적 존재가 되었다. 오정희 소설에서 등장하는 아이들은 이미 세상의 참혹한 비밀을 감지하고 있으며, 불모와 같은 시간의 반복을 예감하면서도 그 너머를 상상하는 존재이다. "우리는 모두 매일매일 누군가가 되어가는 중이지. 너는 지금의 내가 되기 전의 나야. 아니면 내가 되어가는 중인 너라고 말해야 하나? 그래서 나는 너희들을 보는 게 무서워 견딜 수가 없어"[5]와 같이 미성년에 대한 공포를 날카롭게 표현한 문장을 찾기 어렵다. 계몽 이후의 미성년은 더 이상 탄생과 성장의 궤도 위에 있지 않다. "다시 살아나기 싫다면서/엄마를 큰 파도 속에/텀벙 던지는 태중의 아이"(김혜순, 「다시 태어나기 싫은 아이」),[6] "애들은 겁도 없어요. 물속에서 노래를 해요. 엄마…… 엄마…… 엄마…… 저 뻐끔거리는 입들을 보세요"(김행숙, 「우는 아이」),[7] "나는 입의 나라에 한 번씩 다녀올 때마다 가족들과 함께하는 침묵의 식탁을 향해/'제발 그 입 좀 닥쳐요' 소리가 목구멍까지 올라왔다"(황병승, 「주치의 h」)[8]와 같은 시적 언술들이 가능해진 것이다.

그런데 한국문학에서 근대 이후의 미성년의 이미지를 재구성하기 위해서는, 어른이 되기 이전의 존재로서의 미성년, 가족 삼각형 내부에서 자기 존재가 규정되는 미성년이라는 문맥과는 다

5   오정희, 『새』, 문학과지성사, 1996, p. 74.
6   김혜순, 『우리들의 음화』, 문학과지성사, 1990.
7   김행숙, 『사춘기』, 문학과지성사, 2003.
8   황병승, 『여장남자 시코쿠』, 문학과지성사, 2012.

른 호명이 필요하다. 신해욱의 정의를 따라가면, '비성년'은 성년으로의 움직임을 갖지 않는 존재이고, 체제에 진입하는 과정에 놓인 존재가 아니라 '이미' 열외적인 존재이다.[9] 미성년과는 다른 '비성년'이라는 호명이 필요한 것은, '성년의 바깥'이라는 의미의 정치적·미적 가능성을 날카롭게 하기 위해서이다. 정상 체제에 편입될 가능성이 없다는 측면에서, 비성년은 고아이거나 독신이거나, 혹은 유령이거나 괴물일 것이다. 다른 맥락에서 말하면, 부모라는 선행적인 원인을 갖지 않는, 무의식적 존재 생성의 주체일 것이다.[10] 비성년의 존재는 부모에 의해 태어난 것이 아니라, 무의식적 자기생산의 주체로서의 '분열자'이다. 이 분열자들이 현실적으로 등기될 수 없고 문학적(시적)으로만 기록될 수 있는 것은, 자본-권력의 메커니즘 속에서 부품으로 이용할 수 없기 때문이다. 비성년은 아무것도 하지 않는 방식으로 하며, 아무것도 만들지 않는 방식으로 만들며, 아무것도 생산하지 않는 방식으로 생성한다. 등기되지 않고 이름 붙일 수 없는 것들은 체제 속에 포섭되지 않는다. 그것들은 익명적이고 형태가 없기 때문에, '자기 자리'에 언제나 없다. 비성년의 정치성은, 체제가 개인에게 요구

---

9 "成年이라는 말에는 움직임이 내포되어 있다. 움직여서 인간의 세계에 성공적으로 진입하여 권리를 행사하고 의무를 이행하게 된 이들을 성년이라 부른다. '아직' 그렇게 되지 못했으되 이제 그렇게 될 이들을 미성년이라 부른다. '이미' 그렇게 되지 않은 이들은, 그러니 비성년이라 부르기로 하자. 미성년은 대기 중이고 비성년은 열외에 있다"(신해욱,『비성년열전』, 현대문학, 2012, p. 20).
10 김재인,「들뢰즈의 비인간주의 존재론」, 서울대 철학과 박사학위논문, 2013, p. 61.

하는 경제성과 정상성의 원리 바깥에서 불균형과 무질서의 상태에 머문다는, 그 이유로 실현되는 정치성이다.

비성년은 '페르소나' 혹은 '화자'라고 부르는 수사학적 장소에 있지 않다. 비성년은 일인칭 주체의 대체가 아니다. 시적 주체를 선험적인 동일성이 아니라, '발화 주체'의 문제라고 한다면, '비성년 주체'는 발화 주체로서 비성년의 시간 속에 있는 존재라고 할 수 있다. 비성년은 하나의 발화 주체가 아니다. 그들은 복수이고, 익명적이고, 호명되지 않은 시간의 이름이다. '도로를 질주하는 13인의 아해'(이상, 「오감도」)이며, "소년도 소녀도 아니었던 그 해 여름"(황병승, 「너무 작은 처녀들」)[11]이다. 비성년 '주체-시간'은 '비인칭-중성적인' 존재이다.[12] 비성년은 과거에 속한 것이 아니며, 현재 속에 잠재된 것이지만 인식되지 않는 존재이다. 비성년의 시간은 체제 안에서 소속되지 않는 시간이고, 비성년의 언어는 제도 안의 언어가 아니기 때문에, 시적인 언어로만 발설되는 미지의 언어이다.

---

11 황병승, 같은 책.

12 "문학은 반대의 길을 따라가다가, 보편성이 전혀 아닌 최상의 특수성인 어떤 비인칭의 힘을 명백한 인격체의 모습— 남성, 여성, 짐승, 복수, 어린이— 으로 발견하면서 비로소 멈춰 선다. 문학적 발화의 조건 구실을 하는 것은 두 1인칭이 아니다. 나(Je)— 블랑쇼의 표현을 그대로 빌리자면 중성(le neutre)— 를 말할 수 있는 힘을 우리에게서 앗아가는 3인칭이 우리 내부에서 태어날 때만 문학은 시작된다"(질 들뢰즈, 『비평과 진단』, 인간사랑, 2000, pp. 18~19).

3. 세대론의 단념, 비성년 커넥션의 지점들

젊은 시인들의 시에서 비성년의 존재와 시간을 만나는 시적 사건을 '커넥션'이라고 해보자. 커넥션은 상태와 이념의 재현 혹은 대리를 의미하는 것이 아니라, 사물 혹은 세계의 '접속'과 '생성'을 의미한다. 이 접속과 생성은 이미 만들어진 주체들의 상호작용이나 변증법적 종합이 아니다. '경계들의 실험적인 교차 작업'으로서의 커넥션은 이미 구성된 메커니즘에 속하지 않은 비결정의 다른 사회성을 생성한다.[13] 젊은 시인들의 시에서 고정된 좌표를 찾아내거나 세대적 동일성을 구축하는 것 대신에, 예견되지 않는 방향으로 나아가고 비규칙적인 방법으로 작동하는 비결정의 지대들을 탐색할 필요가 있다. 세대론을 '단념'하는 자리에서, 문학사의 반복-변이가 만드는 비결정의 지대를 만날 수 있다면, 젊은 시인들의 개별적인 생성 언어들 사이의 연결접속의 지도를 대면하게 될지도 모른다.

---

13 "사회적인 용어로 하자면, 연결접속은 이미 구성되어 있는 주체들 사이의 사회적 상호작용이 아니다. 연결접속은 개인들보다 '더 삭기도' 하고 '더 크기도' 하며, 집단적 재인지나 확인의 메커니즘에 기초하지 않은 일종의 사회성을 상정한다. 들뢰즈의 기본 원리는 다음과 같다— 사회란 항상 도주하고(en fuite, 새어나가고, 달아나고) 있으며, 사회가 자신의 도주들(새어나감, 도주선)을 다루는 방식에 의해 이해될 수 있다. 이 원리는, 우리 자신에 대한 결정이 있으면 이는 항상 비결정 지대를 만들어낼 수밖에 없다고 말한다. 여기서 비결정은, 인격, 성별이나 젠더, 계급이나 계층으로, 나아가 인간의 종(種)의 일원으로 우리를 개체화한다는 것과 관련된 비결정을 가리킨다. 그러므로 비결정의 지대는 독창적인 '연결접속들'이 나올 수 있는 지대이다"(존 라이크만, 『들뢰즈 커넥션』, 김재인 옮김, 현실문화연구, 2005, pp. 35~36).

저녁이면 친구들은 화장실에서 교복을 갈아입고 주공 아파트 단지를 돌며 배달을 했다 성동여실 여자애들은 치마통을 바짝 줄여 입었지만 안장을 높이 올린 오토바이에도 곧잘 올라탔다

집을 떠나면서 연화는 가난한 엄마의 짙은 머리숱과 먼저 죽은 아버지의 하관(下觀)을 훔쳐 나와 역에서 역으로 떠났다

황달을 핑계로 오랫동안 학교에 가지 않았다 책상 밑에 있는 내 침통이 굴러다닐 게 분명했다 졸업은 멀기만 하고 벌어진 잇새로 함부로 뱉어낸 말들이 후미진 골목마다 모여 앉아 낄낄 웃고 있었다

──「야간자율학습」전문[14]

우선은 이 시를 청소년의 한 시기에 대한 회고로 이해하는 방법이 있다. 문장들은 과거형으로 씌어져 있으니까 말이다. 그러나 이 시가 인과적인 서사성에 기초한 기억의 재구성이라고 말하기는 어렵다. 각각의 문장과 문단 들은 과거적인 시간의 이미지를 드러내고 있는 것처럼 보이지만, 이 시는 과거적인 사건들을 '서사화'하고 있지 않다. 문장과 문단 들 사이의 인과관계는 휘발되어 있고, 깊은 공백으로 남아 있다. '성동여실'이라는 구체적인 학교명과 '연화'라는 이름이 등장하기 때문에, 장면들의 사실

---

14 박준, 『당신의 이름을 지어다가 며칠은 먹었다』, 문학동네, 2012.

성을 환기시켜주지만, 이 시에서 문제적인 것 중의 하나는 일인
칭과 삼인칭 사이의 모호한 경계 위에 발화자가 위치한다는 점이
다. 1연의 주어는 '친구들은' '여자애들은'이라는 복수 삼인칭이
고, 2연의 주어는 '연화'라는 특정한 개인이며, 3연의 주어는 '내
침통'과 '함부로 뱉어낸 말들'이라는 비인간적 주어들이다. 이 시
의 발화 주체는 한 시절의 모든 것을 전지적으로 바라보는 삼인
칭일 수도 없으며, 개인의 내적 기억을 고백하는 일인칭일 수도
없다. 거의 유일하게 확실한 일인칭의 문장은 "내 침통이 굴러다
닐 게 분명했다"라는 상상의 영역일 뿐이다. 과거의 기억을 재구
성하는 것처럼 보이는 시가, 그 기억의 주체에게 동일성을 부여
하지 않는 방식. 문장의 주어와 기억의 주체를 어긋나게 만듦으
로써 그 틈에서 다른 시간-공백을 생성하게 되는 예기치 않은
사태.

나는 유서도 못 쓰고 아팠다 미인은 손으로 내 이마와 자신의 이
마를 번갈아 짚었다 "뭐야 내가 더 뜨거운 거 같아" 미인은 웃으면
서 목련꽃같이 커다란 귀걸이를 걸고 문을 나섰다

한 며칠 괜찮다가 꼭 삼 일씩 앓는 것은 내가 이번 생의 장례를 미
리 지내는 일이라 생각했다 어렵게 잠이 들면 꿈의 길섶마다 열꽃
이 피었다 나는 자면서도 누가 보고 싶은 듯이 눈가를 자주 비볐다

힘껏 땀을 흘리고 깨어나면 외출에서 돌아온 미인이 옆에 잠들어

있었다 새벽 즈음 나의 유언을 받아 적기라도 한 듯 피곤에 반쯤 묻
힌 미인의 얼굴에는, 언제나 햇빛이 먼저 와 들고 나는 그 볕을 만
지는 게 그렇게 좋았다

— 「꾀병」 전문[15]

일인칭 주어가 등장하는 이 시에서 과거적인 기억들은 '미인'
이라는 인물의 이미지에 의해 지배된다. '미인'이라는 호명은 이
시의 뉘앙스를 규정하는 중요한 요소로 작동한다. '미인'은 특정
한 개인에 대한 호명도 아니며, '누이' 혹은 '그녀'라고 부를 때와
는 다른 관계의 양상을 만든다. 이 호명은 한 사람의 아름다운 이
미지를 상상하게 만들기는 하지만, 그녀와 '나'의 관계를 구체적
으로 설명하지 않는 방식이다. 그녀를 '익명화'하는 방식, 익명적
인 여성성을 부여하는 방식으로, 둘 사이의 친밀함에 다른 공기
를 주입한다. 그 다른 공기 때문에 이 시의 장면들은 몽환적인 느
낌을 자아낸다. '나'는 '미인'에게 '꾀병'을 부리는 사람이고, '미
인'의 존재는 "목련 꽃같이 커다란 귀걸이를 걸고" 있는 신화적
인 여성성의 분위기를 거느린다. '나'의 꾀병은 "이번 생의 장례
를 미리 지내는 일"이고, 이것은 누군가에 대한 궁극의 그리움에
연관되어 있을 것이다. 외출을 하고 돌아온 '미인'은 '내' 유언을
받아 적는 존재로 나타난다. '미인'이 이미 죽었다는 사실을 적시
하지는 않았지만, 이 시에서 '미인'은 유령 같은 존재이다. '꾀병'

15 같은 책.

은 그 '미인-유령'의 존재를 만나는 시간의 의례이다. 유령은 부재하는 채로 '거기에 있는' 존재이다. '미인-유령'은 존재하지 않지만 계속 돌아오고 나타나는 자이며, 존재함과 존재하지 않음의 사이에 있는 다른 가능성이다. '미인-유령'은 왜 출현하는가? 그 사람에 대한 애도가 완성되지 못했기 때문일 것이며, 그 미완의 애도를 제의화하는 방식이 바로 '꾀병'이라고 할 수 있다. 이 시의 비성년은 이런 제의를 통해 그 '미인-유령'에 대한 미완의 애도를 보존한다.

> 누이야 말 좀 하고 가라. 한술 미각에게 색을 주고 나에게 이름을 주고 가라.
> 무덤을 열고 꽃봉오리처럼 흔적처럼 다시 가라.
>
> 꿀꺽꿀꺽 나를 깨물고 나를 다 마시고 가라. 말에게 피를 주고 말에게 칼을 주고 가라. 혼자서 말하지 말고 같이 말에서 살다 가자.
>
> 미안, 중얼중얼 싫다. 멀리 가라. 벙어리로 다시 태어나 묘지로 가자. 서로에게 혼잣말로 같이
> 가자.

—「혀의 묘사」 부분[16]

---

16 박성준, 『몰아 쓴 일기』, 문학과지성사, 2012.

비성년의 시간을 구성하는 또 다른 존재로서의 '누이'는 누구
인가? 한국 현대시 속에는 이미 '누이'의 계보가 마련되어 있다.
"제가 가지고 있던 오랜 병은/착한 우단 저고리의 누님께 옮겨
갔습니다"(고은, 「사치」)와 "누이야/풍자가 아니면 해탈이다/너
는 이 말의 뜻을 아느냐"(김수영, 「누이야 장하고나!」)의 사례를 말
할 수 있다. '누이'는 내밀한 개인 신화의 대상이거나, 풍자적인
담화의 청자이기도 했다. 한국문학사에서 남성 시인들의 누이 혹
은 여성성에 대한 편향성은 일찍이 '누이 콤플렉스'로 명명되기
도 했다. 고은의 시에서도 드러나는 것처럼, 이때의 누이는 '나'
때문에 혹은 '나'를 대신해서 고통받고 희생하는 여성성 혹은 유
사-모성의 대명사이다. 박성준의 시에서 '누이'는 이와는 다른
문맥을 얻고 있다.[17]

이 시에서 발견할 수 있는 특이성은 '나'와 '누이' 사이에서 '말'
이 문제가 되고 있다는 점이다. '누이'는 "혼잣말을 하는 누이"
이고, 이 시는 "혼잣말을 하는 누이에게, 누이야. 그만 그쳐라"라
고 말로 시작해서, "벙어리로 다시 태어나 묘지로 가자. 서로에

---

17 이 부분에 대한 분석은 강동호의 해설이 적절하다. "박성준의 누이는 모성
의 대체제로 활용하기에는 어딘가 부담스러운 존재들이다. [……] 연민과 동정
의 자리에 더해지는 것은 광기에 대한 두려움과 불안 그리고 시인으로서 느끼는
존재론적 질투이다. 시집에서 누이가 앓고 있는 초자연적인 병의 증세와 더불
어 그에 대한 화자의 복잡한 심경들을 헤아려볼 필요가 있었던 것은, 그것이 박
성준이 생각하는 시인의 존재론에 다가서는 통로일 수 있기 때문이다. 특히 명
계로부터 사산된 말에 짓눌린 누이의 용태는 박성준의 시적 언어에 대한 특유의
자의식을 길어 올리는 데 결정적인 역할을 하는 것으로 보인다"(강동호, 해설 「시
의 혀」, 같은 책, 2012, pp. 217~18).

게 혼잣말로 같이/가자"라는 문장으로 마무리된다. '나'에게 불편한 것은 '누이의 말'이다. "건강한 묘지로 가 무덤을 핥아대는 입" "얼굴에서 얼굴을 뺀 얼굴로 누이는 누워 있었지"와 같은 문장으로 짐작할 수 있는 것처럼, 누이는 병과 죽음 쪽에 있다. 누이의 혼잣말은 살아 있는 자의 중얼거림이 아니라, 귀신의 중얼거림에 가깝다. 문제는 '내 입'과 누이의 입의 관계이다. "건강한 묘지로 가 무덤을 핥아대는 입은/나처럼 내 입인가, 나와 멀어질, 나와 같은, 네 입인가"라는 질문에서, '누이'는 청자이면서 '나의 입'에 개입하는 타자이다. "누이야. 가기 전에 혀만 빼놓고 가라"라는 요청은 누이의 혀와 '나의 혀' 사이의 특수한 관계를 암시한다. '나'에게는 귀신과도 같은 존재인 '누이'의 혼잣말을 듣고 싶다는 강렬한 갈망과 함께, 끝내 그 '누이-죽음'의 말을 옮길 수 없다는 절망이 교차한다. 이 시에서 강력한 에너지를 뿜어내는 것은 '누이-죽음'의 말을 듣기 위해 '내'가 감행하는 모험이 "나는 또 사라진다" "나를 깨물고 나를 다 마시고 가라"라는 지점까지 나아간다는 점이다. "입술을 두고 헤어질 각오로 순간, 순간 나는 나를 두고 나에 관한 말"을 수행한다는 것이다. 이 시의 주체는 '누이-죽음'의 말을 옮기기 위해 "다른 혀를 부르다가 복수가 된 혀"의 상태에 이른다. '내'가 하는 담화들은 '이미' 죽음이 그 입속에 들어와 있는 치열한 주술의 차원이 된다. "혼자서 말하지 말고 같이 말에서 살다 가자" 혹은 "서로에게 혼잣말로 같이 가자"라는 생성의 열망. '같이 하는 말'에서 살거나, 서로에게 혼잣말이지만 '같이 가는 말' 속에 있으려는 열망에 다다른다. 시의 진정한 발화 주체는 '나-누이' '삶-죽음'의 혼잣말들이 뒤섞이는 "복수가 된 혀"이다.

내가 그토록 사랑했던 여자는 곡을 잘하는 여자. 온 동네 모든 곡소리가 필요한 잔치 아닌 잔치마다 곡을 해주러 다니던 여자. 나는 욕을 한다.

아이고—아이고—오, 아이고—오—오. 미친년. 귀신든 년.

눈물은 나지 않고
씻김굿, 허튼굿, 방구리굿, 좁쌀굿 달래도, 달래도 내 어미는 여자가 아니라 주지 못하는 귀신이네.

왜 이리 집이 어지러워요? 난투극 뒤에
집이 귀신 같다.

쓰러져 있는
눈썹 문신만 남은 여자의 볼을 오래도록 핥아주고 싶었네.
내가 귀신처럼 미쳐, 그 몸에 더, 다다르고 싶었네
—「어떤 싸움의 기록」 부분[18]

---

18   같은 책. 이하 「어떤 싸움의 기록」의 인용은 본문에 쪽수만 밝힌다.

'누이-죽음'의 말과 함께 가려는 주술적인 열망은, "내가 귀신처럼 미쳐, 그 몸에 더, 다다르고 싶"다는 문장으로 번역될 수 있다. "어지러운 집은 귀신 같고 어지러운 집에 사는 나는 귀신이 아니다." 귀신의 집에서 귀신이 아닌 '내'가 사는 방식은 어떠한가? "나는 어딘가 가렵다고 뒤죽박죽 몸으로 중얼거린다. 할 말이 많은 몸은 귀신처럼, 귀신 같은 기분, 귀신 냄새가 난다." 귀신은 '귀신 같은' 가려움과 기분을 선사하며 '내' 몸에 개입한다. "어떤 사람은 귀신처럼 앓"(p. 21)기도 하고, 이미 귀신이기도 하다. '내'가 "사랑했던 여자는 곡을 잘하는 여자"이고, '곡'은 귀신을 부르고 귀신을 애도하는 소리이다. 곡을 잘하기 위해서는 "귀신든 년"이 되어야 하며, '굿'은 귀신을 상대로 하는 의식이다. '내 어미'를 여자가 아니라 "주지 못한 귀신"이라고 설정할 때, 그것은 모성을 둘러싼 익숙한 동경과 갈망을 뛰어넘어, '내 어미'를 '중성-귀신'으로 만들어버린다. 그 '중성-귀신'의 몸에 다다르기 위해서는 "귀신처럼 미쳐", 분열자의 말, '귀신 들린 말'의 비성년에 머물러야 한다.

4. 애도 하(지않)는 비성년을 위하여

학교에서, 나는 농구하는 애. 담배 피는 애. 의자로 후배를 때린 선배. 아버지가 엄마보다 늦게 죽을 줄 알았어. 자주 앓는 사람이 오래 사는 법이니까. 부모가 동시에 죽고, 이제 누가 화장실 청소를

하나? 형이라서 배탈이 났어요. 이십 분 간격으로 물똥을 눈다. 창
피하게. 동생이 옆에서 샤워를 한다. 구석구석.

친구들이 모두 집에 돌아간 뒤에도 나는 학교에 남아 침을 뱉는
다. 구령대에서, 나는 침을 멀리 뱉는 애. 부모가 죽고 세 달이 흐르
자. 부모가 죽고 네 달이 흐른다. 그리고 운동장을 가로지르며 동생
이 뛰어온다. 변기에서 쥐가 튀어나왔어. 괜찮아. 내일부터 학교에
오자. 똥은 학교에서 누면 되지. 그래 그러면 된다.

—「부담」 부분[19]

김승일의 시에서 "부모가 죽고 세 달이 흐르자"라는 시간대는,
애도의 시간대가 아니라 새로운 일상, 새로운 가능성의 시간대
이다. 부모가 죽고 동생과 형이 직면한 문제는 "이제 누가 화장
실 청소를 하나?"이다. 이 문제에 대한 가장 심플한 해답은 "똥
은 학교에서 누면 되지"라는 것이다. 김승일 시의 대담함은 어떤
'문학적인 언어' 없이도, 어떤 동경과 비극이 없이도, 학교와 집
의 관계 속에서의 비성년의 존재를 일거에 다른 차원에 진입시킨
다. 제도적 정상성의 차원에서 학교는 수업하는 곳이고, 집은 부
모가 있는 곳 혹은 먹고 똥 누는 곳이다. 부모가 '동시에 죽은' 시
간대는 학교와 집과 '나'와의 관계를 다른 위치에서 출발하게 만
든다. 남는 것은 부모의 부재가 아니라, 동생과의 관계이다. 동생

19   김승일, 『에듀케이션』, 문학과지성사, 2012.

에게 '나'는 "학교에 가는 양아치가 더 멋있다는 사실"과 "숙제가 밀리면 그 숙제는 하지 않는" 형의 방식을 알려주어야 할지도 모른다. '나'는 "형이라서 배탈이 났다". 하지만 '나'는 형의 역할을 고수할 생각도 없으며, "하고 싶다면 너도 형을 해"라고 말할 수 있다. 그 '형의 배탈'을 이 시의 제목처럼 '부담'이라고 말할 수도 있겠다. 부모가 죽고 난 뒤에 혼돈과 무질서로부터 '배설'의 욕구만이 떠올랐다면, 새로운 배설의 장소로 학교를 설정하면 된다는 것. 어떤 무거운 정념도 비껴가면서 무심하고 초연하게, 부모가 동시에 죽은 상황을 희극으로 만드는 것. 그럼으로써 사회-제도적인 공간 자체를 공백으로 만드는 것. 그것이 김승일 시의 파괴력이다.

　　엄마는 변기에 앉아 거실을 바라보았다. 왜 문을 열고 싸는 거야? 텔레비전이 하나잖아. 아빠는 거실이었다. 부모가 죽자. 변수에게 거실은 학교였다. 변수는 급식도 먹지 않고 하루 종일 누워 있었다. 형이 학교에서 돌아와 학교로 들어오면 변수는 일어나서 샤워를 했다. 형은 자꾸 지각이었다. 거실이 사라지고 있었다.

　　부모가 죽고 세 달이 흐르자. 아무도 화장실을 청소하지 않았다. 네 달이 흐르고. 변기에서 쥐가 튀어나왔어. 그렇다면 변기는 수영장이로군. 다섯 달과 여섯 달을. 나는 행진이라고 불렀다.

　　지각은 지각인데도. 쥐가 무서워서 똥을 누지 않았고. 나는 화장실이라 화장실에 가지 않았다. 다시 행진. 이제 나는 캄캄한 창고 같았고. 학교가 된 거실처럼. 간격은 변수 같았다. 이봐, 수영장. 창고 안에 고여 있는 기분이 어떤가? 똥이 없어서 쥐가 죽었어. 가능성에게 화장실을 맡기고, 굶어 죽은 쥐를 보러. 나는 창고에 갔다. 캄캄한 가능성 위에 부모처럼 누워. 배신이 기다리고 있었다.

—「화장실이 붙인 별명」 부분[20]

"가능성엔 기분이 없다"라는 이 시의 문장 하나를 김승일 시의 뉘앙스를 말해주는 문장으로 생각해도 되겠다. 이 시에는 '기분의 주체'가 없으며, '가능성의 주체'만이 있다. 정서적 동일성을 관장하는 주체는 없으며, 일인칭 화자는 "형은 자꾸 지각이었다"라는 문장에서처럼 삼인칭의 위치를 넘나든다. "부모가 죽고 세 달이 흐르"는 상황은 삶의 다른 가능성이 펼쳐지는 시간이다. 동생을 '변수'라고 부를 때, '변수'는 가능성의 수학적 용어가 아닌가? "변수는 배신이었다." 그 '가능성-변수-배신'이 극적으로 치닫는 공간은 '화장실'이다. 이 시의 주체는 부모가 죽은 시간 이후의 '화장실-나'이다. 부모가 죽은 후 거실과 화장실은 다른 가능성의 공간이 된다. '동생-변수'에게 "거실은 학교"가 되어버리고, 그 거실조차 사라지면서, 변기에서는 "쥐가 튀어나오고" 수영장이 된다. 이 사태를 '행진'이라는 부르는 것은, 그것이 사물과 존재의 가능싱을 개방하는 사태, 창조적인 무질서의 사태이기 때

20   같은 책.

문이다. "나는 화장실이라 화장실에 가지 않았다"라는 진술에서 그 혼돈의 가능성은 '나-화장실'을 동렬에 세운다. 그럴 때 궁극적인 주체는 '가능성' 그 자체가 된다. 시의 제목은 '화장실에 붙인 별명'이 아니라 "화장실이 붙인 별명"이다. "가능성에 화장실을 맡기"는 마지막 장면에서처럼, 이 시는 서열화된 주체-공간의 상징 질서를 뒤집는다. 그것을 '행진'이라고, '배신'이라고, "캄캄한 가능성"이라고 해도 될 것이다. 이를 통해 김승일의 시는 비성년의 가장 불온한 가능성 하나를 밀고 나간다.

흥미롭게도 이 시대의 시적 비성년들은 '미인'과 '누이'와 '부모'를 애도하(지 않)는 존재이다. 이 비성년들은 특이한 애도의 방식을 통해 비성년의 시간에 머문다. 이들 애도의 (비)주체들은 상실된 것을 대체할 수 있는 대상을 찾아감으로써 '나'를 보존하려는 애도의 경제학을 따라가지 않는다.[21] 그들은 '미인'에 대한 애도의 시간을 제의화하고(박준), '누이-어미-귀신'의 말에 한없이 닿으려 하고(박성준), 부모가 죽은 이후 상황을 다른 가능성의 시작으로 만든다(김승일). 애도를 예기치 않은 새로운 사태가 벌어지는 잠재적인 실재의 가능성으로 전환한다. 젊은 시인들의 시에 만나는 것은, 인식될 수 있는 저항과 비판의 논리가 아니라, 아직 등기되지 않은 감각의 시적 (불)가능성이다. 그것은 새로운 자아를 구성하는 방식을 통해서가 아니라, 자신으로부터 멀어지

---

21 애도의 경제학과 정치학, 미학적인 애도에 대해서는 졸고, 「무한한 애도: 진은영과 김애란은 어떻게 정치적인가?」, 『21세기 문학』 2013년 봄호 참조.

는 비동일적 방식으로 변이를 만들어내는 장소. 어떤 제도화된 공동체도 혼란에 빠뜨리는 장소이다. 삶에 대한 전지적인 담화의 상투성과 싸우면서 삶의 예측할 수 없는 순간들을 드러내는 놀이. 소통의 규범 바깥에서 문화의 거대한 환원에서 벗어나는 창조적인 역행의 놀이. 저 '미인'과 '누이'와 '화장실'과 '귀신들'을 불러 모아, 삶을 확인되지 않고 완결될 수 없는 것으로 만드는 시간. 그 기이하고 아름다운 외부-시간을, 이름 붙일 수 없는 것들의 이름을, 지금 이 순간은 '비성년'이라 불러보자.

(2013)

무심한 얼굴로 돌아보라
── 후일담의 주체·젠더·정치성

1. 끓어오르는 문학사

　문학사의 시간을 재구성하는 일은 정치적 상상력의 문제이다. 문학사는 과거에서 현재로 어떤 목표를 향해 나아가고 있는 것이 아니다. 주류 역사의 위계를 배반하는 상상력이 다른 문학사를 도래하게 한다. '지금'에 대한 충실성이 '역사-하기'를 추동하면서 과거는 끓어오르기 시작한다. 과거가 일종의 침전물이라면, 문학사의 모험은 그 침전물이 끓어오르는 비등점을 만드는 작업. 문학사를 액체화하고 부글거리게 하는 일. 끓어오른 것들 사이에서 다른 시간의 잠재성을 사유할 수 있다. 제도화된 역사 안에 납작하게 눌려 있는 다른 시간을 드러나게 할 때, 문학사는 고요한 수면이기를 멈추고 들끓기 시작한다.

　'후일담'은 1990년대 문학사의 침전물이다. 후일담이라는 이름은 실체가 있는가,라는 질문부터 시작해보자. 개별 문학 텍스트를 하나의 부류로 묶는 개념들은 오류를 감당해야 한다. 텍스트들의 개별적인 특이성은 무시되고 경향성만이 풍문처럼 떠돈다. 1990년대의 후일담은 그 이전 시대의 운동권에 대한 기억의 서사로 호명되었다. 두 가지 의문이 우선 가능하다. 후일담이라는 개념보다는 그 안에 속해 있는 텍스트들의 개별성이 더 중요하지 않을까,라는 의문. 또 하나, 근대 이후의 소설은 사건 이후의 '과거완료형' 글쓰기라는 측면에서 후일담이 낯선 형식은 아니라는 점. 의문들은 후일담에 대한 다른 읽기를 요구한다. 후일담을 둘러싼 풍문을 걷어내고 개별 텍스트에 대한 세밀한 읽기가 시작되어야 하며, 그 안에서 감각과 욕망의 특이한 배치를 드러내는 것이 더 중요하다는 문제 말이다.

후일담이라는 개념에는 일종의 위계가 작동하고 있다. 후일담이 1990년대 문학에서 대표성을 갖고 있다는 암시와 그 정전들의 권위에 관한 것들이다. 이런 위계들에 대한 비판은 추상적인 수준에서 행해질 수 없으며, 개별적인 후일담에 대한 비평적 수행과 함께 가능해진다. 주목할 부분은 '후일담의 주체는 누구인가' 하는 것이다. 주체는 과정에 앞서 선험적으로 구성되는 것이 아니라 변이의 주체이다. 문학의 주체는 '후사건적' 실천과 문학적인 '수행' 속에 구성된다. 후일담 텍스트 안에서 구성되는 주체들과 그 욕망의 작동은 '문학성-정치성'의 중요 지점이다. 후일담의 주체들은 혁명의 시대에 대한 회한과 죄의식, 향수와 환멸을 공유하지만 그 주체화의 층위는 서로 다르다. 체험의 정당성이라는 맥락에서 자기동일성을 확보하고 주체화하려는 움직임이 있으며, 다른 경우 훼손된 기억들이 섬뜩한 타자를 대면하게 하는 탈주체화의 사태를 만난다.

2. 후일담 주체들의 탄생

—— 김영현과 공지영의 경우

운동권 체험담이면서 섬세함과 서정성을 갖춘 김영현의 소설은 대표적 후일담이라 평가받는다. 남성 인물의 운동권 활동 이후의 감옥 체험을 서사의 중요 내용으로 하고 있다는 측면에서, 후일담의 전형성을 구축했다고 할 만하다. 그의 단편들은 1980년대에서 1990년대로 넘어가는 지점에 발표되었고, 소설집 『깊은 강은 멀리 흐른다』가 1990년에 출간되었다는 사실 역시 김영현의 소설을 선구적인 위치로 만들었다.

우선 「멀고 먼 해후」(1989)[1]를 보자. 5년간의 수감 생활을 마치고 나온 인물의 삼인칭 회고담에서 부각되는 것은 사건 자체의 뜨거움이다. 암에 걸린 운동권 동료에게 분신자살을 권고하는 상황 말이다. 이 상황은 복합적인 정치적·윤리적 문제를 야기시키기 때문에, 소설을 단순한 회고담 이상으로 만들어준다. 투쟁의 정당성을 위해서는 방법과 과정의 비윤리성이 용인될 수 있는가의 문제 혹은 '그때'는 투쟁과 전술의 윤리성을 물어보기에는 너무 엄혹하고 폭력적인 시대였다는 점 등이다. 폭력적인 시대의 윤리적 딜레마를 전면에 내세움으로써 얻는 효과는 이런 것이다. 소설은 운동 방식 자체의 정당성에 거리를 두게 만들기 때문에 운동권 주체의 자기 정당화로 귀결되지 않는다. 동시에 그 상황

---

1   작품명과 병기된 연도는 발표 연도이다. 이하 동일.

자체의 절박함과 비극성을 드러내는 데 성취를 거둔다. 담담하고 회고적인 어조 역시 '그 사건'과의 서사적 거리를 유지하는 데 기여한다.

소설은 감옥을 나온 뒤 누군가를 기다리는 현재적인 장면에서 시작되지만, 회고의 대부분은 검사와의 심문 과정에서 드러난다. "검사는 예의가 있었다. 그러나 그는 반말을 쓰고 있었다"[2]라는 문장에서 드러나듯이 취조 과정은 폭력적이기보다는 담담하고, 마치 고백의 장면과도 같다. "인간은 벌레가 아니라는 걸 증명해주기"(p. 18) 위해 타인의 죽음을 재촉해야 하는 악마적인 상황은 아이러니하지만, "적을 죽일 수 없을 땐 자신을 죽이는"(p. 25) 것이라는 주장이 등장하던 한 시대의 두려운 공기를 떠올리게 한다. 이 소설에서 남성 운동권 주체의 감옥 체험과 회고담은 전형적이며, 여성 인물을 대상화하는 방식 또한 낯익은 것이다. 감옥에 간 운동권 남성을 기다려주는 여성, 혹은 성적 욕망의 대상으로서의 여성.[3] 하지만 단편의 형식 안에서 운동권 남성 주체의 자기 정당화의 욕망은 절제되어 있고 그 미학적 긴장감을 견뎌낸다. 또 다른 대표작 「벌레」(1989)는 이와는 다른 양상을 보인다.

2   김영현, 「멀고 먼 해후」, 『깊은 강은 멀리 흐른다』, 실천문학사, 1990, p. 8. 이하 인용은 본문에 쪽수만 밝힌다.
3   "둘이서 나눈 영원의 약속은 약속한 그 순간에 다 이루어졌다고 말했다. 5년의 세월을 우리는 건너가지 않으면 안 된다고 말했다. 두 사람이 마주 보며 건너가기에는 너무나 넓은 강이라고 말했다"(같은 책, p. 6), "타자수 아가씨가 잠시 화장실을 가기 때문에 심문은 일단 중지되었다. 화장실을 가기 위해 일어서는 타자수 아가씨의 엉덩이를 보자 그는 잊어버리고 있던 성욕을 느꼈다"(같은 책, pp. 9~10).

「벌레」는 직접적으로 카프카의 「변신」에 대한 언급으로 시작한다. 소설가인 일인칭 작중 화자의 메타적인 관점은 상황의 엄혹함에 대해 거리를 두게 만들고, 소설에 형식적인 활기를 부여한다.[4] 에세이적인 어조의 위트[5]는 그다지 파괴력을 갖지는 못하는데, "벌레가 되어버리는 듯한 나의 고통스러운 증상은 사회적 분위기와 약간의 연관이 있을지도 모른다"와 같은 직접적인 언급들이 이 소설의 의미 생성을 제한하기 때문이다. 에세이적인 문체는 소설 언어에 생동감을 부여하지만, 작중 화자의 세계관을 직접적으로 노출시킨다. 감옥 체험의 리얼리티가 드러나는 장면들, 묶인 몸으로 소변을 참지 못하는 극단적인 상황에서 벌레로의 변신이라는 사태가 일어나는 것은 핍진성을 갖는다. 하지만 "나는 유물론자이다. 이 말은 내가 불가지론자가 아님을 강조하기 위해 밝혀두는 것이다"와 같은 자기 정체성에 대한 강조 역시 비슷한 맥락에서 소설을 평면적으로 만든다. 비인간적인 수감 생활의 야만성을 재현하면서, 카프카의 「변신」을 타자화시키는 방

---

4 "본격적인 이야기에 들어가기 전에 먼저 앞에서 운을 뗀 바 있는 카프카에 얽힌 한 가지의 에피소드만 언급하고 가자. 이 이야기는 본 내용과 전혀 관계 없지만 생각나는 김에 말해버리는 것도 괜찮을 듯해서다. 바쁘신 독자라면 이 부분은 읽지 않고 넘어가도 좋겠다"(김영현, 「벌레」, 같은 책, p. 32).
5 "사실을 고백하자면 나는 그리 투쟁적인 인간이 되지 못한다. 겁이 많고 조심스러울뿐더러 교활하기까지 하다. 언젠가 시위를 할 때도 누군가 내 손에 짱돌을 쥐여주었는데 나는 그것을 끝내 던지지 못하고 쫓겨 다니다가 마침내 땀에 젖은 그 짱돌을 책상머리에다 곱게 모셔둔 일이 있었다. 생각하면 정말 창피한 일이다"(같은 책, p. 41). 이와 같은 자기 희화화와 반영웅적 태도 역시 에세이적인 문체에 어울리는 것이기도 하다.

식은 문제적이다. 교도관이 카프카 때문에 자기 형이 자살했다고 하자, "나는 마침내 부르조아적 감성의 반민중성에 대하여 철저히 경멸을 표시하기로"(p. 32) 한다. 카프카와 연관된 죽음을 '부르주아적 감성'이라고 규정하는 몰이해보다 주목해야 할 것은, '유물론자'로서의 소설가가 자기 체험의 정당성을 위해 카프카를 타자화시키는 방식이다. 여기에는 카프카와는 달리 자신의 벌레 체험은 유물론적으로 '진실'하다는 전제가 있다. 자기 희화화의 측면에도 불구하고 작중 화자는 자기 체험의 진실성에 대해서는 의심하지 않는다. '소설의 유물론'은 작중 화자의 주장의 층위에서가 아니라, 감각의 운동과 욕망의 사회적 배치의 문제이다.

공지영의 단편 「꿈」(1993)은 김영현의 경우와 대비된다. 소설의 작중 화자는 일인칭의 여성 소설가이다. 운동권 남성 주체가 아닌 '글 쓰는 여성 일인칭' 화자에 의해 서사가 진행된다는 측면에서, 이 소설은 김영현과는 다른 지점에서 출발한다. 역사에 대한 상처를 가진 두 명의 남성과 낚시터에서 함께한 2박 3일의 체험을 시간대로 나누어 재구성하고 있는 이 소설도, 부분적으로 에세이소설 혹은 소설가소설의 형식이다.[6] 소설에 등장하는 남성들은 역사로부터 배반을 경험한 인물들이다. 어젯밤에 술자리로 '나'를 불러낸 시인은 시대의 변화를 감당하지 못하는 운동

---

6 "왜 당신 글은 전망이 없느냐고 무심히 묻는 착한 독자에게도 화가 났고, 내 글을 빨리빨리 읽어치우는 평론가들에게도 화가 났다"(공지영, 「꿈」, 『인간에 대한 예의』(개정판), 창비, 2006, pp. 40~41)와 같은 문장들은 이 소설의 화법을 잘 보여준다. 이하 인용은 본문에 쪽수만 밝힌다.

권 출신이다. 낚시터에 동행하게 된 한 명은 광주의 상처를 안고 1980년대 초 미국에 건너갔다 돌아온 작곡가이고, 낚시를 좋아하는 김 감독은 '내'가 각색해준 90분짜리 영화를 2년 동안 찍은 사람으로 영화 산업의 현실에 적응하지 못하고 있다. 이들은 "이제, 문제는 리얼리즘이 아니라, 돈이 되었나"(p. 53)라고 탄식할 수밖에 없는 그런 상황 속에 놓여 있다.

이 남성들에 대한 '나'의 연민 어린 시선은 바로 1980년대에 대한 감수성과 연결되어 있다. 그들의 1980년대에서 1990년대로 이어지는 그 10년의 시간은 "십 년 새 우리는 간결해져버린 것이다"[7]라고 표현하게 만든다. 이 간결함들. 이를테면 "서로 같은 상처를 지니고 있다는 내색을 절대로 안 하기"(p. 42) 또는 "몰래 우는 소쩍새"처럼 울기. 중요한 것은 '나'는 "몇 달 동안 한 줄의 글도 완성하지 못하고 있"(p. 32)는 소설가라는 점, 소설 쓰기의 무력감과 이 남성들에 대한 시선은 밀접한 관련이 있다는 점이다. 낚시터에서 그들이 동시에 비슷한 악몽을 꾸는 것은 이들이 같은 시대의 상처를 공유했음을 충분히 암시한다.[8] "살육과 절망의 세대"로서의 악몽의 공유는, "내가 꾸는 악몽 같은 꿈들,

---

7 "내가 시인을 처음 만난 것이 대학 사 학년 때던 1984년이니 벌써 십 년이나 흘러가 있었던 것이다. 십 년이란 건 간단한 세월이 아니었다. 특히 젊었던 우리에게 그 십 년이란 세월은 그랬다. 하지만 우리는 이제 간단하다. 짧고 간결하다. 십 년 새 우리는 간결해져버린 것이다"(같은 책, p. 37).
8 "저는 팔일 학번입니다. 우리가 입학했을 때 이미 광주는 끝나 있었지만 우리는 한번도 광주를 끝낼 수는 없었습니다. 그러니까 말하자면 저희는 광주세대라고나 할까요…… 지난 십 년, 우리에게는 참 많은 일들이 일어났더랬습니다. 하지만 이제 저는 그만 팔십 년대에서 벗어나고 싶어요……"(같은 책, p. 64).

꿈에서 깨어나도 괴로운 90년대의 사람들"(p. 66)에 대한 연대
의식을 버릴 수 없게 만든다. 일인칭 화자가 이혼한 독신 여성 작
가로서 제도의 "금 밖에 밀려난 사람"(p. 46)이라는 설정은 후일
담의 다른 잠재성으로 작동할 수 있다. 운동권 남성 주체가 보여
주는 자기 체험의 정당화가 관철되지 못한다는 점 때문에 이 소
설은 후일담의 다른 가능성에 연결되어 있다. 그럼에도 불구하고
'광주세대'로서의 강력한 자의식과 운동권 남성 주체들에 대한
연대감은 "금 밖에 밀려난" 여성 주체의 욕망의 흐름을 활성화하
는 데 제한을 가하고 있다. "금 밖에 밀려난" 여성 주체에게 '소설
쓰기'란⁹ 한 시대의 안과 밖을 모두 살아내야 하는 절박한 양식이
기 때문이다.

3. '눈사람'의 문학사적 존재 양식
— 최윤의 경우

최윤의 「회색 눈사람」(1992)은 1980년대와 1990년대에 걸쳐
있는 문학사적 길항작용의 장소에 위치한다. 회상의 주체는 일인
칭 여성이며, "20년 전의 그 시기가 조명 속의 무대처럼 환하게

---

9 "밖에 서 있는 자의 쓸쓸함과 안에 있는 자들의 복닥거림을 엮어내보
기…… 그런 사람이 할 수 있는 일이란 바로 소설 쓰기가 아니었을까?"(같은 책,
p. 48).

떠오."[10]르게 만드는 것은 미국에서의 한 여성의 죽음에 관한 신문 기사이다. 일인칭 여성 주인공에게 가려진 시간을 떠올리도록 촉발하는 계기가 자신의 이름과 같은 여권을 가진 한 여인의 죽음이라는 것은, 후일담 구도의 특이성을 암시한다. 가난하고 외로운 여자 대학생은 금서를 헌책방에서 주워 모으다가 인쇄소 일을 하게 된다. 이 인쇄소가 '문화혁명회'라는 지하운동의 장소라는 사실을 알게 된 뒤에도 그들을 돕는 일을 멈추지 못한다. 그때 그 시기는 일인칭 서술자의 "일생에서 가장 사건적인 시기"였고 "그때부터 무언가가 다시 시작되었기 때문"(p. 53)이다. 그때의 사건은 인물의 존재 방식을 결정하고 '사건 이후의 주체'를 구성한다.

지하운동의 조직에서 '나'의 역할은 주변적인 것이고 조직의 일부는 '나'의 참여를 위험하다고 여긴다. "그들이 열변을 토할 때면 나는 자주 너무 불필요하게 무겁고 자리만 차지하는 처치 곤란한 가구라도 된 느낌으로 모든 움직임을 삼갔다"(p. 56). '나'의 주변부적인 위치는 운동권 주류의 주체화 과정에서 거리를 두게 만들어서 다른 후일담의 공간을 열어놓는다. '나'와 조직 간의 관계를 매개하는 인물은 '나'에게 인쇄소 일을 하도록 만든 '안'이다. '안'이라는 운동권 남성의 '나'에 대한 태도는 이 소설의 중요한 미시 정치적 국면이다. '안'은 한편으로는 일에 깊이 연루되

---

10   최윤, 「회색 눈사람」, 『저기 소리 없이 한 점 꽃잎이 지고』(개정판), 문학과지성사, 2018, p. 39. 이하 인용은 본문에 쪽수만 밝힌다.

지 말고 손을 떼라고 하면서 "학교도 계속해야 할 것이구, 그다음엔 안정된 직장도 가지구, 시집도 가야 할 테고"라고 조언하는데, "이런 진부한 말이 고개를 돌린 그의 어두운 표정 때문에 의도적인 모욕으로 들"(p. 62)린다. 조직이 무너진 뒤 '안'은 미국으로 가려고 준비한 '나'의 여권을 자신이 피신시켜야 할 김희진에게 주도록 부탁한다. '안'은 한편으로는 '나'와 김희진을 연결시켜준 존재이며, 다른 한편으로는 '나'의 주변부적인 위치를 조직에 이용한 남성 지식인이다. 조직이 검거된 뒤, "마치 나의 잘못으로, 나의 고발로 그들의 활동이 저지되기라도 한 것처럼 환각적인 죄의식에 시"(p. 69)달리고, 그들의 원고를 정리하면서 '안'을 기다릴 때, '안'이 보낸 여자가 방문한다. "조금 섬뜩한 아름다움을 지닌"(p. 72) 김희진은 '안'의 부탁으로 '내'가 도와야 할 여성이다. "그녀의 얼굴에는 나이가 없었다"(p. 75)라는 표현처럼, 김희진은 희미하고 불분명한 '비어 있는' 존재이다. '나'의 여권을 대신 가지고 미국으로 떠난 김희진과 '나'는 보이지 않은 '자매애'로 묶인다.

'나'와 김희진의 운동 조직에서의 주변부적인 위치는 다른 삶의 가능성, 다른 글쓰기의 가능성에 연결되어 있다. '안'이 유명한 민중예술가이자 운동가가 되어 시대의 중심부에서 활동하는 시간에도, "내가 맛본 희망의 색깔을 주변과 나누려고"(p. 81) 애썼던 '나'는 역설적인 희망의 가능성을 타진할 수 있다. "아픔은 늙을 줄을 모른다"(p. 82)라는 문장은 그 아픔의 현재성을 살아내는 존재의 태도이다. '회색 눈사람'이 순결한 눈사람도 아니며 햇빛 아래서 소멸할 존재라면, '나'와 김희진은 그 눈사람의 존재 양식에 가깝다. 김희진은 '나'를 다른 시간과 마주하게 만든 타자인 동시에 '나'의 거울이며 분신이다. 그 만남은 '나'의 현재를 이름 붙일 수 없는 역사적 과정 속으로 이동시킨다. 소설의 문학사적인 장소는 자기 체험의 동일성을 확인하는 운동권 남성 주체의 위치도 아니며, 거대 역사와는 무관한 생활 세계의 미시적인 장면들도 아니다. 주류 역사에 흔적도 이름도 새기지 못하는 '눈사람'의 존재 양식이, "나의 삶은 얘기될 만한 흔적이 없"으나 "그 시기에 대한 짧은 보고서 형식의 글을 쓰고 싶"(p. 80)다는 글쓰기 주체의 겸손한 잠재성과 만날 때, 이 예외적인 소설이 만들어진다.[11]

4. 역사의 초상과 모성 이데올로기
—— 황석영의 경우

황석영의 『오래된 정원』은 1990년대 후반에 일간지에 연재되었던 소설로 작가의 독일 체류와 옥중 생활 중에 구상이 이루어진 것으로 알려져 있다. 작가 연대기에서 후반부를 대표할 이 소

---

11 후일담의 범주에 들어갈 수 있는가는 논란이 있을 수 있지만, 최윤의 또 다른 대표작 「저기 소리 없이 한 점 꽃잎이 지고」(1988)는 '광주'라는 한 시대의 참혹한 역사를 훼손된 여성 육체의 행방을 통해 현현시키는, 무섭도록 전위에 서 있는 소설이다.

설은, 1980년대 이후 한국 사회와 세계사적 변동을 둘러싼 운동권 남성 지식인의 회고담과, 그 사이에서의 남녀의 사랑이라는 두 축을 거느리고 있다. 비망록, 편지글 등 다양한 서사 양식이 한 시대의 증언이라는 과제를 수행하는 한편, '오래된 정원'이라는 공동체에 대한 염원과 질문이 드리워져 있다. 오래된 정원은 유토피아적 이상을 의미하며, 다른 한편으로는 연인과 함께했던 친밀성의 공간과 시간의 은유이다.

소설의 구성은 운동권 과거를 재현하는 다양한 기록들과 연인과의 '갈뫼' 시절을 재현하는 기억들 그리고 그 이후 한윤희의 시점에서의 비망록이 교차편집되어 있다. 이 구성 방식에는 소설을 움직이는 주체의 욕망이 반영되어 있다. 가령 시대의 억압을 넘어서는 공동체의 가능성과 친밀성의 사적 공간을 일치시키려는 욕망이 있을 수 있다. 하지만 엄혹한 정치 현실에서 공동체의 이상은 좌절되고 전망은 보이지 않으며, 연인 공동체는 필연적으로 한시적이다. 소설의 주체를 움직이는 욕망의 남은 가능성은, 요동치는 역사에 대한 증언과 사랑을 둘러싼 기억의 교차를 통해, 한 시대의 거대한 기록을 남겨놓겠다는 것이다. 이를테면 거시사와 미시사를 묶어내는 한 시대의 기념비적인 초상을 완성하는 작업.

소설의 후반부 1980년대 이후의 역사를 증언하기 위해 연인인 한윤희 주위의 인물들에게 역사의 현장 한복판을 체험하도록 하는 것은 과도하고 자의적인 플롯이다. 이별 이후 한윤희가 만난 두 남자, '나'의 운동권 후배 송영태는 집권당 국회의원의 아들인데 집권당사 점거 사건과 연루되고 북한을 다녀오며 한윤희에게 사회주의가 무너진 러시아 여행을 제안한다. 독일에서 만난 이희수와는 베를린장벽 붕괴를 함께 목격하며 변혁 운동의 새로운 모델을 경험한다. 또 다른 후배 최미경에게는 엄혹한 노동 현장의 투쟁과 희생이라는 극단적 상황을 부여한다. 인물들의 이러한 과도한 위치 설정에 작동하는 것은, 유신 시대와 5공화국과 1990년대에 이르는 한국 현대사를 관통하고, 1989년 이후의 세계사적 변동을 드러내며, 그 시간들 속의 사회적 투쟁의 현장을 재현하고 증언하겠다는 야심이다. 감옥 안의 세부와 감옥 바깥의 거대한 역사적 현실을 모두를 드러내겠다는 전체성의 갈망은, 아이러니하게도 '리얼리즘' 소설의 밀도와 형식을 무너뜨린다.

연인인 한윤희의 비망록과 증언들은 중요한 위치를 점유한다. 그는 다만 기다리는 여성이 아니라 체험하고 '쓰는 여성' '증언하는 여성'이다. 한윤희는 무엇을 기록하는가? 그의 기록은 대부분 '나'와의 추억담, 기다림과 미혼모로서의 삶,[12] 베를린 생활에서의 새로운 만남과 운동권 인물들에 대한 경험에 관한 것이다. 그의 증언은 '나'와의 관계 안에서 구성되며 '나'를 향해서 씌어지며, 그는 '나'를 대신하여 역사의 현장을 탐사한다.[13] 그는 또한

---

12 한윤희는 동생에게 보낸 편지에서 이렇게 쓴다. "그에게는 지금 자신의 일 말고도 평생을 걸고 지켜야 할 것들이 많아. 그를 방해하고 싶지 않은 거야. 참, 그에게서 엽서가 왔어. 그는 무기징역으로 확정되었어. 나는 예상은 하구 있었지만 아이에게 젖을 물리고 망연히 앉아서 그의 엽서를 몇 번이나 보고 또 보고는 했어"(황석영, 『오래된 정원』 상, 창비, 2000, p. 144).

13 한윤희는 '나'의 이념적 대변자이기도 하다. 운동권에 대해 동생이 "특별한

'그리는 여성'이기도 하다. 그가 그리는 그림의 중요한 결과물은 '나'의 초상이다. 그 초상은 "내가 있었던 시대가 남긴 젊은 날의 마지막 얼굴이 되었다".[14] 이 초상에서 '나'는 '서른두 살의 젊은 이'로 묘사되어 있고, 그는 "사그라진 젊음과 고독"을 드러낸 '사 십대의 여인'으로 그려져 있다.[15] 이런 질문이 가능하다. 이 초상 의 '진짜 주체'는 누구인가? 표면적으로 '내가 있었던 시대가 남 긴 젊은 날의 마지막 얼굴'을 그린 사람은 한윤희이지만, 그 그림 에 작동하는 것은 '나'의 욕망이다. 운동권 남성 주체의 자기 초 상은 한윤희라는 여성의 그림이라는 매개를 통해 완성된다. 한윤 희는 '나'를 숨겨주고 기다려주며, '나' 몰래 '나의 아이'를 낳고, '나'를 대신해 역사의 현장을 증언하고, 영원히 젊은 '나'의 초상 을 완성해준다.[16] 소설의 마지막 부분 그 초상에서 '내'가 보는 것

척하는 거하구 병정놀이 같은 권력이 싫어"라고 말하자, "악과 싸운다고 생각하 는 사람들도 상대방을 닮아서 욕망의 뿌리를 다 잘라버릴 수는 없을 거야. 그게 세상살이의 한계란다. 그래두 그걸 무릅쓰는 젊은이는 아름답지 않니"(같은 책, p. 297)라고 말한다.

14 "어쨌든 살아남은 사실은 감격스러운 일이었지만 그 뒤로 십여 년을 그들 의 목숨값을 빚지고 말았다는 자책감에 시달려야 했다. 그 무렵에 윤희는 나의 초상을 거의 마무리했다. 그것은 내가 있었던 시대가 남긴 젊은 날의 마지막 얼 굴이 되었다"(같은 책, p. 256).

15 "다른 색깔과 분위기로 묘사된 서른두 살의 젊은이와 사십대의 여인이 앞 서거니 뒤서거니 하면서 이쪽 현실계를 내다보고 있는 것 같았다. 그네는 바로 내 등 뒤에서 가까운 곳이 아니라 나의 어깨 너머 먼 곳을 응시하고 있었다. 당 시에 내가 애타는 마음으로 불안하게 바라보았던 곳과 훨씬 뒤에 그네가 자기 시대의 눈으로 나의 등 뒤에서 넘겨다본 것은 세계의 어느 방향으로 가는 길이 었을까"(같은 책, pp. 254~55).

16 한윤희가 '나'에게 이발을 해주는 장면 역시 이 초상의 구도를 반복하는 '나'의 욕망의 그림이다. "나는 당신의 등 뒤에 무릎을 굽히고 반쯤 주저앉은 자

262

은 "나이 든 어머니 윤희"[17]이다. 후반부의 독일 생활에서 그에게
는 여성 예술가로서의 욕망을 실현하는 삶의 가능성이 주어져 있
었다. 그런데 한윤희의 독일 생활은 '나'의 세계사적 체험을 대리
하는 데 머문다.[18] 그가 그 후 만난 남자들. 송영태는 '나'의 운동
권 후배이고 아버지와 역사에 대한 증오심을 갖고 있고 건강이
좋지 않으며, 이희수는 독일 생활의 평온함을 선물하고 베를린
장벽 붕괴를 함께 목격하는 인물이지만 사고로 죽는다. 한윤희는
참을성 있는 '모성'의 위치에서 이 남자들을 대하고,[19] 운동권을
돕고 현장을 증언하며 애도를 수행하지만, 자신 역시 죽음을 비

세웠고 당신은 내 앞에서 거울을 들고 좀더 낮은 자세로 앉아 있어서 거울 속에
는 우리의 얼굴이 위아래로 떠올라 있었어요. 당신은 잠깐 말없이 거울을 들여
다보았어요. 어쩌면, 그건 내가 먼 훗날에 완성하게 될 우리 두 사람의 초상과도
같은 구도였지만. 당신이 본 것은 무엇이었을까"(같은 책, p. 259).

17 『오래된 정원』하, 창비, 2000, p. 311.

18 연인 한윤희와 주인공의 어머니는 모성적인 존재로서 동격에 위치한다. 어
머니가 부적을 주는 장면에서 어머니의 부적과 연인의 사진은 '나'의 지갑에서
함께한다. "나는 두 손으로 모시는 시늉을 하면서 지갑을 꺼내어 동전 넣는 곳
을 열었다. 그 틈에서 윤희의 증명사진이 나타났다. 나는 얼른 들킨 사람처럼 어
머니가 주신 부적을 포개어 집어넣고 지갑을 접어 안주머니에 넣었다. 그러고는
몸을 일으키는데 어머니는 갑자기 내 손을 잡으며 울음을 터뜨렸다. 어머니의
주름진 얼굴 위로 눈물이 한꺼번에 쏟아지듯 줄지어 흘러내렸다"(『오래된 정원』
상, p. 276).

19 이와 연관된 이 소설의 섹슈얼리티 문제를 말할 수 있다. '갈뫼'에 숨어 있
던 '내'가 외출하여 조직이 와해된 것을 알고 난 뒤 한윤희를 다음과 같이 대한
다. "당신은 그러면서 내 가슴을 우악스럽게 움켜쥐고 다른 한 손으로 내 속옷을
벗겨 내렸구요. 다른 날보다도 당신의 행위는 훨씬 거침없고 격렬했거든요. 다
끝났을 때, 나는 어쩌면 눈물이 흘러나왔지요. 당신은 사실은 세상 구경을 나갔
던 것이 아니라 내게서 일단 떠났던 것이지요. 아버지나 당신이 선택했던 그 시
대의 가치는 이러한 시간을 '기만적인 자유에 머물게 하는 아주 하찮은 소시민
적 영역'이라고 깔보게 했잖아요."(같은 책, p. 225).

켜 가지 못한다. 그는 여성 예술가로서의 주체적인 위치에 서 있기보다는 '나'의 이념과 욕망을 대리하고 보충한다. 한윤희는 감옥에 갇힌 '나'의 체험을 대신하고 확장하는 방식으로, '나'의 체험의 일부가 된다. 소설은 그가 상징하는 것이 '모성적 사랑'이라는 것을 굳이 감추지 않는다.[20] '실패한 예술가' 한윤희의 비망록에 나오는 마지막 비전은 '모성의 세계관'이다.[21] 한윤희를 매개로 한 모성 이데올로기가 문제적인 것은, 이를 통해 운동권 남성 주체의 역사를 둘러싼 주체화가 이루어지기 때문이다. 이 장대한 소설의 마지막이 처음으로 딸을 만나 '아버지'라는 말을 듣는 장면이라는 것은 이 소설의 젠더 감수성을 쉽게 드러낸다. 모성 이데올로기는 오래된 정원이라는 잠재적 공동체를 둘러싼 정치적 상상력을 봉쇄하고 이를 퇴행적으로 만든다.

20 한윤희의 마지막 비방록에 등장하는 다음 문장은 한윤희의 위치를 요약한다. "나는 근년에 들어 나의 일관된 화두였던 어머니에 대해 생각하고 있어요. 모든 사람을 낳아 기른 자. 권력의 절대화와 관료주의에 대하여 로자가 비판했던 근거는 대중에 대한 모성적 사랑이었지요. [⋯⋯] 남자들이 같은 남자를 죽인 전쟁의 세기를 보내면서 내면적으로는 그와 함께 살해한 모성을 생각해요. 나도 스스로 내 안에서 그것을 죽였어요. 당신을 앗아간 것들이 나로 하여금 스스로 그렇게 하도록 만들었어요. 나는 이 위대한 자연을 회복하고야 말겠어요."(『오래된 정원』 하, pp. 304~306).

21 "나는 한 남자의 아내 노릇도 아이의 엄마 노릇도 못 하고 사십대가 되어서야 진정으로 어머니가 되고 싶다고 생각했는데. 제대로 해내지도 못한 실패한 예술가로서 이제 겨우 모성이란 것이며 그 세계관을 어렴풋이 짐작하고 있을 때에 모성 자체를 뿌리째 앗아가는 병에 걸리다니, 인생은 참 묘하기도 하지요!"(같은 책, p. 308).

5. 도래할 애도의 시간

── 최은영과 정지돈의 경우

후일담이 사건 이후의 글쓰기라면, 기본적으로 '돌아보는' 관점을 설정하고 있다고 볼 수 있다. 중요한 것은 누가 돌아보는가 하는 점, 돌아보는 '얼굴'에 관한 것, 돌아보는 주체와 주체화의 문제이다. 앞의 사례에서 보는 것처럼, 돌아보는 일이 운동권 남성 주체의 체험의 정당성과 주체화의 과정일 수 있으며, 돌아보는 일 자체가 주체의 근거를 뒤흔들고 타자와 대면하는 탈주체화의 과정일 수 있다. 하나의 텍스트에서 기억의 주체화와 탈주체화의 교차와 길항이 이루어지기도 한다. 후일담 서사는 상실된 대상에 대한 태도의 문제라는 측면에서 '애도의 서사'이다. 애도가 대상(한 시대)을 이상화하면서 그 대상의 타자성을 제거하려는 모순된 것을 목표로 삼는다면, 애도는 실패할 수밖에 없고 후일담 역시 같은 맥락에서 불가능성을 예비한다. 문학사가 그런 것처럼 후일담 서사는 어떤 목표를 향해 진화하고 있는 것이 아니다. 문학사가 진화하는 것이 아니라 다만 끓어오르는 것이라면, 후일담의 부글거리는 현재는 어떤 형태일 수 있는가?

최은영의 「몫」(2018)은 새로운 세대에 의해 씌어진 1990년대 후일담이라는 측면에서 흥미롭다. 1990년대 대학 교지 편집부원들의 기억을 다룬 이 소설은, 선배 '정윤'과 동기 '희영'에 대한 '당신'의 시선으로 구축된다. 이인칭 시점의 설정이 얻게 되는 것은, '나'라는 서술 주체의 중심과 권위를 대상화시키는 효과이다.

그 효과는 감성적인 것을 동반하는데, 이인칭을 '너'가 아닌 '당신'이라고 명명하는 뉘앙스의 문제가 포함된다. 이 소설에서 '당신'은 '정윤'과 '희영' 사이의 "그런 공기를 읽는 사람"[22]이다. 활동가였다가 결국 일찍 돌아간 '희영'과 결혼과 유학을 선택한 '정윤', 언론사에 취직한 '당신'은 한 시대의 '몫'을 나누어 가진 인물이다. 그 시간들 안에는 '희영'에 대한 동경과 부채감, 우정의 감각이 만드는 성장 서사가 있다. 이 소설의 문제적인 부분은 이 후일담의 서사를 '글쓰기란 무엇인가'라는 질문과 연결시켰다는 것이다. "그 시기를 쓰는 일로 극복할 수 있었다"(p. 148)라는 것은 행복한 일이지만, 동시에 "읽고 쓰는 것만으로도 나는 어느 정도 내 몫을 했다 하고 부채감을 털어버리고 사는 사람"(p. 152)으로서의 죄의식이 남아 있다. 글쓰기의 '몫'은 한 시대를 요약할 수 있다는 자신감이 아니라 "무엇이 지나가고, 무엇이 그대로인지 아직은 알 수 없다"(p. 156)고 고백하는 그 지점에 가깝다.

「몫」의 선명성은 1990년대 운동권의 변화, 즉 변혁 운동의 핵심 주제가 '젠더 이슈'가 되었다는 문제의식을 명확히 하고 있다는 점이다. 운동권의 문제의식이 젠더 이슈에 접근하고 있는 것은 여기서의 젊음의 시기가 1990년대 중반이기 때문이다. '미군에게 살해당한 기지촌 여성'에 대한 시위에서 오히려 남성적 폭력성을 마주하는 장면은 충분히 상징적이다. 여성들 사이의 자기

---

22 최은영, 「몫」, 『소설 보다: 가을 2018』, 문학과지성사, 2018, p. 127. 이하 인용은 본문에 쪽수만 밝힌다.

혐오와 상대에 대한 엄격함, 손에 잡히지 않는 연대감, 이런 미묘한 공기를 기록할 수 있는 글쓰기라는 설정들은, 다른 세대적 징후와 감수성을 드러낸다. 그럼에도 불구하고 이 소설의 언어와 배치가 의존하고 있는 것은 운동권 체험의 자기동일성이라는 낯익은 패러다임이다. 이런 질문이 이어질 수 있다. '여성적인' 글쓰기를 둘러싼 자의식은 글쓰기 일반의 행복과 책무라는 범주에 너무 쉽게 환원되는 것은 아닌가. 여성 후일담은 '여성-서사-하기'의 차원에서 그 파괴적인 잠재성을 수행할 수 있지 않을까.

마지막으로 정지돈의 「창백한 말」(2015)을 검토해보자. 이 소설을 후일담의 범주에서 논의할 수 있는 미약한 근거가 있다면, '혁명의 시대'에 대한 향수와 인용이 소설을 지배하고 있기 때문이다. 소설에 등장하는 '장'은 "시대착오적인 예술지상주의자"이며 "20세기 초반에 경도되어 있었고, 혁명에 물들어 있었다".

'장'의 20세기 초는 "모든 게 가능해 보이던 시절, 무한한 가능성이 열려 있는 세계"[23]였다. '장'의 20세기 초 러시아혁명과 예술의 급진주의에 대한 경도는 '시대착오'적인 것이지만, 한편으로 지금 이 시대가 어떤 전위도 허용하지 않는다는 것을 의미한다. '장'은 "2차 대전과 포스트모더니즘, 이제는 신자유주의까지. 이것들이 모든 걸 망쳐버렸"다고 주장하고, "21세기는 허무의 시대다. 그러나 가짜 허무의 시대다. 그는 진정한 이상주의자만이 진

---

23   정지돈, 「창백한 말」, 『내가 싸우듯이』, 문학과지성사, 2016, p. 74. 이하 인용은 본문에 쪽수만 밝힌다.

정한 허무주의자가 될 수 있다고"(pp. 74~75) 말한다. 이런 '장'
의 면모보다 중요한 것은, 20세기 초 급진적인 문학에 대한 오마
주와 인용이 혁명과 예술에 대한 애도로서의 후일담의 성격을 지
닌다는 점이다. 여기서 후일담에 대한 흥미로운 발상이 등장한
다. "사회주의가 무너지고 역사가 끝났다는 말은 장의 입장에선
헛소리에 불과했다. '사람들은 각자의 세기에 살고 있었다.' 나
나 미주가 21세기에 산다면 장은 20세기 초반을 살고 있었다"(p.
76). 이 발상에서는 모두가 각자의 역사적 시간대를 여전히 살고
있기 때문에 후일담 자체가 성립하지 않는다. 정지돈의 후일담은
혁명의 체험도 국적도 없는 것이며, '읽기-쓰기'와 '인용'의 세계
속에서 보이지 않는 공동체로 연결된 공간이다. 체험의 밀도와
진정성의 빈곤을 비판하는 것은 충분히 가능하지만, 이미 소설
은 다른 맥락 속에 있다. 『요한계시록』의 은유대로 「창백한 말」
속에서 언어와 혁명은 근원적으로 죽음에 가까운 것, '창백한' 것
이다. 그럼에도 불구하고 혁명의 불가능성과 환멸을 넘어서 시
간과 공간을 넘나드는 '다시 읽기 쓰기'의 관계 속에서 만들어진
'불가능한 공동체'는 문학과 공동체의 역설적인 잠재성이다. 정
지돈의 소설을 후일담의 범주에 놓을 수 있는가는, 후일담을 돌
아보는 주체의 체험의 진정성이라는 패러다임 안에 가두어놓을
것인가의 문제이기도 하다. 문학의 정치성은 문학 장치들의 위계
를 배반하는 싸움의 자리이며, 감각의 다른 배치를 통해 특이성
의 지대로 움직이는 문제이다. 후일담은 체험된 것들 안에서 구
성될 수 있지만, 도래할 체험까지를 가로지르는 도정의 글쓰기일

수 있다. 체험의 동일성과 정당성이라는 개념 너머에서의 후일담의 잠재성이 있다면, 그것을 '얼굴' 없는 후일담이라고 부를 수 있다. 가장 급진적인 후일담은 자기의 근거와 정체성을 무너뜨리는 후일담이다. 마지막으로 남아 있는 이 질문은 기괴하다. 얼굴 없이 돌아보는 일은 가능한가?

(2019)

4·19의 '미래' 와 또 다른 현대성

4·19와 한국문학을 함께 사유한다는 것은 가능한가? 4·19를 '원인'으로 1960년대 이후의 한국문학을 '결과'로 설정하는 논리는 문학사에 대한 일반화된 왜곡에 속한다. 문학은 역사적 사실의 연적인 결과로서 드러나는 것이 아니라, 어떤 시대적 배경과의 '어긋남'의 소산이다. 4·19와 4·19 이후의 문학은 인과성으로 묶인 것이 아니라, 차라리 동시대적인 것이다. 혹은 4·19 이후의 문학은 4·19에 의해 규정되고 결과된 것이 아니라, 4·19를 둘러싼 미적 실천의 산물이다. 중요한 것은 역사적 사실로서의 4·19라기보다는, 차라리 4·19를 둘러싼 의식과 감각이 글쓰기의 내적 지향성과 결합하는 문제이다.[1] 4·19의 모더니티를 말할 때도, 그것은 역사상의 한 시대라기보다는 4·19 이후에 나타난 태

---

1   4·19에 대한 이청준의 다음과 같은 발언은 그런 측면에서 시사적이다. "자라면서 전쟁을 겪었고, 대학에 입학하면서 4·19를 그다음 해에 바로 5·16을 겪었는데, 한참 의식이 활발할 때 겪었던 두 사건의 의미를 지금 소박하게 정리해보면 삶에서 어떤 정신 세계가 열렸다가 갑자기 닫혀버린 것으로 이해했던 것 같아요. 20대의 분출을 사회적인 엄청난 힘이 방종으로 단죄하고 억압했을 때 여기서 갈등이 생겨나게 되었던 것이죠. 이런 갈등의식을 우리 세대와 따로 떼어놓고 생각할 수는 없는 일이겠지요. 저는 가끔 이런 말을 하는데요. 즉 문학은 불행의 그림자를 먹고 사는 괴물이라고 말이죠. 삶의 압력, 현실의 압력이 가중되면 이걸 견뎌내려는 정신의 틀을 만드는 것. 이것이 문학 활동이고 문학적 상상력이겠지요."(권오룡 엮음, 『이청준 깊이 읽기』, 문학과지성사, 1999, p. 24).

도의 문제라고 할 수 있다.[2] 그렇다면 좀더 완화해서 4·19를 어떤 특정한 역사적 현실로 상정하고 그 이후의 문학을 거기에 '대응' 하는 것으로 설정하는 것은 어떤가? 이 역시 앞의 논법보다 유연하다고 하더라도, 혹은 '60년대 문학' '60년대 작가'라는 동일자 혹은 주체의 설정이 가능한가를 물어야 한다. 4·19라는 역사적 정황이 '60년대 이후 문학'이라는 주체를 구성하는 데 직접적으로 관여했다고 볼 수 있는가? 개별적인 문학 텍스트가 아니라 '60년대 이후의 문학'이라는 이름은 과연 실체가 있는가? 하는 질문들이 여전히 떠돌게 된다.

4·19가 혁명인가 아닌가 하는 역사적 질문이 있다. 4·19를 '혁명'이라고 부르고자 할 때, 거기에는 4·19가 혁명이어야만 하는 어떤 이데올로기적 당위가 개입되어 있다. 4·19를 성공인가 실패인가라는 관점에서 바라보는 것 역시 그러하다. 문제는 그것의 동시성을 바라보는 일이다. 4·19의 여러 가지 얼굴을 동시에 바라보는 사람에게 그것은 일종의 '괴물'이거나 유령일지도 모른다.[3] 문화의 영역에서는 혁명의 정치적 성공과 실패보다는 그것

2   "나는 현대성을 역사상의 한 시대로 고려하는 것보다는 일종의 태도로 고려해보는 것이 어떨까 하고 제안하고 싶습니다. 여기서 '태도'라는 말은 동시대의 현실에 관련되어 있는 어떤 '존재' 양식, 사람들의 자발적인 선택, 그러니까 사유하고 느끼는 방식을 뜻합니다"(미셸 푸코, 「계몽이란 무엇인가」, 김성기 편, 『모더니티란 무엇인가』, 민음사, 1994).
3   "4·19는 문화사적으로 두 모습을 갖고 있었다. 하나는 4·19의 성공적 측면에서 연유하는, 가능성의 세계와 현실의 세계는 하나일 수 있다는 긍정적 얼굴이었고, 또 하나는 4·19의 부정적 측면에서 연유하는, 이상은 반드시 현실의 보복을 받는다는 부정적 얼굴이었다. 4·19의 두 얼굴을 바라다본 사람에게 4·19는

이 의식화되고 내면화되는 과정의 문제가 중요할 것이다.

뿐만 아니라 한국의 역사적 특수성의 맥락에서 5·16이라는 또 다른 모더니티의 추동력과의 관계를 말해야만 한다. 정치적인 의미에서 5·16은 4·19의 배반으로 이해할 수 있지만, 한국적인 모더니티의 두 가지 계기라는 측면에서 4·19와 5·16은 마주 보는 거울과 같은 것이었다.[4] 4·19는 5·16과 함께 한국적 모더니티를 구성하는 중요한 역사적 동기였다는 측면에서 설명되어야 한다.[5] 가령, 4·19를 민족사 혹은 민족운동사의 시각에서만 이해할

괴물처럼 보였지만, 그것의 어느 한 면만을 바라본 사람에게 4·19는 각각 환호와 절망을 뜻하는 것이었다"[김현, 「60년대 문학의 배경과 성과」, 『분석과 해석/보이는 심연과 안 보이는 역사 전망』(김현문학전집 7), 문학과지성사, 1993, p. 239].

4   "나는 박정희 정부가 정부의 조직을 근대적으로 창건하고 이를 운영한, 그리고 그 지지 기반을 적극적으로 동원했다는 점에서 한국 역사상 최초의 근대적 정부라고 생각한다. 그러나 한편 그것은 정치 체제에 있어서나 산업화 방식에 있어서 권위주의 체제가 됨으로써 엄청난 대가를 지불하지 않으면 안 되었던 그런 체제였다. 쿠데타 이후 군부 엘리트가 1962년 야심적인 '경제개발5개년계획'을 통해 산업화 프로젝트에 돌입했을 때 사회에는 그들의 근대화 계획을 가로막을 아무런 강력한 세력도 존재하지 않았다" "한국전쟁 이후 1950년대를 통하여 새로이 성장하기 시작한 사회의 두 중요 집단이 있었다. 하나는 4·19의 주역이라 할 학생이었고, 다른 하나는 5·16군사쿠데타의 주역인 군부 엘리트였다. 민주화에 대한 태도에 있어서 이 두 그룹은 정반대에 위치하고 있었다. 군부 엘리트들은 빈곤 탈피의 의제를 들고 정치의 전면에 나섰다. 학생들은 민주화를 대표했다. 이들 두 그룹은 전쟁 이후 한국사회가 해결해야 할 두 과제를 각각 떠맡고 나섰다는 점에서 '1950년대의 아이들'이었다"(최장집, 『민주화 이후의 민주주의』, 후마니타스, 2005, pp. 91~93).

5   "우리의 60년대는 마치 '이인삼각'의 보행으로 진행된 역사였던 것 같다. 자유와 개방이라는 한쪽 다리, 그리고 독재와 경제성장이라는 또 한쪽 다리, 그리고 그 두 가지를 함께 묶는 근대화라는 지표로 우리의 현대사가 운영되어온 것이 그렇다. 그것은 다양한 가치 체계의 경쟁이라기보다는 적대적인 지향 간의

때, 4·19의 모토가 어떻게 일정 부분 5·16에 의해 흡수되는가, 그리고 그것이 왜 근대적인 '국가의 강화'에 기여하는 '사회혁명'의 성격을 가졌는가를 설명하지 못한다.[6]

4·19를 한국적 모더니티의 어떤 지점으로 이해할 때, 4·19와 한국문학을 나란히 놓고 사고한다는 것은, 두 가지 이질적인 모더니티의 관계를 질문한다는 것을 의미한다. 그런데 4·19의 정치사회적 모더니티와 1960년대 이후의 한국문학의 미적 모더니티가 원인과 결과의 관계일 수는 없다. 4·19의 정치적 의미를 단 하나의 이념이나 진리로 환원할 수 없다는 맥락에서, 60년대 문학 공간에서 나타난 다양한 문학적 텍스트들을 하나의 모더니티로 단수화할 수 없다. 문학에서의 모더니티는 하나의 사건일 수 없다. 한국문학에서의 모더니티의 개별성과 복수성을 적극적으로 사유하는 것은 그래서 여전히 중요하다.[7]

4·19를 하나의 이념형으로 환원하려는 시도들, 이를테면 4·19가 촉발한 '시민 의식'을 '반제 반봉건'이라는 이념적 지표로 규정할 때, 4·19 이후의 한국문학은 이런 이념적 기준에 의해 평가될 수밖에 없게 된다.[8] 이런 논리의 장 안에서 4·19는 하나의 이

긴장관계로 보는 것이 적절할지도 모른다"(김병익, 「1960년대와 그 문학」, 『21세기를 받아들이기 위하여』, 문학과지성사, 2001, p. 167).

6   다음과 같은 선언은 매우 상징적이다. "4월혁명과 5월혁명은 조국 재건이라는 근본 이념에서부터 혁명과업 완수의 도상에서 일치되어 있다. 단지 혁명정부가 전 국민이 원하는 방향으로 계속 국가를 이끌어나가기만 바랄 뿐이다"(고려대학교, 「4·18 2주년 학생선언문」, 1962).

7   졸저, 『미적 근대성과 한국문학사』, 민음사, 2001, pp. 6~7 참조.

8   4·19와 한국문학의 관련성을 적극적으로 의식화한 1960년대의 백낙청의

념으로 환원되고, 한국문학은 그 이념의 척도에 의해 위계적 질
서가 만들어지게 된다. 그곳에서 한국문학의 미적 실천의 개별성
과 자율성의 영역은 봉쇄된다. 그렇다면 4·19를 복수의 의미를
가진 '사건'으로 이해할 수는 없을까? 4·19는 정치적인 사건이고
사회적인 사건이며, 동시에 문화적인 사건이며, 다른 층위에서
미학적인 사건이다. 이 사건들의 층위에서 어떤 위계가 있을 수
없다.

4·19를 둘러싼 역사철학적 '현대성'을 사유할 때, 그것은 '미
래가 이미 시작하였다는 사실에 대한 확신' '미래를 향해 열려 있
는 시대'의 감각에 연관된다. '현대'는 항상 새로운 것을 탄생시
키는 현재와 더불어 매 순간 반복되고 새롭게 시작하는 시간이
다. 4·19의 현대성이라는 문맥에서 전통과의 단절은 지속적인 현
신을 의미한다. 철학적인 의미에서 현대는 자신의 규범성을 자
기 자신으로부터 창조하는 시대이며, 이때 자기 확인과 자기 정
당화의 요구는 전통과의 결별이라는 시대적 요청 속에 이미 내재
해 있는 것이다.[9] 4·19를 미학적인 사건이라고 규정한다는 것은

입론은 그런 의미에서 4·19의 시민 의식과 한국문학을 단일한 이념으로 환원한
다. "4·19정신의 위축과 변질의 시기로서 60년대는 우리가 이제까지 추구해온
시민의식의 퇴조와 새로운 소시민의식의 팽배라는 현상으로도 특징지어진다."
"문학의 '현실 참여'를 주장한다고 해도 곧 소시민의식이 극복되는 것도 아니다.
문제의 핵심은 어디까지나 우리 현실의 반제 반봉건적 요구를 얼마나 깊이 의식
하고 얼마나 힘차게 실천하고 있는가 하는 점이다"(백낙청, 『민족문학과 세계문
학』, 창작과비평사, 1978, pp. 58~79 참조).
9   위르겐 하버마스, 『현대성의 철학적 담론』, 이진우 옮김, 문예출판사, 1994,
pp. 19~43 참조.

4·19의 정치사회적인 의미를 제거하겠다는 것이 아니다. 역사철학적 층위와의 연관 속에서 기존의 제도화된 지식이나 문법과는 '다른 시간'을 도래시키는 미적 사건이라는 측면에서 4·19를 이해한다는 것이다.

여기서 4·19를 '사건'이라고 말할 때, 그것은 4·19의 정치적 위상을 축소시키기 위한 의도가 아니다. 4·19를 '사건'의 층위에서 의미화하는 것은 알랭 바디우가 말한 진리를 생산하는 사건이라는 맥락에서이다. 사건은 기존 사회를 지배하는 셈의 법칙이 누락시킨 공백 혹은 잉여가 존재하는 것으로 드러나는 과정이다. 사건들에 의해 명명할 수 없는 진리들이 생산되며, 주체들의 실천은 진리에 충실한 사건 이후의 실천이다. 사건은 새로운 존재 방식을 결정하도록 한다. "사건에 충실하다는 것은 이 사건이 잉여적으로 부가되는 상황 속에서 움직이면서 사건에 따라 사고한다는 것이다."[10] 4·19를 사건의 층위에서 이해하면서 4·19라는 사건의 실재적 과정의 담지자를 '주체'라고 부를 수 있다면, 그 주체는 누구인가? '60년대 이후 문학'이나 '4·19세대 작가' 등의 기존의 주체를 중심으로 설정할 수 있으나, 엄밀하게 말한다면 4·19 이후 생산된 문학 텍스트 자체가 그 주체적 지점이다. 작가들이 4·19 이후의 예술적 생산 과정에 참여하는 것은 사실이지만, 그 미적 실천의 과정들이 모두 '작가'에게 환원되는 것은 아니다.

10 알랭 바디우, 『윤리학』, 이종영 옮김, 동문선, 2001, pp. 54~55.

4·19 이후 한국문학에서의 미적 생산의 과정에 대해서는 이미 의미 있는 비평적 성찰이 진행된 바가 있다. 5·16에 의해 좌절된 것처럼 보이는 4·19의 정신이 정치적 좌절의 대가로 문화의 장으로 이동했으며, 상황에 능동적으로 대응해나가는 '자기의식'이 한국문학의 중요한 주제로 등장하기 시작했다는 분석 등이 그것이다.[11] 이 '자기의식'의 문제를 현대적인 주체성의 원리가 관철되는 의식의 공간이라고 볼 수 있다면, 그것은 자기 자신을 마치 거울에 비추어진 모습처럼 파악하기 위해 스스로를 객체로 설정하여 자기 자신을 되돌아보는 인식 주체의 자기 관계의 구조[12]라고 볼 수 있다.

이런 논의의 연장선에서 4·19 이후 한국문학의 미적 현대성의 내부에는 세 가지 계기가 있다고 볼 수 있다. 우선 하나는 한국문학 텍스트 내부에서 발견되는 자기의식의 문제, 혹은 근대적 개인과 자율적인 주체의 등장이라는 측면이다. 4·19를 통해 촉발된 시민 의식의 발견은, '시민'으로서의 자율적인 개인이 근대문학의 주체가 되었을 때, 어떻게 자기 규범을 탐구하는가를 보여준다. 개인의 주체성과 행위의 자율성에 대한 자기의식은 그 성찰의 깊이에 이르러 이성의 잉여와 합리성의 억압을 비판적으로 발견하는 미적 주체로 도약한다. 개인의 자율성을 토대로 한 자기의식의 탄생이 자기와 현실의 관계에 대한 비판적인 성찰을 미

<hr/>

11   정과리, 「고도 성장기의 한국문학」, 『문학이라는 것의 욕망』, 역락, 2005,
pp. 118~23 참조.
12   위르겐 하버마스, 같은 책, p. 39.

학화하는 미적 주체를 탄생시킨 것이다. 그 연장에서 5·16 이후 산업화가 진행되는 과정에서는 도시적 감각과 심성 구조의 형성에 대한 반성적 탐구가 드러나게 된다.

두번째는 문학이 4·19 이전의 전통과 단절하는 미래의 시간을 살기 시작했다는 측면이다. 그것은 일회적인 맥락에서의 미학적 단절을 의미하는 것이 아니라, 4·19 이후 지속적이고 내재적인 자기 혁신의 미적 동력을 얻게 되었다는 것을 의미한다. 언어와 문법의 자기 혁신은 문학이 언제나 미래에 투신해야만 현대를 시작할 수 있다는 문학 의식의 소산이다. 이것은 이른바 '한글세대'의 모국어에 대한 새로운 감각과 장르의 혁신에 대한 요구와 연결되어 있다.

세번째는 앞의 두 가지의 계기들이 결합하는 층위에서, 개인 주체의 자율성과 문학의 자율성이 문학 텍스트의 구체성 안에서 상호 조응하고 상호 구속하는 장면을 보여준다는 것이다. 현대적인 의미의 주체성은 문학·예술이 다른 가치들과 분화되는 사태를 마주하면서, 역사적 전통과 분리된 자신의 규범성을 스스로 창조해야만 했다. 그곳에서 문학의 자율성은 축복이자 저주이고, 동력이자 환상이 되었다. 그러나 이런 지점들이 4·19를 둘러싼 미적 현대성의 문제를 모두 설명해주는 것은 아니다. 문제는 여전히 미적 모더니티의 복수성(複數性)을 이해하는 일이며, 개별 문학의 육체 속에서 4·19 이후 문학의 주체적 지점들을 발견하고 미적 현대성을 사유하는 일이다.

최인훈의 『광장』 개정판(1976)에 대한 해설에서 김현은 "정치사적으로 보자면 1960년은 학생들의 해이었지만, 소설사적인 측면에서 보자면 그것은 『광장』의 해였다고 할 수 있다"[13]라고 쓴다. 작가 최인훈 역시 『새벽』(1960년 11월)지에 처음 발표된 『광장』 서문에서 "아시아적 전제의 의자를 타고 앉아서 민중에겐 서구적 자유의 풍문만 들려줄 뿐 그 자유를 '사는 것'을 허락지 않았던 구정권하에서라면 이런 소재가 아무리 구미에 당기더라도 감히 다루지 못하리라는 걸 생각해보면 저 빛나는 4월이 가져온 새 공화국에 사는 작가의 보람을 느낍니다"(pp. 20~21)라고 쓴다. 이런 언급들을 통해 4·19와 『광장』과의 어떤 중요한 연관성을 생각할 수 있다. 그런데 『광장』이 무대로 삼는 것은 오히려 한국전쟁을 전후한 한 젊은 지식인의 내적 고투이다. 여기서 4·19라는 시간 '이후'에 『광장』이 발표되었다는 것은 두 가지 의미를 갖는다. 우선 하나는 4·19가 『광장』에서의 분단 현실과 시대에 대한 적극적 비판을 가능하게 하는 정치적 공간을 제공했다는 의미일 것이며, 다른 하나는 4·19라는 사건을 통해 그전에는 발설하지 못했던 자기의식의 영역을 탐구하는 자율적인 개인 주체의 등장을 알렸다는 사실이다. 물론 4·19 이전의 최인훈의 초기 소설에서 그 징후는 풍부하게 드러나 있지만, 문학적인 문맥에서 후자의 중요성이 얼마나 큰 것인가는 말할 필요가 없다.

---

13   최인훈, 『광장/구운몽』(최인훈 전집 1), 문학과지성사, 2008, p. 359. 이하 인용은 본문에 쪽수만 밝힌다.

이명준은 누구인가? 1973년판의 서문에서 작가는 이명준을 "'이데올로기'와 '사랑'이라는 심해의 숨은 바위에 걸려 다시는 떠오르지 않"(p. 16)은 잠수부로 명명한다. 잠수부는 숨은 바위에 대한 가르침도 없이 위험한 깊이로 내려가는 사람이다. 그 깊이로 내려간 사람이 돌아오지 못한다고 해도 그와 끊어진 연락으로 '그 밑의 깊이의 무서움'을 알게 된다. 어떤 안내 없이 심연으로 내려간 이명준의 존재는 삶의 의미와 행위의 방향을 설정하는 데 도움이 되는 아무 지표도 가지지 않은 채로 자기 확인의 길을 가야 하는 현대적 개인의 운명을 보여준다. 이명준은 자신의 규범성을 자기 자신으로부터 스스로 창조해야 했던 현대적 인간이었다. 작가의 말처럼 "삶의 짐작을 아무도 가르쳐주지 않고, 혼자 힘으로 깨닫기는, 혼자서 태어나기가 어려운 만큼이나 어려운 시대라는 것은 끔찍한 일이다"(p. 12). 그가 죽음의 순간까지 매달렸던 '광장'과 '밀실'의 불일치 혹은 소통의 장애라는 문제의식은, '광장'의 가치와 '밀실'의 가치가 분화되는 현대의 문제와 정면으로 대면한 사유의 결과이다. 이명준의 행위는 1950년대라는 시대적 무대 위에 설정된 것이지만, 이명준의 자기의식은 한국전쟁이라는 특정한 역사적 상황을 뛰어넘어 현대적 개인이 처한 문제를 날카롭게 보여준다. 현대성은 '광장'의 가치와 '밀실'의 가치의 분화를 촉진시키면서, 그 안에서 개인 주체로 하여금 자신의 규범성을 스스로 구성하도록 요구한다.

그러나 『광장』이 이런 보편적인 의미의 현대적 개인의 모습을 보여주었다고 해서, 그것이 가지는 풍부한 미적 현대성의 국면들이 설명되는 것은 아니다.『광장』은 그런 현대적 개인의 고뇌를 설정한 데서 머물지 않고, 그 고뇌의 끝까지 자기 행위를 밀고 나가는 치열한 의식의 모험을 보여준다. '광장'과 '밀실'의 분리라는 현대적 상황에서 이명준은, 어떤 가치를 다른 가치에 복속시키거나 그 다른 가치를 포기함으로써 보편적인 규범적 질서 속으로 투항하는 것이 아니라, 그 현대적인 불화의 끝까지 나아가 자기 자신을 파멸시킨다. 그것은 그가 자폐적이고 나약한 지식인이기 때문이 아니라, 자기비판과 자기 정당화라는 모순적인 사유의 극한까지 자신을 몰고 갔기 때문이라고 할 수 있다. '광장'과 '현실'이 찢기는 현실에서 이런 총체성의 분열은 그것을 사유하는 자율적 개인의 주체성의 소산이기도 하다. 그 내적 주체성을 끝까지 밀고 나가는 자리에서 문제가 해결되는 것이 아니라, 문제는 더욱 심화된다.

작가는 "광장은 대중의 밀실이며 밀실은 개인의 광장"(p. 19)이라는 의미심장한 전언을 1961년판의 서문에서 드러낸 바 있다. 이것은『광장』의 문제의식이 단순히 '광장'과 '밀실'의 이분법적 선택 사이의 갈등에 있지 않다는 것을 강력하게 암시한다. 이명준은 이 이분법적 이름들 사이에서 명명할 수 없는 진실을 찾아 끊임없이 탐색한다. 그 사이에서 부재하는 진실, 혹은 부재로서의 진실을 찾아가는 사유의 모험을 포기하지 않는다. 그는 이 표상화된 개념들이 실재의 세계를 드러낼 수 없다는 것을 안다. 그는 이 개념들 사이의 분리와 그 문제 틀의 실재와의 어긋남을 철저하게 살아낸다. 그래서 그 사유의 끝 간 데서 그 문제의 틀 자체를 허물고 창조적 혼돈에 진입한다. 그 혼돈은 '광장/밀실'의 이항 대립이 사실은 '광장(밀실)/밀실(광장)'의 관계일 수 있고, 나아가 '광장[밀실(광장)]/밀실[광장(밀실)]'의 관계로 보다 중층적인 것이 될수록 최초의 이항 대립의 단순성은 안으로부터 붕괴된다.[14]

『광장』의 마지막 장면에서 이명준이 자기의식의 해체적인 지점에 도달하는 것은 의미심장하다. 그의 투신 장면에서 '거울 속의 남자는 웃고 있다.' 마지막 순간, 이명준은 '거울 속의 남자'라는 익명적이고 비인칭적인 존재로 분열된다. 이명준은 마침내 자기 자신에 대해 외재화된다. 그는 이데올로기와 관념의 유령에 대항하여, 자신이 유령이 되는 것을 선택한다. 그것을 다른 삶의 가능성에 대한 투신이라고 부를 수 있다면, 여기서 현대적 주체는 자신에 대한 자기 정당화와 자기비판의 악순환을 넘어서, 다른 시간과 다른 장소로 도약하는 심미적 주체 혹은 (탈)현대적 주체의 가능성에 접근한다. 이명준의 탈주가 한국문학사상 가장 기나긴 혁명의 과정에 속한다면, 그것은 『광장』의 미적 현대성이 미래의 시간을 살기 때문이다. 4·19와 함께 『광장』이 극적으로 정치적·미적 현대성을 획득했다면, 주체화에 대한 회의와 혼돈의 모험을 통해, 『광장』은 다시 다른 현대를 꿈꾸게 한다.

김수영이 4·19의 시간을 거치면서 자신의 시 의식을 극적으로

---

14   졸고, 「'광장', 탈주의 정치학」, 같은 책, pp. 412~13.

변화시킨 것은 널리 알려진 바 있다. 그는 4·19 이후 많은 시를 쏟아내면서 시 의식의 새로운 단계에 진입했음을 보여준다. 김수영은 4·19 이전의 초기 시부터 이미 모더니티의 문제를 철저하게 의식한 시인이었다. 김수영 시의 모더니티를 재인식하기 위해서는, 그가 새로운 도시 문화 속에서 보여준 개인성과 감성의 변화에 대해 주목할 필요가 있다. 김수영 시를 이해하는 틀로서의 모더니즘과 리얼리즘이라는 해묵은 문학 이념의 대립항들은, 도시 생활인의 새로운 감각이라는 모더니티의 측면에서는 그 전선이 무의미해진다. 김수영은 도시 생활의 한가운데서의 '설움'이라는 도시적 감수성을 발견함으로써 현대성을 새로운 차원에 진입시켰다.

도시의 설움에 대해 동시대의 누구보다 예민했던 시인 김수영이 서구적 모더니티의 미학에만 갇혀 있지 않았던 것은, 한국적 모더니티의 식민성과 속력 안에서 새로운 사랑과 혁명의 가능성을 발견했기 때문이다. 김수영은 초기 시에서 도시적 공간 속에서 자신의 시선의 위치를 변두리적이고 외부적인 이방인으로 설정한다. 종로의 찻집에서 시골의 잃어버린 모자를 생각하는 일(「시골 선물」), 친구의 사무실을 할 일 없이 방문하면서 도시 이방인으로서의 자기를 성찰하는 것(「사무실」), 도시 외부의 다른 공간을 상상하고 도시의 소음과 풍경을 물방울로 압축하는 시선(「거리 1」). 그것은 도시의 내부에 속해 있으면서 스스로를 도시의 외부로 설정하고, 그 설정에 의해 도시의 내부에서 도시의 외부를 응시하는 시선의 체계를 만들어내었다. 그는 도시 풍경을 시적 주체의 시각적 프레임 안에 가두어두지 않고, 그 풍경의 바깥에 있는 존재의 가능성을 열어놓는다. 김수영의 시에서 도시는 풍경이 아니라, 일종의 '사건'이다. 그의 시에서 도시적 존재는 구체적인 시간 속에 동사적으로 위치하고 있으며, 새로운 시간의 가능성이 그 안에 내재한다. 이런 감각의 모험은 도시의 내부에서 다른 삶의 가능성을 응시한다는 측면에서 감각의 정치학에 해당한다.

김수영의 도시에서 '혁명'이 일어났을 때, 그의 시가 보다 직접적인 구체성에 도달했다는 것은 주지의 사실이다. 그것은 우선 「우선 그놈의 사진을 떼어서 밑씻개로 하자」와 같은 '격문'에 가까운 직접적인 언사들의 작품을 쏟아낸 것으로도 설명된다. 하지만 여기서 중요한 것은 그의 시가 4·19 이후 다른 현대성에 도달하게 되는 과정이다. 김수영의 시에서 현대적인 의미의 개인 주체가 드러나는 방식은 상황에 대한 비판적 인식보다는 그 안에서의 자신에 대한 반성적 인식을 통해서이다. 김수영의 자기비판의 치열성은 부단한 자기 혁신에 대한 요구와 만나는데, 이것은 그의 시 의식의 문제이기도 하다. 그의 시가 시와 산문의 경계에까지 도달하는 미학적 파괴력과 '반시'의 시학을 보여주는 것은 그의 시에 나타나는 자기에 대한 반성적 성찰의 강렬함에 대응하는 것이다. 이 지점에서 김수영 시의 모더니티는 미적 현대성의 영역에 진입한다.

4·19 이후 산문적인 시들을 쏟아내면서, 김수영의 시는 '혁명'에 대한 내적 성찰의 시간에 도달한다. 「푸른 하늘을」(1960)에

서 "혁명은 왜 고독한 것인가를/혁명은 왜 고독해야 하는 것인가를"[15] 노래한 것은, 혁명의 에너지를 자기 성찰의 매개로 삼고 있다는 것을 보여준다. '혁명'은 공동체의 가치가 폭발하는 순간, '광장'에서 벌어지는 사건이다. 혁명은 공동체적인 일체감과 집단적 동일성의 감각을 체험하는 것이다. 그런데 왜 역설적으로 혁명은 고독한 것인가? 그것은, 우선 혁명에 대해 투철하려는 개인의 정신적 성숙 혹은 그 섬세한 자의식의 경건성을 보여준다. 다른 하나는 혁명이라는 시간 속에서의 공동체적인 규범과 자기의식 사이의 균열의 문제이다. 혁명이 개인과 사회 사이의 총체적인 연관과 전면적인 소통이 순간적으로 실현되는 것이라면, 지속되지 않는 혁명의 시간은 그 순간의 강렬함을 앗아간다. 혁명의 어긋난 시간들은 개인의 주체성을 공동체적인 규범과 지속적으로 일치하게 내버려두지 않는다. 그것을 혁명의 현대성을 사유하는 자기의식이라고 부를 수 있다.

그 과정을 가장 정직하게 보여주는 시는 「그 방을 생각하며」(1960)이다. "혁명은 안 되고 나는 방만 바꾸어버렸다"라는 자기고백은 김수영 시의 자기 성찰의 동력이 4·19 이후 어느 지점에 도달했는가를 구체적으로 보여준다. '그 방'은 어디인가? 그 방은 "싸우라 싸우라는 말이/헛소리처럼 아직도 어둠을 지키고 있"는 방이다. "나는 그 모든 노래를 그 방에 남기고 왔"다. 그 방은 "나의 가슴이고 나의 四肢일까?"라고 질문할 때, 내게 남은 것은 "녹

15 김수영, 『김수영 전집 1: 시』, 민음사, 1993, p. 147.

슬은 펜과 뼈와 狂氣—/실망의 가벼움"이다. 이 시에서 시적 화자
의 의식의 역전은 "이제 나는 무엇인지 모르게 기쁘고/나의 가슴
은 이유 없이 풍성하다"[16]라는 긍지에 이르게 되는 과정이다. 김
수영의 시에서 특이한 것은 혁명이라는 사회적 공간을 내면적 성
찰의 과정으로 옮겨놓으면서, 그 균열과 모순을 감각하는 것에
머무는 것이 아니라, 그곳에서 다른 사랑의 가능성을 적극적으로
사유한다는 것이다.

「現代式 橋梁」(1964)에서 시의 화자는 한국적 모더니티의 식민
성을 제기한다. 다리는 시간 위에 건설된 공간이다. "젊음과 늙음
이 엇갈리는 순간/그러한 속력과 속력의 정돈 속에서/다리는 사
랑을 배운다"라는 문장 속에서 다리의 시간은 '속력'의 문제가 아
니라, 사랑의 문제 속에 놓인다. "적을 형제로 만드는 실증"[17]이란
다리의 식민적인 모더니티를 받아들이면서, 죄 많은 다리의 역사
를 모르는 젊음을 동시에 받아들이는 '사랑의 기술'이다. 이 지점
에서 다리로 상징되는 도시의 모더니티에 대한 김수영의 시적 의
식은, 그 한국적 모더니티의 끔찍한 식민성과 가속도를 '새로운
역사'를 만드는 '사랑의 기술'로 전환하는 시적 윤리학에 다다른
다. 또 다른 시 「사랑의 變奏曲」(1967)은 도시에서 소외와 자기
연민, 공허와 설움만을 보는 것이 아니라, 그 내재적 사랑의 가
능성을 상상한다. "사랑의 위대한 도시"에 이르는 사유의 궤적은

16 같은 책, p. 160.
17 같은 책, p. 235.

"사랑을 만드는 기술""눈을 떴다 감는 기술""4·19에서 배운 기술"의 과정이다. 그것은 "소리 내어 외치지 않"[18]고도 이 도시에서 '사랑'을 발견하는 기술이다. 이 기술은 도시 산책자의 소외된 관음자적 시선으로부터 도시의 내부에서 '사랑'을 발견하는 시선의 윤리학으로의 극적인 이동을 보여준다. 그것은 한국적인 모더니티에 대한 뜨거운 미적 윤리학의 지점이다.

이청준의 「병신과 머저리」(1966)는 환부와 증상에 대한 정신병리학적 탐구를 보여주는 소설이다. 의사인 형과 화가인 동생이 있다. 형은 한국전쟁 중에 동료를 죽이고 살아남았다는 트라우마를 가지고 있고 최근에는 수술의 실패로 좌절했으며, 동생은 우유부단한 태도로 인해 다른 사람과 결혼하겠다는 애인의 통고를 받는다. 형은 자신의 심리적 외상과 마주하는 방식으로 소설 쓰기를 선택했으며, 동생은 형의 소설을 훔쳐 읽으면서 형의 상처를 대리 체험한다. 형이 자신의 상처의 근원을 향해 소설 쓰기를 하다가 멈춘 동안, 동생은 자신의 그림을 그리지 못한다. 동생의 여자를 통해 발설되는 다음과 같은 말은 두 사람의 증상에 대한 숨은 서술자의 발언으로 읽을 수 있다. "선생님의 형님은 아직도 그 상처를 앓고 있다고 하시는 그분의 말씀을 듣고 저는 선생님을 생각했어요. 그렇다면 이유를 알 수 없는 환부를 지닌 어쩌면 처음부터 환부다운 환부가 없는 선생님은 도대체 무슨 환자일까

18   같은 책, p. 271.

고요. 게다가 그 증상은 더 심한 것 같았어요. 그 환부가 어디에 위치해 있는지, 그것이 무슨 병인지조차 알 수 없다는 점에서 선생님의 증상은 더욱더 무겁고 위험해 보였지요. 선생님의 형님은 그 에너지가 어디에 근원했건 자기를 주장해왔고, 자기의 여자를 위해 뭔가 싸워왔어요."[19] 동생은 형의 소설의 결말에 스스로 개입하고, 형은 다시 그 소설을 고쳐 쓰면서 자신의 결말을 만든다. 자신의 환부를 알고 있는 자의 죄의식과 환부조차 없는 자의 나약함 사이에서 '병신과 머저리'라는 명명법이 가능해진다.

문제는 이 소설이 동생의 관점에서 진행되고 있다는 점, 형의 소설이 액자소설 구조로 설정되어 있다는 점이다. 소설은 환부조차 대면하지 못한 자의 자기 성찰이라는 맥락에서 진행된다. 이 자기 성찰은 여러 겹의 층위를 갖고 있다. 형의 환부를 통해 자신이 처한 무기력함을 대면하는 것은, 자기 확인과 자기 정당화의 반복이라는 현대적 개인의 내면적 정황을 날카롭게 보여준다. 동생에게 형은 자기 성찰의 근거이자 자신의 비겁함에 대한 일종의 알리바이가 된다. 형이 동생의 소설 결말에 대해 분노하고 동생의 그림을 훼손하는 마지막 장면에서 통렬하게 드러나는 것은, 자기 자신과의 불화와 맞서지 않는 동생에 대한 혐오감이다. 이 소설에서 중요한 것은 현대적 주체성이 야기한 자기 정당화와 절대화의 요구를 허무는 데까지 소설적 자기 성찰이 나아가고 있다는 점이다.

19 이청준, 『병신과 머저리』, 열림원, 2001, p. 84.

이 소설의 액자소설적인 중층 구조는 두 가지 의미를 갖게 되는데, 형의 환부에 대한 동생의 대리 체험이라는 측면과 함께, 소설 쓰기 자체의 근원적 성격에 대한 질문이 그것이다. 이청준 소설에서 두드러진 것은 현실과 개인의식 사이의 문제만이 아니라, 그 관계에서 발생하는 '언어'의 문제이기 때문이다. 작가의 표현을 빌리면 액자소설은 '반성의 언어'로서의 '진실의 장치'에 해당한다.[20] 소설가 소설로서의 이 소설의 특징은 소설 쓰기를 자의식을 따라가는 것이 아니라, 그것을 반성적으로 대상화한다는 것이다. 그곳에서 작가의 자의식은 독자 위에 군림하는 것이 아니라, 독자와 함께 제3의 탐구의 장소를 마련한다. 그것은 자기 자신을 성찰하기 위해 스스로를 객체화하는 현대적 주체성의 원리에 부합하는 것이면서, 나아가 작가의 자의식을 재성찰하는 메타적인 주체성의 공간을 확보한다.

이청준의 소설에서 현대적 내면성의 원리가 중요한 문제로 부각되는 것은, 자신의 원체험과 상처의 근원으로부터 자신에 대한 질문법을 만들어내기 때문이다. 그런데 이청준의 인물들의 내

---

20 "격자소설이라는 것은 간단히 말해 진실의 장치라고 할 수 있겠지요. 진실의 소설적 표현이라는 게 어떤 것이겠습니까? 어떤 징후에 대한 예감과 암시 같은 것이 아니겠어요. 소설의 언어는 기본적으로 반성의 언어입니다. 어떤 것을 선택해서 그린다는 것 그것 자체가 반성으로서의 의미를 갖는 것이지요. 이처럼 반성이라는 특성을 지닌 언어가 할 수 있는 것은 삶의 진실에 대한 암시 정도일 뿐이겠지요. 직접적으로 드러내 보이는 경우에 있어서도 그것은 하나의 예시일 뿐 최종적인 진실의 실체는 아닐 것입니다. 그러니까 나로서는 이것이 진실이다라고 말하는 대신에 일정한 넓이를 마련해주고 그 안에서 진실을 찾아보기를 권하는 것이죠"(권오룡 엮음, 같은 책, pp. 28~29).

적 의식은 그 상처에 대한 피해자 의식뿐만 아니라, '피의자의 의
식'을 함께 갖고 있다.[21] 이 점이 이청준 소설의 자기 성찰의 치열
성을 확보하는 것이며, 여기서 이청준 소설의 자기의식은 현대적
주체성의 원리를 보존하는 수준을 넘어서 시대에 대한 비판과 소
설 쓰기의 밑자리에 대한 반성적 의식이라는 중층적인 겹을 띠
게 된다. 그것은 4·19 이후의 자기의식이 이청준에게는 원죄 의
식을 통한 자기 탐구와 그것을 언어화하는 문제라는 두 겹의 층
위를 갖게 되었다는 것을 의미한다.[22] 현실의 억압에 대한 문학적
대응이라는 차원을 넘어서, 문학 언어의 틀 자체에 대한 질문이
라는 측면에서 개인 주체의 자율성과 문학의 자율성은 상호작용
한다. 이것이야말로 이청준 문학의 미적 현대성이 당대적인 지평
을 넘어서는 이유이다.

  최인훈, 김수영, 이청준의 텍스트를 통해, 4·19라는 '사건'에

---

21 「병신과 머저리」의 갈등 구조를 '가해자와 피해자의 양가 논리를 맞세운
것'으로 분석한 것은 우찬제이다. 우찬제, 「'틈'의 고뇌와 종합에의 의지」, 『타자
의 목소리』, 문학동네, 1996, pp. 300~301 참조.
22 "그때가 5·16 이후의 상황이었는데, 그때의 느낌이란 열렸던 세계가 완
전히 닫혀버렸다는 그런 느낌이었어요. 닫혔을 때는 안으로 들어갈 수밖에 없
는 것이겠지요. 바깥을 향해 뭔가를 물을 수 없을 때에는 자신에게 물어볼 수밖
에 없지요. 또 위기감이라 하면 그것은 내 삶의 어느 일부가 고장 나는 것이 아
니라 삶 전체가 몽땅 부서진다는 느낌에서 오는 것이었지요. 이런 상황에서 살
아남아야겠다고 할 때, 절필하지 않으려면 과연 이럴 때의 언어가 어떤 언어이
어야 하겠는가, 그리고 이렇게 쓰고 있을 때 과연 나 자신이 역사와 문학과 삶의
옳은 자리에 서 있는가라는 자신을 향한 물음에서 오는 그런 위기감이 많았었지
요."(권오룡 엮음, 같은 책, pp. 33~34).

'충실'함으로써 그 이전에는 발설하지 못했던 잉여와 공백으로서의 문학적 언어들이 드러나는 미적 실천의 사례들을 만났다. 이들 텍스트에서 드러나는 것은 4·19라는 역사적 사실의 직접적인 재현도 아니며, 4·19라는 원인에 의해 필연적으로 낳게 된 단일한 이념과 의식의 발현도 아니었다. 바로 4·19라는 이름의 모더니티가 한국문학의 미적 현대성과 맺는 관계, 혹은 그 관계의 복수적인 지점들이었다. 이들의 텍스트는 사회적 모더니티의 반영물이 아니라, 그 관계 속에서 만들어진 또 다른 모더니티들이다.

특히 이들 텍스트에서 문제적인 것은 현대적 주체성의 원리가 자율적 개인의 자기 정당화의 요구에 귀결되지 않는다는 점이다.[23] 4·19 이후 합리적 이성과 자율적 개인에 대한 믿음이 정치 현실과 생활 세계 속에서 왜곡과 억압을 경험해야 할 때, 문학적 개인은 자기 자신의 내적 의식을 탐구의 대상으로 삼아야 하는 사태에 도달한다. 그러나 이들은 개인적 주체성의 원리를 배타적으로 절대화하는 방식으로 사태를 해결하는 것이 아니라, 현실의 일부로서의 자신에 대한 반성적 성찰을 끝까지 밀고 나감으로써,

---

23   이와 연관하여 김영찬은 1960년대 소설을 대상으로 '근대적 주체의 자기 의식의 표현'이라는 관점에서 모더니즘 문학의 특징을 세밀하게 분석한 바 있다. 하지만 최인훈과 이청준의 문학적 한계를 논하는 지점에 이르면, 그들 문학에 대해 외재적인 입장에서 비판이 진행된다. "최인훈과 이청준의 소설에 각기 나타나는 냉소적 방관의 태도나 증오와 선망의 양가감정은 바로 그런 자기 보존적 개인이라는 입지점 자체의 성격에서 비롯되는 것이다. 또한 그들의 소설이 포착하는 근대적 현실이 대부분 생생하게 살아 있는 구체적인 것이기보다는 주관적이고 추상적인 관념의 상으로 고정되는 데 그치는 것도 자기의 바깥으로 걸어 나가지 않는 개인이라는 입지점을 고려하지 않고는 온전히 설명할 수 없다"(김영찬, 『근대의 불안과 모더니즘』, 소명출판, 2006, p. 221).

다른 층위의 미적 주체를 재구성한다. 시대에 대한 비판과 자기 비판이 조우하는 지점에서 심미적 주체가 탄생하는 것이다. 자기 의식에 극단적으로 주의를 기울이고 그 주체성을 존중하면서 그 것을 뒤흔들어버리는 미적 자유를 탐문한다. 주체의 자율성은 문학 텍스트의 구체성 안에서 문학의 자율성과 대면함으로써, 근대적 자기동일성에 대한 비판적 질문법을 만들어낸다.

그것은 서구적인 의미의 현대성을 주입한 것이 아니라, '분단-4·19-5·16'을 관통하는 한국적 모더니티의 역사적 공간 구조를 미적으로 전유하고 재구성한 산물이다. 한국사의 굴절된 모더니티가 그들의 문학을 필연적으로 규정했다기보다는, 그 외부적인 모더니티의 억압 속에서 미적 모더니티를 구성해나가는 과정 속에서 새로운 심미적 주체가 탄생한 것이다. 그들의 문학은 한국적인 모더니티가 만들어낸 문학적 '증상'이 아니라, 치열한 내면의 모험과 미적 투쟁이 만들어낸 모더니티의 '다른 장소'이다. 그 투쟁을 통해 한국문학은 사회적 모더니티와는 또 다른 모더니티의 가능성을 탐구할 수 있었다. 여기서 4·19를 둘러싼 미적 현대성은 당대적인 현대성이 아니라, 미래를 살기 시작하는 시간의 의미를 갖게 된다. 이들 텍스트 내부의 문학적 주체와 언어들은 4·19의 과거가 아니라, 4·19의 '미래'를 향해 열려 있다. 이 지점에서 4·19를 둘러싼 미적 현대성은 하나의 특정한 시대가 아니라 미래를 향한 활동이다. 미적인 층위에서 4·19는 명사가 아니라, '동사'적인 시간대이다. 한국문학에서 지금 중요한 것은, 4·19를 기억의 투쟁이 아니라 미래의 투쟁으로 바꾸는 일이다. 미적 혁명은 도래하지 않았거나 영원히 지속된다.

(2010)

4. 작별의 리듬

새하기와 작별의 리듬
── 김혜순의 『날개 환상통』

  김혜순이 문학 제도 안에서 시 쓰기를 시작한 1979년 이후 한
국문학은 여러 차례의 변이와 단절을 경험했다. 1980년대의 급
진적인 도전들과 1990년대의 다른 감수성의 등장 그리고 최근의
페미니즘의 요동치는 시간들에 이르기까지, 그 국면들을 뚫고 김
혜순의 시는 돌파를 멈춘 적이 없다. 40여 년이라는 시간은 시적
인 것이 아니었고 차라리 광폭한 것이었으나, 김혜순은 저 제도
화된 역사들과 가장 먼저 '작별'하는 시적 신체의 최전선에 있었
다. 김혜순의 시를 둘러싼 몰이해는 재생산되었지만, 그의 시는
'미시 파시즘'과 싸워야 할 이유가 선명해진 '촛불과 미투의 시
대', 그 싸움의 근원적인 층위에 가장 먼저 도착해 있었다. 적어
도 지난 40년 동안 문학 언어의 정치적 급진성에 있어 김혜순보
다 뜨거운 언어를 찾기는 쉽지 않다.
  이 시집은 '새하는' 시집이다. '새-하다'가 어떤 움직임을 말하
는 것인지 먼저 살펴볼 필요가 있다. 새라고 하는 명사에 '하다'
라는 행동이나 작용을 이루는 술어가 붙어 있는 것은 어색하다.
새가 주어가 되는 '새가 무엇을 하다'라는 문장이나, '새가 되다'
혹은 '새를 어떻게 하다'라는 문장이 더 자연스러울 것이다. '새

하다'라는 구문에서 '새'가 주어인가 목적어인가도 분명하지 않다. '새'의 위치가 주어도 목적어도 될 수 없거나 혹은 둘 다 될 수 있는 이 모호함이 이 문장을 시적인 것으로 만든다. 이 문장은 주어와 목적어, 주체와 객체 사이의 저 완강한 문법적인 경계를 허물어버린다. 주체와 대상 혹은 인간과 동물의 위계를 지워버리는 이 강력하고 매혹적인 '수행문'이야말로 이 시집을 관통하는 동력 장치이다.

이 시집은 책은 아니지만
새하는 순서
그 순서의 기록

신발을 벗고 난간 위에 올라서서
눈을 감고 두 팔을 벌리면
소매 속에서 깃털이 삐져나오는
내게서 새가 우는 날의 기록
새의 뺨을 만지며
새하는 날의 기록

공기는 상처로 가득하고
나를 덮은 상처 속에서
광대뼈는 뾰족하지만
당신이 세게 잡으면 뼈가 똑 부러지는

그런 작은 새가 태어나는 순서

새하는 여자를 보고도
시가 모르는 척하는 순서
여자는 죽어가지만 새는 점점 크는 순서
죽을 만큼 아프다고 죽겠다고
두 손이 결박되고 치마가 날개처럼 찢어지자
다행히 날 수 있게 되었다고
나는 종종 그렇게 날 수 있었다고
문득 발을 떼고
난간 아래 새하는
일종의 새소리 번역의 기록
그 순서

—「새의 시집」 부분

　서시에 해당할 위의 시에서 이 시집은 "새의 시집"으로 명명된다. "책은 아니지만/새하는 순서"라는 문장에 대해 우선 말해보자. '책'이 언어의 구성체로서의 물질성을 갖는 것이라면 이 시집은 '책 이전'에 있거나 '책 이후'에 있을 것이다. 이 시집이 "새하는 순서"라면 그것은 '새하다'라는 수행적 행위의 '순서', 그러니까 어떤 리듬의 현현이다. "내게서 새가 우는 날의 기록" 혹은 "그런 작은 새가 태어나는 순서" 말이다. '새'는 '내게서' 탄생하는 어떤 것이다. 이 시집은 새의 실체를 재현하는 자리가 아니라,

새가 태어나는 리듬을 드러내는 공간이다. 그 리듬은 "새하는 여자"의 리듬, "여자는 죽어가지만 새는 점점 크는 순서"이다. '새'는 여자로부터 탄생한 것일 수 있지만, '여자'라는 정체성의 범주를 넘어선다. '새소리'의 번역은 불가능한 것이겠지만 이 시집은 그것을 기록하려는 기이한 시도이다.

결단코 새하지 않으려다 새하는 내가
결단코 이 시집은 책은 아니지만 새라고 말하는 내가

이 삶을 뿌리치리라
결단코 뿌리치리라

물에서 솟구친 새가 날개를 터는 시집

시방 새의 시집엔 시간의 발자국이 쓴 낙서

세상에서 제일 무거운 연필을 들고
가느다란 새의 발이 남기는 낙서
혹은 낙서 속에서 유서

이 시집은 새가 나에게 속한 줄 알았더니
내가 새에게 속한 것을 알게 되는 순서
그 순서의 뒤늦은 기록

이 시의 후반부에 '새하다'의 비밀은 조금 더 구체적인 것이 된다. 일인칭 주체가 '새하는' 것은 어떤 행위일까? 이를테면 "이 삶을 뿌리치리라"라는 선언. '새하다'라는 행위는 "뿌리치는" 행위와 연관되어 있다. 무엇을 뿌리치는가? 아마도 모든 것과의 결별, 어쩌면 '새'로부터도 '작별'하는 행위가 될 것이다. 이런 행위의 과정 속에서 '나'와 '새'의 관계는 주체와 객체, 혹은 주종의 관계가 아니라, "내가 새에게 속한 것"이 된다. '새'는 '나'의 대상도 객체도 소유도 아니다. '새하기'를 통해 '나'는 '나'를 뿌리친다.

'새하다'라는 수행문은 어떻게 급진성을 갖게 되었는가? 이 수행문은 행위는 있지만 '행위자'는 없다. 젠더가 명사가 아니라 동사이며 행위로서 구성되는 가변적인 구성물인 것처럼 말이다. '새하다'는 억압적인 주체를 구성하지 않는 연행성의 층위이다. 그런데 왜 하필 '새'인가? 그것은 새가 가진 일반적인 상징체계를 넘어선다. 새가 자유를 상징한다든가 초월과 혼을 상징한다는 것조차도 중요한 것은 아니다. '새'가 무엇인가는 '새하다'를 통해 가변적으로 구성된다. '새'라는 주체의 동일성이 먼저 주어지고 '새하다'가 성립되는 것이 아니라, '새하다'라는 수행문을 통해 비로소 '새'가 구성된다. 젠더가 그런 것처럼 '새'의 정체성 같은 것은 없다. 그러니 '새'가 무엇인지를 묻는 일은 실패할 수밖에 없고 '실패해야만' 한다. '새하다'는 참과 거짓, 진실과 허구 같은 경계를 넘어서는 수행적인 사건이다.

새가 나를 오린다
햇빛이 그림자를 오리듯

오려낸 자리로
구멍이 들어온다
내가 나간다

새가 나를 오린다
시간이 나를 오리듯

오려낸 자리로
벌어진 입이 들어온다

내가 그 입 밖으로 나갔다가
기형아로 돌아온다

다시 나간다

내가 없는 곳으로 한 걸음
내가 없는 곳으로 한 걸음

새가 나를 오리지 않는다

벽 뒤에서 내가 무한히 대기한다

──「고잉 고잉 곤」 전문

이 아름다운 시는 '새'와 '나'의 관계에 대한 매혹적인 이미지를 만들어낸다. 앞의 시에서 "내가 새에게 속한" 사건의 연장 속에서 "새가 나를 오린다". '오린다'는 행위는 형태를 탄생시키는 행위, 탄생시키면서 동시에 구멍을 만드는 행위이다. 이 탄생은 기묘하고 예측 불가능한 상상력으로 전이된다. "오려낸 자리로/벌어진 입이 들어온다" "내가 그 입 밖으로 나갔다가/기형아로 돌아온다"와 같은 기괴한 장면들. 이 장면들 속에 '오린다'의 존재를 탄생시키는 행위는 단지 '주체가 대상을 낳는다'라는 구문으로 요약되지 않는다. '나'는 오려짐을 통해 피동적인 위치에만 있는 것이 아니라, "그 입 밖으로 나갔다가/기형아로 돌아"왔다가 "다시 나"가는 사건의 수행자가 된다. '나'는 오려짐의 존재이지만, 동시에 그 '오려진' 구멍을 통해 "내가 없는 곳으로 한 걸음" 나가는 능동적인 존재가 된다. 그래서 "새가 나를 오리"는 것은 주체와 객체 사이의 행위가 아니라, '나'와 '새'의 경계가 무너지는 무한한 오려짐, 무한한 나아감, 무한한 대기의 사건이다.

하이힐을 신은 새 한 마리

아스팔트 위를 울면서 간다

마스카라는 녹아 흐르고
밤의 깃털은 무한대 무한대

그들은 말했다
애도는 우리 것
너는 더러워서 안 돼

[……]

쓸쓸한 눈빛처럼
공중을 헤매는 새에게
안전은 보장할 수 없다고
들어오면 때리겠다고
제발 떠벌리지 마세요

저 새는 땅에서 내동댕이쳐져
공중에 있답니다

사실 이 소리는 빗소리가 아닙니다
내 하이힐이 아스팔트를 두드리는 소리입니다

오늘 밤 나는
이 화장실밖에는 숨을 곳이 없어요

물이 나오는 곳

수도꼭지에서 흐르는 물소리가

나를 위로해주는 곳

나는 여기서 애도합니다

—「날개 환상통」 부분

"하이힐을 신은 새 한 마리"라는 설정은 '새'의 이미지에 젠더
의 뉘앙스를 불어넣는다. 그런데 여기에 '애도'를 둘러싼 싸움
이 개입한다. "애도는 우리 것/너는 더러워서 안 돼"라고 말하는
자들은 애도의 권력을 가진 자들이다. 안티고네가 그랬던 것처
럼 '애도'의 금지는 첨예하게 정치적인 문제이다. "하이힐을 신
은 새"는 그 애도의 권력으로부터 추방당한 존재이다. 애도의 권
위를 가진 자들이 '새'의 존재를 쫓아내는 '서울'은 "숨을 곳이 없
는"곳이다. '새'의 추방과 추락을 목격하는 일인칭 화자와 새는
환상통을 겪는 존재들이다. 새는 "겨드랑이가 푸드덕거려 겆"고,
'새'가 신은 하이힐은 또한 "내 하이힐"이다. 시의 후반부로 가면
'나'와 "하이힐을 신은 새"는 거의 구분되지 않는다. '나-새'는 애
도의 권력을 가진 자로부터 추방되어 "이 화장실"에서 은밀하게
애도를 수행한다. '나'와 '새'는 애도의 권력으로부터 추방당한
채 '환상통'을 겪는 존재라는 맥락에서 주체와 대상으로 구분되
지 않는다. '나-새'가 서로 구별되지 않는 존재로서 애도하는 행
위야말로 애도의 권력을 저격하는 제의적인 장면이다.

발목에 묶인 은줄이 빛난다
엄마는 태어나자마자 나에게 새장을 입혔지만

발이 푹푹 빠지는 트램펄린 밤
흰 오로라처럼 사라지는 토끼 모양 그림자
트램펄린 밤 속으로 나는 튀어 오른다

누가언제왜어떻게어디서무엇으로는 설명할 수 없는
얼굴과 마주 보고 튀어 오른다
우리 엄마를 낳아서 소녀로 기르고
시집보내고 나를 낳게 하고
이제 할머니를 만들어서
병들어 눕게 한 달빛이 은줄 위에 빛난다
[……]

이 지구는 자전과 공전이라던데
내 치마처럼 홀러덩 돌기만 한다던데
왜 죽어? 왜 죽어?

온몸을 찌르는 잉크처럼 나를 적시는 달빛
이 빛을 다 베면 죽음이 멈출까

새장을 입은 채 나는 싸운다

저 숲과

저 산과

저 밤과

저들을 다 베면 우리 엄마가 살까?

──「바닥이 바닥이 아니야」 부분

이 시의 화자는 태어나자마자 묶인 존재이다. "발목에 묶인 은
줄"과 함께 "엄마는 태어나자마자 나에게 새장을 입혔"다. 이 묶
임과 갇힘이 엄마와 연관되어 있다는 것은 그것이 젠더의 문제일
수 있음을 충분히 짐작하게 하지만, 이 시에서 중요한 것은 도약
하는 행위 자체의 리듬과 에너지이다. 트램펄린 위로 튀어 오르
는 도약은 도발적이다. "저들과 싸울 거야/저들을 벨 거야"와 같
은 전의가 그 춤에 절망적으로 스며들어 있다. 이 도약의 공격성
은 역설적으로 '새장'의 완강함을 환기시킨다. "매일매일 내 몸을
조여오는/이 새장을 벗지 못하는 나"는 "레이스 커튼이 달린 새
장을 입은 새"이기도 하다. 이 상황은 죽음을 멈출 수 없는 상황,
'엄마의 죽음'이 계속되는 상황이다. 그러면 어떻게 싸울 수 있
나? "새장을 입은 채 나는 싸운다"라는 문장은 그 싸움의 상황을
정확하게 압축한다. 도약은 묶이고 갇힌 '나-새'가 그 "새장은 입
은 채 싸우"는 처절한 춤이다.

새와 새가 대화를 나누었다. 나무 위에서 지붕 끝에서 피뢰침을

사이에 두고 대화를 나누었다. 너무 추운 날이었고 몸은 따뜻한 방 안에서 왠지 울고 있었다. 새의 대화 속엔 몸이 없었다. 몸에서 떨어진 두 손처럼 새 두 마리가 서로를 바라보았다.

새는 이별부터 먼저 시작한다는데, 이별과 이별은 만나서 무슨 얘기를 나눌까. 새는 몸속에서 몹시 떨었던 적이 있다. 파닥거린 적이 있었다고나 할까. 새는 이미 이별부터 시작했으므로 미래가 없다고 했다. 새는 미래를 콕 찍어 먹고, 미래를 콕 찍어 먹고 정겹게 대화를 나누었다.

　　　　　　　　　　　　　　　　—「이별부터 먼저 시작했다」 부분

새의 존재 방식은 '이별'의 존재 방식이다. '새'는 떠나는 방식으로 존재한다. 새와 새가 대화한다는 것은 '이별과 이별이 만나서' 얘기하는 것이다. "새는 이미 이별부터 시작했으므로 미래가 없다." 이별부터 시작하는 존재이기 때문에, 새의 현재는 이미 작별하는 현재이다. 새에게 '현재-미래'의 시간 관계는 무의미해진다. 새는 언제나 '가버릴' '가버리는' 새이다.

아빠, 네가 죽은 방에서 나는 새가 된다
갈비뼈가 동그래지고
쉴 새 없이 두리번거리는 새가 된다
차곡차곡 오그라든 풍경들이 책꽂이에 꽂힌 방

마야의 여자가 죽은 남자의 머리통에서 해골을 부수어내고
가죽만 남은 머리통을 뜨거운 모래 속에서 굽는다
그러자 주먹보다 작게 오그라든
머리통이 모래 속에서 출토된다
머리카락이 길게 붙은 새의 얼굴이다
여자가 남자의 양쪽 귀에 실을 꿰어 가슴에 매단다

나는 문에 구멍을 내고 간밤의 새를 들여다본다

저것의 눈에서 흰자위가 사라지고
검은 눈동자만 남았다

수영장 바닥에 누워 나는 생각한다 내 방에는 새가 있다
털 없는 새끼를 여럿 낳을 수 있는 새가 있다
그렇게 생각하다 보면 갑자기 수영장 바닥에서 커다란 새가 솟구
친다

                        —「작별의 공동체—새의 일지」부분

    장시 「작별의 공동체」는 '아빠의 죽음'에 관한 시이면서, 작별
의 존재론에 관한 시이기도 하다. 이 치열하고 유장한 리듬 가운
데서 '새'는 다시 등장한다. "아빠, 네가 죽은 방에서 나는 새가
된다"라는 문장은 '아빠'와 '나'와 '새'의 관계를 압축한다. '아빠'
가 죽은 자리에서 '새'라는 새로운 미지의 존재가 탄생한다. 이

장시의 초반부에 나오는 것처럼 '아빠'의 죽음은 "시작도 없고 마지막도 없고" "여자도 남자도 없고" "아빠도 자식도 없"는 "평평하"고 "무한"한 "그곳"으로 간 사건이다(「작별의 공동체―작별의 신체」). '작별'은 처음부터 이미 시작된 것이었고, '아빠'의 죽음은 그 작별의 신체를 다시 감각하게 한다. 마야의 여자의 장례 관습을 빌린 이미지 속에서 죽은 남자는 주먹보다 작게 오그라들도록 구워져서 "머리카락이 길게 붙은 새의 얼굴이" 된다. 남자는 죽은 후에야 '새의 얼굴'이라는 다른 존재로 변이된다. 그 존재는 "여자가 남자의 양쪽 귀에 실을 꿰어 가슴에 매단다"라는 표현처럼, 이미 남성성의 상징을 갖지 않는다. 이 새는 '나'에게는 일상적으로 출현한다. "수영장 바닥"과 "오토바이 뒷자리에"서 새는 출현하며, "만원 지하철에서" "엘리베이터에서" 새가 되는 사태가 발생한다. 아빠의 죽음은 새의 출현 혹은 '새-되기'의 잠재성을 실현하는 계기가 된다. 모든 신체는 작별의 신체이며, 이 작별은 끝이 아니라 다른 잠재성의 출현이라는 존재론적 사건이다.

왕자는 고뇌하고 공주는 고통한다
왕자는 애도하고 공주는 고통한다
왕자는 정신하고 공주는 신경한다
왕자는 연설하고 공주는 비명한다
왕자의 고뇌는 공주, 공주의 고통은 이름이 없다
왕자는 멜로디하고, 공주는 리듬한다
왕자는 내용하고, 공주는 박자한다

작별의 사건은 일종의 리듬이다. 리듬은 내용과 멜로디에 비해 원초적인 것처럼 보이지만, 리듬이야말로 생성과 작별의 운동 방식이다. 리듬은 반복에 의해 발생하고 그 반복은 다른 반복을 통해 변이된다. 위의 시에서 반복은 리듬을 발생시키지만, 그 리듬은 듣기 편안한 음악이 아니다. 리듬은 "고뇌"와 "애도"와 "정신"과 "연설"과 "멜로디"와 "내용"의 편에 서 있는 것이 아니라, "고통"과 "신경"과 "비명"과 "박자"의 편에 속한다. 여기에는 두 가지 층위의 리듬이 있다. 우선 반복을 통해 양식화되는 리듬은 젠더가 그런 것처럼 정체성을 구성하는 유형화의 과정이다. 위의 시는 그 과정에 대한 절묘한 시적 재구성이다. 그런데 또 다른 리듬이 꿈틀거린다. 그 제도화된 리듬의 패러디 혹은 전유를 통해 젠더를 둘러싼 상징 질서의 허구성을 폭로하고 타격하는 다른 리듬이다. 언어에 의해 사회적으로 구성된 젠더 정체성은 리듬을 다르게 수행하는 방식으로 타격되며, 시적 리듬은 제도적인 리듬과 결별한다. '이름 없는 고통'이 만드는 리듬을 둘러싼 이중의 역전이다.

리듬이 공주를 공중에 태운 순간
멜로디가 죽는다
영원히 진행 중인 리듬 비트 벼락
번개가 번쩍번쩍 칠 때마다 대천사의 날개가 획획 현현한다

원자력 발전소가 죽지 않는 한

공주의 두 발이 공중에서 떨어지지 않는다

　　　　　　　　　　　　　　　　　—「리듬의 얼굴」 부분

　김혜순의 시에서 작별은 리듬으로서의 작별이며, 리듬은 작별하는 리듬이다. "리듬이 공주를 공중에 태운 순간"은 리듬이 멜로디를 죽이고 다른 시간을 도래하게 하는 순간이다. 이 순간은 "대천사의 날개"와 같은 기적이 "현현"하는 순간이기도 하다. "현현"은 진리의 문제도 인식의 문제도 아니다. 현현은 리듬이 데려오는 순간이 그런 것처럼 '사건'이다. 리듬이 만드는 사건은 시간에 대한 구획을 넘어서는 무한의 영역에 진입한다. 리듬은 비유보다 원초적이고 급진적으로 '시적인 것'이다. 리듬의 세계에서 시는 인식의 문제가 아니라 파동의 사건이다. 감각과 몸의 영역에 작용하는 리듬은 해석도 인식도 필요하지 않다. 김혜순의 리듬은 주체와 객체, 젠더와 상징 질서의 구획을 돌파하는 언어의 파동을 통해 '현전'의 미학에 이르는 시적 에너지이다.

　　나는 새 속에서 태어났다고 했다

　　그 반대가 아니라

　　나는 새 속에서 죽었다고 했다

　　그 반대가 아니라

　　내가 태어나서 죽었다고 했다

　　　　　　　　　　　　　　　　　—「새의 반복」 부분

310

"새 속에서 태어"나고 "새 속에서 죽"는 얘기는 "내가 태어나서 죽었다는 그런 흔한 얘기"와 결별하는 "다른 얘기"이다. '새'는 탄생과 죽음이 벌어지는 사건의 공간이고 시간이며, 그 모든 "다른 얘기"를 만들어내는 잠재태이다. 이제 다시 한번 새란 무엇인가를 물어보자. 새는 대문자 새도 아니며, 개별적인 '그 새'도 아니다. 새는 부정관사의 새, '어떤' 새이다. 새는 미지의 것을 가능하게 하고 모든 것과 작별하게 만드는 어떤 새이다. 이를테면 새 속에서 태어난다는 것 혹은 새가 된다는 것은 새의 형상을 닮는 것이 아니다. 더 이상 동물과 여성과 분자 같은 것들이 서로 구분될 수 없는 분화되지도 않은 잠재성의 영역으로 진입하는 것이다. 그런 이유로 '새-하기'는 가장 급진적인 수행의 사건이며, '새-되기'는 가장 뜨거운 생성의 사건이다.

김혜순 시의 급진성은 '비정체성의 정치성'에서 온다고 볼 수 있다. 정치 운동은 대개 그 요구를 주장하는 정치적 주체를 상정하며, 예컨대 '여성 운동'의 경우도 여성의 정치적 주체성을 말할 수 있다. 그러나 정치적 주체의 정체성을 주장하는 것은 한편으로 억압적이다. 행위자의 정체성을 먼저 설정하는 정치 운동은 그 자체로 정치성의 영역과 동력을 제한할 수밖에 없다. 정치적 행위의 과정을 통해 행위자가 구성되고 저 불편한 타자들을 맞이할 수 있다면, 그 정치성은 더욱 첨예하고 급진적인 것이 될 수 있다. 김혜순의 시에서 '새'의 정체성이 주어져 있지 않으면서, '새-하기'가 강력한 정치성을 띨 수 있는 것을 이미 여기서 목격

했다. '새'가 '새-하기'의 행위를 통해 구성되기 때문에, 모든 '새'는 변이와 도정의 새이며 시적 잠재성으로서의 새이다.

가장 첨예한 사랑의 유형은 이런 것이다. '당신'이 누군지 감히 규정하지 못하면서 '내'가 누구인지 자신도 모르면서 두려움을 넘어 사랑을 시작할 수 있다면, '사랑하는 행위'가 '나'와 '당신'의 구분을 없앤다고 말이다. 그리고 이것은 우리가 '작별의 신체'임을 받아들이는 일이기도 하다. "시 혹은 새는 혹은 새 혹은 나는 또 혹은 나라고 말하고 싶은 새 혹은 이 시"(「작별의 공동체—찢어발겨진 새」)들은 이 작별의 신체가 만들어낸 놀라운 사건이다. 이 사건 속에서 '새'와 '나'와 '시' 사이에서 주체와 객체의 구분은 날아가버리며, 작별의 리듬만이 이것들을 연동coextension시키는 무한 동력을 만든다. '이별부터 시작하는' 것이야말로 모든 '하기'의 잠재성이다. '새-하기' '동물-하기' '몸-하기' '시-하기' '리듬-하기' '유령-하기' '여성-하기' '김혜순-하기'…… '김혜순-하기'의 층위에서라면, 이 시집 전체가 이미 작별의 신체이며, 작별의 리듬이다. 끝내 '김혜순'의 정체성은 알 수 없으며, '김혜순-하기'의 맥락 속에서 계속 탄생하고 이별하는 '김혜순'만이.

(2019)

저 오래된 시간을 무엇이라 부를까?
─ 허수경의 『누구도 기억하지 않는 역에서』

"네 눈이 바라보던/내 눈의 뿌연 거울"(「오래된 일」)의 순간, 형언할 수 없는 순간이 있었을 것이다. 그 순간이 아득한 것 같다가, 참혹할 만큼 생생한 일이었다가, '나'는 그 기억의 주인이 될 수 없음을 깨닫는다. 그 기억의 의미를 알아내는 일은 불가능하며, 시간의 무서운 힘 앞에서 언제나 '나'는 무력하다는 걸. 허수경 시인이 오래전 "사랑은 그대를 버리고 세월로 간다"(「공터의 사랑」)[1]고 노래한 것처럼, 사랑과 세월에 대해서 내내 수동적이고 속수무책이었다는 것을 알게 된다. 생과 사랑이라는 일의 근본적인 조건이 '가사성(可死性, mortality)'이라면, '나'는 사라질 수 있거나, 사라진 것들만을 사랑하며, 결국은 미약한 기억의 힘을 붙들고 있어야 한다. 남은 일은 그 '오래된 일'을 어떻게 기억하고 호명하는가 하는 일, 무엇이 남아 있는가를 살아 있는 동안 묻고 또 물어야 하는 일.

네가 나를 슬몃 바라보자

---

[1] 허수경, 『혼자 가는 먼 집』, 문학과지성사, 1992.

나는 떨면서 고개를 수그렸다

어린 연두 물빛이 네 마음의 가녘에서

숨을 가두며 살랑거렸는지도

오래된 일

봄저녁 어두컴컴해서

주소 없는 꽃엽서들은 가버리고

벗 없이 마신 술은

눈썹에 든 애먼 꽃술에 어려

네 눈이 바라보던

내 눈의 뿌연 거울은

하냥 먼 너머로 사라졌네

눈동자의 시절

모든 죽음이 살아나는 척하던

지독한 봄날의 일

그리고 오래된 일

　　　　　　　　　　　　　　　　──「오래된 일」 전문

　"눈동자의 시절"은 언제인가? "네 눈이 바라보던/내 눈의 뿌연 거울"의 시절. '너'와 '내'가 보는 자와 보여지는 자로 나뉘던 장면이 아니라, 서로가 눈동자의 거울이 되었던 시절. '시선의 시간'이 아니라, 오직 "눈동자의 시절"이었던 날들. "모든 죽음이 살아나는 척하던/지독한 봄날의 일". 모든 것이 죽지 않을 것처럼 착각하게 만들던 시간. "그 지독한 봄날"은 이미 "오래된 일"이

314

다. '오래되었다'는 시간의 감각은 상대적이고 주관적이다. "하냥 먼 너머로 사라졌네"라고 말할 때, 그 '먼 너머'는 도대체 어디쯤 인가? 얼마만큼의 물리적 시간이 지나면 '오래되었다'라고 말할 수 있는 날들이 올까? 더 이상 그 장면의 세부와 감각이 분명하지 않거나, 그 기억들을 잃어버리고 왜곡한다고 생각되어질 때쯤이면? 생의 감각이 시간의 감각일 수밖에 없다면, '내'가 시간을 가늠하는 것이 아니라, 시간이 '나'를 대면하는 장면들.

차라리 '하냥'이라는 부사에 대해 말해보자. '하냥 사라진다' 는 것은 사전적인 의미에서 '늘' 혹은 '함께' 사라진다는 것이다. 이 방언은 시간을 둘러싼 감각의 특이성을 우연한 방식으로 노출시킨다. 그 시간이 사라졌다는 것, 그것이 오래된 일이었다는 감각은, '하냥' 그러니까 '늘' '함께' 온다. '늘'의 문맥에서 말한다면 시간과 기억은 계속해서 언제나 무언가가 사라지고 있는 사태이며, '함께'의 문맥에서 말한다면, 그것들은 한꺼번에 사라지는 사건이다. '오래된 일'을 둘러싼 시간의 감각이 항시적인 것이라면, 문제는 그 특정한 시간을 오래된 일이라고 명명하는 행위 자체에 있을 것이다. 그것은 사랑과 기억, 삶과 죽음, 시와 시인의 문제를 관통한다.

> 서는 것과 앉는 것 사이에는 아무것도 없습니까
> 삶과 죽음의 사이는 어떻습니까
> 어느 해 포도나무는 숨을 멈추었습니다

사이를 알아볼 수 없을 만큼 살았습니다
우리는 건강보험도 없이 늙었습니다
너덜너덜 목 없는 빨래처럼 말라갔습니다

알아볼 수 있어 너무나 사무치던 몇몇 얼굴이 우리의 시간이었습
니까
내가 당신을 죽였다면 나는 살아 있습니까
어느 날 창공을 올려다보면서 터뜨릴 울분이 아직도 있습니까

그림자를 뒤에 두고 상처뿐인 발이 혼자 가고 있는 걸 보고 있습
니다
그리고 물어봅니다
포도나무의 시간은 포도나무가 생기기 전에도 있었습니까
그 시간을 우리는 포도나무가 생기기 전의 시간이라고 부릅니까

지금 타들어가는 포도나무의 시간은 무엇으로 불립니까
정거장에서 이별을 하던 두 별 사이에도 죽음과 삶만이 있습니까
지금 타오르는 저 불길은 무덤입니까 술 없는 음복입니까

그걸 알아볼 수 없어서 우리 삶은 초라합니까
가을달이 지고 있습니다
—「포도나무를 태우며」 전문

'포도나무가 숨을 멈추는' 시간이 있다. 포도나무는 "서는 것과 앉는 것 사이" "삶과 죽음의 사이"의 비유적 이미지가 될 수 있다. 이 시에서 그 '사이'를 둘러싼 질문들은, 지혜를 향해 있기보다는 "물어봅니다"라는 문장의 형식 안에서만 맴돈다. "사이를 알아볼 수 없을 만큼 살았"기 때문에, 오히려 그 삶의 '오래됨'은 그 '사이'에 대한 감각을 불명료하게 만든다. 뼈아픈 시간에 대한 질문들이 남아 있다. "알아볼 수 있어 너무나 사무치던 몇몇 얼굴"의 기억과 "내가 당신을 죽였다면 나는 살아 있습니까"라는 참담한 질문들. '내'가 '당신'을 죽인 것 같은데도 '내'가 살아남아 있다는 느낌이 들지 않는 이상한 '사이'의 감각들. '사이'를 둘러싼 감각들의 모호함은 삶과 죽음 사이의 인지의 무기력에 멈추어 있지 않고, "포도나무가 생기기 전의 시간"에 대한 상상력으로 뻗어나간다. "포도나무가 생기기 전의 시간"은 포도나무의 생과 죽음의 사이를 넘어서는 깊고 오랜 시간의 감각을 불러들인다. 그 오래된 시간에 대한 상상 때문에, 생과 죽음의 사이에 대한 감각은 다른 차원에 진입한다.

아주 오래된 시간에 대한 상상은 현재의 시간을 다시 묻게 한다. "지금 타들어가는 포도나무의 시간"에 대한 감각을 재구성한다. 지금 불타고 있는 포도나무의 '현전'은 무엇인가? 생명과 다산(多産)의 상징이며, 죽어서도 소생하는 성스러운 나무라는, 포도나무를 둘러싼 재래적인 상징체계를 굳이 언급할 필요는 없을지도 모른다. 중요한 것은 지금 포도나무를 태우는 일은, 포도나무의 시간에 대한 어떤 '의례'라는 것. 포도나무의 불길은 "무덤"

이기도 하며 "술 없는 음복"이기도 할 테니까. '지금'이라고 명명된 현재의 시간이 포도나무를 불태우는 시간이며, 포도나무의 오래된 시간들에 대한 '장례'와 '애도'의 시간이라는 것.

포도나무를 둘러싼 그 모든 시간의 '사이'와 '층위'들을 알아낼 수는 없을 것이다. 하지만 포도나무의 오래된 시간에 대한 상상은 다른 질문들을 만들어낼 수 있다. "정거장에서 이별을 하던 두 별들 사이에도 죽음과 삶만이 있습니까"와 같은, 사소하고 동시에 우주적인 '이별'들을 둘러싼 질문. 그 시간들의 의미를 "알아볼 수 없어서 우리 삶은 초라합니까"와 같은 쓸쓸한 질문. 그 삶과 죽음 사이의 모든 시간들을 알아낼 수 없어서 '우리 삶'은 끝내 초라할 수밖에 없다. 하지만 포도나무를 태우는 '지금' 이 순간은, 시간을 장례 지내는 미지의 시적 주체가 탄생하는 순간이다. 이 놀라운 시는, 불타는 포도나무를 둘러싼 여러 겹의 잠재적 시간들을 체험하게 만든다. 그 체험이 '우리 삶'의 무지와 초라함을 이상한 방식으로 어루만질 수 있을까?

오랜 시간이 지났다 그리고 우리는 만났다
얼어붙은 채
누구도 기억하지 않는 역에서

[……]

왜 나는 너에게 그 사이에 아무 기별을 넣지 못했을까?

인간이란 언제나 기별의 기척일 뿐이라서
누구에게든
누구를 위해서든

하지만
무언가, 언젠가, 있던 자리라는 건, 정말 고요한 연 같구나 중얼
거리는 말을 다 들어주니

빙하기의 역에서
무언가, 언젠가, 있었던 자리의 얼음 위에서
우리는 오래 즐거운 시간을 보냈다, 아이처럼
아이의 시간 속에서만 살고 싶은 것처럼 어린 낙과처럼
그리고 눈보라 속에서 믿을 수 없는 악수를 나누었다

헤어졌다 헤어지기 전
내 속의 신생아가 물었다, 언제 다시 만나?
네 속의 노인이 답했다, 꽃다발을 든 네 입술이 어떤 사랑에 정직
해질 때면
내 속의 태아는 답했다, 잘 가

──「빙하기의 역」부분

'오랜 시간'이 지나고 다시 만날 수 있는 시간은, '빙하기'의 "누

구도 기억하지 않는 역"일지도 모른다. 빙하기의 상상력은 수만 수억 년 전의 시간에 대한 감각을 도입한다. 빙하기의 만남은 "얼어붙은 채" 인간의 '기억'이라는 범주 너머의 만남이 될 것이다. 한 인간의 생의 주기를 벗어나는 그 아득한 만남의 주체는 하나의 인격일 수가 없다. 이 시에 등장하는 "내 속의 할머니" "내 속의 아주머니" "내 속의 아가씨" "내 속의 고아" "내 속의 신생아" "내 속의 태아"는, 그 오랜 시간을 기다렸던 복수의 존재들이다. 그 아득한 시간 때문에 "왜 나는 너에게 그 사이에 아무 기별을 넣지 못했을까"라고 자문해야 하지만, 그 시간의 힘 앞에서 "인간이란 언제나 기별의 기적일 뿐"이다. 아주 오랜 시간의 단위 안에서, '존재한다'는 것은 '기적'의 수준에서다. '너'와 '내'가 존재했다는 것은 짐작으로만 알 수 있는 미묘한 기색에 불과하다. 그럼에도 불구하고 "무언가, 언젠가, 있던 자리"는 있었던 것이며, 그것이 있었다는 기적에 대한 감각은 "빙하기의 역"에서 다시 만날 수 있는 상상의 시간을 만들어낸다. 그 속에서 '나'는 "아이의 시간"을 보내며, "신생아"와 "태아"의 말로 돌아간다.

익은 속살에 어린 단맛은 꿈을 꾼다 어제 나는 너의 마음에 다녀왔다 너는 울다가 벽에 기대면서 어두운 걸레로 바닥을 닦았다 너의 얼굴에는 여름이 무참하게 익고 있었다 이렇게 사라져갈 여름은 해독할 수 없는 손금만큼 아렸다 쓰고도 아린 것들이 익어가면서 나오는 저 가루는 눈처럼 자두 속에서 내린다 자두 속에서 단 빙하기가 시작된다 한입 깨물었을 때 빙하기 한가운데에 꿈꾸는 여름이

잇속으로 들어왔다 이것은 말 이전에 시작된 여름이었다 여름의 영
혼이었다 설탕으로 이루어진 영혼이라는 거울, 혹은 이름이었다 너
를 실핏줄의 메일에게로 보냈다 그리고 다시 자두나무를 바라보았
다 여름 저녁은 상형문자처럼 컴컴해졌다 울었다, 나는. 너의 무덤
이 내 가슴속에 돋아나는 걸 보며 어둑해졌다 그 뒤의 울음을 감당
할 수 있는 것은 자두뿐이었다

— 「자두」 전문

"자두" 속에는 여름의 시간만 있는 것이 아니라, "빙하기"의 시
간도 내재해 있다. "한입 깨물었을 때 빙하기 한가운데에 꿈꾸는
여름이 잇속으로 들어왔다." 자두라는 과일의 '현전'은 지금 이
여름의 시간 속에 깃들어 있는 오래된 시간의 흔적이다. "쓰고도
아린 것들이 익어가면서 나오는 저 가루는 [⋯⋯] 말 이전에 시
작된 여름이었다 여름의 영혼이었다"라는 문장에서, 자두는 아
주 오래고 깊은 시간의 영혼, 그 영혼의 이름이 된다. 자두 속의
시간에는 "말 이전에 시작된 여름"이라는 아득한 계절이 이미 들
어와 있다. 계절이 "해독할 수 없는 손금"이고, "상형문자처럼 컴
컴"한 것이라면, 그 계절의 비밀을 끝내 알 수 없을 것이다. 자두
의 시간 속에서라면, '나'는 '너'의 마음에 다녀올 수 있다. 자두는
여름과 빙하기의 오래된 시간을 가로질러 '너'와 '나'를 만나게
하는 이미지이다. 자두는 삶과 죽음 너머의 "상형문자"에 가깝다.
"너의 무덤이 내 가슴속에 돋아나는 걸 보며 어둑해졌다"라는 이
미지 속에서 자두는 저 아득한 시간의 현현이면서, 동시에 그 무

덤이다.

아마도 그 병 안에 우는 사람이 들어 있었는지 우는 얼굴을 안아
주던 손이 붉은 저녁을 따른다 지난여름을 촘촘히 짜내던 빛은 이
제 여름의 무늬를 풀어내기 시작했다

올해 가을의 무늬가 정해질 때까지 빛은 오래 고민스러웠다 그
때면,

내가 너를 생각하는 순간 나는 너를 조금씩 잃어버렸다 이해한
다고 말하는 순간 너를 절망스런 눈빛의 그림자에 사로잡히게 했다
내 잘못이라고 말하는 순간 세계는 뒤돌아섰다

만지면 만질수록 부풀어 오르는 검푸른 짐승의 울음 같았던 여름
의 무늬들이 풀어져서 저 술병 안으로 들어갔다 그리고 새로운 무
늬의 시간이 올 때면,

너는 아주 돌아올 듯 망설이며 우는 자의 등을 방문한다 낡은 외
투를 그의 등에 슬쩍 올려준다 그는 네가 다녀간 걸 눈치챘을까?
그랬을 거야, 그랬을 거야 저렇게 툭툭, 털고 다시 가네

오므린 손금처럼 어스름한 가냘픈 길, 그 길이 부셔서 마침내 사
윌 때까지 보고 있어야겠다 이제 취한 물은 내 손금 안에서 속으로

322

울음을 오그린 자줏빛으로 흐르겠다 그것이 이 가을의 무늬겠다

—「이 가을의 무늬」 전문

자두가 여름의 영혼이라면, "가을의 무늬"에는 "붉은 저녁"과 "병 안에 우는 사람"의 이미지가 들어 있다. '여름의 무늬'들이 '가을의 무늬'로 바뀌는 것을 무엇이라 할 수 있을까? "내가 너를 생각하는 순간 나는 너를 조금씩 잃어버"리는 사건, 그렇게 '너와 나와 세계'가 엇갈리고 뒤돌아서는 시간이 여름과 가을 사이에 있다. "새로운 무늬의 시간"은 "검푸른 짐승의 울음 같았던 여름의 무늬들이 풀어져서 저 술병 안으로 들어"가는 시간이다. 가을의 무늬가 여름의 무늬와 다르다면, 시간이 '병 속'에 들어간다는 상상적 사건 때문이다. '병 속의 시간'은 널리 알려진 이미지이다. 이 시는 이 낯익은 발상의 지점에서 시간의 봉인에 머물지 않고, 그 안에 시간의 '지도'를 다시 들여다본다. "오므린 손금처럼 어스름한 가냘픈 길"이 그 시간의 무늬 속에 있고, "취한 물은 내 손금 안에서 속으로 울음을 오그린 자줏빛으로 흐"른다. '가을의 무늬'는 여름의 시간 뒤에 나타나는 오래된 시간의 지도를 나타나게 한다. 시간의 지도를 볼 수 있는 계절은, 세월 속에서 엇갈린 "우는 자의 등을 방문"하는 시간이다.

빛과 공기의 틈에서 꽃이 태어날 때 그때마다 당신은 없었죠 그랬겠죠, 그곳은 허공이었을 테니

태어나는 꽃은 그래서 무서웠죠 당신은 없었죠, 다만 새소리가 꽃의 어린 몸을 만져주었죠

그 그림 속에서 나는 당신 없는 허공이 되었죠 순간은 구름의 틈으로 들어간 나비처럼 훅, 사라졌는데 그 뒤에 찾아온 고요 안에서 꽃과 당신을 생각했죠

무엇이었어요, 당신?

아마도 내가 이 세상을 떠날 적 가장 마지막까지 반짝거릴 삶의 신호를 보다가 꺼져가는 걸 보다가 미소 짓다가 이건 무엇이었을까 나였을까 당신이었을까 아니면 꽃이었을까 고여드는 어둠과 갑자기 하나가 될 때

혀 지층 사이에는 납작한 화석의 시간만 남겠죠 날개와 다리 사이에서 진화를 멈추어버린 어떤 기관만이 남겠죠

이건 우리가 사랑하던 모든 악기의 저편이라 어떤 노래의 자취도 없어요

생각해보니 꽃이나 당신이나 모두 노래의 그림자였군요 치료되지 않는 노래의 그림자 속에 결국 우리 셋은 들어와 있었군요

324

생각해보니 우리 셋은 연인이라는 자연의 고아였던 거예요 울지 못하는 눈동자에 갇힌 눈물이었던 거예요

—「그 그림 속에서」 전문

'오래된 시간'의 이미지가 하나의 그림으로 주어진다면, "그 그림"이 될 것이다. '나와 당신과 꽃'이 태어나고 사라지는 그림. 그림 속에 '나와 당신과 꽃'은 같은 시간대에 나타나지 않는다. "꽃이 태어날 때 그때마다 당신은 없었"으며, "그 그림 속에서 나는 당신 없는 허공이 되었"다. "순간은 구름의 틈으로 들어간 나비처럼 훅, 사라"져버리고, '내'가 할 수 있는 일은 "고요 안에서 꽃과 당신을 생각"하는 것이다. 그 생각 속에서 "무엇이었어요, 당신?"이라고 묻는 일은, "내가 이 세상을 떠날 적 가장 마지막까지 반짝거릴 삶의 신호를 보다가" "이건 무엇이었을까"라고 묻는 일과 같다. 그림 속에서 '나와 당신과 꽃'은 함께 만나본 적도 없으며, '내'가 할 수 있는 일은 다만 그 생각과 기척 속에서 '무엇이었을까' 묻는 일이다.

그 묻는 일을 감당하는 '혀'조차 "납작한 화석의 시간"에 갇히게 되면 무엇이 남을까? "납작한 화석의 시간" "진화를 멈추어버린 어떤 기관"만이 남아 있는 시간에는 "노래의 자취도" 없다. 그렇다면 '당신과 나와 꽃'이 함께 있는 그림은 그 오래된 시간 속 어디쯤에 있는가? 이 시의 마지막 전환은 "우리 셋"이 들어와 있는 곳이 "노래의 그림자"라는 것이다. 시간의 질서 속에서 우리 셋이 함께 할 수 있는 공간은 주어지지 않겠지만, '(내) 노래'는

우리 셋의 이미지를 만들어낸다. 그 노래가 "치료되지 않는 노래"라고 하더라도 "노래의 그림자"는 남아 있다. 물리적인 차원에서 그림자는 빛과 물체의 작용 때문에 생기지만 노래는 빛도 물체도 아니다. 노래는 공간을 물리적으로 점유할 수 없으며 빛을 받을 수도 없다. '당신과 나와 꽃'이 함께할 수 없는 저 아스라한 시간의 그림 속에서, 우리 셋이 함께할 수 있는 곳은 노래의 그림자 속에서이다. 그것이 "울지 못하는 눈동자"라고 해도, '노래'만이 오래된 시간 속에 우리가 함께 있을 수 있는 잠재성이다.

> 어제는 헤어지는 역에서 한없이 흔들던 그의 손이
> 영원한 이별을 베꼈고
> 오늘 아침 국 속에서 붉은 혁명의 역사는
> 인간을 베끼면서 초라해졌다
> 눈동자를 베낀 깊은 물
> 물에 든 고요를 베낀 밤하늘
> 밤하늘을 베낀
> 박쥐는 가을의 잠에 들어와 꿈을 베꼈고
> 꿈은 빛을 베껴서 가을 장미의 말들을 가둬두었다
> 그 안에 서서 너를 자꾸 베끼던 사랑은 누구인가
> 그 안에 서서 나를 자꾸 베끼는 불가능은 누구인가
>
> ──「베낀」부분

가늠할 수 없는 시간 속에서 '당신과 내'가 무엇이었는지를 묻는 일은, 남아 있는 자가 할 수 있는 유일한 일이다. 남아 있다는 것은 이런 질문들 속에 남아 있는 것이라고 해야 한다. 서로를 '베끼는' 존재들에 대한 상상력이 시작된다면, 그 상상력조차 이런 질문의 일부가 될 수 있다. 서로 베끼는 존재들의 연쇄 작용은 오래된 시간 속에 연결되어 있는 존재들의 '환유적인' 연쇄를 상상하게 만든다. 이런 상상 속에서 개별적인 사건들은 '시간 속의 환유'로 연결되어 있다. 존재들이 서로를 베끼는 이 사태 속에서도 '당신과 나와 사랑'의 행방은 질문으로만 주어진다. 당신과 나와 사랑 사이에 끼어드는 것은 '불가능'이라는 사태, 차라리 불가능이라는 '존재'이다. '불가능'이라는 추상명사는 어떻게 베낌의 '주체'가 될 수 있을까? "불가능은 누구인가"라고 묻는 일은, 불가능 안에서 태어나는 익명적인 존재를 호명하려는 질문이다. 불가능의 주체로서의 시적 주체는, '노래의 그림자'를 남기는 '시인'. 인격적 동일성으로서의 시인이 아니라, '내'가 없어지고 '탄생하는' 미지의 시인이다.

얼마나 오래
이 안을 걸어 다녀야
이 흰빛의 마라톤을 무심히 지켜보아야

나는 없어지고
시인은 탄생하는가

—「눈」전문

시인이 탄생하기 위해, "얼마나 오래/이 안을 걸어 다녀야" 하는가? 시인이 된다는 것은 깊은 시간의 고독 안에서 다른 시간의 형식을 만들어낸다는 것이다. 형식의 주체는 하나의 인격을 가진 '나'로서의 시인이 아니며, 그 오래된 시간 속에서 '익명화'된 존재이다. '우리'는 결국 시간과 기억의 주인도 될 수 없고, 노래의 주인도 될 수 없다. 저 오래된 시간에 대한 끝없는 질문에도 불구하고 '당신과 나'는 하나의 시간 속에 다시 들어가지 못하겠지만, '노래의 그림자'는 남는다. 노래의 그림자만이 남는다는 것은, 시간의 악마적인 힘 앞에서 불가능한 위로에 가깝다. 위로는 불가능하지만, 불가능에 대한 노래는 다른 시간의 잠재성에 가닿는다. 시는 그 시간이 다시 올 거라고, 당신과 내가 다시 만날 거라고, 혹은 오래전 그 순간이 영원하다고 말하지 못한다. 오히려 저 뼈아픈 불가능 속에 남아 있는 오래된 시간의 영혼을 대면하게 한다. 영원성은 미리 주어져 있지 않으며, 시간을 지배하는 단일한 영혼이 있다고 할 수 없다. 오래된 시간의 영혼은 시적인 이행의 순간 탄생한다. 또 다른 시적인 시간이 도래하는 그 순간, 시간에 대한 날카로운 애도는 시간의 고독을 둘러싼 미래가 된다.

나는 '진주 저물녘'의 시간으로부터 독일의 오래된 도시와 폐허의 유적지로 이어졌던 시인 허수경의 장소와 시간 들을 다 알지 못한다. 모국어의 도시에 살지 않았던 시인의 운명을 말하기는 너무 무겁고, 그 몸과 언어의 감각에 대해서라면 상상하기가 더욱더 쉽지 않다. 그 세월들 속의 '허공'과 '뒤돌아섬'과 '돌이킬 수 없음'에 대해서, 혹은 '몸 없음'과 '장소 없음'에 대해서도 도저히 알지 못한다. 한 실존의 어릿한 세월에 대해서라면, 어떤 짐작도 무력하며 때로 무례할 것이다. 오래된 시간의 영혼을 노래하는 허수경의 한국어가, 저 먼 곳에서 계속 태어나고 되돌아오고 있다는 것은, 여전히 놀랍고 뜨거운 일이다.

(2016)

한없이 가까운 세계와의 포옹
— 김행숙의 『타인의 의미』

어떤 시인들은 세계를 해석하는 것이 아니라, 세계를 발명한다. 대상을 묘사하는 것처럼 보이는 순간에도, 시인은 그 존재를 지금 발명하려고 하는 중이다. 이를테면 사랑의 느낌이라는 것도 '당신'을 발명하는 감각에 속한다. 하지만 발명은 완결되지 않는다. 시적인 발명은 언제나 발명 중인 발명이다. '나'는 '너'를 사랑한다. 즉 '나'는 '너'를 발명 중이다. 그 진행형으로서의 발명은 '~사이'의 발명이다. '나'와 '너'와 '그' 사이의 발명, 시간과 시간 사이의 발명, 공간과 공간 사이의 발명, 언어와 언어 사이의 발명. 김행숙이 발명 중인 세계는 한국문학에서 낯선 미시적인 감각의 영역에 속한다. 하나의 서정적 관념이나 자아의 동일성으로부터 가볍게 이탈하여 미시적인 장면 안으로 들어갔을 때, 거기서 만나는 놀랍도록 천진하고 엉뚱하고 섬세하고 발랄하고 그럼에도 불구하고 어떤 열렬한 느낌의 세계. 가령 머리카락에 대해 노래한다면, "왜 머리카락은 시간처럼 시간처럼 끝없이 자라는가"라는 질문의 지속이 우선할 뿐, "마침내 누가 머리카락을 해석하는가"(「머리카락이란 무엇인가」)는 무의미한 세계.

1999년 김행숙이 등단했을 때, 2000년대 젊은 시인들의 저 폭죽 같은 에너지가 발화되기 시작했음을 아무도 알지 못했다. 그런데 지금 김행숙으로부터 시작되어 김행숙에게로 흘러들어간 시적 변이는, 이제 2000년대 한국 시단의 거부할 수 없는 뉴웨이브가 되었다. 김행숙의 시는 존재와 언어의 개별화에 헌신한다. 시의 발화의 주체는 하나의 인격적 동일성으로 환원되지 않는다. 화자의 말은 완성된 실존으로부터 흘러나오는 것이 아니라, 사소하고 즉각적인 감각의 진행 그 자체이다. 의미의 논리를 만들어내는 대신, 김행숙의 시는 미시적인 느낌의 도약이 만들어내는 언어의 매혹을 선사한다. 그것은 미적인 것의 차원이 아니라, 감각론의 차원에 접근한다. 아이스테시스aisthesis의 복원 혹은 감각적인 것의 존재론적 복권. 이 감각의 도약은 일인칭 내면성의 문법에 머물지 않고 이름 붙일 수 없는 비인칭적인 공간을 발명한다. '미시적인 것'의 발명 이후 김행숙의 시는 또 무엇을 발명 중인가? 김행숙은 지금 미시적인 세계를 타고 넘어서, 시각적인 것 너머의 세계로 다시 움직이고 있는 것은 아닌가? 내면성의 시학을 거슬러 나아가는 숨과 표피의 모험. 가령, 너무 가까운 세계의 초대 같은 것.

볼 수 없는 것이 될 때까지 가까이. 나는 검정입니까? 너는 검정에 매우 가깝습니다.

너를 볼 수 없을 때까지 가까이. 파도를 덮는 파도처럼 부서지는 곳에서. 가까운 곳에서 우리는 무슨 사이입니까?

영영 볼 수 없는 연인이 될 때까지

교차하였습니다. 그곳에서 침묵을 이루는 두 개의 입술처럼. 곧
벌어질 시간의 아가리처럼.

──「포옹」전문

첫번째 시로서의 풍부한 맥락을 거느리고 있는 이 시에서 눈에
띄는 것은 '가까이'라는 부사어의 반복이다. 부사어는 용언을 수
식하는 문장 부속성분이다. 부사어는 문장을 구성하는 필수적인
성분이라기보다는 용언을 세밀하게 꾸며준다. 그런데 이 시에서
'가까이'는 '가까이 간다' '가까이 다가간다' 혹은 '가까이 한다'의
생략형으로 이해할 수 있다. 부속성분으로서의 부사가 용언을 대
신하고 있는 셈이다. 부사의 동사적 사용이 실현하고 있는 문법
적인 효과는 이 시의 미학적 효과와 긴밀하게 연결되어 있다. 이
시에서는 용언 혹은 동사의 사용은 불안정하다. '가까이~' '될 때
까지~' '입술처럼~' '아가리처럼~'이라는 언어들 속에서 용언 혹
은 동사는 생략되거나 불안한 위치에 머문다. 이 시에서 유일한
동사는 "교차하였습니다"이다. 이 동사는 앞뒤에 있는 "영영 볼
수 없는 연인이 될 때까지"라는 부사구와 "그곳에서 침묵을 이루
는 두 개의 입술처럼. 곧 벌어질 시간의 아가리처럼"이라는 부사
구 모두의 수식을 받는 것처럼 보이는데, 그 사이에 위태롭게 끼
어 있다. 하나의 동사가 두 개의 부사구에 포위되어 있는 것이다.

중요한 것은 그 부사어와 부사구들의 움직임 자체이다. 이 부사성의 담화 안에서 동작의 주체와 결과는 중요하지 않으며, 그 역할이 축소되어 있다. 문제는 다만 지금 진행 중인 동작의 방향과 감각이다.

이 시의 제목이 "포옹"인 것은 포옹의 주체와 결과를 드러내기 위함이 아닐 것이다. 이 시에서 누가 포옹을 하고 있으며, 그 포옹은 어떻게 완성되는가를 알 길이 없다. "볼 수 없을 때까지 가까이"라는 부사구가 암시하는 것처럼, 진행 중인 포옹의 움직임과 방향을 감각하게 할 뿐이다. "볼 수 없는"이라는 이 시에서 반복되는 관형구는 그 포옹의 동작이 가닿는 세계의 윤곽을 보여준다. 지금 진행 중인 포옹은 "볼 수 없는" 세계로 나아가고 있다. 왜 '볼 수 없는 세계'인가? 포옹은 '나'와 '너'가 신체적으로 밀착되는 물리적인 사건이다. 이 사건은 주체와 대상의 물리적 거리가 사라지는 일이다. 그 거리가 사라질 때, 대상에 대한 주체의 원근법적 시선의 위치는 무화된다. 포옹의 세계에서 '나'는 '너'에 대한 시선을 확보하기 어렵다. 그런데 이 포옹이라는 사건은 '나'와 '너'의 완전한 일치를 의미하는 것도 아니다. 한없이 가까이 다가가지만, '사이'는 남는다. 다만 '나'와 '너'의 몸은 그 '사이'에서 '교차'할 뿐이다. 아마도 '사랑'을 둘러싼 몸의 감각도 이 한없이 다가가는 '교차'의 느낌에 있을 것이다. 그것이 '교차하는 사이'인 이상, 둘 사이의 포옹은 완성되지 않는다. 검정이 아니라, "검정에 매우 가"까운 세계에 도달하는 것처럼. 이 포옹의 사건은 시선을 무화하는 몸의 교차가 벌어지는 시간이다. 여기서 시간은 완성되는 것이 아니라 언제나 "곧 벌어질 시간"이다.

아마도 이 포옹의 세계는 앞선 시집 『이별의 능력』(문학과지성사, 2007)에서 '옆'을 소재로 한 연작시들의 연장에서 이해할 수 있겠다. 거기서 '옆'은 '연대'의 의미를 가진 관념이 아니라, 존재와 존재 사이의 감각의 차원이었다. '옆'에 대한 관심이란 '앞'에 대한 관심과는 다른 영역의 것이다. '앞'은 주체의 시선이 포획하는 '대상'의 장소이지만, '옆'은 하나의 몸과 나란히 있는 다른 몸의 위치이다. 그러면 '옆'의 세계로부터 '포옹'의 세계로의 전이는 무엇인가? 문제적인 것은 김행숙이 발명 중인 세계는 '옆'의 세계를 대신할 '앞'의 세계가 아니라, '가까이'의 세계라는 것이다. '가까이'의 세계는 '앞'이라는 관념을 둘러싼 주체의 지위를 무너뜨리고 한없이 다른 몸에 접근하는 '부사형 동사'의 세계이다. 그것은 '옆'처럼 위치나 상태를 드러내는 것이 아니라, 극히 사소한 움직임의 방향만을 드러낸다. 거기서 원근법적 주체를 대신하는 것은 흔들리는 눈과 숨과 피부를 가진 존재이다.[1] '앞'이나 '옆'이 아니라, '가까이'와 '사이'를 발견하는 존재.

　　가로수와 가로수의 간격은 법으로 정해져 있을까, 발과 발을 모으고 서서

---

[1]　"원근 투시법적 공간은 '실험실-주체'의 특정한 시각일 뿐이다. 주인처럼 원근법적 공간을 관할하는 존재로 설정된 '나'는 사실상 그 공간을 늘 흔들어놓는 자이며 그곳에서 햇빛에도 바람에도 흔들리는 불안한 눈동자이며 코이며 피부이다"(김행숙, 「가로수 원근법의 끝에서」, 『시안』 2008년 겨울호).

뾰족한 자세로 그런 생각을 해

가로수와 가로수의 사이는 다정한 곳일까

무서운 곳일까

달리는 자동차와 달리는 자동차의 사이에 대해 생각하고

치여 죽은 것들과

죽어가는 것들로부터 너는 얼마나 떨어져 있을까, 그런 생각을

하면

경적 소리가 되고 싶어

모두 빨리 대피해야 합니다

이 도시를 텅 비웁시다

미래에

유령이 되어 돌아오자, 다신 돌아오지 말자, 사이에서 유령의 감

정을 생각해내려 애쓰며

—「가로수의 길」부분

　가로수의 세계는 두 가지 층위에서 흥미롭다. 그것은 자연발생
적인 것이 아니라 도시의 계획에 의해 획일적으로 만들어진 것이
라는 점, 평면적인 도시 풍경에서 원근법적인 조망을 선사한다는
점이 그것이다. 물론 이 시는 도시 생태적인 관점을 드러내거나
도시 공간에서의 낭만적 시간을 포착하고 있는 것은 아니다. 이
시에서 오히려 문제적인 시적 질문은 "가로수와 가로수의 사이"
에 관한 것이다. 나무들은 도시의 길의 일부가 됨으로써 그 체계
의 내부가 된다. '사이'에 대한 질문은 도시계획과 원근법적 체계

속에 가로수의 질서를 다른 차원으로 돌린다. 일렬로 늘어선 '가로수의 길'이 도시의 구획과 체계를 보여주는 것이라면, '사이'의 질문은 도시 공간의 인간화된 질서 안에서의 '외부' 가령, 공포와 죽음과 야만을 생각하게 만든다. 이를테면 그것은 도시 안에서 '유령의 감정'을 사유하는 일이다. '가로수 되기' '유령 되기'의 방식으로 도시 공간을 '다시 사는' 모험. 그런 의미에서 '가로수의 길'은 시적이고 정치적이다.

빗소리를 좋아하고 어둠을 좋아하는…… 너는 소경처럼 간절하게 허공을 두드린다. 아무것도 보지 않아도 돼.

빗소리와 빗소리 아닌 소리를 듣고 있다. 가까운 곳에서 유리창이 깨졌다.

바닥에 떨어진 유리 조각을 부시는 커다란 발이 있다. 쿵 쿵 걸어나가고 싶은 두 개의 발이 너무나 가까운 곳에 있다.

──「귀」 전문

이를테면, 안경을 닦는 노인 때문에 투명해지는 부분이 있고, 두 번째 안경을 닦는 노인 때문에 어두워지는 전체가 있어. 드디어 소경이 되셨어요. 우리 아버지. 깊은 모자를 쓰셨어요. 우리 아버지.

이를테면, 모자를 쓰는 순간에 나는 귓속말이 전달되는 귓속으로 빨려드는 것 같았어. 이제 마악 의미가 진동하고 있어. 너무 가까워서 덜덜 떨려.

　길에 떨어진 모자를 주울 때, 모자가 사라지는 길이었겠지. 내 얼굴을 덮는 모자의 그림자를 느껴. 나는 초월할 수 없어! 주운 모자 때문에. 모두 다른 모자들 때문에.

──「모자의 효과」 부분

　'가까이'라는 부사어의 반복되는 출현과 함께 두 편의 시에서 공통으로 등장하는 것은 '소경'의 이미지다. 시각 능력을 상실한 자는 청각과 촉각으로만 사물을 파악할 수 있다. "눈을 떴는데, 눈을 감았을 때와 같은 어둠!/당신의 몸은 없고 당신의 목소리만 남아 있습니다"(「밤입니다」)와 같은 세계이다. 귀와 피부로 파악하는 세계는 원근법적 시선의 힘으로 사물을 파악하는 것과는 다른 세계에 속한다. 이 '청각-촉각'으로 파악하는 세계는 몸과 한없이 가까운 세계, 혹은 가까워지는 세계이다. 시각은 대상과의 '거리'가 필요하지만, 이 세계에서는 대상과 몸이 가까울수록 감각이 증폭되는 세계이다.

　첫번째 시에서 가까운 곳에서 유리창이 깨지는 일은 청각적으로 파악한 것이지만, 바닥에 떨어진 유리 조각을 느끼는 발은 "너무나 가까운 곳"에 있는 또 다른 몸이다. 피부가 외부를 감각하는 것은 소리 혹은 촉각을 포함하는 진동의 감각이다. 두번째 시에서 '모자의 효과'는 '청각-촉각'의 감각적 증폭이다. 깊

은 모자를 쓸 때, "귓속말이 전달되는 귓속으로 빨려드는 것" 같
은 감각은 "너무 가까워서 덜덜 떨"리는 감각이다. 그런 감각의
영역에서 "의미가 진동 하고" "초월할 수 없"는 것은 필연적이
다. 문제는 귀와 피부에 닿는 어떤 진동이며, 그 진동의 세계는
'의미'와 '초월'의 관념 바깥에 있다. 그건 감각적인 것의 폭발
그 자체이다. 유리 조각과 모자는 신체의 진동으로 '느끼는' 것
이다.

> 발이 잘리는 곳에서
> 발목부터 쓰러지는
> 그림자처럼
> 너는 세계의 일부를 덮치는가
> 너는 마침내 이 세계의 붉은내장에 검은머리카락에 노란흙덩이
> 에 혀를 넣어 키스하는가
> 쓰라린 피부처럼
>
> 거칠어 …진다
> 가장 얇아 ……진다
> 너는 거의 ………거의 불가능해진다
>
> 너는 떠나는 중이다
> 가까운 곳에서
> 가장 가까운 곳에서

너는 기어서 기어서 돌아오는 중이다

　　　　　　　　　　　　　　　　　──「가까운 곳」 부분

　가까운 곳은 어디인가. 장소는 이미 만들어진 어떤 공간이다.
'가까운 곳'이라는 장소는 '나'와의 거리감을 전제로 한다. '나'와
대상으로서의 공간과의 관계가 "가까운 곳"이라는 명명 안에 있
을 것이다. 그런데 이 시는 '너'라는 이인칭 주체를 등장시킨다.
이인칭 주체는 일인칭 주체를 숨은 관찰자인 동시에 숨어서 말
거는 자로 만든다. 또한 그것은 일인칭 주체의 인격적 실명성을
박탈한다. 거기서 '나'와 '그곳'과의 주관적 거리감은 '너'와 '그
곳'과의 익명적 거리 감각으로 대체된다. 이것은 '너'가 세계와
접촉하는 방식의 문제일 것이다. 이를테면 "이 세계의 붉은내장
에 검은머리카락에 노란흙덩이에 혀를 넣어 키스하는가/쓰라린
피부처럼"이라고 표현했을 때의 촉각적으로 세계와 만나는 방식.
거기서 '거칠어진다' '얇아진다' 따위의 촉각적인 감각이 시각
을 대신한다. "쓰라린 피부"로 만나는 이 촉각적 세계에서 떠나
는 것은 "가까운 곳에서/가장 가까운 곳에서" "기어서 돌아오는"
일이기도 하다. '쓰라리다'라는 느낌은 고통의 감각을 통해 세계
와 만나는 일이다. 피부는 무방비로 노출되어 있고 언제나 다칠
준비가 되어 있다. 한없이 가까운 곳으로 근접하고 밀착할 때, 피
부는 상처받는다. 가깝다 혹은 멀다는 판단을 가능하게 하는 것
은 시선의 주체로서의 '나'를 중심으로 한 시각적 질서 때문이다.
그러나 한없이 가까운 곳으로 '기어서 돌아오는' 이인칭 '너'라는

모호한 주체는 이 시각적 질서를 무너뜨리고 "거의 불가능해"지
는 주체가 된다.

　　살갗이 따가워.
　　햇빛처럼
　　네 눈빛은 아주 먼 곳으로 출발한다
　　아주 가까운 곳에서

　　뒤돌아볼 수 없는
　　햇빛처럼
　　쉴 수 없는 여행에서 어느 저녁
　　타인의 살갗에서
　　모래 한 줌을 쥐고 한없이 너의 손가락이 길어질 때

　　모래 한 줌이 흩어지는 동안
　　나는 살갗이 따가워.

　　서 있는 얼굴이
　　앉을 때
　　누울 때
　　구김살 속에서 타인의 살갗이 일어나는 순간에
　　　　　　　　　　　　　　　　　　──「타인의 의미」 전문

표제작은 그런 의미에서 이런 감각적 혼종의 세계를 집약적으로 드러내준다. 먼 곳과 가까운 곳을 구별하는 것은 시각적 지각에 의해서이다. 그런데 햇빛은 가까이 있는가 멀리 있는가? 태양은 물리적으로 아주 먼 곳에 있지만, 태양의 빛이 피부에 와 닿는 감각은 아주 가까운 것이다. 확실한 것은 "살갗이 따가워"라는 느낌 자체이다. "네 눈빛은 아주 먼 곳으로 출발"하지만, 햇빛은 따갑고 "뒤돌아볼 수 없"다. 태양을 정면으로 응시하는 것은 어렵다. 그러나 살갗에 닿은 햇빛의 따가움으로 태양의 존재를 알 수 있다. 감각의 주체는 시각적인 실감을 촉각적인 실감으로 다시 쓴다. 광학적인 사건을 촉지적인 사건으로 다시 읽는다. 접촉이라는 사건은 '타인의 살갗'을 만지는 감각, 그 순간 "손가락이 길어질 때"의 감각이다. 그것은 역으로 "타인의 살갗이 일어나는 순간"이기도 하다.

"타인의 의미"라는 이 시의 제목은 사실, 타인의 의미에 대해 아무것도 말해주지 않는다. 문제는 타인에 대한 존재론적인 감각이다. "살갗이 따가워"라는 문장의 반복이나, "타인의 살갗"이라는 단어의 반복이 구축하는 것은 타인의 존재를 감각하는 방식의 문제이다. 이 시의 단속적인 이미지들을 상상적으로 연결해보자. 햇빛이 강한 여행지에서 살갗이 따가워지는 경험과 타인의 살갗을 만나는 경험은 모두 '살갗'의 사건이다. 여행지의 따가운 태양 때문에 피부는 타인의 살갗 혹은 모래와 같은 매끄럽지 않은 표면이 되었다. 이때 여행의 모험은 모래-피부를 향해 길어지는 손가락의 모험으로 환유된다. 저녁이 와서 서 있는 얼굴이 앉거나

누울 때, 그 휴식의 순간에 피부는 접히고 그 주름살은 다시 '타인의 살갗'을 감각하게 만든다. 태양 아래 서 있든, 아니면 저녁에 몸을 누이든 이것은 모두 살갗을 둘러싼 경험에 해당된다.

아마도 여기서 '타인'이란 실재하는 타인이기보다는 '나'와 '너'의 피부에 이미 내재된 '타인'일 것이다. 햇빛 때문에 표면이 거칠어지거나 껍질이 일어난 피부는 누구의 피부인가? 이 시에서 일인칭인 '나', 이인칭인 '네 눈빛' '너의 손가락', 삼인칭인 '타인의 살갗' 등 주어들이 혼재되어 있다. 그 속에서 신체의 표피는 일인칭과 이인칭과 삼인칭이 동시에 들끓는 장소가 된다. 인칭의 경계와 구분은 사라지고 이름 붙일 수 없는 '살과 표피의 코기토'들만 남는다. 피부는 '나'와 '너'의 피부이면서, 햇빛이 만진 피부, 햇빛에 상처받은 피부, 햇빛-타인이 이미 스며들어 있는 피부이다.[2] 일어나는 살갗의 불안정성은 이미 타인의 살갗이 되어 있다. 살갗이 따가워지는 고통은 피부가 다른 세계와 만날 때 감수해야 할 고통이다. 타인은 여기서 하나의 대상, 하나의 의미가 아니라, 살갗의 사건이다. 표피의 세계에서 '나'와 '너'의 살갗은 그 안에 '타인의 살갗'을 내재하고 있다. 그래서 이 시를 살갗과 살갗이 서로 뭉개지고 상처받는 에로틱한 장면으로 읽을 수 있는 가능성도 생긴다.

---

2   "피부는 무한 혹은 절대적 타자와의 만남이 이루어지는 지평이다." 이 시에 나타난 '피부 주체'의 문제에 대해서는 서동욱의 글 「피부 주체」(『문학과사회』 2008년 겨울호)가 있다.

나는 매일아침여섯시 마룻바닥에 무릎을 꿇었습니다. 체조를 하기 전에. 날이 완전히 밝기 전에. 나는 호흡의 깊이에 대해.

어둠에 대해 파고들었습니다. 그러므로 호흡의 가장 깊은 데서 더 깊이 들어가 틀어박혔으면…… 언제나 나는 쫓겨 나왔습니다. 아무것도 가지고 나오지 못했습니다. 잠시 후면 태어날 우리 아기의 잇몸처럼 이빨 한 개도 없이.

그날 헤어진 연인들처럼. 아가의 첫 번째 호흡과 병자의 마지막 호흡처럼. 당신은 언제 숨쉬기가 어려운가. 숨이 쉬어지지 않을 때 대체 당신에게 무슨 일이 일어났는가. 헉,

어느 날 아침 눈을 뜬 일이 놀라운가. 눈을 뜬 다음이 놀라운가.

—「호흡 1」 전문

이제 호흡에 대해 얘기해보자. 호흡이란 산소를 들이마시고 이산화탄소를 내뱉는 가스교환의 작용이다. 이 작용이 생명의 유지하는 데 필수적인 것임은 상식에 속할 것이다. 그러나 이 호흡의 작용을 의식하게 되는 것은 어떤 극단적인 순간이다.[3] 호흡은 몸

3   "호흡은 우리와 가장 가까이 있는 것, 가장 흔한 것, 가장 자명한 것이다. 그것이 우리에게 처음 일어난 것으로 체험되는 사태, 즉 숨쉬기라는 행위에 대한 각성은 죽음을 가장 가까이에서 마주하게 한다"(김행숙,「숨 쉬는 일에 대하여」,『시안』 2009년 봄호).

안에서 일어나는 작용이면서 동시에 몸 밖의 공기와 상호 교환하는 작용이다. 호흡은 몸 내부에서만 일어나는 자족적인 일이 아니다. 이른바 '외호흡'과 '내호흡'이 동시에 일어나는 것이다. '호흡의 깊이'는 호흡이 일종의 몸 안으로의 모험이라는 것을 암시한다. "호흡의 가장 깊은 데서 더 깊이 들어가 틀어박혔으면"이라는 표현은 그 모험의 갈망과 그것의 불가능성을 보여준다. "언제나 나는 쫓겨 나왔습니다"라는 문장에서 '나'는 누구인가? '나'는 호흡의 주인이 아니라, 호흡의 깊은 곳으로 숨고 싶은 또 다른 존재일 뿐이다. 더 깊은 호흡 속으로 들어가고 싶은 갈망은 마치 타인의 살갗에 스며들고 싶은 '포옹'처럼, 완성될 수 없는 것이다. 너무 깊이 들어가면, 혹은 빈 공간이 주어지지면 않으면, 호흡 자체가 곤란해지며, 그것은 죽음을 의미할 것이다.[4] "아기의 첫 번째 호흡"과 "병자의 마지막 호흡"은 호흡이 가장 중요한 문제로 대두되는 순간, 생과 죽음의 순간에 일어나는 호흡이다. 그것은 또한 의식과 호흡 사이의 관계를 상징적으로 드러낸다. 호흡은 몸을 둘러싼 처음의 사건이며, 마지막 사건이다. 호흡은 의식 이전에 있다. 호흡이 없다면, 의식도 없을 것이다. 첫번째 호흡과 마지막 호흡은 의식 이전의 호흡 혹은 의식할 수 없는 호흡일 것이다. 가령 "눈을 뜬 일"과 "눈을 뜬 다음"은 눈을 뜨는 것을

4 "숨을 쉬기 위해서는 빈 공간이 필요하다. 거대한 손바닥이 어느 골목에서 튀어나와 나의 코와 입을 틈 없이 틀어막는다면, 불행하게도 나는 숨을 쉴 수 없을 것이다. 그것은 비명횡사의 한 장면./그러나 우리의 사랑은 틈을 좁히고자 한다. 가장 가깝다는 것은 어떤 상태일까. 나는 오늘도 너에게 더 가까이 가려고 애쓴다. 가까운 곳에서 멀어지는 너는 내게 숨을 쉬라고 말하는 것일까"(같은 글).

의식하는 시간이 주어지는가의 문제이다. 호흡은 주체의 주관 아래 벌어지는 것이 아니라, 의식 이전의 몸의 경계에서 벌어지는 사건이다. 호흡의 작용은 그래서 시적이다.

호흡은, 호흡기관을 폭파할 듯, 호흡기관 이후에 나의 호흡은, 저것은, 저것은 마치 오로라의 날개와 같이,

아, 나는 쓰러지길 원해. 어느 날에는 바위섬에 다가가는 파워풀한 파도로서 나는 비인간적으로 파랗지. 항상, 항상 끄떡없는 바위섬이로군. 맨 앞에서 희게, 희게 부서지는 파도여, 나의 발작이 시작됐다. 남은 의식은 누군가 숨겨 놓은 비디오카메라의 것. 당신의 눈동자가 환해질 때 그곳에 남아 있는 것. 그러나 저것은 무엇인가,

무엇인가를 나는 포기하지 않았다. 그러니까 나는 다 보여지지 않는다.

—「호흡 2」 전문

여기서도 '호흡' '호흡기관' '나의 호흡'은 조금씩 다른 층위이다. "호흡 기관 이후의 나의 호흡"은 호흡이라는 몸의 작용과 그것을 의식하는 '나'라는 주체의 관계를 보여준다. 아마도 '나의 호흡' 이전에, '호흡기관'이 있고, '호흡기관' 이전에 '호흡'이 있다고 말해야 할 것이다. 가장 근원적인 주체는 '호흡' 자체이며, 그것은 온전히 '나'의 영역이 아니라, 이름 붙일 수 없는 몸 안의

타자의 것이다. 그것을 "오로라의 날개"와 같은 우주 공간에서 벌어지는 다중적인 아름다움으로 표현한 것은 그래서일 것이다. "나의 발작"이 시작된 이후에도 "남은 의식은 누군가가 숨겨 놓은 비디오카메라의 것". 그 남은 의식은 이미 '나'의 의식이 아니다. "나는 다 보여지지 않는다"라는 마지막 선언은 그래서 호흡과 '나'와 '나의 의식' 사이의 다중적인 관계를 집약한다. 그래서 호흡은 '비인간적'이며, 비인칭적인 것이다.

당신과 눈을 맞추지 않으려면 목은 어느 방향을 피하여 또 한 번 멈춰야 할까요. 밤하늘은 난해하지 않습니까. 목의 형태 또한.

나는 애매하지 않습니까. 당신에 대하여.

목에서 기침이 터져 나왔습니다. 문득, 세상에서 가장 긴 식도를 갖고 싶다고 쓴 어떤 미식가의 글이 떠올랐습니다. 식도가 길면 긴 만큼 음식이 주는 황홀은 천천히 가라앉을까요, 천천히 떠나는 풍경은 고통을 가늘게 늘리는 걸까요, 마침내 부러질 때까지 기쁨의 하얀 뼈를 조심조심 깎는 중일까요. 문득, 이 모든 것들이 사라져요.

소용없어요, 목의 길이를 조절해 봤자. 외투 속으로 목을 없애 봤자. 그래도 춥고, 그래도 커다란 덩치를 숨길 수 없지 않습니까.

그래도 목을 움직여서 나는 이루고자 하는 바가 있지 않습니까.
다리를 움직여서 당신을 떠나듯이. 다리를 움직여서 당신을 또 한
번 찾았듯이.

──「목의 위치」 부분

이 아름다운 시는 '목의 위치'로 상징되는 몸의 불가능성을 사
랑의 불가능성과 겹쳐놓는다. 목의 위치와 형태가 '기이'하고 '난
해'한 것은, 그것이 '내 마음'에 우선하기 때문이다. "당신에게 인
사를 한 후 곧장 밤하늘이나 천장을 향했다면, 그것은 목의 한 가
지 동선을 보여줄 뿐"이지만, "내 마음이 내 마음을 구슬려 목의
자취를 뒤쫓"는다. 사랑의 사건은 여기서 목의 사건이며, 마음
은 다만 그 목의 위치와 동선을 뒤쫓는다. 목의 길이가 길어지면,
"고통을 가늘게 늘리는" 것일지도 모르나, "소용없어요, 목의 길
이를 조절해 봤자"라고 탄식할 수밖에 없다. 시의 전반부에서 목
의 위치는 마음에 우선하는 것이지만, 후반부에서 목의 길이를
조정하여 무언가를 이루려 하는 갈망은 완성되지 않는다. 아마도
여기에는 두 가지 명제가 겹쳐 있을 것이다. 사랑의 사건이 목의
사건 혹은 다리의 사건이라는 것이 그 하나라면, 두번째는 사랑
을 향해 몸을 움직이는 일은 궁극적으로 완성되지 않는 일, 불가
능한 일 혹은 사라지는 일이라는 것이다. 이 시의 마지막 문장들
이 보여주는 목의 가능성은, 목의 불가능성, 사랑의 불가능성 다
음에 남아 있는 어떤 움직임이다. 마치 목의 길이를 조정하는 것
은 소용없지만, 목을 움직일 수는 있는 것처럼. 그 한없는 움직임

의 순간만이 유일한 것처럼. "오른발 다음에 왼발이 허공을 들고 일어설 때까지 나는 너를 정신없이 바라보리. 지금은 두 발로 허공을 더 깊숙이 찌를 때"(「발 2」)의 순간처럼.

"우리가 존재한다는 걸 무슨 수로 증명할 수 있단 말인가"(「꿈꾸듯이」)라는 질문이 중요하다면, 그 질문에 대한 대답은 '나'라고 할 수조차 없는 몸이 목과 발을 움직여 무언가에 다가가고 있다고 대답할 수밖에 없을 것이다. '지금 만지러 가고 있다'라고. 당신과 내가 한없이 김행숙에게 가까워질 때, 김행숙이라는 이름은 "거의 불가능해진다". 다만 그 순간 살갗이 일어나는 것을 알게 될 것이다. 김행숙을 읽는 것은 그래서 시를 만지는 것, 그 표피의 진동에 닿는 것이다. 그것은 신체와 타자가 접하는 표면에서 떨리는 유물론적 사건이다. 다가감은 상처와 파열을 감수하는 표피의 모험이다. 이제 만지면 혹은 만져지면 느낄 수 있다. 그러나 한없이 껴안으면 영원히 가닿지 못하고, 또한 조금씩 사라진다. 포옹을 통해, "누군가, 누군가 또 사라지는 속도"(「서랍의 형식」)를 느낄 뿐. 그래도 이 포옹을 멈출 수 없다면?

(2010)

필름의 종말과 0%의 미래
— 서이제의 『0%를 향하여』

3. 코닥이 필름 생산을 중단했다

필름 영화가 사라졌을 때, 한 세계가 끝났다고 생각하는 사람도 있었을 것이다. 삶은 기이한 방식으로 지속된다. 한 시대의 단절적 지속과 다른 시간의 감각을 기록하는 일은 글쓰기의 몫으로 되돌아온다. 어떤 젊은 작가의 등장은 이 혼종적인 동시대성을 둘러싼 징후가 되기도 한다. 작가 서이제의 등장은 문제적이다. 영화 학도이며 디지털 세대로서의 매체사에 대한 관심, 언더그라운드 청년 예술가와 프레카리아트[1]의 삶, '서사적 삶'[2]의 해체와 비선형적 글쓰기, 여성 작가의 내면적 정체성을 지운 '병맛'스러운 대화체 등을 소설적 계기로 삼고 있는, 서이제의 소설은 여러

---

1   '프레카리아트precariat'는 불안정하다는 뜻의 'precarious'와 '프롤레타리아트proletariat'를 조합한 것으로 21세기에 등장한 불안정하고 취약한 계급 관계와 노동 형태를 반영한 용어이다. '프레카리아트'는 "끝까지 가지 못하고 잘린 신분"으로, 청년 실업률과 비정규직 비율이 높은 한국에서도 적용될 수 있는 개념이다. 이종임, 『디지털 세대 문화 정체성』, 커뮤니케이션북스, 2015, p. 55.
2   '서사적 삶narrative life'은 "미래를 계획하고 삶을 준비할 수 없는 시대, 그것은 바로 삶의 서사가 붕괴된 시대다"(같은 책, p. 65). 이 글에서는 조금 다른 층위에서 삶을 서사적으로 파악하는 인식론의 한계와 허위를 동시에 의미한다.

겹의 문화적 함의를 갖는다. 서이제는 이 시대의 다층적인 시간들로부터 미지의 동시대적 장소들을 제시한다.

서이제에게 흥미로운 것은 사라져가는 것들의 아카이브에 대한 역설적인 관심이다. 가령 필름의 종말이 상징하는 자본주의적 비물질화의 과정 안에 물질적인 감각과 기억들을 끼워 넣는다. 그것은 낡은 사물들에 대한 향수가 아니라, 비물질화의 과정에도 불구하고 여전히 동시대 안에 남아 있는 '물질의 시간'을 사유하는 것에 가깝다. 등단작 「셀룰로이드 필름을 위한 선」의 공간이 홍대나 강남이라는 최신의 공간이 아니라, 종로인 것은 그래서 '힙하다'. 새로움이 물리적 시간상의 최신을 의미하는 것이 아니라 새로움의 감각을 둘러싼 혁신, 새로움의 위계에 대한 전도에 있다고 한다면, 아카이브는 새로움을 위한 최전선이다.[3] 초월적 새로움이나 어떤 유토피아도 내세우지 않은 채 등장한 이 '힙한' 글쓰기를 무엇이라 할 수 있을까?

「셀룰로이드 필름을 위한 선」은 영화를 만들고 싶어 하는 젊은 이들의 하찮고 그래서 역설적으로 성스러워 보이는 삶을 그린다. 종로3가역은 필름 영화를 상영하던 사라진 극장들과 새로운 디지털의 세계가 교차하는 공간이다. "종로3가역에만 가면 어쩐지 소 혓바닥 냄새가 났다"(p. 39)라는 이 희극적인 표현은 낡은 동

---

3 "새로움은, 이전의 가치들이 아카이브화되고 시간의 파괴적 작용으로부터 보존되어야 할 때마다 요구된다." 혁신에의 요구는 문화 속에서 표현되는 유일한 리얼리티이며, 새로움의 발생은 개별 행위자의 의식적 활동을 넘어 작동하는 문화 경제의 논리를 따른다. 보이스 그로이스, 『새로움에 대하여』, 김남시 옮김, 현실문화, 2017, p. 35.

시에 힙한 종로3가의 뉘앙스를 압축한다. 소제목 '5-1'로 시작되는 이 소설의 구성은 선형적인 서사 구성을 해체-재구성한 편집의 자유로움을 구가한다. 소제목 'POV'로 되어 있는 장들은 일인칭 시점 숏의 영화 문법을 차용한다. 다분히 임의적인 편집은 비선형적인 서사의 잠재성을 열어 보인다. 필름 영화의 시간이 '지속성'의 영역이고 디지털 영화가 '계산'의 영역이라면,[4] 이 소설은 디지털 영화의 편집의 자유로움을 다른 방식으로 전유한다. 서이제 소설 속의 시간은 임의적으로 분절되어 있으며, 독자의 읽기가 그 연쇄를 생성하는 시간이다.

소설에는 영화를 만들고 싶지만 무기력한 현실 앞에 놓인 '힙스터 찌질이'와 청년 예술가들의 사소한 에피소드가 반복된다. "영화감독인 척하는 고주망태 새끼들. 그들은 젊어서부터 자신의 인생을 한탄하고 조롱하며 자신을 욕보이게 하는 일에 최적화되어 있는 인간들"(p. 40)이며, 여기에서 '나'의 삶도 예외는 아니다. "나는 더 이상의 수치를 만들지 않기 위해 여전히 바보와 명청이의 유사성과 차이점에 대해 고민하는 바보 명청이로 살 수밖에"(p. 119) 없다. 가까운 선배 여성 감독의 좌절을 지켜보는 '나'의 이야기와 영상 파일을 날려버린 치명적인 실수담이 있지만, 이 소설의 핵심적인 사건이라고 보기 어렵다. 사소한 에피소드들은 시간의 순서와 상관없이 산포되어 있다. '종로3가의 소

---

4   장미화, 『디지털 영화와 들뢰즈의 시간-이미지』, 커뮤니케이션북스, 2019, p. 9.

혓바닥 냄새'뿐만이 아니라 '오징어젓갈'에 대한 욕망, 후배 '한솔'이 장뤽 고다르를 만난 희극적인 에피소드들은 현실의 궁핍을 익살스러운 분위기로 전환시킨다. "나는 좋은 사람이 되고 싶었다"(p. 39)라는 반복되는 소망은 '글러먹었다'는 것을 알지만, "삶에 대해 분노할수록 자살은 삼가야 한다는 사실을 나는 늘 상기하고"(p. 111) 있다. 수치를 감당하면서 영화를 포기할 수 없는 현재이면서 동시에 미래일 수밖에 없는 삶의 순간들이 그렇게 현전한다.

'유미 선배'가 자신의 마스터 필름과 DVD를 태우는 시간을 함께하는 장면은 상징적이다. 이 장면은 좌절당한 영화예술가의 꿈에 대한 것이지만, '필름과 DVD'라는 물질로서의 영상물을 태운다는 문화적 메타포가 될 수 있다. 필름 영화가 필름 원본의 물질성과 잘라 붙이는 편집의 아날로그적인 접합의 산물이라면, 디지털 영화의 시대에 그런 것들은 의미가 없다. 영상물을 불태우는 퍼포먼스 자체가 디지털의 세계에서는 난센스가 된다. "원본을 불태우기 위해 공터를 찾아 헤맬 필요도 없었다. 삭제 버튼. 그것 하나면 되었다"(p. 81). 필름 영화 시대의 비장미는 디지털 시대의 블랙코미디로 바뀐다.

코닥이 필름 생산을 중단했다. 할리우드 영화 제작자들은 필름 릴을 쓰레기통에 버리는 퍼포먼스를 벌였고, 나는 TV로 그 모습을 지켜보며, 그들이 영화제작을 그만두고 행위 예술가로 전향한 것인지 뭔지, 대체 왜 저런 행동을 하는 건지 알 수 없어 고개를 저었다. 필름의 종말. 물질은 비물질이 되었다. 디지털 시대의 도래는 불에 타 없어질 위기로부터 영화를 구원해주었지만, 세상을 더욱 더 구린내가 나도록 만들었다. 사람들은 디지털카메라를 이용해 더 많은 똥을 쌌는데, 먹는 양이 늘어서 더 많이 싸는 것이었을 뿐, 변비를 해소시킨 것은 아니었다. 찍는 양이 늘어서 영화 생산량이 함께 증가한 것뿐, 더 많은 영화가 탄생하게 된 것은 아니었다. (pp. 71~72)

디지털 영화의 등장은 필름이 불에 타 없어질 걱정이 없는 세계를 열었지만 더 많은 '구린내'가 나게 만들었다. 영화 찍기를 '똥 싸는 일'에 비유한 것은 이 소설의 문체적인 특징을 보여주면서, 영상을 만드는 일이 대중의 놀이가 되는 문화 상황에 대한 묘사이기도 하다. 필름 영화의 종말을 고한 시대와 청춘의 시간은 기묘하게 연결되어 있다. "영화 하는 척하는 고주망태 새끼들에게 영화감독 취급을 받는 것도 아니면서 동시에 스무 살 아이들과 맥도날드 패티를 열심히 굽는다 한들 평범한 어른 취급도 받지 못할 나이"(p. 119)인 '나'의 시간대와 필름 영화가 사라진 시대의 '구린내'는, 아무것도 성취할 수 없는 청춘의 조건이다. 이 소설은 필름 영화가 종언을 고하는 시간과 무기력한 청춘의 시간을 겹쳐 보임으로써, 본 적 없는 소설적 장소를 만들어낸다. 청춘의 시간은 이를테면 '필름이 끊어진 시간 속에' 있는 것이다. '필름이 끊긴다'는 말의 다중적 함의를 문화적인 것으로 만드는 글쓰기가 여기 있다.

6. 미래가 없고, 미래가 없다

「0%를 향하여」는 「셀룰로이드 필름을 위한 선」의 연장선에서 '0%의 글쓰기'를 시도한다. 한국 영화를 둘러싼 객관적 자료들을 인용하고 있는 이 소설의 인물들 역시 영화 하는 사람들이다. 영화 할 돈을 벌기 위해 과외나 방과 후 교사를 하거나, 영화를 그만두고 강릉에 내려가 사진 스튜디오를 차리거나, 독립영화를 찍기 위해 스스로를 혹사하는 청춘들의 이야기 말이다. 삶의 미래가 보장되어 있지 않기 때문에 영화를 포기하지 않는 것 자체가 고투가 되며, 독립영화의 미래 역시 보장할 수 없다. 영화에 대한 열정으로 열악한 현실을 감당하는 시네필들의 이야기는 찌질한 정서와 뒤섞여 오히려 기이한 에너지를 뿜어낸다.

한국 영화 100주년은 기념할 만한 것이지만, 그것이 한국 영화의 미래를 보장하는 것은 아니다. "3대 멀티플렉스가 국내 영화 시장의 97%를 점유하고 있었고, 한 해 동안 천만 관객 영화가 다섯 편이나 나왔으며, 스크린 상한제 도입이 논의되었다. 한국 독립예술영화 관객 점유율은 1%대 초반으로 떨어졌다. 여전히 근로계약을 맺지 못한 채 일하는 영화인들이 있었고, 나는 한국 영화 100주년을 맞이하여, 영화를 그만두고 싶었다"(p. 304). 이 문장은 한국 영화 100주년의 현실을 압축한다. 한국 영화의 외형적인 성장이 한국 영화의 내적 진보와 영화 하는 사람들의 삶의 개선을 의미하는 것은 아니다.

영화 하는 청춘들은 "흥행이 곧 권력이라는 이야기. 돈만 벌면

장뗑이라는 이야기를 했지만, 그럼에도 불구하고 매년 꾸준히 혼자 독립영화를 찍는 선배가 있다는 이야기"(pp. 310~11)를 할 수밖에 없다. 이 소설의 바닥에 놓인 질문은 독립영화는 가능한가? 그것을 '계속' 만든다는 것은 무엇인가?라는 것이다. 독립영화는 "좋은 실패가 가능하고, 실패해도 다시 시작할 수 있도록 하기 위해서. 돈이 많으면 많은 걸 할 수 있지만, 돈 때문에 할 수 없는 일도 분명 있으니까"(p. 343) 필요하다는 논리가 존재한다. 하지만, "모든 독립영화는 상업영화 포트폴리오"(pp. 323~24)에 불과하다는 현실이 가로놓여 있다. "독립영화는 미래가 없어. 독립영화 망했어. 그런데 우리가 독립영화의 미래를 본 적이나 있었나. 언제나 독립영화의 미래는 상업영화였다"(p. 347)라는 자조 섞인 말과, "이제 독립영화는 그 말의 의미를 완전히 상실한 것 같았다. 그저 텅 빈 말이었다. 그저 텅 빈 공간이었다"(p. 348)라는 비관적인 인식이 남아 있다.

이런 상황에서 독립영화를 만드는 사람들은 곤경에 처할 수밖에 없다. "현장에 가면 돈은 벌 수 있었지만 글을 쓸 수 없었고, 글을 쓰지 못하면 내 작품을 만들 수 없었다. 내 작품을 만들지 못하면 감독이 될 수 없었다. 모순적이게도, 영화를 만들기 위해서는 영화를 하면 안 되었다"(pp. 324~25). 영화를 '만들기' 위해서 영화를 '하면' 안 된다는 이 모순이야말로, 독립영화판의 사람이 처한 피할 수 없는 현실이다. 독립영화계에 남아 있는 사람들은 "나는 내가 영화감독인지, 과외 선생인지, 아르바이트생인지, 그냥 백수인지 뭔지 모르겠어"(p. 332)라고 스스로를 자조한다.

그럼에도 영화를 할 수밖에 없는 시네필들의 영화적 원체험은 영화에 대한 최초의 물질적 기억들과 연관되어 있다. 처음 영화를 봤던 '쥬네쓰 시네마' 극장, 종로3가의 영화관들, 불법 다운로드로 봤던 미개봉 영화, 처음 독립예술영화를 보러 갔던 '대전아트시네마'와 같은 것들. 자신의 침대에서 아이패드로 넷플릭스 시리즈를 소비하는 시대에 영화관의 물질적 기억은 이미 낡은 것이다. 하지만 그 공간의 기억은 망각 속에 사라진 것이 아니라 현재에도 지속된다. 이 소설이 주는 기이한 감동은 '그럼에도 불구하고' 영화를 만드는 사람들의 시간에서 온다. '나'는 단편영화제에서 만난 할머니가 자기 영화를 보러 와달라는 부탁 때문에 두 시간을 지하철을 타고 영화관을 찾는다. "이름도 모르는 할머니가 나를 초대했고, 나는 지금 이름도 모르는 할머니가 만든 영화를 보러 가고 있었다"(pp. 352~53). 이름을 모르는 사람이 만든 영화를 보러 가는 그 시간은 독립영화의 이상한 미래와 연결되어 있다.

　　빛, 빛, 어둠, 빛과 그림자가 벽에 부딪힌다. 영화. 아무래도 영화 같은 건, 그만두는 게 좋을 것이다. 독립 같은 건 꿈도 꾸지 않는 게 좋을 것이다. 미래가 없고 [……] 미래가 없고 [……] 미래가 없다. 나는 언제까지, 이 생각을 언제까지 지속시킬 수 있을까. 지속시킬 수 있을까. 고개를 돌려보니, 할머니가 보인다. 빛. 어둠. 빛. 어둠. (p. 355)

영화관은 빛과 어둠으로 만들어진 공간이고, 그것이 영화관이라는 공간을 채우는 물질적 아름다움의 본질이다. 관객을 몰입과 관음의 공간으로 몰아넣는 빛과 어둠이 없다면 영화관은 존재하지 않는다. 독립영화관에서 빛과 어둠의 교차는 영화의 가능성과 불가능성이라는 순간들의 교차이기도 하다. 이 문장들에서 문학적인 언어와 영화적인 이미지의 구별은 거의 의미가 없게 된다. 영화 시나리오의 지문과 같은 '빛. 어둠. 빛. 어둠'의 교차는 영화 문법으로 말한다면 자유로운 '숏 내 몽타주'[5]를 시도한다. 진술과 묘사의 언어들은 연쇄적으로 맞붙어 있다. 이 문장들은 말하는 것과 볼 수 있는 것의 구별이 무의미해지는 '문장-이미지'[6]의 연쇄를 보여준다.

이 영화관에 모인 사람들은 소설의 제목처럼 0%의 영화라는 가능성에 속한 사람들이다. 0%는 없음이 아니라, '0이라는 존재'의 있음이라면, 그 있음은 '지속'으로서의 있음이다. 0%는 모든 것이 소진된 상태가 아니라, 불가능성의 지금 여기 있음, 혹은 잠

---

[5] 아날로그 스크린은 "숏들의 연속 몽타주 즉 컷들을 배열하는 방식으로 시간을 공간화해서 구축한다. 디지털 스크린에서는 그와 반대로 공간을 시간화하는 양상이 부상한다. 몽타주와 화면 심도가 약화되고 합성 프로그램의 소프트웨어로 시각적 요소들을 조작하고 숏 내에서 자유자재로 배치한다"(장미화, 같은 책, p. 20).

[6] "문장은 '말할 수 있는 것'이 아니며, 이미지는 '볼 수 있는 것'이 아니다. 문장-이미지라는 용어로 내가 의도하는 것은 미학적으로 정의되어야 하는 두 기능들, 즉 텍스트와 이미지 사이의 재현적 관계를 깨뜨리는 방식에 의해 정의되어야 하는 두 기능들의 결합이다"(자크 랑시에르, 『이미지의 운명』, 김상운 옮김, 현실문화, 2014, p. 86).

재생의 지속으로서의 0%이다. 완전한 의미의 '독립'영화는 불가능한 것일 수 있지만, 그 독립을 향한 삶이 지속되는 한 0%는 유령처럼 다른 미래를 사는 운동이다.[7] 독립영화를 하는 자는 "나는 존나 유령인가 봐. 존재하지도 않아"(p. 338)라고 말할 수밖에 없다. 실체와 영토를 갖지 않는 유령은 공간을 점유하는 것이 아니라 시간 속에 출몰한다. '독립'은 '유령의 시간'을 살아가는 시대착오의 열정이며, 이 기이한 열정 때문에 다른 미래는 지금 시작된다.

5. 아무것도 없는데 소리는 계속되고 있다

새로운 매체 감각과 글쓰기에 대한 서이제의 탐구를 경험하고 싶다면 「사운드 클라우드」를 읽어야 한다. 이 소설은 엘피에서 시디로, 다시 음원 파일에서 스트리밍으로 변해온 음악의 매체 방식을 소설의 플롯에 적용한다. 이 시도는 소설 전체가 일종의 '사운드 클라우드'로 보일 수 없을까라는 발상을 전제한 것이기도 하다. 소설의 구성은 소단원의 제목처럼 '소리/목소리'와 '글씨를 쓰다'라는 말을 합성한 'Phonograph'적인 것이다. 이 소설에 등장하는 청춘들은 "홍대병 걸린 노량진 인간"(p. 214)이라는 절묘한 표현처럼 힙한 세계를 향유하고 싶지만, 앞날이 전혀

---

7   졸고, 「'인디'라는 유령의 시간」, 『익명의 사랑』, 문학과지성사, 2009 참조.

보장되지 않는 불확실성의 시간에 속해 있다. 소설의 첫 문장 "애플 에어팟을 샀는데 자랑할 데가 없었다. 뭐, 자랑하려고 산 건 아니었지만 사고 보니 자랑이 하고 싶어졌다"(pp. 163~64)는 '에어팟'이라는 물질적 이미지가 포함하는 모든 문화적 의미를 축약한다.

노량진 경찰 학원에서 만난 친구와 '나'는 안정적인 미래를 위해, 혹은 "아우디를 사주겠다는 부모님의 말"(p. 166) 때문에 학원을 다니지만 미래는 전혀 열리지 않는다. "합격하지 못하는 공시생과 사랑에 빠진 군인"(p. 177)은 모두 찌질한 청춘의 시기를 보내고 있다. 후임에게 시디플레이어를 '빼앗아' '모타운 음악'을 듣는 것은 그런 '홍대'를 향한 욕망에 연관된다. 읽은 적도 없는 하루키의 『상실의 시대』에 나오는 미도리를 예명으로 가진 사람을 좋아하는 것 역시 이런 동경에 가깝다. "음악은 언젠가 소설이 될 것"이라든가 "문학은 언젠가 힙합이 될 것"(p. 188)이라는 말과 같은 알 수 없는 문장들에 반응하는 것 역시 '홍대'를 향한 욕망에 가깝다.

소설의 후반부에 카세트테이프라는 낡은 매체가 등장한다. 음반 가게 사장님은 포장된 카세트테이프를 새로 들여다놓는다. "어쩐지 과거와 현재와 미래가 뒤섞이고 있는 것 같"(p. 211)은 느낌은, 사운드 클라우드의 시간이 선형적으로 진행되지 않음을 암시한다. 카세트테이프의 릴 테이프를 갖고 놀던 물질적 기억은 살아 있으며, 늘어진 테이프가 "전혀 다른 음악이 되어가고, 되어가다가, 되어"(p. 213)갔던 감각은 과거와 현재의 경계를 가로지른다. 레코드 가게가 문을 닫는 소설의 마지막 장면은 "언제부턴 가부터 아무도 카세트테이프로 음악을 듣지 않았던 것처럼, 이제 더 이상 아무도 시디나 엘피판으로는 음악을 듣지 않"(p. 218)는 상황의 결과이다. 음악을 담고 있는 물질들이 완전히 사라진 텅 빈 레코드 가게의 공간에는 아무것도 없지만, 소리는 사라지지 않는다.

> 나는 이제 그곳에 아무것도 없다는 것을 알면서도 계속해서 그 안을 들여다본다. 들여다보고 있다. 있지만, 없다. 텅 비어 없다. 이 제 그곳에는 시디도 엘피판도 없는데, 아무것도 없는데. 있다. 아무 것도 없는데, 소리는 계속되고 있다. 안녕. 메리 크리스마스. 거리를 걷고 있는 사람들의 목소리. 들려온다. 계속 들려온다. 캐럴. 재즈. 힙합. 팝. 말. 한꺼번에. 너무 많이. 너무 많은 말들이 한꺼번에 들려 와서, 나는 그들이 대체 무슨 말들을 하고 있는 건지 알 수 없고, 알 수 없지만, 알 수 없기에 그들이 하는 말들을 이해할 수도 있을 것 같다. (pp. 218~19)

소리를 담고 있던 물질들의 세계는 사라졌지만 소리는 들려온 다. 사라지고 없어진 것들 속에서도 계속될 수밖에 없는 소리가 있다. 매체와 장르는 변해도 음악과 사람들의 소리는 사라질 수 없다. "미도리. 목소리. 소음. 잡음" 같은 것들은 손에 잡히지 않 는다. "나는 무언가 잡으려고 하는 듯, 주먹을 꽉 쥔다. 손에 잡히 는 건 에어팟이 전부고, 고작 그게 전부라서, 이건 자랑할 것도 아니라는 생각이 든다"(p. 219). 소리들은 물질적으로 손에 잡히지도 않고 가질 수도 없다. '에어팟'을 가졌다고 소리를 갖는 것은 아니다. 그것은 마치 "콘트라베이스를 살 수 있었지만 음악은 살 수 없는 것"(p. 194)과 같다. '에어팟'의 시대, 소리가 범람하지만 소리를 가질 수 없는 시대에, '나'는 '사운드 클라우드'의 존재를 어렴풋이 생각할 수 있다.

4. 한 줄에서 시작한다

음악에 관해서라면 드물게 일인칭 여성 화자가 등장하는 「그룹사운드 전집에서 삭제된 곡」이 있다. '나'는 취업을 했지만, 입사 후의 세계는 내가 예측하지 못했던 세계이다. 현재의 시간에 부모님들의 젊은 날이 호출되는 것은 음악을 통해서이다. 이를테면 아빠가 좋아하던 '건아들'과 '활주로' '마그마'의 밴드 음악 같은 것들과 엄마의 청춘에 등장한 유미리의 「젊음의 노트」 같은 것들 말이다. '나'는 음악을 통해 엄마 세대의 삶을 엿본다. "종종 저녁 식사를 준비하며 파를 썰다가 식칼로 가슴팍을 찍고 싶을 때가 있다"(p. 229)는 '엄마'의 캐릭터는 익숙한 모성의 이미지를 벗어나 있다. 엄마는 영어 학원와 헬스장과 골프장 등을 다니며 계속 새로운 걸 하고 싶어 하지만 "어느 시점이 되면 엄마는 모든 것을 그만두었다". "엄마는 엄마 되기 전에 엄마가 아니었"(p. 232)지만 이제는 "청춘을 다 잃었다고" 자조한다.

"요즘 젊은이들은 왜 투쟁을 안 해. 싸우지를 않아. 혁명을 몰라. 요즘 젊은이들은 선언하지 않고, 세상을 뒤집을 생각이 없어"(p. 234)라고 말하는 것은 이미 젊지 않은 사람들이고, "엄마는 청춘을 잃었다고 했지만, 나에게 청춘은 언제 잃어도 그만이었"(p. 235)던 것이다. 6월 항쟁 때 태어나지도 않은 '나'는 "옛날 밴드들은 참 이름도 엄청나다. 세상 다 뒤집어놓을 것 같은 이름이잖아"라고 흥미롭게 생각한다. "모두 운동권이고 모두 시인이었"(p. 241)던 그 시대는 엄마에게는 향수의 대상이지만, '나'에게 그것은 어떤 '새로움'이다. 소설의 후반부에서 '나'는 엄마가 또다시 음악 그룹 레슨을 받겠다고 하는 것을 받아들인다.

이 소설에서 엄마의 시대와 '나'의 시대를 이어주는 것은 음악들이고, 그 음악들을 새로움으로 대면하게 만드는 것은 유튜브이다. "근데 너 그런 옛날 사람들 어떻게 알았니. 나는 유튜브에서 봤다고 했다." 유튜브는 소리와 영상의 거대한 아카이브에 보관된 것들을 현재적인 새로움으로 호출한다. 유튜브의 세계에서 부모 세대의 '건아들'과 '마그마' '활주로'와 '유미리'는 지금 지속되는 젊음이다. "세상 모든 젊음이 그곳에 영원히 봉인되어 있는 것 같아. 내가 한 번도 느껴본 적 없는, 그런"(pp. 241~42) 젊음이 유튜브 속에 있다. 서로 다른 시간대를 살아온 두 세대의 문화적 삶을 동시대적인 것으로 만드는 것은 유튜브라는 매체의 힘이다. 이 공간에서는 한 시대의 히스토리가 끝나고 다른 세대의 시간이 시작되는 것이 아니다. 모든 다층적인 시간대가 현재에 호출되고 새로워지고 또다시 '시작'된다.

서이제 소설의 두 층위, 청춘의 서사가 없는 삶과 이를 다른 차원의 글쓰기로 전환하는 소설적 동력은 「(그)곳에서」와 「임시 스케치 선」을 통해 또 다른 소설적 장소를 보여준다. 「(그)곳에서」는 집이 없는 청춘, 정확하게는 오늘 밤 잘 곳이 없는 청춘의 이야기이다. "내일이 되면 내일을, 내일이 되면 또 내일을," "그렇게 계속 내일을 걱정"(p. 247)할 수밖에 없는 일인칭 여성 주인공이 등장한다. 오늘 밤 숙소가 없는 청춘이라는 설정은 현실에 대한 반영의 차원에 머무는 것이 아니다. 거처가 없기 때문에 하루하루의 미래가 전혀 보이지 않는 '장소 없는 삶의 시간'이라는 문제를 환기시킨다. 집 없는 대학생의 전공이 토목공학인 것은 아이러니를 만든다. 토목공학과 학생들은 "자신이 살 집을 스스로 짓고 싶어 했다. 하지만 정작 토목공학과에서 배우는 건 측량하기, 뚫기, 쌓기, 보호하기, 연결하기와 같은 것들이었다"(p. 251). "내가 학교를 다니고 있어서 다행이라고 생각"(p. 262)하지만, 삶의 문제를 '단번에 해결할 공식'을 아는 것은 불가능하다. '예지'와의 동거가 실패한 것은 각자의 방식이 다르고 "우리에게는 각자의 방이 필요했지만, 각자의 방이 없었"(p. 298)기 때문이다. 방이 없기 때문에 "생활 없는 삶이 지속되고"(p. 290) '삶의 지도'가 없는 시간이 이어진다. 장소를 표기할 수 없기 때문에 미래를 가늠할 수 없는 젊음은 익명의 '(그)곳에' 있다.

　「임시 스케치 선」은 하이퍼텍스트적인 글쓰기를 시험하고 있는 소설이다. "한 줄에서 시작한다"(p. 137)라는 문장은 여기서 뻗어나갈 문장들의 비선형적이고 다중적인 잠재성을 암시한다.

각각의 문단들은 하나의 서사의 유기적인 부분들이 아니라, 전체성을 알아낼 수 없는 퍼즐 조각과도 같다. 이 소설에서 'X'는 그 조각들의 단위이면서 인물의 이름이며, 특정할 수 없는 그 모든 인물과 시간의 이름이다. 그래서 소설은 점들이 모여 선과 면이 되는 텍스트, "점 점 점. 점점. 선이 된다. 면이"(p. 160) 되는 글쓰기의 과정을 실현한다고 할 수 있다. 이 익명적이고 다중적인 글쓰기를 통해 "한 줄에서 시작했는데,/이제는 더 이상 한 줄이 아닌 것 같다./그렇다고 한 줄이 아닌 건 아니다"(p. 155)라고 말할 수밖에 없는 예외적인 텍스트가 탄생한다.

2. 그건 사랑하지 않는다는 말도 아니다

「미신(迷信)」은 서이제 소설에서의 '진실'에 대한 태도를 날카롭게 보여준다. 이 소설에서는 '모른다'로 끝나는 문장들이 끝없이 이어진다. 이 소설의 도입부는 "지금, 눈이 내리고 있을지도 모른다. 아닐지도 모른다"(p. 9)로 시작된다. 이 소설의 핵심적인 사건은 "선생님이 죽고, 그 애가 사라졌"다는 것이지만, "나는 어디에 있었을까"(p. 10)라는 스스로에 대한 알리바이는 결코 해결되지 않는다. 수능 날에 선생님이 왜 자살하고 '이 군'을 만난 저수지에서 무슨 일이 있었는지 역시 알지 못한다. 진실에 대한 회의는 심해져서, "선생님이 죽었다는 사실조차 실제로 벌어지지 않았던 일일지도 모른다"(p. 29). 또한 "이 군. 그는 내가 늦을 때마다 아무런 말 없이 나를 기다려주었던 유일한 사람이 아닐지도 모른다. 그는 그곳에 없었을지도 모른다"(p. 31)는 생각에 이른다. 여기에 이르면 이 소설의 모든 사건이 실제로 일어났는지 알 수 없다.

'내'가 '모른다'라고 끊임없이 말하는 심층에는 '나는 내가 누구인지 알 수 없다'라는 고백이 있지만, "선생님이 죽고, 그 애가 사라졌을 때, 나는 어디에 있었을까"(p. 10)라는 무서운 질문이 도사리고 있다. 이 질문에는 모종의 죄의식이 개입되어 있다. 친구인 '그-이 군'은 사람을 죽였다고 고백한다. 이 소설의 서술자는 '모른다고 고백하는 주체'인데, 그 고백의 형식은 편지일 수도 있으나 그 편지가 누구를 대상으로 하고 있는지도 모른다. '나-선생님-이 군'은 모두 죄의식에 연루되어 있고, 모두 자신을 믿을 수 없는 자리에 있으며, 말하는 자와 말을 듣는 자의 구분이 뒤섞이며 '함께' 존재한다. '모른다'는 말을 계속 되뇌는 화자는 단순히 '믿을 수 없는 화자'가 아니라, '자기 자신을 믿지 못하는 화자'이다. 자기 자신조차 믿지 못하는 화자가 소설의 담화를 구성하고 있다면 소설이라는 문법 자체가 가능한 것인가? '자기 자신을 믿지 못하는 화자'는 소설의 가능성과 불가능성을 가로지르는 유령 같은 서술 주체이다.

"사랑하지 않았을지도 모른다는 말은 사랑하지 않았다는 말과 다르지만, 그렇다고 해서, 사랑했다는 말도 아니다. 나는 그를 사랑했던 것이 아니라 단지 생각하고 있었는지도 모른다"(p. 27). 이 문장이야말로 문학의 언어에 대해 말하고 있는 것일지도 '모른다'. 저수지에서 끔찍한 일이 일어났는지 분명하지 않지만, 어떤 사건을 발설하면 '모른다'라고 말한다 하더라도, 이미 '언어적' 사건은 발생한 것이다. 서이제의 소설은 '사건이 일어났다-사건을 인과적으로 재현한다'가 아니라, '사건이 일어났는지 모른다-사건을 생각하는 과정을 중계한다'의 문법을 재구성한다. 확신할 수 없는 사건들에 대한 생각의 기저에는 "정말로 저는 살아 있나요? 살아 있다고 믿으면 살아갈 수 있는 건가요?"(p. 32)라는 뼈아픈 질문이 있다. "살기 위해서 믿기 힘든 일들을 믿을 수밖에"(p. 34) 없지만, 그 믿음이 '미신'일 수 없음을 또한 알고 있다. 소설은 이렇게 사건의 기록이 아니라, (살아 있다고) 믿지 못하는 생각들의 '중계'가 된다.

이 소설의 제목이 "미신(迷信)"인 것은 의미심장하다. '미신'은 완전히 진실될 수 없는 언어를 진실된 것이라고 믿는 사태이다. 미신은 실패할 수밖에 없는 언어들의 진실성에 맹목적으로 고착되어 있는 상태인 것이다. 서이제 소설은 미신에 고착되지 않고 끝없이 질문하는 자의 언어이다. 서이제 소설에는 하나의 단언이 그다음의 반대되는 단언으로 부정되고 다시 부정되는 문장들이 자주 등장한다. 서술자는 단언에 실패하는 사람이다. 서술자는 판단하는 사람이 아니라, 자신의 판단이 반대 추론에 의해 부정될 수 있음을 알고 있는 사람이다. "나는 그를 사랑하고 있는지도 모른다. 아직 그런지 모른다. 사랑이 아닐 수도 있지만, 나는 줄곧 내가 그를 사랑하고 있는지도 모른다고 생각해왔다"(p. 14). 서술자는 자신이 느끼는 것과 원하는 것에 대해 하나의 단언이 뒤집어질 수 있음을 알고 있다. 그는 반복되는 판단중지의 상태에 있지만, 중요한 것은 중지의 상태가 아니라, 문장이 번복되는 과정의 내적 운동과 리듬이다. "나는 모르는 게 너무 많아서, 너무 많은 생각을 한다"(p. 23). 소설은 하나의 판단에 의해 사태가 정리될 수 없는 모호하고 불안정한 '들린' 시간에 머문다. 판단의 무한한 번복은 사태와 사유와 언어 사이의 간극을 봉합하지 않으면서 그 간극의 정치적 잠재성을 여는 글쓰기이다. 침묵에 머물 수도 하나의 진실에 고착될 수도 없어서, '진실됨'이라는 불가능성에 한없이 가까워지려는 수행적인 언어 말이다.

1. 이제야 사랑을 말할 차례이다

서이제의 소설 속에는 발견의 대상으로 진실, 고정적이고 단일한 진실 개념이 등장하지 않는다. 소설을 통해 사건의 전모와 시간의 윤곽을 정확하게 파악하는 것은 허용되지 않는다. 그의 소설은 사라진 것들 안의 새로움에 대해 감각하고, 안다고 믿는 것 안의 모름을 끝없이 사유한다. 매체를 둘러싼 진보의 서사와 진실에 대한 믿음이 가진 권력의 무게는 가벼워진다. 임의적인 편집이 만드는 혼돈스러운 리듬은 스타일 너머의 스타일을 만든다. 디지털 기술이 만드는 자유로운 배치와 하이퍼텍스트 문법을 전유하면서, 한편으로는 그 기술과 글쓰기 사이의 간격을 봉합하지 않는다.

서이제의 소설 속에서 청춘은 바닥을 알 수 없는 곳으로 낙하한다. 이 낙하는 단 한 번의 결정적인 낙하가 아니며, '바닥이 없는 시간'과 함께하는 삶의 과정이다. 낙하하는 자는 상황의 전모를 볼 수 없고 시간과 물질의 단면들은 순식간에 지나가며, 여기에서 다른 시간의 감각을 만날 것이다. 선형적인 원근법과 조감의 시선으로부터 벗어난 '자유낙하'의 운동[8]은, 낙하하는 청춘의 시간을 지속되는 현재로 만든다. 여기에는 서사적 삶의 예정된 미래도 단 한 번의 비극적인 무너짐도 없다. 소설의 몸 안에는 여러 겹의 시간들이 뛰어놀게 되며, 단일한 시간의 형상으로 수렴되지 않는다. 서이제의 소설은 포스트 진실의 시대에 가장 먼저 도착한 0%의 미래이다. 이 미래는 동시대의 감각으로 지금 시작되는 미래이다. 이제야 0%에 대한 사랑을 말할 차례다.

(2021)

---

8   히토 슈타이얼은 실증적 공간의 객관적 재현이라 인정되는 일점 투시 선형 원근법의 몰락과 최근의 공중에서 내려다보는 관점의 범람을 지적하면서, 바닥이 없는 곳으로의 자유낙하의 운동을 새로운 사고실험으로 제안한다. "주저 없이 객체를 향하고, 힘과 물질의 세계를 포용하며, 그 어떤 근원적 안정도 없이, 개방의 충격으로 번뜩이는 낙하. 고통스러운 자유, 지극히 탈영토적이며, 따라서 언제나 이미 미지의 대상인 것"(히토 슈타이얼, 『스크린의 추방자들』, 김실비 옮김, 워크룸프레스, 2016, p. 37).

5. 시간은 기억보다

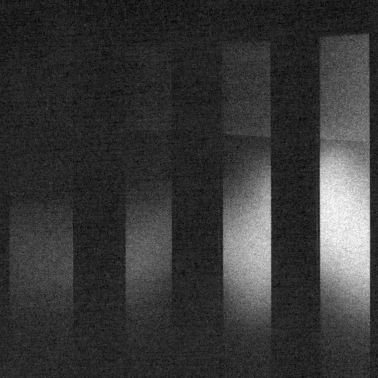

어쩌면, 우연입니다
─ 손보미와 우연한 긍정의 방식[1]

그대는 신성한 우연들을 위한 무도장이며,
신성한 주사위와 주사위 놀이를 하는 자들을 위한 신들의 탁자다.
─ 니체, 『차라투스트라는 이렇게 말했다』

1. 2011년에 일어난

그해 무슨 일이 일어났는지를 기억할 수 있을까? 이를테면 김
정일 국방위원장이 돌아갔다던가, 일본 동북부에 대지진이 발생
했다는 것과 같은 대형 뉴스들을 떠올리는 사람들이 있겠다. 어
떤 사람들은 2011년을 스티브 잡스와 여배우 엘리자베스 테일리
가 돌아간 해로 기억될 것이며, 혹은 더 사소하고 개인적인 마주
침의 장면들을 '간신히' 기억할지도 모른다. 기억의 감각은 어쩌
면 동시대적인 것이어서, 연대기의 힘은 무력할 수도 있다.

1   이 글에서 다루는 손보미의 작품은 다음과 같다. 「담요」「폭우」「그들에게
린디합을」「과학자의 사랑」(『그들에게 린디합을』, 문학동네, 2013), 「대관람차」
「임시교사」(『우아한 밤과 고양이들』, 문학과지성사, 2018), 『디어 랄프 로렌』(문학
동네, 2017), 『우연의 신』(현대문학, 2019), 「불행 수집가」(『맨해튼의 반딧불이』,
마음산책, 2019). 이하 인용은 본문에 작품명과 쪽수만 밝힌다.

만약 한국문학에 조금이라도 관심을 가진 사람들이라면, 그해 한국소설의 재래적인 감성에 충격을 가한 한 신인 작가의 출현을 기억할 수 있다. 2011년 손보미라는 예기치 않은 개성이 한국문학에 도착했을 때, 그건 매력적인 '우연'처럼 보였다. 2011년에 손보미가 발표한 소설들(2011년 신춘문예를 통해 '두번째' 등단을 한 이후, 신인 작가 손보미는 그해에만 무려 여섯 편의 소설을 발표한다), 이를테면 「담요」 「그들에게 린디합을」 「폭우」 등은 한국소설의 미학적 지형을 흔드는 신선함이 되기에 충분했다.

　그해 무엇이 한 사람의 신인 작가에게 관심과 열광이 집중되도록 만든 것일까? 물론 이런 형식적인 설명들을 해볼 수는 있다. 손보미의 소설은 세계의 인과적 질서를 전지적으로 파악할 수 있다는 리얼리즘 소설의 믿음이나, 개인적 세계의 이미지를 내면의 드라마로 만드는 글쓰기 같은 것과는 상관이 없어 보였다. 역사적 현실의 재현이나 내면성의 묘사에서도 멀리 떨어져 있는 듯했다. 도덕적 판단이나 정서적인 장식이 없는 문장들, 비개인적인 시점의 무감하고 드라이한 문체와 건조한 위트, 사실과 허구를 뒤섞는 전기적인 글쓰기 등은 중성적이고 미니멀한 스타일의 도래를 예고했다. "나는 나 자신이 잘 모르는 것을 쓰는 것에 아무런 거리낌이 없었다"('작가의 말', 『그들에게 린디합을』, p. 265)라고 말하는 작가를 한국문학은 갖게 된 것이다. 그의 소설에는 '전지적'이거나 '진정한' 서술자가 좀처럼 나타나지 않았고, 습기도 뜨거움도 느껴지지 않았으며, 심지어 '국적'조차 분명하지 않은 듯했다.

'국적'에 대해서 말한다면, 손보미의 소설에 등장하는 공간이 외국인 경우가 많다는 것과 문체가 이른바 '번역투'라는 지적이 있었다. 하지만 소설이 한국어로 발표되는 이상 '한국어 문학의 장'을 벗어날 수는 없으며, 설정이나 문체에서의 정체성과 순결성 같은 것들을 말하는 것은 공허할 수 있다. 외부와의 교섭을 통해 발생한 근대 이후의 문학은 근원적인 의미에서 '번역투'의 문학이라고 할 수 있으며, 문학이 '국가를 대표한다'고 주장하는 것만큼 문학적인 것과 상관없는 이념도 흔치는 않다. 오히려 손보미의 소설을 통해 '한국어 문학'은 '한국'문학이라는 강박과 중력에서 자유로울 수 있는 잠재성을 마주하게 되었다고 할 수 있다. 이 모든 흥미로운 자질들이 손보미의 소설을 매력적인 이형(異形)으로 만들어, 한국문학이 그해를 기억하도록 했다.

2. 아무것도 돌이킬 수 없는

「담요」와 「폭우」에서 개인의 비극과 불행을 구성하는 요인은 지극히 '우연한' 요소들이다. 「담요」에서 '장'은 콘서트장에서의 총격 사고로 아들을 잃은 사건 때문에 지독한 고독과 죄의식 속에서 살아간다. 아들의 죽음은 너무나 우연한 사건이었다. 아들의 생일에 아들과 콘서트장에 갔다가 앞쪽에 있었다는 이유로 아들을 잃을 확률은 얼마나 될까?

장은 아들이 열다섯 살이 되던 날, 아들을 데리고 파셸의 콘서트에 갔다. 나중에 장은 이렇게 말했다. "그 콘서트 날과 우리 아들의 생일이 같은 날짜였다는 게 정말 기막힌 우연 아니오?" 사람들은 그날 이후로 장이 변했다고 말한다. 한은 이렇게 말했다. "소장님의 마음속에서 무언가가 떨어져 나간 것 같아."

그날, 장은 아들을 잃었다. (p. 13)

"내가 그렇게 무리해서 앞자리의 표를 구하지 않았다면 내 아들은 죽지 않았을 거라고요" "공연장에는 이천 명의 사람들이 있었소. 그렇다면 그들 중 유독 그 여섯 명이 죽어야만 했던 이유가 무엇이오? 그건 도대체 누구의 잘못인 거요?"(p. 14)와 같은 의문들은 결코 해결되지 않는다. 어떤 의미도 목표도 갖지 않는 뜻밖의 순간이 삶을 송두리째 바꿔놓을 수 있고, 그것을 설명할 수 있는 것은 인간의 영역이 아니다. 우연은 이 삶이 이해될 수도 예측할 수도 없다는 것을 보여준다. 삶에 대해 '우리'가 할 수 있는 말은, 이를테면 "우리는 아무것도 돌이킬 수 없었다,"(p. 20)와 같은 뼈아픈 문장일 것이다. "죽을 때가 되면 알 수 있지 않겠소? 그 모든 것들의 이유를"(p. 27)이라고 말하는 것은 다만 쓸쓸한 농담이다. 남아 있는 자가 할 수 있는 일은, 아들의 '담요'와 이별하는 애도의 시간을 고요히 맞이하는 것뿐이다.

「폭우」에서 주인공 '그녀'의 남편은 전자제품 판매원이었는데, "어느 날 손님이 없는 매장을 어슬렁거리다가 갑자기 넘어졌다"(p. 31). 가벼운 뇌진탕이었지만, 남편은 그후 시력을 잃는다.

그녀가 구청의 강좌에서 강의를 듣게 된 강사 부부에게는 서로에게 말하지 못하는 사건이 있다. 몇 해 전 집에 화재 사고가 났을 때 그곳에는 아들 혼자 있었다.

그는 그녀에게 그날 어디에 갔었느냐고, 왜 아이와 함께 있지 않았느냐고 물어야만 했다. 하지만 그는 묻지 않았다. 그날 그녀가 집에 있었다면 화재는 일어나지 않았을 거라는, 그랬다면 아이는 그런 식으로 우리 곁을 떠나지 않았을 거라는, 혹은 화재가 일어났다 하더라도 아이가 불길 속에 혼자 남겨지는 일은 없었을 거라는 말이 그의 목구멍에서 맴돌았다. 하지만 그런 이야기는 하지 않을 것이다. (pp. 48~49)

그녀의 남편이 느닷없이 시력을 잃게 되거나, 강사의 집에 화재가 났던 날 강사의 아내가 집에 없었다거나 하는 것은 사소한 우연의 연쇄이다. 남편의 불행이 한 번도 상상할 수 없었던 예기치 않은 일이었다면, 강사의 집에서 벌어진 화재 사건에는 남편의 부정(不淨)을 의심한 오해가 개입되어 있다. 그녀는 "남편의 눈이 먼 것도, 그들이 아이를 낳을 수 없는 형편인 것도, 그리고 그 밖에 그들이 겪고 있는 불행의 모든 원인이 오로지 그들의 멍청함 때문이라는 것을 깨달"(p. 54)게 되는데, 사실 이 깨달음조차 그녀의 오해와 무지의 일부이다. 그러면 이 모든 우연한 불행과 비극을 묘사하는 소설의 서술자는 그 이유들과 전모를 알고 있는 것일까? 이 소설에서 강사 부부가 방문한 고메식당의 주인인 '미스터 장'은 그 부부의 균열을 객관적으로 관찰할 수 있는 위치에 있다. 하지만 그 역시 그 부부 사이의 진실의 전모를 알지 못하며, "장은 자신과 상관없는 세상의 불행들"에 대해, "폭우 속에서 슬픔과 분노 때문에 멈춰버린 사람들에 대해"(p. 58) 생각한다. 서술자는 각각의 인물의 관점에서 상황을 서술하지만, 그 사건들의 전모에 대해 완전히 설명해주지 않는다. 소설은 끝내 설명되지 않는 진실의 공백을 남겨 놓음으로서, 삶의 이해할 수 없는 영역들을 역설적으로 '드러낸다'. 돌이킬 수 없는 것들은 완전히 설명되지 않는다.

「그들에게 린디합을」은 "댄스, 댄스, 댄스"라는 제목의 다큐멘터리를 만든 길광용 감독에 대한 진실을 추적하는 플롯으로 전개된다. 이 영화에서 영향을 받았다고 알려진 「그들에게 린디합을」이라는 또 다른 영화와의 연관성은 많은 의문을 낳는다. 이 영화의 공동 감독이 길광용 감독의 전 부인이고 길감독의 부탁으로 만들어졌다고 밝혀지는 간담회가 열리지만, 진실의 전모가 드러나는 것은 아니다. 한 사람의 삶에 대해 끊임없는 의문들이 가능하지만, 그 질문들이 모두 해결되는 시간은 찾아오지는 않는다. "길감독은 왜 그러한 가명을 그녀가 사용하도록 한 것일까? 길감독은 왜 〈댄스, 댄스, 댄스〉의 조감독으로 문정우씨를 선택했을까? 이 모든 것이 다 우연일까?"(p. 107). 이런 의문들은 끝내 공백으로 남는다. 소설이 파편화된 이 세계의 인과적 질서를 알려줄 거라는 기대는 손보미의 소설에서는 충족되지 않는다. 이해되지도 설명되지도 않는 서사의 잉여야말로 삶의 '잠재적' 진실이 드러나는 자리이다.

3. 아무 일도 일어나지 않을 거라는

두번째 소설집에 실린 「대관람차」는 손보미 단편 미학의 가장 서늘한 자리에 있다. 호텔 초이선의 화재는 어느 날 밤, 누군가 건물 내부의 작은 퓨즈를 하나 끊어버리는 것에서 시작된다. "그러자 연달아 자잘한 파열이 일어났다. 그 파열은 가스관에 도달했고 마침내 건물 전체를 무너뜨렸다"(p. 11). 거대한 건물의 화재와 그 장소에 들어선 대관람차의 존재는, 이 도시의 삶이 어떻게 이루어지는가에 대한 압도적인 메타포가 될 수 있다. 이 소설은 '사건' 이후의 남은 자들에 대한 이야기다. 주인공 '그'가 그 화재로 남편을 잃은 여배우 P 대신 남편을 비롯해 죽은 사람들을 애도하는 글을 쓰게 되었을 때, '애도의 대행'은 욕망의 다른 배치를 만든다. '그'는 영화의 시나리오를 쓰고 싶어 하는, 즉 자기 글을 쓰고 싶은 사람이다. '그'가 다른 사람의 연설문을 써야 하는 상황은 "그가 설명할 수도 없고 다가갈 수도 없는 그런 장소에서 도달한 명령 같은 것"이다. 그것은 "사람들이 흔히 운명이라고 말하는 것"(p. 30)에 대해 가끔 생각하게 만든다. '그'가 죽은 사람들에 대해 쓰는 글은 죽은 자에 대한 남은 자의 애도를 대리하는 글쓰기이다.

애도를 대리한다는 것은 무엇인가? 살아남은 자의 애도, 그러니까 프로이트적인 의미에서의 정상적인 애도는 언제나 불완전하다고 할 때,[2] 남은 자를 대리하는 자는 '애도의 불가능성'이라는 공백을 메꾸는 존재이다. '그'의 애도는 '가짜'이지만, 진정한 '애도의 주체'가 가능한 것도 아니다. 여배우 P는 애도의 불가능성을 마주한 '남은 자'이고, 타인의 애도를 대신하는 '그' 역시 진정한 애도의 수행자는 아니다. 여배우 P는 '그'가 쓴 애도의 문장들에 대해 "정확했어요. 모든 단어가…… 모든 문장이……"(p. 34)라고 표현한다. 이 '정확하다'는 표현은 자신은 정확한 애도의 문장을 발화할 수 없으며, 정확한 애도는 '대리'를 통해서 가능하다는 역설을 포함한다. 여배우 P는 애도의 글쓰기가 "나 자신을 치유하면서 동시에 이 사회를 치유하는"(p. 38) 것이라고 말하지만, 다른 사람이 대신한 글쓰기가 치유가 될 수 있다는 것은 불가능하다. '그'는 자신이 대신 쓴 글이 "나의 글"이라고, "멋진 문장들을 하나하나 적재적소에 배치해서, 자신이 글을 쓰기 전에

---

2 데리다는 프로이트의 애도와 우울증 개념을 해체적으로 재구성하며, 그것에 다른 윤리성을 부여한 바 있다. 여기에는 정상적인 애도와 병리적인 애도의 경계가 분명한가라는 문제의식이 도입된다. 애도의 작업은 타자를 자아의 상징구조 안으로 동일화하는 것이며, 정상적인 애도란 타자의 타자성을 제거하는 것이 될 수 있다. 하지만 타자로부터의 완전한 분리 혹은 완전한 합체는 존재하지 않는다. '정상적인 애도' 같은 것은 없으며, 애도 작업은 항상 불충분하여 애도의 필연성에도 불구하고 그것의 불가능성이라는 역설 또는 이중 구속을 낳을 수밖에 없다. 상실된 대상에 기억을 보존하기 위해서는 타자는 소멸되지도 않으며, 동화되는 것도 아니어야 한다. 애도는 그것을 상실함으로써 내면에 그것을 간직하는 '충심의 형식'이다. 프로이트의 애도가 '정상적인' 애도를 둘러싼 목적론적인 것이라면, 데리다의 경우는 '애도 행위'가 갖는 '운동성' 자체가 문제적인 것이 된다. 자크 데리다, 『마르크스의 유령들』, 진태원 옮김, 그린비, 2014; 니콜러스 로일, 『자크 데리다의 유령들』, 오문석 옮김, 앨피, 2007 참조.

는 단 한 번도 만나본 적이 없는 여성의 삶을 재창조했다"(p. 39)
고 자부해보지만, 여기서 '나의 글'의 기준은 무엇일까? 여배우
P의 초대를 받은 모임에서 '그'의 어린 아들이 갑자기 죽을지도
모르는 상황에 닥친다. '그'가 애도를 대신해준 타인의 죽음은 이
제 바로 아들의 '잠재적인' 죽음이 되어 들이닥친다.

아들은 결국 살아남았고, '그'는 세월이 흐른 후 성공한 영화제
작자가 된다. '그'는 자신이 "진짜 불행으로부터 끌어 올려진 글"
을 쓸 수 있을지도 모른다고 생각하기도 한다. 초이선 호텔이 불
탄 자리도 다른 공간이 된다. 망자들의 이름을 새긴 조형물과 대
관람차는 죽음의 기념비화monumentalization가 진행됨을 의미한
다. 이 도시에 대관람차가 '언제나' 거대하게 서 있다는 것은 무
엇인가? "대관람차는 너무 화려하고 거대해서 아무도 외면할 수
없는 그러한 것"(p. 49)이며, 언제나 깨어 있어서 "영원히 잠들지
않는 그러한 것"이다. 대관람차는 "아무런 공백도 없이 꽉 채워
진 도시"(p. 52)를 상징하는 것이면서, "뭔가 끔찍한 일이 일어날
거"(p. 51) 같은 예감을 영원히 살아 있는 것으로 만든다. P가 자
살했을 때 아무도 그 죽음에 대해 말하지 못한 것처럼, 이 도시의
삶이 호텔 초이선의 갈기갈기 찢긴 끔찍한 몰골 같은 것이 될 수
있는 것에 대해 침묵한다. 대관람차는 그 침묵을 지켜보는 거대
한 상징이며, "아무 일도 일어나지 않을 거라는"(p. 53) 믿음의 연
약함을 굽어보는 두려운 '눈'이다.

·

4. 왜 어떤 여자들은

손보미의 소설에서 여성적인 내면의 관점에서 서사가 진행되는 경우는 드물다. 남성의 관점에서 진행되는 서사가 상대적으로 많으며, 여성의 관점이 등장한다 하더라도 '그녀'는 진실의 전모를 알지 못한다. 그녀는 오해와 의심의 영역에 머물러 있으며, 자신의 내면에 대해서조차 '믿을 수 있는' 서술자가 되지 못한다. 그렇다면 손보미 소설에서 여성적인 것은 주변화되어 있다고 할 수 있을까? 손보미의 소설이 '남성 부르주아의 세계'와 완벽한 '정상 가족'을 묘사하고 그 붕괴의 징후를 포착하는 방식은 보다 중층적이고 예리하다. 손보미 소설의 남성들은 억압적이고 폭력적인 가부장제의 화신들이 아니다. 그들은 대개 유능하고 비교적 합리적이며 혹은 사회적인 명망을 가진 엘리트이다. 하지만 「대관람차」의 그처럼 세속적인 성공의 뒤에도 "뭔가 끔찍한 일이 일어날 거" 같은 불안감을 떨치지 못한다. 그들의 사소한 착각과 오해, 특히 여성에 대한 '오인'은, 그들의 자기모순과 그들이 속하는 세계의 균열과 허위를 날카롭게 보여준다. 그녀들은 그들이 지배하는 세계와 맞서 싸우는 존재는 아니다. 그녀들은 '그들의 서사'의 잉여, 혹은 가부장제의 잔여물로 남아서, 그 결여와 불안을 드러내주는 역할을 떠맡는다.

「과학자의 사랑」에서 과학자 고든 굴드는 '굴드 트라이 앵글' 이론을 만들어냈으며, 그 이론을 완성하는 데 유일한 걸림돌이었던 '백억분의 일'의 오차를 해결하기 위해 평생 연구에 매진한 인물이다. 또한 평생에 걸쳐 아내만을 사랑했다고 회고하는 인물이다. 하지만 그는 자신의 가정부 에밀리가 자기를 유혹했으며 자신을 사랑한다는 착각을 평생 동안 뿌리치지 못하고, 그녀에게 스물여섯 통의 편지를 집요하게 보낸 인물이기도 하다. '백억분의 일'의 오차를 견디지 못하는 '정확함'에 대한 굴드의 집요한 욕망은, 한순간의 착각을 평생 동안 맹목적으로 안고 살아가는 허위와 극명한 대비를 이룬다. 그는 '우아한 수식'을 추구하는 위대한 과학자인 동시에, 타인의 욕망에 대해 무지하고 심지어 자신의 욕망조차 알지 못하면서 늙어가는 멍청한 남성이다. 그에 비하면 에밀리는 그의 허위를 알면서도 타인의 욕망에 대한 예민한 감수성을 가진 존재이다. 이 지점에서 세계와 타인에 대해 이해하는 능력의 우열은 역전되며, 두 사람의 사회적인 위계는 무의미한 것이 된다. 과학자의 가장 진실한 언어는 차라리 에밀리에게 보낸 마지막 편지의 "당신은 언젠가 중력에 맞서서 날아오를 거요. 그리고 당신은 음탕한 여자가 아니오"(p. 189)라는 문장이다.

「임시교사」는 손보미의 여성 서사 가운데서도 가장 날카로운 여운을 남긴다. "모든 것이 너무나 완벽했고 잘못된 것은 아무것도 없었다. 정말로 나쁜 일은 하나도 일어나지 않았다"(p. 115). 이런 문장들이 머금고 있는 자기기만과 미세한 붕괴의 징후, 그 징후를 둘러싼 개인의 "잘못된 선택, 착각, 부질없는 기대, 굴복이나 패배"(pp. 115~16) 같은 것들을 포착하는 손보미의 한국어는 무심하고 적확하다. 이 소설의 주인공 P부인은 '품위 있고 교양이 넘치는' 젊은 부부의 아이를 맡는 일을 하게 된다. "잘생기고 예의 바른 젊은 아버지와 아름답고 우아한 젊은 엄마와 귀엽고 똑똑해 보이는 아이"(p. 89)로 구성된 완벽한 가족은, "소박한 벽지와 합성섬유로 만들어진 커튼, 작은 침대 같은 것. 그리고 그곳에서 혼자 밥을 먹거나, 혼자 옷을 갈아입거나, 혼자 잠을 청하는"(p. 90) P부인의 세계와 대비를 이룬다. 20년 동안 교사였던 P부인은 이 젊은 부부의 아이에게 교양 있는 완벽한 보모가 되고자 한다. 오랜 시간 교사였다는 자부심에도 불구하고 그것이 '임시'였다는 벗어날 수 없는 한계가 P부인의 삶을 규정한다. '임시'의 존재는 제도에 '정식'으로 편입될 수 없다는 측면에서 제도로부터 배제된 자, 그럼에도 불구하고 제도의 틈을 채우는 데 소모되는 자이다.

젊은 부부는 겉으로는 완벽해 보이지만 육아와 살림과 병든 시어머니의 수발이라는 현실적인 문제들을 감당할 수 없기 때문에, P부인은 그 결여를 메우는 일을 하게 된다. 그것은 붕괴 직전의 젊은 부부의 일상생활을 봉합하는 결정적인 헌신을 의미한다. 이 시간들 속에서 P부인은 이 가족의 인간적인 연약함을 감싸주는 가족의 일원처럼 느껴질 때도 있었지만, 그런 순간 역시 '임시'에 불과할 뿐이다. 이 소설에는 어떤 참담한 비극도 등장하지 않는다. 그럼에도 불구하고 '임시'적인 것으로서의 삶의 불안정성은 예리하게 잘려 나간 생의 단면을 가차 없이 드러낸다. '임시교사'로서의 버릴 수 없는 긍지와 교양의 욕구, 타인에 대한 호의는 부르주아 부부의 현실적 결여를 메우는 데에만 소모되어버릴 수밖에 없다. '정식'이라는 말의 반대편, '임시'라는 말 속에서 숨어 있는 삶의 잔인성과 계급적 뉘앙스는 이렇게 소설화된다.

문제는 P부인의 여성으로서의 '예외적인' 위치이다. 비혼으로 늙어가는 P부인이 이 가족에 틈입할 수 있는 것은 그들의 일상적인 결여를 메꾸는 역할을 할 때뿐이다. P부인이 그들과 같은 식탁에서 식사를 할 수 있는 상황은 그 결여가 걷잡을 수 없이 커졌을 때에만 가능하다. 하지만 이 부부는 P부인을 가족의 일원으로 '환대'한 적이 없다. "왜 어떤 여자들은 결혼도 하지 않고 애도 낳지 않은 채 그런 식으로 늙어가는 걸까?"(p. 96) "생각해보면 참 불쌍한 여자야"(p. 97)라는 은근한 혐오와 동정이 있을 뿐이다. 그들 부부가 P부인을 향해 던지는 "남의 집이라고 생각하지 마세요, 제발요"(p. 100)라는 말은 얼마나 섬뜩하고 기만적인가? 중산층 정상 가족의 눈에 임시교사는 '그런' 여자에 불과하다. 반드시 지켜내어야 할 안전하고 안락한 부르주아 가정의 사생활은 '그런' 여자의 노동 없이는 지탱될 수 없다. '주인과 노예의 변증법'을 상기시키는 이 통렬한 아이러니야말로, 정상 가족의 불안과 허위를 예리하게 보여준다. '그런' 여자는, 정상적인 것처럼 보이는 가부장제 질서 안의 균열과 자기기만을 노출하게 만든다. 가족 제도의 바깥으로서의 '임시직·비혼' 여성의 존재는, 가족 이데올로기의 연약한 내부를 드러내는 잉여이다.

5. 단 한 방울 때문에

　손보미의 두 개의 장편『디어 랄프 로렌』과『우연의 신』은 '죽은 자의 남은 말'을 추적하는 서사이다. 죽은 자가 남긴 말은 그 자신의 생애의 의미를 알려주는 것이며, 남은 자는 그 의미를 해독하고 수행해야 할 의무를 떠안는다. 그러나 '유언'을 완전하고 정확하게 '해석'하는 것은 과연 가능한 일일까?

　『디어 랄프 로렌』의 '나'는 미국 유학 생활 중 지도교수로부터 버림받은 후 집에 돌아왔다가 오래전 수영에게서 받은 청첩장을 발견하고 고교 시절 '랄프 로렌'에게 보낼 편지를 함께 썼던 수영을 떠올리며 랄프 로렌의 숨겨진 자료들을 추적하기 시작한다. 그 추적의 핵심은 '랄프 로렌이 왜 시계를 만들지 않았는가' 하는 의문이다. 랄프 로렌을 둘러싼 수많은 인물들에 대한 자료들을 찾아가는 과정에서, '나'는 랄프 로렌을 한때 키워준 시계공 '조셉 프랭클'에 대해 알게 된다. '나'의 글쓰기는 이 추적 과정에 대한 또 다른 겹의 회고 형식이 된다. 랄프 로렌이 왜 시계를 만들지 않았고, 시계를 절대로 만들지 말라는 유언까지 남겼는지 그 이유는 끝내 풀리지 않는다. 고교 시절에 랄프 로렌에게 보내기로 한 수영의 편지가 완성되었는지도 '나'는 기억하지 못하고 그것은 시간의 공백으로 남아 있다. '기억의 무인 지대'가 있다는 것은 그 누구도 생애의 서사를 완전히 복원할 수 없다는 것이다. 그렇다면 이 탐사의 과정과 시간들은 아무 소용도 의미도 없는 것인가?

이 소설은 한 디자이너의 진실을 추적하는 서사이며, 유언을 이해하는 일의 불가능성에 대한 이야기이며, 궁극적으로는 사랑에 관한 서사이다. '나'가 랄프 로렌의 시계를 갖고 싶어 하는 수영과 함께 랄프 로렌에게 시계를 만들어 달라고 요청하는 영문 편지를 썼던 시절은, 무모하고 소용없는 열정의 시간이다. 그 시간은 '나'가 '세상에 존재하지 않는 것'을 가지고 싶어 하는, "머리부터 발끝까지 랄프 로렌이 되는 것"(p. 102)이 꿈인 그녀를 이해하는 과정이고, 그녀와 함께 더 오래 있고 싶었던 순수한 욕망의 순간이다. '이상하고 현실성이 없는 계획'은, 무용하기 때문에 역설적으로 멈출 수 없게 된다. 조셉 프랭클의 주변 인물을 조사하다가 만난 입주 간호사 '섀넌 헤어스'에 대한 '나'의 감정 역시 그 범주에 속할 것이다. 랄프 로렌에게 편지를 쓰는 일이나, 랄프 로렌의 삶을 탐사하는 과정 모두가 무용하며, 랄프 로렌에 대한 '글쓰기' 자체 역시 그러하다. 존재하지 않으며 앞으로도 존재하지 않을 것에 대해 '시간을 낭비하는 것'이야말로, 지극한 '친밀성'으로서의 사랑이다. 한 사람의 이름 앞에 붙이는 '디어'는 아무 의미도 없는 단어이겠지만, 하나의 삶에 대한 최선의 존중이다.

왜냐하면 그는 이미 죽었으므로. 나는 대충 그 모든 정보들을 엮을 수 있었다. 조셉 프랭클이라는 시계공은 거리에서 떠돌던 소년을 데리고 와서 정성을 다해 길렀지만, 그 소년은 청년이 되었을 때, (그의 인생의 두번째) '야반도주'를 한다. 그리고 그는 미국의 상징적인 디자이너가 되고, 성공한 경영자도 되었다. 따지고 보면 내가 알게 된 사실들 중, 랄프 로렌이 왜 평생 시계를 만들지 않겠다고 다짐했는지 설명해주는 건 하나도 없었다. 하지만 그런 생각이 들었다. 대체 그게 뭐란 말인가? 그게 왜 중요하단 말인가? (p. 147)

죽은 사람의 삶과 진실에 대해 추적한다는 것은 불가능성을 마주하는 일이다. 죽은 자는 스스로 진실을 다 말하지 않으며, 파편적인 자료와 정보와 소문 들만이 남아 있다. 쓰는 존재는 그 자료들을 '엮을 수' 있다. 하지만 그것이 그 삶의 진실이라고 말할 수 있을까? 결정적인 진실을 설명해주는 단 하나의 정확한 자료 같은 것은 없다. 그럼 정말 중요한 것은 무엇인가? 다만 "랄프 로렌이 무엇을 그토록 '한 번만 더' 하기를 간절하게 바랬을까"(p. 148)를 고요히 생각하는 일만이 가능하다. 그것은 죽은 사람의 진실에 대해 겸허히 상상하는 것이며, 그 사람의 이해할 수 없는 '간절함'에 대해 경의를 표하는 일이다. 그 생애의 비밀에 다가갈 수 없기 때문에, 애도는 겸손해진다.

『우연의 신』에 등장하는 유언은 보다 분명하며, 문제는 그 유언을 실행할 수 있는가이다. 유언은 '조니 워커 화이트 라벨'이라는 위스키 브랜드에 얽힌 것이다. 워커 가문에서 몇 대에 걸쳐 내려온, 세상의 모든 화이트 라벨을 없애달라는 유언 때문에, 민간 조사원인 주인공에게 전 세계에서 하나 남은 그 술을 찾아내라는 임무가 맡겨진다. 그런데 이 마지막 화이트 라벨은 리옹에 살던 '알리샤'라는 입양아의 유품이며, 그 유품을 옛 친구에게 전해

주라는 것이 그녀가 남긴 유언의 일부이기도 하다.

이 소설에서도 우연성은 사건과 사건이 이어지는 연쇄 작용의 계기가 된다. 워커 가문의 상속녀인 리즈 도로시 워커 여사는 '우연히' 산책하다가, 아버지가 세상에서 없애고 싶어 했던 화이트 라벨을 발견한다. 아버지가 그토록 없애려 한 그 술이 아직 남아 있다는 것을 발견한 리즈 도로시는 그 순간, "자기 자신이 사실은 아주 불행한 인생을 살았고, 그걸 모른 척했을 뿐"(p. 38)이라는 어두운 생각을 하게 된다. 리즈 도로시의 우연한 산책이 이 소설에서 화이트 라벨을 찾아가는 중심 서사를 만들어낸 것이다. 주인공은 자기에게 화이트 라벨 찾는 일을 맡기고 싶다는 한 남자의 말에 남자의 찻잔 속 각설탕이 녹는다면 일을 맡겠다는 엉뚱한 다짐을 한다. 돌아간 고등학교 친구로부터 화이트 라벨 유품을 받게 된 '그녀' 역시 편지가 잘못 전달되는 바람에 알리샤의 유품인 그 화이트 라벨을 얻게 된다. 이 우연들의 연속과 인물들의 착각과 실수는 '사건 이후의 사건들'을 예기치 않은 곳으로 몰고 간다. 서사의 목표 혹은 인물들의 행위의 목적이 흔들리면서, 인물들은 스스로도 이유를 알 수 없는 행위를 하며, 화이트 라벨과는 다른 무언가를 불현듯 대면하게 된다. 화이트 라벨을 빼앗기 위해 리옹으로 가 그녀를 미행하던 주인공은, 화이트 라벨을 찾는 것이 무의미해지는 기이한 순간에 도달한다. 그는 우연히 그녀와 동행하게 되는데 그녀로부터 맨해튼에 있는 그녀의 개를 맡아 달라는 엉뚱한 부탁을 받고 이를 수락한다. 그녀가 머물던 리옹의 호텔에 남겨진 화이트 라벨은 우연과 우연의 무한한 연속

속에서 "죽지 않고 이 세계를 영원히 떠돌게 된다"(pp. 165~66).

화이트 라벨에 얽힌 유언들, 그러니까 그 술을 모두 없애달라는 워커 가문의 유언과 화이트 라벨을 친구에게 전해달라는 알리샤의 유언은 결국 실현되지 않는다. 남은 자들은 유언의 의미를 이해하려 하고 그 유언을 집행하고자 하지만, 사소한 오인과 실수들이 그것을 어렵게 한다. 이 실패담은 다만 유언의 실현이 얼마나 어려운 것인가를 말하는 것은 아닐 것이다. 유언이 한 사람이 죽음 앞에서 남겨놓은 말이라면, 그 말에는 그 사람의 전 생애의 간절함이 실려 있고, 그것을 완전히 이해하는 것은 불가능하다. 한 사람의 생애를 전면적으로 알아내는 것은 '랄프 로렌'의 경우처럼 지난한 일이다. 아름답고 놀라운 일은, 유언의 실현이 실패하는 그 지점에서 만나는 예기치 않은 생의 감각이다. 이를테면 화이트 라벨을 빼앗기 위해 만난 그녀 앞에서, 그가 자신의 목적 자체가 무력해지는 스스로도 설명하지 못하는 순간을 맞닥뜨리는 일 같은 것 말이다. "그 자신을 순식간에 낯선 존재로 만들어버리고, 그리고 동시에 낯선 존재로서의 자기 자신을 잃어버리"(p. 155)는 일이나, "단 한 방울 때문에 너무나 많은 게 달라"(p. 156)지는 시간이나, "마치 자신이 큰개라도 된 것처럼" "걷잡을 수 없는 슬픔에 빠져드"(p. 162)는 순간이 우연하고 느닷없이 찾아오는 것이다.

6. 저 우연의 신이

손보미는 『디어 랄프 로렌』의 작가의 말에서 "이 소설에 나오는 어떤 내용들이 우리가 살고 있는 세계의 것과 일치하거나 일치하지 않는다면, 그건 전적으로 우연에 근거한 것(p. 357)이라고 쓴다. 이미 사실로서 존재하는 것들과 상상의 경계를 뒤섞어놓은 손보미의 글쓰기 스타일은, 스스로 말하는 것처럼 '우연'에 기대고 있다. 손보미의 소설에서 우연성은 사실과 허구의 경계를 무화시키는 소설 작법의 일부이며, 인물들의 삶의 궤적을 결정하는 요인이기도 하다. 손보미의 소설에서 삶은 우연성의 연쇄 혹은 '우연성의 관계망'으로 연결된 세계이다. 손보미의 글쓰기는 사건들의 인과적 질서를 밝힘으로써 이 세계와 한 시대의 의미를 규명할 수 있다는, 유구한 소설사의 둔중한 믿음을 가볍게 들어올린다. 그럴 때 소설 쓰기는 이 세계의 의미를 찾는 것이 아니라, 그 의미가 무력해지는 예측 불가능한 순간을 맞닥뜨리는 놀라운 여정이 된다.

니체의 주사위 놀이를 둘러싼 문장들은 우연성을 둘러싼 매력적인 철학적 테마를 던져주었다. 니체에게 주사위 던지기는 우연을 긍정할 줄 아는 놀이이다.[3] 삶의 예측할 수 없는 우연성을 무

---

3   니체의 주사위 놀이에 대해 "사람들이 한 번 던지는 주사위들은 우연의 긍정이고, 그것들이 떨어지면서 형성하는 조합은 필연의 긍정이다" "필연은 우연에 의해 긍정되며, 하나는 다수에 의해 긍정된다"라고 니체를 해석한 것은 들뢰즈였다(질 들뢰즈, 『니체와 철학』, 이경신 옮김, 민음사, 2001, pp. 61~65). 이에 대해 알랭 바디우는 "들뢰즈에게 있어서는 우연성이 일자의 법칙 아래 취해진"다

한한 잠재성에 대한 긍정으로 만드는 것이다. 니체가 '이성의 거미줄'이라고 표현하는 것은, 인과성의 뒤에 있는 거대한 '목적성'이다. 그 거미줄을 찢어버리는 것은 삶의 매 순간 미지의 잠재성을 받아들이는 일이다. 우연을 긍정하는 글쓰기는 삶의 목적과 의미가 결정되어 있다고 생각하지 않는다. 손보미의 서사와 문장들은 소설의 공간을 인과성과 목적성의 세계로부터 벗어나는 놀이, '주사위 놀이의 탁자'로 만든다.

손보미의 소설들은 죽은 사람의 생의 의미를 추적하는 과정에서 예기치 않는 애도의 방식을 발견한다. 한 사람의 생을 긍정하는 것은 그 생을 완전히 이해할 수 있어서가 아니다. 그 생애의 의미를 밝혀내는 것은 언제나 불가능하지만, 그 사람의 착각과 오해, 간절함과 공백에 대해 긍정할 수는 있다. 그 사람이 감당했던 모든 우연의 순간들, 두려운 순간들과 도래할 미지의 시간들을 포함해서, 그것들을 긍정하는 것을 '어떤 사랑'이라고 부를 수 있다.

　　그는 일이 어떤 식으로 흘러가는지 몰랐다. 그래도, 사랑, 사랑이

고 비판한다. "들뢰즈에 있어서는 우연이 언제나 그렇게 다시 놓아지는 전체의 놀이를 말하지만, 나에게 있어서 우연들의 다수성(그리고 희소성)이 존재한다" "우연은 이처럼 복수이며, 당연히 이 복수성은 주사위 던지기의 일의성을 배제시켜버린다"(알랭 바디우, 『들뢰즈: 존재의 함성』, 박정태 옮김, 이학사, 2001, pp. 152~67). 들뢰즈에게 우연이란 존재의 내재적인 모든 결과 안에서의 일의적인 우연성이라면, 바디우에게 우연들은 '다수'이기 때문에 한 사건이라는 우연의 도래는 그 자체가 이미 우연에 의한 것에 해당한다.

있었다. 그는 자신이 사랑을 얻었기 때문에 무언가를 빼앗긴 거라고 생각했었다. 그게 너무 한심하고 격정적이고 추잡하고도 아름다운 단 한 번의 사랑이어서, 그 대가로 자신의 행운을 다른 이들에게 다 나누어주게 된 거라고. 그는 이제 그 시절 알고 지내던 사람들과 연락을 하고 지내지 않았다. 그들 혹은 그 시절과 절연했다. 하지만 그 대가로 그는 무엇을 받았을까? (「불행 수집가」, pp. 42~43)

　손보미의 짧은 소설에 나오는 '불행 수집가'는 사람들의 불행을 수집해 간다. 불행수집가가 사람들에게서 불행을 가져가고, 또 다른 무언가를 가져가는 것이 '룰'이지만, 문제는 무얼 가져갔는지 사람들은 '알 수 없다'는 것이다. 불행과 행복이 교환되는 내용을 알 수 없고, 그것이 언제 들이닥치리라는 것 역시 예상할 수 없다. 그래서 삶은 "웃기고도 무서운"(p. 44) 것이지만, 다만 '사랑이 있었다'라고 말할 수는 있다.
　우연을 긍정하는 것이 손보미의 소설 작법에 해당한다면, 생과 죽음에 대한 긍정, 그 '어떤 사랑'을 불현듯 대면하는 것은 '우연의 신학'에 가깝다. 손보미라면 저 '우연의 신'이 우리 앞에 강림한 것이라고 말할지도 모른다. '우연히' 살아남은 사람들은 무엇과 맞바꾼 것인지도 알 수 없는 사랑을 지금 할 것이다. 어떤 사랑이 어디서 등장하며, 어떻게 조용히 사라지는가를 물을 수 있지만 대답할 수 없다. 진실의 공백 앞에서 배회하며 다정한 말을 전하지 못해 혼자 중얼거릴 수밖에 없다면, '어쩌면, 우연입니다.'

(2020)

시간은 기억보다 오래 살아남았다
— 배수아의 이름들과 잔존의 시간

1. 이름들의 배반과 떠남

배수아에 대해 쓴다는 것은 1990년대 이후 한국문학에서 아직 '말하지 않은' 부분에 대해 쓰는 것과 같다. 1990년대 이후 문학의 개인성 혹은 내면성에 대해서 말할 때도, 배수아는 충분히 말하지 않았던, 혹은 말할 수 없었던 이름의 하나이다. 배수아는 하나의 시대성을 완결된 서사에 대입시키는 익숙한 독법에 의해서는 호명되기 힘들었다. 지금 배수아의 문학에 대해서 말한다는 것은, 한국문학의 어떤 결여와 잔존을 동시대의 감각으로 읽는 일이다.

배수아는 서사의 인과관계를 통해 시대성을 재현하려는 리얼리즘의 규율로부터 벗어난 자리에서 출발한다. 사건들은 그것이 실제로 일어났는지 일어나지 않았는지 모호하고, 이미지들의 예기치 않은 연쇄가 소설 쓰기의 추동력이 된다. 독자가 경험하는 것은 현실의 서사적 내용이 아니라, 실재를 만들어내는 비정형적인 감각들의 세계이다. 인물들은 지독하게 불우하고 무감한 시간을 사는데, 소설은 그 인물들의 개별성을 드러내는 한편, 그 삶의 고유성이 실패하는 과정을 가차 없이 보여준다.

　개인의 고유성을 만들면서 동시에 그 고유성이 좌절하는 과정을 드러내는 장치 중 하나는 '이름들'이다. 이를테면『철수』[1]에서 '철수'라는 평범한 남자애의 이름은 너무 익숙한 것이어서, 그 이름들이 생(生)의 도식을 결코 빠져나갈 수 없음을 암시한다.[2] '철수'는 '예외'가 봉쇄된 전형성으로서의 '철수'이다. '철수'는 "무성의하지도 않았고 드라마틱하지 않았다"(p. 28)라고 요약되는 남자애이다. '내'가 '철수'와의 첫 성관계 이후에 "이런 것이 뭐 그렇게 하고 싶었을까. 남자아이들은 전부 너무나 이상하다"(p. 36)라고 말할 때, '철수'는 '너무나 이상한' 남자아이 중 하나일 뿐이다. '철수'를 면회하러 갔다가 같은 이름의 군인이 두 명임을 알게 되고 '철수 찾기'는 곤경에 처한다. '철수'가 고유하지 않고 '철수'와의 관계가 고유한 것이 되지 못하기 때문에, 삶은 철저히 무감동하고 도식적이며, '나' 역시 '철수의 감옥'을 빠져나갈 수 없다. "철수는 자라서 철수의 어머니가 되고 아버지가 된다. 나 또한 자라서 나의 어머니가 되고 아버지가 된다"(p. 79). '철수'는 어디에도 있고, 어디에도 없으며, 철수의 시간은 끔찍하게 반복되고 "기억보다 오래 살아남았다"(p. 89).

　'철수'와 같은 평범한 이름이 아니라, 조금 독특한 이름인 경우는 어떨까? 제목에 이름이 부각된 또 다른 소설「여점원 아니디

1　작가정신, 1998. 이하 인용은 본문에 쪽수만 밝힌다.
2　이 점에 대해서는 졸고,「철수와 철수들: 배수아의『철수』다시 읽기」,『이토록 사소한 정치성』, 문학과지성사, 2006 참조 .

아의 짧고 고독한 생애」(1998)³에서 서로 사랑하지만 다른 방식으로 불우한 사촌 사이인 두 주인공의 이름은 '아니디아'와 '혁명'이다. 이 기이한 이름들은 이 소설에 이국적인 정조와 독특한 감수성을 부여한다. '아니디아'는 스페인어 'anidiar'의 의미, '벽을 하얗게 칠해 깨끗하게 하다'라는 뜻의 아이러니를 보유할 것이다. '아니디아'는 아버지의 자살과 가족사적 불우 때문에 사촌의 집에서 함께 살게 되지만, 사촌이 결혼을 앞두고 있어서 그 집을 나온다. 이름과는 달리 '아니디아'는 그 집을 새롭게 칠할 수 있는 위치에 있지 않으며, 먼 이국으로 떠나지도 못한다. '아니디아'는 "가족을 포함해서 이 세상 그 누구도 사랑해본 일이 없"(p. 102)다. '혁명'이라는 이름의 사촌은 '혁명가'의 자질을 가진 사람이 결코 아니며, 부모를 사고로 잃은 극도로 내성적이고 말이 없는 사람이다. 그가 한 일은 아내를 떠나보내고 자신도 먼 이국으로 떠나기 위해 집을 내놓는 것이다. '혁명'은 불우한 사촌 '아니디아'를 향한 "터질 것 같은 연민을 가슴속에서 어쩌지도 못한 채"(p. 92) 살다가 멀리 떠나려는 인물이다. 이 특이한 이름들은 그 독특한 뉘앙스에도 불구하고, 그들의 삶을 다른 곳으로 옮겨주지 못한다. "오랜 시간의 배반"(p. 98)은 '혁명'의 아내, '아미'뿐만이 아니라, 이 소설의 인물 모두를 옭아매고 있다.

이름들은 '개별성의 이름'이고 싶어 한다. 이름 붙인다는 것은

---

3   『어느 하루가 다르다면, 그것은 왜일까』, 문학동네, 2017. 작품명과 병기된 연도는 발표 연도이다. 이하 동일.

개별성과 고유성을 부여한다는 것이다. 하지만 이름들이 존재의 개별성을 보장해주지 않는다. 삶의 도식과 무감한 시간의 배반은 개별성들을 무화시켜버린다. 이름들은 언제나 실패한다. 이름들의 실패는 개별성의 실패이다. 이름은 이름의 개별성을 배반한다. 그럼에도 불구하고, 배수아의 소설에서 끊임없이 독특한 이름들을 만날 수 있다. 호명은 계속 좌절되지만, 호명은 또한 계속된다. '너'를 정확하게 부르는 일의 불가능성에도 불구하고, 호명은 끊임없어야 한다. 호명은 기이한 방식으로 전형과 예외의 경계를 가로지른다.[4] 배수아가 만든 이름들의 운명은 어떻게 되는가? 불길한 이름들은 결국 모두 떠나가지만, 그 이름 뒤에는 '남겨진 시간'들이 있다. 남은 것은 떠난 이름들의 의미가 아니라, 남은 이름들을 둘러싼 형언할 수 없는 시간의 감각이다. 배수아의 소설 쓰기는 그 남겨진 시간들의 자국들을 만나게 한다.

배수아의 근작 「영국식 뒷마당」(2016)[5]에 나오는 '경희'는 '철수'처럼 익숙한 이름에 속한다. 이 평범한 이름은 그러나 "내 생

<hr />

[4] 배수아는 한 인터뷰에서 소설 쓰기의 기본 단계 중 하나가 이름 정하기라고 밝힌 적이 있다. "그런 글쓰기 전 단계인 몰입의 과정에 이름 정하기가 들어간다. 그 과정에 상당히 많은 시간이 걸릴 때도 있다. 극단적으로 찢어진 채 존재하는 파편의 사건들, 무관한 이미지들, 독립적인 감정들이 있다. 그 소설이, 혹은 그 목소리가 존재해야 하는 이유를 설명해주는 계기들, 그런 것들이 내 의식을 떠다닌다. 투명한 부유물처럼. 물속에. 정신의 원형질 속에 떠다니는 것이다. 그런데 이름이 없으면 그 파편들이 연결되지 않는다. 그래서 나는 하나의 글을 쓰기 시작하기 전에, 오랫동안 하나의 이름을 찾아다닌다. 그건 곧 목소리를 찾아다니는 것과 같다"(배수아·송종원, 「이해할 수 없는 너를 해명해봐」, 『악스트』 2018년 3/4월호, p. 52).

[5] 『밀레나, 밀레나, 황홀한』, 테오리아, 2016. 이하 인용은 본문에 쪽수만 밝힌다.

애 최초의 금지된 여자"(p. 68)로 등장한다. '경희'는 또한 "우리가 알지 못하는 괴이한 병을 앓는" 존재이다. '경희'는 금지와 비밀스러움과 불우를 모두 가진 존재이며, "나는 경희를 통해서 비밀과 거짓말을 배웠다./경희는 내 최초의 비밀, 최초의 거짓말이었다"(p. 70). '경희'는 어른들의 세계에서 금지되어야 하는 이름이다. "이미 오래전에 망자가 된 할머니보다 나이가 스무 살이나 더 어린 여동생. 물론 혼외자이자 배다른 여동생이다"(p. 71). 경희의 또 다른 상징은 고독이다. "경희는 금지였지만 동시에 혼자의 상징이기도 했다"(pp. 71~72). "일생 동안 클리닉에서 살았고 한 번도 결혼한 적이 없으며, 자신의 집이나 가족을 갖지 못했기 때문에 경희는 혼자였다"(p. 72). 경희라는 이름의 평범함에도 불구하고, 완벽한 혼자로서의 '경희'는 이미 예외적인 존재이다.

'경희'의 예외성은 "경희의 머리는 완전히 백발이지만 주름진 피부는 아기처럼 잡티 하나 없는 우윳빛이어서 아무리 오래 들여다보아도 싫증나지 않는"(p. 75) 이미지에도 나타난다. '경희'는 아무것도 인쇄되지 않은 두꺼운 노트를 읽고, "영국식 뒷마당으로 가는 길을 찾아낸" 존재이다. '경희'의 이상한 목소리는 "정체 모를 어떤 매혹"(p. 78)으로 '나'를 사로잡으며, 목소리의 "음악적인 효과는 이야기에 신비한 힘을 불어넣었다"(p. 87). '경희'는 희귀하고 유령적인 존재이다. '경희'는 "오직 자신이 읽고 있는 그 이야기로만 거기 존재한다"(p. 94). 이 소설을 일종의 문학론으로 읽을 수 있다면, '경희'는 선형적인 시간성에 균열을 만드는 신비하고 불길한 '시간-목소리'의 이름이다.

2. '비성년'의 소녀들, 여자들

근작 「얼이에 대해서」(2012)[6]에서도 '얼이'는 예외적인 존재
이다. 학교에서 '나'의 짝인 '얼이'는 "아무도 모르게 밤기차에 올
라타고 반두로 갔는데, 이것은 절대 말하면 안 되는 비밀이다"(p.
37). '얼이'라는 낯선 뉘앙스의 이름 역시 비밀을 간직하고 있다.
'얼이'의 어머니는 미친 여자이고, 아버지는 서커스단에서 일하
는 마술사이다. '얼이'는 자기 아버지가 예전에 반두의 왕이었고
그래서 반두 왕국으로 돌아간다고 얘기한다. '얼이'와 '나'는 곡
괭이를 든 난폭한 남자에게 쫓기는 경험을 공유했으며, 이런 은
밀한 이야기들로 인해 '얼이'와 '나'는 "비밀스러운 결속"(p. 38)
을 갖게 되었다. '나'는 생물학적으로 소년이지만, 어머니와 여동
생의 장례식이 끝난 뒤 흰색 원피스를 입는 여자로 성장하기를
강요받는다. '얼이'의 비밀스러움과 사라짐, '나'의 불안정하고 불
길한 성적 정체성은 기이하게 겹쳐진다. '얼이'는 '경희'처럼 금
지되고 비밀스러운 이름이며, '나'는 그 '얼이'의 시간과 함께 이
세계와는 다른 세계에 대한 예감을 갖는다. '내'가 '얼이'의 엄마
처럼 미친 여자가 된다면, 예감으로서의 불길한 세계가 결국 찾
아온다는 것이다. '나'는 '아이들의 정부(情婦)이며 노인들과 외로
운 개들과 쥐들의 연인'인 그 미친 여자의 시간 속으로 진입한다.
"땀으로 번들거리는 둥그런 붉은 얼굴"(p. 55)을 가지고 웃기를

6   『뱀과 물』, 문학동네, 2017. 이하 인용은 본문에 쪽수만 밝힌다.

멈추지 않는 미친 여자와, 금빛 수면 위의 흰 드레스를 입은 소녀의 이미지 사이에서, 이 두 가지 기이한 여성성 사이에서, 배수아의 이름들은 금기와 광기, 그리고 그 환영들 사이에 놓인 여성 존재의 이름들이다.

배수아 초기 소설의 여성 인물들이 속물적이고 무감한 남성들의 세계에서 다른 시간의 경계에 서 있다면,『뱀과 물』에 등장하는 여성 인물들은 신비하고 비밀스럽고 때로 중성적인 매력을 가진 '아이들' '소녀들'이다. 하지만 이 아이들이 아름다운 동화의 세계에 사는 것은 아니며, 삶의 비의와 지혜를 깨달아가는 '성장'을 보여주는 것도 아니다. 이 아이들은 '비성년'의 예외적인 존재이다. '비성년'의 아이들은 어른이 되기 이전의 존재로서의 미성년이라는 문맥과는 다르다. '비성년'은 성년으로의 가능성을 갖지 않는 존재이고, 체제에 진입하는 과정의 존재가 아니라 이미 예외적인 존재이다. 정상 체제에 편입될 가능성이 없다는 측면에서, 비성년은 고아이거나 독신이거나, 혹은 유령이거나 괴물이다. 부모가 있다고 하더라도 그들은 존재론적으로 '고아'이다. '고아'란 부모라는 선행 원인을 갖지 않는 자기 생성으로서의 무의식적 존재이다. 비성년의 시간은 체제 안에서 소속되지 않는 시간이고, 비성년의 언어는 문법 바깥의 분열증적인 미지의 언어이다.[7] 배수아의 여성적인 존재들이 비성년의 시간 속에 있다는 것

7   '비성년'의 개념에 대해서는 졸고,「비성년 커넥션」,『문학동네』 2013년 여름호 참조.

은, 사회적 성장으로부터 예외적인 존재, 젠더 시스템의 상징 질서 속에 편입되지 않는 존재들이라는 의미이기도 하다.

「눈 속에서 불타기 전 아이는 어떤 꿈을 꾸었나」(2014)[8]에서 '나-소녀'는 여름의 유원지에서 아버지가 사라졌음을 발견하고 아버지를 찾기 위해 스키타이족의 무덤으로 떠나려 한다. '나'는 사람들에게 자신의 이름을 '눈 아이'라고 둘러댄다. '눈 아이'라는 이름은 아버지가 유원지에서 마지막으로 읽어준 책으로 나온 것이고, 그 소녀는 화형당한 빨치산 소녀이다. "불타다 남은 그녀 육신의 잔해는 흰 눈이 내리는 한겨울 내내 학교 운동장에서 설치된 화형대에 매달려 있었다"(p. 14)와 같은 강렬한 장면은 이 소설을 지배하는 이미지이다. 소녀의 아버지 찾기는 서사의 내부에서 계속 연기된다. 마지막 장면에서 소녀를 태우고 갈 트럭이 도착하지만, 그 트럭이 어디로 향할지는 알 수 없다. 아버지가 갔다는 '스키타이족의 무덤'은 아득한 시간 저편의 이미지이다. 소녀는 시간의 앞으로 나아가는 것이 아니라, 기억 이전의 아득한 시간의 장소로 되돌아가려 한다. 그럼 무엇이 시작될 수 있는가? 다만 "이제 꿈이 시작되는 건가요?"(p. 31)라고 질문할 수밖에.

여성적 존재에게 삶의 시간은 성숙의 지표가 아니라 불길하고 불안한 세계 안으로의 진입을 의미한다. '성장'은 가능한 것이었으나 좌절되는 어떤 것이 아니라, 처음부터 존재하지 않았던 시간이다. 다시 배수아의 초기작으로 돌아가보자. 초기 대표작 가

---

8   『뱀과 물』.

운데 하나인「푸른 사과가 있는 국도」(1994)[9]는 이십대 중반의 백화점 점원인 '나'의 '불안하고 불안한' '입사'의 시기를 다룬다. 남자친구와 함께 간 여행에서 본 '푸른 사과를 파는 여인'의 이미지는 이 시기를 규정하는 이미지이다. "무표정하고 건조한 눈동자"(p. 74)를 가진 '푸른 사과를 파는 여인'의 낯설고 황량한 이미지는 "언젠가는 나도 저렇게 늙고 초라해져서 먼지투성이 국도에서 사과를 팔게 되리라는 예감"과 연관되어 있다. "내가 원하는 것처럼은 하나도 돼주지를 않았"던 삶은, "내가 영원히 가지지 못할 먼 데로 나 있는 길을 바라보"(p. 23)는 불안감으로 점철되어 있다. "병들었을 때 생각나는 남자는 내게는 영영 없을" 거라는 예감은, 남자가 "생각한 얌전하고 약간은 섹시한 키 백육십오 센티의 백화점 여점원"(p. 34)이 될 수 없다는 것을 이미 알고 있기 때문이다. '나'는 "매장에서 근무할 때처럼 상냥하게 넥타이를 매주지도 않"(p. 35)는 여성이기 때문에, '그'를 만족시킬 수 없다. "섹스의 기쁨도 모르고 사랑의 감동도 없"는 '나'는, "멀리로 나 있는 길을 바라보면서" "스산한 먼지바람 속에 서 있"(p. 83)는 그런 시간만이 자신의 미래라는 것을 너무 일찍 깨닫는다. '길'이라는 이미지가 하나의 시간이 다른 시간으로 나아가는 공간적 감각을 상징한다면, '나'에게 길은 '푸른 사과를 파는 무표정한 여인'이 바로 자신이라는 것을 예감하는 시공간의 감각이

9 『푸른 사과가 있는 국도』, 고려원, 1995. 이하 인용은 본문에 쪽수만 밝힌다.

다. 생은 어떤 성장도 감동도 없을 것이며, '나'는 성년이 되어 사회에 온전하게 편입되지 못할 것이다. '나'는 '이미' '푸른 사과를 파는 여인'의 저 황량하고 무감한 시간에 속해 있다.

3. 남아 있는 목소리의 시간

「뱀과 물」(2016)[10]은 하나의 존재 안에 여러 겹의 시간들이 동거하는 현기증 나는 상상력을 보여준다. '길라'라는 이름의 존재는 세 개의 시간 속에 있다. 교실에서 여교사 길라가 백일몽을 꾸는 과정에서 전학생 길라가 학교에 오고, 운동장에서 늙은 길라와 마주치는 분열증적인 서사가 등장한다. 극단적인 마조히즘과 폭력이 넘쳐나는 백일몽 속에서 여교사는 늙은 길라에게 "날 죽여줘. 소리도 없이. 자의식도 없이"(p. 211)라고 애원하는데, 이 죽음의 충동은 여성적인 존재의 맥락에서 이해될 수 있다. 자기 안의 어린아이를 죽이고 먹기조차 하는 기이한 행위는 여성적인 존재의 분열증적인 환상과 연관되어 있다. 여성적인 존재는 자기의 몸속에 이미 다른 시간의 잠재성을 보유한다. "네 안에는 아주 늙은 네가 살고 있을지도 몰라. 늙은 그녀가 너무 이른 시기에 밖으로 나오지 못하도록"(p. 206) 하라는 경고가 그것이다.
　이미 일어난 일과 일어날 수 있는 일들은 기이하게 교차한다.

10 『뱀과 물』,

"이미 일어났다고 알려진 일은 일어나지 않은 일보다 신비롭다. 그것은 동시에 두 세계를 살기 때문이다"(p. 191). "모든 것이 시작과 동시에 늙었고 살기도 전에 너무 오래되었던 어느 날의 나"(p. 192)라는 문장들이, 이 소설의 독특한 시간 감각을 함축한다. "세계는 너무도 오래되었"(p. 192)다라는 시간의 감각은, 진보와 연속성의 시간관념을 뒤흔든다. 이 소설에서 여교사는 "자신이 기억하지 못하는 시간을 피부 아래의 아득한 감각으로 느꼈다". '기억하지 못하는 시간에 대한 신체적 감각'이야말로 배수아 소설의 독특한 시간 감각이다.

하나의 여성적 존재 안에 여러 겹의 시간들이 중층적으로 나타나는 사태를 어떻게 말해야 할까? 배수아의 소설은 시간을 의도적으로 뒤섞는 '시간착종Anachronism'의 장면들을 상연한다. 소설이 사건의 인과관계를 드러내는 것으로 세계의 모습을 밝힐 수 있다는 기획은, 경험세계의 시간성과 시대성을 재현할 수 있다는 믿음과 연관되어 있다. 개인에 한정해서 말한다면, 경험의 축적은 그다음의 경험으로 연결되어 있고, 그래서 개인은 성장하고 성숙한다는 믿음일 것이다. 그런데 배수아의 소설은 '경험의 번역 불가능성'에서 출발하는 것처럼 보인다. 이를테면 "경험이란, 인간이 항상 말하는 자인 것은 아니라는 사실, 다시 말해 그가 한때는 어린아이였고 또 (어떤 의미에서는) 언제든 어린아이처럼 될 수 있다는 사실에서 성립하는 것이다.[11] 유아기는 인간 내부의

---

11 조르조 아감벤, 『유아기와 역사』, 조효원 옮김, 새물결, 2010, p. 98.

비인간적인 경험의 영역이 지나갔음에도 불구하고 현재에도 남아 있는 것으로, 비인간성의 영역과 언어 이전의 '목소리'가 잔존하고 있음을 암시한다.[12]

　　어린 시절도 일생 동안 지속될 너울거림을 불현듯 멈추었다. 어린 시절. 그것은 막 덤벼들기 직전의 야수와 같았다고 여교사는 생각했다. 모든 비명이 터지기 직전, 입들은 가장 적막했다. 시간과 공기는 맑은 술처럼 여교사의 갈비뼈 사이에 고여 있었다. 염세적인 사람은 일생에 걸친 일기를 쓴다. 그가 어린 시절에 대해서 쓰고 있는 동안은 어린 시절을 잊는다. 갖지 않는다. 사라진다.
　　늙은 길라는 쓰러진 아이의 곁에 우뚝 멈추어 섰다.
　　여교사는 자신이 기억하지 못하는 시간을 피부 아래의 아득한 감각으로 느꼈다. 그림자처럼 쓰러진 자신을 보았고, 쓰러진 채 이렇게 말하는 자신의 목소리를 들었다.
　　날 죽여줘. 소리도 없이. 어린 시절도 없이.[13]

　　다시 「뱀과 물」에서, 여교사는 "날 죽여줘, 소리도 없이 어린

12　다음과 같은 배수아의 말은 언어 이전, 역사 이전의 유아기의 감각을 향한다. "내게 어린 시절이란, 개인의 선사 시대에 해당한다. 자아가 형성되기 이전의 흐릿한 경계 지대 말이다. 어휘나 개념을 알지 못하던, 세계를 어휘나 개념의 틀 안에서 이해하기 이전의 개인사. 마치 요람으로 쏟아지는 햇빛을 처음으로 느낀 순간처럼, 성인의 언어로 번역되지 않는 빛의 감각, 난막을 갓 벗어난 병아리 같은 여린 살갗의 체험. 그런 감각에 이야기를 입히고 싶었다"(배수아·송종원, 같은 글, p. 46).
13　「뱀과 물」, 『뱀과 물』, pp. 223~24.

시절도 없이"라고 또 한 번 애원하는 자신의 목소리를 듣는다. 자신의 다른 시간과 다른 목소리를 듣는 존재로서의 '길라'는 "그 세계의 유일한 증인"(p. 224)이다. 어린 시절은 "막 덤벼들기 직전의 야수"의 시간이고 "비명이 터지기 직전"의 입들이다. 기억 이전, 언어 이전의 유년은 "시간의 피부 아래의 아득한 감각"(p. 223)으로 남아 있다. 그 감각들이 돌아오는 시간이 배수아 소설의 시간이다. 소설은 사건의 축적이 아니라, 그 남겨진 시간의 목소리를 듣는 순간이 된다. 소설의 시간 한복판에서 불현듯 비인간성의 영역과 '언어 이전의 목소리'가 틈입한다. 배수아 소설의 급진성은 재현 내용이 아니라 '시간 자체'를 변화시키는 데 있다. 배수아의 불길한 이름들과 그 이름들을 포함하는 이미지들은 이렇게 '남아 있는 잠재적 시간'을 대면한다. '잔존'의 존재는 "탄생에서 사망까지 각각의 이행기를 순차적으로 거치는 연대기적인 질서를 횡단하여 산발적으로 느닷없이 출현하는 시대착오적인 존재, 유령적인 존재"[14]이다. '잔존'은 잠재적으로 존재하는 징후적인 시간이 남아 있다는 것이다. 이 시간을 드러내는 글쓰기는 재현과 반영의 문제가 아니라, 무의식적이고 징후적인 시간이 돌발적으로 나타나는 사건이다.

14   조르주-디디 위베르만, 『반딧불의 잔존』, 김홍기 옮김, 길, 2012, p. 190.

4. 배수아의 시간은 이미 오래되었다

『바람 인형』[15] 등 젊은 여성들이 등장하는 초기작들이 세속적이고 무감한 세계의 잔혹을 드러낸다면, 아이들이 등장하는 최근작 『뱀과 물』의 소설들은 시적이고 묵시록적인 이미지의 경이로움을 보여준다. 사회적으로 규정된 젠더 시스템 안에서 다른 시간의 호출을 받는 초기의 여성 인물들과 달리, 학습된 상징 질서 이전의 중성적인 존재로 되돌아간 아이들이 등장하는 최근 소설에서 '여성들의 시간'은 다른 층위에 있다. 그럼에도 불구하고 그의 소설들이 현실에서 환상으로 이동했다고 도식적으로 말할 수는 없다. 초기 소설에서도 이미 '잔존의 시간'에 대한 감각은 내재되어 있었고, 최근 소설의 환상조차 현실의 파생이며 동시에 이미지의 정치학에 속하기 때문이다. 쓰는 존재는 하나의 시간대에 살지 않는다.

이를테면 초기작의 여성 인물들의 현재에 개입하는 것은 유년 이전의 형언할 수 없는 시간이다. 「여점원 아니디아의 짧고 고독한 생애」에 나오는 것처럼, 그녀들의 이유 없는 고독은 "절대로 기억할 수 없는 기억 이전의 기억 때문"이다. 『뱀과 물』 그리고 「영국식 뒷마당」에 등장하는 소녀들을 지배하는 것은 기억과 문법 이전의 아득하고 무의식적인 시간의 감각이다. 궁핍과 빈곤의 문제를 정면으로 다룬 장편소설 『일요일 스키야키 식당』[16]과 "시

15　문학과지성사, 1996.

간적 질서 감각의 와해 상태"[17]를 극단적으로 보여주는 장편소설 『북쪽 거실』[18] 사이의 거리는 시간의 감각에 대해서만 말한다면 예상보다 멀지 않다.

  1) 이미 세상은 저녁처럼 어둑했다. 그러나 어떤 저녁인가? 어느 날의 저녁인가? 창밖에는 불그스름한 하늘을 배경으로 막 불을 밝히기 시작한 대관람차가 여전히 같은 속도로 느리게 돌아가고 있었다. 그제야 나는 올라타는 사람도 내리는 사람도 없는 그 대관람차가 사실은 대관람차가 아니라, 시간의 실체를 실어나르는 바늘 없는 시계라는 것을 깨달았다.[19]

  2) 이상하게도 시간은 반복되었다. 그것은 기억보다 오래 살아남았다. 철수는 옛날에도 없었으며 앞으로도 마찬가지였다. 무의

16　이 소설에서 빈곤의 문제는 이른바 보편적이고 공적인 국가와 역사의 문제로 환원되지 않는다. "무엇이 한국의 역사고 유산이란 말인가? 그들은 공통점이 없었다. 그들은 한시도 같은 '역사' 안에 머물렀던 적이 없고 앞으로도 그럴 것이다. 고아와 고아 아닌 자, 사생아와 사생아 아닌 자, 일그러진 자와 그렇지 않은 자. 그는 죽는 날까지 최후의 있는 힘을 다해서 냉소할 것이다"(문학과지성사, 2003, p. 290).

17　김형중, 해설 「꿈: 배수아 풍으로」, 『북쪽 거실』, 문학과지성사, 2009, p. 274.

18　이 소설에서 꿈의 여행은 선형적인 시간과 아무 관련이 없다. "그 시간들은 다 무엇이었을까, 그 여행은 다 무엇이었을까, 기꺼이 잃어버리려 했던 그 시간은, 자발적인 감금은, 내가 아니고자 했던 모든 시도는, 무엇을 위한 것이었을까, 나는 결국 한 쌍의 나사, 내 부재와 귀환은 원인과 결과처럼 이미 결정된 한 쌍의 나사에 불과했던 것일까"(같은 책, p. 250).

19　「눈 속에서 불타기 전 아이는 어떤 꿈을 꾸었나」, 『뱀과 물』, pp. 15~16.

미한 감각은 피부에 남아 지워지지 않는 이빨자국처럼 선명했다. 의도하는 것들을 밀어내며 거부하는 것들을 거부하며 노래하는 것들을 잊으며 시간은 사랑하는 사람의 백발처럼, 외면하는 일들로 가득하다.[20]

1)에서 '불붙은 대관람차'는 "시간의 실체를 실어 나르는 바늘 없는 시계"라는 것을 화자는 문득 깨닫는다. '불타는 대관람차'의 돌발적인 출현은 잔존으로서의 시간이 나타나는 장면이다. 이런 방식으로 배수아의 소설은 과거이자 미래인 잠재적 시간들을 현전하게 하고, 기억과 역사라는 연속성의 관념을 배반한다. 2)의 초기작『철수』에서도 기억 너머의 시간에 대한 감각은 이미 시작된다. 기억이 경험에 대한 인식론의 위치에 있는 것이라면, '잔존의 시간'은 기억 너머에서 무의식적으로 감각되는 영역이다. 기억은 무력하며, '남아 있는 시간' 속에 인물들은 출몰한다.[21]

「밀레나, 밀레나, 황홀한」(2016)에서 '험윤'이라는 특이한 이름을 가진 영화감독의 일상에 틈입하는 '잔존의 시간'은 몇 가지 계기가 있다. 우연히 발견한『밀레나에게 보내는 편지』라는 출처를 알 수 없는 책의 존재가 있고, 촬영 어시스턴트로 자신을 데려가 달라고 애원하는 여자의 예기치 않은 출현이 있다. 그녀는 "영

---

20 『철수』, p. 98.
21 "M은 분명 그 기억 속에 존재하나 또한 그 속에 존재하는 것은 M이 아니었다. 기억 속에 있는 M은 시간과 함께 점점 더 M 자신으로부터 스스로 멀어져 갈 수 있을 뿐이다"(『에세이스트의 책상』, 문학동네, 2003, p. 116).

원히 끝나지 않는 밤" 속에 자신이 속해 있다고 말한다.

> 원래 의미의 시간은 나에게 처음부터 부여되지 않았어요. 내 시간은 그냥 밤뿐이니까요. 바로 지금처럼요. 오래오래 계속되는 밤. 영원히 끝나지 않는 밤. 내 시간은 보이지 않고, 불분명하고 흐릿할 뿐. 가만히 있으면 나는 밤 속에서 연기처럼 흩어지고 점점 엷어지다가, 아무도 모르게 완전히 사라질 거예요.[22]

그녀가 있는 시간은 밤과 낮이 교차하고 날짜가 바뀌는 그런 시간이 아니다. '내 시간'은 처음부터 그녀의 것이 아니었다. 그녀에게서 험윤은 "밤의 비명"(p. 53)을 듣는다. 주인공 험윤의 시간은 어디에 있나? 그는 '스키타이족 무덤'을 배경으로 한 영화를 기획하고 있다. 그의 영화 작업 자체가 이미 기억 너머의 아득한 잔존의 시간으로 향해 있다. 소설의 마지막 이미지는 거울을 마주한 '험윤'의 모습이다. 거울 속에 그의 뒤편에서 붉은 코트를 입은 한 사람이 걸어 나와 그의 뒤편을 지나가고, 다시 거울 속으로 멀어진다. 그는 이미 다른 시간의 세계 안에 있다. "서로 다른 속도로 가는 수많은 시계들의 소리가 겹쳐서 들리는 것 같다. 시간은 제멋대로 증폭되며, 투명한 용적을 가진 물처럼 집 안을 점점 채워 나간다"(p. 62). 시간의 착종 속에서 '밤의 거울'은 소설

---

22 「밀레나, 밀레나, 황홀한」, 『밀레나, 밀레나, 황홀한』, p. 52. 이하 인용은 본문에 쪽수만 밝힌다.

의 마지막에 이르면 시선의 대상이 아니라, 시선의 주체가 된다. "문이 열리고, 누군가 그를 집 안으로 맞아들이는 광경을, 금이 간 흐릿한 밤의 거울이 멀리서 지켜본다"(p. 64). 이 "흐릿한 밤의 거울"을 잔존의 시간이라고 다시 말해도 된다. '내'가 그 잔존의 시간을 보는 것이 아니라, 그 시간이 '나'를 보고 있다.

배수아 소설을 읽는다는 것은, 단지 '읽는 행위'에 한정되지 않는다. 독자가 경험하는 것은 저 혹독하고 매혹적인 이미지만이 아니라, 남아 있는 시간의 목소리이다. 목소리는 개념화된 언어 이전의 소리의 감각이다. 목소리는 기억 이전, 역사 이전의 시간들을 경험하게 한다. 아무것도 적혀 있지 않은 노트를 읽는 '경희'의 목소리가 경험의 내용을 전달하는 것이 아니라, 다른 시간의 감각 자체를 선물하는 것처럼. "수십 수백 개의 작고 가벼운 종들이 아주 미세한 시차를 가지며 한꺼번에 울리는 듯했던"(「영국식 뒷마당」, p. 78) 목소리. 몸도 없고, 기억도 없고, 끝내 언어조차 없는 저 목소리.

> 나는 가만히 앉아서 경희의 목소리를 들었다. 나는 경희가 읽고 있는 이야기에 점차 홀려 버렸다. 그것은 이상한 노래 같았고, 여러 가지 동화에서 한 조각씩 가져와 이어 붙인 연결되지 않는 만화경 같기도 했으며, 거꾸로 돌아가는 필름 같기도 했고, 미친 여자의 독백, 혹은 잠든 사람의 무의미한 웅얼거림, 혹은 고양이나 뻐꾸기의 울음처럼 이해할 수 없는 소리 같기도 했다. 하지만 그것은 나를 매료시켰다.[23]

1990년대 이후의 한국문학이 지금, 자기 내부의 잔존을 이제 동시대성으로 대면하고 있다면, 그 잔존의 이름은 배수아이거나, 배수아스러운 어떤 것이다. 역사에 대한 어떤 약속도 믿을 수 없게 되었을 때, 1990년대 이후 문학사는 기억에 대한 배반에서 출발했다. 모두가 알고 있지는 못했지만, 배수아의 시간, 배수아의 시대는 이미 너무 오래되었다.

(2019)

---

23 「영국식 뒷마당」, 같은 책, p. 87.

사랑의 애도와 젠더 정치학

─ 최승자의 애도 주체

1. 최승자라는 애도 주체

최승자의 시는 한국 현대시의 언어와 미학의 층위에서 예외적인 파괴력을 보여주었다. 한국문학사의 젠더 시스템의 일부였던 '여류 시'의 틀을 돌파하는 여성적인 시 쓰기의 가능성을 전면적으로 드러냈다. 그동안 최승자의 시에 대한 논의는 미학적 특이성과 부정적 정신의 문제에 집중되었으며, 정신분석적 관점과 여성주의적 시각에서의 분석도 진행되었다. 이런 기존의 문제의식들 위에서 최승자 시의 미학적 개별성이 내포하는 '여성 주체'의 정치적 의미에 대한 탐구가 진행될 필요가 있다. 특히 '애도'의 문제는 최승자 초기 시의 심층적인 주제의 하나였으나, 전면적으로 분석된 적이 없다. 최승자의 초기 시에서 나타나는 '사랑의 주체'는 대상의 상실을 둘러싼 파괴적인 언어를 통해 애도 작업 자체의 불가능성을 드러내는 주체라는 측면에서, 애도의 (불)가능성이 갖는 미학적·정치적 함의를 암시한다. 최승자 시에서 애도의 문제는 시적 주체와 여성적 주체가 맺는 정치적 관련성을 둘러싼 첨예한 시적 사례가 될 수 있다.

프로이트는 상실한 대상에 대한 리비도를 철회해가는 정상적인 애도 작업의 실패가 우울증을 가져온다고 한 바 있다. 대상의 상실과 애증의 병존으로서 '애도' 과정을 설명하고, 자아로의 리비도 퇴행 과정을 병리적인 '우울증'으로 분석한다.[1] 우울증의 주체에게 사랑의 리비도는 다른 대상을 찾는 대신 자아 속으로 들어가버린다. 리비도는 자아를 포기된 대상과 동일시하거나, 자신의 일부를 외부 대상으로 취급하면서 대상의 상실을 자기 일부의 상실로 받아들인다. 상처받아서는 안 되는 자기에 대한 집착으로 인해 자신에 대한 병리적인 애증을 보여주는 나르시시즘에 고착되는 것이다. 우울증적 주체는 현실원칙을 수용하는 정상적이고 경제적인 애도 과정의 실패를 의미한다.[2]

1   애도의 주체는 상실의 상처 안에서 사랑의 대상을 향하던 리비도를 다른 대상으로 옮기는 것을 거부하다가, 그 상실과 자기 책임성을 인정하게 된다. 그 과정에서 대상에게 집중되었던 리비도가 철회되어 새로운 대상에게 전위(轉位)됨으로써 자기 보존의 메커니즘을 유지하게 된다. 하지만 우울증melancholy의 주체는 상실을 부정하고 상실에 대한 자신의 책임을 인정하지 않고 상실의 상처 안에 머문다. 상실의 대상에 대한 슬픔이 아니라, 상처를 당한 자신에 대한 거부로서의 자기에 대한 집착을 벗어나지 못한다. 지크문트 프로이트, 『정신분석학의 근본 개념』, 윤희기·박찬부 옮김, 열린책들, 2011, pp. 243~65 참조. 프로이트 에세이의 독일어 제목은 "Trauer und Melancholie"(1917)이다.
2   최승자 시를 '우울증(멜랑콜리)'의 문제로 분석한 논문은 박소영, 「최승자 시의 멜랑콜리Melancholia 연구」(숭실대학교 석사학위논문, 2012)와 이영희, 「여성의 멜랑콜리 시 의식이 구현하는 언술구조 연구: 김승희, 최승자, 허수경의 시를 중심으로」(계명대학교 박사학위 논문, 2015)가 있다. 이 논문들은 여성시가 '멜랑콜리'에서 출발한다는 전제 아래, 프로이트와 줄리아 크리스테바, 주디스 버틀러 등의 이론을 참고하고 있다. 앞의 논문에서 멜랑콜리한 자의 죽음 의식은 최승자 시의 화자의 모습과 동일선상에서 설명하며, 최승자 시의 화자는 삶 안에서 죽음 주위를 맴돌며, 자아를 초라하게 만드는 자학의 모습을 드러내며, 끊임없이 죽음에 대해 갈망하는 진술을 반복함으로써 자아의 비극성을 극대화

프로이트의 애도와 우울증 개념을 해체적으로 재구성하며, 그것에 다른 윤리성을 부여한 것은 데리다였다. 애도의 작업은 타자를 자아의 상징 구조 안으로 동일화하는 것이며, 정상적인 애도란 타자의 타자성을 제거하는 것이 될 수 있다. 타자의 타자성을 존중하고 기억하려는 애도는 이런 측면에서 정상적인 애도가 되지 못한다. 애도 작업에 관한 정상적인 결과는 불가능하며, 애도 작업은 항상 불충분하여 애도의 필연성에도 불구하고 그것의 불가능성이라는 역설 또는 이중 구속을 낳을 수밖에 없다.[3] 애도의 윤리가 시작되는 지점은 이러한 애도의 불가능성을 받아들이는 것이다. 애도는 기본적으로 언어 행위의 과정이며, 더 나아가 애도의 윤리성은 애도의 정치성과 맞닿아 있다. 정상적인 애도 과정의 실패는 단순히 병리적인 결과를 낳는 것이 아니라, 애도의 불가능성을 둘러싼 다른 미학적·정치적 실천의 계기를 만든다. '애도의 성공을 위한 타자성의 축소'에 대한 거부는 타자의 윤리학과 연결되어 있고, 그것은 정치적 공동체의 감각과 이어져 있다.[4]

시킨다고 설명한다. 하지만 이 글에서 문제화하는 것은 멜랑콜리와 화자의 문제가 아니라, 멜랑콜리를 낳은 '애도의 주체'이며, 그 주체가 여성시에서의 여성 주체의 다른 가능성이라는 점을 드러내고자 한다.

3   자크 데리다, 『마르크스의 유령들』, 진태원 옮김, 그린비, 2007 참조.

4   애도의 정치적 차원에 대한 가장 적극적인 논리는 주디스 버틀러에 의해 제기되었다. "슬픔을 사유한다고, 슬픔은 윤리를 고독한 상황으로 회귀시킨다고, 그런 의미에서 슬픔은 탈정치화한다고 생각하는 사람들이 많다. 그러나 나는 슬픔이 복잡한 수준의 정치공동체의 느낌을 제공하고, 슬픔은 무엇보다도 우리의 근본적인 의존성과 윤리적 책임감을 이론화하는 데 중요한 관계적 끈을 강

미학의 차원에서 애도는, 현실원칙이라는 자기보존의 메커니즘을 따라가는 정상적이고 건강한 리비도의 경제학을 추구하는 것이 아니며, 리비도가 자기 안에 고여 있는 병적인 나르시시즘으로서의 우울증도 아니다. 미학적 주체는 오히려 그 애도의 불가능성에 오래 머무는 자이다. 프로이트적인 의미의 애도와 우울증이 상실된 대상을 무엇으로 '대체'하는가에 문제에 초점이 맞추어져 있다면, 미학적 차원에서 애도의 주체는 '대체의 경제학'을 따라가지 않는다. 오히려 대상의 '부재'로 하여금 말하게 하는 예외적인 미학적 장소를 드러낸다. 그 미학적 장소가 '부재의 미학'을 둘러싼 윤리가 발생하는 지점이며, 다른 정치성의 가능성이다. 여기서 중요한 것은 최승자라는 개별적인 텍스트의 내부, 그 개별적인 시쓰기-읽기의 고유성 안에서 '애도의 정치성'을 말할 수 있는가이다.

기존의 최승자와 여성시의 연구에서는 우울증(멜랑콜리)와 슬픔, 죽음 등의 문제가 '의식'과 그것의 반영과 재현으로서의 '언어와 형식'이라는 문제 틀에 집중되어왔다고 할 수 있다. 여기서 문제화하고자 하는 것은, 우울증을 가져오는 근본 주체로서의 '애도 주체'라는 층위에서 여성시에 나타난 여성 주체의 가능성

조합으로써 그렇게 한다고 생각한다. [……] 애도로부터, 애도와 함께 머무르기로부터, 폭력을 통해 애도를 위한 해결책을 찾으려 하기 보다는 피할 수도 견딜 수도 없는 애도의 노출되는 것으로부터 뭔가 얻을 수 있는 것이 있지 않을까? 우리의 국제적인 인연을 생각해볼 수 있는 틀의 일환으로 애도를 유지함으로써 정치적 영역에서 뭔가 얻을 수 있지 않을까?"(주디스 버틀러, 『불확실한 삶: 애도와 폭력의 권력들』, 양효실 옮김, 경성대학교출판부, 2008, pp. 49~59).

을 재맥락화하려는 것이다. '우울증적 주체'라는 개념은 프로이
트의 멜랑콜리 개념에 의지하고 있지만, '애도 주체'라는 개념은
애도의 (불)가능성이라는 보다 근본적이고 정치적인 문제를 부
각시켜준다.

2. 시간에 대한 애도와 기억의 윤리학

겨울 동안 너는 다정했었다.
눈[雪]의 흰 손이 우리의 잠을 어루만지고
우리가 꽃잎처럼 포개져
따뜻한 땅속을 떠돌 동안엔

봄이 오고 너는 갔다.
라일락꽃이 귀신처럼 피어나고
먼곳에서도 니는 웃지 않았다.
자주 너의 눈빛이 셀로판지 구겨지는 소리를 냈고
너의 목소리가 쇠고챙이처럼 나를 찔렀고
그래, 나는 소리 없이 오래 찔렸다.

찔린 몸으로 지렁이처럼 오래 기어서라도,
가고 싶다 네가 있는 곳으로.
너의 따뜻한 불빛 안으로 숨어들어가

다시 한번 최후로 찔리면서
한없이 오래 죽고 싶다.

그리고 지금, 주인 없는 헤진 신발마냥
내가 빈 벌판을 헤맬 때
청파동을 기억하는가

우리가 꽃잎처럼 포개져
눈 덮인 꿈속을 떠돌던
몇 세기 전의 겨울을.

——「청파동을 기억하는가」 전문[5]

이 시는 최승자 첫 시집에서 '애도'의 주제를 대표적으로 보여
준다. 이 시에서 '청파동'은 기억의 장소이면서 시간의 장소이다.
'청파동'이라는 구체적인 지명과 '겨울'이라는 계절이 그 장소의
이름을 구체화한다. 청파동의 겨울은 다정하고 따뜻했던 기억으
로 채색되어 있다. 봄이 왔을 때 '너'는 갔으며, '너'의 부재는 목
소리의 '찔림'이라는 방식으로 표현된다. 눈빛과 목소리가 '너'
의 현전을 말해주는 것이라면, '너'의 부재는 그 목소리의 기억이
'나'를 찌르는 고통을 의미한다. '내' 몸은 그래서 "찔린 몸"이며,
찔린 몸의 주체야말로 '너'의 상실이라는 고통을 신체적으로 드

---

5   『이 시대의 사랑』, 문학과지성사, 1981.

러내는 '히스테리적인' 주체이다.[6] "너의 따뜻한 불빛 안으로 숨어들어가/다시 한번 최후로 찔리"고 싶다는 욕망은 '너'의 부재에 직면한 애도 과정의 문제를 시적으로 드러낸다. 시적 주체는 대상의 상실을 자기 일부의 상실로 받아들이고 그 안에서 머물려고 한다. 그것은 프로이트가 말한 정상적인 애도 과정일 수 없으며, 고통의 지속은 오히려 "다시 한번 최후로 찔리면서/한없이 오래 죽고 싶다"는 마조히즘적인 성향을 드러낸다.[7]

정상적인 애도 작업의 실패가 히스테리적인 주체를 생산하고, 그 히스테리적인 주체가 자기 처벌적인 마조히즘적 태도를 취하는 것은 최승자의 기본적인 애도의 미학적 과정에 해당한다.[8] 문

6 정신분석에서 히스테리 증상은 특정한 무의식적 환상 내용이 '신체 언어'로 표현된 것이며, 그 무의식적 환상들은 불안을 자극하는 본능적 소망과 그것에 대한 방어 사이에서 이루어진 타협의 결과이다. 히스테리적인 증상들은 '억압된 것의 회귀'를 보여주는 것이며, 본능적인 소망과 그것에 대한 방어 모두가 증상에서 재연된 것이다. '히스테리적인 주체'란 지젝에 의하면 대타자의 욕망을 자신의 욕망으로 통합하지 못하고 대타자의 호명에 대해 반문하면서 "동일시를 완수할 수 없는 주체의 무능력"을 보여준다. "주체의 상징적인 네트워크에 종속시키고 포함시키는 호명 과정에 저항하는 주체 속의 대상의 간격을 열어놓는다"(슬라보예 지젝, 『이데올로기라는 숭고한 대상』, 이수련 옮김, 인간사랑, 2002, pp. 198~99).
7 최승자 시의 마조히즘적 측면에 대해서는 엄경희, 「매저키스트의 치욕과 환상」, 『빙벽의 언어』, 새움, 2002가 있다.
8 프로이트의 정신분석에서 마조히즘은 사디즘과 짝을 이루는 것으로 이해되며, 죽음 본능이 자아를 향하고 리비도와 융합되어 있는 상태라고 설명된다. 죄의식이 자아와 초자아의 긴장 관계의 문제라면, 마조히즘은 죄가 되는 행동을 하고 싶은 유혹을 만들어낸다. 주목할 것은 마조히즘은 다양한 형태로 드러나게 된다는 점이다. 도덕적 마조히즘은 무의식적 죄의식을 자기 처벌에 대한 욕구로 전환하는 사태이며, 그런 의미에서 도덕적 마조히즘은 성감 발생적 마조히즘과는 조금 다른 자리에 위치한다. 지그문트 프로이트, 같은 책, p. 431.

제적인 것은 그 마조히즘적인 성향이 드러내는 미학적인 층위와 기억의 윤리학의 관계이다.[9] 자기 처벌의 형식은 많은 경우 '제의적' 형태를 띠며, 이것은 마조히즘의 심미적 차원을 암시한다. 의식(儀式) 행위는 마조히즘에서 필수적인 요소이고 감각적 경험 내에서의 쾌감과 고통의 조합은 마조히즘을 둘러싼 형식적인 측면들에 연관된다.[10] 최승자의 시에서 '너'에게 '찔리고' 싶은 '나'의 마조히즘적인 욕망은 '너'의 부재 안에서 머물려 하는 '나'의 무의식적인 동시에 심미적인 태도를 드러내는 제의적인 형식이다.

이런 마조히즘이 기억의 윤리학과 연결되어 있다는 것이, 최승자 시의 애도의 지점이다. "청파동을 기억하는가"라는 질문은 '너'와 '너'의 부재에 던지는 '나'의 질문이면서, '나' 자신으로 되돌아오는 윤리적인 질문이다. '청파동'을 잊는다는 것은 '너'와 '너'의 시간을 잊는 것을 의미하며, 그것은 사랑의 리비도를 다른 대상에게 옮겨가는 정상적인 애도 과정이 될 수 있다. '청파동'을 잊지 못할 때, 잊지 못하는 것으로서의 애도의 실패는 '너'에 대한 '나'의 열망과 기억을 철회하지 않는다는 것이다. 애도의 주체는 '너'의 부재 속에서 '청파동'이라는 먼 기억의 '유토피아', "몇 세기 전의 겨울"로 명명된 아득한 시간 속의 '몸의 유토피아'를

---

9 마조히즘은 단순히 피학적 고통에 집착하는 변태성을 의미하는 것이 아니라, 타자와 외부 세계에 대한 일종의 관계이며, 자신을 축소하고 타자에 대한 의존성의 과장과 자학적 고통의 가면 아래 다른 가치를 추구하는 태도라고 할 수 있다. 질 들뢰즈, 『매저키즘』, 이강훈 옮김, 인간사랑, 1996, p. 373.
10 같은 책, p. 121.

호출한다. '청파동'은 따뜻한 몸의 기억에서 태어났을 것이나, 그것의 상실은 기억하는 몸에 대한 배반이다. 그 배반에 대한 가장 윤리적인 복수는 기억을 보존하는 방식으로 '부재' 속에 머무는 것이다.

　그해 늦가을과 초겨울 사이, 우리의 노쇠한 혈관을 타고 그리움의 피는 흘렀다. 그리움의 어머니는 마른 강줄기, 술과 불이 우리를 불렀다. 향유 고래 울음 소리 같은 밤 기적이 울려 퍼지고 개처럼 우리는 제기동 빈 거리를 헤맸다. 눈알을 한없이 굴리면서 꿈속에서도 행진해 나갔다. 때로 골목마다에서 진짜 개들이 기총소사하듯 짖어대곤 했다. 그러나 197X 년, 우리들 꿈의 오합지졸들이 제아무리 집중 사격을 가해도 현실은 요지부동이었다. 우리의 총알은 언제나 절망만으로 만들어진 것이었으므로……

　어느덧 방학이 오고 잠이 오고 깊은 눈이 왔을 때 제기동 거리는 "미안해, 사랑해"라는 말로 진흙탕을 이루었고 우리는 잠 속에서도 "사랑해, 죽여 줘"라고 잠꼬대를 했고 그때마다 마른번개 사이로 그리움의 어머니는 야윈 팔을 치켜들고 나직이 말씀하셨다. "세상의 아들아 내 손이 비었구나. 너희에게 줄 게 아무것도 없구나." 그리고 우리는 정말로 개처럼 납작하게 엎드려 고요히 침을 흘리며 죽어갔다.

───「197X년의 우리들의 사랑─아무도 그 시간의 火傷을 지우지 못했다」 전문[11]

11　『즐거운 일기』, 문학과지성사, 1984.

1970년대의 기억은 '청파동'의 기억처럼 따뜻한 뉘앙스를 갖고 있지 않다. "제기동 거리엔 건조한 먼지들만 횡행했고 우리는 언제나 우리가 아니었다"라는 표현으로 요약되는 것처럼, 그 기억은 불모의 기억이다. 그 시간을 '우리'에게서 빼앗아간 것은 "현실은 요지부동"이라는 표현이 암시하는 한 시대의 억압과 폭력성이다. 이 시에서 그 억압의 시대를 "197X년"이라고 표기할 때, 'X' 안에는 적어도 두 가지 의미의 가능성이 열려 있다. 우선은 그 시간이 1970년대의 특정한 순간과 장소에 한정된 것이 아니라, 1970년대 전체를 지배하는 것이었다는 전제가 하나 있다. 만약 구체적인 시간을 규정할 수 있다면 그 예외적인 순간은 닫힌 시간이 아니라 열려 있는 특정한 시간이었을 것이다. 두번째는 'X'라는 기호가 갖는 금지와 닫힘의 뉘앙스이다. 시적 주체에게 1970년대는 'X'의 이미지가 지배하는 금지와 닫힘의 기호였으며, 어떤 열림도 돌파도 허용되지 않았다.

그 닫힌 시간대 안에서 사랑은 어떠한 것이었나? "미안해, 사랑해"라는 말이 "진흙탕을 이루었"지만, "사랑해, 죽여 줘"라고 잠꼬대를 하는 '불가능한 관계'의 시절이었다. "미안해, 사랑해"라는 말과 "사랑해, 죽여 줘"라는 말은 동의어처럼 한 시절을 떠돈다. '사랑해'라는 표현은 '미안해'와 '죽여줘'라는 문장과 만나면서 마조히즘적인 뉘앙스를 갖게 된다. '미안해'와 '죽여 줘'라는 의미를 동반하지 않는 '사랑해'라는 언어는 불가능했던 시대라고 할 수 있다. 이 시가 과거를 기억하고 보존하는 방식은, 앞

420

의 시에서의 '청파동'의 그것과 다르다. '청파동'이라는 기억은 따뜻하고 아득한 시간을 지속적으로 가리키고, 바로 그것이 부재의 고통을 야기한다면, '197X년의 우리들의 사랑'은 불모와 닫힘의 시대, 사랑이 원천적으로 불가능한 한 시대의 내적 고통을 호출한다.

이런 기억의 주체는 따뜻한 시간에 대한 애도의 주체와는 다르다. 애도의 주체는, 한 시절의 사라짐이라는 애도와, 그 시대에 원천적으로 불가능했던 사랑에 대한 애도를 동시에 수행한다. 이런 '이중적인 애도'를 수행하는 주체에게는 돌아가야 할 곳도 없으며, 동일시의 대상도 없다. "아무도 시간의 火傷을 지우지 못했다"라는 이 시의 부제가 포함하는 시적 전언은 두 가지 이상일 것이다. '197X년'의 시간은 '화상'이라고 표현할 만큼 고통이었다는 것이 하나라면, '화상'이기 때문에 몸에 흔적을 남기고 지워지지 않는다는 것이다. 그럴 때 기억은 보존하기 위해 싸워야 하는 것이 아니라, 몸에 새겨져 결코 지워질 수 없는 어떤 것이 되고, 기억의 주체는 그 '주체화'의 자리에서 내려와 기억에 대해 수동적인 위치에 처하게 된다. 기억의 윤리학은 기억을 통한 자기동일성과 주체화의 과정이 아니라, 몸에 새겨진 시간을 '기억할 수밖에 없는' 존재로서의 '이중 애도'의 주체가 된다. '이중 애도'의 주체는 상실된 대상에 대한 애도와 그 대상을 기억하고 애도하는 것 자체의 불가능성을 동시에 애도하는 주체이다.

3. 사산의 이미지와 '낳는 주체'

너는 날 버렸지,
이젠 헤어지자고
너는 날 버렸지,
산 속에서 바닷가에서
나는 날 버렸지.

수술대 위에 다리를 벌리고 누웠을 때
시멘트 지붕을 뚫고 하늘이 보이고
날아가는 새들의 폐 벽에 가득찬 공기도 보였어.

하나 둘 셋 넷 다섯도 못 넘기고
지붕도 하늘도 새로 보이잖고
그러나 난 죽으면서 보았어.
나와 내 아이가 이 도시의 시궁창 속으로 시궁창 속으로
세월의 자궁 속으로 한없이 흘러가던 것을.
그때부터야.
나는 이 지상에 한 무덤으로 누워 하늘을 바라고
나의 아이는 하늘을 날아다닌다.
올챙이꼬리 같은 지느러미를 달고.
나쁜 놈, 난 널 죽여 버리고 말 거야
널 내 속에서 다시 낳고야 말 거야

내 아이는 드센 바람에 불려 지상에 떨어지면

내 무덤 속에서 몇 달간 따스하게 지내다

또다시 떠나가지 저 차가운 하늘 바다로,

올챙이꼬리 같은 지느러미를 달고.

오 개새끼

못 잊어!

—「Y를 위하여」 전문[12]

　이 시에서 '네'가 '나'를 버린 상황은 "나는 날 버렸지"라는 자기처벌적인 사건으로 전이된다. '네'가 '나'를 버린 것은 '내'가 '나'를 버린 사건과 동격의 지위를 갖는다. 그 버림의 주체를 '너'에서 '나'로 바꿈으로써, 일인칭 '나'는 버림의 주체이자 버림의 대상이라는 이중적인 존재로 전환된다. 그 버림의 사건을 압도적인 것으로 만드는 것은 이 시에서 '사산' 혹은 '낙태'의 이미지이다. 이 '낙태'의 이미지는 가부장적 이데올로기 안의 모성 신화에 대한 파열의 이미지를 만든다. "수술대 위에 다리를 벌리고 누"워 있는 여성적 주체의 시선으로 풍경은 재현된다. 그 시선의 안에서 "날아가는 새들의 폐 벽에 가득찬 공기도 보"이지만, 시선은 "죽으면서" "나와 내 아이가 이 도시의 시궁창 속으로 시궁창 속으로/세월의 자궁 속으로 한없이 흘러가던 것을" 보는 장면으로 이동한다. '낙태'의 몸이라는 시선에서 보는 이미지들은

12　같은 책.

'내면'으로서의 풍경을 구축하는 주체화의 과정과는 다르다. '나'는 '내 아이'와 함께 죽어가는 존재이며, '나'는 '내 아이'의 존재와 함께 다른 풍경을 본다. "나는 이 지상에 한 무덤으로 누워 하늘을 바라"보고, 이때 '나'의 시선은 '죽어가는 자' 혹은 '이미 죽은 자'의 시선이다. 그 시선 안에서 "나의 아이는 하늘을 날아다닌다." 시선의 주체는 '수술대 위의 존재-죽어가는 존재-무덤으로서의 존재'라는 이미지의 연계 위에서의 '보는' 주체이다. 여기서 여성적 주체는 모성의 주체가 아니라, 모태와 모성을 박탈당한 주체이다. 그 주체는 '내 아이'와 모성적 존재에 대한 뼈아픈 애도의 주체이기도 하다.

이 시의 극적이고 강렬한 반전은 욕설의 언어로부터 시작된다. 욕설은 '여류 시'라고 하는 젠더 시스템 안에서 여성에게 허용되지 않았던 언어이며, 최승자 시는 이 폭력적인 남성적인 언어를 재전유함으로써 언어적 상징 질서에 균열을 낸다. "나쁜 놈"과 "개새끼"는 표면적으로 '나'를 버린 '너'를 향해 쏟아내는 것처럼 보인다. '너'에 대한 원망과 저주가 이런 욕설을 가능하게 했다고 볼 수 있다. 여기에는 두 가지 수행적인 이미지가 포함된다. 우선 하나는 "널 내 속에서 다시 낳고야 말 거야"라는 저주이다. 이것은 "널 죽여 버리고 말 거야"라는 문장과 동의어처럼 사용된다. 모성의 신화라는 틀을 넘어서, '여성-몸'의 잠재성은 무언가를 생산할 수 있는 빈터이다. 여성이 '너-남성'에게 할 수 있는 가장 강력한 저주는 "널 내 속에서 다시 낳고야 말 거야"가 될 수 있다. 이 전언은 물론 은유적인 차원의 것이다. 그 은유의 심층에는 "오 개새끼/못 잊어"라는 마지막 비명이 새겨져 있다. '너-남성'에 대한 가장 강력한 복수는 잊지 않는 것, 잊지 않는 방식으로 '다시 낳는 것'이다. 이 위악적인 태도 안에서 '내 아이'에 대한 애도와 '너'에 대한 애도를 동시에 수행할 수 있다. 잊지 않겠다는 '복수로서의 기억'은, 앞의 두 시에 나타난 것처럼 따뜻한 기억도 '화상으로서의 기억'도 아니며, '죽어가는 여성-몸'이 공격적인 방식으로 드러내는 애도의 예외적인 형식이다.

> 겨울에 바다에 갔었다.
> 갈매기들이 끼룩거리며 흰 똥을 갈기고
> 죽어 삼일간을 떠돌던 한 여자의 시체가
> 해양 경비대 경비정에 걸렸다.
> 여자의 자궁은 바다를 향해 열려 있었다.
> (오염된 바다)
> 열려진 자궁으로부터 병약하고 창백한 아이들이
> 바다의 햇빛이 눈이 부셔 비틀거리며 쏟아져 나왔다.
> 그들은 파도의 포말을 타고
> 오대주 육대양으로 흩어져 갔다.
> 죽은 여자는 흐물흐물한 빈 껍데기로 남아
> 비닐처럼 떠돌고 있었다.
> 세계 각처로 뿔뿔이 흩어져 간 아이들은
> [……]
> 야밤을 틈타 매독을 퍼뜨리고 사생아를 낳으면서,

간혹 너무도 길고 지루한 밤에는 혁명을 일으킬 것이다.

언제나 불발의 혁명을.

겨울에 바다에 갔었다.

(오염된 바다)

——「겨울 바다에 갔었다」 부분[13]

앞의 시에서 "널 내 속에 다시 낳고야 말 거야"라는 강렬한 욕
망은, 최승자 초기 시에서 여러 차례 '사산'의 이미지로 변주되고
있다. 이 시에서 "죽어 삼일간 떠돌던 한 여자의 시체"는 '이미 죽
은 여성-몸'이라는 점에서 앞의 시와 동궤의 것이다. 그 죽은 "여
자의 자궁은 바다를 향해 열려 있었다". '이미 죽은 여성-몸'은
닫힌 몸이 아니라, 열려 있는 몸, 생산하는 몸이다. 그 몸속에서
나온 "병약하고 창백한 아이들"은 "오대주 육대양으로 흩어져 갔
다". 죽은 몸이 '생산하는 몸'으로 전도되는 것은 시적인 논리이
지만, 그 안에는 여성의 몸을 둘러싼 급진적인 상상력이 작동한
다. "오염된 바다"로 상징되는 이 불모의 세계에서 여성의 몸은
필연적으로 '이미 죽은 몸'이며, 모성은 박탈당하고 '사산'은 필
연적이다. 하지만 그 안에서 '다른 생산'의 사건이 벌어진다. 그
사건의 시적인 의미는 "불발의 혁명"이라는 말에 함축되어 있다.
죽은 몸에서 세계로 흘러들어간 아이들이 일으키는 '혁명'은 이
닫힌 세계의 질서에 파열을 만드는 사건이다. 그 사건은 '혁명'에

---

13 같은 책.

해당하지만, 그렇기 때문에 미래형으로 제시되며, "불발의 혁명"
이라는 '불가능성'을 이미 내재하고 있다. 겨울 바다에서 발견되
는 죽은 여자의 몸에 대한 애도는, 그 '죽은 몸'이 만드는 다른 생
산과 혁명의 '(불)가능성'으로 재문맥화된다. 애도는 죽음을 넘어
서는 '여성-몸'의 혁명적인 상상력으로 전환된다.

> 부슬부슬 녹이 슬고
> 허옇게 푸르둥둥하게
> 피어오르다 피어 박히고
> 사람들-나의 아들의 아들들,
> 어린 개죽음들.
>
> 무너지고 무너지고
> 무너지면서 달려붙고 엉겨붙는 昏睡
> 눌러붙어 독버섯처럼 재빨리
> 지상을 덮어 가는 습한 昏睡
>
> 이제 멀리서 시월의 개들이 짖기 시작하고
> 십일월의 안개가 차오른다.
>
> 이제 곧 그가 다리를 절룩이며
> 예언 속의 길을 찾아오고
> 붉은 달 아래 소리 없이 땀 흘리며

나는 거듭 낳을 것이다,

이 세계를

거대한 암흑 덩어리를.

그리하여 내 태초의 남편아 받아라,

이 세계

이 거대한 핏덩이를.

이것은 시초에 네가 꾸었던 꿈,

그러나 내가 완성한 꿈이다.

                                          ──「昏睡」전문[14]

  이 시에서도 "나의 아들의 아들들"의 "어린 개죽음"에 대한 애
도가 배면에 자리 잡고 있다. 여기서도 '낳는다'는 행위는 시적
주체의 혁명적인 가능성에 해당한다. 이 시에서 낳는 것은 "거대
한 암흑 덩어리" "거대한 핏덩이"로서의 "이 세계"이다. '낳은 주
체'는 이 시에서 이 세계를 생산하는 창조주의 몸이 된다. '창조
주-어버지-남성'이라는 오래된 신화적 상징 질서를 전복하는 이
불온한 상상력은, 태초의 세계를 생산하는 '여성-몸'의 장소를
재배치한다. "다리를 절룩이며/예언 속의 길을 찾아오고" '그'는,
"태초의 남편"으로서의 '창조주-아버지-남성'에 가까운 존재일
것이다. 이 세계가 '그'가 시초에 "꾸었던 꿈"이라면, 그 태초의

---

14 같은 책.

꿈을 '완성'하는 것은 '그-너'로서의 "태초의 남편"이 아니라, 낳은 주체로서의 일인칭 '나'이다.

문제적인 지점은 이 시의 제목인 '혼수(昏睡)'라는 상황이다. '혼수'의 사전적 의미는 '정신없이 잠이 든 상태'이기도 하지만, 의학 용어로서의 '혼수coma'는 자고 있는 듯이 보이지만 아주 심하게 자극을 주어도 환자를 깨울 수 없는 상태이다. 의식 수준이 정상이 아닌 상태, 각성이 아닌 상태이며, 따라서 자발적인 움직임이 없다. 정상적인 의식은 깨어 있어야 하는 것(각성)과 환경 및 자신에 대해 알아야 하는 것(인식)이라는 이 두 가지의 요소가 필요하며, 혼수는 그 두 가지 요소가 제거된 상황이다. "엉겨붙는 昏睡"와 "지상을 덮은 습한 昏睡"라는 표현 속에서 이 혼수의 시간은 의식을 유지할 수 없는 깊은 잠의 상황이다. 이 혼수의 시간은 의식의 시간 속에서는 나타날 수 없는 사건이 발생하는 무의식의 무대이다. '혼수의 주체'는 의식하는 주체가 아니라, '무의식적 존재 생성의 주체'라고 할 수 있다. 의식의 시간 속에서 이 세계를 지배하는 것은 '창조주-아버지-남성'의 상징 질서이지만, 혼수의 시간 속에서 여성적 주체는 "태초의 남편의 꿈"을 실현하는 '낳은 주체'가 된다.

> 여자들은 저마다의 몸 속에 하나씩의 무덤을 갖고 있다.
> 죽음과 탄생이 땀 흘리는 곳,
> 어디로인지 떠나기 위하여 모든 인간들이 몸부림치는
> 영원히 눈먼 항구.

알타미라 동굴처럼 거대한 사원의 폐허처럼
굳어진 죽은 바다처럼 여자들은 누워 있다.
새들의 고향은 거기.
모래바람 부는 여자들의 내부엔
새들이 최초의 알을 까고 나온 탄생의 껍질과
죽음의 잔해가 탄피처럼 가득 쌓여 있다.
모든 것들이 태어나고 또 죽기 위해선
그 폐허의 사원과 굳어진 죽은 바다를 거쳐야만 한다.

— 「여성에 대하여」 전문[15]

'낳은 주체'로서의 '여성-몸' 안에서 생과 죽음은 함께 거주한
다. "죽음과 탄생이 땀 흘리는 곳"으로서의 '여성-몸'의 장소는
"탄생의 껍질"과 "죽음의 잔해"가 "가득 쌓여 있"는 곳이다. "폐
허의 사원과 굳어진 죽은 바다"는 그 '여성-몸'에 대한 은유이다.
'여성-몸'이라는 장소는 죽음에 대한 애도를 탄생에 대한 (불)가
능성으로 전환하는 곳이 된다. 이 장소는 신비와 성스러움의 장
소라기보다는 "태어나고 또 죽기 위해선" 거쳐야만 하는 통과제
의적인 장소이다. 따라서 그 몸은 하나의 존재를 소유하는 곳이
아니라, 한 존재를 다른 차원으로 이동시키는 '이행(移行)'의 장소
이다. '낳는 주체'로서의 '여성-몸'의 잠재성은 하나의 존재를 다
른 존재로 이행시키는 것이며, 정작 그 몸의 내부는 "잔해가 탄피

15 같은 책.

430

처럼 가득 쌓여 있"는 버려진 공간이다. 타자의 존재를 이행시키는 존재라는 맥락에서, 애도 주체로서의 여성 주체는 통과제의적인 장소가 된다.

4. 애도 주체와 젠더 정치학

최승자의 초기 시는 애도의 주체가 '낳은 주체' 즉 존재를 '생성'하고 '이행'시키는 존재가 되는 시적인 과정을 드러낸다. '너'와 함께 한 시간의 상실 앞에서 시적 주체는 기억을 보존하는 방식으로 '부재' 속에 머문다. 그것을 '기억의 윤리학'이라고 부를 수 있다면, 기억은 몸에 새겨져 지워질 수 없는 어떤 것으로 재구성되고, 기억의 주체는 그 '주체화'의 자리에서 내려와 기억에 대해 수동적인 위치에 처하게 된다. 기억의 윤리학은 기억을 통한 자기동일성과 주체화의 과정이 아니라, 몸에 새겨진 시간을 '기억할 수밖에 없는' 존재로서의 '이중 애도'의 주체가 된다.

잊지 않겠다는 기억의 주체가 '낳은 주체'로 전환될 때, 죽어가는 '여성-몸'은 애도의 예외적인 형식을 드러낸다. 죽은 여성의 몸과 '사산'된 존재에 대한 애도는, '여성-몸'이 만드는 다른 생산과 혁명의 '(불)가능성'으로 전환된다. 애도는 죽음을 넘어서는 '여성-몸'의 혁명적인 상상력과 조우한다. 이런 상상력 안에서 재구축된 시적 주체는 의식 세계의 상징 질서를 파열시키는 무의식적 존재 생성의 주체라고 할 수 있다. '낳는 주체'로서의 '여성-몸'의 잠재성은 하나의 존재를 다른 존재로 이행시키는 것이며, 애도 주체로서의 여성 주체는 통과제의적인 장소가 된다.

가거라, 사랑인지, 사람인지,
사랑한다는 것은 너를 위해 죽는 게 아니다.
사랑한다는 것은 너를 위해
살아,
기다리는 것이다.
다만 무참히 꺾여지기 위하여.

그리하여 어느 날 사랑이여,
내 몸을 분질러다오.
내 팔과 다리를 꺾어
                            ──「그리하여 어느 날, 사랑이여」 부분[16]

최승자의 시적 주체를 '사랑의 주체'라고 규정한다면, 그 주체를 만드는 것은 그 사랑의 예외적인 방식이다. 그것은 이미 등기된 애도의 사랑의 '정상적인' 방식을 넘어서는 사랑과 애도의 다른 방식의 발명을 의미한다. 사랑하는 대상의 상실 앞에서 사랑의 주체가 취할 수 있는 태도는 프로이트식으로 말한다면, 다른 대상을 향해 리비도를 전환하는 정상적인 애도의 경제학이냐, 혹

16 같은 책.

432

은 그 리비도를 에고 내부로 돌리는 병리적인 우울증이냐의 선택항의 문제이다. 하지만 최승자의 시적 주체는 애도의 또 다른 잠재성을 수행하는 주체이다. 최승자의 애도의 주체는 정상적인 애도의 주체도 우울증적인 주체로도 환원되지 않는다. 이를테면 "다만 무참히 꺾여지기 위하여" "살아,/기다리는 것"은 애도의 다른 잠재성, 사랑의 다른 잠재성이다. '살아 기다린다'는 수행적인 층위에서 애도는 완결될 수 없으며, 애도는 그 '불가능성' 안에서 무한히 지속된다.[17] 그 무한한 애도는 애도의 경제학을 애도의 윤리로 바꾸는 싸움에 해당한다.

최승자의 시에서 만나는 것은 애도의 다른 잠재성을 여는 낯선 미학의 차원이다. 다른 애도의 잠재성이 드러내는 젠더 정치학은,[18] 최승자 시에서 여성 주체의 잠재성에 연관되어 있다. 젠더 정치학의 핵심적인 문제 중의 하나는, '여성'이 사회문화적으로 구성된다는 전제를 승인하고 '정체성의 폭력'에 대항하면서도, 어떻게 정치적 주체로서의 여성이라는 범주를 재구성할 수

17 롤랑 바르트가 자신의 『애도 일기』에서 '애도'를 일종의 '대기 상태'라고 했을 때, 그것은 일종의 기다림, 기다림의 지속되는 상태이다. "애도: 그건 (어떤 빛 같은 것이) 꺼져 있는 상태, 그 어떤 '충만'이 막혀 있는 그런 상태가 아니다. 애도는 고통스러운 마음의 대기 상태다: 지금 나는 극도로 긴장한 채, 잔뜩 웅크린채, 그 어떤 '살아가는 의미'가 도착하기만을 기다리고 있다"(롤랑 바르트, 『애도 일기』, 김진영 옮김, 이순, 2012, p. 90).

18 젠더가 생물학적인 성이 아니라 사회문화적으로 규정된 성을 일컫는 개념이라면, '젠더 정치학'은 젠더라는 개념 안에 이미 들어 있는 사회적·정치적인 요인들에 대한 개념이다. '젠더 시스템'이란 젠더가 사회·역사적으로 구성된 상징체계와 제도라는 것을 부각시키는 개념이다.

있는가 하는 점이다. 최승자의 1970년대는 개발독재와 유신 체제라는 가부장적인 규율 권력이 지배하는 세계였다. 그 세계에서 여성적인 시 쓰기는, 여성적인 정체성을 구축하는 문제와 그 정체성의 폭력과 싸우는 두 가지 문제를 동시에 수행해야 했다. 보편적인 범주로서의 여성을 규정하는 것이 정체성의 폭력에 해당한다면, 그 폭력을 거절하면서 정치적인 주체로서의 여성이 다시 '구성'될 수 있어야 한다. 주디스 버틀러에 의하면, 선험적이고 본질적인 젠더는 없으며, 그럼에도 불구하고 어떤 특수성의 국면에서 구성되고 수행하는 여성 주체는 가능하다. 여성을 둘러싼 구성과 행위의 주체성은 대립되는 것이 아니며, 정체성의 해체가 정치성의 해체는 아니다.[19]

'애도'라는 특수한 수행의 차원에서 여성적 주체는 '애도의 경제학'[20]이라는 지배적인 담론의 틀에서 벗어나 다른 애도의 언어적 차원을 연다. 최승자의 시적 언어들 속에서 여성적 주체의 정체성은 선험적이고 본질적으로 존재하는 것이 아니다. 텍스트를 구성하는 그 수행적인 언어들 속에서, 가변적이고 예기치 않은 방식으로 여성 주체의 잠재성이 실현된다. 최승자의 초기 시

---

19 주디스 버틀러,『젠더 트러블』, 조현준 옮김, 문학동네, 2008, pp. 360~63 참조.
20 애도의 경제학은 프로이트적인 애도 개념 안에서 애도를 효율적이고 정상적으로 수행하는 과정에 대한 개념이다. 애도의 정치학은 애도 주체와 과정 자체가 가지는 정치적인 국면을 부각시킴으로서 '정상적인' 애도 과정이라는 프로이트 이론의 보수성을 비판적으로 문제화하는 개념이다. 애도의 정치학이라는 문맥에서 '올바르고' 정상적인 애도는 불가능하며, 이는 애도 자체가 가지는 사회정치적인 문제와 연관되어 있다.

에 나타나는 여성 주체는, 시의 언어들 속에서 구성된 애도의 '수
행자(遂行者)'로서의 시적 주체이다. 이 애도의 주체는 사랑과 기
억의 대상을 포기하기를 거부하며, '죽은 몸'이 대상을 '다시 낳
는' 행위를 통해 대상을 '내' 안에서 재생성한다. '사산의 주체'는
가부장적인 규율 권력이 국가의 법과 담론에 의해 규정한 '정상
적인 여성의 몸'의 바깥에서 추방된 '비주체'이다. 가부장적 상징
질서가 규정하는 '여성'에 대한 호명에 저항하고 '주체 속의 대
상'과의 간격을 열어놓는 다른 시적 주체이다. 최승자의 '낳은 주
체'는 모성의 이데올로기로서의 여성 범주를 규정하는 것이 아니
라, '낳은 행위' 자체를 통해 애도의 주체를 재구성한다. '정상적
인' 애도의 경제학이 애도를 탈정치화한다면, 최승자의 시적 주
체는 제도화되고 권력화된 젠더 시스템을 파열시키고 애도를 재
정치화한다. '애도의 재정치화'는 애도의 경제학이 정상적인 애
도라는 원리 아래 애도의 정치적 함의를 제거한 것에 대해, 그것
의 정치적 잠재성을 재도입하는 것을 의미한다. 최승자 시는 현
대시에서 여성 주체가 어떻게 미학적·정치적 잠재성을 발명할
수 있는가를 드러내는 문제적인 텍스트이다. 지금 한국문학은
'최승자 이후'에 있다.

(2016)

불가능한 시와 가능한 산문
— 이성복의 시론과 산문에 대하여

1. '시 쓰듯이' 시를 논한다는 것

시를 논할 때 시를 쓰듯이 해야 한다고 말한 것은 김수영이었다. "시인은 시를 쓰는 사람이지 시를 논하는 사람이 아니며, 막상 시를 논하는 때에도 그는 시를 쓰듯이 논해야 할 것이다."[1] 이 명제는 이성복의 시론에서도 반복된다.

시를 논할 때 시를 쓰듯이 해야 한다는 김수영의 말도 있지요. 시를 산문으로 논하면, 산문이지 시가 아니잖아요, 그렇게 하면 시를 논할 필요도 자격도 없는 거지요. 시의 본질이 은유에 있다면, 그 은유는 다른 은유로 밖에 표현될 수 없고, 이 점은 다른 여러 예술의 경우에도 같다고 봐요. 시를 산문으로 설명한다면 녹아버린 아이스크림을 떠먹거나, 지난주 일기예보로 내일 산행하는 것과 마찬가지가 아니겠어요.[2]

1   김수영, 「시여, 침을 뱉어라」, 『김수영 전집 2: 산문』, 민음사, 1981, p. 249.
2   이성복, 『극지의 시』, 문학과지성사, 2015, p. 26.

하지만 '시를 쓰듯이 시를 논한다'는 명제가 시에 대한 산문의 어떤 구체적 국면을 가리키는 것인지는, 김수영과 이성복이 완전히 일치한다고 볼 수 없다. 위의 문장에서 이성복은 "시의 본질은 은유"이며, "은유는 다른 은유로 밖에 표현될 수 없"다는 논리 위에 서 있다. '시를 쓰듯이 시를 논한다'는 것은 '시의 은유에 대한 은유'이다. 이어진 문장에서 시를 산문으로 설명하는 것을 비유하는 말들이 등장하는 것도 그런 문맥에서이다. 반면에 김수영의 경우, '시 쓰기'는 '온몸으로 시 쓰기'이며, 시를 논한다는 것도 '온몸'으로 논하는 것이다.[3] 김수영의 산문의 문맥 안에서만 말한다면, '온몸'은 형식과 내용, 예술성과 현실성의 전면적인 밀고 나감으로서의 '온몸'이며, 그것은 자유와 혼란의 '이행'이다. "시를 논한다는 것이 시의 내용으로서의 현실성과 동의어"[4]라고 할 때, 온몸으로 시를 논하는 것은 "정치적 자유를 인정하지 않는 사회에서는 개인의 자유도 인정하지 않는다. 〈내용〉을 인정하지 않는 사회에서는 〈형식〉도 인정하지 않는 것이다"[5]는 것을 드러내는 일이다.

---

3   "이 시론도 이제 온몸으로 밀고나갈 수 있는 순간에 와 있다. 〈막상 시를 논하게 되는 때에도〉 시인은 〈시를 쓰듯이 논해야 할 것〉이라는 나의 명제의 이행도 여기 있다. 시도 시인도 시작하는 것이다. 나도 여러분도 시작하는 것이다. 자유의 과잉을, 혼돈을 시작하는 것이다. 모기 소리보다도 더 작은 목소리로 시작하는 것이다. 모기소리보다도 더 작은 목소리로 아무도 하지 못한 말을 시작하는 것이다. 아무도 하지 못한 말을, 그것을——"(김수영, 같은 책, p. 254).
4   같은 책, p. 249.
5   같은 책, p. 252.

이성복의 시론과 김수영 시론의 차이를 드러내는 것이 이 글의 목적은 아니며, 중요한 것은 이성복 시론의 방법적 특이성이 드러나는 지점이다. 이성복의 시론은 대개의 경우, '시(쓰기)는 ~이다' 혹은 '시(쓰기)는 ~과 같다'와 같은 문장과 담화의 구조로 되어 있다. '~와 같다' 안에 들어오는 보조관념으로서의 항목들은 테니스와 골프 같은 운동이나, 병을 따는 것과 같은 일상적인 행위들, 동물들의 생태와 습성에 이르기까지 다양하다. 과장을 무릅쓴다면, 생활과 생명의 모든 세부들이 '시(쓰기)의 비유'가 될 수 있다. 이런 은유적인 규정은 '시(쓰기)'에 대한 '시적인 이해'를 도모한다. 특히『불화하는 말들』『무한화서』와 같은 책들은 실제의 시 강좌를 정리한 것으로 시를 '가르치는 주체(화자)'가 구성하는 담화이다. 이성복 시론에서 시에 대한 이 무한의 비유들은 '시적' 방식으로 시를 규정하고 명명하는 언어들이다.[6]

이성복 시론의 어조는 구어체 문장의 '친절함'을 갖추고 있고, 강좌를 정리한 경우는 행갈이를 통해 시적인 리듬에까지 육박한

6　김수영의 시론에서도 시에 대해 논한다는 것은 시를 명명하고 규정하는 언어일 수밖에 없지만, 그의 '온몸'의 시학은 궁극적으로는 시와 산문, 예술성과 현실성의 경계를 돌파하려 한다. "나는 소설을 쓰는 마음으로 시를 쓰고 있다. 그만큼 많은 산문을 도입하고 있고 내용의 면에서 완전한 자유를 누리고 있다. 그러면서도 자유가 없다. 너무나 많은 자유가 있고, 너무나 많은 자유가 없다"(같은 책, p. 251). 아마 김수영에게 더 중요한 문제는 '명명'의 문제가 아니라, '이행'의 문제였고, 그의 시론의 마지막에 등장하는 "모기소리보다도 더 작은 목소리로 아무도 하지 못한 말을 시작하는 것이다"라는 문장은 은유적 명명의 문장이기보다는 환유적인 맥락의 '이행'의 문장에 가까울 것이다.

다. 이런 형식적인 측면보다 중요한 것은, 이성복 시론이 '시적인 것'에 다가가는 핵심 원리가 '시(쓰기) 대한 은유'라는 점이다. 이성복의 시론에서 '시를 쓰듯이 시를 논한다'는 명제는 은유적인 원리 안에서 시를 논한다는 것에 가깝다. 언어학의 논리에 따르면 은유 원리는 배열이 아닌 선택의 문제이며, 이성복 시론에서 '시(쓰기)는 ~이다'라는 '~'이 들어가는 비유의 내용은 '선택'된 것이라고 할 수 있다. 가령, 야콥슨 언어학의 논리에 따른다면, '시 쓰기는 테니스와 같다'라는 명제는 그와 유사한 스포츠들의 종류 중에서 선택된 것이다. 여기서 선택 가능한 항목들은 하나의 계열을 이루고 있으며, 그 계열 내부의 차이는 생각보다 명백하지 않다. 이성복의 시론은 시에 대한 낯선 은유들을 통해 '시'를 재호명하고 이를 통해 '시(쓰기)'를 '이해'시키려는 것이다. 그것은 한편으로는 '시(쓰기)'의 다양한 은유적 규정을 통해 그 내포를 확장시키며, 다른 한편으로는 좋은 '시(쓰기)' 혹은 본질적인 '시(쓰기)'의 구심력을 강화한다. 이 이중적인 혹은 모순된 움직임이 이성복 시론의 '시적인' 것을 구성한다.

시를 쓸 때는 무언가 묻어나게 하세요.
그 묻어나는 것이 사람을 아득하게 하고,
손 쓸 수 없게 하고, 막막하게 해요.

죽은 이의 피부처럼 아무리 눌러도
돌아오지 않는 막막함, 그 막막함에

쓰는 사람 자신이 먼저 감전돼야 해요.[7]

"죽은 이의 피부처럼 아무리 눌러도/돌아오지 않는 막막함"은 서늘하고 뛰어난 '시적인' 비유이다. 그런데 그 '막막함'이 좋은 혹은 본질적인 '시(쓰기)'의 한 요소로 규정되면, 사태는 달라진다. '막막함'은 생과 몸의 되돌릴 수 없는 어떤 지점을 환기시키는 것에 머물지 않고, 좋은 시 쓰기의 '덕목'이 된다. 이 날카로운 비유는 한편으로는 시적인 것의 내포를 미지의 영역으로 확장시키지만, 다른 한편으로는 그것을 '덕목화'함으로써 그 시적인 불온성을 상쇄시킨다.

이성복의 산문과 문학론에서 비유의 중요성은 반복되며, "글쓰기는 치유의 힘이 있"고 "비유할 수 없는 것은 치유할 수 없는 것"[8]이라는 명제에까지 이른다. '글쓰기-치유-비유'가 연결되어 있다는 것은 가능한 주장이지만, 다른 방식으로 치유의 불가능성과 비유의 무력함을 말할 수도 있다. 이성복의 시론은 '시적인 것'의 본질을 비유적인 것으로 상정하지만, 그 비유의 무기력과 불가능성을 함께 말하기도 한다.

그러나 이 모든 비유들은 있어도 좋고 없어도 좋다. 이 비유들은 알든 모르든 모든 글쓰기는 그 위에서 진행될 것이기 때문이다. 오

---

7   이성복, 『불화하는 말들』, 문학과지성사, 2015, p. 27.
8   같은 책, p. 30.

히려 비유들을 자꾸 의식하게 되면 몸에서 머리로 돌아가는 글쓰기가 될 것이다. 기도하기 위해 손을 모으려면 손 안에 쥔 것이 없어야 한다. 그러나 이 또한 비유에 그칠 것이다.[9]

거북이가 혀로 벌레의 흉내를 내고 새가 뱀의 흉내를 내는 것, 'as if'의 형식으로 뭔가를 계속 찔러 보는 것, 그런데 이 직유라는 것은 또 얼마나 허망합니까. 직유로는 칼이 잘 안 들어갑니다. 강철에는 손톱자국도 안 남잖아요. 걸었다고 생각하는데 안 걸리는 것이 직유입니다. 그렇지만 걸어보는 것입니다.[10]

이성복의 시론에서 '비유'는 단순히 시적 수사학의 영역 이상을 의미한다. 그 개념의 정확함이나 엄밀함에 대해 질문하는 것은 중요하지 않을 수 있다. 그에게 비유는 하나의 미학적 장치가 아니라, 시적인 것, 혹은 문학적인 것의 거의 모든 것에 해당한다.[11] 시적인 것의 핵심으로서의 비유와 그 '허망함'은 문학의 '불

9   이성복, 「글쓰기의 비유들」, 『고백의 형식들』, 열화당, 2014, p. 186.
10   이성복·신형철, 「불가능에 대한 불가능한 사랑」, 『끝나지 않는 대화』, 열화당, 2014, p. 217.
11   이성복의 시론에서 비유는 '어조'를 포함한 시의 거의 모든 미학적 국면을 포함한다. 시 쓰기가 어떤 시적인 지점에 도달한다면 그것은 이미 비유이다. "시가 진실에 도달하는 순간은 비유의 순간인가. 나는 어리석게도 시에는 비유만 있는 것이 아니지 않은가 하고 반문했다. 시인은 '비유를 통해 어떤 지점에 도달한다'라고 생각하지 말고 '어떤 지점에 도달하면 그것이 비유가 된다'와 같은 방식으로 생각해보라고 답했다. 이를테면 어떤 훌륭한 시의 어조는 그것만으로 비유의 무게를 떠맡을 수 있다는 말이다"(같은 책, p. 222).

가능'이라는 또 다른 문맥에서 다시 논의될 수밖에 없다.

2. 시의 '타자'로서의 산문

이성복 시론에서 '시적인 것'을 규정하는 또 다른 논리 구조는
'산문적인 것'을 대비시키는 것이다. '시가 무엇인가'라는 질문은
'무엇이 산문인가'라는 질문을 통해 '산문이 아닌 것'으로서의 미
학적 본질을 환기시킨다. 여기에 동원되는 것 역시, 시와 산문에
대한 비유들이다.

> 턱수염을 아래서 위로 쓸어 올릴 때의 느낌 아시지요. 그처럼 말
> 에 저항이 없으면 바로 산문이에요. 시는 사람을 불편하게 하는 느
> 낌, 그 이상도 이하도 아니에요.[12]

> 시는 봉우리에서 봉우리로 건너뛴다는 말이 있지요.
> 산문은 골짜기를 다 내려갔다가 다시 올라오는 방식이에요.[13]

> 땅바닥에 돌을 늘어놓는 것이 산문이라면,
> 물에 던진 돌의 파문을 연결하는 방식이 시예요.

---

12 이성복, 『무한화서』, 문학과지성사, 2015, p. 19.
13 『불화하는 말들』, p. 23.

말의 번짐과 퍼짐을 적극 이용하는 것이
시인이 할 일이에요.[14]

무협영화 고수들은
공중에서 날아다니며 싸우지요.
땅바닥에 내려서면 산문이에요.[15]

이런 비유의 문장들은 대부분 '산문은 ~와 같지만, 시는 ~와
같다'는 구조로 구성된다. '시(쓰기)'에 대한 비유적 규정들은 산
문에 대한 비유적 규정들을 통해 더 선명해진다. '시(쓰기)'에 대
한 비유들이 시적인 것의 본질을 재호명하는 방식이라면, 산문
과의 대비는 '시 아닌 것들'에 대한 '구별 짓기'를 통해 '시'를 재
규정한다. 산문적인 것의 반대편에 시가 서 있다는 논리는, 산문
적인 것의 부정과 배제를 통해 시적인 것이 구성된다는 '본질적
인' 장르론에 가깝다. 여기서 '시'와 '시적인 것'의 개념이 순결하
고 선험적인 가치가 아니라, 사회적 이념 체계와 문학 제도의 역
사적 구성물이라고 말하는 것은 중요하지 않을 것이다. 문제적인
것은 산문을 '타자화'하는 방식으로 시의 미학적 본질을 호명하
면서, 그것이 '시(쓰기)'의 미학적 문제들에 대한 '교육'의 층위에
다다른다는 점이다.

14 같은 책, p. 65.
15 같은 책, p. 86.

마지막 함정은 시적 화자와 산문적 화자를 혼동하는 거예요.

산문에는 화자가 떡 버티고 서서 이야기를 끌어가는 데 반해,

시에서 화자는 모든 재량권을 '말'에게 주지요.[16]

산문에서 언어는 투명한 유리창처럼 대상을 있는 그대로 투과시
켜요, 1 더하기 1은 그냥 2가 되는 거예요. 그런데 시는 달라요. 이
를테면 시의 언어는 1 더하기 1을 3이나 4로 만들어줄 수 있어요.
여기서는 얼마든지 뻥튀기가 가능해요.[17]

산문은 '……임에 틀림없다'는 확신을 주지만,

시는 '……일지도 모른다'는 불안감을 주지요.

시는 삶 앞에 마주 서게 하고 눈뜨게 해요.[18]

그 '교육'의 정당성과 효과에 대해 판단하는 것 역시 간단한 문
제는 아닐 것이다. 이런 문장들은 '시 강좌'라는 상황의 특수성
하에서 그 언어가 어떤 수행적인 효과를 발휘하는지를 고려해야
한다. 이 문장들은 이론의 영역이라기보다 시 쓰기의 경험적 영
역을 둘러싼 담화의 공간이다. 이 문제의 핵심에는 '시(혹은 문
학)는 교육될 수 있는가'라는 근원적인 질문이 웅크리고 있다. 그

16   같은 책, p. 36.
17   『극지의 시』, p. 109.
18   『불화하는 말들』, p. 61.

렇다면 '산문과의 싸움'이 어떤 미학적인 입장과 연계되어 있는가를 조금 더 확인할 필요가 있다.

시란 '시'와 산문과의 싸움이며, 그 싸움의 현장이고 파장이다. 시의 내용이 형식에 대립하듯, 언어의 의미는 소리에 대립한다. 의미는 항상 상대적이고 우연적이다. 산문화의 시대에 시인은 시의 절대성을 확보하기 위해 시대의 산물인 의미와 싸워 나가야 한다. 이때 그가 사용할 수 있는 최선의 무기는 의미의 맞수인 소리이다.

[……]

소리는 시의 형태를 일회적으로 확정해 준다. 그러나 언어는 소리와 의미의 총체이므로 소리가 의미를 압도할 때 시는 절대적 자유를 맛봄과 동시에 소멸한다. 그런 점에서 시의 자유는 또한 시의 죽음이라고 할 수 있다. '시'는 한 번도 쓰인 적이 없으며, 기왕의 시들은 '시'에 대한 추억이며 발버둥이다. 그것은 의미의 공백, 즉 무無이고 침묵이다.[19]

여기서 '산문과의 싸움'의 핵심적인 전선은 '의미/소리'의 대립이다. '산문-의미'의 시대에 '시-소리'는 그것과 맞서 싸우는 무기라고 할 수 있다. 문제는 "언어는 소리와 의미의 총체"이며, "소리가 의미를 압도할 때 시는 절대적 자유를 맛봄과 동시에 소멸한다"는 점이다. 절대적으로 소리만이 남는 언어는 '음악'에 가

19   이성복, 「무기명의 시학」, 『고백의 형식들』, p. 61.

까울 것이고, 그것은 시의 완전한 자유이며, 동시에 '시의 죽음'이다. '의미'와의 싸움을 주장하는 시론들은 그 이전에도 있어왔다. 이 논리에서 주목할 수 있는 것은 '산문과의 싸움'과 '의미와의 싸움'이 결국 의미의 공백 혹은 침묵으로서의 '시의 죽음'에 귀결된다는 것, 그 싸움의 '불가능성'에 가닿게 된다는 점이다. 비유를 둘러싼 논의가 그랬던 것처럼, 이성복 시론이 향하고 있는 궁극적인 지점은 다시 '불가능성'이다.

3. 불가능의 사유와 윤리의 차원

'불가능'은 이성복 시론의 핵심적인 개념의 하나이다. 이를테면 시를 '무한화서'라고 표현할 때, 그것은 "언어로 표현할 수 없는 것을 표현하려다 끝없이 실패하는 형식"[20]이다. '시(쓰기)' 혹은 문학의 미학적 핵심은 삶의 불가능을 드러내는 일이며 동시에 그 드러내는 일의 불가능에 '참여'하는 것이다.[21] '시(쓰기)'의 불가능을 고백하는 것은 '시인'의 영역이지만, 그 '불가능'이 모든 존재와 사태의 범주에 해당된다고 말할 때, 불가능의 사유는 시

---

20 『무한화서』, p. 11.
21 "결국 시가 하는 일이란 인생의 진실을, 즉 '불가능'의 자리를 보여주는 것입니다. 일상생활을 '불가능'이 자리를 가로막고 있습니다. 문학이라는 것은, 또 문학의 진실이라는 것은 그 꺼풀을 벗겨내는 것입니다. 그런데 벗겨낸다는 것은 불가능하지요. 그러나 어쨌건 해보는 것입니다. 좋은 비유는 거기에 참여하는 것이지요"(이성복·신형철, 같은 책, p. 221).

론의 범주를 넘어 철학적 태도에 근접한다. "궁극적으로 세상 모든 존재들은 불가능이에요. 지금 여기 있기는 하되, 본래 없었고 앞으로도 없을 것이니까요."[22] '불가능'은 모든 존재의 근원적인 조건이고, 피할 수 없는 상황이다.

　모든 존재, 모든 사태는 불가능이며, 그것을 드러내는 언어 곁에는 필히 불가능이 따라붙습니다. 어쩌면 언어는 불가능을 숨기기 위해 존재와 사태를 보여주는지도 모르겠습니다. 언어가 보여주는 것만을 따라가며 불가능을 놓치는 우리는 언어의 외피 속에서 불가능의 위협으로부터 몸을 숨기는 것입니다. 그러나 종이에 뚫린 동그란 구멍처럼 우리의 존재 한가운데 뚫린 불가능의 흔적은 애초에 시간과 공간을 포괄하는 우주로 뚫린 것입니다.
　[……]
　그리하여 혼자 문학이라는 암실에서 불가능과 마주하는 일은 고요한 시체 안치소에서 시트를 들치고 가까운 사람의 얼굴을 확인하는 것 이상으로 끔찍한 것입니다. 할 수만 있다면 저는 뇌도록 안 하겠습니다. 그러나 한번 불가능의 얼굴을 본 사람은 스스로 불가능이 되기까지 잊을 수 없다고 합니다.[23]

베케트와 블랑쇼의 문학론을 참조한 '불가능'의 사유는 문학론

22　『극지의 시』, p. 55.
23　이성복, 「문학, 불가능한 것에 대한 불가능한 사랑」, 『고백의 형식들』, pp. 122~23.

의 범주를 넘어서 있다. "문학에 대한 사랑은 불가능한 사랑이면서 동시에 불가능에 대한 사랑"[24]이라는 명제는 '모든 존재' '모든 사태'의 근원적인 조건으로서의 '불가능'이라는 테제를 전제로 한다. 이 불가능에는 여러 겹의 층위가 있을 수 있다. 첫번째, 모든 존재의 근본적인 불가능성, 두번째 그 불가능을 드러내는 언어의 불가능성, 그리고 세번째 불가능성을 드러내는 문학에 대한 사랑의 불가능성이라는 층위가 있다. 이성복의 산문은 이 세 가지 층위의 불가능성 안에서 움직인다. 하이데거의 개념인 '불가능성의 가능성'을 '가능성의 불가능성'으로 뒤집은 것은 블랑쇼였고, 그 불가능의 핵심적인 사건은 '세계의 부재' '무한한 수동성' '익명성'의 경험이다.[25] 블랑쇼에게 '불가능'은 익명적이고 비인칭적인 존재에의 경험이라고 한다면, 이성복의 '불가능'은 '주체'의 박탈이라는 문제보다는 불가능을 대면하고 기록하는 문학의 다른 잠재성에 가깝다. "문학이 소중한 것은, 검은 보자기 속 어둠으로 들어가 스위치를 누르는 옛날 사진사처럼 한 순간 불가능을 기록하기 때문일 것입니다."[26]

그렇다면 다시, '불가능'의 기록은 '가능'한가?라는 질문으로

---

24   같은 글, p. 122.
25   블랑쇼의 기이한 소설 『죽음의 선고』에서 '근원이 없는 공간'에서 '나'는 '나' 자신에 대한 죽음의 권리조차 없다. 블랑쇼에게 '죽어간다는 것의 불가능성'은 '나' 자신으로 죽을 수 없고, '어느 누군가의 죽어가'는 것을 경험한다는 것이다. 모리스 블랑쇼, 『죽음의 선고』, 고재정 옮김, 그린비, 2011; 울리히 하세·윌리엄 라지, 『모리스 블랑쇼 침묵에 다가가기』, 최영석 옮김, 앨피, 2008 참조.
26   「문학, 불가능한 것에 대한 불가능한 사랑」, 같은 책, p. 123.

되돌아가야 한다. '가능성'은 '앎'을 전제로 한 것이다. 가능하다
는 것은 알고 있고 알려져 있다는 것이다. '불가능'은 알 수 있고,
알려져 있는가? '불가능'을 안다고 말하거나 기록할 수 있다고 말
하는 것은 '불가능성의 가능성'으로 돌아가는 것인가? 이성복에
게 '불가능'은 알 수 있고 기록될 수 있는 것이며,[27] 그것은 시(쓰
기)의 불가능과 산문의 가능성 모두에 관련된다. 하지만 불가능
을 안다는 것은 다른 것을 안다고 말하는 것과는 이질적인 차원
에 속한다.[28] 이성복의 산문은 모든 존재의 '불가능'과 그 불가능
을 기록하는 문학 언어의 '잠재성' 사이에서 사유를 작동시킨다.
'가능한 것'이 이미 주어진 것, 실재하는 것 혹은 그 실재와 유사
한 재현의 영역이라면, 잠재성은 아직 도래하지 않고 존재하지
않으며 알 수 없는 영역이다. "불가능성이란 기지(旣知)를 무화시
키고 미지(未知)를 예비하는데 있"[29]다.

 이성복의 산문은 불가능으로서의 '시(쓰기)'와 그 불가능성을
사유하는 산문적 글쓰기의 '가능성' 사이에서 다른 잠재성을 암

---

27 "우리는 소수(素數)를 알 듯이 '불가능'을 알고 있다. '불가능'은 부재와 마
찬가지로 인간 최대의 발명품이라 할 수 있다. 오직 인간만이 내재하는 외부인
그것을 알고 있다"(이성복, 「불가능 시론」, 『고백의 형식들』, p. 202).
28 "문제는 그것이 앎의 대상이 되는 즉시 '불가능'으로 바뀐다는 점이다. 우
리는 그것을 알 수 없고, 단지 그것이 될 수 있을 뿐이다. 사실 된다는 말은 맞지
않다. 이미 되어 있는 것을 알뿐이다. 그러나 이미 되어 있는 것을 안다는 것 또
한 어패가 있다. 그 또한 앎이며, 따라서 '긁어 부스럼'이고 '평지풍파'이다. 그렇
지 않다면 '되어 있'을 수도 없다. 왜냐하면 되어 있다는 것 또한 앎이기 때문이
다. 바로 여기에 베케트의 '더 잘 실패하기'의 전략이 위치한다"(같은 글, p. 201).
29 이성복·박준상, 「예술, 탈속과 환속 사이」, 『끝나지 않는 대화』, p. 275.

시한다. 하지만 이성복의 산문은 그 비유적 형식에도 불구하고 '시 쓰기' 자체는 아니며, '시(쓰기)'를 둘러싼 사유와 지혜의 영역에 속한다. 그는 철학자인가? 그의 산문들은 시인의 창작 경험과 철학자의 사유 사이에서 일종의 '진자 운동'을 하는 것처럼 보이며, 그 '진자 운동'의 '축'을 이루는 것이 '불가능'이라는 개념이다. 그가 투철한 '사유인'으로서 불가능을 집요하게 말할 때, 그의 입론은 관념철학의 추상성을 뚫고 '종족의 윤리'로서의 '생사의 문제'에 가닿는다.

> 생사 문제를 걸고 넘어지는 시인에게는 진선미가 한꺼번에 문제됩니다. 흔히 진선미와 그것들이 추구하는 인식론, 윤리학 미학은 개별 분과로 여기지만, 생사 문제 앞에서 그것들은 하나이고 '불가능'입니다. 달리 말하면 생사 문제라는 불가능한 꼭짓점에서 그것들은 하나가 됩니다.[30]

진선미는 생사의 문제와 무관하지 않고, 생사의 문제 앞에서 진선미는 '불가능'한 것이 된다. "문화가 '유성생식'과 '먹이사슬'이 불러오는 죽음을 완전히 가려 버릴 수 있다고 생각한다면 기만"이기 때문에 "문화가 추구하는 진선미 자체가 불가능하다"(p. 263). 생사의 문제 앞에서 자연은 생명에 대해 잔인하며 '천지불인(天地不仁), 문화는 기본적으로 '불가능'에 가깝고, 그것을 알고

---

30 같은 글, p. 252. 이하 인용은 본문에 쪽수만 밝힌다.

있는 인간은 '치욕'을 느낄 수밖에 없다. 불가능의 윤리는 너무도 근본적이어서 역사와 정치의 층위를 뛰어넘는다. 철학자 박준상과의 흥미로운 대담에서, 박준상은 생사의 근본적인 문제들이 정치·사회적 문제들과 연동되어 있음을 환기시키는 데 반해,[31] 이성복의 사유는 언제나 더 근본적인 윤리의 지점으로 향한다. "어쩌면 종과 종 사이의 문제는 인간과 인간 사이의 문제보다 더 큰 것일지도 모릅니다"(p. 259)라고 말할 때, "저는 체질적으로 미학적이라기 보다는 윤리적인 인간입니다"라는 고백이 전제되어 있다.

'윤리적인' 인간의 관점에서 "통통한 토끼들이 비좁은 사육장에 웅크리고 있는데 젊은 남녀들이 낄낄거리며 토끼탕을 먹으로 들어간다는 것"(p. 258)의 '치욕'은, 이를테면 '세월호' 앞에서의 무력감보다 더욱 근원적인 문제가 될 것이다. 푸코의 논리를 빌리면 생사의 문제는 국가권력의 통치성이 어떻게 생명을 관리하는가의 문제이기 때문에, '생명관리정치'라는 개념이 제기된다. 하지만 생명을 둘러싼 이성복의 '반문화적인' 윤리는 어떤 정치적 실천도 불가능한 지점을 응시한다. 이성복의 시론과 산문에서 모든 문제는 '근원적'으로 사유되기 때문에 생사 문제의 사회·역

---

31 "선생님께서 첫 번째 시집 이후로 정치 사회적 문제로부터 벗어나 있었다, 라고 말씀하신 대목도 읽었습니다. 그러나 '천지불인'이라는 사실과 어떤 정치적 사회적 문제들이 관련이 없는 것은 아니지 않습니까. 즉 '천지불인'이라는 근본적 문제와 어떤 정치적 사회적 문제들이 연동되어 있으며, 정치는 바로 '천지불인'이라는 본질적 문제를 완화시키거나 어느 정도 해결하는 데 그 의의가 있지 않습니까"(같은 글, p. 254).

사적 차원은 전경화될 수 없다. "제 윤리는 너무나 근본적이어서 코믹한 것이 되어 버리고 맙니다"(p. 255)라는 가혹한 고백은 어떤 측면에서 뼈아프다. 이런 사유의 궤적에서, '시의 본질'의 문제가 아닌 '현대시'와 '모던'의 문제는 적극적으로 문제화되지 않는다. 하지만 지나치게 본질적인 미학과 '근본적인' 윤리적 감각이 모더니티와 동시대성 혹은 역사의 구체성을 망각했다고 말할 수 있을까? 오히려 이런 이성복적인 사유는 모더니티와 동시대성의 끝간 데에 있는 사고실험이 아닌가? 시인은 저 미증유의 시집 『뒹구는 돌은 언제 잠 깨는가』(문학과지성사, 1980)의 시간으로부터 이제 도저하고 근원적인 사유의 세계에 도달했다. 그런데 그 시집에서 이미, 불가능의 '이행'은 가장 격렬한 것이 아니었을까? 그의 산문은 자신이 이미 수행한 '불가능'에 대한 애도일지도 모른다.

(2018)

452

'네이션' 너머 사랑의 실험
─ 최인훈 중단편소설의 급진성

1. 최인훈 중단편의 문제성

최인훈 문학의 중요한 성취를 『광장』을 비롯한 장편으로 요약하는 것은 가능한 일이지만, 최인훈 문학의 스펙트럼은 '소설 장르'의 문법적 한계를 넘어서 있다. 희곡과 에세이 그리고 중단편소설들은 최인훈 글쓰기의 경계 없음을 보여준다. 그의 중단편소설들은 최인훈의 실험과 도전이 날카롭게 드러난 자리일 뿐만 아니라, 최인훈 글쓰기의 원형질과 최전선을 모두 보여주는 지점이라는 측면에서 문제적이다. 최인훈의 중단편소설들에서 가려 뽑아 묶어낸 이 책은 최인훈 소설의 경계 없는 세계를 다시 보여주기 위해 기획되었다. 특히 〈최인훈 전집〉에 수록되지 못한 「달과 소년병」(1983)[1]을 수록함으로써, 〈최인훈 전집〉에 대한 보완으로서 의미를 갖고자 한다.

최인훈 문학의 광대한 사유는 그의 소설을 관념적인 것으로 착각하게 만들고, 『광장』의 압도적인 문제성은 그의 소설을 분단

---

1   작품명과 병기된 연도는 발표 연도이다. 이하 동일.

의 연대기에 한정된 것으로 오해하게 한다. 하지만 그의 문학적 상상력은 글쓰기의 급진성만큼이나 예측 불가능한 것이었다. 그는 한국문학사 안에서 소설 장르가 할 수 있는 언어와 사유의 모험의 한 극한으로 나아갔다. 그가 넘어서려고 한 것은 다만 소설 장르의 문법적인 한계만이 아니었다. 그는 식민지와 분단이라는 상황에서 태어난 개인에 대한 투철한 자기 응시로부터 출발하여 세계사적 시야와 인간과 세계에 대한 심원한 사유로 나아가고자 했다. 근대 소설의 위치가 민족국가Nation-state의 확립과 밀접한 관련을 갖는다면, 그의 소설적 모험은 '네이션-근대 소설' 사이의 연계와 공모를 탈주하는 지점에 육박한다. 최인훈의 중단편들은 소설이 어떻게 '근대'와 '국가'로부터 시작된 자신의 기원을 근원적으로 성찰하면서 다른 차원의 글쓰기를 뚫고 나가는지를 보여주는 놀랍도록 현재적인 사례이다.

2. 풍경의 주체와 풍경 너머의 시간

「그레이 구락부 전말기」(1959)는 최인훈의 등단작이며, 최인훈 소설의 문학적 맹아들이 숨어 있는 문제적인 텍스트이다. 전후 젊은이들의 내면적 좌절을 그리고 있는 이 소설에서 주인공은 '행동을 거부하는 철저한 무위'를 주창하는 '그레이 구락부'라는 비밀스러운 모임에서 자신의 위치를 찾고자 한다. "국가를 전복할 의논"(p. 42)을 하는 불온 단체로 오인받고 형사의 취조를 받게 되면서 모임은 해산에 직면한다. 현실에 대한 무위를 주창하던 모임이 국가권력의 개입을 통해 해산될 수밖에 없는 상황은 젊음의 순수와 무기력을 보여준다. '비밀결사'와도 같은 '무위의 공동체'조차 허락하지 않는 '국가'의 모습을 폭로한다. '창조는 끝났다'고 선언하는 이런 무위의 공동체는 전후 세대 청춘의 무력증을 보여주는 것이지만, 현실은 그 무력한 공동체조차 용납하지 않는다. 이 공동체의 구성원들은 '창'을 통해 세계와 교섭하고자 한다. "창은 슬기 있는 사람의 망원경이며, 어리석은 자의 즐거움이 아닐까? 이것이 그레이 구락부의 믿음이다"(p. 25). 여기에 세계를 '창'을 통해 관조하는 최인훈의 인간형이 등장하고 '창'을 매개로 한 주체화 과정은 최인훈 인물의 한 원형을 이룬다. 풍경을 통한 시선 주체의 정립은 최인훈 문학의 중요한 지점이지만, 문제적인 것은 오히려 그 주체화가 좌절되고 분열되는 지점이다. 그 실패의 과정에 여성 인물과 '사랑'이 개입한다. 이 단체의 강령과 분위기에 균열을 만드는 것은 여성 인물 '키티'의 존재이다. 이 소설에서 남성들 사이에는 남성 우월주의가 등장하지만, 가장 문제적인 부분은 '키티'에 의해 이 남성 지식인 집단의 허위가 적나라하게 드러나는 지점이다.

웃기지 마세요. 그레이 구락부가 무에 말라빠진 것이지요? 무능한 소인들의 만화, 호언장담하는 과대망상증 환자의 소굴, 순수의 나라! 웃기지 말아요. 그 남자답지 못한 잔신경, 여자 하나를 편안히 숨 쉬게 못 하는 봉건성. 내가 누드가 되었다고 화냈지요? 천만에, 난 당신들을 경멸하기 위하여 몸으로 놀려준 거예요. 그 어쩔 줄 모르고 허둥대는 꼴이란. 그레이 구락부의 강령이란 게 정신의 소아마비지. 풀포기 하나 현실은 움직일 힘이 없으면서 웬 도도한 정신주의는? 현실에 눈을 가린다고 현실이 도망합디까. (p. 46)

이 무력한 남성 집단은 키티의 비판을 받아들일 수밖에 없고 "이 못난 놈은 키티를 조금은 사랑했어……"(p. 49)라고 고백할 수밖에 없다. 최인훈 소설에서 사랑은 단지 초월적인 구원의 방식으로 제시되는 것은 아니다. 사랑은 한편으로는 무력한 현실로부터 탈주하는 공간이지만, 다른 한편으로 남성 주체의 윤리적 허위와 자기 분열을 드러내고 거부할 수 없는 실재로서의 신체를 만나게 한다.

당대의 풍경을 예리하게 보여주는 단편 「국도의 끝」(1966)은 주한미군 기지촌의 모습을 배경으로 하고 있다. 이 소설은 당시 한국과 미국 사이의 주권 문제를 기지촌의 풍경을 제시하는 방식으로 드러내고 있다는 측면에서 주목할 수 있다. 이 소설의 기법상의 흥미로움은 작중 서술자의 논평적인 개입이 거의 드러나지 않고, 기지촌 주변 국도의 풍경을 건조한 카메라의 시선으로 그려내고 있다는 점이다. 풍경과의 '거리 두기'는 그 풍경이 함축하는 사회적 상황과 조건들을 암시적으로 드러내는 서사적 전략이라고 할 수 있다.

그 건널목 저쪽 어귀에 SALEM 담배의 거대한 모형이 빌딩처럼 우뚝 솟아 있다. 높은 받침대 위에, 약간 삐딱하게 얹힌 녹색의 거대한 담뱃갑 위꼭지에서, 연통만 한 담배 한 개비가 3분지 1만큼 나와서 포신처럼 하늘을 겨누고 있다. 그녀는 멍하니 그 하얀 포신을 바라본다. 농지거리를 하는 미군 병사들을 실은 트럭이 몇 대 지나가고 버스는 안 온다. 그녀의 얼굴은 초조해 보이지 않는다. 여전히 거대한 SALEM을 바라보면서, 무슨 생각에 골똘히 잠겨 있다. 반시간쯤, 뙤약볕 속에, 그렇게 서 있었다. 마침내 그녀는 트렁크를 집어든다. 그러고는 방금 자기가 타고 온 방향—SALEM 쪽으로 걸어간다. (p. 63)

이 장면은 미군 수송 차량의 행렬과 기지촌 양공주의 장례식 행렬에 대한 묘사와 더불어 이 단편의 인상적인 대목을 이룬다. 미국 담배의 거대한 광고판 모형이 서 있는 황량한 국도의 풍경은 당대 사회에 대한 정치적 상상력을 촉발시킨다. 미국 담배의 '하얀 포신'은 미국의 군사력과 자본의 힘의 상징이면서, '남근'을 연상시키기에 충분하다는 측면에서 젠더와 섹슈얼리티의 문제를 은유적으로 드러낸다. '그녀'는 미군들의 성적 대상인 동시에 기지촌 주변 한국 남성들의 혐오의 대상이다. 이 이중의 대상화는 기지촌 여성을 둘러싼 당대 사회의 정치적 층위와 젠더적인 층위가 이중적으로 작용하는 식민지적인 모순성을 보여준다. 한국 남자 취한들의 농지거리를 피해 버스에서 내린 양공주인 '그녀'가 미국 담배 모형 쪽으로 걸어가는 길은 당대 사회에 대한 예리한 은유적인 표상이다. 소설의 마지막은 돈 벌러 간 누이를 기다리는 소년의 이야기로 마감된다. "누나는 왜 안 올까"(p. 65)라는 소년의 기다림은 전반부의 양공주인 '그녀'를 둘러싼 기지촌 국도의 풍경 묘사에 대한 일종의 숨겨진 논평이라고 할 수 있고, 기지촌 풍경 안에서 구성할 수 있는 정치사회적 질문의 가능성이다. 이 소설에서 풍경을 재현하고 제시하는 서술자는 보여주기의 방식으로 시선 주체의 자기 정립을 도모하는 위치에 머물지 않는다. 풍경은 당대 사회의 식민성에 대한 질문을 포함하는 것이며, 이것은 '시적인' 방식으로 사회적 모순에 대한 표상을 드러내려는 서사적인 전략과 욕망이다.

『소설가 구보씨의 일일』(1970) 연작은 작가 개인의 자전이 반영된 것으로 작가의 일상적 경험에 대한 기록이다. 실향민으로서 정치적 난민이며 작가인 주인공이 겪는 하루 일과는 작가 개인이 처한 사회문화적 위치에 대한 자기 응시이기도 하다. 그의 일과는 문단의 주변부에서 사소한 관계들을 유지해야 하는 소시민의 시간이지만, 그 시간 사이로 자신이 처해 있는 분열적인 삶을 기록한다. 그 기록은 소설가로서의 글쓰기 행위 자체에 대한 자기 반영적이고 메타적인 사유와 연관되어 있다. 구보는 쓰는 자이면서 동시에 쓰기의 대상이 되는 존재이며, 이 자기 응시는 소설과 소설가의 분열을 미학적 모험으로 만든다.

그는 세계라는 어질머리와 자기 사이에 책이라는 완충기를 가지고 있었다. 그는 책을 음악처럼 읽었다. 등장인물이라는 이름의 선율들이, 그의 책의 페이지 위에서 아름다운 어질머리를 풀어나갔

다. 아름다움을 남보다 더 누린 사람은 반드시 그 갚음을 해야 한
다. 월남 후 그는 그 갚음을 하기에 이십 년을 허비했다. 그가 아름
다움이라고 생각했던 것이 슬픔이었고, 그가 어질머리라 생각했던
것이 무서움임을 알고 있는 지금으로서는 구보에게는 이 삶은 한
견딤, 한 수고였다. 그는 눈 아래 뜰에 선 느릅나무의 헐벗은 가지
를 바라보았다. (「느릅나무가 있는 풍경」, p. 547)

'어질머리'는 그 분열증의 증상이라고 할 수 있다. 구보에게
"산다는 일은 어질머리를 보태는 일"(p. 546)이며, 그는 이 세계
의 현기증에 대응하여 '책-문학'이라는 완충기를 가지고 있다.
그가 다방의 한쪽 창에서 본 느릅나무의 풍경이 "북한 고향의 그
가 다니던 국민학교 뒤뜰과 너무도 닮았"(p. 545)다는 것을 깨닫
는 순간은, 그가 그 시간으로부터 완전히 벗어나지 못했음을 암
시하는 동시에, 정치적 난민으로서의 자신의 위치를 다시 깨닫는
순간이기도 하다. 그에게 특정한 풍경을 마주하는 순간은 관조의
순간이 아니라, 자신이 처해 있는 '내적 풍경'을 대면하는 시간이
다. 내적 풍경을 통해 자기 삶에 대한 응시에 도달한 그가 욕망하
는 것은 무엇인가. 그는 "사랑에 굶주린 거지 같은 자기 몰골을
생각하고 화가 났"(p. 569)지만, 그에게는 사랑은 어질머리를 넘
어설 수 있는 중요한 가능성이기도 하다.
「달과 소년병」은 1920년대 "두만강을 굽어보는 만주 쪽"에서
건너편 조국의 강산을 바라보는 독립군 두 사람의 모습을 묘사하
는 것으로 시작한다. 열대여섯 밖에 되지 않는 독립군 소년병은

고향에서 일가가 모두 왜병에게 참살되고 천애고아가 되어 독립군에 가담한 것이다. 일본 총독의 행방에 대한 정보를 얻기 위해 매복하고 있던 소년병의 망원경이 조국의 국민학교 운동장을 향했을 때 거기에는 근처에서 천막을 치고 있는 왜병 무리가 아이들과 함께 어울려 놀고 있다. 이 상황은 소년병에게 깊은 혼란을 가져온다.

　왜병들 쪽으로 눈길을 돌렸을 때 소년은 숨을 죽였다. 서 있는 왜병을 둘러싸고 세 사람의 어린이가 서 있고 그중 한 아이는 한 왜병의 목을 타고 앉아 있었다. 소년은 오래 그들을 바라보았다. 한 덩어리가 된 그 모습이 꽉 찼다. 소년은 전날에 만들어놓은 돌무더기 위에 총대를 얹고 가늠쇠 끝에 왜병의 발끝을 올려놓았다, 왜병과 어깨 위의 어린이가 아래 위로 마주 보며 흰 이를 드러냈다. 소년병은 방아쇠를 당겼다.
　그런데 왜병의 어깨 위에서 어린이가 문득 멈추는가 싶더니 왜병의 얼굴을 덮으며 허수아비처럼 푹 까부러졌다.
　소스라쳐 깨면서 소년병은 일어나 앉았다. 자욱한 달빛 속에 모닥불이 마치 물속에서 타는 불 같았다. 조장은 깊이 잠들어 있었다. 소년병은 소리를 죽여 느껴 울었다. 소년은 다시 잠들지 못했다. 그 꿈이 있는 잠 속으로 돌아가기가 무서웠다. (pp. 578~79)

　이 소설은 앞의 단편들처럼 서술자의 개입 없이 소년병의 시점으로 상황을 간결하게 묘사한다. 소년병의 망원경은 왜병을 공격하기 위함이지만, 동시에 조국에서의 자신의 유년을 바라보는 것이기도 하다. 문제는 왜병들과 아이들이 평화롭게 어울려 놀고 있는 운동회를 그 망원경이 보고 말았다는 사실이다. 왜병들은 가족들을 죽인 원수이자 악마여야 하지만, 그 왜병들이 조국의 아이들과 어울려 놀 수도 있는 평범한 인간이라는 것을 깨닫게 되는 순간, 소년에게 혼란과 슬픔이 찾아온다. 망원경을 든 독립군 소년병이 본 것은 왜병의 악랄함이 아니라, 그들이 '인간'이라는 것이다. 이 풍경 너머에서 소설은 소년에게 총과 망원경을 쥐여준 것이 적대국의 병사가 아니라, 제국주의 전쟁이라는 상황, 다시 말하면 '국가-제국'의 폭력이라는 것을 암시한다. 소년병이 망원경을 통해 본 것은 바로 그 풍경 너머 식민지와 제국주의의 뼈아픈 진실이다.

3. 몽유의 글쓰기와 목소리의 주체

최인훈의 문학적 실험 한가운데 반리얼리즘적인 환상소설이 위치하고 있다는 것은 주지의 사실이다. 최인훈의 환상소설들은 리얼리즘에 대한 형식적인 반기의 차원에서만 이해되어서는 안 된다. 최인훈의 소설에 등장하는 환상들은 당대 현실에서의 개인의 무의식 안에서 발굴된 소설적 고고학에 해당한다. 최인훈의 환상은 당대의 현실로부터의 도피가 아니라, 그 현실 깊숙이 자리 잡은 개인과 집단의 무의식 안에서 은폐된 상상적 현실을 발굴하는 글쓰기이다.

「웃음소리」(1966)에서 애인과 사랑을 나누던 곳을 죽을 장소로 선택하여 찾아간 주인공 여자는 남녀 한 쌍이 그곳에서 사랑을 속삭이는 것을 목격한다. 하지만 그것은 환각과 환청이었음이 소설의 마지막에 드러난다. 그녀는 환청을 통해 자기 내부의 숨은 장면을 발견한 것이다. 환청으로 들은 죽은 여자의 웃음소리가 바로 자신의 웃음소리라는 것을 깨닫는다. 이때 그녀가 들은 환청은 단순히 병리적 증상이 아니라 사랑을 둘러싼 한 개인의 깊은 통증과 무의식이 만든 상상적 현실이다. 그 상상적 현실에 직면함으로써, 개인은 자신의 고통에 대한 다른 차원의 자각에 도달한다.

「가면고」(1960)는 최인훈의 환상적인 글쓰기가 당대 한국문학의 차원을 뛰어넘는 풍부한 상상력의 겹을 만들어낸 소설이다. 가면고의 주인공은 자신에게 덧씌워져 있는 "거짓의 얼굴 가죽"(p. 419)을 벗고 "투명한 얼굴"(p. 485)이 되기를 욕망한다. "얼굴에 무엇인가 덧씌워져 있는 듯한 이물감이라는 형태로 나의 구도 의식은 감각화되고 있었다"(p. 483). 주인공에게 투명한 얼굴이 되는 것은 인격적 자기완성에 해당하는 것이다. 그 추구의 과정에서 주인공은 '다문고 왕자'가 되며, '다문고 왕자'가 창작한 무용극 안의 왕자의 이야기가 겹쳐진다. 최면에 의한 환상 서사와 무용극이라는 장치를 통해 등장하는 이 세 겹의 이야기는 '브라마의 얼굴'이라는 이상을 향한 추구의 과정이다. 투명한 얼굴을 향한 지향은 예술적인 완성의 추구와 분리되어 있지 않다.

하나의 서사적 욕망 안에 여러 층위의 이야기가 동거하는 이런 구조는 한국소설의 문법적 경계를 확장한다. 투명한 얼굴에 도달하려는 욕망과 그 욕망을 추구하는 과정에서 등장하는 세 겹의 이야기라는 형식은, 얼굴을 둘러싼 관념적인 사유에 상상적인 현실과 미학적인 육체를 부여하고, 그 사유의 추상성을 구제한다.

「가면고」에서 얼굴을 둘러싼 문제의식을 살아 있는 욕망으로 만드는 것은 사랑의 문제이다. 타자의 진정한 존재를 인정하지 않는 상황에서 사랑을 통해 가면의 문제가 해결되고 구원을 받게 된다는 것은 허위이고 불가능한 일일 수 있다. 투명한 자아의 완성 혹은 완전한 자기 동일적 주체화의 실패는 필연적인 것이며, 그 실패의 과정은 다른 잠재적인 문제의식으로 전환된다. 현실에서의 주인공 민의 미라 혹은 정임과의 관계, 환상 서사에서의 다문고 왕자의 마가녀와의 사랑과 죽음은 그가 타자의 존재를 통해 주체화의 다른 가능성을 열 수 있는 계기라고 할 수 있다. 사랑은 타자를 대면하고 이를 통해 관념을 넘어선 실재를 만나는 경험이다. 이 소설에서 투명한 얼굴의 도래는 바로 그 사랑의 실재성을 대면하는 일이다.

「구운몽」(1962)은 자신에게 늦게 배달된 옛 연인의 편지의 진실을 찾아가는 주인공이 환상적인 상황 속에 빠져드는 이야기이다. 그 환상 속에서 자신을 '선생님' '사장님' '반란군 지도자' '교황 사절' 등으로 오인하는 무리와 조우하면서 겪게 되는 상상적 사건을 다룬다. 연인과의 진실을 찾기 위한 도정에서 자신이 전혀 의도하지 않은 상황에 휘말리고, 자신을 다른 존재로 착각하는 집단과 만난다. 자신의 진정한 존재를 오인하는 타자들과의 대면이라는 측면에서 주체화의 실패에 관한 이야기로 읽을 수 있다. 현실과 비현실의 경계를 허물어버리는 이 소설의 전개는 이 서사의 전체가 몽유의 형식임을 보여준다. 후반부에 나오는 영화에서의 '고고학'에 관련된 이야기는 이 소설 전체를 집단 의식과 무의식의 고고학으로 읽을 수 있게 만든다. 이 소설에서도 역시 중요한 것은 사랑의 문제이며, "피닉스는 다시 날까요? [……] 사랑이 있는 한 날 것입니다"(p. 174). "그런 시대에도 사람들은 사랑했을까"(p. 209)라는 문장이 반복적으로 등장한다. 주인공이 겪는 몽유의 계기가 사랑의 진실을 찾아가는 과정이며, 소설의 마지막은 남녀의 입맞춤 장면으로 끝난다. 몽유의 과정을 통한 상상적 현실의 탐사는, 사랑의 이름으로 타자를 만날 때만 삶이 재구성될 수 있음을 보여준다.

「총독의 소리」(1967~1976)와 「주석의 소리」(1968)는 최인훈 소설의 미학적 독창성과 역사적 상상력의 극점에 있다. '소리'의 형식은 소설의 본문 전체를 가상의 담화로 구성함으로써 재현할 수 없는 정치적 무의식을 재현하려는 시도이다. 이 형식에는 1960년대의 한일 관계라는 역사적 문제가 놓여 있다. 「총독의 소리」는 현재 한국에서 '조선총독부의 비밀 조직'이 남아 있다는 역사적 가정하에서 총독의 담화를 방송하는 상황이 설정되며, 소설의 본문은 그 총독의 담화를 기술하는 것으로 되어 있다. 이를테면 소설 자체가 거대한 환청인 것이며, 그 환청은 정치적인 환청이기도 하다. 문제는 후반부에 드러나는 것처럼 '총독의 소리'를 듣고 반응한 자가 '시인'이라는 점이다. 소설 본문의 발화자와 소설의 숨은 서술자의 어긋남, 소리의 발화자가 상정하고 있는 청자와 소설 속의 청자의 어긋남은 이 소설을 독특하고 풍부한 '복화술적인 담화'로 만든다. 발화의 주체가 바로 풍자의 대상이 되는 이런 형식은, 담화의 내용에 나타는 근대민족국가를 둘러싼 정치적 욕망과 그것이 구성하는 주체에 대한 예리한 비판이 된다. 후반부의 '시인의 소리'는 '총독의 소리' 자체를 풍자적인 대상으로 만들어버리는 발화의 역전을 가능하게 만든다. "지쳐라 지쳐라. 삶은 지치는 것"(p. 355), "밤이여 깊어라. 밤이여 익어라"(p. 356), "민중을 깔보는 자들이 민중을 대변한다"(p. 357)와 같은 풍자적인 넋두리는 '총독의 소리'의 권위와 담화의 권력을 무화시켜버린다.

「주석의 소리」의 경우는 「총독의 소리」와 달리 발화 자체가 풍자의 효과가 아니라 계몽적인 효과를 발생시키는 것처럼 보인다. 발화의 주체가 '상해의 임시정부 주석'이기 때문이다. 하지만 「총독의 소리」 후반에 등장하는 것과 같은 '시인의 소리'는 앞의 '주석의 소리'와 어조와 태도의 차이를 드러낸다. 논리적인 의미 연관이 해체되어 있는 '시인의 소리'는 '주석의 소리'가 가지는 진지함과 권위를 다른 방식으로 비틀어버린다. 이 소설을, 주석이 설파하는 민족의 생존을 위한 민족국가적인 비전을 전달하는 계몽적인 서사로 이해하는 것은 단면적인 해석이 될 수 있다. "헛된 소망이 아닌가 하고 자기의 소망에 섞여 들었을지도 모르는 허영을 부끄러워하"(pp. 386~87)는 시인의 소리는, 주석의 소리가 '말할 수 없는' 개인 무의식의 영역에 대한 것, 주체 안에 남아 있는 신경증적이며 예측 불가능한 자기 분열의 자리를 드러낸다. 공적인 담화로 말해질 수 없는 것들에 대한 뒷면의 언어들을 시인의 소리는 담고 있다. 이 목소리는 근대 민족국가에 대한 주석의 계몽적이고 이상적인 담화들 바깥에 남아 있는 삶의 다른 영역을 암시한다.

4. '네이션'과 사랑의 불가능성

최인훈의 중단편 속에는 최인훈 문학의 경계를 무한 확장하는 글쓰기의 동력이 작동하고 있을 뿐만 아니라, '최인훈 이후' 한국문학사의 모든 실험과 시도의 유형들이 나타나 있다. 최인훈 이후 한국문학사는 글쓰기의 다른 차원에 진입했다고 할 수 있다. 최인훈의 소설들은 소설 장르와 '주체화'의 문제를 근본적으로 사유하는 모든 문학적 글쓰기의 최전선에 있다.

최인훈의 실험적인 글쓰기는 장르와 형식의 문제에만 해당되는 것이 아니라, 근대 소설이라는 제도적 장치를 둘러싼 근대 민족 국가의 이데올로기와 주체화의 문제를 근본적으로 사유하게 만든다. 최인훈의 문학적 모험은 민족국가의 이념에 복속되기를 거부하는 유목적인 주체의 잠재성을 밀고 나가는 것이며, 개인 주체성이 민족국가에 의해서만 정립되어지는 근대적인 상황 자체에 대한 근원적인 비판을 품고 있다. 그의 인물들이 기본적으로 '국민'이 아닌 '난민'의 존재 방식을 가지는 것은 이런 이유이다. '네이션'의 이데올로기에 기반한 재현의 서사가 일관되고 통합적인 주체화의 과정을 추구하는 것이라면, 최인훈은 재현 불가능한 인간의 내적 영역에 대한 탐사를 통해 역사의 고고학과 주체의 자기 분열을 드러낸다.

그런 분열의 사태가 사랑이라는 사건을 통해 발생하고 있는 것은 주목을 요한다. 최인훈 소설에서 남성 주인공이 여성 존재를 통해 주체화를 이루려 하는 욕망은 '정치적으로 올바른' 것은 아니라고 할 수 있다. 하지만 최인훈 소설에서 사랑의 사건은 근대 민족국가의 주체화 과정에 복속된 남성 주체의 자기 동일성을 좌절시키고 신체라는 실재를 대면하게 한다. 최인훈 소설에서 사랑은 '네이션'의 이념을 넘어서는 급진적이고 불온한 욕망이다. 최인훈의 사랑의 실험이 무섭게 현재적인 것은, 그 사랑의 실패와 불가능성이 네이션 바깥의 삶에 대한 상상을 가능하게 해주기 때문이다. 「구운몽」의 구절을 빌리면 사랑이 있는 한 '바깥'을 향한 글쓰기의 모험은 계속된다.

(2019)

한용운과 젠더 복화술

1. 한용운 시에서의 애도와 젠더의 문제

식민지 시대의 엄혹한 상황에서 전통 서정시의 언어를 '이별의 형이상학'으로 재구성한 한용운의 시는 기념비적인 것이다. 한용운 시의 서정성과 사상사적 측면은 이후 한국 현대시의 미학과 정신에 전범이 되어왔다. 초기의 한용운 연구는 '님'의 내용과 사상적 측면이 강조되었다. '부처' '자연' '조국' '중생' 자비' 같은 개념으로 '님'을 설명하는 논의들이 가진 한계는, 한용운 시의 언술적인 측면과 미학적 특이성을 '님'이라는 대상의 실체에 대한 문제로 축소해버린다는 점이었다. 이런 연구들에 대한 비판적 맥락에서 제기된 것 중의 하나는, 한용운 시의 여성 화자와 여성성에 대한 연구였다. 이런 문제의식은 한용운 시의 화자가 드러내는 여성성이라는 측면에서 한용운 연구의 다른 차원을 열어주었다.

한용운 시의 여성성에 관한 연구들은 초기에는 여성성을 민족주의적 저항의 상징으로 수렴함으로써 '젠더'적인 의미를 예각화하지 못했으나, 최근에 와서 '탈식민주의적' 문제의식과 페미니즘을 결합한 논의들이 제출되었다.[1] 기존의 연구에 있어서 '민족주의'의 문제는 한용운의 텍스트를 설명하는 데 당위적으로 개입하였고, 여성성의 문제 역시 저항적 민족주의의 연장에서 이를 이해해왔다. '민족'의 이념으로 알레고리화한 여성성은 '젠더'의 문제의식을 누락한 것이며, 최근의 '탈식민주의'적 문제의식은 '젠더'와 '성정치학'의 문제를 등장시키기 시작한다. 이 시점에서 한용운 시의 여성성이 제국주의에 대한 저항적 의식의 발로이자 성취라는 논리는 재검토될 필요가 있다. 한용운 시의 여성성을 저항적 알레고리로 해석하거나 '여성성-모성-민족'을 은유적인 것으로 이해할 때, 한용운의 시가 식민지 젠더 시스템을 파열시키는 급진성을 갖고 있는가를 질문할 수 있다. 식민지 근대성이 근대적 주체로서의 남성 주체를 보편적인 것으로 설정한다면, 여성성 혹은 여성 화자라는 미학적 전략은 여성에 대한 이중의 식민화를 극복한 것인가 하는 문제가 제기되어야 한다.

이 글은 이와 같은 문제의식을 두 가지 맥락에서 문제화하고자 한다. 우선 하나는 '님'의 부재를 둘러싼 시적 상황을 '님'이라는 대상에 국한시키지 않고, '님의 부재'를 둘러싼 '애도의 수행'이라는 맥락으로 문제화하고자 한다.[2] 한용운 시에서 애도 주체로

---

1   이호미, 「한용운의 〈님의 침묵〉에 나타난 여성성 연구」, 대구효성카톨릭대 석사학위논문, 1998; 이선이 「만해 한용운 시에 나타난 탈식민주의적 인식」, 『어문연구』, 제31권 제2호, 2003; 이민호, 「만해 한용운 시의 탈식민주의 여성성 연구」, 『한국문학이론과 비평』 제31집, 2006; 엄성원, 「한용운 시의 탈식민주의적 특성 연구」, 『한국문학이론과 비평』 제31집, 2006년 6월; 서지영, 「근대시의 서정성과 여성성: 1920년대 초기 시를 중심으로」, 『한국근대문학연구』 제7권 제1호, 2006 등이 이런 문제의식을 보여준다.
2   프로이트는 정상적인 애도 작업을 대상으로부터 리비도를 성공적으로 분

서의 시적 주체가 구성되는 것은 '님'을 향한 애도의 언술들과 그 수행의 과정을 통해서이다. 한용운 시에서 애도 주체는 '님'의 상실에 대한 애도를 수행하는 주체이다. 한용운의 시적 주체는 선험적으로 존재하는 것이 아니라, 애도를 수행하는 언어적 과정을 통해 구성된다.

문제는 한용운 시의 애도 주체가 '여성'의 존재로 설정되어 있다는 점이다. 이것은 시적 관습의 문제이기도 하지만 문화적·정치적 맥락이 포함되어 있다. 애도의 주체를 여성으로, 애도의 수행 과정을 여성의 목소리로 구성했을 때, 그것이 발생시키는 미적인 효과는 텍스트의 정치성의 층위에 연관된다. 젠더적인 관점에서 볼 때 이것은 일종의 '복장도착의 복화술'이다.[3] 남성 시인이 '여성의 목소리'를 전유하는 것은 중층적인 문제들을 발생시킨다. 여성의 목소리를 차용하는 것은 신체와 목소리 사이의 일치성을 허무는 효과를 낳을 수 있지만, 다른 맥락에서의 젠더에

리하는 것을 규정한다. 상실한 대상에 대한 리비도를 철회해가는 정상적인 애도 작업의 실패가 우울증을 가져온다고 한 바 있다. 정상적인 애도는 대상에게 집중되었던 리비도가 철회되어 새로운 대상에게 전위(轉位)됨으로써 자기 보존의 매커니즘을 유지하게 된다. 우울증적 주체는 현실원칙을 수용하는 정상적이고 경제적인 애도 과정의 실패를 의미한다. 애도의 주체는 상실의 상처 안에서 사랑의 대상을 향하던 리비도를 다른 대상으로 옮기는 것을 거부하다가, 그 상실과 자기책임성을 인정하게 된다. 대상의 상실과 애증의 병존으로서 '애도' 과정을 설명하고, 자아로의 리비도 퇴행 과정을 병리적인 '우울증'으로 분석한다. 지크문트 프로이트, 『정신분석학의 근본 개념』, 윤희기·박찬부 옮김, 열린책들, 2011, pp. 243~65.

3   엘리자베스 D. 하비, 『복화술의 목소리』, 정인숙·고현숙·박연성 옮김, 문학동네, 2006. p. 34.

대한 또 다른 규정이다. 이런 젠더에 대한 규정이 어떤 미학적·정치적 의미를 갖는가 하는 것은 '애도의 젠더화'의 핵심적인 문제이다. 젠더가 언어에 의해 구성된다면, 애도의 젠더화는 '애도'라는 언어 수행 과정의 주체를 젠더화하는 문제이다.[4] 여기에 미학과 성정치학의 문제가 개입되어 있다. "남성이 여성의 목소리로 복화술을 하는 것과 여성이 남성의 목소리로 말하는 것은 서로 다른데, 이는 젠더 그 자체가 권력과 연관되어 불균형적으로 구성되어 있기 때문이다."[5] 젠더와 텍스트, 텍스트와 목소리 사이의 미학적 선택과 '젠더 복화술'의 전략들은 문학 언어와 섹슈얼리티가 관계 맺는 중요한 지점이다.

2. 애도의 수행성과 젠더 복화술

한용운의 시들의 언어는 '이별'에 처한 주체의 발화로 구성된다. 기존의 논의들은 그 이별의 대상으로서의 '님'의 실체가 무엇인가에 집중해왔지만, 한용운 시의 재맥락화에 있어 중요한 것은

4　젠더는 여성과 남성의 관계가 사회적으로 조직되는 방식이다. 생물학적 차이가 부여된 남성/여성의 몸을 규율하며 성에 따라 다르게 의미를 부여하는 사회문화적 구조가 존재함으로 강조하는 개념이다. 이 구조는 성차에 기반하고 성차를 활용하는 정치적 권력 관계와 이데올로기를 포함한다. '젠더화gendered'는 사회문화적인 측면에서 '성별화'된 것을 의미한다. 리사 터틀, 『페미니즘 사전』, 유혜련·호승희·염경숙 옮김, 동문선, 1999, p. 183; 여성문화이론연구소, 『페미니즘의 개념들』, 동녘, 2015, pp. 335~48 참조.

5　엘리자베스 D. 하비, 같은 책, p. 72.

이별의 주체가 '수행'하는 행위와 발화의 방식이다. 시적 주체는 텍스트 이전에 선험적으로 구성된 주체가 아니며, 발화와 행위를 통해 구성되는 가변적인 언어적 구성물이기 때문이다. 이런 문맥에서 한용운 시의 이별의 주체를 애도의 주체로 재구성해볼 수 있다.

님은 갔습니다 아아 사랑하는 나의 님은 갔습니다

푸른 산빛을 깨치고 단풍나무 숲을 향하여 난 작은 길을 걸어서 차마 떨치고 갔습니다

황금의 꽃같이 굳고 빛나던 옛 맹세는 차디찬 티끌이 되어서 한숨의 미풍에 날아갔습니다

날카로운 첫 키스의 추억은 나의 운명의 지침을 돌려놓고 뒷걸음 쳐서 사라졌습니다

나는 향기로운 님의 말소리에 귀먹고 꽃다운 님의 얼굴에 눈멀었습니다

사랑도 사람의 일이라 만날 때에 미리 떠날 것을 염려하고 경계하지 아니한 것은 아니지만 이별은 뜻밖의 일이 되고 놀란 가슴은 새로운 슬픔에 터집니다

그러나 이별은 쓸데없는 눈물의 원천을 만들고 마는 것은 스스로 사랑을 깨치는 것인 줄 아는 까닭에 걷잡을 수 없는 슬픔의 힘을 옮겨서 새 희망의 정수박이에 들어부었습니다

우리는 만날 때에 떠날 것을 염려하는 것과 같이 떠날 때에 다시 만날 것을 믿습니다

아아 님은 갔지마는 나는 님을 보내지 아니하였습니다

제 곡조를 못 이기는 사랑의 노래는 님의 침묵을 휩싸고 돕니다

—「님의 침묵」 전문[6]

한용운 시를 대표하는 이 시에서 '님'의 실체를 의미화하는 것은 한계를 가질 수밖에 없다. 주목해야할 것은 "님은 갔습니다"라는 상황에서의 시적 주체의 '애도의 방식'이다. 님의 상실에 직면한 시적 주체는 우선 '님의 떠나감'이라는 상황을 수사적으로 '재현'한다. 그 재현의 언어가 이 시의 초반부와 중반부를 차지한다. 이별에 처한 주체는 그 이별의 상황과 장면들을 재현하는 방식으로 '기억'을 유지하려 한다. 그러나 이별의 재현과 기억의 보존이 님의 상실이라는 상황을 극복할 수 있게 만드는 것은 아니다. 기억과 재현은 이별을 둘러싼 '충심의 형식'이지만, 이것만으로 애도는 완성될 수 없다. 애도의 주체는 그 상황을 극복할 만한 새로운 논리를 만들어낸다. 그것이 "님은 갔지마는 나는 님을 보내지 아니하였습니다"라는 문장이다. 이것은 사랑과 이별을 둘러싼 '선언'이며, 한용운의 시들은 애도의 주체가 사랑을 '재선언'하는 언어들이다.

프로이트적인 맥락에서 정상적인 애도는 상실된 대상으로 향하던 리비도를 다른 대상으로 옮겨 갈 수 있어야 한다. 그러나 한용운 시의 기본 전제는 님에 대한 사랑과 기억을 포기할 수 없다

<hr>

6   한용운, 『님의 침묵』, 이남호 책임편집, 열린책들, 2004.

는 것이고, 이런 상황에서 이별의 상황을 견디고 극복하기 위해서는 다른 이별의 논리가 '발명'되고 사랑이 '재선언'되어야 한다. 프로이트적인 의미에서 정상적인 애도가 불가능하다면, 애도의 대상을 소멸시키지도 동화시키지도 않은 이별의 논리와 애도의 방식이 고안되어야 한다.[7] 그 애도를 둘러싼 '충심의 형식'이 이 시에서 행해지는 애도의 '수행문(遂行文)'들이다. "님은 갔지마는 나는 님을 보내지 아니하였습니다"는 수행문performative에 속한다. 이 수행의 문장은 참과 거짓을 판별할 수 있는 것이 아니라, 특정한 언어적 행위를 통해 미학적 효과를 발생시킨다. 애도 주체로서의 시적 주체는 "님을 보내지 아니하였습니다"라는 수행적인 언어 행위를 통해 애도의 특이성을 만든다. 이 수행적인 태도는 "님의 침묵"이라는 명명 방식, '님은 침묵하지만, 부재하는 것은 아니다'라는 이별에 대한 새로운 논리와 연결되어 있다.

7   데리다는 프로이트의 애도와 우울증 개념을 해체적으로 재구성하며, 그것에 다른 윤리성을 부여한 바 있다. 여기에는 정상적인 애도와 병리적인 애도의 경계가 분명한가라는 문제의식이 도입된다. 애도의 작업은 타자를 자아의 상징 구조 안으로 동일화하는 것이며, 정상적인 애도란 타자의 타자성을 제거하는 것이 될 수 있다. 하지만 타자로부터의 완전한 분리 혹은 완전한 합체는 존재하지 않는다. '정상적인 애도' 같은 것은 없으며, 애도 작업은 항상 불충분하여 애도의 필연성에도 불구하고 그것의 불가능성이라는 역설 또는 이중구속을 낳을 수밖에 없다. 상실된 대상에 기억을 보존하기 위해서는 타자는 소멸되지도 않으며, 동화되는 것도 아니어야 한다. 애도는 그것을 상실함으로써 내면에 그것을 간직하는 '충심의 형식'이다. 프로이트의 애도가 '정상적인' 애도를 둘러싼 목적론적인 것이라면, 데리다의 경우는 '애도 행위'가 갖는 '운동성' 자체가 문제적인 것이 된다. 자크 데리다, 『마르크스의 유령들』, 진태원 옮김, 그린비, 2007; 니콜러스 로일, 『자크 데리다의 유령들』, 오문석 옮김, 앨피, 2007 참조.

당신이 가실 때에는 나는 다른 시골에 병들어 누워서 이별의 키
스도 못하였습니다

그때는 가을바람이 처음으로 나서 단풍이 한 가지에 두서너 잎이
붉었습니다

나는 영원의 시간에서 당신 가신 때를 끊어 내겠습니다 그러면
시간은 두 도막이 납니다

시간의 한 끝은 당신이 가지고 한 끝은 내가 가졌다가 당신의 손
과 나의 손과 마주 잡을 때에 가만히 이어 놓겠습니다

그러면 붓대를 잡고 남의 불행한 일만을 쓰려고 기다리는 사람들
도 당신이 가신 때는 쓰지 못할 것입니다

나는 영원의 시간에서 당신 가신 때를 끊어 내겠습니다

——「당신이 가신 때」 전문[8]

이 시 역시 애도를 둘러싼 수행적 언어로 구성된다. 이 시의 전
반부도 이별을 둘러싼 상황을 재현하는 언어가 등장한다. 두번째
연에 오면 "끊어 내겠습니다" "이어 놓겠습니다"와 같은 수행적인
언어들을 분명하게 제시한다. 그 수행적인 언어들은 시간에 대한
상상적 재구성을 밀고 나간다. "당신이 가신 때를 끊어 내"고, "당
신의 손과 나의 손과 마주 잡을 때에 가만히 이어 놓겠"다는 것이
다. '이별'이라는 사건 앞에서 애도 주체는 시간의 통상적인 연속

8   한용운, 같은 책.

성을 거부하고 시간들을 분절시키는 방식으로 '님과의 재회'라는 '도래할 시간'을 만들어낸다. 이별이라는 사건 앞에서, 시간에 대한 다른 잠재성을 열어놓는 방식으로 애도의 특이성을 구성한다.

  당신은 옛 맹세를 깨치고 가십니다
  당신의 맹세는 얼마나 참되었습니까 그 맹세를 깨치고 가는 이별
은 믿을 수가 없습니다
  참 맹세를 깨치고 가는 이별은 옛 맹세로 돌아올 줄 압니다 그것
은 엄숙한 인과율입니다
  나는 당신과 떠날 때에 입맞춘 입술이 마르기 전에 당신이 돌아
와서 다시 입맞추기를 기다립니다

  그러나 당신이 가시는 것은 옛 맹세를 깨치려는 고의가 아닌 줄
을 나는 압니다
  비겨 당신이 지금의 이별을 영원히 깨치지 않는다 하여도
  당신의 최후의 접촉을 받은 나의 입술을 다른 남자의 입술에 댈
수는 없습니다
                                            ──「인과율」전문[9]

애도의 수행적인 언어들이 만들어내는 시간은 '기다림'의 시간
이라고 할 수 있다. 사랑과 이별을 둘러싼 그 모든 '선언'들은, 기

───

9 같은 책.

476

다림의 시간에 대한 태도의 표명이다. 여기에 '젠더'의 문제가 개입한다. "당신의 최후의 접촉을 받은 나의 입술을 다른 남자의 입술에 댈 수는 없습니다"라는 문장에서 나타나는 것처럼, 애도를 수행하는 주체에게 여성 성별을 부여한다. 애도의 발화 행위들은 젠더의 층위에서 다른 효과를 발생 시킨다. 한용운의 시들은 선험적으로 존재하는 여성적인 정체성을 표현하는 것이 아니라, 그 양식화된 반복적인 행위들을 통해 '님-남성'을 떠나 보낸 '남은 자-여성'의 젠더적인 위치를 상연한다. 애도 주체가 젠더화되어 있다는 것은, 젠더 정체성 자체가 선험적인 것이 아니라 수행적인 것이라는 것을 보여주는 사례이다.[10] 문제는 젠더화된 여성 발화자의 수행적인 언어들이 '맹세'와 '정조'라는 윤리적인 개념과 연루되어 있다는 점이다.

언제인지 내가 바닷가에 가서 조개를 주웠지요 당신은 나의 치마를 걷어 주셨어요 진흙 묻는다고
집에 와서는 나를 어린 아이 같다고 하셨지요 조개를 주워다가 장난한다고 그리고 나가시더니 금강석을 사다 주셨습니다 당신이

나는 그때에 조개 속에 진주를 얻어서 당신의 작은 주머니에 넣어 드렸습니다

10   "젠더의 속성과 행위들, 몸이 자신의 문화적 의미를 보여주고 생산하는 다양한 방식들이 수행적인 것이라면, 어떤 행위나 속성이 재단될 수 있는 정체성이란 없다"(주디스 버틀러, 『젠더 트러블』, 조현준 옮김, 문학동네, 2008, p. 350).

당신이 어디 그 진주를 가지고 계셔요 잠시라도 왜 남을 빌려 주
셔요

———「진주」 전문[11]

이 시에서 시적 발화자는 여성화되어 있으며, "당신은 나의 치
마를 걷어 주셨어요" 같은 문장들이 발휘하는 섹슈얼리티의 문
제가 수반된다. '조개' '금강석' '진주' 등의 이미지들은 성애적인
뉘앙스를 가지고 있지만, 여기서 더 중요한 윤리적인 것은 "잠시
라도 왜 남을 빌려 주셔요"라는 '지조'의 문제이다. 한용운의 시
들은 사랑과 윤리의 문제 사이에서의 '일관성'과 '자발성'이라는
가치의 척도를 구성한다.

　내가 당신을 기다리고 있는 것은 기다리고자 하는 것이 아니라
기다려지는 것입니다
　말하자면 당신을 기다리는 것은 정조보다도 사랑입니다

　남들은 나더러 시대에 뒤진 낡은 여성이라고 삐죽거립니다 구구
한 정조를 지킨다고
　그러나 나는 시대성을 이해하지 못하는 것도 아닙니다
　인생과 정조와 심각한 비판을 하여 보기도 한두 번이 아닙니다
　자유연애의 신성(?)을 덮어놓고 부정하는 것도 아닙니다

11　한용운, 같은 책.

대자연을 따라서 초연생활을 할 생각도 하여 보았습니다

그러나 구경, 만사가 더 저의 좋아하는 대로 말한 것이요 행한 것
입니다

나는 님을 기다리면서 괴로움을 먹고 살이 찝니다 어려움을 입고
키가 큽니다

나의 정조는 〈자유정조〉입니다

—「자유정조」 전문[12]

이 시는 "당신을 기다리는 것은 정조보다도 사랑입니다"라고
선언한다. 기다림이 일관되고 자발적인 것일 때, "구구한 정조
를 지"키는 것은 "시대에 뒤진 낡은 여성"의 태도가 아니라는 것
이다. 기다림의 필연성과 수동성은 기다림의 주체가 갖는 '비의
지적인 의지'의 윤리적인 맥락을 만들어준다. 그런데 그것은 낡
은 정조의 이데올로기와 어떻게 구별될 수 있는가? 이 지점에서
선언하는 것이 '자유정조'의 개념이다. '자유연애'의 시대에도 정
조의 윤리가 보존되어야 하는 역설적 지점을 가리키는 이 개념
은, 가능한 윤리적인 선택이다. 문제는 이 시의 젠더화된 여성 발
화자가 이 윤리를 선언할 때 발생한다. 남성 시인이 여성 발화자
를 내세워 '자유정조'를 선언하는 것은 문제적이며, 이 선언은 식
민지 젠더 시스템과 무관할 수 없다. 식민지의 젠더 시스템은 남
성과 여성을 비대칭적으로 구성하고 있으며, 이는 식민지 내부의

12 같은 책.

가부장적인 권력 관계와 무관하지 않다. 이때 '젠더 복화술'은 식민지에 온존하는 가부장적 윤리 감각과 무관할 수 없으며, 여성의 섹슈얼리티를 제한할 수밖에 없게 된다.

> 당신은 나의 품으로 오셔요 나의 품에는 보드라운 가슴이 있습니다
> 만일 당신이 쫓아오는 사람이 있으면 당신은 머리를 숙여서 나의 가슴에 대십시오
> 나의 가슴은 당신이 만질 때에는 물같이 보드랍지마는 당신의 위험을 위하여는 황금의 칼도 되고 강철의 방패도 됩니다
> 나의 가슴은 말굽에 밟힌 낙화가 될지언정 당신의 머리가 나의 가슴에 떨어질 수는 없습니다
> 그러면 쫓아오는 사람이 당신에게 손을 댈 수는 없습니다
> 오셔요 당신은 오실 때가 되었습니다 어서 오셔요
>
> 당신은 나의 죽음 속으로 오셔요 죽음은 당신을 위해 준비가 언제든지 되어 있습니다
> 만일 당신을 쫓아오는 사람이 있으면 당신은 나의 죽음 뒤에 서십시오
> 죽음은 허무와 만능이 하나입니다
> 죽음의 사랑은 무한인 동시에 무궁입니다
> ──「오셔요」 전문[13]

13 같은 책.

기다림의 주체를 여성화하는 형식은 이 시에서도 관철된다. 두드러진 것은 "나의 품에는 보드라운 가슴이 있습니다/만일 당신을 쫓아오는 사람이 있으면 당신은 머리를 숙여서 나의 가슴에 대십시오"와 같은 '모성의 신화화'이다. '여성-모성'은 "죽음은 당신을 위해 준비가 언제든지 되어 있습니다"라고 선언한다. 이런 모성의 신화화는 ('남자-민족'을 위한) 희생이라는 틀 안에서 여성의 섹슈얼리티를 가두는 식민지 젠더 시스템의 일부라고 할 수 있다. "죽음의 사랑"조차 감수하는 희생적인 모성을 호명하고 신성한 가치를 부각하는 것은, '모성'을 민족 이데올로기와 결합하는 당대의 '모성-민족주의'와 무관할 수 없다.[14]

한용운 시에서 애도의 형식은 애도를 수행하는 언어 행위 문제이며, 문제적인 것은 그 발화 주체를 여성 젠더화할 때 발생하는 미학적·정치적인 문제다. 애도의 수행적인 차원은 시적 담화 안에서 벌어지는 선언들과 그 선언의 목소리를 여성 젠더화하는 두 가지 차원에서 진행된다. 이 두 가지 수행적 층위는 한용운 시에서 애도의 윤리와 목소리의 전유가 어떻게 결합되어 있는지를 드

---

14 "여성은 민족적 환상을 불어 넣는 존재로 재구성된다. 어머니의 이미지를 통해 여성은 식민 관계를 개념화하고 정의하는 수단으로 존재한다. 자연스럽게 여성은 민족적 어머니와 동일시됨으로써 가족과 국가와도 연계된다. 그 불변하는 어머니의 존재는 반식민주의자에게 상실한 국토의 회복을 꿈꾸게 하는 저항의 불씨가 되어 알레고리화된다. 이때 남성은 어머니의 보호 아래 외부 세계와 다시금 일전을 불사할 태세를 갖추지만, 어머니의 이미지를 통해 만들어진 여성은 여전히 식민관계를 벗어나지 못한다"(이민호, 같은 글, p. 65).

러내는 핵심적인 영역이다. 여성 젠더화된 기다림의 주체는 식민지의 가부장적 윤리의 틀 안에서 신성한 가치를 부여받고, 그 애도와 기다림의 주체는 '모성-민족주의'의 이념적 프레임 안에서 구성된 전유된 주체라고 할 수 있다.

3. 마조히즘과 젠더화된 민족

한용운 시에서 여성 화자의 선택과 함께 주목해야 할 지점은 여성의 신체를 둘러싼 발화들이다. 젠더화된 애도와 기다림의 주체는 자신의 신체를 기꺼이 희생하는 방식으로 사랑의 윤리를 수행한다. 이때 발생하는 '여성화된 마조히즘'의 문제는 한용운 시의 또 다른 중요한 국면이다.

나는 당신의 첫사랑의 팔에 안길 때에 온갖 거짓의 옷을 다 벗고 세상에 나온 그대로의 발가벗은 몸을 당신의 앞에 놓았습니다 지금까지도 당신의 앞에는 그때에 놓아둔 몸을 그대로 받들고 있습니다

만일 인위(人爲)가 있다면 〈어찌하여야 처음 마음을 변치 않고 끝끝내 거짓 없는 몸을 님에게 바칠꼬〉하는 마음뿐입니다
당신의 명령이라면 생명의 옷까지도 벗겠습니다

나에게 죄가 있다면 당신을 그리워하는 나의 〈슬픔〉입니다

당신이 가실 때에 나의 입술에 수가 없이 입맞추고 〈부디 나에게 대하여 슬퍼하지 말고 잘 있으라〉한 당신의 간절한 부탁에 위반되는 까닭입니다

그러나 그것만은 용서하여 주셔요
당신을 그리워하는 슬픔은 곧 나의 생명인 까닭입니다
만일 용서하지 아니하면 후일에 그에 대한 벌을 풍우의 봄 새벽의 낙화의 수만치라고 받겠습니다
당신의 사랑의 동아줄에 휘감기는 체형도 사양치 않겠습니다
당신의 혹법(酷法) 아래에 일만 가지로 복종하는 자유형(自由刑)도 받겠습니다

그러나 당신이 나에게 의심을 두시면 당신의 의심의 허물과 나의 슬픔의 죄를 맞비기고 말겠습니다
당신에게 떨어져 있는 나에게 의심을 두지 마셔요 부질없이 당신에게 고통의 숫자를 더하지 마셔요
─「의심하지 마셔요」 부분[15]

"발가벗은 몸을 당신 앞에 놓았습니다 지금까지도 당신의 앞에는 그때에 놓아둔 몸을 그대로 받들고 있습니다"라는 문장 속에서 "발가벗은 몸"으로서의 '나'는 '당신' 앞에 바쳐지고 전시

15   한용운, 같은 책.

된 몸이다. "처음 마음을 변치 않고 끝끝내 거짓 없는 몸을 님에게 바칠꼬"를 생각하는 것이 '벌거벗는 나'의 윤리이다. 이 윤리는 "당신의 혹법(酷法)"과 "자유형(自由刑)"을 기꺼이 감수하는 마조히즘적인 양상을 띠게 된다. 마조히즘은 한용운 시의 주체가 구성되는 수행적 태도의 또 다른 측면을 구성한다.[16] 한용운 시에서 자기 처벌의 선언들은 상징적이고 '제의적' 형태를 띠며, 이것은 마조히즘의 심미적 차원을 의미한다. 의식(儀式) 행위는 마조히즘에서 필수적인 요소이고 감각적 경험 내에서의 쾌감과 고통의 조합이 수반된다.[17] 문제는 한용운 시의 마조히즘은 여성 젠더화되어 있다는 것이다. 자기 처벌 혹은 복종과 희생의 윤리가 선험적으로 '여성적'이라는 것은 가부장적인 젠더 시스템의 일부이다.[18] 한용운의 시에서 여성적 마조히즘은 '병리화'되는 것이 아니라, '신성화'된다. 합리적인 이해관계를 초월하는 성스러운 여성적 희생을 부각시킬 때 이 젠더화된 마조히즘은 젠더 정치성의

16 마조히즘은 단순히 피학적 고통에 집착하는 변태성을 의미하는 것이 아니라, 타자와 외부 세계에 대한 일종의 관계이며, 자신을 축소하고 타자에 대한 의존성의 과장과 자학적 고통의 가면 아래 '이차적 이익'을 추구하는 태도라고 할 수 있다. 프로이트의 정신분석에서 마조히즘은 사디즘의 짝을 이루는 것으로 이해되며, 죽음 본능이 자아를 향하고 리비도와 융합되어 있는 상태라고 설명된다. 죄의식이 자아와 초자아의 긴장 관계의 문제라면, 마조히즘은 죄가 되는 행동을 하고 싶은 유혹을 만들어낸다. 주목할 것은 마조히즘은 다양한 형태로 느러나게 된다는 점이다. 특히 도덕적 마조히즘은 무의식적 죄의식을 자기 처벌에 대한 욕구로 전환하는 사태이며, 그런 의미에서 도덕적 마조히즘은 성감 발생적 마조히즘과는 조금 다른 자리에 위치한다. 지크문트 프로이트, 같은 책, p. 427; 질 들뢰즈, 『매저키즘』, 이강훈 옮김, 인간사랑, 1996, p. 373 참조.
17 질 들뢰즈, 같은 책, p. 121.

문제를 불러온다.

　　나는 나룻배
　　당신은 행인

　　당신은 흙발로 나를 짓밟습니다
　　나는 당신을 안고 물을 건너갑니다
　　나는 당신을 안으면 깊으나 옅으나 급한 여울이나 건너 갑니다

　　만일 당신이 아니 오시면 나는 바람을 쐬고 눈비를 맞으며 밤에
서 낮까지 당신을 기다리고 있습니다
　　당신은 물만 건너면 나를 돌아보지도 않고 가십니다그려

　　그러나 당신이 언제든지 오실 줄만은 알아요
　　나는 당신을 기다리면서 날마다 날마다 낡아갑니다

　　나는 나룻배
　　당신은 행인

18　　프로이트는 마조히즘적인 특징을 가진 사람을 여성적인 자리에 둔다. 여성
은 '이미' 거세당했으며, 여성이 삽입 성교와 출산의 고통을 견딘다는 측면에서
마조히즘적이다. 또한 프로이트는 여성적인 마조히즘을 도덕적인 마조히즘과
연결시킨다. 지크문트 프로이트, 같은 책, pp. 419~25 참조. 페미니즘 이론가들
이 이런 프로이트의 논리를 비판하는 것은 필연적이다.

'나-나룻배' '당신-행인'의 구조에서 '나'의 희생은 필연적이며 동시에 윤리적이다. 물론 이것은 은유의 세계이며, 이 세계 안에서는 갈등과 모순이 존재하지 않는다. 앞에서 분석한 것처럼 기다림의 주체가 발설하는 "당신을 기다리고 있습니다" "당신이 언제든지 오실 줄만은 알아요"와 같은 선언들은 수행적인 차원의 것들이다. 이 시에서 중요한 것은 '나의 희생'과 '당신의 귀환' 사이의 시간이다. 시의 묘사 문장들은 현재형으로 진행되며 이때 현재는 반복되고 지속되는 것으로 '현재'이다. '당신'이 다시 찾아오는 날은 그 반복의 일부로서 가까운 미래이다. '당신'이 돌아올 것이라는 확신은 '나의 희생'의 오래된 반복과 지속이라는 조건에서 가능해진다. 여기에는 일종의 '계약'이 개입되어 있다. '나의 희생'이 '당신'에게 필요하기 때문에 '당신'은 돌아올 수밖에 없다. 은유의 차원에서 그 기다림과 희생의 행위는 반복되는 '의식(儀式)'이며, 이 의식은 이 시의 시적 주체를 영원한 기다림의 주체로 구성한다.

> 날과 밤이 흐르고 흐르는 남강은 가지 않습니다
> 바람과 비에 우두커니 섰는 촉석루는 살 같은 광음을 따라서 달음질칩니다

19 같은 책.

논개여 나에게 울음과 웃음을 동시에 주는 사랑하는 논개여

그대는 조선의 무덤 가운데 피었던 좋은 꽃의 하나이다 그래서 그 향기는 썩지 않는다

나는 시인으로 그대의 애인이 되었노라

그대는 어디 있느뇨 죽지 않은 그대가 이 세상에는 없구나

나는 황금의 칼에 베어진 꽃과 같이 향기롭고 애처로운 그대의 당년(當年)을 회상한다

[……]

용서하여요 논개여 금석 같은 언약을 저버린 것은 그대가 아니요 나입니다

용서하여요 논개여 쓸쓸하고 호젓한 잠자리에 외로이 누워서 끼친 한에 울고 있는 것은 내가 아니요 그대입니다

나의 가슴에 〈사랑〉의 글자를 황금으로 새겨서 그대의 사당에 기념비를 세운들 그대에게 무슨 위로가 되오리까

나의 노래에 〈눈물〉의 곡조를 낙인으로 찍어서 그대의 사당에 제종을 울린대도 나에게 무슨 속죄가 되오리까

나는 다만 그대의 유언대로 그대에게 다하지 못한 사랑을 영원히 다른 여자에게 주지 아니할 뿐입니다 그것은 그대의 얼굴과 같이 잊을 수가 없는 맹세입니다

— 「논개의 애인이 되어서 그의 묘에」 부분[20]

20 같은 책.

한용운의 많은 시들이 '떠난 님-남성'에 대한 '남은 나-여성'의 애도의 형식으로 구성되어 있다면, 위의 시는 예외적이다. 이 시의 '남성-시인-화자'는 논개라는 역사적 인물을 애도하는 자이다. 논개의 장렬한 희생을 애도하며 "황금에 칼에 베어진 꽃과 같이 향기롭고 애처로운 그대의 당년(當年)을 회상"한다. 화려하고 유려한 수사를 통해 재구성되는 '논개'를 둘러싼 핵심적인 이미지는 "조선의 무덤 가운데 피었던 좋은 꽃의 하나"라는 것이다. '조선-무덤-꽃'의 이미지들은 논개를 '민족'의 희생적인 여성적 영웅의 표상으로 만든다. "그대도 없는 빈 무덤 같은 집을 그대의 집"이라고 명명하는 것은 '민족-논개' 사이의 부재를 넘어서는 '재호명'의 문맥을 만들어낸다. 남성 화자가 여성적 민족 영웅으로서의 논개를 애도하는 선언적인 방식은 "그대의 유언대로 그대에게 다하지 못한 사랑을 영원히 다른 여자에게 주지 아니"하는 것이다. 남성 화자에게도 여전히 중요한 것은 '지조'의 윤리이다. 이 시는 남성의 화자가 수행하는 애도의 언어로 구성되어 있음에도 불구하고, 다른 시에서 여성 화자들이 감당하고 있는 사랑의 윤리와 동일한 구조를 띠고 있다. 그것은 태도의 '지속성'의 윤리이면서 특정한 '대상'에 대한 지속성의 윤리이다. 사랑에 대한 충실성은 하나의 대상에 대한 충실성으로 환원되지 않는다.[21] 대상에 속박되지도 대상을 타자화하지도 않은 방식이 '사

---

21 알랭 바디우, 『사랑 예찬』, 조재룡 옮김, 길, 2010, pp. 56~62.

랑의 재발명'이라고 한다면, 대상에 대한 지속성의 윤리는 '지조'
라는 이데올로기 안에 갇히게 된다. 이 시는 한용운 시의 여성 화
자들이 지키려는 가치들이, 민족의 여성적 영웅으로서의 논개의
정절을 대상화하는 남성 주체의 이념적인 규정과 연관되어 있음
을 암시한다.

당신이 가신 뒤로 나는 당신을 잊을 수가 없습니다
까닭은 당신을 위하느라보다 나를 위함이 많습니다

나는 갈고 심을 땅이 없으므로 추수가 없습니다
저녁거리가 없어서 조나 감자를 꾸러 이웃집에 갔더니 주인은 〈거
지는 인격이 없다 인격이 없는 사람은 생명이 없다 너를 도와주는
것은 죄악이다〉고 말하였습니다
그 말을 듣고 돌아올 때에 쏟아지는 눈물 속에서 당신을 보았습
니다

나는 집도 없고 다른 까닭을 겸하여 민적(民籍)이 없습니다
〈민적 없는 자는 인권이 없다 인권이 없는 너에게 무슨 정조냐〉
하고 능욕하려는 장군이 있었습니다
그를 항거한 뒤에 남에게 대한 격분이 스스로의 슬픔으로 화하는
찰나에 당신을 보았습니다
아아 온갖 윤리, 도덕, 법률은 칼과 황금을 제사 지내는 연기(烟
氣)인 줄을 알았습니다

영원의 사랑을 받을까 인간 역사의 첫 페이지에 잉크칠을 할까

술을 마실까 망설일 때에

당신을 보았습니다

— 「당신을 보았습니다」 전문[22]

이 시에서는 한용운 시의 애도가 갖는 역사적 함의가 구체적으로 드러나 있다. 이 시에서 '당신'의 부재는 '민적 없는 나'의 상황을 규정한다. '땅 없음' '저녁 거리 없음' '인격 없음' '인권 없음' 등의 문제들은 '민적 없음'이라는 제도적 박탈과 연루되어 있다. '민적 없음'을 식민지 현실에 대한 은유로 받아들일 수 있지만, '민적'이 국가 시스템을 전제로 한다는 점에 주목할 필요가 있다. '민적 없음'은 '내'가 국가 시스템에 속하지 못했거나 그런 '국가'가 부재함을 의미한다. 좀더 논의를 진전시킨다면 이 시에서 주체가 처한 핵심적인 상황은 '주권 없음'으로 요약된다.[23] '민적 없음'의 존재 조건은 '나'와 '당신-님'의 관계를 규정한다. '당신의 부재'는 '나의 민적 없음'의 은유이자 조건이라고 할 수 있다. '당신을 보았습니다'를 선언하는 순간은, '민적 없음'의 세계,

---

22 같은 책.

23 이 시의 주체는 '주권 없음'으로서의 '호모 사케르' '벌거벗은 생명'의 위치에 처해 있다고 할 수 있다. 살해는 가능하되 희생물로 바칠 수는 없는 생명인 '호모 사케르'는 주권의 권력 역학에 의해 배제된 존재이다. 누구라도 죽일 수 있고 그것으로 결코 법적인 처벌을 받지 않는다는 맥락에서 법적인 보호가 박탈당한 인간, 곧 벌거벗은 생명을 가리킨다. 조르조 아감벤, 『호모 사케르』, 박진우 옮김, 새물결, 2008 참조.

'나'의 삶의 가능성이 배제된 세계에서 다른 삶의 잠재성을 만나는 순간이다. 그 잠재성은 '영원의 사랑' '인간 역사의 잉크칠' '술 마시기'와 같은 일반적이고 세속적인 가능성 너머에 존재한다.[24] 그 가능성은 '민적이 없는 세계'를 넘어서는 윤리적 잠재성에 가깝다.

더욱 문제적인 국면은 "〈민적 없는 자는 인권이 없다 인권이 없는 너에게 무슨 정조냐〉 하고 능욕하려는 장군"이라는 문장에서 드러난다. 여기서 "민적 없는 자"는 젠더화되어 있다. 민족의 훼손을 여성적인 명예와 순결의 훼손으로 은유하는 방식은, 여성을 수난당하는 민족의 표상으로 설정한다. 여기에는 여성적인 존재가 민족의 구성원을 재생산하는 매체라는 전제가 깔려 있다. '민적 없는 자'를 '능욕당하는 여성'으로 규정하는 것은, '능욕'에 '항거'는 여성의 이미지를 통해 상처받은 민족의 자립성과 순결성을 재설정하는 것이며, 그것은 여성을 둘러싼 섹슈얼리티의 통제를 의미한다.

---

24 김우창은 한용운의 시를 뤼시앵 골드만의 '비극적 세계관'의 틀에서 설명하면서 '존재와 부재의 역설적 상호작용'으로서의 '움직이는 부정의 변증법'으로 이해한다. 김우창은 이 시를 해석하면서 "비인격자가 본 것은, 재산과 법률에 관계없이 인격을 되찾아 줄 당위로서의 윤리 질서일 것이다. 이 시의 비인격자는 이것을 보장하는 근본 조건으로 당신을 본 것이다. [……] 초월의 세계로의 은퇴, 역사의장의 철저한 부정, 자포자기— 이러한 절망적인 선택지 사이에서 주인공은 '당신'을 보았다. 꼭 집어 알기는 어렵지만 이 당신은 절망과 허무를 부정하는 것, 절망과 허무의 반대 명제라고 하겠다. 이 시의 마지막에서 시인이 요구하는 것은 초월적인 것이 아닌 사랑, 거짓이 아닌 역사, 자포자기가 아닌 인생을 보장하는 절대선의 원리로서의 '당신'이다"(김우창, 「궁핍한 시대의 시인」, 『한국현시인연구 한용운』, 신동욱 편, 문학세계사, 1993, pp. 211~12).

4. 애도의 젠더화와 모더니티

서정시에서 '여성 화자'가 등장하는 것은 에로스의 세계에 여성적인 페르소나를 선택하는 전통적이고 집단적인 언어 관습과 연관되어 있다. 한용운 시가 재래적인 서정시가의 여성 화자의 전통을 계승한 부분이 있으나, '애도의 젠더화'는 이 집단적인 관습의 수준에서 벗어나 개별적인 발화 주체가 등장하는 모더니티의 공간 안에서의 문제이다. 한용운 시에서 애도의 형식은 애도를 수행하는 언어 행위의 과정이며, 발화 주체를 여성 젠더화할 때 미학적·정치적인 문제가 발생한다. 애도의 수행적인 차원은 시적 담화 안에서 벌어지는 '선언'들과 그 선언의 목소리를 여성 젠더화하는 두 가지 차원에서 진행된다. 이 두 가지 수행적 층위는 애도의 윤리와 목소리를 전유하는 '젠더 복화술'이 어떻게 결합되어 있는지를 드러내는 지점이다. 여성 젠더화된 애도의 주체는 식민지의 가부장적 윤리의 틀 안에서 신성한 가치를 부여받고, 그 '애도-기다림'의 주체는 '모성-민족주의'의 이데올로기적 프레임 안에서 구성된 전유된 주체이다.

한용운 시에서 여성 화자의 선택과 함께 주목해야 할 지점은 여성의 신체에 대한 발화들이다. 젠더화된 애도 주체는 자신의 신체를 기꺼이 희생하는 방식으로 사랑의 윤리를 수행한다. 한용운 시에서 마조히즘은 여성 젠더화되어 있다는 것이다. 자기 처벌 혹은 복종과 희생의 윤리가 선험적으로 '여성적'이라는 것은 가부장적인 젠더 시스템의 일부이다. 합리적인 이해관계를 초월하는 성스러운 여성적 희생을 부각시킬 때, 이 젠더화된 마조히즘은 젠더 정치성의 문제를 불러온다.

한용운 시의 '젠더 복화술'은 제국주의에 대한 저항으로서의 민족적 '여성-모성'의 은유를 선택한 것으로 볼 수 있지만, '여성-모성-민족'의 관계는 식민지의 상징 질서와 젠더 시스템을 근본적으로 파열시키지 못한다. 애도의 주체가 여성의 목소리를 전유하는 방식으로 식민지의 질서에 균열을 낼 수 있는 가능성은 전면적이고 전복적인 것은 아니었다. 한용운의 시에서 여성성은 식민의 질서로부터 새로운 주체로 변환되기보다는, 텍스트 내부에 숨은 남성적 자아가 설정한 형이상학적 논리 안에 흡수된다. '님'의 존재가 '민족-국가'의 환상을 재구성하는 방식으로 남성 젠더화된다면, '님'의 존재에 의탁하는 '여성-애도' 주체는 거꾸로 대상화의 위치에 놓이게 된다.

여성의 이미지를 통해 상처받은 민족의 자립성과 순결성을 재설정하는 것은 여성을 둘러싼 섹슈얼리티의 통제를 의미한다. 애도의 주체와 수행성은 민족을 둘러싼 부재와 상실을 넘어서려는 형이상학적 충동을 젠더적인 은유의 문법으로 구성하는 것이다. 한용운 시에서 에로스의 욕망은 젠더화된 은유의 틀 안에 갇히며 여성의 섹슈얼리티는 '모성-민족주의'의 이념 아래 종속된다. 애도의 젠더화는 식민지의 가부장적 전통과도 결별하지 못하며, 근대성 자체에 스며들어 있는 남성적 환상을 포함하는 것이기도 하다. 계몽 담론의 일부로서의 젠더화된 민족 담론에서 남성 주체는 민족에 대한 자기동일시의 욕망을 여성에게 투사하면서 여성성을 규정한다. 이는 '여성-수난의 민족'의 동일시라는 방식으로 여성에 대한 재현을 강제함으로써 여성을 이중적으로 식민화하는 과정이다.[25]

젠더화된 민족 이미지는 식민지 여성에게 부과된 식민 질서와 가부장제의 이중적 억압을 은폐한다. 젠더와 계급, 민족과 국가 사이의 실제적으로 존재하는 차이와 모순은 이 상상된 주체와 대상의 구조 안에서 무화된다. 미완의 역사적 근대성, 즉 '민족-국가'의 좌절과 부재를 둘러싼 식민지 남성 주체의 불안과 무기력은 여성이라는 존재를 통해 메꾸어져야 했다. 근대적 주체를 남성적 자아로 상정하는 연장선 위에서 '민족-국가'의 부재와 불완전성이라는 딜레마는, 가상의 여성적 주체로의 '복장 도착'을 도입하게 된다. '젠더 복화술'에서 시인의 신체와 목소리 사이의 젠더 일치성과 정체성을 교란시키는 효과는 제한적이며, 오히려 '여성의 목소리'에 대한 문화적 억압의 역설이 발생한다. 이것은 (남성적) 주체와 공동체와의 모순을 미학적으로 봉합하는 것이지만, 그 균열과 모순의 흔적이며 증좌이기도 하다. 한용운의 시는 전통적 서정시가에서의 여성화 관습이 젠더화된 애도의 윤리와

25 "민족 담론은 민족 국가의 위기 상황과 그 위기를 극복할 방안을 '남성의 여성화' '여성의 남성화' 전략에서 찾는다. 즉 주권/주체의 자리를 빼앗긴 남성의 부재와 허약성을 부각하는 한편, 억압적이고 공격적인 '나쁜' 민족주의에 대한 소극적인 저항의 맥락에서 '여성화된 남성'을 전경화하는가 하면, 여성의 모성성을 '강인함'으로 의미화하면서 고정된 성별 체계의 역상(逆象)에 위치한 남성과 여성 역시 민족의 일원으로 호명한다"(김양선, 「식민 시대 민족의 자기 구성 방식과 여성」, 『한국근대문학연구』, 제4권 제2호, 2003, p. 48).

민족 담론으로 재구성될 때의 문학적 모더니티의 성취와 모순을
동시에 보여주는 텍스트이다.

(2017)

출처

1. 문학 장치

비평의 시대착오:『문학과사회』2022년 가을호.

문학 장치의 경계에서:『문학과사회』2015년 겨울호.

저 책들을 불태워야 할까?:『현대비평』창간호, 한국문학평론가협회, 2019.

남은 자의 침묵:『문학과사회』2014년 겨울호.

나를 읽지 마세요:『쎔』2018년 상권.

2. 문학이 아닌 모든 것

장르문학이라는 오래된 미래:『월간 국회도서관』2022년 12월호.

K-콘텐츠를 둘러싼 사유들:『쿨투라』2022년 8월호.

도래하(지 않)는 5·18:『무한텍스트로서의 5·18』, 김형중·이광호 엮음, 문학과지성사, 2020.

붕괴 이후의 사랑:『쿨투라』2023년 10월호.

여성의 증언은 어떻게 전시될 수 있는가?: MMCA 커미션 프로젝트 『당신을 위하여: 제니 홀저』수록 원고, 국립현대미술관, 2020.

3. 얼굴 없이

무한한 애도:『21세기문학』2013년 봄호.

비성년 커넥션:『문학동네』2013년 여름호.

무심한 얼굴로 돌아보라:『문학과사회 하이픈』2019년 봄호.

4·19의 '미래'와 또 다른 현대성:『4·19와 모더니티』, 우찬제·이광호 엮음, 문학과지성사, 2010.

4. 작별의 리듬

새하기와 작별의 리듬: 김혜순 시집『날개 환상통』해설, 문학과지성사, 2019.

저 오래된 시간을 무엇이라 부를까?: 허수경 시집『누구도 기억하지 않는 역에서』해설, 문학과지성사, 2016.

한없이 가까운 세계와의 포옹: 김행숙 시집『타인의 의미』해설, 민음사, 2010.

필름의 종말과 0%의 미래: 서이제 소설집『0%를 향하여』해설, 문학과지성사, 2021.

5. 시간은 기억보다

어쩌면, 우연입니다:『문학동네』2020년 여름호.

시간은 기억보다 오래 살아남았다:『문학과사회 하이픈』2019년 겨울호.

사랑의 애도와 젠더 정치학:『한국시학연구』제45호, 2016년 2월.

불가능한 시와 가능한 산문:『詩』2018년 상권.

'네이션' 너머 사랑의 실험: 최인훈 중단편선『달과 소년병』해제, 문학과지성사, 2019.

한용운과 젠더 복화술:『한국문학이론과 비평』74권, 2017년 3월.